Der Preis dieses Bandes versteht sich einschließlich der gesetzlichen Mehrwertsteuer.

Umwelthinweis:
Dieses Buch wurde auf chlor- und säurefreiem Papier gedruckt.

Wenn die Braut sich traut

MIRA® TASCHENBUCH
Band 25659
1. Auflage: April 2013

MIRA® TASCHENBÜCHER
erscheinen in der Harlequin Enterprises GmbH,
Valentinskamp 24, 20354 Hamburg
Geschäftsführer: Thomas Beckmann

Titel der nordamerikanischen Originalausgaben:

Konzeption/Reihengestaltung: fredebold&partner gmbh, Köln
Umschlaggestaltung: pecher und soiron, Köln
Redaktion: Mareike Müller
Titelabbildung: Harlequin Enterprises S.A., Schweiz
Autorenfoto: © Harlequin Enterprises S.A., Schweiz
Satz: GGP Media GmbH, Pößneck
Druck und Bindearbeiten: CPI – Ebner & Spiegel, Ulm
Printed in Germany
Dieses Buch wurde auf FSC®-zertifiziertem Papier gedruckt.
ISBN 978-3-86278-708-1

www.mira-taschenbuch.de

Susan Wiggs

Die entführte Braut

Roman

Aus dem Amerikanischen von
Ralf Brunkow

MIRA®

1. KAPITEL

Isabel Whartons Träume wurden endlich wahr. Oder jedenfalls glaubte sie das. Es war Frühling, und überall blühte und grünte es. Sie war umgeben von elf angeregt plaudernden Frauen, in deren Mitte sie nun aufgenommen war, und deren Schwiegertochter, Schwägerin, Nichte und Cousine sie jetzt werden würde, wenn sie Anthony Cossa heiratete.

Die Junggesellinnen-Abschiedsparty im Garten des Cafés auf Bainbridge Island, bei der der Braut nach alter Tradition von ihren Freundinnen und weiblichen Verwandten Geschenke überreicht wurden, neigte sich ihrem Ende zu. Isabel riss die Verpackung des vorletzten Geschenkpakets auf, betrachtete die Gabe und sah dann ihre künftige Schwägerin an.

„Toll, Lucia! Einfach fabelhaft.“ Aber was war das Ding eigentlich? Irgendwie erinnerte es sie an etwas, das sie einmal im Sprechzimmer ihres Frauenarztes gesehen hatte.

„Eine silberne Spaghettizange“, belehrte sie Connie, Lucias jüngere Schwester, und schob das Paket zur Seite. „Offenbar nimmt Lucia an, dass du in deiner Ehe Pasta kochen wirst.“

Oh ja, Isabel wollte wirklich Pasta zubereiten. Und Tiramisu und Gnocci, alles für Anthony. Einfach alles wollte sie für ihn tun. Er würde ihr ein perfekter Ehemann sein, mehr noch, er würde sie zu einem Mitglied seiner großen, lebhaften und liebevollen Familie machen, sodass sie endlich das Gefühl einer Zugehörigkeit haben würde. Jedenfalls hoffte Isabel das.

„Ich hab' das Beste bis zu aller Letzt aufgehoben.“ Connie rutschte auf die Kante ihres weißen Korbsessels.

Isabel sah zu Mama Cossa hinüber und zwinkerte mit einem Auge. „Ich weiß nicht, ob ich deiner Tochter wirklich trauen kann.“

„Ich habe Connie schon nicht mehr getraut, seit sie sich in der siebenten Klasse für das Wrestling-Team bewarb.“

Isabel lachte und zog das metallisch glänzende, goldene Geschenkpapier beiseite. Die anderen Frauen juchzten vor Vergnügen, als Isabel das zarte seidene Dessous aus dem Karton nahm.

„Also das“, sagte Connie ganz stolz, „ist doch wirklich ganz heiß!“

Isabel stand auf und hielt den roten Teddy aus feinster Seide und Spitze an sich. Das Gewebe fühlte sich an wie ein kühler, kaum spürbarer Hauch. Der spitzenbesetzte Ausschnitt ging ihr bis zur Taille, und die Beinausschnitte waren sündhaft hoch. Das mehr zum Ent- als zum Verhüllen gedachte Kleidungsstück kam ihr herrlich gewagt und erotisch vor.

„Ich glaube, Tony wird einen Herzanfall kriegen, wenn er dich darin sieht“, meinte Connie. „Aber dann wird er wenigstens glücklich sterben.“

Das Gelächter der Frauen klang wie Musik in dem Cafégarten. Eine Welle der Herzlichkeit und Dankbarkeit durchströmte Isabel. Sie war so glücklich und zufrieden, dass es ihr fast weh tat. Alle diese Frauen – Anthonys Schwestern, Tanten, Nichten und nicht zuletzt seine bezaubernde Mutter, sollten ihre Familie werden!

Seit sie nach Bainbridge Island gezogen war und dort eine Gärtnerei übernommen hatte, war in ihr das Gefühl erwacht, endlich einen Platz zu haben, wo sie wirklich hingehörte. Das Einzige, was ihr noch fehlte, war eine Familie gewesen, und nun sollte sie auch das noch bekommen.

Die Partygäste brachen langsam auf. Die meisten von ihnen blieben auf Bainbridge Island, wo in einer Woche die Hochzeit gefeiert werden sollte. Mama Cossa, immer gut gelaunt, obwohl sie wegen einer Gelenkentzündung hinkte, drückte Isabel die Hand. „Wir sehen uns bei der Generalprobe für die Hochzeit abends beim Dinner, Liebes.“

Nur ein paar Frauen waren noch im Garten, als Isabel in der Ferne ein lautes Brummen hörte. Sie sah sich im Garten um. Die Beete und Bäume leuchteten in der Aprilsonne. Gleich hinter den Wipfeln der hohen Fichten konnte sie das glitzernde Wasser des Puget Sunds erkennen.

Diese Insel erschien Isabel wie das Paradies auf Erden. Sie hatte einst ihr Leben auf den Trümmern unerfüllter Träume aufgebaut, und nun endlich sollte es seine Krönung erhalten.

Das Brummen und Röhren wurde lauter. Es war das Geräusch eines Bootsmotors oder eines Autos mit kaputtem Auspuff, ein entnervendes, fast bedrohliches Donnern.

Connie und die anderen Frauen, die im Garten Geschenkpapier, Schleifen und Bänder wegräumten, wandten sich erstaunt um. Isabel zog die Stirn kraus. Und dann, an der Stelle, wo die gekieste Zufahrt von der Hauptstraße abzweigte, erschien er.

Er war ein Bild aus ihren schrecklichsten Albträumen: ganz in schwarzes Leder gekleidet, mit einem um die Stirn geknoteten Halstuch. Sein langes blauschwarzes Haar wehte im Wind, und die Augen wurden von einer Sonnenbrille mit verspiegelten Gläsern verdeckt. Die Harley unter ihm hüpfte und bockte wie ein wildes Tier.

„Ich rieche Testosteron", murmelte Connie, als die Maschine den Weg zum Garten empordonnerte.

Isabel stand wie erstarrt da. Der Mann bremste mit quietschenden Reifen, stellte die 750-ccm-Maschine ab und ging mit langen, lässigen Schritten auf Isabel zu. Der Kies knirschte unter seinen hohen, schweren Stiefeln. In einem Ohr glitzerte ein winziger, goldener Ohrring. Seine langen, kräftigen Arme hingen zu seinen Seiten herab.

„Jemand sollte das Überfallkommando anrufen", flüsterte Lucia.

Er setzte die Sonnenbrille ab und starrte Isabel an. Seine dunkelbraunen Augen musterten sie von oben bis unten. Dann langte er in den Wäschekarton auf dem Tisch und zog den roten Teddy hervor.

„Sehr hübsch", sagte er mit tiefer, wohltönender Stimme und betrachtete die Reizwäsche. „Du hast es schon immer verstanden, dich toll anzuziehen, Isabel."

Sie entriss ihm den Teddy und warf ihn in die Schachtel. „Was machst du denn hier?"

Er sah sie mit seinem gewohnten frechen Grinsen an, ein Gesichtsausdruck, bei dem sie einst weiche Knie bekommen hatte.

Es funktionierte immer noch.

Sein Aussehen war es damals, was sie am meisten fasziniert

hatte. Sie hatte sich angezogen gefühlt von jener Aura verführerischer Gefahr, seinen sinnlichen, vollen Lippen und von seinem gestählten Körper, der genauso funktionsbereit war wie seine Harley. Sein langes Haar war so dicht und glänzend, dass sie das Verlangen hatte, mit ihren Fingern hindurchzufahren.

Die Gedanken, die sie bei seinem Anblick durchzuckten, ließen sie leicht erröten. „Dies ist aber wirklich nicht der passende Moment."

„Wir hatten nie den passenden Moment, die Dinge zueinander zu sagen, die wir eigentlich einander hätten sagen sollen", entgegnete er. Seine Stimme klang verführerisch sinnlich, so wie damals, wenn sie planten, einen ganzen Tag im Bett zu verbringen. „Aber ich habe mir gesagt: jetzt oder nie."

Die Röte auf ihren Wangen vertiefte sich. „Vielleicht solltest du später wiederkommen, wenn …" Die Stimme versagte ihr. Ihr Mund war trocken, und sie konnte keinen klaren Gedanken fassen.

„Nein, Isabel, daraus wird dann doch wieder nichts. Es gibt da noch ein paar unerledigte Dinge zwischen uns, über die wir miteinander reden müssen." Er hakte einen Daumen unter den Bund seiner schwarzen Jeans und wechselte das Standbein. „Ich hatte mir gedacht, wir besprechen das ganz unter uns, darum wäre es am besten, du kommst mit mir."

Sie gab sich einen Ruck, um ihren Blick von ihm zu lösen. „Connie, das ist Dan Black Horse."

„Super", flüsterte Connie begeistert. „Einfach super." Sie sah bewundernd zu Dan auf. „Ich habe alle Ihre Platten und bin seit Jahren ein Fan von Ihnen. Schade, dass Sie aufgehört haben."

„Freut mich, Sie kennenzulernen", erwiderte Dan charmant.

Connie gab Isabel einen leichten Schubs mit der Schulter. „Geh doch ruhig", meinte sie mit schwesterlicher Nachsicht. „Wenn du mit dem Typ was zu regeln hast, dann tu's lieber jetzt, denn nächste Woche wird es zu spät dafür sein." Mit ganz leiser Stimme fügte sie hinzu: „Wenn du nicht meine Freundin wärst, würde ich dich umbringen, weil du mir nicht erzählt hast, dass du Dan Black Horse kennst."

Isabel bückte sich, um ihre Umhängetasche aufzuheben. „Es wird nicht lange dauern.“ Sie zwang sich zu einem Lächeln. „Mach dir keine Sorgen um mich.“

Dan Black Horse drehte sich auf dem Stiefelabsatz um und ging den Gartenpfad voran. Als sie bei seinem Motorrad angekommen waren, hielt er ihr einen schwarzen Sturzhelm hin.

„Kommt nicht infrage“, widersprach sie. „Ich folge dir mit meinem Wagen.“

„Nein.“ Er stülpte ihr den Helm auf den Kopf und hakte den Kinnriemen ein. „Wo wir hinfahren, kann man keinen Wagen gebrauchen.“

Sie biss die Zähne zusammen, um nicht vor Wut aufzuschreien. Bleib ruhig, Isabel, ermahnte sie sich. Hauptsache ist jetzt, hier keine Szene zu machen.

Sie seufzte, schürzte ihren langen Rock und stieg auf das Motorrad.

„Viel Spaß“, murmelte Connie, die noch in der Nähe war.

„Wir fahren zum Streamliner Diner“, verlangte Isabel von Dan. „Und ich will zurück sein um spätestens …“

Das Röhren der schweren Maschine übertönte ihre letzten Worte. Dann gab Dan Gas, und das Motorrad setzte sich in Bewegung.

Instinktiv schlang sie die Arme um Dans Hüften. Schon dabei überkam sie ein Gefühl des Verbotenen, des Ungehörigen. Sie riss sich zusammen und hielt sich lieber an dem Bügel des Gepäckträgers hinter ihr fest.

Dan trug keinen Sturzhelm, fiel ihr jetzt auf, als sie auf die schmale Landstraße einbogen, die durch den Wald und quer durch die Insel führte. Vielleicht würde ihn die Polizei deswegen noch stoppen.

Wenn man ihn anhalten würde – was würde sie sagen? „Officer, ich bin von diesem Mann entführt worden, den ich nie wiedersehen wollte. Das hatte ich mir geschworen.“ Würde sie das wirklich herausbringen?

Aber als sie die Straße nach Süden hinunter zu dem abgelegenen kleinen Ort Winslow fuhren, wechselten sogar die beiden

Verkehrsampeln von Rot auf Grün, als ob auch sie sich gegen Isabel verbündet hätten.

Sie spähte Dan über die Schulter und sah den Streamliner Diner immer näher kommen ... und dann flitzten sie an ihm vorbei, und ließen ihn immer weiter hinter sich, weil Dan den Berg hinabfuhr zur Anlegestelle der Fähre.

„Hey", brüllte sie ihm ins Ohr. „Du hast doch gesagt, wir würden in den Diner gehen, um miteinander zu reden."

„Das hast du gesagt, Sweetheart", gab er lässig über die Schulter zurück. Die letzten Wagen drängten sich auf das Fährschiff. Eine Angestellte der Fähre in einem orangefarbenen Overall war im Begriff, die Ladefläche mit einer Kette zu verschließen.

Dan hupte laut. Die Frau auf dem Schiff lächelte und winkte ihn ein. Er fuhr die Rampe hoch. Sofort ertönte die Dampfpfeife der Fähre. Es war zu spät, um wieder von dem Schiff herunterzukommen.

Als sich die Fähre langsam von der Pier löste, stellte Dan den Motor ab und wandte sich zu Isabel um. „Verdammt", stieß er hervor. „Du warst aber wirklich schwer zu finden."

Sie sprang von der Maschine. „Du bist verrückt", erklärte sie empört. „Aber ich glaube, das weißt du auch selber."

„Vielleicht." Dabei warf er ihr einen Blick zu, an den sie sich nur zu gut erinnerte. Es war jener Blick halb schläfrigen Verlangens, bei dem sie früher nur allzu gern am Wochenende wieder ins Bett geschlüpft war, um dort mit ihm den Vormittag zu verbringen.

„Das ist doch alles lächerlich", sagte sie sowohl zu ihm als auch zu sich selber, verzweifelt darüber, dass er in ihr solche Erinnerungen wecken konnte. Mit einer Hand hielt sie sich an der eisernen Reling fest, um das Zittern ihrer Hände zu verbergen.

Als Dan nicht auf ihren Protest einging, drehte sich Isabel um und stieg die Treppen hinauf zum Aufenthaltsraum. Die große Kajüte, die von der Aprilsonne durchflutet war, wimmelte von Inselbewohnern, die nach Seattle fuhren, um einzukaufen oder um einen Abend in der Stadt zu verbringen. Hier und dort sah Isabel ein bekanntes Gesicht und schaffte es trotz ihrer Aufregung, grüßend zu nicken.

Fabelhaft, dachte sie. Jetzt fehlte ihr nur noch eine Bankangestellte oder eine Ladeninhaberin, die sie dabei beobachtete, wie sie mit einem sündhaft gut aussehenden Mann nach Seattle fuhr.

Sie ging wieder hinaus an Deck, wo ihr der Wind den Rock hochblies und ihr das Haar zerzauste. Möwen drehten ihre Kreise um das Fährschiff. Ganz in der Nähe planschte ein Seelöwe im Wasser.

Es dauerte nicht lange, da hatte Dan Isabel gefunden. Er ging zu ihr, einen Pappbecher in der Hand. „Hier." Er reichte ihr den Becher. „Kaffee mit Magermilch und einem Stück Zucker, stimmt's?"

Sie nahm den Becher und setzte sich auf eine der angeketteten Bänke. „Hoffentlich ist dir klar, dass du mir diesen Nachmittag gründlich verdorben hast."

Er setzte sich neben sie, die schlanken Handgelenke auf den Knien. Ein düsteres Feuer glomm in seinen Augen. Sie spürte die Spannung in ihm, eine verhaltene Glut, die sie ebenso beunruhigte wie faszinierte. „Das ließ sich leider nicht vermeiden. Aber es ist immer noch besser, als wenn du den Rest deines Lebens ruinierst."

Sie verschluckte sich beinahe an ihrem heißen Kaffee. „Was soll das nun wieder heißen?"

Er griff schnell nach einer Papierserviette und fing einen Tropfen Kaffee von ihrem Kinn auf, ehe er einen Fleck auf ihrem buntbedruckten Baumwollrock machen konnte. „Du kannst Anthony Cossa nicht heiraten, Isabel." Seine Stimme mit dem unvergesslichen sexy Unterton männlicher Leidenschaft, die zwei Jahre lang auf allen Rocksendern zu hören gewesen war, klang rau. „Niemals!"

„Seit wann brauche ich dazu deine Erlaubnis?", gab sie ärgerlich zurück. Die steife Brise zerrte an ihren Haaren. Ihr dauergewelltes Haar, das sie in einem erstklassigen Salon für sehr viel Geld hatte tönen lassen, hatte einen warmen kastanienbraunen Ton. Sie strich sich eine Locke hinters Ohr und sah ihn böse an. „Wie hast du mich denn überhaupt gefunden?"

Er lächelte ein wenig zynisch. „Durch Anthony."

„Oh Gott!" Sie stellte ihren Becher ab und verschränkte die Arme vor der Brust. „Was hast du mit ihm angestellt?"

Dan streckte seine langen Beine aus und kreuzte die Füße. Dann lehnte er den Kopf gegen die Bordwand. Die Bewegung und die Pose wirkten elegant und geschmeidig. Eine Raubkatze auf dem Sprung, dachte Isabel.

„Ich erinnere mich nicht, dass du früher so misstrauisch gewesen bist“, bemerkte er trocken.

„Ich bin jedem Mann gegenüber misstrauisch, der mich von meiner Junggesellinnen-Abschiedsparty entführt.“

„Na gut. Ich hatte geschäftlich mit Anthony zu tun. Und was sehe ich, als ich in sein Büro komme? Dein lächelndes Gesicht in einem silbernen Rahmen auf seinem Schreibtisch.“

Isabel versuchte, es sich vorzustellen. Dan, ganz in seiner schwarzen Rebellen-Kluft, mit langen Haaren und einem Ohrring, wie er Anthony gegenüberstand. Anthony, der stets so gepflegt war und gleichzeitig verzweifelt versuchte, in seinen Leinenanzügen möglichst salopp auszusehen.

„Er ist ein anständiger Kerl, Isabel“, meinte Dan wohlwollend. „Und er ist richtig stolz darauf, eine so bezaubernde, erfolgreiche Frau wie dich zu heiraten.“

„Oh, ja. Er sieht gut aus und ist auch erfolgreich“, sagte sie. „Vielleicht bin ich ebenso stolz darauf, ihn zu heiraten, wie umgekehrt.“

„Vielleicht“, sagte Dan, schob einen Daumen unter den Bund seiner Jeans und trommelte ungeduldig mit den Fingern.

Isabel wandte den Blick von seiner anzüglichen Pose und sah auf den Sund.

„Das habe ich anfangs auch gedacht“, fuhr Dan fort. „Ich wollte das Ganze einfach vergessen, dir ein glückliches Leben mit deinem gutbürgerlichen ‚Junggesellen des Monats‘ wünschen und verschwinden.“

„Ich wollte, das hättest du getan.“ Sie trank einen Schluck Kaffee. Doch vielleicht sollte sie lieber kein Koffein zu sich nehmen. Dans Gegenwart machte sie schon nervös genug. „Warum hast du das nicht getan?“

„Weil es in paar Dinge gibt, die ich nie ganz verstanden habe, Isabel.“ Er setzte sich auf die Kante der Bank und hielt sich mit beiden Händen daran fest. Alles war wie früher – jener sinnliche Ton in seiner Stimme und dieser hypnotisierende Glanz in seinen dunklen Augen. „Vor fünf Jahren bist du von mir fortgegangen und hast dich nie wieder sehen lassen."

Oh, Dan, dachte Isabel. Ich durfte mich nicht nach dir umschauen. Wenn ich das getan hätte, wäre ich sofort zu dir zurückgelaufen. Sie trank den Rest ihres Kaffees nicht mehr, sondern stand auf und warf den Becher in eine Mülltonne. „Was willst du eigentlich von mir?"

„Nur ein kleines bisschen deiner Zeit."

„Wie viel?", fragte sie alarmiert.

Er sah sie mit demselben lässigen, sexy Lächeln an, mit dem er sie schon vor fünf Jahren verzaubert hatte. Damals war sie einundzwanzig und eine miserable Autofahrerin. Als sie mit ihrem Wagen aus einer Parklücke vor einem anrüchig aussehenden Nachtklub fahren wollte, hatte sie beim Zurücksetzen ein großes schwarzes Motorrad umgestoßen.

Erschrocken, aber fest entschlossen, sich korrekt zu verhalten, war sie in den Nachtklub gegangen, um den Besitzer des Motorrades ausfindig zu machen.

Dan stand an diesem Abend auf der Bühne und spielte mit seiner Band für eine kleine, vom „Grunge" begeisterte Zuhörerschaft. Er war der Lead-Sänger dieser Lokal-Band und zupfte einen wilden, düsteren Song auf seiner verkratzten Stratocaster-Gitarre. In Isabels Augen wirkte er wie die fleischgewordene Hölle und Verdammnis. Er war einfach hinreißend, und sie geriet sofort in seinem Bann.

Er hatte ihr die Schäden an seiner Maschine verziehen, sie nach seinem Auftritt zu einem Kaffee eingeladen, aus dem sich eine Unterhaltung über die ganze Nacht entwickelte, und hatte schließlich ihr Herz erobert.

Isabel schob die Erinnerung daran von sich, denn die war noch immer so verführerisch wie jene Mondnacht von damals.

„Wie viel Zeit, Dan?", fragte sie noch einmal und versuchte sich einzureden, dass sie inzwischen doch älter und klüger und somit immun gegen sein Herzensbrecher-Lächeln war.

„Das hängt davon ab", sagte er, „wie lange es dauert, bis du einsiehst, dass du Anthony aus den falschen Gründen heiraten willst."

„Oh, bitte!" Sie wandte sich ab und hielt sich an der Reling fest. „Ich bin ja inzwischen eine erwachsene Frau. Und ich bin schließlich nicht blöde. Außerdem will ich nicht noch einmal etwas mit dir anfangen."

Die Fähre näherte sich dem Anleger. Gut. Sobald sie an Land waren, würde sie Anthony in seinem Büro anrufen. Ihre Lage war mehr als seltsam. Darum war es besser, ihm selber alles zu erklären, ehe Connie ihm von ihrer „Entführung" erzählte.

Plötzlich durchfuhr es sie wie ein Stromschlag. Sie spürte, dass Dan hinter ihr stand, obwohl er sie nicht berührte. Trotz allen Ärgers hatte sie eine erregende Spannung erfasst.

„Dreh dich um, Isabel", flüsterte er ihr ins Ohr. „Schau mir in die Augen, wenn du mir sagst, dass du mich nicht mehr willst."

Hitze wallte in ihr auf, ihre Gedanken verschwammen, und sie war wie gelähmt. Dennoch drehte sie sich um und lehnte sich mit dem Rücken gegen die eiserne Reling, weil ihr die Knie zitterten.

Da legte er zu ihren beiden Seiten seine Hände auf die Reling, als wolle er sie in einer Falle festhalten. Sie sah ihm in die Augen und hatte auf einmal eine trockene Kehle.

Er hatte sich fast gar nicht verändert in den letzten Jahren. Noch immer hatte er dieses einzigartige Gesicht, das Frauen fasziniert anzustarren pflegten. Dieselben samtigen braunen Augen, in denen goldene Pünktchen glitzerten. Denselben schlanken, muskulösen Körper mit der unverkennbaren Kraft, zu der seine zärtlichen Berührungen in so verblüffendem Gegensatz standen. Dieselben perfekt geschwungenen Lippen …

Sein Mund war ihr sehr nahe. Sie konnte die Glut in ihm spüren und wurde gleichzeitig von Panik und Begierde ergriffen.

„Also …?", flüsterte er, und sie empfand wieder jene unbezähmbare Erregung, die sie jedes Mal überfallen hatte, wenn er bei ihr war. „Isabel?" Sein eindringlicher Blick wanderte jetzt über ihre Kehle hinab, wo er bestimmt das Rasen ihres Pulses sah.

„Ich sagte", brachte sie mühsam hervor, „dass ich dich nicht …"

„Nicht was?“ Mit seinen Daumen strich er ihr zart über die Handgelenke.

„... dich nicht mehr ...“, versuchte sie fortzufahren.

„Weiter“, flüsterte er und befeuchtete seine Unterlippe mit der Zunge.

„... in meinem Leben haben möchte.“

Seine Hände lagen noch immer auf der Reling, aber nun kam er näher an Isabel heran. Seine harten Oberschenkel pressten sich gegen ihre Beine und schienen sie durch den dünnen Stoff ihres Rocks zu versengen. Jeder Nerv in ihrem Körper schien plötzlich zu vibrieren. Als Dan schließlich unverschämt grinste und sich von der Reling löste, war sie ebenso verwirrt wie wütend. Die Fähre hatte festgemacht und die Leute strömten von Bord.

„Ich wollte es nur noch einmal genau wissen“, meinte er.

„Du Schuft!“, zischte sie.

Zwei Frauen mit Einkaufstaschen kamen vorüber und sahen Isabel neidisch an.

Dan trat zurück und lächelte herausfordernd.

„Ich brauche jetzt ein Telefon“, erklärte Isabel. „Und dann nehme ich die nächste Fähre zurück nach Bainbridge.“

„Wir haben aber doch noch gar nichts besprochen.“

„Wir haben schon vor fünf Jahren alles zwischen uns geklärt. Es hat damals nicht mit uns geklappt, und es wird auch jetzt nichts mehr werden.“

„Vor fünf Jahren war doch gerade erst der Anfang.“

„Nein“, erwiderte sie heftig und wandte sich zur Treppe. „Es war das Ende.“

Er packte sie am Handgelenk, und sie erstarrte. Sein Gesicht zeigte nicht die geringste Spur eines Lächelns, als er sie zu sich umdrehte, damit sie ihn ansah.

„Meinst du nicht, du schuldest mir noch eine letzte Chance?“ Seine Stimme klang rau und leise wie in jenen rauchigen, sehnsuchtsvollen Balladen, die er einst für sie gesungen hatte. „Schließlich hättest du ja beinahe ein Baby von mir bekommen, Isabel.“

2. KAPITEL

Dan Black Horse konnte es nicht fassen, dass Isabel wirklich bereit war, mit ihm zu kommen. Aber ebenso überrascht war er davon, dass er noch immer so viel Macht über sie besaß.

Sie hatte sogar Anthony angerufen und ihm gesagt, er solle sich keine Sorgen um sie machen. Sie würde ihn auf dem Laufenden halten.

Und nun waren sie hier, südöstlich von Seattle, in Dans Ferienhotel, mitten in der Wildnis. Ringsum lag dichter Wald, durch den nicht einmal eine richtige Straße führte.

Sie standen in der holzgetäfelten Halle an, und Dan fiel beim besten Willen nichts ein, was er zu Isabel hätte sagen können.

Sie trat ans Fenster und legte ihre schlanke Hand auf das Fensterbrett. Nachdenklich blickte sie auf die hohen Bäume, die seit Urzeiten hier standen wie stumme Wächter. Im grün gefilterten Sonnenlicht des Nachmittags sah sie rührend zerbrechlich und ungeheuer begehrenswert aus. Ihre Beine waren durch den dünnen Stoff des Rocks erkennbar. Sie hielt sich aufrecht und stolz, ihr Haar glänzte rötlich im gedämpften Tageslicht.

Dan durchflute eine Woge zärtlicher Zuneigung zu ihr. Isabel wirkte stets verlassen und einsam, selbst wenn sie sich in Gesellschaft vieler Leute befand. Das war ihm sofort an ihr aufgefallen.

„Du hast deine Haare verändert", sagte er schließlich und verzog das Gesicht über sein eigenes Geschwätz. Er durchquerte die Halle und holte von der Bar ein Bier für sich und eine Cola für sie.

Sie wandte sich zu ihm. Ihre festen Brüste zeichneten sich deutlich unter ihrem T-Shirt ab. „Und du hast dein Leben verändert."

Ihr Gesicht war noch eindrucksvoller, als er es in Erinnerung hatte: große Rehaugen, hohe, feine Wangenknochen. Sinnlich geschwungene Lippen, die ihn verrückt machten, wenn er nur an sie dachte. Sie strahlte eine reizvolle Unsicherheit aus, die in ihm den Wunsch weckte, sie in die Arme zu schließen und nie wieder gehen zu lassen. Aber er hatte sie gehen lassen. Vor fünf Jahren hatte er nicht den Mut und den Verstand besessen, sie zu halten.

Er gab ihr die Cola und lächelte verlegen. „Ja, ich glaube schon, dass man das sagen kann. Ich habe wirklich einiges in meinem Leben verändert."

Sie ging in der großen Halle herum „Wo ist das Telefon? Ich hatte doch keine Ahnung, dass du mich so weit fortbringen würdest. Ich muss mich wenigstens mal melden bei …"

„Es gibt kein Telefon", entgegnete er gelassen.

„Was?" Die Cola zischte aus der Dose, aber Isabel schien es nicht einmal zu merken.

„Wir haben ein Sprechfunkgerät für Notfälle, aber Telefonleitungen gibt es hier draußen keine, und für ein Handy sind wir zu weit entfernt."

Sie sank in einen Sessel und lehnte sich verwundert zurück. „Was ist bloß aus dem Stadtjungen geworden? Hast du nicht Ruhm und Reichtum bei den ‚Urban Natives' erlangt?"

„Das hängt davon ab, was du unter Ruhm und Reichtum verstehst. Die Band war recht erfolgreich. Das letzte Album wurde sogar ‚vergoldet', und das hat mir dann dazu verholfen, diesen Besitz zu erwerben."

„Ich habe den Namen an der Eingangstür gelesen. ‚Tomunwethla Lodge' stand da." Sie strich mit der Hand über den Tisch vor ihr. „Was bedeutet das?"

Ja, sie hatte gut aufgepasst. Er hatte zwar immer gehofft, dass sie sich eines Tages zu ihrer Herkunft bekennen, ja vielleicht sogar stolz darauf sein würde wie er. Aber bei Isabels Lebensgeschichte war das nicht sehr wahrscheinlich.

„Wolkentänzer Lodge", sagte er. „‚Cloud Dancer' ist ein Song, den ich einmal geschrieben habe. Ein richtig trauriger, schwermütiger Titel, der den Leuten die Tränen in die Augen treibt. Aber wahrscheinlich der beliebteste, den ich geschrieben habe."

Isabel stand auf und blieb auf dem ovalen Teppich vor dem Kamin stehen. „Also – worum geht es?"

„Bei dem Song?"

„Bei allem."

Dan stellte sein Bier auf den Tisch, nahm ihre Hand und führte sie zu dem großen Sofa, das vor dem Kamin stand. Über dem Kamin hing ein Elchkopf, dessen traurige Glasaugen auf sie hinabstarrten.

„Worum es bei allem geht ...", begann Dan und schwieg dann einen Moment. „Da hast du mich sehr viel auf einmal gefragt." Er wandte sich halb zu ihr und schlug die Beine übereinander. Oh, wie sehr drängte es ihn, Isabel in seine Arme zu ziehen und die Leidenschaft wiederzuerwecken, von der er wusste, dass sie immer noch in ihr schlummerte. Aber so wie sie ihn jetzt ansah, fürchtete er, dass er damit nur erreichen würde, dass sie vor Angst davonlief – so wie sie es vor fünf Jahren getan hatte.

„Also, zunächst wurde mein Großvater krank", fuhr Dan nach einer Weile fort. „Da bin ich nach Thelma gezogen, um mich um ihn zu kümmern. Und seltsamerweise gefiel es mir dort auf einmal sehr gut." Er verschränkte die Hände hinter seinen Kopf und streckte die Beine aus. „Früher konnte ich es gar nicht erwarten, aus dem Reservat wegzukommen und dem Landleben zu entfliehen." Er beobachtete Isabel aufmerksam, um zu sehen, wie sie reagierte. Kein Lächeln, nichts. Im Gegenteil, sie schien noch abwehrender, noch mehr in sich zurückgezogen zu sein als vorher. Na ja, sagte sich Dan. Was hast du erwartet, Black Horse? „Dann starb mein Großvater."

„Dan, das tut mir leid."

„Er war dreiundachtzig. Er hinterließ mir ein Stück Land, das ihm aufgrund eines Vertrages mit der Regierung um 1880 überlassen worden war. Zu der Zeit, als er starb, hatte sich eine große Holzverarbeitungsfirma an unseren Stammesrat gewandt und wollte mit uns ein Geschäft machen. Sie wollten den ganzen Wald roden."

„Aber dieses Gebiet ist doch heiliges Land!", warf sie überrascht ein. Dann schwieg sie wieder.

„Genau“, sagte Dan. „Doch das Angebot war natürlich verlockend. Wenn man nicht weiß, ob man für den nächsten Tag noch genug zu essen hat, dann lässt man sich schon eher auf so etwas ein.“

Isabel lächelte schwach bei diesen Worten.

„Also habe ich selber ein wenig nachgeforscht. Das Land steht tatsächlich unter Schutz, aber der Stammesrat schien geneigt, sich auf den Deal mit der Holzfirma einzulassen. Um das zu verhindern, habe ich ihnen einen Gegenvorschlag gemacht. Ich bekam eine Sondererlaubnis, hier ein Feriengebiet zu entwickeln und steckte all mein Geld in dieses Projekt. Erst in der vergangenen Woche ist alles fertig geworden.“

„Das Hotel fügt sich wunderbar in die Landschaft ein“, stellte sie anerkennend fest. „Es ist bildschön, Dan.“

„Danke. Ich habe mich ganz bewusst für diesen rustikalen Stil entschieden.“ Mit einer Hand machte er eine ausholende Bewegung durch die Halle – eine perfekte Imitation von Andy, dem ehemaligen Keyboarder der Band, der später eine Karriere als Innendekorateur begonnen hatte. „Und es ist mit allem erdenklichen Komfort für die Gäste ausgestattet.“

Isabel lachte. Der Klang ging Dan unter die Haut.

„Also – das ist es in Kurzfassung. Wenn ich hier Erfolg habe, dann plane ich, weitere Hotels in Alaska, in Belize oder auf Tahiti zu bauen.“

„Warum liegt dir so viel daran?“, fragte sie erstaunt.

„Weil ich genau weiß, was ich tue. Wenn ich nicht gewesen wäre, hätte am Ende irgendjemand anders hier einen dieser grässlichen Freizeitparks, wo überall nachgemachte Totempfähle stehen und der übliche Touristenkitsch verkauft wird. Ich wollte es besser machen.“

Sie erhob sich, durchquerte die Halle und betrachtete einen Wandbehang und die Holzmaske daneben. „Dies ist genau richtig, wirklich.“ Wie stolz war er, das von ihr zu hören, vielleicht würde sie jetzt zugänglicher werden. „Nur die Schneeschuhe dort an der Wand passen nicht hierher. Und auch dieser Schemel aus Geweihen müsste raus.“

„Gerade das ist mein Lieblingsstück."

Sie setzte sich wieder auf das Sofa. „Gut – also nun weiß ich, wieso du hier bist. Und was soll ich hier?"

Er zögerte mit der Antwort. „Das Bild, das du siehst, spricht mehr als tausend Worte."

„Fein. Ich bin gekommen. Ich hab's gesehen. Ich bin beeindruckt. Also würdest du mich nun bitte wieder in die Stadt bringen?"

„Gerade das kann ich nicht", erwiderte er mit leiser, weicher Stimme.

„Wie meinst du das?"

„Wir haben vieles zu besprechen. Dafür brauch' ich Zeit."

Sie setzte sich ärgerlich auf. „Ich habe aber keine Zeit. In genau einer Woche werde ich heiraten. Ich muss mit dem Partyservice sprechen, dem Blumenhändler, meiner Schneiderin, dem Fotografen und …" Sie stand auf und eilte zur Tür. Ihr Rock flatterte ihr dabei um die schlanken Beine, und für einen Augenblick sah sie aus wie eine tanzende Zigeunerin. „Tut mir leid, Dan, eine Entführung durch einen Exfreund hatte ich nicht eingeplant", sagte sie, und ihre Stimme wurde immer lauter.

Er hatte nicht geahnt, dass sie so wütend werden konnte. Nun wurde ihm klar, dass das, was er sich vorgenommen hatte, viel schwerer war, als er gedacht hatte. „Mit anderen Worten, ich soll sagen, was ich dir zu sagen habe, und dann kann ich mich zum Teufel scheren."

Sie atmete tief durch. „Wenn du es unbedingt so grob ausdrücken willst, ja." Trotz blitzte in ihren Augen auf. „Ich habe jedenfalls keine Zeit, mit dir Spielchen zu spielen."

Er durchquerte den Raum and packte sie an den Armen. Sie fühlte sich zart und zerbrechlich an. Er hatte immer ihre Zartheit und ihre betonte Weiblichkeit bewundert, gerade weil sie in solchem Gegensatz zu seiner eigenen Härte und Rauheit standen. Aber als sie jetzt bei seiner Berührung zusammenzuckte, wurde er ärgerlich.

„Hältst du dies alles wirklich für ein Spielchen?"

„Dann sag' du mir, was es sein soll", entgegnete sie.

„Ich habe dich hierher gebracht, weil du mir davongelaufen

warst und ich töricht genug war, dich gehen zu lassen. Das passiert mir nicht noch einmal."

„So?"

Er sah sie unverwandt an und erblickte sein Spiegelbild in ihren Augen. Und in seinen Gedanken sah er jetzt all die Träume und Wünsche, die sie einst gemeinsam hatten. Ein tiefer Schmerz durchzuckte ihn, der Schmerz über all die Hoffnungen und Träume, die sich nicht erfüllt hatten.

„Ich kann dich nicht gehen lassen, Isabel. Du darfst einfach nicht wieder aus meinem Leben verschwinden. Du begehst einen großen Fehler, wenn du diesen Mann heiratest, und das kann ich dir beweisen."

„Wie?", verlangte sie erhobenen Hauptes zu wissen.

„Einfach so." Sanft beugte er sich zu ihren Lippen und legte die Hand auf ihren Hinterkopf. Jetzt war es ganz anders als zuvor auf der Fähre. Diesmal provozierte er sie nicht auf jene hinterhältige Weise, indem er seine Macht über sie demonstrierte. Dies war ein Kuss, der die hemmungslose Leidenschaft wiedererwecken sollte, die sie einst beide miteinander erlebt hatten. Es war, als wolle er sie beide daran erinnern, was sie alles verloren hatten, und dass sie es wiedergewinnen könnten, wenn sie es nur versuchten.

Sie hielt sich ganz steif. Ein ärgerlicher Laut entrang sich ihrer Kehle. Sein Kuss wurde sanfter, werbender, und er streichelte ihr Gesicht mit seinem Daumen von der Schläfe bis zum Kinn. Sie seufzte leise, und ihre geballten Fäuste, die sie ihm gegen die Brust gedrückt hatte, lockerten sich. Nun lagen ihre Handflächen sacht auf seinem Oberkörper.

Oh, wie gut er sich an dieses aufwallende Verlangen erinnerte, das er nur bei ihr empfunden hatte. Und daran, wie sie sich ihm in gleichem Begehren hingab. Ihre Lippen waren weich, und der Geschmack ihres Mundes – der ihm all die Jahre nach ihrem Fortgehen im Gedächtnis verblieben war – erschien ihm so vertraut und willkommen wie die Wiederkehr des Frühlings.

Seine Zungenspitze strich über ihre Lippen, und sie öffnete fast scheu ihren Mund für ihn, während ihre Hände bebten.

Schließlich, als er sich kaum noch beherrschen konnte, nicht gleich hier und jetzt mit ihr zu schlafen, beendete er den Kuss. Sie sah zu ihm auf, ihre Lippen waren leicht geschwollen. In ihren Augen glänzten Tränen.

„Isabel?" Seine Stimme klang tief und rau.

„Ich kann es nicht fassen, dass du so grausam zu mir bist."

Er ließ die Hände sinken. „Was zum Teufel soll das nun wieder heißen?"

Sie holte zitternd Atem. „Du versuchst ja nur, mich irgendwie dazu zu bringen, dass ich Anthony untreu werde."

„Wie wäre es, wenn du dir selber treu bleiben würdest?" Er wandte sich zornig von ihr ab, wütend über sich selber, weil es ihn so sehr nach ihr verlangte. „Das hast du, glaube ich, wohl niemals gelernt."

Isabel zuckte zusammen. Sein Vorwurf traf sie sehr. Dan wusste zwar, dass es nicht ihre Schuld war, aber im Gegensatz zu ihm hatte sie sich schon vor Langem von dem Erbe ihrer indianischen Vorfahren losgesagt. „Ich bin all dem entwachsen, Dan", sagte sie. „Das habe ich alles hinter mir gelassen. Man nennt es auch erwachsen werden."

„Tut mir leid. Ich habe dich nicht aufgestöbert, um dich zu kränken. Ich tat es, um dich zu bitten, mir noch eine Chance zu geben."

Sie fuhr sich mit dem Handrücken über die Wange. „Das nützt nichts. Ich kann einfach nicht. Du bringst in mir etwas Dunkles hervor. In mir gerät alles durcheinander, wenn ich mit dir zusammen bin. So kann ich einfach nicht leben."

„Heißt es denn aber nicht auch, man solle die dunkelsten Stellen in sich suchen und erforschen? Um dann die Sonnenstrahlen zu finden, die alle düsteren Schatten fortbrennen."

„Ja – und merkst du nicht, dass dies gerade das ist, was ich zu tun versuche?"

„Du läufst vor dir selbst davon, Isabel."

Sie ging zur Tür und dann hinaus auf die Veranda, wo sie einen wunderbaren Blick auf den Mount Adams hatte. „Es ist nun mal meine Entscheidung."

Er ging hinaus, stellte sich hinter sie und legte ihr sanft die Hände auf die Schultern. Sie entzog sich ihm nicht.

Nach einer Weile sagte sie: „Bring mich zurück in die Stadt, Dan."

„Ich bringe dich sofort zurück, wenn du mir erklärst, es sei wirklich aus zwischen uns beiden." Er drehte sie zu sich um und sah sie forschend an. Ihr Gesicht verriet ihm die Wahrheit: Sie war von dem Kuss genauso erregt wie er. Doch er erkannte auch, dass sie kurz davor war, durchzudrehen. Jetzt war es besser, ihr Zeit zu lassen, um alles in Ruhe zu überdenken.

„Ich muss die Pferde füttern", sagte er. „Die haben eingebaute Uhren in sich, die ihnen genau sagen, wann es fünf Uhr und Futterzeit ist."

„Ich kann es nicht fassen, dass du dir Pferde hältst. In deinem Apartment in Seattle wolltest du noch nicht einmal einen Goldfisch haben."

Er schmunzelte und breitete die Arme aus. „Hey, ich bin ein verantwortungsbewusster Bürger geworden."

Sie betrachtete seinen Ohrring, seinen Pferdeschwanz und sein T-Shirt mit der Aufschrift „Question Authority" – stell die Autorität infrage. „Oh, ja ..."

Pfeifend lief Dan die Treppe hinunter. „Glaub, was du willst. Diese Nacht wirst du bei mir bleiben, ob es dir nun passt oder nicht."

3. KAPITEL

Isabel blickte Dan nach, während er den schmalen Pfad durch den Wald zu den Pferdeställen hinunterschlenderte. Er hatte immer noch den lässigen, geschmeidigen Gang, mit dem er auch vor seinen vielen Fans auf die Bühne zu kommen pflegte. Wie ein Verrückter sah er eigentlich nicht aus.

Aber sie wusste es besser. Auf alle Fälle machte er sie verrückt, wenn sie mit ihm zusammen war. Sie legte einen Finger an ihre Lippen und schloss die Augen, als Erinnerungen sie durchfluteten. Warum hatte er sie nur geküsst? Warum musste er damit all die Wonnen und all den Schmerz und die magischen Augenblicke wiederbeleben, die jeden Tag mit ihm für sie zu einem Abenteuer gemacht hatten?

Warum musste er sie daran erinnern, dass sie keine Spur dieser wilden, aufregenden Leidenschaft mit Anthony erlebte?

Der Gedanke an ihren Verlobten riss sie aus ihren melancholischen Gedanken und ließ sie handeln. Hastig stieß sie die Tür zur Halle auf, nahm ihre Tasche vom Bartresen, hängte sie sich über die Schulter und verließ das Haus.

Wenn Dan sie nicht zurück in die Stadt bringen wollte, musste sie eben selbst zusehen, wie sie dorthin kam. Auch wenn sie nur leichte Espadrilles trug, sie würde losmarschieren und ein Telefon suchen.

Warum hatte Anthony bloß nicht energisch protestiert, als sie ihn vom Fährhafen aus angerufen hatte? Hätte er nicht sagen können „Ich finde deine Idee, einen Tag mit deinem Exlover zu verbringen, einfach blödsinnig. Komm so schnell wie möglich wieder zurück!“

Aber nein, das entsprach nun mal nicht seiner toleranten, verständnisvollen Art. „In Ordnung, Liebling“, hatte er nur gemeint. „Wenn du das für nötig hältst, dann tu’s.“

Irgendwie wünschte sie, er besäße genügend männlichen Stolz, um seine ureigensten Ansprüche geltend zu machen. Warum konnte er sie nicht einfach über seine Schulter werfen und sie in seine Höhle schleppen wie ein Neandertaler, so wie es Dan getan hatte?

Andererseits war ihr natürlich klar, dass Dans Methoden ausgesprochen primitiv, ja regelrecht hinterhältig waren. Die Erwähnung des Babys, das sie verloren hatte, hatte sie sehr geschmerzt.

Sie warf ihre Haare nach hinten und ging den Waldweg hinab. Oder das, was einigermaßen wie ein Weg aussah. Die Lichtung, auf der das Hotel stand, war von einem Wald umgeben, der so dicht und urwüchsig war, dass sie sich vorkam wie Eva im Garten Eden.

Isabel versuchte, sich über ihre Lage Klarheit zu verschaffen. Auf Dans Harley waren sie angekommen. Sie hatte noch die Grasflecken an ihrem Rocksaum von der Fahrt quer durchs Gelände. Aber da musste doch ein Weg sein, und sei es auch nur ein kleiner Pfad, den die Arbeiter zum Transport der Baumstämme benutzt hatten. Oder eine Straße, denn irgendwie hatte man doch das Baumaterial herbeischaffen müssen.

Dan hatte ihr erzählt, dass die Hotelgäste normalerweise mit dem Hubschrauber kommen würden, dafür sei ein Landeplatz ein Stück weiter bergauf freigemacht worden. Das sei umweltschonender, als eine Straße zu bauen und dafür Bäume zu fällen.

Ärgerlich vor sich hin murmelnd, ging sie den Berghang hinab in der Hoffnung, irgendwann auf einen Waldweg zu stoßen, der sie dann wiederum zu einer Landstraße führen würde. Doch innerhalb der nächsten halben Stunde wurde ihr klar, dass die Kleidung, die sie für die Party angezogen hatte, nicht gerade für einen Marsch durch die Wildnis geeignet war.

Nach einer weiteren halben Stunde blieb sie stehen und stellte fest, dass die Sonne sich zu ihrer Linken befand. Dort war also Westen. Seattle, das wusste sie, lag irgendwo in nordwestliche Richtung. Doch wie sollte sie dorthinkommen? In etwa einer Stunde würde die Sonne untergehen, und der Wald erschien ihr immer dichter und undurchdringlicher.

Zu allem Überfluss fing es nun auch noch an zu regnen.

Der Fluch, den sie ausstieß, überraschte Isabel selber. Ihr Rocksaum schleifte über hohes, dichtes Farnkraut. Plötzlich fiel ihr der Name dieser Farnart ein. Unser Volk benutzt dieses

Kraut als Heilpflanze für Wunden, flüsterte eine Stimme in ihr.

„Schön“, murmelte Isabel, „und was benutzt man, um sich nicht in einer solchen Wildnis zu verirren?“

Die innere Stimme, die ihr die Kräuter in Erinnerung rief, war die Stimme ihres Vaters, eine Stimme, der sie nicht gehorchen würde. Er war der erste Mann in ihrem Leben gewesen, der sie bitter enttäuscht hatte.

Sie biss die Zähne zusammen. Dies alles war total verrückt. Sie sah im Geiste schon die Schlagzeilen der Zeitungen: „Braut eines prominenten Geschäftsmanns tot aufgefunden.“ Und Connie würde den Reportern sagen: „Sie war an jenem Tag völlig durcheinander.“

Dennoch stolperte sie weiter durch das Dickicht, fest entschlossen, nicht aufzugeben. Dann wurden die Schatten länger, und der Waldboden wurde immer nasser. Bei jedem Schritt überlegte sie sich eine neue Strafe für Dan, der ihr diesen grässlichen Marsch durch die Wildnis eingebrockt hatte. Oh ja, sie würde es ihm heimzahlen, diesem verdammten Kerl!

Ihr nasses Haar hing ihr in wirren Strähnen ins Gesicht. Ihr Rock und ihr T-Shirt waren völlig durchgeweicht, und die Kleilabsätze ihrer Espadrilles waren mit Nässe vollgesogen wie Schwämme.

Verzweifelt, nass und wütend reckte sie wutentbrannt die Faust in den abendlichen Himmel. „Dieser verdammte Dan Black Horse!“, rief sie aus.

Ein paar Minuten später sah sie, dass sich wenige Meter vor ihr etwas im Unterholz bewegte. Zweige schnellten zur Seite, als irgendetwas zwischen den Bäumen auf sie zukam.

Eine neue Schlagzeile kam ihr plötzlich in den Sinn: „Bainbridge-Braut von Bär zerfleischt!“

Isabel stieß einen gellenden Schrei aus.

Als Dan vom Füttern der Pferde zurückkam und Isabel nicht auf der Veranda vorfand, vermutete er zunächst, sie mache einen Entdeckungsrundgang über das Gelände.

Gut, dachte er. Er hatte sich solche Mühe gegeben, die Anlage schön zu gestalten. Härter als je zuvor in seinem Leben hatte er daran gearbeitet. Es im Musikgeschäft zu schaffen war ein Kinderspiel im Vergleich dazu. Er hatte aus einem unberührten Waldgebiet eine Ferienanlage aus dem Boden gestampft, ohne den Wald unnötig zu zerstören. Die Anlage bestand aus dem Hotel, den Nebengebäuden, einem Innenhof mit hinreißendem Blick auf den Mount Adams sowie Ställen, Geräteschuppen und dem Hubschrauberlandeplatz. Es wäre sicher einfacher gewesen, Bulldozer und Zementmischer herzuholen, aber er hatte alles in Handarbeit bauen lassen – von indianischen Arbeitern.

Er hoffte so sehr, dass dies alles auch Isabel gefallen würde und dass sie verstand, was der Besitz für ihn bedeutete. Vielleicht wäre sie dann auch zugänglicher und würde ihr Herz für ihren Stamm wiederentdecken, den sie vor so langer Zeit hatte verlassen müssen.

Er setzte sich auf die Verandaschaukel aus Zedernholz, wartete auf sie und überlegte, was er ihr an diesem Abend noch zu sagen hatte.

Zuerst einmal sollte es ein prächtiges Essen geben. Gegrillter Lachs aus dem Fluss, Gemüse und Kräuter aus Juanitas Garten und dazu einen guten Wein aus einer der hiesigen Kellereien. Und nach dem Dinner würde er ihr alles sagen. Oder fast alles ...

Es erschien ihm ein wenig zu früh, ihr schon zu gestehen, dass er kurz vor dem Bankrott stand. Und vielleicht ein wenig zu spät, ihr zu gestehen, dass er sie liebte.

Nach einer Weile wurde er unruhig. Er stand auf und ging auf der Veranda auf und ab. Dann durchstreifte er die gesamte Anlage.

Schließlich wurde ihm zu seinem Schreck und Kummer klar, dass Isabel fort war.

„Lady, Sie sehen aus, als sei Ihnen ein Geist erschienen", sagte der Fremde.

„Ein Bär", stieß Isabel hervor. Die Beine drohten unter ihr nachzugeben. Sie lehnte sich an einen großen Felsen. Der war genauso nass wie sie selber.

„Ein Bär?" Der Fremde sah sich um. Seine langen Haare flogen ihm dabei um den Kopf. „Wo denn?"

„Sie ...", stammelte sie und merkte, dass das stundenlange Umherirren sie ganz verwirrt hatte. „Ich dachte, Sie wären ein Bär."

„Cool." Er schob einen niedrighängenden Zweig zur Seite. Er sah aus wie jeder andere, typisch amerikanische Teenager: Klobige Wanderstiefel, weite Jeans, die ihm tief auf den Hüften saß, ein kariertes Hemd mit einer auf seinem Rücken herabhängenden Kapuze, die Haare oben auf den Kopf lang, aber an den Seiten wegrasiert. Nur eines ließ erkennen, wer dieser Junge in Wirklichkeit war: Zum Schutz gegen den Regen hielt er eine breite, geflochtene Matte über dem Kopf, die von drei Stöcken getragen wurde. In die Matte eingeflochten war ein Indianer-Stammeszeichen – ein Bär.

„Ich bin Isabel Wharton", sagte sie, „und ich glaube, ich habe mich total verirrt."

Er grinste halb schüchtern, halb frech. „Ich bin Gary Sohappy, und ich dachte mir schon, dass Sie sich verirrt haben."

„Sie ..." Ihr Puls hatte sich inzwischen wieder normalisiert. „Woher wussten Sie denn, dass Sie mich suchen sollten?"

„Dan hat uns über Sprechfunk Bescheid gegeben." Gary hielt das Regendach über sie, sodass sie beide geschützt waren. „Er sagte, ich solle nach einer toll aussehenden Frau Ausschau halten, die ganz schön widerspenstig ist." Er nahm Isabel beim Ellenbogen und führte sie den Abhang hinab. „Passen Sie auf, wohin Sie treten", warnte er sie, aber dann sah er sie listig lächelnd an. „Aber Sie sind ja gar nicht widerspenstig."

„Nur gegenüber Dan Black Horse", antwortete sie leise. „Ich nehme an, er ist Ihr Freund."

„Ja, das ist er." Inzwischen war es fast ganz dunkel geworden, und Isabel konnte keinen Pfad erkennen, aber der Junge schien genau zu wissen, wie er zu gehen hatte. „Mein Onkel und ich und eine Menge andere Leute aus dem Reservat haben Dan geholfen, das Hotel zu bauen. Er hat mir gesagt, Sie seien sein allererster Gast."

Nun bekam Isabel doch Gewissensbisse. Da hatte Dan nun ein richtiges Waldparadies geschaffen, und sie hatte seine Arbeit noch nicht einmal zu würdigen gewusst. Wie gedankenlos von ihr!

„Er hat mich zu einer ungünstigen Zeit erwischt", meinte sie.

„Scheint so", sagte Gary. „Ich hoffe nur, dass es den Seahawks besser gefallen wird als Ihnen."

Sie sah ihn fragend an. „Die Seahawks? Meinen Sie die Seattle Seahawks?"

„Ja. Dan hat versucht, mit ihnen einen Vertrag abzuschließen, wonach die ganze Mannschaft das Hotel als Erholungsstätte benutzen würde. Sie wissen schon, gemeinsame Wochenenden, Wanderungen und so weiter, um den Teamgeist zu stärken."

Auf einmal machte es in ihrem Kopf klick. Anthony arbeitete als Promoter für das Seahawks-Team. Auf diese Weise also war Dan mit ihm in Verbindung gekommen und hatte erfahren, wo sie zu finden war. Aber wenn Dan dieses Geschäft unbedingt machen wollte, wie konnte er dann den erhofften Vertrag gefährden, indem er sie, Isabel ausgerechnet jetzt zurückzuholen versuchte? Anthony war wirklich ein toleranter Mann, aber das wäre wohl sogar für ihn zu viel.

Es war völlig dunkel, als Isabel und Gary endlich zu einer ebenen Lichtung gelangten. Isabel sah eine Anzahl von kleinen Häusern am Rande eines Berghangs stehen, außerdem einen uralten Traktor und einen ziemlich zerbeulten Pick-up.

„Wie weit sind wir hier von der nächsten Stadt entfernt?", fragte sie Gary.

Er blieb unter dem Vordach eines der Häuser stehen und schüttelte das Regendach aus. „Es sind ungefähr zehn Meilen von hier nach Thelma. Vielleicht wird Dan Sie am Montagabend hinbringen. Die Feuerwehr veranstaltet dann einen Tanzabend."

„Dan bringt mich nirgendwohin", murmelte Isabel. Dann betraten sie das Haus, und auf einmal kam sie in eine gänzlich andere Welt.

Nie zuvor war sie hier gewesen, hatte dieses Haus noch nie gesehen, dennoch kam es ihr seltsam bekannt vor. Dies war ein

Ort, der tief in ihrem Herzen verwurzelt war und vor dem sie vor Jahren davongelaufen war.

Sie stand auf einer Strohmatte in einer kleinen Küche. Der Linoleumfußboden war voller Risse, aber blitzsauber. Die gelben Arbeitsflächen waren braun gemustert, ganz im Stil der sechziger Jahre. Auf einem Propangasherd standen ein zerbeulter Teekessel und ein großer gusseiserner Bratentopf, unter dem Deckel kräuselte sich wohlriechender, nach Kräutern duftender Dampf hervor.

An der Wand hing ein Werbekalender von einer Tankstelle, das Foto zeigte den Mount Rainier. Das Bild war schon halb verblasst, und der Kalender war seit dem Februar nicht mehr abgerissen worden. In der Tür stand eine kleine, zierliche, ältere Frau, in deren Lächeln eher ein Willkommen als Überraschung zu lesen war.

„Hallo, Gram." Gary stellte seine Stiefel auf eine Gummimatte neben der Tür. „Ich hab' sie gefunden."

„Das ist gut. Das Abendessen ist gleich fertig."

Gary verließ den Raum, und die Frau neigte grüßend den Kopf vor Isabel. „Ich bin Juanita Sohappy."

„Und ich bin Isabel Wharton. Ich nehme an, Dan hat Ihnen von mir erzählt."

Juanita nickte, hob den Deckel eines Korbes hoch und entnahm ihm eine Wolldecke. „Hier. Ziehen Sie Ihre Schuhe aus, und wärmen Sie sich erst einmal. Setzen Sie sich an den Tisch. Ich bringe Ihnen gleich etwas Stew."

„Ich habe keinen Hunger, danke schön." Isabel zog sich die weiche Decke um die Schultern.

Juanitas Augen blitzten warnend auf. „Jeder, der in mein Haus kommt, isst hier auch."

Isabel setzte sich gehorsam an den Tisch und freute sich im Stillen über Juanitas etwas aggressive Gastfreundschaft. Die Einrichtung der Küche zeugte von Armut, aber auch von dem rührenden Stolz dieser Leute auf die wenigen Kostbarkeiten, die sie besaßen. Auf der Anrichte waren vier schöne Zierteller aufgestellt, davor stand eine Sammlung von Schnapsgläsern, der Aufschrift nach Andenken an die Weltausstellung von 1962. Und Juanitas Schürze, aus dem Stoff eines Mehlsacks gefertigt, war an den Rändern mit kunstvollen, hübschen Stickereien verziert.

Isabel hatte plötzlich einen Kloß in ihrer Kehle, und die Wahrheit dämmerte in ihr.

Sie hatte sich ein Leben auf Bainbridge Island aufgebaut. Aber ihre Seele hatte sie an einem Ort wie diesem zurückgelassen.

4. KAPITEL

Petunia drehte ihren Kopf zur Seite und warf dem Reiter auf ihrem Rücken ein vorwurfsvollen Blick zu. Sie war Dans bestes Pferd, aber er wusste auch, dass die Stute es hasste, nass zu werden und dass sie nicht gern im Finstern draußen war.

Dan sprach beruhigend auf das Tier ein und lenkte es den Abhang hinab. Zu Pferde würde er Isabel am ehesten ausfindig machen. Im Sattel hatte er den besten Überblick, jedenfalls, bis es dunkel wurde. Außerdem hätte er auf dem Motorrad etwaige Rufe Isabels wegen des Motorlärms nicht hören können.

Der Regen rauschte durch den Wald, tropfte von den Bäumen und Farngewächsen und klopfte dumpf auf die Kapuze von Dans Poncho. Jetzt wollte er einmal bei Juanita und Theo nachsehen, und wenn Isabel nicht bei den Sohappys war, würde er den Rettungsnotdienst der Forstverwaltung über Sprechfunk alarmieren.

Einstweilen rief und schrie er Isabels Namen, bis ihm die Kehle wehtat.

Verdammt, wo steckte sie nur?

Auf dem Weg nach Norden zu den Sohappys fiel ihm ein, dass er ja im Grunde schon seit fünf Jahren auf der Suche nach Isabel Wharton war. Doch erst jetzt wusste er, was er zu tun hatte, um Isabel zurückzugewinnen – vorausgesetzt, sie blieb lange genug bei ihm und hörte ihm zu. Wenn er nur diese Mauer durchdringen könnte, die sie um sich herum errichtet hatte! Und wenn er nur all die Worte finden könnte, die er schon damals vor Jahren hätte zu ihr sagen sollen.

Er dachte daran zurück, als er sie zum allerersten Mal gesehen hatte. Die Szene hatte sich seinem Gedächtnis unauslöschlich eingeprägt. Er war damals dreiundzwanzig, nassforsch und von dem Drang besessen, aus allem auszubrechen und die Leute zu schockieren. Auch sein Äußeres war darauf gestylt: die Pferdeschwanzfrisur, die Lederkleidung, der Ohrring und sein Benehmen. Alles zielte darauf ab, den Leuten Angst vor ihm zu machen. Es war ihm zur zweiten Natur geworden.

Ihm hatte das gefallen.

Als Isabel in sein Leben kam, stand er auf der Bühne eines Nachtclubs, spielte Gitarre und sang für ein Publikum, das genau so finster und bedrohlich aussah wie er selbst. Seine Musik hatte ihm bereits Bewunderung und Lob von den örtlichen Kritikern eingebracht, was ihm im Grunde gleichgültig war. Wenn er auftrat, versank er gleichsam in dem scharfen, rauen Rhythmus, den er über sich hinwegrauschen ließ wie die ständige Brandung der See. Durch seine Musik brachte er die Wildheit und das Mysterium aus seinem tiefsten Innern hervor. Seine unablässige Hingabe und seine Präzision beim Musizieren waren zwar einträglich, führten jedoch letztendlich zur Selbstzerstörung.

Trotz der ihn blendenden Scheinwerfer hatte er Isabel sofort entdeckt. Zunächst nahm er sie nur als schemenhafte Gestalt wahr, aber bei näherem Hinsehen entpuppte sie sich als der totale Gegensatz zu den finster aussehenden, tobenden Zuschauern. Sie war ganz in Weiß gekleidet, ihre Haare umrahmten ihr blasses Gesicht wie ein schwarzer Heiligenschein, und sie hatte die traurigsten, größten Augen, die Dan je gesehen hatte.

Er trat vom Mikrofon zurück und zupfte, ohne zu singen, nur ein paar Riffs auf seiner Gitarre, während er sie beobachtete. Sie beugte sich zu Leon Garza, seinem am Mischpult sitzenden Toningenieur, hinab und sprach zu ihm, wobei ihr das lange Haar ins Gesicht fiel. Mit einer schnellen, nervösen Handbewegung strich sie sich eine Strähne hinters Ohr.

Leon zog die Brauen hoch und musterte sie mit so deutlicher Begierde von oben bis unten, dass Dan ihm liebend gern einen Kinnhaken verpasst hatte, und wies mit einem Nicken zur Bühne.

Dan ließ seine Gitarrenriffs verklingen und signalisierte seinem Keyboarder, die Melodie zu übernehmen. Isabel sah empor, als Dan an den Bühnenrand trat. Der Ausdruck in ihrem Gesicht war etwas, das Dan nie in seinem ganzen Leben wieder vergessen würde. Unsicherheit und Unbehagen spiegelten sich in ihren Zügen, und er erkannte sofort, dass sie es nicht gewohnt war, sich in dieser Szene zu bewegen. Mit ihrer schmalen Hand hielt sie den Schulterriemen ihrer Umhängetasche fest. Was ihn aber am meisten verblüffte, war die feste Entschlossenheit, die sie ausstrahlte. Und gleichzeitig nahm er das flüchtige Aufflackern sexuellen Interesses bei ihr wahr. Vermutlich war sie sich nicht einmal dessen bewusst. Ihre Zungenspitze berührte blitzschnell ihre Lippen. Unwillkürlich hielt sie die Luft an, und ihre Augenlider senkten sich kaum merklich. Oh ja, sie war ein anständiges Mädchen, aber in ihrer Seele schlummerte Wildheit.

„Ich heiße Isabel Wharton.“ Sie gab ihm ihre Visitenkarte. „Ich glaube, ich habe gerade Ihr Motorrad ziemlich schlimm beschädigt.“

Das war der Anfang gewesen. Er hatte jene plötzlich aufkommende Zuneigung und Begierde, die ein Kribbeln im Bauch auslöste, damals ebenso gespürt wie sie. Dieses Verlangen nacheinander war so übermächtig, dass es für immer hätte anhalten können …

„Ich will dich nicht noch einmal verlieren, Isabel“, flüsterte er vor sich hin, während er durch den Wald ritt.

Das Wohnzimmer war klein und ziemlich schäbig. Gary war im Nebenzimmer, hatte Kopfhörer aufgesetzt und spielte „Luftgitarre“ zu Rockmusik. Doch da er die Lautstärke voll aufgedreht hatte, konnte Isabel sogar im Wohnzimmer die blechernen Klänge hören, die aus den Kopfhörern drangen. Es war einer von Dans Songs.

Juanita saß in einem abgewetzten Sesel und strickte einen Schal aus roter Wolle. Auf dem Sofa saß ihr Sohn, ein höflicher, zurückhaltender Mann namens Theo, der kurz nach Isabel ins Haus gekommen war. Seine in festen Stiefeln steckenden Füße hatte er auf einen Stapel von Zeitschriften für Land- und Forstwirtschaft gelegt.

„Ich nehme an, dass Dan bald hier sein wird“, meinte Theo. „Es sind ja nur zwanzig Minuten von dort zu Fuß.“

Isabel sah ihn schüchtern an. Ihr war angenehm warm, doch ihre Dauerwellen gehörten der Vergangenheit an. Das sei ihr indianisches Blut, hatte ihre Pflegemutter stets gesagt. Indianer hätten nun mal dichtes, glattes Haar. Am selben Tag hatte Isabel ihr Taschengeld von drei Wochen für eine Dauerwelle ausgegeben und hatte seitdem ihr Haar immer lockig getragen.

„Zwanzig Minuten?", fragte sie. „Ich bin mindestens zwei Stunden da draußen herumgeirrt."

Theo bewahrte seine würdige Miene, zwinkerte aber mit einem Auge. „Dann haben Sie wahrscheinlich einen Umweg gemacht. Sie müssen ganz schön wütend gewesen sein."

Sie schnaubte verächtlich. „Nicht wütend. Nur ungeduldig."

Juanita lachte fast unhörbar.

Isabel gab nach. „Na ja, vielleicht ein bisschen wütend." Unerwarteterweise, fast gegen ihren Willen, fühlte sie sich wohl bei dieser Familie. Und da war es schon wieder, dieses für sie so wichtige Wort: Familie.

Sie hatte nie eine richtige Familie gehabt. Nur schwach entsann sie sich einiger glücklicher Tage in der Reservation, ehe ihr waghalsiger Vater in den Tod gestürzt war. Danach erinnerte sie sich nur verschwommen an einige unbedeutende Monate. Da hatte sie zwar noch ihre Mutter, eine Weiße. Aber die existierte eigentlich nur neben ihr, ohne ihr eine wirkliche Mutter zu sein. Bald nach dem Tod des Vaters hatte ihre Mutter alle Verbindungen zu ihrer Tochter abgebrochen. In einem Zustand der Verwirrung und Verzweiflung hatte sie Isabel an Pflegeeltern übergeben.

Die beiden O'Dells waren herzensgute ältere Leute, die felsenfest davon überzeugt waren, dass Isabels düstere Stimmungen daher rührten, dass das Mädchen zwischen seiner indianischen Herkunft und der weißen Mutter hin und her gerissen war. Die Pflegeeltern hatten nicht beabsichtigt, dass Isabel ihre indianische Herkunft leugnen und verachten sollte, aber ihre „typisch weiße" Lebensart veränderte im Laufe der Zeit auch Isabel. Trotz bester Absichten hatten sie Isabel so stark beeinflusst, dass sie schließlich das Andenken an den Vater und dessen Stamm völlig verdrängte.

Als Isabel ihren Highschool-Abschluss gemacht hatte, waren die O'Dells nach Arizona gezogen. Danach hatte sich ihr Kontakt auf gelegentliche Briefe und die üblichen Weihnachtsgrußkarten beschränkt. Kein Wunder, dass sich Isabel nach einer Familie sehnte. Unbewusst hatte sie seither immer wieder nach einer Familie gesucht, der sie sich zugehörig fühlen konnte.

Bei Dan hatte sie damals beinahe die Geborgenheit gefunden, die sie sich so sehr wünschte. Mit einer Mischung von Staunen und Freude hatte sie das positive Ergebnis ihres Schwangerschaftstests zur Kenntnis genommen. Dann war sie in den Club geeilt, wo Dan an jenem Abend auftrat. Ungeduldig hatte sie gewartet, bis sie zu ihm laufen, ihn in den Arm nehmen und ihm sagen konnte, dass sie ein Baby von ihm erwartete.

Die Art, wie er darauf reagierte, war der Anfang vom Ende ihrer Beziehung. Er hatte entsetzt ausgesehen, ein paar leise Flüche ausgestoßen und sie dann mit einem falschen Lächeln getröstet und ihr Hoffnung gemacht. Natürlich würden sie heiraten und ein kleines Haus für sie beide in West Seattle finden. Sie würden Möbel und Geschirr einkaufen und sich ein gemeinsames Leben aufbauen.

Zwei Wochen später erlitt Isabel eine Fehlgeburt. Und zwei Wochen später verlor sie auch Dan. Er war zu einem Konzert unterwegs gewesen, als die Blutungen begannen. Als er bei ihr in der Klinik eintraf, stand schon fest, dass sie das Baby verloren hatte.

Er hielt sie in seinen Armen und weinte mit ihr, aber Isabel erkannte trotz ihrer Benommenheit durch die Schmerztabletten, dass er nur traurig zu sein vorgab, sich aber insgeheim erleichtert fühlte.

„Sie sind gerade eine Million Jahre entfernt von hier“, sagte Juanita, und ein Lächeln glitt über ihr faltiges Gesicht, das von den vielen Jahren ihres Lebens gezeichnet war.

Isabel lächelte zurück. „Ja, ich glaube, das war ich wohl eben …“

Juanita legte ihr Strickzeug beiseite, nahm ein Tuch aus einer Schüssel, die mit einer wohlriechenden, dampfenden Flüssigkeit gefüllt war, und wrang es aus. „Gegen meine Arthritis“, erläuterte sie und legte sich das Tuch um den rechten Ellenbogen.

„Ma, der Arzt hat doch gesagt, du sollst die Tabletten nehmen und das Heizkissen drauflegen“, erinnerte Theo sie.

„Meine Methode ist besser.“ Juanita sah Isabel an. „Ich benutze eine alte indianische Tinktur aus Nieswurz und Wermutkraut.“

„Es riecht wunderbar", bemerkte Isabel. Nur in diesem Haus zu sein löste in ihr tiefe Empfindungen aus. Diese Menschen stellten ihr keine Fragen und machten ihr keine Vorwürfe, sondern nahmen sie einfach so an, wie sie war. Während Juanita in der Küche herumwirtschaftete, das Abendessen und einen Kräuteraufguss zubereitete, kehrten all die alten Gewohnheiten und Bräuche in Isabels Bewusstsein zurück. Zu ihrer eigenen Überraschung schmerzte sie das überhaupt nicht.

Der Regen hörte ebenso sanft auf, wie er begonnen hatte. Isabel ging auf die kleine Veranda vor dem Haus hinaus. Die ersten Sterne funkelten am Abendhimmel auf. Die Luft roch nach immergrünen Gewächsen und frischem Wasser. Es war kühl in dieser Höhenlage. Isabel zog den warmen Umhang fester um sich.

Sie hörte Dan kommen, noch ehe sie ihn sehen konnte. Sie hörte das Pferd, das Stampfen der Hufe, ab und zu das Schnauben des Tieres und das Knarren des Sattelzeugs.

Nicht jeden Tag kam ein Mann zu Pferde, um sie zu suchen.

Dann ritt er auf den dunklen Hof. Er hatte einen Poncho mit einer Kapuze an. „Und ich hatte schon gedacht, nach Bainbridge Island zu kommen, um dich zu holen, wäre eine riesige Anstrengung", sagte er mit seiner tiefen, samtenen Stimme.

Theo kam hinaus auf die Veranda. „Alles klar, Dan?"

„Ja. Aber Petunia ist stocksauer auf mich."

„Petunia?", fragte Isabel.

„Das ist nun mal der Name meiner Stute. Sie hört auf keinen anderen."

„Du kannst sie über Nacht in unserer Scheune lassen", sagte Theo. „Gary wird sie morgen früh zu dir hinüberreiten. Willst du hierbleiben?"

„Ich leihe mir deinen Pick-up, wenn du nichts dagegen hast."

Isabel wollte protestieren. Aber dann fielen ihr das kleine Haus und die kärglichen Vorräte der Sohappys ein. Es wäre nicht fair gewesen, der Familie zur Last zu fallen.

Doch die Aussicht, die kommende Nacht allein mit Dan in seinem luxuriösen Hotel in der Wildnis zu verbringen, behagte ihr ebenso wenig.

5. KAPITEL

Gibt es wirklich eine Straße zu deinem Besitz?", fragte Isabel.

Dan lächelte und legte einen anderen Gang ein. „Das ist ein alter Weg, den die Waldarbeiter zum Transport der Baumstämme benutzt haben. Man muss ihn kennen, um ihn zu finden."

Isabel hielt sich an der Kante ihres Sitzes fest, als das Fahrzeug über Baumwurzeln holperte. „Na gut", sagte sie. „Dann kannst du mich ja morgen auch nach Hause bringen."

Er schwieg. Er wollte nicht, dass sie morgen nach Hause zurückkehren würde. Es ärgerte ihn sehr, dass sie darauf zu bestehen schien.

„Wie haben dir die Sohappys gefallen?", fragte er schließlich.

„Sehr."

„Sie sind meine nächsten Nachbarn."

„Ich habe Glück gehabt, dass Gary mich gefunden hat."

„Der ist ein guter Junge. Er war es nicht immer, aber jetzt ist er es."

„Er hat mir gesagt, dass du hoffst, die Seahawks hier oben zu haben. Warum hast du mir das nicht erzählt?"

Er fuhr vor den Eingang der Hotels und hielt. „Weil es nun vielleicht doch nicht damit klappt."

„Warum nicht?"

Dan stellte den Motor ab und legte seine Arme um das Lenkrad, dann sah er sie an. Der Regen hatte ihre Dauerwelle ruiniert, sodass ihr die Haare glatt und glänzend herunterhingen. So mochte Dan es lieber. „Weil ich ihrem Werbechef die Braut gestohlen habe."

„Oh, bitte!" Sie stieß die Wagentür auf, sprang aus dem Wagen und lief die Treppe zum Eingang hoch.

„Du kannst reingehen", sagte Dan. „Die Tür ist nicht verschlossen."

Sie eilte ins Haus. Er hatte im Kamin in der Haupthalle ein Feuer angezündet, und die lodernden Flammen zogen sie magisch an. Er stand hinter ihr, beobachtete ihre knappen Bewegungen und empfand eine grenzenlose Zärtlichkeit für sie.

„Hör mal zu", sagte sie und starrte wie hypnotisiert ins Feuer. „Erstens wäre es gut gewesen, wenn du mir von deinen Geschäften mit Anthony erzählt hättest. Und zweitens hast du nicht seine Braut gestohlen!"

„Also nur geliehen, ausgeborgt?", schlug Dan vor.

„Ich bin weder sein noch dein Eigentum. Tony war erstaunlich verständnisvoll, als ich ihn heute anrief."

„Dann ist er ein Narr." Dan fasste Isabel bei den Schultern und drehte sie zu sich herum. „So wie ich vor langer Zeit ein Narr gewesen bin. Ich hätte dich niemals gehen lassen sollen, Isabel."

Einen Moment lang schien es, als wollte sie ihm in die Arme sinken.

Eine unerträgliche Spannung packte ihn. Er wollte seinen Mund auf ihre Lippen pressen, ihren Mund schmecken und die seidigen Strähnen ihres Haars streicheln.

Doch ehe es dazu kam, fasste sie sich wieder und trat einen Schritt zurück. „Es war niemals die Frage, mich gehen zu ‚lassen'. Ich habe aus eigenem Willen mit dir Schluss gemacht. Das war alles."

„Und warum weinst du dann, Isabel?", flüsterte er.

Sie hob die Hand an ihre Wange und schien erstaunt, dort Tränen zu fühlen. „Es war ein langer, anstrengender Tag", sagte sie mit unsicherer Stimme.

Er nahm sie bei der Hand. „Komm, dein Zimmer ist bereit."

Sie schien ein wenig verwirrt, als sie ihm die Treppe hinauffolgte. Er gab ihr sein Lieblingszimmer, dessen Wände in Tannengrün gehalten waren. Der handgewebte Teppich, der die eine Wand schmückte, zeigte eine zarte Blüte.

Das Oberteil eines Männerpyjamas aus Flanell lag zusammengefaltet auf dem Bett. Isabel sah Dan fragend an.

„Es ist einer von meinen", erklärte er.

„Aber du hast doch nie …" Sie wurde rot und stockte.

„Stimmt, jedenfalls nicht, als ich in der Stadt wohnte. Aber hier oben wird es nachts recht kalt. Die Heizung des Hauses wurde ja auch erst vor ein paar Monaten betriebsfertig." Er drückte ihr den Pyjama in die Hand und wies auf das große grün gekachelte, chromblitzende Badezimmer nebenan, dessen Wände zum Teil aus Glasbausteinen bestand. „Inzwischen mache ich dir ein Kännchen Tee, ja?“

„Danke“, sagte sie leise. Dann verschwand sie im Bad, während Dan in die Küche ging.

Als er kurze Zeit später mit einem Tablett zurückkam, blieb er in der Tür stehen, lehnte sich an den Türrahmen und musste lächeln. Isabel lag schon im Bett und schlief ganz fest.

Isabel erwachte unter einem Gebirge von Eiderdaunen, mit denen die Bettdecke gefüllt war. Sie dehnte und streckte sich darunter und fand, dass dieses Bett das bequemste und gemütlichste war, in dem sie je geschlafen hatte. Kaum hatte ihr Kopf das Kissen berührt, war sie auch eingeschlummert. Allerdings, so fiel ihr ein, war es wohl auch kaum ein Wunder, dass sie nach ihrem kilometerlangen Marsch durch den Wald so müde gewesen war.

Sie stand auf und badete in der ovalen, in den Boden eingelassenen Wanne und drehte dabei die Massagedüsen an den Wannenseiten voll auf, um ihren Körper zu verwöhnen. Erst als sie hungrig war, stieg sie aus der Wanne. Sie hüllte sich in den Bademantel aus dickem Frotteestoff ein, der auf dem beheizten Handtuchtrockner hing, fuhr sich mit den Fingern durchs Haar und benutzte die auf der Waschbeckenkonsole liegende neue Zahnbürste.

Schließlich suchte sie ihre Kleidung. Ihr schauderte bei dem Gedanken, ihre Sachen noch nass und auf einem Haufen liegend vorzufinden. Doch zu ihrer Überraschung lagen ihr Rock, das T-Shirt, ihre Espadrilles und ein warmer Pullover auf der Gepäckbank gleich neben der Tür. Alles war für sie gereinigt und getrocknet worden.

Sie fand Dan in der Küche, wo er unschlüssig eine Dose mit backfertigen Brötchen betrachtete. Sie konnte sich kaum das Lachen verbeißen und sagte: „Du musst einfach einen Löffel unter den Deckel drücken, dann geht die Dose auf.“

Dan blickte auf und schmunzelte. Isabel spürte bei seinem Lächeln, wie ihre Beine weich wurden. Dan hatte schon immer dieses hinreißende Lächeln gehabt, das ihr Herz schneller schlagen ließ und sie stolz darauf machte, dass dieses Lächeln ihr galt.

Er reichte ihr die Dose und einen Löffel. „Ich bin noch nie ein großer Frühstückmacher gewesen."

„Ich weiß." Ihr fielen seine Konzerte ein, die bis spät in die Nacht hinein dauerten und nach denen er dann am nächsten Tag noch halb schlafend zu einer Espresso-Bar an der nächsten Ecke taumelte, um sich mit Kaffee und Biskuits wiederzubeleben.

Als sie geschickt die Dose öffnete, beobachtete er sie staunend und fragte scherzhaft: „Ist das auch gesetzlich erlaubt, wie du das machst?"

Isabel lachte hell auf und verteilte die Brötchen auf einem Backblech. Dann schob Dan es in den Ofen und schenkte ihnen beiden Kaffee ein. „Wie schön, dich wieder einmal lachen zu hören, Isabel."

„Ich habe vorige Nacht wunderbar geschlafen."

„Ziemlich ruhig hier oben, was?"

Sie gab Sahne und Zucker in ihren Kaffee. „Unfassbar, dass du meine Sachen gewaschen und getrocknet hast."

„Mit der Zeit lernt man alles, sogar den Umgang mit Waschmaschinen und Trocknern."

„Ich kann mich daran erinnern, dass du früher nicht einmal den Toaster bedienen konntest."

„Ich hab' das eine und das andere inzwischen gelernt." Er legte seine kräftige braune Hand über ihre. Seine Stimme wurde ganz leise. „Isabel."

Sie sollte ihre Hand fortziehen. Das wusste sie. Sie wusste auch, dass sie nun darauf bestehen könnte, unverzüglich zurück in die Stadt gebracht zu werden. Und ihr war auch klar, dass sie sich nicht so unwiderstehlich von diesem Mann angezogen fühlen durfte, der ihr einmal das Herz gebrochen hatte.

Und doch saß sie nun hier in der hellen, freundlichen Küche, trank Kaffee und ließ Dan Black Horse ihre Hand halten.

Es war nicht richtig. Aber warum empfand sie es dann nicht als falsch?

Ihr war warm, und sie fühlte sich entspannt wie nach einem

schönen Traum. Außerdem fand sie, dass Dan einfach wunderbar aussah, wie er dort in dem durch das Fenster fallenden Sonnenlicht saß. Seine langen schwarzen Haare glänzten, sein Jeanshemd war halb offen, sodass sie seine sonnengebräunte Brust sehen konnte. Dazu noch sein gefährliches Lächeln und seine schwarzbraunen Augen …

Wie sehr hast du mir gefehlt, ging es ihr durch den Kopf.

Beinahe hätte sie es sogar laut gesagt. Aber dann rasselte die Uhr des Backofens, und sie sprangen beide gleichzeitig auf. Dan holte die Brötchen aus der Röhre und stellte sie zusammen mit Butter und Honig auf den Küchentisch.

Während sie frühstückten, plauderten sie miteinander. „Ich hatte mir immer eingebildet, ich würde den Erfolg der Band ohne Weiteres verkraften", sagte Dan. „Aber als wir dann aufstiegen, kam mir das alles unwirklich vor. Wahrscheinlich passte das alles nicht so recht zu mir und meinem eigentlichen Wesen." Er fuhr sich mit den Fingern durchs Haar. „Irgendwie gehörte ich nicht in diese Art von Leben hinein. Die Konzerttouren, der ganze Rummel, die Schwierigkeiten mit Jack und Andy und all die anderen Probleme …" Er schüttelte den Kopf. „Ich wartete dauernd darauf, endlich wieder ich selber sein zu können."

Ein schwaches Lächeln spielte um seine Lippen. „‚Die große Mutter ruft die Ihren nach Hause', so nannte es mein Großvater. Nachdem ich dieses Fleckchen Erde einmal gefunden hatte, wäre es mir unmöglich gewesen, je wieder in mein altes Leben zurückzukehren."

„Ich habe in der Zeitung gelesen, dass du die Band verlassen hast", bemerkte sie. Es hatte in allen Lokalzeitungen gestanden.

Dan machte eine wegwerfende Handbewegung. „Wir haben es miteinander ausgehalten, solange es ging. Haben manchmal Spaß gehabt und viel Geld dabei verdient. Ab und zu nehme ich jetzt mal wieder die Gitarre zur Hand und spiele ein bisschen, wenn ich in Stimmung bin. Und das reicht mir schon."

Isabel sah aus dem Fenster und beobachtete einen Vogel, der sich auf einem Holunderbusch im Hof niederließ. „Wie viel Uhr ist es eigentlich? Ich muss wirklich bald zurück nach Hause."

Sein Blick verdüsterte sich. Zeitbewusstsein war noch nie seine Stärke gewesen. Das war etwas, das sie zu Beginn bei ihm ebenso wunderbar gefunden hatte, wie es sie später zur Verzweiflung brachte.

Er schaute blinzelnd zu der Uhr am Herd. „Scheint ungefähr Mittag zu sein."

„Schon Mittag!" Sie verschluckte sich beinahe an ihrem Brötchen und sprang auf. „Habe ich wirklich verschlafen?"

„Hier im Hotel gibt es kein ‚Verschlafen', hier kann jeder so lange in den Federn bleiben, wie er Lust hat."

„Aber ..."

Er stand auf und legte sanft einen Finger auf ihre Lippen. Isabel wehrte sich gegen das in ihr aufkommende Wohlgefühl bei der Berührung.

„Hör mir zu", sagte er. „Ich habe nicht vergessen, wie viel du in dieser Woche noch zu tun hast. Aber an einem Sonntag kannst du eh nichts davon erledigen. Schau dich doch wenigstens erst einmal richtig hier um, Isabel. Sieh dir an, was ich hier geschaffen habe."

Isabel entsann sich, wie schäbig sie sich gestern vorgekommen war, weil sie überhaupt keine Notiz von seinem Werk genommen hatte. Wenn er sie erst einmal zurückbrachte, würde sie ihn nie wieder sehen. Sie konnte wenigstens bewundern, was er sich hier oben aufgebaut hatte.

Der Regen hatte den Wald blitzsauber gewaschen. Alles glänzte nur so in sattem Grün. Eine leichte Brise säuselte in den Bäumen. Isabel empfand sich fast zwingend zu diesem Ort hingezogen, und sie verstand sehr wohl Dans Stolz darauf.

Sie gingen den Pfad zu den Ställen hinüber. Das lang gestreckte, niedrige Gebäude, das von einem umzäunten Platz umgeben war, gab vier Pferden Raum, von denen nun drei ihre Köpfe hinausstreckten, um zu sehen, wer da kam. Isabel strich einem der Tiere zögernd über die Nüstern.

„Du hast dir doch nie viel aus Pferden gemacht, oder?", fragte Dan.

„Du weißt doch, warum. Mein Vater starb – durch seine eigene

Tollkühnheit – bei dem Yakima-Selbstmordrennen." Sie schauderte bei der Erinnerung. Damals war sie zehn Jahre alt gewesen. Zusammen mit einer Gruppe anderer Indianer aus dem Reservat hatte er sich auf das gefährliche Cross-Country-Pferderennen eingelassen, bei dem es durch fast senkrecht abfallende Schluchten, über reißende Bäche und umgestürzte Bäume ging. Ihr Vater war dabei einen dreißig Meter tiefen Abhang hinabgestürzt.

Im Jahr darauf hatte es ein Tierschutzverein erzwungen, dass Pferde nicht länger bei diesen Rennen benutzt werden durften, sodass es jetzt auf Motorrädern bestritten wurde.

Sie sah gedankenvoll auf das Pferd vor ihr. „Es war nicht die Schuld des Pferdes. Ebenso wenig wie es die Schuld eines Autos ist, wenn es zu einem Unfall kommt."

„Das Rennen ist jetzt ganz anders", warf Dan ein.

„Woher willst du das wissen?"

„Ich weiß es eben", erwiderte er knapp. „Die örtlichen Winzer sind jetzt die Sponsoren des Rennens und zahlen viel Geld dafür. Es ist …" Er hielt inne, als wolle er lieber doch nicht mehr dazu sagen. „Komm!" Er nahm sie bei der Hand, und sie setzten ihren Rundgang fort. Er zeigte ihr die besten Stellen zum Fischen von Lachs und Forellen, einen Schuppen, wo die Wildwasser-Kajaks und Flöße untergebracht waren, ein Gerätehaus, in dem es einen Traktor, ein Cross-Country-Motorrad, ein Snowmobil, Langlaufskier sowie Angelruten und Regenmäntel gab.

Isabel sah Dan prüfend an und lehnte sich gegen die Zedernholzwand des Schuppens, der von hohen Bäumen umgeben war. Sie konnte ein Lächeln nicht unterdrücken.

„Was ist?", fragte er.

„Weißt du noch, wie das alte Sprichwort lautet? ‚Was Männer und Jungen unterscheidet, ist das Spielzeug, das sie begleitet.' Du besitzt jetzt aber auch jedes Spielzeug."

Er lachte. „Aber noch keine Golfschläger."

„Das alles hier muss dich doch ein Vermögen gekostet haben."

Er ging ein paar Schritte. „Alles, was ich besaß. Jetzt warte ich nur noch auf die Gäste."

„Also rechnest du doch mit diesem Vertrag mit dem Team

der Seahawks, dass sie dein Hotel als ständige Erholungsstätte benutzen?"

„Das würde jedenfalls verhindern, dass ich in den Schuldturm komme." Er grinste jungenhaft bei diesen Worten. „Falls es heutzutage noch Schuldtürme gibt ..."

Als sie zum Haupthaus zurückgingen, wurde ihr klar, auf was für ein Abenteuer sich Dan eingelassen hatte. Dagegen nahm sich ihre Gärtnerei auf Bainbridge Island aus wie ein Kinderspiel.

Aber es gab ihr zumindest Sicherheit.

Dan zeigte Isabel auch den Garten, den Juanita für ihn anzulegen begonnen hatte. Überall aus der feuchten, schwarzen Erde kamen kleine Sprösslinge von Kräutern, Gemüse und Blumen hervor. Dieser Teil des Grundstücks war durch einen elektrischen Zaun gegen Rehe und Kaninchen abgesichert. Dies war etwas, was Isabel kannte, etwas Solides, Ordentliches, so wie das Leben, das sie sich aufgebaut hatte.

Während sie an den Beeten entlangging, freute sich Isabel über das Wiedersehen mit altbekannten Gewächsen. Der Fingerhut gedieh hier so prächtig, wie sie es schon seit langer Zeit nicht mehr gesehen hatte.

Sie bückte sich und pflückte einen kleinen Zweig des Yakima-Strauchs ab, den sie noch von früher kannte. Aus den wohlriechenden Blättern bereitete man Tee und Potpourris zu. „Hier kenne ich mich doch besser aus", sagte sie.

Dan lehnte sich an die Gartenpforte. „Wie bist du eigentlich dazu gekommen, Pflanzen zu züchten und zu verkaufen?"

„Die Agentur für Aushilfskräfte, für die ich arbeitete, schickte mich nach Bainbridge, um dort die Buchhaltung für eine Gärtnerei einzurichten. Es gefiel mir so sehr, dass ich dort geblieben bin und schließlich die Leitung des ganzen Betriebes übernommen habe."

Er kam auf sie zu, nahm den Zweig aus ihren Fingern und ließ ihn zu Boden fallen. „Und bist du nun glücklich dort mit deiner Gärtnerei?"

„Ja, natürlich", versicherte sie und wich unwillkürlich zurück, um seiner beunruhigenden Nähe zu entkommen. „Das lässt sich zwar kaum vergleichen mit Rock-Konzerttouren und wilden Männerabenteuern, aber es bringt mir Spaß, und ich glaube, ich mache meine Sache gut."

„Und deine Heiratspläne?" In Dans Stimme kam ein angriffslustiger Ton. „Sind die auch so gut?"

„Ja", versicherte sie ein wenig zu schnell.

„Heißt das, dass du nichts Besseres als ‚gut' suchst?"

Irgendwie hatte Dan es geschafft, Isabel gegen die Gartenpforte zu drängen. Er stand nun so dicht bei ihr, dass sie die langen kohlschwarzen Wimpern sehen konnte, die seine dunklen Augen umrahmten.

Isabel hatte stets gespürt, dass Dan Black Horse über einen ganz besonderen Zauber verfügte, dessen sich auch seine Fans und sogar die Musikkritiker bewusst waren. Innerhalb weniger Monate war er damals aus völliger Unbekanntheit zum Rockstar aufgestiegen. Danach entdeckte ihn ganz Amerika, und er war überall auf den Titelseiten der Musikmagazine sowie auf Plattenhüllen und Postern zu sehen. Selbst Menschen, die nie seine Musik gehört hatten, fühlten sich zu ihm hingezogen. Es war die Aura, die ihm umgab, dieser unterschwellige Eindruck der Verwundbarkeit, der die Leute zwang, ihn anzustarren und ihn zu bewundern.

„Ich kann das einfach nicht ...", sagte sie mit erstickter Stimme.

Seine Hände lagen jetzt zu ihren beiden Seiten auf dem Gartentor. Er berührte sie nicht, aber Dan war für sie wie ein elektrischer Zaun, der ihr zwar nichts antat, aber bereit war, ihr einen Schock zu versetzen, wenn sie es wagen würde, ihn anzufassen.

„Kann was nicht?", fragte er.

„Dies hier ...mit dir zusammen sein, verdammt!"

„Warum nicht?"

„Ich kann nicht klar denken", sprudelte sie hervor. „Du treibst ein Spiel mit mir, und das finde ich nicht fair."

Dan rührte sich nicht, aber seine Augen und sein Mund nahmen einen harten Zug an. „Ich wollte, du würdest dir selber einmal zuhören, Isabel. Du hast praktisch zugegeben, dass du noch immer Gefühle für mich hast."

Seine Worte trafen sie wie ein Schlag in die Magengrube. Einen Augenblick lang glaubte sie, nicht mehr atmen zu können, und der Schmerz trieb ihr Tränen in die Augen. Dans Gestalt verschwamm vor ihrem Blick. Irgendwie fühlte sie sich magisch zu ihm hingezogen, und es drängte sie, seinen harten, muskulösen Körper unter ihren streichelnden Fingern zu spüren.

Aber ehe sie noch etwas sagen oder tun konnte, wandte sich Dan von ihr ab und ging weg. Verwirrt sah Isabel ihm nach und erblickte Gary Sohappy, der auf Petunia über den Hof ritt. Gary und Dan wechselten einige Worte. Gary hielt etwas im Arm, das in ein großes Kapuzen-Sweatshirt eingewickelt war. Er gab es Dan und stieg vom Pferd.

Isabel verließ den Garten, ging auf Gary zu und bedankte sich noch einmal bei ihm dafür, dass er sie am vergangenen Abend aus dem Wald geführt hatte. Dann betrachtete sie das Bündel in Dans Händen.

„Was ist denn passiert?"

„Ich weiß auch nicht", sagte Gary. „Ich habe sie auf dem Weg hierher gefunden."

„Sie" war ein Weißkopfseeadlerweibchen. Man konnte nur den Kopf sehen und das typische Adlerprofil. Der große Hakenschnabel war hellgelb, die Augen leuchtend schwarz und der Federflaum auf dem Kopf schneeweiß.

Gary Hände waren stark zerkratzt. „Es war ziemlich schwer, sie zu fassen zu bekommen", erzählte er schmunzelnd.

Dan hielt das Tier in seinem Arm. „Geh ins Haus, Gary, und wasch dir die Hände mit antiseptischer Seife. Wir bringen das Tier in die Scheune."

Isabel nahm die Zügel der Stute und folgte Dan. Der betrachtete den Vogel in seinem Arm. „Hast du je einen Weißkopfseeadler aus der Nähe gesehen?"

„Nein." Sie betrachtete das Tier bewundernd. „Ich wusste gar nicht, dass die so groß sind. Aber woran hat Gary erkannt, dass es ein Weibchen ist?"

Der Vogel hackte Dan mit seinem scharfen Schnabel in den Arm. Er zuckte zusammen. „Vielleicht an ihrem Temperament?"

„Du Sexist!", schimpfte Isabel.

In der Scheune führte sie Petunia in ihren Stall und ging dann mit Dan in den Geräteraum. Fässer mit Futter standen an einer Seite, wo auch Zaumzeug an der Wand hing. Dan setzte den Vogel vorsichtig in ein trockenes Spülbecken. Der Adler kämpfte gegen seine provisorische Bandagierung an. Es tat fast weh, die majestätische Kreatur in dieser artfremden Umgebung so hilflos flattern zu sehen.

Aber offenbar wirkte Dans Stimme sogar bei dem Vogel Wunder. „Schscht ...", sagte er und sprach zu dem Tier in einer Mischung von Yakima und Englisch und in einem seltsamen Singsang, der es beruhigte. Ganz behutsam, als ob er sich mit Adlern genau auskannte, strich er über die Federn und sogar über den scharfen Schnabel und löste dann langsam die Bandage. Das Adlerweibchen schien noch immer verzweifelt davonfliegen zu wollen.

Aber da gab es kein Fliegen mehr, und nun konnte man auch erkennen, warum. Der eine Flügel hing schlaff herunter, sogar ein wenig Blut war dort zu sehen.

„Sie muss sich beim Gewitter verletzt haben", meinte Dan. „Aber ich glaube nicht, dass der Flügel gebrochen ist." Während er das Tier weiter mit seinem Singsang zu beruhigen versuchte, sah er in einem Wandschrank nach, ob er etwas finden könne, um die Wunde am Flügel zu versorgen. Mit einem antibiotischen Puder bestäubte er die Stelle.

Der Vogel geriet dabei in Panik, aber Dan nahm ihn sacht an seine Brust und verzog das Gesicht, als die Fänge sich in seine Unterarme bohrten.

Isabel sah aufmerksam zu. „Was kann ich tun, um zu helfen?"

Dan zuckte die Achseln. „Ich weiß es eigentlich auch nicht recht. Wahrscheinlich sollte man den einen Flügel stilllegen."

„Versuchen wir's doch."

Sogar mit Garys zusätzlicher Hilfe dauerte es fast eine Stunde, das Tier kunstgerecht zu verbinden. Das Adlerweibchen hatte das Temperament eines Kampfhundes und wehrte sich wütend gegen alle Hilfsversuche zu seinem Heil. Zum Schluss hatten alle drei von den scharfen Schnabelhieben Wunden an Händen und Armen.

Gary polsterte eine große Holzkiste mit Stroh aus und setzte sie unter eine Glühlampe, um Wärme für das verletzte Tier zu haben. Dann stand der Adler in seiner Behausung und beobachtete argwöhnisch die Menschen um sich herum.

„Wir müssten Futter für sie finden", meinte Dan.

Isabel erschauderte. „Fressen Adler nicht rohes Fleisch?"

„Ich glaube schon", sagte er.

„Vielleicht versuchen wir es mal mit Thunfisch aus der Dose?"

Als sie zum Haupthaus hinaufgingen, legte Dan seinen Arm um Isabels Schultern. Die Geste war so selbstverständlich und normal, dass Isabel nicht zurückzuckte, sondern sogar den Kopf gegen seine Schulter lehnte. Als seine Hand streichelnd über ihre Wange fuhr, überlief sie dann aber doch ein Schauer.

„Ich muss meine Tasche holen", sagte sie mit gepresster Stimme. „Wir sollten uns langsam nach Seattle in Bewegung setzen."

„Nein." Dan ging unbeeindruckt die Treppen empor.

Isabel blieb stehen und starrte ihn an. „Wie meinst du das?"

Er lächelte sie schwach an. Sein Lächeln löste Schmerz in ihr aus. „Es ist zu spät, Isabel."

„Anthony hatte gesagt, ich solle mir alle Zeit nehmen, die ich brauche. Wieso soll es dann jetzt zu spät sein, um …"

„Ich meine nur, es ist zu spät am Tage. Es ist doch schon dunkel draußen."

Unschlüssig sah sie sich um. Zwischen den dunklen Blättern der Bäume sah sie den Himmel, der sich schon violett verfärbt hatte.

„Du musst wohl oder übel noch für eine weitere Nacht mit mir vorliebnehmen, Isabel", sagte Dan, und es klang keineswegs wie eine Entschuldigung. Dann ging er ohne weitere Worte ins Haus.

6. KAPITEL

Am nächsten Morgen stockte Dan der Atem, als Isabel in die Küche kam. Ihm war, als hätte er in seinem ganzen Leben noch nie etwas Schöneres gesehen. Ihr Gesicht war noch ungeschminkt, ihr Haar noch leicht feucht und ganz glatt. Sie trug einen grauen Jogginganzug mit dem Emblem der Universität von Washington. Der weiche Stoff hüllte schmeichelnd ihren zierlichen Körper ein.

Sie schenkte sich Kaffee ein. „Ich hab' den Jogginganzug im Schrank gefunden. Es macht dir hoffentlich nichts aus, dass ich ihn angezogen habe."

„Natürlich nicht, Isabel. Es ist ja auch ziemlich kühl heute Morgen." Er stand auf und reichte ihr die Zuckerdose.

Isabel duftete wunderbar, und wie sie da im Sonnenschein stand, erschien sie ihm ungeheuer verlockend und verführerisch. Frauen wie sie sind es, von denen die Männer in langen, einsamen Winternächten träumen, dachte er und hätte am liebsten die seidigen Strähnen ihres Haars durch die Finger gleiten lassen.

„Was macht denn unser Vogel?", wollte sie wissen.

„Ich war zweimal in der Nacht und dann beim Morgengrauen drüben." Was er ihr nicht verriet, war, dass er auch einmal in ihr Zimmer gegangen war und sie beim Schlafen beobachtet hatte – ein Anblick, der Zärtlichkeit und Reue in ihm weckte.

Vor fünf Jahren hatte sie sich in sein Herz geschlichen, als er sämtliche Türen versperrt zu haben glaubte. Dan schloss die Augen und dachte an damals zurück.

Der Tag, an dem sie ihm gesagt hatte, dass sie ein Baby von ihm erwartete, war tief in sein Gedächtnis eingegraben. Sie war freudig erregt gewesen und gleichzeitig voller Angst. Das war er auch … nein, er war regelrecht entsetzt.

Seine Gefühle für sie waren damals auf einmal wie gelähmt. Er war zu jung und zu dickköpfig gewesen, um zu verstehen, dass anfängliche Verliebtheit sich zu tiefer und reifer Liebe wandeln muss. Und er war zu töricht gewesen, um zu begreifen, dass Verantwortung ihn nicht erdrücken oder ersticken würde. Und deshalb war er in Panik geraten. Ihr Kummer wegen der Fehlgeburt gab ihm einen willkommenen Grund zur Trennung. Wie ein Narr hatte er sich benommen.

„Dan?“ Ihre Stimme riss ihn aus seinen Erinnerungen.

Er öffnete die Augen und sah Isabel blinzelnd an.

„Ist mit dem Vogel alles in Ordnung?“

„Ja.“ Er konnte den Blick nicht von ihr wenden.

Sie nahm einen Schluck Kaffee und schaute ihn dabei forschend über den Rand ihres Bechers an. „Ist alles in Ordnung mit dir?“

Dan musste sich am Küchentresen festhalten. Er fühlte sich, als müsse er jeden Moment explodieren, weil sich so viele Emotionen in ihm aufgestaut hatten. „Ja. Nur ...“

„Nur – was?“

„Ich hatte immer gedacht, dass du vor fünf Jahren derjenige warst, der Schluss machte, Isabel.“

„Und was denkst du jetzt?“ Es schien ihr überhaupt nicht schwerzufallen, sich in seinen Gedankengang einzuschalten. Fast schien es, als ob auch sie gerade über ihrer beider Vergangenheit nachgedacht hatte.

„Äußerlich gesehen bist du fortgegangen. Aber ich hatte dir ja auch keine andere Wahl gelassen. Mit mir in der Hölle weiterleben oder dich retten, das war die Entscheidung, vor die ich dich gestellt hatte.“

Sie wandte sich von ihm ab. „Wir waren doch noch so jung ...“

„Wir sind immer noch jung!“, entgegnete er scharf und packte sie am Handgelenk. „Wir haben uns geändert, und das weißt du auch.“

Ihr Atem ging heftig, als ob sie mit sich selbst kämpfte. Dan ließ ihre Hand wieder los. „Entschuldige ...“ Dann trug er ihren Kaffeebecher zum Tisch.

Sie waren beide an diesem Morgen angespannt und gereizt. Dans Nerven lagen blank. Das Einzige, was ihm wirklich ganz sicher schien, war, dass er es nicht ertragen konnte, wenn sie einen anderen Mann heiratete. Dabei hatte er noch keinerlei Vorstellung davon, was er ihr als Alternative bieten könnte, aber er musste ihr einfach klarmachen, dass es zwischen ihnen beiden nicht aus war. Das wäre es nie.

„Hat der Adler den Thunfisch gefressen?“, fragte sie, um endlich das Thema zu wechseln.

„Der schien ihr nicht zu schmecken.“ Dan zwang sich zur Sachlichkeit, er musste für den Augenblick aufhören, an sein Verlangen nach ihr zu denken. Die Intensität seiner Gefühle würde sie womöglich erschrecken. Also riss er sich zusammen. „Ich habe es heute Morgen mit Lachs aus der Dose versucht. Sie hat ein bisschen daran gepickt. Aber ich glaube, wir sollten versuchen, frischen Fisch zu bekommen. Das ist bestimmt besser für das Tier.“

„Ja, das sollten wir“, stimmte Isabel sofort zu.

Er grinste verschwörerisch. „Ein guter Grund, fischen zu gehen.“

Sie schmunzelte. „Dafür ist jeder Grund recht.“

Dan hatte das Gefühl, als ticke eine Zeitbombe irgendwo in seinem Kopf. Wenn er zu Isabel davon spräche, könnte sie explodieren. Doch auch, wenn er ihr nichts davon sagte, könnte sie losgehen.

Mit Angelruten, einem Fischnetz und einem vollgepackten Picknickkorb bewaffnet, gingen sie in hüfthohen Fischerstiefeln hinunter zum See. Isabel wirkte unternehmungslustig und bewegte sich trotz der hohen Stiefel so graziös wie ein Reh im Wald.

Dan rang mit sich selber. Nun sag es doch schon, ermahnte er sich.

Er blieb stehen und legte eine Hand auf ihre Schulter. „Was ich dich schon vor einer Weile fragen wollte … Wenn du einen Telefonanruf machen willst, kann ich dich durch Sprechfunk verbinden lassen …“

„Schon in Ordnung. Anthony hat mir ausdrücklich versichert, ich könne mir so viel Zeit nehmen, wie ich brauche.“

„Anthony ist ein Narr ersten Ranges“, entgegnete Dan. „Und dafür danke ich dem Himmel.“

Isabel marschierte weiter in Richtung See, sodass er ihre Reaktion auf seine Worte nicht sehen konnte. „Er hat immer volles Verständnis für mich, und ich bin ja doch sehr meinen Stimmungen unterworfen. Also passen wir prima zusammen."

„Ja, wahrscheinlich."

Am Seeufer wateten sie ins Wasser und lachten, als sie in dem Grundschlamm einsanken und mit rudernden Armen versuchten, das Gleichgewicht zu halten. Nach einer Weile wurden sie des Stehens müde, gingen zurück zum Ufer und zogen die schweren Stiefel aus. Dan rollte dicht am Wasser eine dicke geflochtene Matte aus, auf die sie sich legen konnten. Isabel befestigte ihren Köder am Haken ihrer Angel und diskutierte mit Dan darüber, was der bessere Köder sei: Maiskörner oder Lachslaich. Sie sah bezaubernd aus und passte hierher wie ein Smaragd in eine perfekte Fassung. Dan erkannte deutlich, dass sich ihr innerer Aufruhr legte und sie sich endlich entspannte.

Mutter Erde tut ihre heilige Pflicht, dachte er bei sich. Als er sich lang auf der Matte in der Sonnenwärme ausstreckte, meinte er den langsamen, beständigen Puls der Erde unter seinem Körper zu spüren, den er allzu lang nicht mehr zu fühlen bereit gewesen war. Diesen Dingen gegenüber hatte er sich verschlossen, bis sein Großvater mit der Weisheit eines sterbenden Mannes diesen Sinn für die Natur in ihm neu geweckt hatte.

Vielleicht hatte Isabel ja auch dieses Gefühl der Heimkehr.

Sie warf ihm einen Blick von der Seite zu. „Woran denkst du gerade?"

Ein scheues Lächeln erschien auf seinem Gesicht. „Dass dies ein perfekter Tag zum Angeln ist." Er fuhr ihr sanft mit einem Finger über ihr schlankes Bein. „Ab und zu knabbert mal was am Haken, aber auch wieder nicht so oft, dass es in Arbeit ausartet."

Sie lachte ein wenig nervös, wie ihm schien, und rückte von ihm weg. „Du bist ein schlechter Einfluss für mich, Dan. Ich habe seit Langem nicht mehr so viel Zeit mit Nichtstun verbracht und …" Sie biss sich auf die Lippe.

„…und es obendrein auch noch schön gefunden?", fragte er leise. „Einem fremden Beobachter mag es vielleicht so scheinen, als ginge hier nicht viel vor sich." Er berührte ihr Haar. „Aber in

Wirklichkeit geschieht hier doch so manches, Isabel. Wir würden doch beide lügen, wenn wir das bestreiten wollten."

Isabel hatte keine Ahnung, wie lange sie geschlafen hatte. Das Erlebnis, wieder einmal fischen zu gehen, etwas, das ihr Vater sie einst gelehrt und das sie seither nie mehr getan hatte, musste sie erschöpft haben. Außerdem hatte sie nicht erwartet, dass der Schlaf in der freien Natur sie so entspannen würde. Erwachend blinzelte sie in die Sonnenstrahlen des späten Nachmittags, betrachtete die Blätter der Bäume, die vom sanften Wind bewegt wurden, und lauschte auf das leise Schwappen des Wasser am Seeufer und auf Dans regelmäßige Atemzüge.

Auch er war eingeschlafen. In seinen ausgebleichten Jeans, dem karierten Flanellhemd, den Wanderstiefeln und der über die Augen hinabgezogenen Kappe sah er aus wie das Bild des typischen Waldbewohners – männlichrau und wie dafür geschaffen, in dieser wilden, unberührten Landschaft zu leben.

Die magische Anziehungskraft von einst war immer noch vorhanden, das konnte sie einfach nicht länger leugnen. Für den Augenblick jedoch sträubte sich etwas in ihr, es in Worte zu kleiden. Sie nahm sich ganz einfach die Zeit, die sie dazu brauchte …

Brauchte – wozu? So fragte die vorsichtige Zynikerin in ihr. Vermutlich, um wiederzuentdecken, dass Dan Black Horse noch immer der erotischste, faszinierendste Mann war, den sie je kennengelernt hatte oder dem sie in ihrem Leben je begegnen würde. Und um aufs Neue festzustellen, dass er die Macht besaß, ihr das Herz zu brechen.

Sie nahm einen herzhaften Schluck Limonade aus der mitgebrachten Flasche und sah ihn mit nachdenklich verzogener Stirn an. „Du machst mir das Leben nicht gerade leicht, Dan Black Horse."

Er erwachte, reckte und streckte sich wohlig. Der Anblick brachte ihre Hormone schon wieder auf Hochtouren. „Was hast du gemeint?", fragte er mit schläfriger Stimme und nahm ihr die Flasche aus der Hand.

„Nichts", erwiderte sie kurz angebunden. „Du ..." Ein sirrendes Geräusch unterbrach sie. Reaktionsschnell packte sie ihre Angelrute. Wenige Augenblicke später zog sie eine dicke, silbern glänzende Forelle an Land, bei Weitem der beste Fang des Tages.

Lachend wandte sie sich an Dan. „Ich hab's dir doch gesagt, Mais ist der beste Köder!"

Er lachte mit ihr, und die Spannung zwischen ihnen löste sich wieder. Bald packten sie ihre Angelutensilien zusammen und wanderten zum Hotel zurück.

Das Adlerweibchen schnappte sich gierig mit ihrem scharfen Schnabel zwei kleine Fische von ihrer Beute. Dann drehte es den Kopf zu ihren Versorgern, ganz offensichtlich noch mehr Futter erwartend.

„Sie mag Sushi", witzelte Dan.

Isabel ergriff seinen Arm und nickte. „Ich glaube, wir verwöhnen sie zu sehr. Sie wird sich nach alldem nicht mehr in der Wildnis zurechtfinden."

„Sie ist ein ausgewachsener Vogel. Ich glaube nicht, dass die paar Tage bei uns ihr das Leben in der Wildnis abgewöhnen können." Zart fuhr er mit einem Finger über Isabels Hals. „Stimmt's?"

Erschrocken wich sie zurück. „Ich brauche jetzt erst mal ein Bad", sagte sie hastig. „Wir haben einen langen Tag hinter uns."

Er blinzelte ihr bedeutungsvoll zu. „Und er ist noch nicht zu Ende."

Isabel rekelte sich genüsslich in der luxuriösen Badewanne und drehte die Massagedüsen wieder voll auf. Es war herrlich, sich so verwöhnen zu lassen. Irgendwie gefiel ihr dieses Gefühl der Unwirklichkeit, das sie hier in Dans Hotel umgab. Hier hatte sie ihre Ruhe und war weit fort von der übrigen Welt.

War sie frei?

Ja – aber Freiheit war ja nur ein schönes Wort, das Menschen oft statt „einsam" oder „verzweifelt" gebrauchen. Was Isabel sich immer gewünscht hatte, war ein Gefühl der Zugehörigkeit. Sie wollte wissen, wohin sie gehörte.

Anthony war der perfekte Partner, um diesen Traum zu verwirklichen, und er hatte eine große, liebevolle Familie, die sie mit ihrer Herzlichkeit und Wärme umgab. Ja, ihn brauchte sie zur Erfüllung ihrer lang gehegten Wünsche.

Und nicht Dan Black Horse, in dessen Augen zu lesen war, dass er einer Frau das Herz brechen konnte, und dessen Körper so viele verbotene Genüsse bot, dass es einen zum Wahnsinn trieb.

Unversehens wurde ihr klar, dass sie schon viel zu lange in dieser Badewanne vor sich hin grübelte. Schnell stieg sie aus der Wanne und zog den Rock und das Oberteil dazu an und auch den Sweater, den Dan ihr gestern geliehen hatte.

Als sie sich in ihrem Zimmer im Spiegel betrachtete, wünschte sie, sie hätte einen Lockenstab und einen Styling-Schaum. Plötzlich schrillten sämtliche Alarmglocken in ihrem Kopf. Es konnte ihr doch gleich sein, wie sie auf Dan wirkte!

Aber es war ihr furchtbar wichtig.

„Das riecht ja ganz herrlich hier!“, stellte Isabel mit einem anerkennenden Lächeln fest. „Wann hast du denn kochen gelernt?“

„Das ist nicht Kochen – das ist Grillen!“, belehrte er sie und stellte lächelnd einen Teller mit einer Forelle und Gemüse vor ihr auf den Tisch. Seine langen, glänzenden Haare waren noch feucht vom Duschen, und er roch nach Seife und Rauch. „Ich kenne sehr viele gute Rezepte.“

Er schenkte ihnen gut gekühlten Wein aus der Gegend ein und zündete sogar Kerzen auf dem Tisch im Speiseraum an. Sie saßen einander gegenüber und hoben ihre Gläser.

Für Isabel war es, als stünde plötzlich die Zeit still. Unvermittelt war alles wieder wie in der Nacht, als sie Dan von dem Baby erzählt hatte. Nachdem sie ihm von ihrer Schwangerschaft berichtet hatte, hatte sie ein Ginger Ale und er ein Bier getrunken. Lachend hatte sie miteinander angestoßen und sich gegenseitig Versprechungen gemacht, von denen keiner wusste, wie sie je einzuhalten wären.

Das leise Klingen der Gläser brachte Isabel wieder in die Gegenwart zurück. „Isabel", sagte er leise, „Worauf trinken wir?"

„Auf die Gesundheit des Adlerweibchens", schlug sie vor und freute sich, dass ihre Stimme nicht so unsicher klang, wie ihr zumute war.

Dan lachte und prostete ihr zu. Isabel wurde es warm vom Wein und dem guten Essen, und die Zeit verging schnell.

Sie warf einen Blick aus dem Fenster und sah, dass violette Schatten auf den Bergen lagen. „Ich nehme an", sagte sie, „dass du mir wieder erzählen wirst, es sei schon zu spät am Tag, um noch nach Seattle zurückzufahren."

„Isabel?" Er legte seine Hand auf ihre.

„Ja?" Der Wein und seine Nähe erzeugten in ihr ein angenehmes Prickeln.

„Es ist zu spät, um nach Seattle aufzubrechen."

„Welche Überraschung, dich das sagen zu hören." Sie zwang sich, bei diesen Worten nicht zu lächeln. „Also dann aber morgen", erklärte sie in bestimmtem Ton. „Gleich in der Frühe."

„Da du ja erst mittags aufzustehen pflegst, wird das etwas schwierig sein…"

„Na ja – hier draußen kann man so herrlich schlafen."

Er streichelte ihre Wange. „Ich freue mich, dass es dir hier bei mir gefällt."

„Das habe ich so nicht gesagt, ich …"

„Das brauchtest du auch gar nicht." Er ließ seine Finger über ihr Gesicht wandern und strich ihr schließlich über die Lippen, bis sie die unterschwellige Spannung beinahe nicht mehr ertrug.

„Dan …"

„Wir könnten zusammen ausgehen", meinte er leichthin.

„Wohin denn?"

Er antwortete nicht, stand stattdessen auf und nahm sie bei der Hand. Dann hielt er ihr eine Lederjacke hin, und als sie hineinschlüpfte und die warme Schwere auf ihren Schultern spürte, wäre sie beinahe in Tränen ausgebrochen, so intensiv waren die Erinnerungen an früher.

Diese Lederjacke hatte er besessen, solange sie ihn überhaupt kannte. Durch das jahrelange Tragen hatte sie sich perfekt seinem

Körper angepasst, und sie duftete nach ihm. Die Jacke anzuhaben war wie die zärtliche Umarmung eines Geliebten.

Ihm schien die Wirkung der Jacke auf Isabel nicht aufzufallen, als er sie zum Schuppen führte, wo seine Harley stand. Isabel stellte keine Fragen, und er gab ihr auch keine Erklärungen. Sie stieg einfach hinter ihm auf die Maschine, schlang die Arme um seine Hüften, schloss die Augen und lehnte den Kopf an seinen Rücken. Sie fühlte sich so geborgen und so lebendig wie nie zuvor.

Das Motorrad donnerte den Berg hinab. Sein Scheinwerfer glitt wie ein leuchtender Finger durch die waldigen Abhänge. Zu Dans Fahrkünsten hatte sie volles Vertrauen. Selbst jetzt, in der Dunkelheit, kannte er die Wildnis ebenso gut wie ein altes Lied, das er in seiner Kindheit gelernt hatte.

Nach einer Weile kamen sie auf eine unbefestigte Straße und ein paar Meilen weiter auf eine asphaltierte Landstraße. Isabel war überrascht und neugierig, als sie in die kleine Stadt Thelma hineinrollten.

7. KAPITEL

Ich kann es nicht fassen, dass du mich zu einem Tanzvergnügen gebracht hast", sagte Isabel, als sie im Foyer des Feuerwehrgebäudes standen.

Dan grinste mutwillig und nahm ihr die Lederjacke von den Schultern. „Wir sind doch früher so oft zum Tanzen gegangen."

Sie wandte sich ihm mit einem vielsagenden Gesichtsausdruck zu. „Mich in der drangvollen Enge irgendeiner miesen Konzerthalle herumschubsen zu lassen war eigentlich nie meine Vorstellung von einem netten Abend."

„Du hättest was sagen sollen", erwiderte er und gab die Jacke Sarah Looking, die heute Abend als Garderobenfrau fungierte. „Du hättest mich daran hindern sollen, dich hierher mitzuschleppen."

Isabel lachte etwas verkrampft. „Ich wollte da sein, wo du warst, Dan."

Ihre Worte erstaunten ihn. Und wie ist es heute? hätte er am liebsten gefragt. Willst du auch da sein, wo ich jetzt bin?

„Ich glaube, ich habe nie wirklich gewusst, wo ich am liebsten sein wollte", bemerkte er und führte sie in den Tanzsaal. „Aber ich wollte dich nicht zwingen, etwas zu tun, was dir keinen Spaß macht."

„Das hast du auch nie getan."

Er zog sie zum Tanzen an sich heran. Die Country-Music war ziemlich schmalzig, aber irgendwie doch ganz nett anzuhören. Wahrscheinlich, dachte Dan, gefällt sie mir deshalb, weil sie mir die Chance gab, mit Isabel zu tanzen. Sie fühlte sich einfach himmlisch an in seinen Armen, so zierlich und biegsam. Ihre weiche Hand lag in seiner, und ihr Gesicht sah bei der schwachen Beleuchtung scheu und unendlich zart aus.

„Würden Sie diesen nichtswürdigen Indianer gegen einen Cowboy eintauschen, Madame?", fragte jemand.

Isabel fuhr empört zusammen, aber Dan trat sie lachend an den Abklatscher ab.

Clyde Looking, der Vorsitzende des Stammesrates, lüftete

seinen großen Hut zur Begrüßung, und Dan übernahm die Vorstellung. Dann tanzte Clyde mit Isabel davon, und Dan ging zurück zu dem Büfett mit den Erfrischungen, um sich einen Drink zu holen.

Lucy Raintree schenkte ihm ein. Theo Sohappy blieb einen Moment bei ihm stehen. Die Menschen plauderten und scherzten freundlich miteinander, und manche lächelten einfach nur und klopften mit den Füßen den Takt mit. Die laute Musik hätte Dan eigentlich den Nerv töten müssen, aber nun klang sie ihm so angenehm in den Ohren wie die Begrüßung eines alten Freundes. Später würde er selber noch einen oder zwei seiner eigenen Songs zum Besten geben. Das tat er immer bei solchen Veranstaltungen.

Von Anfang an hatte Dan ein sonderbares Gefühl der Zusammengehörigkeit mit diesen Menschen empfunden, das er in der Stadt stets vermisst hatte. Natürlich hatte er auch dort Freunde, aber bei ihnen hatte er sich nie so zufrieden und behaglich gefühlt wie hier.

Damals hatte Dan nicht geahnt, dass ihm dieses Gefühl der Zugehörigkeit fehlte, und vielleicht war er deshalb auch so rebellisch und wild gewesen und hatte in wichtigen Dingen so viele Fehler gemacht. So wie mit Isabel.

Hatte er ihr je gesagt, dass er sie liebte?

„Sie ist also noch immer hier." Theo beobachtete Isabel beim Tanzen mit Clyde Looking. „Und du brauchtest sie noch nicht einmal anzubinden, damit sie blieb?"

Dan lachte und verfolgte die Tänzer mit seinem Blick. Clyde war der geborene Gastgeber. Ab zu und zu hielt er beim Two-Step inne und machte Isabel mit anderen Gästen bekannt. Sie sah erhitzt aus, und ihre Augen leuchteten. Dan hatte befürchtet, sie würde sich hier fehl am Platze fühlen und dass ihr Lachen und ihre Gespräche gezwungen sein würden, aber jetzt sah er, dass sie die Gesellschaft dieser Leute tatsächlich genoss.

„Nein", sagte er. „Ich brauchte sie nicht anzubinden, obwohl ich schon mit dem Gedanken gespielt hatte."

„Das kann ich dir nachfühlen. Mein Gott, sie sieht wirklich

toll aus. Ist sie teilweise indianischer Abstammung?“

„Ja, aber sie ist von weißen Pflegeeltern großgezogen worden.“

„Ma hat ihr gesagt, sie müsse aus dem Schatten heraustreten und wieder sie selber sein. Du weißt ja, wie Ma ist.“

„Wenn irgendwer Isabel dabei helfen kann, dann Juanita“, sagte Dan.

Theo gab ihm einen Klaps auf die Schulter. „Du scheinst es aber selbst schon gut eingeleitet zu haben. Wird sie auch zum Rennen hier sein?“

Dan zuckte bei dieser Erwähnung zusammen. Er hatte sich nämlich zum „Yakima-Selbstmord-Rennen“ angemeldet. Das musste er unbedingt Isabel erzählen, aber der rechte Zeitpunkt dafür hatte sich noch nicht ergeben. Sicherlich würde sie versuchen, ihm das auszureden. Und er wusste schon jetzt, dass er nicht nachgeben würde.

„Das weiß ich noch nicht, Theo. Das muss sie selbst entscheiden.“ Er starrte unverwandt zu Isabel hinüber. Der Song endete, sie verabschiedete sich von Clyde und eilte schnurstracks zu dem Münztelefon, das in einer Ecke des Saals neben dem Wasserspender hing.

Dan ließ alle Hoffnung fahren. Nichts, aber auch rein gar nichts hatte sich geändert, und sie konnte es kaum erwarten, ihren Verlobten anzurufen, um ihm das zu sagen.

Alles hatte sich geändert, und Isabel wusste, dass sie den Anruf bei Anthony nicht länger aufschieben konnte. Ihre Finger waren eiskalt, als sie den Hörer abnahm, ihre Telefonkarte einschob, seine Nummer wählte und dann sechs Klingelzeichen mit wachsender Ungeduld abwartete.

Sein Anrufbeantworter schaltete sich ein. Sie hörte die Ansage und rief dann: „Anthony, ich bin’s, Isabel! Wenn du da bist, dann heb ab. Ich muss mit dir sprechen. Es ist …“

„Hallo, Liebling.“ Anthony Cossas Stimme unterbrach ihre Botschaft. „Was gibt’s? Bist du bereit, in die menschliche Zivilisation zurückzukehren?“

„In meinem Hotel gibt es kein Telefon. Ich bin gerade in einem Nest namens Thelma.“

Anthony lachte amüsiert. „Und hörst dir lausige Country-Music an.“

„Ich hatte eigentlich vorgehabt, früher zurückzukommen, aber mir ist etwas Dringendes dazwischengekommen.“ Sie hatte keine Ahnung, wie sie es ihm erklären sollte. Sollte sie ihm von dem verletzten Adler erzählen? Oder dass es noch eine unerledigte Geschichte aus ihrer Vergangenheit gab? Dass sie plötzlich das Verlangen hatte, einen Teil ihres Lebens aufzuarbeiten, den sie seit Jahren von sich geschoben hatte?

„Hast du's dir anders überlegt?“, fragte Anthony.

Sie konnte aus seiner Stimme keinen Ärger heraushören. Sie sah ihn jetzt vor sich, wie er dort in seiner untadeligen Eigentumswohnung im „Santa Fé-Stil“ an der Western Avenue saß, in Kaki oder Jeans gekleidet, sein Bier schlürfte und alle sechzig Sekunden einem Anruf auf seinem Beantworter zuhörte, während er auf seinen supergroßen Fernseher starrte und sich durch die Kanäle zappte.

Sie versuchte, sich zu erinnern, wann sie das letzte Mal gemeinsam eine Flasche Wein getrunken und einfach nur stundenlang Musik gehört hatten. Sie konnte sich nicht entsinnen, wann sie das letzte Mal zusammen tanzen gegangen waren.

„Isabel?“

„Anthony, ich weiß es einfach nicht. Am Samstag sah ich noch unser ganzes Leben auf einem langen roten Teppich vor uns ausgebreitet. Aber jetzt ...“

„Jetzt – was?“ Noch immer war keine Schärfe in seiner Stimme zu hören.

„Vielleicht ist der rote Läufer plötzlich um eine Ecke gebogen. Ich muss einfach mal gründlich über mich selber nachdenken, Anthony, und ...“

„Wart mal eine Sekunde. Da kommt ein Anruf auf der anderen Leitung.“ Mit einem Klick unterbrach er die Verbindung.

Sie stand da, starrte auf das Tastenfeld des Telefons und fragte sich, ob sie ein Recht hatte, sich über das Abgehängtwerden zu ärgern oder nicht.

„Okay, da bin ich wieder", meldete sich Anthony zurück. „Aber ich habe auf der anderen Leitung ein dringendes Ferngespräch."

Jetzt fing sie langsam wirklich an, sich zu ärgern.

„Also was hast du denn nun vor?", fragte er. „Die Hochzeit verschieben? Sie absagen?"

Tränen brannten in ihren Augen. „Deine Familie hat doch schon alles perfekt geplant ..."

„Meine Familie", griff er das Stichwort auf. „Das ist doch wohl im Grunde alles, worum es für dich geht, stimmt's?"

„Ich liebe deine Familie, Anthony. Ich könnte es nicht verwinden, sie zu enttäuschen."

„Na ja, schon gut. Mach, was immer du tun musst, um einen klaren Kopf zu bekommen und ruf mich morgen wieder an. Okay, Liebling?"

„Ja, aber ..."

„Ich muss unbedingt diesen anderen Anruf annehmen. Bis bald." Es klickte wieder, und dann war das Gespräch beendet.

Isabel stand da, den Hörer noch immer am Ohr, und lehnte nun die Stirn an das kalte, glänzende Metallgehäuse des Münztelefons. Warum ärgerte sie sich eigentlich so über Anthony? Sie gehörte doch zu ihm. Sein hektischer Lebensstil hatte ihr gefallen, und er schien gern bereit, zu ihr nach Bainbridge Island hinauszuziehen, obwohl er darüber Witze machte, dort sein Handy nicht mehr benutzen zu können. Oder jedenfalls hatte sie gedacht, das solle ein Witz sein.

Seine Schroffheit und Ungeduld während ihres Telefonats erschien ihr übertrieben. Vielleicht war sie auch deshalb so irritiert, weil es so seltsam für sie war, Anthonys Stimme zu hören, während sie sich ausgerechnet in der Tanzhalle des Feuerwehrgebäudes von Thelma aufhielt. Oder weil sie immer noch daran denken musste, was Clyde ihr beim Tanzen über Dan erzählt hatte.

Clyde hatte ihr berichtet, dass Dan den Stammesrat, ja, sogar die ganze Stadt Thelma vor einer finanziellen Katastrophe bewahrt habe. Der Bau der Ferienanlage hatte Leuten Arbeit und Brot verschafft, die seit Jahren keine Jobs mehr gehabt hatten.

Natürlich hatte Dan, wie Clyde vorsichtig einfließen ließ, zunächst einmal einen großen Teil seines eigenen Geldes investieren müssen, um den Bau in Gang zu bringen. Es hatte sich um eine ziemlich große Summe gehandelt.

Der Stakkato-Piepton aus dem ausgehängten Telefonhörer ließ sie zusammenfahren. Als sie schnell den Hörer wieder auflegte und sich umwandte, sah sie Dan ein paar Meter von ihr entfernt stehen und sie beobachten.

Ihr stockte für einen Moment der Atem. So hatte er stets lässig da gestanden in all seiner Größe und mit seinen breiten Schultern, die Daumen in die Gürtelschlaufen seiner Jeans gehakt. Im schwachen Licht der Lampen hinter ihm war seine Gestalt nur im Umriss erkennbar, sie konnte sein Gesicht nicht sehen, nur seine schwarzen, lang herabhängenden Haare.

Er war zu weit entfernt von ihr, um das Gespräch mitgehört zu haben. Dennoch spürte sie, wie sie rot wurde, als sei sie bei etwas Verbotenem ertappt worden.

Das ist ja lächerlich, ermahnte sie sich. Letzten Endes war er doch der einzige Grund für dieses ganze Dilemma. Wenn er nicht gekommen wäre, dann wäre sie noch immer von der gesamten Familie Cossa umgeben und würde sich auf ihre Hochzeit vorbereiten.

So standen sie eine ganze Weile und sahen sich nur schweigend an. Irgendetwas in Isabel sehnte sich so sehr nach ihm, dass sie fast geweint hätte. Aber noch, bevor sie überlegt hatte, ob sie zu ihm gehen sollte, drehte er sich um und gesellte sich wieder zu den anderen.

In stummer Verzweiflung blieb sie an ihrem Platz. Eigentlich wollte sie ärgerlich sein und ihm alle Schuld für ihre Zweifel geben, aber er beachtete sie gar nicht mehr und schlenderte zwischen den tanzenden Paaren und den Gruppen plaudernder Menschen herum.

Es hätte sie kaum überraschen sollen, dass er auf das Podium der Band stieg und eine akustische Gitarre zur Hand nahm. Aber es verblüffte sie dennoch. Irgendwie hatte sie inzwischen vergessen, dass Dan ein Musiker war, ein Künstler.

Das Licht wurde nun noch mehr gedämpft, und die anderen Musiker beendeten den Song, den sie gerade spielten. Der Geiger stellte ein Mikrofon vor Dan.

Um ihn herum lag alles in schattenhaftem Dunkel, nur er allein stand in grellem Licht, genauso wie damals, als sie ihn zum ersten Mal gesehen hatte. Vielleicht hatte er für sie immer nur in diesem Licht gestanden. Als er den Blick auf die Zuhörer im Saal richtete, setzte ihr Herz für einen Schlag aus. Wie gut sie sich an diesen unergründlichen Ausdruck in seinem Gesicht erinnerte ...

Seine schlanken, schmalen Hände wirkten Wunder auf der alten Gitarre, aus der er Akkorde von melancholischer Süße hervorzauberte. Einsamkeit, verpasste Gelegenheiten und die Suche von verlorenen Seelen nach Verständnis und Mitgefühl, das waren die Themen seines Songs.

Dans musikalische Begabung hatte sich seit seinem Abschied vom Showbusiness nicht verringert. Im Gegenteil, Isabel spürte sofort, dass ein neues Element hinzugekommen war, etwas, das seiner Musik mehr Tiefe und Leidenschaft verlieh. Er war dorthin zurückgekehrt, wo seine Seele zu Hause war, und dieses neue Bewusstsein spiegelte sich deutlich in seiner Vortragsweise wider.

Der Text des Songs war einfach, es war ein Refrain, der wahr und echt klang, Worte, bei denen die Frauen im Saal enger an ihre Männer heranrückten und die Männer nach der Hand der Frau neben ihnen griffen.

Während des ganzen Songs stand Isabel allein, hörte wie gebannt zu und starrte zu Dan hinüber. In diesem Moment wurde ihr eines klar: Sie hatte nie aufgehört, Dan Black Horse zu lieben.

So – nun hatte sie es sich selber eingestanden. Und dies war wohl die wahrhaftigste Empfindung, die sie seit Jahren gehabt hatte. Sie hatte sich ihre Liebe durch Ärger und Angst verdüstern lassen, aber die Liebe war in der ganzen Zeit nicht vergangen. Sie war nur von hundert anderen Dingen überschattet gewesen.

Und das hatte sie selber ebenso zugelassen wie Dan.

Jetzt aber hatte er eine neue Einstellung zu dem gefunden, was geschehen war und hatte daraus gelernt. Das war es doch, worauf das Ganze hinauslief.

Der Song endete unter rauschendem Applaus. Dan lächelte und plauderte noch eine Weile mit den Musikern. Dann ging er zu Isabel hinüber.

„Und nun?", fragte er und sah sie eindringlich an.

„Nun ..." Isabels Kehle war wie ausgetrocknet. Wenn sie dem Ruf ihres Herzens folgte, dann gab es nun kein Zurück mehr. Dennoch glaubte sie, sich ihrer Sache absolut sicher zu sein, als sie zu Dan sagte: „Nun ... gehen wir nach Hause."

8. KAPITEL

Dan war sich nicht sicher, was Isabel damit meinte. Was er sich erhoffte von ihren Worten, das wusste er allerdings sehr wohl.

„Ich hol' dir deine Jacke", sagte er.

Danach sprachen sie auf dem ganzen Weg zurück kein einziges Wort mehr.

Er stellte die Harley in den Schuppen, nahm Isabel bei der Hand und ging mit ihr über den Hof. Der Mond stand hoch am Himmel und warf netzartige Schatten durch die Bäume auf den feuchten Boden. Die tiefe Stille, die über der Landschaft lag, wurde nur von dem unheimlichen Schrei eines Käuzchens unterbrochen.

Dan blieb stehen und sah Isabel an, die vom zarten silbernen Mondlicht umflossen war. Ihr Atem ging schnell, als kämpfe sie mit sich. Zärtlich strich er ihr eine Haarsträhne aus dem Gesicht. Obwohl er gern gewusst hätte, was sie vorhin zu Anthony gesagt hatte, fragte er sie nicht danach. Er würde es noch früh genug erfahren.

„Und nun?", wollte sie wissen. Es war die gleiche Frage, die er ihr zuvor gestellt hatte. Sie blickte zu ihm auf und wirkte genauso verloren und einsam wie damals, als er sie zum ersten Mal gesehen hatte.

Eine tiefe Zärtlichkeit für sie erfasste ihn, und er schlang seinen Arm um ihre Taille und zog Isabel an sich. „Dies", flüsterte er und presste seine Lippen auf ihren Mund. Die Art, wie er sie küsste, ließ keinen Zweifel mehr an seinen Absichten. Als sie dem sanften Druck seines Mundes nachgab und die Lippen teilte, drang er besitzergreifend mit der Zungenspitze vor. Sein ganzer Körper war so von seinem Verlangen ergriffen, dass er kaum sprechen konnte, als er schließlich den Kuss abbrach.

Wenn sie jetzt Nein sagte, dann würde er sie nicht mehr drängen. Dieses Versprechen hatte er ihr gegeben, als er sie das erste Mal küsste, und er würde sein Wort halten.

Als sie schließlich sprach, war es nur ein heiseres Flüstern. „Ja." Sonst nichts. Aber das war alles, was er zu wissen brauchte.

Hand in Hand gingen sie in das dunkle Haus und die Treppen hinauf zu ihrem Zimmer. Erst zwei Tage war sie dort gewesen, aber schon war ihre Gegenwart an dem zarten Seifenduft spürbar, der im Zimmer hing, und an dem aufgeschlagenen Taschenbuch, das auf dem Nachtschrank lag.

Isabel streifte ihre Schuhe ab.

Ihm war bewusst, dass es Dinge gab, die er ihr jetzt sagen musste, Dinge, die er sie fragen sollte, aber das würde ihn nur davon ablenken, das zu tun, was er sich so sehr wünschte. Er stand hinter ihr, nahm ihr die Lederjacke ab, die sie noch trug, und ließ sie neben dem Bett zu Boden gleiten. Dann beugte er sich über sie, strich ihr das Haar von Wangen und Hals und küsste ihren Nacken.

Mit einem leisen Seufzer neigte sie ihren Kopf zur Seite. Liebkosend ließ er den Mund über ihre warme Haut gleiten, streichelte mit der Zungenspitze ihr Ohrläppchen. Dann begann er, ihr das Oberteil aufzuknöpfen. Er zog es ihr ganz aus und umfasste ihre Brüste. Geschickt streifte er ihr den Rock ab, denn alle Kleidung erschien ihm nur wie eine störende Barriere. Mit beiden Händen streichelte er sie von oben bis unten, als fühle er die Konturen ihres Körpers zum allerersten Mal. Sie hatte sich nicht im Geringsten verändert. Sie war noch immer so schlank und zierlich, dass er sich selber grob und klotzig dagegen vorkam.

Sie schnappte erregt nach Luft, schlang die Arme um seinen Hals und zog seinen Kopf zu sich hinab. Da drehte er sie um und küsste sie wieder. Verlangend schmiegte sie sich an ihn. Während er sich auszog, schlüpfte sie aus ihren zarten Dessous. Keiner von beiden genierte sich oder kam sich seltsam dabei vor, denn das, was jetzt geschah, erschien ihnen wie vom Schicksal vorbestimmt. Wünsche und Sehnsüchte, die bis zu diesem wunderbaren Moment jahrelang in ihnen geschlummert hatten, erwachten und forderten jetzt umso gebieterischer ihr Recht.

Eng umschlungen sanken sie auf die kühlen Laken. Dan

stützte sich auf einen Ellenbogen, ließ streichelnd die Hand über ihren Körper gleiten und sah ihr dabei fest in die Augen. Isabels Gesicht hatte einen träumerischen Ausdruck, ihre feuchten Lippen waren leicht geöffnet und ihre Augen halb geschlossen. Sie streckte ihre Hände nach ihm aus und strich ihm über die Hüften. Dan musste sich ungeheuer beherrschen und die Augen schließen, um nicht schon jetzt die Kontrolle über sich zu verlieren.

Selbst bis zu diesem Augenblick war ihm nicht bewusst gewesen, welche Macht er über Isabel hatte. Er beugte den Kopf und küsste sie voller Glut, und seine Hände liebkosten ihre Brüste, glitten dann hinab und teilten ihre Schenkel. Sie war so bereit für ihn, dass er nicht länger an sich halten konnte. Er legte sich auf sie, ihrer beider Lippen waren noch immer im Kuss vereint. Mehr auf ihre Befriedigung, als auf seine eigene bedacht, hob Dan den Kopf und wartete mit angespannten Muskeln auf ein Zeichen von ihr. Sie blickte zu ihm hinauf. Ihr Gesichtsausdruck blieb ihm in diesem Moment rätselhaft.

„Du machst es mir nicht gerade leicht“, sagte er mit zusammengebissenen Zähnen.

„Sollte ich das?“, flüsterte sie. In ihrer Stimme war ein Lächeln zu hören. Dann griff sie nach unten und führte ihn zu sich, und auf einmal war es, als seien sie niemals getrennt gewesen.

Er fand den Rhythmus wieder, der ihnen beiden noch so vertraut war wie ein Tanz ihrer Herzen, der alle Zeit überstanden hatte. Sie hob sich ihm entgegen, bereit zum Blühen und zum Wiedererwachen wie die Erde im Frühling, und ihre rückhaltlose Hingabe raubte ihm fast die Sinne. Als er ihre kehligen Lustschreie hörte und sie sich ihm entgegenbog, da wusste er, dass nun ihre Wiedervereinigung vollkommen war und dass sie beide eine ganz neue Welt betreten hatten.

Dennoch blieben sie beide stumm, aber es war eine behagliche, wohltuende Stille, in der alle Unsicherheit und alle Zweifel schwanden. Sie brauchten und wollten jetzt nicht sprechen, denn das hätte bedeutet, dass sie wieder in den Alltag zurückgekehrt wären und sich der Wirklichkeit und all den ungelösten Fragen stellen müssten, die noch zwischen ihnen standen.

Dan zog Isabel an sich und liebte sie noch einmal, diesmal aber bewusst langsam, so als ob er durch das fast andächtige Streicheln ihres ganzen Körpers aufs neue Freundschaft mit einem alten Freund schließen wolle. Hingerissen von seiner Sanftheit, ließ sie sich verwöhnen. Er fand all die vertrauten kleinen Schönheiten Isabels wieder, ihre Halsbeuge, die zarte Innenfläche ihrer Handgelenke, ihre Kniekehlen und die Innenseiten ihrer Schenkel, wo ihre Haut noch zarter und weicher war, als er es in Erinnerung hatte. Mit seinen Händen und seinem Mund brachte er sie wieder und wieder zur Ekstase, bis sie sich wohlig erschöpft an seine Brust kuschelte und, gerade als die Sonne aufging, einschlief.

Ganz langsam erwachte Isabel und schwebte noch eine Weile in jenem wundersamen Land zwischen Schlaf und Wachen. Ihr ganzes Denken war von Erinnerungen an Dan erfüllt, an seine Stimme, seine Berührungen, an den Geschmack seines Mundes und die unerhörte Macht der Leidenschaft, die sie bei ihm gefunden hatte.

Nur bei ihm allein.

Bewusst schob sie diese Gedanken beiseite. Für den Augenblick jedenfalls wollte sie noch nicht über die Zukunft nachdenken. Sie wollte sich herrlich träge und entspannt fühlen und der Erinnerung an ihre Liebesnacht nachhängen.

„Dan“, flüsterte sie und öffnete die Augen, aber er war gar nicht mehr da. Er musste wohl aufgestanden sein, um Kaffee zu machen. Sie reckte und streckte sich, dann stand sie auf, um sich die Zähne zu putzen. Statt den Frotteebademantel anzuziehen, schlüpfte sie in Dans Lederjacke. Wenn sie die Jacke anhatte, die ihr bis zur Mitte der Oberschenkel reichte, fühlte sie sich ihm wundervoll nahe.

Die Jacke hätte auch bittere Erinnerungen hervorrufen können, denn sie hatte sie auch angehabt, als sie an jenem Nachmittag aus der Klinik nach Hause gekommen war. Dan und sie waren beide sehr still gewesen an diesem Tag. Keiner von beiden wusste, was er sagen sollte. Dann hatten sie beide geweint, sich in den Armen gehalten und das Informationsblatt des Arztes gelesen, in dem auf den hohen Prozentsatz von Fehlgeburten in den ersten Schwangerschaftsmonaten hingewiesen wurde. Es gab keinen Grund für Paare, es nicht noch einmal zu versuchen ...

Irgendwie aber wussten sie, dass sie das nicht tun würden. Das erste Mal war Isabel unbeabsichtigt schwanger geworden, aber beim zweiten Mal würde die Schwangerschaft geplant sein. Das aber hätte bedeutet, dass es vorbei war, mit dem ziellosen Dahintreibenlassen in eine nebelhafte und ungewisse Zukunft.

Dazu war Dan einfach nicht bereit gewesen. Und als Isabel zu dem Schluss gekommen war, dass sie nicht darauf warten wollte, bis er sich irgendwann zu einer Heirat durchrang – was ihr keineswegs sicher erschien – war sie fortgegangen.

Die vergangene Nacht hatte jedoch alles verändert. Dan hatte eine Hingabe und Offenheit gezeigt, die sie bisher noch nie bei ihm erlebt hatte. Er war ein anderer geworden. Besonnen und gefestigt. Verantwortungsbewusst. Rückhaltlos bereit, sie zu lieben. Und Isabel hatte sich von Neuem in ihn verliebt. Und dieses Mal wirklich für immer, das stand für sie fest.

Als sie barfuß und mit nackten Beinen die Treppe hinunterstieg, kam sie sich richtig lustvoll und sexy vor. Dan hatte sie aus ihrem disziplinierten und durchorganisierten Leben herausgeholt und sie in eine Welt der Sinne und Gefühle gestürzt. Es war ein bisschen beängstigend, aber sie hatte sich nie lebendiger gefühlt als jetzt.

Sie schob die Hand in die Jackentasche. Ihre Finger berührten ein zusammengefaltetes Stück Papier. Sie zog es hervor. Es war eine Art Prospekt oder Flugblatt. Sie las es und blieb auf der vorletzten Stufe der Treppe wie angewurzelt stehen. Das Blut schien ihr in den Adern zu stocken, und ein eisiger Schauer überlief sie.

„Nein!“, murmelte sie und zwang sich dann weiterzugehen. Bestimmt hatte Dan den Zettel irgendwo gefunden und nur vergessen, ihn wegzuwerfen. Ganz bestimmt ... Sie versuchte, sich wieder zu beruhigen, und ging weiter zum hinteren Teil des Gebäudes.

Die Küche war warm, und es duftete einladend nach Kaffee.

Dan war draußen auf der hinteren Veranda, in der einen Hand seinen Kaffeebecher und in der anderen einen Briefumschlag. Er sah hinaus auf die Berge.

Er hatte nur Jeans an, kein Hemd und keine Schuhe. Seine muskulösen Schultern und seine nackte Brust glänzten in der Morgensonne, und seine langen Haare hingen ihm über den Rücken hinab. Der dunkle Schatten seiner Bartstoppeln ließ sein hartes Kinn weicher erscheinen.

Dieser Mann war von solch unerhörter männlicher Schönheit, dass sich Isabel für einen Augenblick fast seiner unwürdig vorkam. Es erschien ihr undenkbar, dass dieser Mann ihr gehören sollte. Er war einfach zu perfekt und begehrenswert.

Sie schüttelte diese Gedanken ab und trat hinaus auf die Veranda. Das Fliegengitter klappte hinter ihr zu, und Dan wandte sich nach ihr um.

Sein liebevolles Lächeln erweckte alle Erinnerungen an die Wonnen, die sie in der vergangenen Nacht durchlebt hatten. „Verdammt noch mal, Isabel", sagte er und betrachtete sie mit sichtlicher Begeisterung, „du versteht es aber wirklich, dich toll anzuziehen." Er setzte den Kaffeebecher ab und streckte den Arm nach ihr aus. Als sie sich an ihn schmiegte, küsste er sie. Sein Mund schmeckte nach süßem Kaffee.

„Hast du gut geschlafen?", fragte Dan.

„Schlafen scheint das Einzige zu sein, was ich hier draußen tun kann", erwiderte sie.

„Ich könnte mir noch ein paar andere Dinge vorstellen." Er ließ die Hand unter die Lederjacke gleiten. „Aber Isabel! Du bist ja ganz nackt unter der Jacke."

Sie lachte leise und entzog sich ihm. In seinem Gesicht konnte sie deutlich sehen, dass er sie am liebsten sofort zurück ins Bett geholt hätte. Das wäre ihr auch recht gewesen, aber zuvor musste sie ihn noch etwas fragen.

„Was bedeutet denn das?" Sie hielt ihm den Prospekt entgegen.

Dan stutzte für einen Moment. Das Flugblatt glitt aus Isabels Hand.

Dann setzte er sich auf das Verandageländer. Sein Gesicht verriet keine Reaktion. „Das Yakima-Selbstmord-Rennen", sagte er nur.

Isabel zog ihre Hände in die Ärmel der zu großen Jacke zurück. „Das hat aber doch nichts mit dir zu tun, Dan, oder?" Als er nicht antwortete, fragte sie noch einmal. „Oder?"

„Es findet heute Nachmittag statt", erklärte er und sah sie dabei nicht an. „Und ich habe mich dafür angemeldet."

Isabel lehnte sich gegen die Tür, schloss die Augen und hoffte wider besseres Wissen, dass sie sich verhört hätte. Allein der Gedanke, dass die Männer auf ihren Motorrädern steile Schluchten hinunterrasen und an tiefen Abhängen vorbeibrausen würden, erregte Schwindel und Übelkeit in ihr.

„Dan", sagte sie und öffnete langsam wieder die Augen. „Mein Vater ist bei diesem Rennen zu Tode gekommen."

„Das weiß ich."

„Tu's nicht, Dan!"

„Eine der örtlichen Weinkellereien hat eine riesige Siegesprämie ausgesetzt. Wenn ich die gewinne, komme ich über den ganzen Sommer."

„Du wirst keine Gäste mehr brauchen, wenn du bei dem Rennen tödlich verunglückst", entgegnete sie. „Ich kann es nicht fassen, dass du mir das antust!"

„Weißt du eigentlich, was du da redest?", erwiderte Dan erregt. „Dein Vater hat dir persönlich doch nichts getan. Du hast seit jeher seinen Tod als eine bewusste, absichtliche Kränkung betrachtet. Grund genug für dich, zu leugnen, dass du indianisches Blut in dir hast, Grund genug, dich bei deinen weißen Pflegeeltern zu verstecken und ihren Lebensstil zu übernehmen."

Seine Worte schnitten ihr wie ein Messer ins Herz. „Das muss ich mir nicht anhören, Dan. Ich habe es nicht nötig, mir solche Dinge von dir sagen zu lassen."

Wut und Ärger blitzten in seinen Augen auf, als er einen Schritt auf sie zuging. „Es ist offenbar an der Zeit, dass dir endlich jemand die Wahrheit sagt. Dein Vater ist nicht deinetwegen tödlich verunglückt."

„Und dieses Rennen hat auch nichts mit mir zu tun", versetzte sie zornig, funkelte ihn an und versuchte, ihre Angstgefühle zu unterdrücken. „Du tust das doch nur, weil du dir das Geschäft mit Anthony kaputtgemacht hast, stimmt's?"

Dan schwieg. Isabel nahm das als Bestätigung ihres Vorwurfs. „Weißt du, du hast nun einmal diese Art verrückter Tapferkeit in dir. Aber es hat doch nichts mit Tapferkeit zu tun, wenn du dein Leben aufs Spiel setzt."

Dan biss die Zähne zusammen. „Isabel, tu das nicht! Zwing mich bitte nicht zu dieser Entscheidung."

„Ich kann dich zu gar nichts zwingen", antwortete sie resigniert. „Das habe ich noch nie gekonnt."

9. KAPITEL

Wozu halten wir hier an?“, fragte Isabel, als sie eine Girlande von bunten Wimpeln über die Straße in Thelma gespannt sah. „Yakima-Selbstmord-Rennen“, verkündete ein breites Transparent.

Gary Sohappy ließ die Hände auf dem Lenkrad des Trucks liegen, und sah hinter sich auf die Ladefläche, auf der die mit Stroh ausgepolsterte Kiste stand. „Ich habe nur gerade überlegt, wo wir den Vogel am besten fliegen lassen sollen.“

„Ich glaube kaum, dass der schon wieder fliegen kann.“

„Dan hat gemeint, er sei schon so weit.“ Gary legte einen anderen Gang ein und fuhr auf der einzigen asphaltierten Straße von Thelma weiter.

„Dan hat sich auch schon mal geirrt.“ Isabel sah auf ihre Armbanduhr. Nach dem Streit mit Dan hatte sie darauf bestanden, in die Stadt zu fahren, um von dort aus Anthony anzurufen. Der hatte zwar ein wenig darüber gemurrt, dass er ihretwegen eine Besprechung verschieben musste, hatte sich dann aber bereit erklärt, vor dem Feuerwehrhaus auf sie zu warten, um sie dann nach Seattle zu bringen.

Die Aussicht darauf ließ Isabel kalt, sie fühlte sich leer und seelisch erschöpft.

Dan hatte sich in eisigem Schweigen auf das Rennen vorbereitet. Wie ein mittelalterlicher Ritter sah er aus in seiner gepolsterten schwarzen Ledermontur mit Beinschützern und Extrapolstern an Knien und Ellenbogen und dem Schutzhelm auf dem Kopf. Er hatte versucht, ihr zum Abschied einen Kuss zu geben, aber sie hatte den Kopf weggedreht. Als sie sich dann nach ihm umsah, ging er mit langen Schritten davon, sichtbar verärgert.

Sie hatte den Mund geöffnet, um ihm nachzurufen, aber sie hatte keinen einzigen Ton hervorgebracht. Dann war er auf seinem Rennmotorrad davongebraust, gerade als Gary erschien, um sie in die Stadt zu fahren und danach das Adlerweibchen irgendwo in der Wildnis freizulassen.

Einer von Garys Passagieren sollte also in die Freiheit, der andere zurück in seinen Käfig. Die Vorstellung traf Isabel wie ein Schlag. Sie seufzte.

„Stimmt was nicht?“, fragte Gary.

Gar nichts stimmt mehr, dachte sie. „Wo ist das Ziel des Rennens?“

„Wie?“

„Das Rennen. Ich möchte sehen, wie es ausgeht.“

„Das Ziel ist da, wo es jedes Jahr ist. Aber sind Sie nicht mit jemandem verabredet?“

„Gary“, erklärte sie, „ich muss erst sehen, wie das Rennen endet.“

Gary grinste. „Okay.“

Isabels Hände waren eiskalt, als sie sich an den Türgriff des Pick-ups klammerte, der nun von der Hauptstraße abbog und auf einem holprigen Weg bergauf fuhr. Als man auf dem Gelände nicht mehr weiterfahren konnte, parkte Gary den Truck, und sie stiegen beide aus. Hohes Gras wehte in der Brise leise rauschend hin und her. Gary ging zur Ladefläche und hob den Deckel von der Kiste mit dem Adlerweibchen.

„Alles in Ordnung mit ihr?“, fragte Isabel.

„Ich glaube schon – autsch! Ihre Krallen sind jedenfalls in bestem Zustand.“ Gary setzte den Vogel auf einen großen Felsen. Dort saß der Weißkopfseeadler nun, sah stolz und majestätisch aus, während der Wind durch sein Gefieder strich. Dann breitete das Tier langsam die Flügel aus.

Isabel hielt den Atem an. Flieg doch, dachte sie. Flieg! Du kannst es doch!

Der Vogel ließ die Brise durch seine Schwungfedern wehen, aber dann faltete er die Schwingen wieder zusammen.

„Er ist noch nicht flugbereit“, meinte Gary enttäuscht. „Dabei habe ich doch extra meine Kamera mitgebracht.“ Er nahm den Vogel auf und stieg höher den Berg hinauf. „Wir haben den besten Blick auf das Rennen vom Warrior Point aus“, sagte er über seine Schulter zu ihr.

Eisige Kälte durchströmte ihre Glieder. Sosehr sie es versuchte, sie konnte die schrecklichen Erinnerungen, die sie überfielen, nicht aus ihren Gedanken verbannen.

Sie wusste genau, wohin Gary nun ging, denn sie hatte selbst dort gestanden und gesehen, wie ihr Vater tödlich verunglückte. Obwohl es viele Jahre her war, sah sie alles wieder ganz deutlich vor sich. Ihr Vater und seine Freunde hatten Bier getrunken. Nicht übermäßig viel, nur gerade die übliche Menge bei ihren Nachmittagstreffen. Ihre Mutter hatte dabeigesessen und mit den anderen gelacht, als ihr Mann sie wegen ihrer Angst um ihn aufzog.

Dann hatte er sie noch einmal geküsst. Die Mutter auf den Mund und die kleine Isabel auf die Stirn. Isabel hatte in den Augen ihres Vaters Hochmut gesehen, aber auch noch etwas anderes, etwas, das für sie schwer zu begreifen war. Heute war es ihr klar, dass es ein unstillbarer Hunger war, eine tiefe Unzufriedenheit.

Ihr Vater hatte niemals eine feste Arbeit gehabt. Sich auf gefährliche Abenteuer einzulassen schien für ihn eine der wenigen Möglichkeiten zu sein, sich zu beweisen. Klarzustellen, wer er eigentlich war – kein im Reservat herumlungernder Faulpelz, sondern ein Mann.

All dies hatte sie nicht verstanden, als sie ein kleines Mädchen war. Alles, was sie damals erfasste, war, dass sie ihren Vater sterben sah.

Eine Zuschauergruppe war zu dem Aussichtspunkt gegangen, darunter auch Isabel und ihre Mutter. Die Reiter erschienen in einer Staubwolke, und das Donnern der Hufe hallte laut von den Bergen wider. In einem geradezu mörderischen Tempo preschten die Reiter über eine jäh abfallende Felswand in eine Schlucht und übersprangen dann einen schmalen, tiefen Felsspalt, ehe es in einer Haarnadelkurve einen steilen Berg hinunterging.

Nur – statt diese scharfe Kurve zu bewältigen, war ihr Vater über den Abhang hinausgeschossen. Isabel hatte in fassungslosem Entsetzen schweigend dagestanden und hinabgesehen auf ihren regungslos daliegenden Vater und das Pferd neben ihm. Sie erinnerte sich an jede kleinste Einzelheit von damals. Ihre Mutter hatte in diesem Augenblick plötzlich und ohne jede böse Absicht Isabels Hand losgelassen.

Danach war ihre Mutter völlig unansprechbar, stumm und abweisend geworden. Sie war in die Stadt gezogen und hatte Isabel willig Pflegeeltern überlassen.

Von diesem Moment an hatte Isabel in ihrer Verwirrung und in ihrem Zorn begonnen, ihre Vergangenheit zu verdrängen und so zu tun, als habe sie nie existiert. Alle indianischen Wertvorstellungen hatte sie beharrlich auszulöschen versucht.

Bis Dan in ihr Leben kam.

Ein tiefer Seufzer entrang sich ihr, als sie jetzt an ihn dachte.

„Wir sind fast da“, sagte Gary.

„Ich weiß“, erwiderte Isabel leise.

Dan hatte sie mit seiner Leidenschaftlichkeit, seinem Stolz und seinem Lebenshunger zu erfüllen verstanden. Vor dem indianischen Teil seines Wesens hatte sie Angst gehabt, und vielleicht war diese Furcht noch immer in ihr, aber er hatte auch ihren Sinn für die uralten Lieder und Rhythmen wiedererweckt, die immer in einem Winkel ihres Herzens geschlummert hatten.

Sie liebte seine Zärtlichkeit und seine spontanen Einfälle. Seine dunkle Seite jedoch hatte sie nie verstanden, jenen Teil seines Charakters, der die Gefahr liebte, der nach Mutproben lechzte, um seine Stärke und seine Ausdauer zu beweisen.

Sie sah den Aussichtspunkt vor sich auftauchen. Fast nichts hatte sich in all den Jahren verändert. Die steile Felswand war von immergrünen Bäumen und Pflanzen gesäumt. Die Schlucht war ein tiefer Einschnitt zwischen zwei Bergen, ein reißender Bach floss hindurch. Auf der anderen Seite der Schlucht sah sie die Rennstrecke. Es war eher das Becken eines Wasserfalles als ein Pfad, steil, mit vielen Kurven und voller Felsbrocken. Und dann war da natürlich der verhängnisvolle Abhang, drohend und fast senkrecht in die Tiefe führend, wo nichts außer der widerstandsfähigsten Vegetation wachsen konnte.

Isabel war stehen geblieben und betrachtete den Rennkurs. Gary setzte den Adler auf den Boden. Der Himmel war hell und klar. Wind erfüllte die Luft mit einem leisen Sausen und Rauschen. Und dann hörte sie es.

Ein dumpfes Brummen und Röhren kündigte die Ankunft der Rennfahrer an. Die Männer näherten sich der letzten und gefährlichsten Etappe des Rennens.

Da geschah etwas Seltsames. Das Adlerweibchen wurde unruhig, spreizte wieder seine Schwingen und stellte sich gegen den Wind. Dann ließ sich der Vogel von der Kante der Klippe ins Leere fallen. Isabel schrie erschrocken auf, und Gary lachte überrascht, nahm aber sofort seine Kamera vors Auge.

Zunächst schien das Tier einfach nur hilflos herunterzustürzen – ein schrecklicher Anblick. Aber dann fuhr eine Windböe unter seine Flügel. Mit einem lauten Schrei begann der Adler die Flügel zu bewegen und zu schweben. Schließlich glitt er hoch über dem Tal dahin, das inzwischen vom Donnern der Motorräder erfüllt war.

Dan kam sich ein wenig töricht in der Windjacke mit dem Firmen-Emblem der Weinkellerei „Yakima Valley“ vor. Es war eine weiße Jacke, und er hatte noch nie Weiß getragen. Außerdem war der Reißverschluss nicht in Ordnung. Aber dafür, dass er für die Weinkellerei Reklame fuhr, bekam er von der Firma beträchtliche Rabatte beim Weinkauf für sein Hotel sowie etliche andere Vergünstigungen.

Die anderen Fahrer hatten ähnliche Jacken an, sodass man nicht nur ihre Startnummern darauf las, sondern auch Werbung für Mehl und Motoröl.

Dan wusste, dass er dieses Rennen gewinnen konnte. Er musste es, denn er brauchte den Siegespreis. Aber er fuhr heute auch schnell wie der Wind. Es war einfach einer seiner guten Tage.

Das Cross-Country-Motorrad, das kleiner und wendiger war als seine Harley, schien wie für seinen Körper konstruiert und reagierte fantastisch auf jede seiner impulsiven Bewegungen. Fast konnte er bei dieser Fahrt Isabels Gesicht vergessen, als er sich in der Hoffnung von ihr zu verabschieden versuchte, dass sie ihm Glück beim Rennen wünschen würde.

Das hatte sie nicht getan.

Der Nervenkitzel der Gefahr erfüllte seinen Mund mit einer Süße, die bei den Gedanken an Isabel bitter wurde.

Offenbar unterstellte sie ihm, dass er nur deshalb nicht auf die Teilnahme am Rennen verzichtet hatte, weil er immer noch Angst vor einer festen Bindung hatte und sich von Neuem vor einer Entscheidung für ein gemeinsames Leben drücken wollte. Er hätte ihr gerne gesagt, dass sie sich da irrte. Aber irrte sie sich wirklich?

Er biss die Zähne zusammen und fuhr auf die letzte, gefährlichste Etappe des Rennens zu. Seine Windjacke, deren Reißverschluss dem Wind nicht mehr standhielt, riss auf und flatterte, während er den mit Felsbrocken übersäten Abhang hinunterschoss.

Auf einmal lenkte ihn eine Bewegung in der Höhe ab. Blitzschnell sah er hoch und war verblüfft. Ein Adler kreiste langsam über dem Tal.

War es das Adlerweibchen, das sie gerettet hatten? Wenn es derselbe Vogel war, dann bedeutete das, dass Isabel jetzt hier war und das Rennen beobachtete.

Die Windjacke flatterte wie verrückt. Dan fluchte, knirschte mit den Zähnen und versuchte, trotz der Störung einen klaren Kopf zu behalten. Er musste nur noch mit seiner Maschine jenen tiefen Felsspalt überspringen, um dann aufs Ziel loszusteuern.

Gleich würde der Sprung durch die Luft kommen, aber dann geschah es, das Verhängnisvolle. Die Windjacke wurde vom Fahrtwind emporgeblasen und legte sich über sein Gesicht, sodass er nichts mehr sehen konnte!

Dan landete nicht auf der anderen Seite der Kluft. Er flog einfach weiter durch die Luft wie ein Stein aus einer Schleuder.

10. KAPITEL

Ein Krankenhaus gab es nicht in Thelma, deshalb wurde Dan in die kleine Klinik gegenüber der Feuerwache gebracht. Zwar gab es auch dort keinen ständig praktizierenden Arzt, aber ein Notarzt aus Olympia war für den Tag des Rennens in die Stadt geholt worden.

Isabel war so geschockt, dass sie kaum wusste, wie sie eigentlich in die Stadt zurückgekommen war. Man hatte sie nicht zu Dan gelassen. Sie hatte ihn nur für einen kurzen Augenblick gesehen, als er auf dem Rollbett an ihr vorbeigefahren wurde. Seine Augen waren geschlossen, sein Gesicht war totenblass.

Man hatte ihr versprochen, sie über Dans Zustand auf dem Laufenden zu halten. Voll panischer Angst um ihn lief sie immer wieder in dem kühlen, nach Antiseptika riechenden Korridor auf und ab, ging schließlich nach draußen und lehnte sich gegen eine Mauer.

Es kam ihr in den Sinn zu beten, aber ihr fielen keine Worte ein. Sie wollte fluchen, aber das erschien ihr ebenso sinnlos, wie Steine nach dem Mond zu werfen. Schließlich hielt sie die Hände vors Gesicht und wünschte sich mit aller Macht, dass Dan mit dem Leben davonkommen und genesen würde.

„Isabel?", sagte eine Männerstimme.

Sie riss die Augen auf. „Anthony!"

„Hey, ich warte hier schon seit einer Stunde auf dich." Er sah nicht ärgerlich aus. Sie hatte Anthony noch nie ärgerlich erlebt. Er wirkte freundlich, gepflegt und elegant wie immer.

„Bist du nun so weit zum Heimfahren?", fragte er.

„Ich ..." Ihr Mund war plötzlich ganz trocken. „Ich kann hier jetzt nicht weg, Anthony. Es hat einen Unfall gegeben." Das Wort blieb ihr fast im Hals stecken. „Ich muss erst noch warten und hören, was ..." Sie brach ab und sah ihn hilflos an. „Ich kann nicht mit dir kommen."

Er fuhr sich mit der Hand durch sein dunkles, volles Haar. „Hör mal, Isabel, das wird nun langsam lachhaft."

„Ich weiß", sagte sie leise. „Ich weiß. Du hast das wirklich nicht verdient. Fahr doch zurück in die Stadt, Anthony. Und mach dir keine Gedanken mehr um mich."

Er legte den Arm um ihre Schulter. „Liebling, ich werde lieber warten."

Juanita Sohappy kam aus dem Gebäude und ging auf Isabel zu.

„Wissen Sie schon irgendwas Genaues?", fragte Isabel.

„Nein", sagte Juanita tonlos. „Noch nicht. Ich hoffe, der weißäugige Doktor versteht sein Handwerk", fügte sie hinzu und benutzte dabei eine Redewendung ihrer Indianersprache, die Isabel nie ganz vergessen hatte. Juanita drücke Isabels Hand und ging wieder zurück in die Klinik.

Anthony sah ihr einen Moment lang nach. „Eine Freundin von dir?"

„Ja. Wir haben uns gerade erst kennengelernt, aber sie erinnert mich an früher, an Leute, die ich einst gekannt habe."

„Wieso denn das? Das ist ja irre – Leute, die du einst gekannt hast? Indianer?"

Isabel schloss für eine Sekunde die Augen. In ihrem Innern tobte ein Sturm. „Ich bin ein Halbblut. Mein Vater war ein Indianer", sagte sie dann.

Er nahm die Hände von ihren Schultern und sah sie an, als sei ihm plötzlich ein Geist erschienen.

„Ist das ein Problem für dich, Anthony?"

„Natürlich nicht", versicherte er, aber seine Stimme klang hart und gepresst. „Das Problem ist nur – warum hast du mir das nie gesagt?"

„Ja, das habe ich versäumt."

„Warum um alles in der Welt …" Er stemmte eine Hand gegen die Mauer, als müsse er sich stützen. „Was hast du dir dabei gedacht, Isabel? Hast du gemeint, ich würde dich seltsam oder abstoßend finden?"

„Ich glaube, ich habe mir eigentlich gar nichts dabei gedacht. Ich habe es ja überhaupt niemanden erzählt."

„Dies ist doch totaler Wahnsinn. Wir wollen am Sonnabend heiraten. Und jetzt erst erfahre ich hier wichtige Dinge über dich, die du mir schon vor Monaten hättest sagen sollen. Was hast du mir sonst noch alles verschwiegen?"

Ach, so viel, dachte sie traurig. Sie hatte ihm nie von ihrem Vater, ihrer Mutter und all jenen Dingen erzählt, die sie zu dem Menschen gemacht hatten, der sie war, als sie sich kennengelernt hatten. Eine schüchterne Frau, die vor ihrer Vergangenheit Angst hatte, die sich vor sinnlicher Leidenschaft fürchtete und die verzweifelt versuchte, zu irgendjemandem zu gehören.

Jetzt fragte sie sich, ob es wohl richtig von ihr gewesen war, von Anthony zu erwarten, dass er sie von all ihren Problemen befreite. Allmählich wurde ihr klar, dass weder Anthony noch Dan ihr das Glück einfach schenken konnten. Wie naiv war sie doch gewesen, sich einzubilden, dass sie das für sie herbeizaubern könnten!

„Anthony", sagte sie, und ihre Stimme war dabei so fest und sicher, wie sie es sich erhofft hatte. „Es tut mir leid. Wenn ich Genaueres weiß über Dan ..." Ihre Stimme drohte, ihr zu versagen. „Dann müssen wir miteinander reden."

„Ich weiß nicht, ob das noch notwendig sein wird." Anthonys Lippen wurden schmal bei diesen Worten, und Isabel merkte deutlich, dass er nun doch ärgerlich war. Aber in seinem tiefsten Inneren war Anthony Cossa ein gutmütiger und geduldiger Mensch ... gutmütiger und geduldiger, als sie es verdiente.

Augenblicke später erschien Juanita in der Tür der Klinik. Sie sprach kein Wort. Es wäre auch nicht nötig gewesen. Ihr Gesichtsausdruck sagte alles.

Sein Großvater hätte es einen „Wahrtraum" genannt. Flüchtige Bilder pulsierten in lebhaften Farben in Dans Kopf. Wie Trommelschläge donnerte es in seinen Ohren. Er spürte einen pochenden Schmerz in seinen Halswirbeln.

Gerade an jener Stelle tat es am schlimmsten weh.

Kälte durchströmte ihn, und er versuchte, in den Traum zurückzutauchen, wieder in dieses orangefarbene Nichts hinter seinen Augen zu flüchten. Aber es wollte ihm nicht gelingen, in diese gnädige Halbohnmacht zurückzusinken. In wirrem Wirbel kreisten Gedanken und Reuegefühle durch seinen Kopf. Eigentlich wollte er um noch mehr Schmerzmittel bitten, aber er wusste auch, dass dies das Unvermeidliche noch weiter hinausschieben würde.

Er musste einfach die Augen vor dem öffnen, was ihm zugestoßen war. Oder genauer, so sagte er sich, was er sich selber angetan hatte.

„Geringfügige Hautabschürfungen" hatte der Arzt zunächst gefunden. Ein paar angeknackste Rippen. Gut, dass er einen ausgezeichneten Schutzhelm getragen hatte. Aber bedauerlicherweise hatten alle seine Sicherheitsvorkehrungen nicht sein Rückgrat schützen können.

„Möglicherweise hat er dort Nervenschäden", meinte der Arzt mit einem Gesichtsausdruck, der Dan kaltes Entsetzen einjagte. Aber der Notarzt wollte keine Prognose stellen, ehe Dan nicht in ein größeres Krankenhaus gebracht würde, wo eine genaue neurologische Untersuchung gemacht werden musste.

Für Dan bedeutete die gelassene und freundlich-professionelle Art des Mediziners nur: „Tut mir leid, mein Junge, aber du wirst nie wieder laufen können."

Dan hatte um zwei Dinge gebeten: dass der Arzt über seinen Zustand absolutes Stillschweigen bewahrte und dass er die höchstmögliche Dosis Schmerzmittel bekam, die der Arzt noch guten Gewissens verordnen konnte.

Beiden Wünschen kam der Arzt ohne Zögern nach.

Jetzt aber tauchte Dan aus seinem Narkosenebel auf und musste einige Entscheidungen treffen. Zunächst einmal das Hotel. Da würde ihm der Stammesrat helfen. Vielleicht konnte ja die Weinkellerei den Betrieb so lange aufrechterhalten, bis die Gäste eintreffen würden. Und wenn es ganz schlimm käme, dachte er, hatte er ja noch seine Stimme. Er könnte doch eine neue Schallplatte aufnehmen, obwohl es ihm irgendwie lächerlich vorkam, im Liegen zu singen.

Aber da war ja doch auch noch Isabel … Der Gedanke an sie ließ den Schmerz wie einen Blitz erneut in ihm aufleben. Er hatte kaum Zeit genug, seine Gedanken über sie zu ordnen, als sie schon sein Krankenzimmer betrat.

Schwere Selbstvorwürfe wallten in ihm auf, als er ihr Gesicht sah, in dem sich Schrecken, Mitleid und niederschmetternder Kummer abzeichneten. Sie war blass, und ihre Gesichtshaut schien sich geradezu über ihren Wangenknochen zu spannen. Ihr Haar war wirr und zerwühlt, als habe sie sich vor Erregung immer wieder mit den Fingern hindurchgestrichen. Ihre schmalen Hände hielt sie krampfhaft ineinander gefaltet.

„Hi", sagte er. „Ich bin gerade aufgewacht."

Sie nickte und blieb am Fuße seines Bettes stehen, während sie all die Schläuche und Apparaturen betrachtete, die ihn bewegungslos ans Bett fesselten. Ihm fiel jener Tag ein, als es zwischen ihnen beiden genau umgekehrt gewesen war und sie als Patientin in einem Klinikbett gelegen hatte. Jener Tag war der Anfang vom Ende ihrer Beziehung gewesen. Und nun sollte es wieder in einem Krankenzimmer einen Abschied geben …

„Ich hätte die ganze Nacht darauf gewartet, wenn es nötig gewesen wäre", sagte sie. „Ich hätte ein Leben lang darauf gewartet."

Dan ließ einen langen Seufzer hören. Die bittere Ironie des ganzen Geschehens quälte ihn. Er hatte sie hierhergeholt, damit sie erkennen sollte, dass sie sich noch immer liebten und dass es für sie eine gemeinsame Zukunft gab. Und es war ihr auch wirklich klar geworden, aber die Einsicht kam zu spät. Er wusste auch, dass sie zu ihm halten würde, ganz gleich, welche Schwierigkeiten in den kommenden Monaten zu überwinden waren.

Aber Dan wollte sie unter diesen Umständen nicht an sich binden.

„Ich glaube, du hättest ein Recht, mir jetzt zu sagen, du hättest mich ja vorher gewarnt", sagte er.

„Das würde ich nicht tun." Sie fuhr sich mit der Zunge über ihre trockenen Lippen.

Der Gedanke, nie wieder diesen schönen, verlockenden Mund küssen zu können, machte ihn so verzweifelt, dass er hätte schreien können.

„Wie geht es dir überhaupt?", fragte sie. „Mir sagt ja keiner etwas. Wo hast du dich denn verletzt? Und was hast du dir gebrochen?"

„Kann alles wieder geheilt werden", log er ihr vor. „Nächstes

Jahr um diese Zeit werde ich wieder am Rennen teilnehmen."

„Das kann doch nicht dein Ernst sein!"

„Aber sicher." Dan log weiter und spielte diese Rolle, nur um irgendetwas zu sagen, was sie ihm entfremden könnte, damit sie keine Liebe mehr für einen gebrochenen Mann empfinden würde. „Ich hätte nicht zu dir kommen sollen. Du hattest von Anfang an recht. Ich kann mich nicht ändern. Ich werde immer unvernünftig und leichtsinnig sein. Ich würde dich zum Wahnsinn treiben."

Sie sah ihn entsetzt an. In ihren Augen schwammen Tränen. „Du treibst mich jetzt zum Wahnsinn. Ich bin zu dir gekommen, um dir zu sagen, dass ich bei dir bleiben werde ..."

„Es hat keinen Zweck. Es hat beim ersten Mal nicht geklappt zwischen uns, und es wird auch diesmal nichts daraus werden. Es war dumm von mir, mir einzubilden, dass es mit uns nun gut gehen würde."

„Aber ..."

„Geh zurück nach Hause, Isabel", sagte er mit harter Stimme. „Hier hast du nichts mehr verloren."

Sie trat einen Schritt vom Bett zurück, als habe er sie geschlagen. Mit einem langen, verzweifelten Blick sah sie ihn an, ihn, dieses Stahlgestell, das seinen Kopf festhielt, und die Metallkorsage um sein Rückgrat. „Ich verlasse dich nicht", flüsterte sie.

„Das werde ich nicht zulassen. Wir passen nicht zueinander. Was heute passiert ist, beweist es doch aufs Neue."

Der tiefe Kummer in ihren Augen schnitt ihm ins Herz. Er hätte am liebsten seine Hände nach ihr ausgestreckt und sie gebeten zu bleiben, aber er zwang sich zu sagen: „Ich hätte dich niemals suchen dürfen. Es tut mir leid, dass ich das getan habe."

Isabel sah Dan lange und eindringlich an. Schon glaubte er, nun würde sie zu weinen beginnen, aber sie beherrschte sich eisern. Sie hob den Kopf, straffte die Schultern und wirkte gleichzeitig entschlossen und sehr zerbrechlich. „Ich werde mich dir nicht aufdrängen."

„Good-bye, Isabel."

Und als sie sich abwandte und zur Tür hinausging, fügte er ganz leise und für Isabel unhörbar hinzu: „Ich liebe dich."

11. KAPITEL

Wie schön, euch beide wiederzusehen", sagte Isabel. Er war ihr wirklich ernst damit an diesem perfekten Spätsommernachmittag im Garten ihres Lieblingscafés. Sechs Monate nach der schicksalhaften Junggesellinnen-Abschiedsparty hatten sich Connie und Lucia auf Bainbridge Island eingefunden, um sich mit ihr zum Lunch zu treffen.

Connie übergab Isabel ein cremefarbenes Kuvert. Als sie es aufmachte, sah sie ihre Ahnung bestätigt: Es war eine Einladung zu Anthonys Hochzeit.

„Wir hatten uns gedacht, dass dich das interessieren würde", sagte Lucia.

„Stimmt." Isabel lächelte die Schwestern an. Auch nachdem sie ihre Verlobung mit Anthony gelöst hatte, waren seine Schwestern ihre Freundinnen geblieben. Und Anthony hatte für eine Überraschung gesorgt, als er den erhofften Vertrag mit Dans Hotel abgeschlossen hatte. Wie zu erfahren war, hatte die Mannschaft der Seahawks auf dem Feriengelände ein tolles Wochenende verbracht, bei dem Clyde Looking und Theo Sohappy die Gastgeber spielten, weil Dan noch im Bett liegen musste.

„Ich freue mich für Anthony", sagte Isabel. Es klang überzeugend.

Connie hob ihr Glas und stieß mit Isabel an. „Das hatten wir auch angenommen, aber wie geht es dir denn, Süße?"

Auf eine sonderbare Weise hatte sich Isabel an den Schmerz gewöhnt, mit dem sie bei Tag und Nacht zu leben hatte, den Schmerz, den sie seit dem vergangenen April erdulden musste, als Dan sie aus seinem Klinikzimmer und aus seinem Leben fortschickte. Mitunter war dieser Schmerz das Einzige, was sie daran erinnerte, dass sie noch am Leben war. Zu Beginn hatte sie immer wieder versucht, Dan anzurufen, aber er hatte sich jedes Mal geweigert, mit ihr zu sprechen.

„Es geht mir ganz gut", sagte sie, senkte den Blick und steckte sich eine Strähne ihres seidigen Haars hinters Ohr. Zum ersten

Mal seit der High School trug sie ihr Haar wieder so, wie es von Natur war: glatt, lang und tiefschwarz. Während sie noch über Connies Frage nachdachte, nahm sie im Hintergrund die Dampfpfeife der Viertel-nach-eins-Fähre wahr, kümmerte sich aber nicht weiter darum.

Ihre Gärtnerei hatte im vergangenen Sommer Rekordgeschäfte gemacht, sodass sie drei neue Mitarbeiter einstellen konnte, zwei davon Indianer, von denen der eine ein Experte für traditionelle indianische Kräuter war.

In einem plötzlichen Anfall von überschüssiger Energie hatte sie ihr Häuschen völlig neu dekoriert. Über ihrem Bett hing jetzt ihr ganzer Stolz: eine Yakima-Matte, in die das Bild eines fliegenden Weißkopfseeadlers eingewebt war.

An einem guten Tag war sie sogar in der Lage, ein paar Minuten nacheinander nicht an Dan zu denken. An den meisten Tagen jedoch lebte sie in der Erinnerung an die Zeit, die sie zusammen mit ihm in seinem Hotel verbracht hatte, entsann sich eines jeden Augenblicks und vergoldete sich diese Erinnerungen, bis sie die Patina eines verlorenen Traums annahmen.

Mit den Sohappys war sie in Verbindung geblieben. Sie hatten ihr nur wenig von Dan erzählt, nur dass er zur Rehabilitation in eine Klinik in Olympia gegangen und dann nach einiger Zeit zurückgekommen war. Das Hotel lief gut, was besonders der Weinkellerei zu verdanken war, die als Sponsor des Rennens fungiert hatte. Während der Sommermonate war das Hotel voll ausgebucht gewesen. Mundpropaganda hatte es zu einem beliebten Ziel gemacht.

Von Dan selber hatte sie kein einziges Wort gehört.

Isabel trank ihren Wein aus und versuchte sich auf das zu konzentrieren, was Lucia ihr erzählte. Da war trotz der lebhaften Unterhaltung auf einmal ein schwaches Brummen zu hören.

Isabel sah sich im Garten des Cafés um. Die meisten Pflanzen dort stammten aus ihrer Gärtnerei. Die Blumenbeete und die Bäume strahlten in bunten Herbstfarben.

Das Brummen wurde immer lauter. Lucia unterbrach ihren Redefluss. Isabel hielt den Atem an. Eine Ahnung wuchs in ihr fast zur Gewissheit. Und dann erschien Dan in der gekiesten Auffahrt zum Gartencafé.

Er war wie die Verkörperung ihrer geheimsten Träume: ganz in schwarzer Ledermontur, mit einem um die Stirn gebundenen Halstuch. Sein langes blauschwarzes Haar wehte im Wind, eine Sonnenbrille mit verspiegelten Gläsern verdeckte seine Augen. Und die Harley unter ihm bockte und wirbelte den Kies auf wie ein wildes Tier.

„Hier kommt Mr Testosteron wieder“, murmelte Connie, als die Maschine den Gartenpfad entlangdonnerte.

Isabel war aufgestanden und hielt starr vor Überraschung ihr Weinglas fest. Der Fahrer hielt abrupt, klappte den Ständer des 750-ccm-Motorrads auf und schlenderte mit langen, lässigen Schritten auf Isabel zu. Nur ein kaum merkbares Hinken erinnerte an den Unfall. Unter seinen schweren, hohen Stiefeln knirschte der Kies des Gartenpfades, und der goldene Ohrring blitzte in der Sonne.

„Diese Art von Déjà-vu-Erlebnis kann ich ganz gut verkraften“, flüsterte Lucia.

Er setzte die Sonnenbrille ab und sah Isabel unverwandt an. Mit seinen dunklen Augen musterte er sie von Kopf bis Fuß, und sie empfand diesen langen Blick wie eine zärtliche Liebkosung, die einen prickelnden Schauer durch ihren ganzen Körper sandte.

Das Weinglas entschlüpfte ihrer Hand, fiel ins Gras und rollte unter den Tisch. „Was machst du denn hier?“, fragte sie ihn.

Er lächelte sie in seiner altgewohnten, herausfordernden Weise an, – mit derselben verheerenden Wirkung wie früher. Isabel bekam weiche Knie und konnte kaum noch klar denken.

Sie fühlte sich noch immer von der Aura verführerischer Gefahr angezogen, die Dan umgab, von der Sinnlichkeit seiner vollen Lippen und von seinem kräftigen Körper, der ebenso gut in Form war wie seine Harley. Der Anblick seiner schmalen Hüften und breiten Schultern weckte Erinnerungen in ihr, bei denen ihr abwechselnd heiß und kalt wurde.

„Ich bin gekommen, um dich zu sehen“, begann er, „und um dir zu sagen, dass es mir leidtut.“

Das Blut schoss ihr in die Wangen. Sie ging ein paar Schritte von ihrem Tisch zur Seite. „Es tut mir leid?“, wiederholte sie. „Du hast mich aus deinem Leben verbannt und meinst nun, mit diesen vier Worten sei alles wiedergutzumachen?“

„Nein“, erwiderte er leise. „Es wird ein ganzes Leben dauern, es wiedergutzumachen.“

„Du kannst ja gleich mal damit anfangen“, sagte sie und verschränkte die Arme. Sie traute sich noch nicht, Hoffnung zu schöpfen.

Er bedachte sie mit jenem lasziven Lächeln, mit dem er sie früher für den ganzen Sonntag ins Bett gelockt hatte. „Ich dachte mir einfach: jetzt oder nie, Isabel!“

Sie spürte deutlich, wie fasziniert ihre Freundinnen von dieser Szene waren. Aus den Augenwinkeln sah sie, dass Connie mit dem Kopf zur Straße deutete.

Noch immer unsicher, ergriff sie Dans Hand. Als sie zusammen zu seiner Harley gingen, stellte sie fest, dass er das eine Bein leicht nachzog. Aber dies schadete seiner körperlichen Anziehungskraft nicht. Im Gegenteil, sein leichtes Hinken schien seinen Sex-Appeal eher noch zu verstärken.

Er hielt ihr einen Sturzhelm hin. Isabel trat einen Schritt zurück, ließ dabei seine Hand los und schaute ihn prüfend an. Zum ersten Mal bemerkte sie die winzigen Falten und Grübchen um seine Augen und seinen Mund, die er vor dem Unfall noch nicht gehabt hatte.

„Ich werde erst dann mit dir gehen, wenn du mir die Wahrheit sagst.“

Ich will den wirklichen Grund dafür wissen, warum du dich so lange von mir ferngehalten und mich nie angerufen hast.“ Sie warf einen Blick auf sein rechtes Bein. „Genau wie schwer waren denn deine Verletzungen?“

Er wollte seine Sonnenbrille wieder aufsetzen, besann sich dann aber anders. „Nicht so schwer, als dass sie nicht geheilt werden konnten, Isabel.“

„Und was ist damit, was du uns beiden angetan hast?“, fragte sie, während aufsteigende Tränen in ihren Augen brannten. „Wird das jemals heilen können?“

„Es ist doch nur ein Anfang, wenn ich dir sage, es tut mir leid. Als ich dich fortschickte, war mir, als hackte ich mir den eigenen Arm ab. Oder als schnitte ich mir das Herz aus dem Leibe. Es war idiotisch, dich zu einem Zeitpunkt fortzuschicken, als ich dich mehr denn je brauchte.“

„Warum hast du es dann trotzdem getan?“, beharrte sie. „Das muss ich wissen.“

„Ich dachte damals, ich würde nie wieder gehen können. Und diese Last wollte ich dir nicht aufbürden.“

Da fiel ihr ein, wie hilflos er damals im Bett der Klinik ausgesehen hatte. Auf einmal wurde ihr klar, dass es nicht Ärger gewesen war, was sie da in seinen Augen gesehen hatte, sondern einfach Angst. „Ich kann mir nicht vorstellen, dass du gedacht hast, dein körperlicher Zustand würde etwas an meinen Gefühlen für dich ändern.“

„Ich hab' es dir doch gesagt – es war grenzenlos dumm von mir. Aber ich habe viel Zeit gehabt, um so manches zu lernen.“

„Was zum Beispiel?“

„Ich habe endlich begriffen, dass ich keine Risiken mehr einzugehen, nicht der Gefahr hinterherzulaufen und mich nicht vor meinen Gefühlen zu verstecken brauche. Meine Zeiten als leichtsinniger Rebell sind endgültig vorbei.“

Freude machte Isabel das Herz leichter, und ihr Mund verzog sich zu einem nachsichtigen Lächeln. „Na ja, es war aber auch allerhöchste Zeit. Ich nehme das als ein Versprechen an mich.“

„Ich weiß.“ Unvermittelt legte er den Helm auf die Harley und zog Isabel an sich.

Überwältigt vor Glück, schmiegte sie sich an ihn und sog seinen vertrauten Duft ein. Doch dann fiel ihr wieder ein, wo sie war, und sie blickte kurz zu Connie. Die fächelte sich demonstrativ Luft zu.

„Vergib mir“, bat Dan und berührte Isabels Mund mit seinen Lippen, „dass ich erst genau wissen wollte, ob ich wieder ganz gesund werden würde, ehe ich zu dir zurückkam.“

„Das war schrecklich dumm von dir“, flüsterte sie, von seinem Kuss verzaubert, der so zärtlich und liebevoll war, dass sich ihr alles im Kopf zu drehen begann. „Du hättest es mir sagen sollen.“

„Ich sag’s dir ja jetzt“, erwiderte er und küsste sie so glutvoll, dass ihr beinahe die Sinne schwanden.

„Was sagst du mir jetzt?“, fragte sie, noch ganz atemlos von seinen Küssen.

„Dass ich dich liebe. Dass ich möchte, dass wir heiraten. Kinder bekommen, Pflanzen züchten. Weiße Zäune um unseren Garten bauen. Und zusammen fischen gehen.“

„Ja“, raunte sie und fuhr mit ihren Fingern durch sein langes, seidiges Haar, wobei sein Stirnband zu Boden glitt.

„Ja – wozu?“, fragte er.

„Ja zu allem, was du eben gesagt hast!“

– ENDE –

Sharon Sala

Liebling, wir haben geheiratet

Roman

Aus dem Amerikanischen von
Susanne Albrecht

MIRA®

1. KAPITEL

Harley June Beaumont war schon seit mindestens fünf Minuten wach, hatte aber noch immer nicht die Kraft, sich zu bewegen. Sie konnte nicht einmal die Augen öffnen. Ihr Kopf dröhnte, ihr war übel, und sie hatte einen fürchterlichen Geschmack im Mund.

Sie erinnerte sich nur noch an Las Vegas und dass sie einen Toast auf ihre beste Freundin Susan und deren frischgebackenen Ehemann Mike ausgebracht hatte, als die beiden ihre Hochzeitstorte anschnitten. Es gab einige verschwommene Bilder von einem Sektglas, das sich niemals zu leeren schien, davon, dass sie Konfetti und Reis geworfen hatte, dann davon, dass sie auf einem Tisch getanzt und von oben auf die Glatze eines Kellners geschaut hatte. Danach war alles nur noch undeutlich.

Harley verspürte ein dringendes Bedürfnis, die Toilette aufzusuchen. Allerdings bedeutete das Aufstehen, was wiederum bedeutete, dass sie sich doch bewegen musste.

Zögernd und mit größter Mühe öffnete sie die Augen und atmete vorsichtig durch. So weit, so gut. Das Zimmer wirkte irgendwie vertraut. Ach ja, das Motel in Las Vegas!

Aus ihrer liegenden Position heraus konnte sie ein glattes fliederfarbenes Kleid sehen, das achtlos über eine Stuhllehne geworfen worden war. Ein passender Schuh lag auf dem Tisch daneben, der andere war nirgendwo zu sehen.

Das Brautjungfernkleid …

Stöhnend begann sie, sich langsam Richtung Bettkante zu bewegen. Sie zuckte zusammen, als die Bewegung das Hämmern in ihren Schläfen noch verstärkte. Sobald sie den leeren Raum bemerkte, hielt sie inne, überzeugt, dass sie den Bettrand erreicht hatte. Jetzt hieß es, sich aufsetzen oder sterben. Doch ihre gefüllte Blase behielt die Oberhand. Harley stand auf, wobei sie sich damit tröstete, dass sie später immer noch sterben könnte.

Am Fußende des Bettes lag ein großer Haufen Bettwäsche. Stirnrunzelnd betrachtete sie diesen, während sie daran vorbeiging. Deshalb also war ihr beim Aufwachen so kalt gewesen.

Sie war bereits auf halbem Weg zum Bad, als ihr aufging, dass sie nackt war. Sie schaute sich im Zimmer um und fragte sich, wo denn ihr Nachthemd geblieben sei. Dann sah sie ihren BH, der über einem Lampenschirm hing, und ihren Slip am Türknopf. Wieder zuckte sie zusammen. Wenigstens konnte sie dafür dankbar sein, dass ihre Mutter nicht da war, um ihr die Hölle heißzumachen.

Harley Junes Mutter Marcie Lee Beaumont stammte in direkter Linie von General Robert E. Lee ab, und Marcie zufolge schliefen Damen, die etwas auf sich hielten, nicht im Evaskostüm. Aber im Augenblick war Harley June schrecklich übel, und das fehlende Nachthemd war ihre geringste Sorge.

Die Badezimmerfliesen fühlten sich kalt unter ihren Füßen an, und sie fröstelte, als sie zur Toilette eilte. Als sie den Deckel anhob, schnappte sie nach Luft. Im Toilettenbecken wuchsen Blumen!

Sie beugte sich noch ein wenig tiefer, schnaubte dann und fischte Susans Brautstrauß aus der Toilette, bevor sie ihn im Mülleimer entsorgte. Harley wollte sich nur frisch machen, ihre Sachen packen und nach Hause nach Savannah fliegen. Später würde sie vielleicht versuchen, ihrem Erinnerungsvermögen auf die Spur zu kommen, doch im Moment hing ihr Überleben davon ab, ihr Gehirn möglichst wenig anzustrengen und sich so wenig wie möglich zu bewegen.

Ein paar Minuten später stellte sie sich unter die Dusche und genoss die warmen Wasserstrahlen, die über ihr Gesicht und ihren Körper strömten. Als sie sich abtrocknete, schaute sie zu dem bodenlangen Spiegel an der Tür und zog die Brauen zusammen. Das bisschen, was sie von sich darin erkennen konnte, war genauso, wie sie sich fühlte – nass und vernebelt. Aus einem Impuls heraus wischte sie mit dem Handtuch den Spiegel etwas frei, und als sie sich umdrehte, erhaschte sie einen Blick auf etwas Rotes an ihrer linken Seite. Mit noch tieferem Stirnrunzeln wischte sie eine größere Stelle trocken, ehe sie sich zur Seite drehte, um einen besseren Blick auf ihren Po zu bekommen.

Ihr entfuhr ein spitzer Schrei, als sie zu ihrem Entsetzen etwas

Rotes, Herzförmiges auf ihrer linken Pohälfte entdeckte.

Harley trat näher an den Spiegel heran und schaute angestrengt hinein, nur um festzustellen, dass in dem Herzen auch noch Worte standen. Sie traute ihren Augen nicht und fing an, heftig an der Stelle zu reiben. Unwillkürlich zuckte sie jedoch zusammen und hörte schnell damit auf. Das tat weh! Sie ließ das Handtuch fallen und betastete das Herz mit ihren Fingerspitzen.

„Oh, du meine Güte! Ein Tattoo. Ich habe ein Tattoo!"

Sie ging noch dichter heran und kniff die Augen zusammen, um besser sehen zu können. Die Worte waren im Spiegel nur rückwärts zu lesen, deshalb dauerte es ein paar Sekunden, bis sie die Buchstaben erkannt und dann in die richtige Reihenfolge gebracht hatte.

„Junie liebt Sam."

„Sam? Wer in aller Welt ist Sam?"

Doch die Tatsache, dass sie keinen Sam kannte, war weniger schwerwiegend als die Tatsache, dass der Name dort stand.

„Grundgütiger ... Ich habe den Namen eines Mannes auf meinem Po eintätowiert."

Stöhnend begann sie erneut, an dem Tattoo herumzureiben, wobei sie inständig hoffte, wenn sie nur stark genug schrubbte, dass es dann wieder abgehen würde, – was natürlich nicht der Fall war.

„Das kann doch nicht wahr sein", stöhnte sie.

In diesem Moment hörte Harley deutlich ein Geräusch, als ob jemand in ihrem Zimmer nebenan herumgehe, und erschrak.

Hastig packte sie das Handtuch, das sie hatte fallen lassen, hielt es vor sich und wollte gerade die Badezimmertür verriegeln, als diese sich öffnete.

Mit klopfendem Herzen und bereit zu schreien, schnappte sie nach Luft. Zu verblüfft, um den Schrei auch wirklich auszustoßen, fand sie sich dem größten Mann gegenüber, den sie je gesehen hatte. Seine Schultern nahmen die gesamte Türbreite ein, seine langen, muskulösen Beine waren eindrucksvoll. Er fuhr sich mit einer Hand durch sein kurzes, abstehendes Haar. Seine Augen waren blau und noch etwas verschlafen, er lächelte ein wenig entschuldigend, und sein Haar war schwarz wie Kohle. Seine Gesichtszüge waren ebenmäßig und ausgeprägt, obwohl seine Nase aussah, als sei sie mindestens einmal gebrochen gewesen. Doch nichts davon war der Grund dafür, dass der Schrei, der Harley zunächst im Hals stecken geblieben war, sich schließlich doch noch löste. Sondern es lag vielmehr daran, dass dieser Mann ebenfalls nackt war …

Die Situation schien außer Kontrolle zu geraten, und Harley fing an zu flehen:

„Oh nein … oh bitte … tun Sie mir nichts! Bitte tun Sie mir nicht weh! Meine Handtasche ist da drin … irgendwo. Nehmen Sie sie! Nehmen Sie alles, was ich habe, aber bitte tun Sie mir nicht weh!“

Der Mann lächelte und blickte über die Schulter zurück zu dem Bett, von dem sie vor Kurzem aufgestanden war.

„Schätzchen, du hast mir doch schon alles gegeben, was du hattest … letzte Nacht.“

Harley zog das Handtuch noch höher unters Kinn und sah ihn zornig an.

„Wovon reden Sie?“

Er sah sie wieder an und grinste jungenhaft.

Mit geweiteten Pupillen packte sie ihre Haarbürste und zielte damit auf ihn wie mit einer Pistole.

„Sie lügen. Bleiben Sie mir bloß vom Leibe!“

Stattdessen zog er sie in die Arme und drückte ihr einen langen, sinnlichen Kuss mitten auf den Mund. In dem Augenblick, als ihre Lippen sich trafen, wurde Harley klar, dass dies schon einmal geschehen sein musste. Ihre Lippen schienen zu verschmelzen, als wären sie füreinander geschaffen, und selbst als ihr gesunder Menschenverstand ihr riet aufzuhören, spürte sie deutlich, dass sie ihn nie wieder loslassen wollte. Zu ihrem Leidwesen löste sich dann aber der Mann von ihr. Er stellte sie wieder auf die Füße, nahm ein frisches Handtuch und begann, ihr den Rücken abzutrocknen, als habe er es schon tausendmal getan.

Harley entzog sich ihm, wobei sie das Handtuch mitnahm.

„Wer sind Sie eigentlich?“, fragte sie.

Das Lächeln schwand für einen Augenblick aus seinem Gesicht, war jedoch gleich wieder da, während er ihr liebevoll eine Haarsträhne hinters Ohr steckte.

„Ich bin kein Schurke, Schätzchen. Ich bin dein Ehemann …, und du bist meine Ehefrau."

„Ehefrau? Ich bin nicht Ihre Frau! Ich bin niemandes Ehefrau!", rief sie und zuckte beim Klang ihrer eigenen Stimme zusammen. Ihre Kopfschmerzen wurden immer schlimmer.

Er streckte die Hand aus und berührte den Goldreif an ihrem Ringfinger.

„Wie schnell du doch vergisst!", meinte er sanft. Dann hob er ihre Hand an die Lippen und küsste den Ring, ehe er ihre Handfläche nach oben drehte und auch diese küsste.

Ein elektrisierendes Prickeln breitete sich in ihrem Bauch aus, bis sie es zwischen ihren Beinen spürte. Langsam holte Harley Luft, verblüfft über die plötzliche Schwere ihrer Gliedmaßen. Aber trotz der sexuellen Spannung zwischen ihr und dem Unbekannten ließ sich nicht verleugnen, dass wirklich ein Ring an ihrem Finger vorhanden war, der gestern Abend noch nicht dort gewesen war.

„Wer sind Sie?", wiederholte sie mit stockender Stimme.

Kopfschüttelnd sah er sie an.

„Junie, Darling … sag bitte nicht, dass du auch meinen Namen schon vergessen hast!"

Junie? Blitzartig fiel ihr das Tattoo auf ihrem Po wieder ein. *Junie liebt Sam.*

„Sam?"

„Braves Mädchen", sagte er langsam, nahm ihr das Handtuch aus den Händen und ließ es auf den Fußboden fallen.

Harley erkannte das Verlangen in seinen Augen, und ein Schauer durchlief sie. In diesem Augenblick hätte sie sich keinen Millimeter bewegen können, und wenn es sie das Leben gekostet hätte.

„Niemand nennt mich Junie."

Seine blauen Augen verdunkelten sich. „Ich schon", erklärte er und hob sie empor.

„Was haben Sie … hast du vor?"
„Mit meiner Frau Liebe machen."
„Ich bin nicht … ich kann nicht …"
Indem er ihren Mund mit einem leidenschaftlichen Kuss bedeckte, brachte er sie zum Schweigen, dann legte er sie mitten aufs Bett und kam zu ihr, wobei er sich über ihrem noch feuchten Körper abstützte.
„Doch, das bist du, und das kannst du", sagte Sam. „Und sogar sehr schön, wenn ich das so sagen darf."
Auch wenn Harley irgendwelche Einwände hätte erheben wollen, die Küsse des geheimnisvollen Sam schafften sofort eine gewisse Vertrautheit zwischen ihnen. Und als sie das Gewicht seines Körpers auf ihrem spürte, wurde ihr wieder klar, dass sie auch dies schon einmal erlebt hatte. Gleichgültig, wie falsch alles gewesen war, was sie getan hatten, – mit Sam zu schlafen fühlte sich trotzdem absolut richtig an.

Es war zehn nach elf, als Harley wieder erwachte. Nur wusste sie diesmal genau, wo sie sich befand. Ihr Kopf schmerzte noch immer, und der Mann, in dessen Armen sie lag, wirkte geradezu einschüchternd.
Sam. Er hatte sich Sam genannt.
Um ihre beginnende Panik zu beherrschen, schloss sie die Augen und weigerte sich entschlossen, darüber nachzudenken, wie sehr es ihr gefiel, das Gewicht seines Armes zu spüren, der über ihrem Bauch lag. Oder auch darüber, dass sie sich zum ersten Mal seit langer Zeit sicher und geborgen fühlte.
Und dann der Sex.
Du lieber Himmel, gemeinsam waren sie ein wahrhaft explosives Gemisch. Zweimal, nachdem Sam sie ins Bett zurückgeholt hatte, war ihr zumute gewesen, als würde sie gleich in Flammen aufgehen. Aber das musste reine Wollust gewesen sein, und nach Ansicht von Harleys Mutter gingen anständige Mädchen aus dem Süden eine Ehe nur dann ein, wenn sie auf guter Abstammung und Vermögen beruhte, und nicht etwa aus wilder Begierde.

Harley atmete tief durch, um ihre Nerven zu beruhigen, und begann sich dann langsam unter Sams Arm hervorzuschieben. Sie musste dringend Abstand zwischen sich und diesen Mann bringen, und wenn er noch so umwerfend war. Sie wusste zwar nicht recht, wie sie das anstellen sollte, aber diese wahnwitzige Ehe musste so schnell wie möglich ein Ende haben. Immerhin war dies Las Vegas. Bestimmt ließ sich eine Ehe hier genauso einfach beenden, wie sie angefangen hatte.

Vorsichtig löste sich Harley aus Sams Umarmung und stieg mit angehaltenem Atem aus dem Bett. Sobald sie stand, betrachtete sie den schlafenden Mann. Ohne nachzudenken, berührte sie ihr Tattoo, zuckte jedoch peinlich berührt zurück, als sie merkte, wie empfindlich die Stelle noch war. Das Tattoo war auch noch ein Problem, und irgendwie hatte sie das Gefühl, dass es leichter sein würde, die Ehe zu annullieren, als das rote Herz wieder loszuwerden.

Wie gebannt hing ihr Blick an Sam, an seinem sinnlichen Mund und dem Schatten der dunklen Wimpern auf seinen Wangen. Der Mann sah wirklich fantastisch aus. Harley seufzte. Er war also attraktiv. Aber das bedeutete lediglich, dass der Alkohol ihren guten Geschmack nicht beeinträchtigt hatte, – sondern nur ihren Verstand.

Nun jedoch war sie hellwach und schmerzhaft nüchtern. So wie sie die ganze Sache einschätzte, blieb ihr nur ein Ausweg, nämlich zu verschwinden.

So leise es irgend ging, zog sie sich an und packte ihre Sachen. Sie stopfte die Kleider in ihre Reisetasche, ohne einen einzigen Reißverschluss zuzuziehen. Als sie zur Kommode ging, um ihre Armbanduhr zu holen, fiel ihr Blick auf ein Polaroid-Foto und auf ein Papier, das darunter lag.

Ach, du liebe Zeit!

Das Hochzeitsfoto und die Heiratsurkunde.

Harley nahm das Bild und hielt es näher ans Licht, um es besser betrachten zu können. Als sie den Ausdruck auf ihren Gesichtern sah, war ihr zum Weinen zumute. Sie sahen so glücklich aus.

Seufzend legte sie das Foto wieder hin, doch dann entdeckte sie noch ein weiteres, das unter der Heiratsurkunde lag. Sie sah sich auch dieses an und unterdrückte ein Stöhnen. Der Mann, der zwischen ihnen stand, konnte doch unmöglich der Prediger sein. Aber wer sollte es sonst sein? Hinter ihnen war der Altar zu sehen, und Harley hielt den Brautstrauß ihrer Freundin Susan in der Hand. Sie schaute noch genauer hin, um herauszufinden, weshalb eine Elvis-Kopie mit ihnen zusammen auf einem der Bilder war. Seine schwarze Tolle mit den Koteletten, die bis zum Kinn reichten, sah glatt und fettig aus, und der weiße, mit Strass-Steinen besetzte Overall, den er trug, hatte keinerlei Ähnlichkeit mit dem feierlichen schwarzen Talar des Pastors.

Harley warf einen Blick auf die Heiratsurkunde und verdrehte ungläubig die Augen. Sie hatte nicht in der südlichen Baptistenkirche ihrer Mutter geheiratet, wie sie es ihr ganzes Leben lang geplant hatte. Stattdessen hatte sie sich in der Love-me-Tender-Hochzeitskapelle von einem Kerl trauen lassen, der wie Elvis aussah.

Was in Dreiteufelsnamen habe ich mir bloß dabei gedacht? schoss es ihr durch den Kopf.

Sie ließ die Schultern hängen. Das war ja gerade das Problem. Sie hatte überhaupt nicht nachgedacht, und Sam anscheinend auch nicht. Sie blickte zum Bett hinüber, dankbar, dass er noch schlief. Dann schaute sie wieder zurück auf die Urkunde.

Samuel Francis Clay. Er hieß Samuel Francis Clay.

Meine Mutter war ein großer Sinatra-Fan.

Harley fröstelte, als ihr plötzlich wieder einfiel, wie er die Bedeutung seines zweiten Namens erklärte, während er sich über ihre Schulter gebeugt hatte, um zu unterschreiben.

Harleys Kinn zitterte ein wenig. Ich heiße jetzt Harley June Clay.

Sie wandte sich um, starrte den Mann, der noch immer in ihrem Bett lag, lange und eindringlich an, und streifte sich dann den Ring vom Finger. Mehrere Sekunden vergingen, in denen ihr das Herz schwer wurde. Irgendetwas in ihrem Innern sagte ihr, dass dies ein großer Fehler war. Doch sie sah keine andere

Möglichkeit, sich aus der heiklen Situation zu befreien, in die sie sich hineinmanövriert hatte.

Langsam senkte sie den Blick, legte den Ring auf die Kommode neben die Fotos, nahm ihre Reisetasche und schlich sich aus dem Zimmer.

Erst als ihr Flugzeug nach Savannah abhob, gestattete sie es sich zu weinen. Doch selbst dann war ihr nicht klar, ob sie deshalb weinte, weil sie sich zu dieser verrückten Heirat hatte hinreißen lassen, oder weil sie vor etwas weggelaufen war, was das Beste war, was sie in ihrem ganzen Leben bisher getan hatte.

Savannah, Georgia – vier Tage später

Das Telefon auf Harley Junes Schreibtisch klingelte plötzlich und riss sie aus ihren Gedanken.

„Turner Versicherungsagentur, was kann ich für Sie tun? Oh … hallo, Mrs Peabody! Ja, ich habe Ihre Nachricht an Mr Turner weitergeleitet. Nein, es tut mir leid, aber er ist immer noch nicht von seiner Besprechung zurück. Ja, ich werde ihm ganz bestimmt sagen, dass Sie noch einmal angerufen haben. Nein, Ma'am, ich will Sie nicht hinhalten. Ja, Ma'am, ich weiß, dass Sie eine viel beschäftigte Frau sind. Nein, Ma'am, es ist nicht höflich zu lügen. Ja, Mrs Peabody, ich werde meiner Mutter Ihre Grüße ausrichten. Vielen Dank für Ihren Anruf!"

„Regt sich Mrs Peabody immer noch so auf?"

Harley schaute eine der anderen Versicherungsagentinnen an, wobei sie der Versuchung widerstand, einen tiefen Seufzer auszustoßen.

„Was glaubst du denn?"

Jennifer Brownlee lachte.

„Ach, das hätte ich fast vergessen! Deine Mutter hat angerufen, als du zur Mittagspause warst."

Harley verdrehte die Augen und fragte sich, was ihre Mutter denn wohl jetzt schon wieder von ihr wollte. Seitdem sie von Susans Hochzeit aus Las Vegas zurückgekehrt war, hatte ihre Mutter sie ins Kreuzverhör genommen. Erst wollte sie wissen, wie alles ausgesehen habe, und dann, wer alles anwesend gewesen sei. Und bei jeder Frage kräuselte sie spöttisch die Lippen. Obwohl Harley ihre Mutter wirklich liebte, wusste sie und akzeptierte es notgedrungen, dass Marcie Lee Beaumont ein ziemlicher Snob war.

Sie griff nach dem Telefonhörer und wählte die Nummer ihrer Eltern. Beim zweiten Klingeln meldete sich ihr Vater, und Harley lächelte beim Klang der vertrauten Stimme.

„Hi, Daddy, ich bin's! Jennifer hat gesagt, dass Mama vorhin angerufen habe. Ist sie da?"

„Ja, sie ist in der Küche und bügelt Aluminiumfolie", antwortete Dewey Beaumont. „Soll ich sie holen?"

Harley verkniff sich ein Kichern. Der Geiz ihrer Mutter war allen Freunden und Verwandten wohl bekannt. Dewey Beaumont besaß genügend Geld, und das zeigte sich auch am Haus und am Lebensstil der Beaumonts. Dennoch war Marcie eine Pfennigfuchserin erster Güte. Die Tatsache, dass sie benutzte Aluminiumfolie immer wieder wusch und bügelte, bis sie sich überhaupt nicht mehr falten ließ, war eine ihrer seltsameren Angewohnheiten. Es war etwas, das Harley schon vor langer Zeit als Eigenheit ihrer Mutter akzeptiert hatte. Und ihr Vater betete inständig darum, dass diese nicht an sein einziges Kind weitervererbt worden wäre.

„Das kann warten. Hast du eine Ahnung, was sie von mir wollte?", erkundigte sich Harley.

Ihr Vater lachte leise. „Nein, aber ich weiß, dass sie dich gleich nach ihrem Gespräch mit Susans Mutter Betty Jean angerufen hat."

Harleys Herzschlag setzte einen Moment lang aus, nahm dann jedoch seinen normalen Rhythmus wieder auf. Es gab keinen Grund zur Panik. Susan war bereits längst fort gewesen, als Harley sich mit Sam Clay zusammengetan hatte. Sie umklammerte den Telefonhörer. Wenn sie sich doch nur an die Einzelheiten jener Nacht erinnern könnte, würde sie sich wesentlich besser fühlen.

Während ihr Vater ihr alles Mögliche erzählte, ließ sie ihre

Gedanken schweifen. Und so landete sie geradewegs bei Sam Clay. Das letzte Mal, als sie ihn gesehen hatte, hatte er nackt und kaum vom Laken bedeckt auf ihrem Bett im Motel gelegen, wie ein schlafender Adonis. In schwachen Momenten fragte sie sich, was wohl geschehen wäre, wenn sie geblieben wäre und sich der Situation gestellt hätte.

Doch dann kam sie jedes Mal wieder zur Vernunft, und Harley sagte sich, dass sie das einzig Richtige getan hatte, als sie einfach so gegangen war. Irgendwann, wenn sie in der Lage wäre, der Wahrheit ins Gesicht zu sehen, würde sie einen Anwalt aufsuchen und dafür sorgen, dass diese Ehe annulliert würde. Bestimmt würde man sie nicht für etwas verantwortlich machen, woran sie sich nicht einmal mehr erinnern konnte.

Sie seufzte. Das, woran sie sich erinnerte, war, dass sie langsamen, ausgiebigen Sex mit einem umwerfenden Mann gehabt hatte. Aber das sollte sie lieber schnellstens vergessen.

"… und deshalb habe ich ihr gesagt, dass es sie nichts angeht, aber du kennst ja deine Mutter."

Harley blinzelte, als sie merkte, dass sie ihrem Vater überhaupt nicht zugehört hatte.

„Hm …! Oh … ja, ich glaube schon!", sagte sie daher.

Dewey zögerte. Es war eigentlich nicht seine Art, seiner Tochter gegenüber sensible Themen anzusprechen, die er für *Frauensache* hielt. Doch für ihn war Harley das Beste, was er in seinem ganzen Leben zustande gebracht hatte, und er wollte nicht zusehen, wie sie ihr Leben verschwendete. Sie war siebenundzwanzig Jahre alt und noch nicht einmal verlobt. In Savannah war es durchaus üblich, dass eine junge Frau mehrere Verehrer hatte, ehe sie sich für den Richtigen entschied. Harley jedoch schien sich nicht für die Dinge zu interessieren, worauf sich die meisten jungen Frauen in ihrem Alter konzentrierten, und das bereitete ihm große Sorgen. Er wünschte sich, dass sie glücklich war, und er wollte, dass ihre Kinder zu seinen Füßen spielten, ehe er zu alt war, um sich an seinen Enkeln zu erfreuen.

Deshalb räusperte er sich und sagte, was ihn bewegte. „Harley June, hattest du deinen Spaß in Las Vegas?"

Erneut setzte Harleys Herzschlag aus. Schuldgefühle plagten sie. Sie verabscheute es, zu lügen, aber wie sollte sie ihrem Vater erzählen, was sie getan hatte, ohne wie ein kompletter Dummkopf dazustehen?

„Ja, natürlich, Daddy. Ich hatte sehr viel Spaß. Susan und Mike waren ein wunderschönes Paar, und die Hochzeit war großartig."

Dewey runzelte die Stirn. „Aber was war mit dir? Hast *du* auch deinen Spaß gehabt?" Er schmunzelte. „Wenn ich in deinem Alter gewesen wäre, hätte ich zumindest mal die Spieltische ausprobiert ... mir ein paar Shows angesehen ... na ja, du weißt schon ... Ich hätte ein bisschen auf den Putz gehauen, bevor ich wieder in den Alltagstrott zurückgekehrt wäre."

Harley überlegte, ob sie es ihm beichten sollte, aber wie? *Klar, Daddy, ich habe es krachen lassen, das würdest du nie glauben. Ich habe nicht nur die ganze Nacht durchgefeiert, sondern mich auch noch von Elvis mit einem total Fremden verheiraten lassen.*

Stattdessen sagte sie: „Die Hochzeit war toll. Ich habe getanzt, und es hat mir viel Spaß gemacht. Ich habe sogar Champagner getrunken, Daddy, okay?"

Dewey seufzte. „Ach, Schätzchen, ich mache mir einfach nur Sorgen um dich, das ist alles! Das haben Väter so an sich. Nimm's mir nicht übel, aber ich möchte nicht, dass du so wirst wie deine Mama, Gott segne sie! Ich liebe sie wirklich von ganzem Herzen, aber es wäre schrecklich für mich, zu wissen, dass ich eine Tochter gezeugt habe, die Knöpfe sortiert und Alufolie bügelt."

Harley brach in Gelächter aus. „Ich weiß, Daddy, und ich verspreche dir, dass ich es nicht so weit kommen lasse. Jetzt muss ich wieder an die Arbeit. Sag Mama, dass ich sie heute Abend noch mal anrufe, ja?"

„Ja, ist gut. Bis bald, Harley June!"

„Bis bald, Daddy!"

Lächelnd legte Harley den Hörer auf. Während sie sich wieder dem Computer zuwandte, schaute sie über den Mittelgang zu Jennifer. Plötzlich machte diese große Augen und stieß einen theatralischen Seufzer aus.

„Oh, du liebe Güte! Ich glaube, ich bin verliebt!“

„Wovon redest du?“, fragte Harley.

Jennifer wies mit dem Finger in die entsprechende Richtung, und Harley drehte sich um.

„Oh, mein Gott!“

Das Lächeln erstarb ihr auf den Lippen, gerade als Sam Clay sich über ihren Schreibtisch lehnte und ihr einen leidenschaftlichen Kuss gab.

Dann flüsterte er leise: „Junie, Darling, ich bin nicht Gott, ich bin Sam. Wie kannst du das nur immerzu vergessen, obwohl es doch auf deinem Po eintätowiert ist?“

Harley June sprang auf, bereit, wegzulaufen.

Doch Sam, der ihre Absicht erkannte, stellte sich zwischen sie und die Tür.

„Was tust du hier?“, wollte Harley wissen.

„Ich bin gekommen, um dich mit nach Hause zu nehmen“, erwiderte Sam und nahm ihre Jacke vom Stuhl. „Wo ist deine Handtasche?“

Sie begann zu protestieren. „Ich kann jetzt nicht einfach so gehen. Ich arbeite. Außerdem geht es dich überhaupt nichts an …“

„Du bist meine Frau, deshalb gehst du mich sehr wohl etwas an“, erklärte er ruhig. Dann warf er einen Blick unter ihren Schreibtisch, wo er ihre Tasche fand und sie an sich nahm.

Allerdings hatte er nicht damit gerechnet, welchen Aufruhr seine Worte auslösen würden. Ehe Harley etwas sagen konnte, waren sie von allen Seiten von ihren Kollegen umringt. Überraschungsrufe ertönten, gefolgt von lautstarken Glückwünschen. Sam fühlte sich auf einmal wie ein Käfer, der unterm Mikroskop begutachtet wurde, hielt sich jedoch tapfer.

Seitdem er in Las Vegas aufgewacht war und gesehen hatte, dass Harley verschwunden war, hatte er keine zwei Stunden mehr hintereinander geschlafen. Außerdem hatte es ihn tief getroffen, als er ihren Ring auf dem Hochzeitsfoto entdeckt hatte. Sam wusste, dass das, was sie getan hatten, verrückt und impulsiv gewesen war. Und es hatte auch einen kurzen Moment gegeben, in dem er überlegt hatte, es ihr gleichzutun. Doch diese Idee hatte er sofort wieder verworfen, sobald er zum Bett hingesehen hatte. Die Erinnerung daran, welchen Zauber er dabei verspürt hatte, während sie miteinander geschlafen hatten, genügte ihm als Anstoß. Sam hatte den nächsten Rückflug nach Oklahoma City genommen, hatte bis zu seiner nächsten viertägigen Pause gearbeitet und war dann sofort nach Savannah geflogen.

Als er das Versicherungsbüro betreten hatte und sie an ihrem Schreibtisch sitzen sah und am Telefon lachen hörte, spürte er, dass er das Richtige getan hatte. Jetzt musste er nur noch Harley davon überzeugen.

Jennifer war als Erste da. Sie zwinkerte Sam zu und umarmte Harley.

„Harley June! Ich fasse es nicht, dass du uns nicht erzählt hast, dass du verheiratet bist. Wann ist das passiert? Willst du uns deinen Mann nicht vorstellen?"

Harley brachte kein Wort heraus, und Sam wurde klar, dass wohl er das Reden übernehmen musste.

„Wir haben vor vier ... nein, vor fast fünf Tagen geheiratet", sagte er daher. „In Las Vegas."

Er warf Jennifer ein Lächeln zu, bei dem sie wünschte, sie wäre fünfzehn Jahre jünger und Single.

„Ich heiße Sam Clay", fügte er hinzu und streckte ihr seine Hand entgegen.

Jennifer lachte. „Freut mich, Sie kennenzulernen, Sam Clay. Ich bin Jennifer."

Bevor noch jemand irgendetwas sagen konnte, kam Waymon Turner, der Inhaber der Turner-Versicherung, zur Tür herein.

„Was ist denn hier los?", fragte er.

Harley stöhnte. Der Chef war wieder zurück, und es sah aus, als würden sie hier eine Party feiern.

„Äh ... Mr Turner, Mrs Peabody hat schon viermal für Sie angerufen. Sie ist sehr aufgeregt und ..."

Sam streckte seine Hand aus. „Mr Turner, ich bin Sam Clay. Freut mich, Sie kennenzulernen. Ich weiß, es ist für Sie sehr unangenehm, aber Junie wird ihren Job kündigen."

„Wer ist Junie?“ Aufmerksam sah er Sam an. „Kennen wir uns, mein Junge?“

Harley schüttelte den Kopf und stieß Sam mit dem Ellbogen zwischen die Rippen. „Ich habe dir doch gesagt, dass niemand mich so nennt.“ Dann bemühte sie sich um ein Lächeln, obgleich sie wusste, dass ihre Erklärung alles nur noch schlimmer machen würde. Aber es musste nun mal gesagt werden.

„Er meint mich, Mr Turner, und äh … Sam ist mein … nun ja, als ich in Las Vegas war, haben wir … Sehen Sie, ich …“

„Ich bin ihr Ehemann“, schaltete Sam sich da ein. „Und ich bin gekommen, um Junie nach Hause zu holen.“

Jetzt war Waymon Turner sichtlich verwirrt. Er musterte Harley June, sah aber auch in ihrer Miene lediglich Panik und Verwirrung.

„Ich habe gar nicht gewusst, dass Sie verheiratet sind, Harley June. Wann hat dieses Ereignis denn stattgefunden?“

„Vor knapp fünf Tagen, morgens um vier Uhr fünfzehn in der Love-me-Tender-Kapelle in Las Vegas, in Nevada“, antwortete Sam.

Jennifer kreischte. „Oh, mein Gott! Wie romantisch! Ich kann es gar nicht erwarten, Johnson davon zu erzählen.“

Harley stöhnte nur.

Sam lächelte. „Streck deine Arme aus, Schatz!“, meinte er, hielt ihr die Jacke hin, die er von ihrem Stuhl genommen hatte, und wartete, bis sie hineingeschlüpft war.

„Hier ist deine Handtasche.“

Harley presste sie vor sich wie ein Schutzschild. „Du kannst mich nicht einfach …“

„So.“ Er hängte ihr den Riemen über die Schulter, fasste sie am Ellbogen und führte sie zur Tür. „Hat mich gefreut, Sie alle kennenzulernen“, verabschiedete er sich. „Und wenn Sie mal in Oklahoma City sind, dann besuchen Sie uns doch!“

Harley war entsetzt. „Ich werde nicht …“

Im nächsten Moment fand sie sich draußen auf der Straße wieder.

„Hör zu, Sam Clay, du kannst mich nicht einfach so …“

Sam umschloss ihr Gesicht mit seinen Händen und küsste sie.

Harleys Einwände schwanden ebenso wie ihre Vernunft. Es gab nichts mehr, was zählte, außer seinen Händen an ihrem Gesicht, seinem sinnlichen Mund auf ihren Lippen sowie den Duft seines Rasierwassers. Sie hatte sogar davon geträumt.

Als er den Kopf hob, entfuhr ihr ein langer Seufzer.

Sam verbarg ein Lächeln. Er hatte nichts, was für ihn sprach, abgesehen von der Tatsache, dass sie im Bett gut zusammen gewesen waren. Ihm war klar, dass Harley Angst hatte. Aber zum Teufel noch mal, auch er hatte Angst.

Doch in dem Moment, als er in jene Hotelbar gekommen war und sie auf einem Tisch mitten in einem Haufen von Pokerchips hatte tanzen sehen, war er verloren gewesen. Sie hatte Blumen in der Hand gehabt, die verdächtig nach einem Brautstrauß aussahen. Dann hatte sie auf dem Tisch eine hübsche Drehung im Takt der Hintergrundmusik vollführt, ehe sie den Strauß geworfen hatte. Sam hatte ihn automatisch aufgefangen, und danach auch Harley, als diese vom Tisch zu fallen drohte. Als er sie in seinen Armen gehalten hatte, hatte sie nach Luft geschnappt, mit ihren dunkelbraunen Augen zu ihm aufgeschaut und gelacht. Danach war es um ihn geschehen. Einige Stunden später hatten sie geheiratet, und Sam wollte nicht aufgeben, jedenfalls nicht, solange sie ihrer Ehe nicht ernsthaft eine Chance gegeben hatten.

„Weshalb bist du wirklich hier?“, wollte Harley jetzt wissen. „Wenn du gekommen bist, um mir Schwierigkeiten zu machen, dann versichere ich dir, dass ich nicht …“

Kopfschüttelnd legte Sam ihr den Zeigefinger auf die Lippen: „Schsch, Darling, ich mache keine Schwierigkeiten! Ich mache Liebe. Weißt du das nicht mehr?“

Harleys Knie wurden weich. Es gab nicht viel, woran sie sich erinnerte, aber an das Gewicht seines Körpers auf ihrem und an die schweißnassen Bewegungen seiner Hüften zwischen ihren Beinen konnte sie sich noch sehr gut erinnern.

„Gnade“, murmelte sie.

Er legte ihr den Arm um die Schultern, führte sie zu einem Taxi und öffnete ihr die Wagentür.

„Wohin fahren wir?“, fragte sie leise.

„Also erstens, unser Flug geht übermorgen früh. Das heißt, wir haben nicht viel Zeit.“

Unser Flug. Bei dem Wort wurde ihr beinahe schwindlig. *Übermorgen.* Bis dahin wird mir doch wohl noch etwas einfallen, wie ich aus diesem Schlamassel wieder rauskomme, sagte sie sich.

„Zeit wofür?“, erkundigte sie sich.

„Um deine Eltern zu treffen, deine Sachen zu packen. Solche Sachen eben. Du weißt schon.“

Meine Eltern? Du lieber Himmel, bloß nicht! Harley öffnete den Mund, um zu protestieren, als Sam sich zum Fahrer vorbeugte und ihm die Adresse ihres Elternhauses nannte.

Fassungslos starrte sie ihn an. Anscheinend hatte sie einen attraktiven, aber gefährlichen Verfolger geheiratet. Wie hätte er denn sonst die Adresse ihrer Eltern wissen können? Ängstlich rückte sie so weit wie möglich von ihm ab in die Ecke und sah ihn mit beinah panischem Ausdruck an.

„Woher weißt du, wo sie wohnen?“, flüsterte sie.

„Du hast es mir gesagt“, antwortete er.

„Habe ich nicht!“

Sam grinste vergnügt. Allmählich begann ihr Unbehagen ihm Spaß zu machen. Immerhin hatte sie ihn vier Tage lang Höllenqualen leiden lassen. Es tat ihr sicherlich ganz gut, ein bisschen nervös zu sein.

„Oh doch, das hast du! Du hast mir eine Menge erzählt“, meinte er, als das Taxi anfuhr. „Zum Beispiel ...“ Er zögerte, dann lehnte er sich zu ihr herüber und flüsterte ihr etwas ins Ohr.

Harleys Augen weiteten sich. Sie wurde hochrot, und der Mund blieb ihr offen stehen.

„Das habe ich nicht getan“, entgegnete sie, wobei sie beunruhigt zum Fahrer blickte, der ihnen jedoch dankenswerterweise keinerlei Aufmerksamkeit schenkte.

Sam schmunzelte. „Aber ja doch.“

Harley spürte, wie ihr das Blut aus den Wangen wich. Es

musste wahr sein, denn sie hatte noch nie irgendjemanden von dieser Fantasie erzählt. Niemals.

„Oh nein!"

„Oh doch!", erwiderte Sam. „Und wir haben es in unserer Hochzeitsnacht getan. Zweimal."

Sie schloss die Augen und lehnte sich in dem Sitz zurück.

Ihr Leben war ernsthaft außer Kontrolle geraten.

2. KAPITEL

Harley hatte das Gefühl, in der Falle zu sitzen – sowohl wegen Sams Nähe als auch wegen ihrer eigenen Dummheit. Sie wäre gerne böse auf ihn gewesen, aber offenbar hatte er sie wirklich in gutem Glauben geheiratet. Falls er irgendwelche Hintergedanken gehabt hätte, hätte sich dies sicher am *Morgen danach* gezeigt. Auch er hätte alles hinter sich lassen und einfach weggehen können, genau wie sie es getan hatte. Doch stattdessen war er ihr nachgefahren – wie ein Ritter in glänzender Rüstung, der gekommen war, um die schöne Maid aus ihrem Ungemach zu retten.

Allerdings drückte der Begriff *Ungemach* bei Weitem nicht das aus, was Harley empfand. Sie betrachtete Sams Profil von der Seite, während das Taxi durch die Straßen von Savannah fuhr. Da fiel ihr ein, dass sie keine Ahnung hatte, wo er wohnte und wie er seinen Lebensunterhalt verdiente. Und außerdem, welcher Mann würde eine Frau heiraten, die er gerade erst getroffen hatte? Was stimmte nicht mit ihm, wenn er sich mit einer vollkommen betrunkenen Frau zufriedengab, die er gerade erst wenige Stunden zuvor kennengelernt hatte?

Harley fröstelte trotz des warmen Tages.

„Sam?"

Er sah sie an. „Ja?"

„Hast du einen Job?"

Er lachte. „Das könnte man so sagen."

Sie zog die Augenbrauen zusammen. „Was soll das heißen?"

„Ich bin Feuerwehrmann bei der Feuerwehr von Oklahoma City."

„Oh!"

„Das klingt ja nicht gerade begeistert", meinte Sam. „Was ist los? Sehe ich vielleicht nicht so aus wie ein Mann, der ein Feuer löschen kann?"

Harley dachte an die sexuelle Anziehungskraft zwischen ihnen und unterdrückte eine undamenhafte Bemerkung. Nach der Art und Weise zu urteilen, wie sie sich liebten, hätte sie eher geglaubt, dass er ein Feuer anzündete, anstatt es zu löschen. Wenn sie nach dem Liebesakt im Motel fähig gewesen wäre, sich zu rühren, wäre sie sicherlich aufgestanden, um nachzuschauen, ob sie womöglich rauchte.

„Ich weiß nicht. Ich war bloß neugierig, das ist alles." Dann setzte sie hinzu: „Warum hast du mich geheiratet?"

Er betrachtete sie, wobei sein Blick an ihren langen dunklen Wimpern hängen blieb, und dann an der sinnlichen Wölbung ihrer Lippen. Diese Frage hatte er sich selbst auch schon tausendmal gestellt.

Sam seufzte. „Erinnerst du dich noch an unseren ersten Kuss?"

Sie errötete, schaute kurz weg, zwang sich dann jedoch dazu, seinem Blick standzuhalten.

„Leider nicht, wie ich zu meiner Schande gestehen muss."

Er hob leicht ironisch seine Mundwinkel. „Wenn ja, würdest du diese Frage jetzt nicht stellen."

Harleys Augen wurden groß. Sie wusste, dass sie im Bett gut zusammen waren, aber so plötzlich konnte es ja wohl doch nicht gewesen sein.

„Du meinst ..."

„Ich dachte, ich verliere den Verstand", antwortete Sam sanft und verschränkte seine Finger mit ihren. „Schatz, ich bin siebenunddreißig Jahre alt, und ich habe mehr als einmal die Schattenseiten des Lebens kennengelernt. Aber noch nie ... bei keiner Frau ... habe ich jemals das Gefühl gehabt, dass ich den Boden unter den Füßen verliere, so wie in diesem Moment."

„Was habe ich denn getan?", wollte Harley wissen und wurde rot. „Ich meine, als wir uns geküsst haben."

„Du hast mich angeschaut, als hättest du einen Geist gesehen. Und um ehrlich zu sein, mir ging's genauso. Seit mehr als fünf Jahren denke ich schon daran, eine Familie zu gründen, aber ich habe nie die richtige Frau getroffen ... bis du gekommen bist."

Sie entzog ihm ihre Hand und hielt stattdessen ihre Handtasche fest. Sie meinte, ihren Herzschlag im ganzen Körper zu spüren, sodass sie kaum noch ihre eigenen Worte vernahm.

„Aber wie kannst du wissen, dass ich die Richtige bin? Du kennst mich doch überhaupt nicht, und der Himmel weiß, wie sehr es mich beschämt, dass ich mich an kaum etwas davon erinnere, was geschehen ist."

„Ich weiß vieles über dich", erwiderte Sam.

Wieder beschlich Harley das unheimliche Gefühl, das Opfer eines attraktiven, krankhaften Verfolgers zu sein.

„Und woher?", fragte sie.

Er lächelte. „Du hast es mir erzählt. Ich weiß, dass deine Ururgroßmutter General Sherman höchstpersönlich eine Ohrfeige verpasst hat, als seine Männer mit ihren Pferden die Treppe zu ihrem Plantagengutshaus hinaufgeritten kamen. Ich weiß auch, dass du, als du klein warst, Angst vor Clowns hattest, und dass du jedes Mal, wenn es gebratene Hühnerleber zum Essen gab, deinen Anteil an die Katze verfüttert hast. Ich weiß, dass du Angst vor Spinnen hast, aber einmal sogar deinen jüngeren Cousin aus einem über die Ufer getretenen Bach gerettet hast, ohne auch nur eine Sekunde lang an deine eigene Sicherheit zu denken. Und ich weiß ..."

„Stopp! Stopp!", stöhnte Harley und schlug entsetzt die Hände vors Gesicht. „Wie kann ich so viel über mich preisgegeben haben, ohne mich daran zu erinnern?"

Sam hätte sie am liebsten in die Arme genommen, wusste aber, dass dies nicht der richtige Zeitpunkt dafür war. Er war hierhergekommen, um ihr zu beweisen, dass es ihm ernst damit war, ihrer seltsamen Ehe eine echte Chance zu geben. Doch Harley June musste auch ein paar Schritte auf ihn zukommen, sonst würde es niemals funktionieren.

„Ich weiß es nicht", sagte er. „Ich weiß nur, dass ich dieser Sache ... uns ... eine Chance geben möchte. Ich muss es versuchen, Junie. Und ich glaube, tief im Innersten möchtest du das auch. Sonst hättest du niemals *Ja, ich will* gesagt."

„Nicht Junie", murrte sie.

„Das steht aber auf deinem Po", entgegnete Sam mit einem verschmitzten Lächeln.

Ihre dunkelbraunen Augen verengten sich. „Ein Gentleman

würde nicht so indiskret sein, mich daran ständig zu erinnern", gab sie erbost zurück.

Sam, der ihre dauernden Anspielungen auf die Südstaaten-Vornehmheit satthatte, wurde nun auch ärgerlich.

„Was ein Gentleman tun oder lassen würde, ist mir egal, Harley June. Ich habe dir schon einmal gesagt, ich habe nie behauptet, irgendetwas anderes zu sein als dein Ehemann."

Das Taxi hielt unvermittelt an.

Sam und Harley blickten beide auf, überrascht, dass sie ihr Ziel schon so schnell erreicht hatten.

„Sieht aus, als wären wir da", meinte Sam.

Er drückte dem Fahrer mehrere Scheine in die Hand, griff beim Aussteigen nach seinem Koffer und zog die widerstrebende Harley mit sich aus dem Wagen.

Das Taxi fuhr davon, und sie standen auf dem Gehweg, direkt vor der Treppe zu Harleys Elternhaus.

„Bist du bereit?", fragte Sam.

„Ich kann das nicht", protestierte sie und packte seinen Arm. „Bitte! Gibt es denn nichts, womit ich dich davon abhalten kann? Du hast ja keine Ahnung, was diese Nachricht für meine Familie bedeutet!"

„Zum Teufel noch mal, Junie, du bist siebenundzwanzig Jahre alt! Willst du mir etwa weismachen, dass du dir von deinen Eltern noch vorschreiben lässt, was du tust?"

„Natürlich nicht, aber ..."

„Gut", erklärte Sam, nahm sie bei der Hand und zog sie recht unsanft den Weg zum Haus hinauf, während er in der anderen Hand seinen Koffer trug.

Harleys Füße bewegten sich zwar, doch ihr Geist war wie betäubt. Sie hatte das Gefühl, dass sie jeden Moment aufwachen könnte, um festzustellen, dass dies alles nur ein böser Traum war. Aber sobald sie die Stimme ihres Vaters hörte, wusste sie, dass der Albtraum gerade erst anfing.

„Hallo, Harley! Ich habe gar nicht damit gerechnet, dich heute zu sehen! Komm her, und schau dir meine Sister Ruth an!"

Sam und Harley drehten sich um. Harley spürte, dass Sam

leicht zusammenzuckte, doch dies war der einzige Hinweis darauf, dass er die bevorstehende Begegnung ebenso fürchtete wie sie.

„Wer ist Sister Ruth?“, erkundigte sich Sam, als sie über den Rasen gingen.

„Einer von Daddys Rosenstöcken“, antwortete Harley. „Rosen sind sein Hobby.“

„Ach ja, ich erinnere mich, dass du erzählt hast, dass er letztes Jahr den ersten Preis bei der Savannah Gartenshow gewonnen hat!“

Kopfschüttelnd ging Harley weiter und fragte sich, was sie diesem Mann noch alles erzählt hatte, woran sie sich nicht mehr erinnerte.

Dewey Beaumont kniete neben einem üppigen Rosenbusch, der über und über mit Blüten übersät war. Deren intensive Farbgebung in Apricot war beinah ebenso überwältigend wie ihr Duft. Brummend stand Dewey auf und klopfte sich seine Hose ab. Er musterte den hochgewachsenen Mann neben seiner Tochter, bemerkte den Koffer, den dieser in der Hand hatte, ebenso wie den angestrengten Ausdruck in Harleys Miene.

„Deine Mutter kriegt einen Anfall, wenn sie sieht, was ich mit dieser Hose angestellt habe“, sagte er, ehe er sich lächelnd Sam zuwandte und seine Hand ausstreckte. „Ich glaube, ich hatte noch nicht das Vergnügen.“

Erschrocken fuhr Harley zusammen und erinnerte sich wieder an ihre guten Manieren. „Daddy, das hier ist Samuel Clay. Sam, dies ist mein Vater Dewey Beaumont.“

Sam lächelte. „Mr Beaumont, es freut mich sehr, Sie endlich kennenzulernen. Harley hat mir schon viel Gutes über Sie erzählt.“

Dewey strahlte. „Harley June ist das Beste, was ich in meinem Leben zustande gebracht habe.“

Harley stöhnte, und Sam drückte ihr liebevoll die Finger.

Besorgt sah Dewey sie an. „Harley ... ist mit dir irgendetwas nicht in Ordnung? Du bist so weiß wie ein Laken von deiner Mama.“

Ein Blick auf sie genügte, um Sam zu zeigen, dass er derjenige war, der hier die Erklärungen würde abgeben müssen.

„Mr Beaumont, Harley ist momentan ein bisschen nervös."

„Ja, das sehe ich", erwiderte Dewey, dem die Tatsache nicht entgangen war, dass Sam Clay noch immer die Hand seiner einzigen Tochter hielt. „Könnten Sie mir das vielleicht erklären?"

„Ja, Sir. Junie und ich haben geheiratet, als sie in Las Vegas war. Ich bin gekommen, um ihre Familie kennenzulernen und meine Frau dann mit nach Hause zu nehmen."

Verständnislos fragte Dewey: „Wer ist Junie? Und was hat das mit meiner ..."

„Ihre Tochter, Sir. So nenne ich sie."

Die Verblüffung stand Dewey ins Gesicht geschrieben. „Meine Tochter? Sie haben meine Tochter geheiratet?" Er starrte Harley an. „Harley June Beaumont! Hast du mir nichts zu sagen?"

Harleys Magen rumorte zwar gewaltig, doch sie war selbst erstaunt darüber, dass sie mit relativ ruhiger Stimme antworten konnte.

„Es ist wahr, Daddy. Ich habe diesen Mann in Las Vegas geheiratet."

„Der Himmel sei uns gnädig!", murmelte ihr Vater. „Was wird deine Mutter dazu sagen?"

Sam hatte sich schon gedacht, dass es sich bei Marcie Beaumont um eine waschechte Stahlmagnolie handelte, war aber bereit, um Harleys willen allem und jedem entgegenzutreten.

Er verstärkte seinen Griff um Harleys Hand und lächelte. „Tja, mein Schatz, dann gehen wir am besten zu ihr und finden es heraus, was meinst du?"

Ohne ihr Gelegenheit zu einer Antwort zu geben, ging er auf das Haus zu. Harley musste laufen, um bei seinen Schritten mitzuhalten, und Dewey folgte dicht hinter ihnen. Sie hatten die zweite Stufe der Vorderveranda erreicht, als die Tür geöffnet wurde und Marcie Beaumont herauskam, ihr rundes, pausbäckiges Gesicht von geschickt gefärbten, kastanienbraunen Locken umrahmt. Sie trug ein fließendes rosa Kleid.

„Na, so was, Harley June! Wie lieb von dir, uns zu überraschen!“, rief sie erfreut und sah Sam erstaunt an. „Und wer ist dieser gut aussehende Mann an deinem Arm?“

Sam warf Harley einen Seitenblick zu. Sie biss die Zähne so stark zusammen, dass sich eine weiße Linie um ihren Mund gebildet hatte.

Also stellte sich Sam selbst vor. „Ich bin Sam Clay, Mrs Beaumont, und es ist mir eine große Freude, Sie kennenzulernen. Jetzt weiß ich, von wem Harley ihr attraktives Aussehen hat.“

Marcie neigte den Kopf zur Seite und strahlte. Sie schaute zu Sam auf.

„Wie nett von Ihnen, das zu sagen!“, murmelte sie und warf Harley ein neckendes Lächeln zu. „Schatz, wo hast du denn diesen netten Jungen bisher versteckt?“

„Unter der Decke“, brummte diese.

Sam verkniff sich ein Grinsen. „Vor fünf Tagen haben Junie und ich in Las Vegas geheiratet.“

Marcie machte ein langes Gesicht. „Tut mir leid, Harley, ich kann mich nicht erinnern, dass du eine Freundin hast, die Junie heißt.“

Sam lachte. „Das hier ist Junie“, sagte er, legte Harley den Arm um die Schultern und gab ihr einen Kuss auf den Mund.

Ihre Mutter rang nach Luft, als würde sie ersticken. Dann packte sie Harley am Arm und riss sie beinah von Sam fort.

„Harley June sag mir, dass dieser …“

Ruhig löste Sam Marcies Finger von Harleys Arm und hakte diese unter.

„Clay, Mrs Beaumont. Sie heißt jetzt Harley June Clay. Wissen Sie, hier draußen in der Sonne ist es ziemlich heiß. Hätten Sie vielleicht etwas schönes Kaltes zu trinken für uns?“

Ohne ihre Antwort abzuwarten, führte er Marcie ins Haus und ließ Harley und ihren Vater für einen kurzen Moment allein draußen auf der Veranda.

Ein wenig ängstlich blickte Harley ihren Vater an. „Daddy?“

Obwohl Dewey noch immer etwas fassungslos war, begann er zu schmunzeln.

„Ich weiß zwar nicht, wo du ihn gefunden hast, Liebling, aber er ist verdammt noch mal der erste Mann, der bei deiner Mutter die Oberhand behalten hat, und ihr gefällt es auch noch."

Harley bemühte sich um ein Lächeln, auch wenn ihr viel eher danach zumute gewesen wäre, sich an der Schulter ihres Vaters auszuweinen.

„Liebst du ihn?", fragte Dewey.

Sie zuckte mit den Schultern. „Ich weiß es nicht, Daddy."

Er war erstaunt. „Wie meinst du das?"

Sie schluckte, wollte ihn jedoch nicht anlügen. „Ich erinnere mich überhaupt nicht mehr an diese Hochzeit. Ich weiß nur, dass ich am nächsten Morgen aufgewacht bin, mit diesem Mann in meinem Bett und einem herzförmigen Tattoo auf meinem Po."

Dewey fielen fast die Augen aus dem Kopf. „Grundgütiger! Hat man dich etwa unter Drogen gesetzt? Wenn das so ist, dann ..."

Harley seufzte. „Nein, Daddy, ich stand nicht unter Drogen. Ich war betrunken."

Ungläubig starrte Dewey sie an, doch je länger er sein einziges Kind betrachtete, desto mehr begann es um seine Mundwinkel zu zucken. Harley war beinahe achtundzwanzig, und er hatte schon befürchtet, dass sie wie seine älteste Schwester Mavis zu einer alten Jungfer werden könnte.

Er lachte leise.

Harley starrte ihn an. „Du findest das lustig?"

„Es ist nur so, dass ich dir das gar nicht zugetraut hätte", erwiderte er. „Jedenfalls kannst du jetzt in dem ruhigen Bewusstsein schlafen, dass du dich nie mit einem langweiligen Leben zufriedengeben wirst." Er ergriff ihre Hand und ging mit ihr hinein. „Wir sollten uns lieber beeilen. Ich möchte den Rest dieser Show um keinen Preis verpassen."

Sie traten ein, gerade als Sam einen langen versiegelten Umschlag aus der Innentasche seines Jacketts herauszog. Er wandte sich um und lächelte Harley zu. Ihr lief ein Schauer über den Rücken. Sein Lächeln war fast ebenso umwerfend wie seine Küsse.

„Mr Beaumont, ich denke, Sie haben viele Fragen, die Sie

gerne stellen würden, und Sie sind sicherlich auch um das Wohl Ihrer Tochter besorgt." Er übergab den Umschlag an Dewey. „Hier drin finden Sie die Namen und Telefonnummern meiner Bank, meines Chefs und meines Gemeindepastors. Meine Eltern sind tot, aber ich habe einen Bruder und zwei Schwestern, die alle in Oklahoma wohnen. Ihre Namen und Telefonnummern sind ebenfalls aufgeführt. Allerdings wäre ich Ihnen dankbar, wenn Sie nicht alles, was sie über mich sagen, allzu ernst nähmen. Ich bin der Älteste, und als meine Geschwister kleiner waren, hat ihnen meine Art, sie herumzukommandieren, nicht besonders gefallen."

Wieder einmal war Dewey von Sams liebenswürdiger Art verblüfft.

„Ja, nun ... ich danke Ihnen. Selbstverständlich sind wir um unsere Tochter besorgt. Ich werde nachher ein paar Anrufe tätigen." Dewey schaute seine Frau an, deren rosige Gesichtsfarbe noch sehr viel intensiver geworden war. „Marcie, ich glaube, wir hätten gerne etwas von deiner guten Limonade."

Marcie prustete erst und brachte dann mit piepsiger Stimme hervor: „Limonade! Du willst meine gute Limonade? Dewey George Beaumont, hast du denn überhaupt keinen Sinn für Anstand? Unsere Tochter hat einen völlig Fremden geheiratet, und du willst Limonade?"

„Ich hätte gerne etwas Stärkeres, wenn Sie etwas haben", meinte Sam.

Marcie schaute ihn mit offenem Mund an, und Harley unterdrückte ein Grinsen. Dewey ging an den Schrank in der Bibliothek, wo er eine Flasche Whisky für besondere Gelegenheiten aufbewahrte. Er war der Ansicht, dass das in diesem Fall zutraf.

„Sie bleiben doch zum Abendessen, nicht wahr?", erkundigte er sich, während er sich und Sam großzügig von dem bernsteinfarbenen Getränk einschenkte.

Marcie stöhnte. „Dewey! Ich fasse es nicht, dass du dastehst und das hier einfach so geschehen lässt."

„Oh, es ist bereits geschehen!", meinte Sam und grinste Harley schelmisch an. „Bereits mehrmals. Stimmt's, Darling?“

Harley hätte ihm am liebsten den Hals umgedreht. Wie konnte er ihren Eltern gegenüber derart freimütig auf ihr Sexualleben anspielen?

Als sie nichts sagte, zwinkerte Sam ihr lächelnd zu. „Wir würden sehr gerne zum Abendessen bleiben, nicht wahr, Junie?“

„Auf den Namen höre ich nicht“, murrte sie und deutete dann auf den Whisky. „Gibst du mir auch einen, Daddy?“

Dewey zögerte. „Tochter, nach allem, was du mir erzählt hast, glaube ich, dass du Alkohol nicht gut verträgst.“

Sam reichte Harley sein eigenes Glas und schenkte sich selbst ein neues ein, wobei er Deweys Missbilligung ignorierte. „Im Gegenteil, Mr Beaumont. Junie ist eine der nüchternsten Frauen, die ich kenne. Bei mir war es Liebe auf den ersten Blick.“

Marcie ließ die Schultern hängen, während sie ihre Tochter betrachtete. „Ich kann es nicht glauben, dass du verheiratet bist“, jammerte sie.

Harley kippte den Whisky hinunter wie Wasser, und ihr schossen Tränen in die Augen, weil es so brannte. Als sie wieder atmen konnte, ohne befürchten zu müssen, dass ihr Flammen aus dem Mund schlugen, antwortete sie ihrer Mutter:

„Tja, Mama, ich auch nicht! Aber ich habe ein Tattoo auf meinem Po und einen Ring an meinem Finger, die beide etwas anderes besagen.“ Geräuschvoll stellte sie ihr Glas ab. „Jetzt gehe ich Kartoffeln schälen, und wenn ich Glück habe, rutsche ich mit dem Messer ab und schneide mir das Handgelenk auf, und alle Enttäuschungen werden ein Ende haben.“

Sie stürmte aus der Bibliothek, doch ihr war klar, dass ihre Mutter nicht lange auf sich warten lassen würde.

„Tattoo? Du hast ein Tattoo?“, rief Marcie aus und griff sich entsetzt an die Kehle. „Dewey hast du das gehört? Harley June hat sich ein Tattoo machen lassen.“

Dewey allerdings, der von dem bisherigen Verlauf der Dinge recht angetan war, beschloss, sich noch einen Schluck Whisky einzuschenken.

„Marcie, du gehst jetzt in die Küche und hilfst Harley beim

Abendessen, hast du gehört? Ich weiß ja nicht, wie es Sam geht, aber ich habe ziemlich großen Hunger."

Marcie warf die Hände empor und stürmte ihrer Tochter hinterher.

Sam tat es leid, was Harley jetzt durchstehen musste, aber er war nicht bereit, etwas daran zu ändern. Er wollte sie für nichts und niemanden aufgeben, und je eher alle Beteiligten sich darüber im Klaren waren, desto besser.

„Mrs Beaumont, dieses gebratene Hühnchen ist köstlich. Sie haben die Stücke vor dem Panieren in Buttermilch eingelegt, nicht wahr?"

Marcie war von dieser Frage mehr als überrascht. Sie schwankte abwechselnd zwischen der Vorstellung, dass ihr gesellschaftlicher Rang in der Gemeinde nun für immer ruiniert war, und dem Entsetzen darüber, dass ihre Tochter sich hatte tätowieren lassen. Und dass nun der Mann, der sich so liebenswürdig als ihr Schwiegersohn vorgestellt hatte, sich nach ihren Kochrezepten erkundigte, das erschien ihr beinah zum Lachen.

„Ja, schon", murmelte sie.

Sam nickte. „Das habe ich mir gedacht. Meine Großmutter hat das auch getan. Sie sagte immer, dass gebratenes Huhn sonst einfach nicht schmecke."

„Meine Großmutter hat nicht gekocht", entgegnete Marcie.

Sam runzelte die Stirn. „Wow! Ich wette, da hat sich ihr Mann sicher gefreut. Wie ist denn dann die Familie überhaupt satt geworden?"

Marcie hob hochmütig die Nase, und Harley verzog das Gesicht. Sie wusste, was jetzt kam, aber Sam hatte es herausgefordert.

Marcie spitzte die Lippen. „Nun, sie hatten eine Köchin, wie jede Familie damals, die etwas auf sich hielt." Dann seufzte sie. „Ach ja, die guten alten Zeiten!"

Dewey schnaubte. „Du putzt nicht mal dein eigenes Haus, und du hast seit Ostern kein solches Essen mehr gekocht, Marcie Lee. Also fang jetzt bloß nicht an zu jammern!"

Sam lachte, wodurch Marcie sich in höchstem Maße gekränkt fühlte.

„Ich stamme aus einer Familie, die immer selbst gekocht und geputzt hat", meinte er. „Ich führe meinen Haushalt auch selbst, zwischen den Schichten in der Feuerwache natürlich."

Die Ellbogen auf den Tisch gestützt, beugte sich Dewey vor und sah Sam mit neugierigem Blick an.

„Sam, weshalb wollten Sie Feuerwehrmann werden?"

Dieser zuckte mit den Schultern. „Ich weiß nicht. Ich hatte eben schon immer gedacht, dass mir das gefallen würde." Er sah zu Harley hinüber. „Und das ist auch so."

„Aber es ist so gefährlich", wandte Dewey ein. „Ich weiß, das ist kein Thema für eine Unterhaltung beim Essen, aber waren Sie auch dabei, als die Bombe in dem Behördengebäude in Oklahoma City explodiert ist?"

Alle Fröhlichkeit wich plötzlich aus Sams Miene, und Harley hatte auf einmal das Bedürfnis, ihn an sich zu drücken und zu trösten. Er sah so ... niedergeschlagen aus.

„Ja, ich war dabei", sagte er mit stockender Stimme.

„Daddy möchtest du noch ein Stück Huhn?"

Dewey blinzelte erstaunt. Harley reichte ihm die Platte mit dem gebratenen Huhn, und der Ausdruck in ihren Augen gebot ihm Einhalt.

„Na ja, äh, ja, ich glaube schon!"

Marcie interessierte sich nicht für Sams Arbeit, sondern vielmehr für seine Vergangenheit. Wenn er doch nur ein paar Vorfahren hätte, mit denen man angeben könnte, dann wäre diese ganze Angelegenheit vielleicht doch kein totales Fiasko.

„Hat Ihre Familie schon immer in Oklahoma gelebt?", fragte sie daher.

Sam schüttelte den Kopf, froh, dass das Thema gewechselt wurde. Die Erinnerung an das, was er und all die anderen Rettungskräfte damals miterlebt hatten, war immer noch allzu gegenwärtig.

„Nein, Ma'am. Mein Urgroßvater kam ursprünglich aus Boston. Er kam nach Oklahoma, als es noch Schutzgebiet war."

„Die Familie meiner Freundin Susan stammt auch aus Boston“, steuerte Harley ihren Teil zur Unterhaltung bei. „Aber das ist schon mehrere Generationen her. Inzwischen sind sie längst echte Südstaatler geworden.“

Marcie räusperte sich dezent. „Oh nein, Harley June, Susan Mowrys Vorfahren waren Abenteurer! Sie sind erst nach dem Angriffskrieg aus dem Norden hierhergekommen.“

„Mutter! Ich bitte dich!“

Marcie reckte die Nase noch ein bisschen höher in die Luft. „Aber es stimmt, Harley June. Abenteurer, allesamt.“

Sam lachte. „Wenn Ihnen solche Dinge wichtig sind, Ma'am, dann werden Sie aufgrund meiner Vorfahren sicherlich graue Haare bekommen. Der erste Clay, der nach Oklahoma kam, der aus Boston, war auf der Flucht vor dem Gesetz. Er heiratete eine Kiowa-Indianerin und hatte vier Kinder mit ihr, bis seine gesetzlich angetraute Ehefrau ihn aufspürte und die Indianerin verjagte.“

Marcie schnappte nach Luft. „Und von welcher Frau stammen Sie ab?“

„Von der Kiowa-Indianerin mit den vier unehelichen Halbblut-Kindern.“

Harley verbarg ein Schmunzeln, doch ihr Vater lachte laut heraus.

Marcie wurde blass. So viel zum Thema Schwiegersohn.

„Hat jemand Lust auf Erdbeerkuchen?“, fragte Harley.

Sam warf ihr einen Blick zu, seine Augen dunkel vor Begehren.

„Wir hatten Champagner und Erdbeeren in unserer Hochzeitsnacht. Weißt du noch, Darling?“

Harley wollte das gerade abstreiten, als sie plötzlich ein Bild vor sich hatte, wie Sam sich über sie neigte, ihr Champagner in die Mulde zwischen ihren Brüsten goss und ihn dann mit der Zunge wieder ableckte. Sie sah ihn an, wobei in ihren Augen ein sehnsüchtiges Verlangen lag, ohne dass sie sich dessen jedoch bewusst war.

„Ja, ich erinnere mich“, sagte sie leise.

Sams Herz tat einen Sprung. Halleluja, das war das erste Mal, dass sie aufrichtig war!

Marcie stieß unvermittelt ihren Stuhl zurück und stolzierte angewidert in die Küche.

Auch Dewey erhob sich und erklärte: „Ich gehe und helfe deiner Mama beim Nachtisch."

Sam schaute Harley noch immer unverwandt an. Sie fühlte sich von seinem Blick gefangen und konnte kaum atmen.

„Stimmt das?", fragte Sam.

„Was denn?", flüsterte sie.

„Dass du dich erinnerst?"

Ein Schauer durchlief sie, und sie senkte die Augenlider, um die Intensität ihrer Gefühle zu verbergen. Als sie wieder aufblickte, hatte sich Sam über den Tisch gelehnt. Gleich darauf trafen sich ihre Lippen. Der Kuss war kurz und heiß, wie ein Blitz in einem Hitzegewitter.

„Harley, Darling."

„Hm?"

„Wenn wir in deiner Wohnung sind, werden wir miteinander schlafen. Das ist dir doch klar, oder?"

Es war eine Vorwarnung und ein Versprechen zugleich, und Harley fröstelte, sowohl aus Furcht als auch vor Sehnsucht. Sehnsucht danach, dass dieser Abend mit ihren Eltern endlich vorbei war, und Furcht, dass der Sex mit Samuel Clay niemals ausreichen würde, um alles andere wettzumachen, was in dieser Ehe fehlte. Es war eine Farce, und dennoch war sich Harley nicht sicher, ob sie wirklich wollte, dass sie möglichst bald beendet war.

„Du hast mir noch keine Antwort gegeben, Süße", sagte Sam.

„Das brauche ich auch nicht", erwiderte sie. „Manche Dinge weiß man eben einfach."

3. KAPITEL

Schon bevor sie das Haus ihrer Eltern verließen, hatte Harley sich entschlossen, es mit ihrer Ehe wirklich zu versuchen. Sie wusste nicht mehr genau, wann sie diesen Entschluss gefasst hatte, aber es war irgendwann in der Zeit gewesen, als Sam Marcies ständiges Gejammer zum Schweigen gebracht hatte, indem er einen Witz erzählt hatte, bei dem ihr Vater lauthals gelacht hatte.

Harley konnte sich nicht erinnern, wann sie ihren Vater zuletzt so gesehen hatte – mit funkelnden Augen und wie er sich vor Lachen auf die Schenkel geschlagen hatte. Wenn Sam eine solche Wirkung auf ihre gesetzten Eltern hatte, lohnte es sich vielleicht, darüber nachzudenken, wie ihr Leben mit ihm aussehen könnte.

Ihr eigenes Leben hatte sich schon lange in einem Alltagstrott festgefahren. Sich der Nähe von Sam, der neben ihr im Wagen saß, nur allzu sehr bewusst, lächelte sie ihm nervös zu. Sie krampfte ihre Hände im Schoß zusammen und bemühte sich verzweifelt darum, sich zu beruhigen.

Sam merkte, dass Harley Angst hatte. Er hatte es ihr bereits angesehen, als sie sich von ihren Eltern verabschiedet hatten.

Das Taxi hielt vor ihrer Wohnung an. Sam stieg aus, und während der Fahrer seine Reisetasche aus dem Kofferraum holte, suchte er nach Geld, um die Fahrt zu bezahlen.

Harley war zumute, als habe sie die Grippe. Ihre Zähne klapperten, und ihr drehte sich der Magen um. Jeder Muskel ihres Körpers war angespannt, als wolle sie weglaufen. Und dennoch sehnte sie sich danach, in Samuel Clays Armen zu liegen.

Im fahlen Licht der Straßenlaterne an der Ecke erschienen seine Schultern breiter, und er wirkte beinahe einschüchternd, als er sich aufrichtete und sich zu Harley umdrehte. Er lächelte ihr zu, und sie atmete erleichtert aus. Es würde alles gut werden.

Sam nahm seine Tasche, ergriff Harleys Hand, und gemeinsam gingen sie auf die Eingangstür ihres Apartmentgebäudes zu. Kurz vor der Tür stolperte sie, und Sam fing sie rasch auf.

„Liebling … bist du okay?“

Sie seufzte. „Ja."

Er drückte ihre Hand. Wenige Sekunden später betraten sie das Haus und stiegen die Treppe zum zweiten Stockwerk hinauf. Dort schloss Harley ihre Wohnungstür auf und schaute Sam an.

„Willkommen bei mir zu Hause!", sagte sie leise.

Sam stellte seine Tasche ab, sobald er eingetreten war, stieß die Tür mit dem Fuß zu und nahm Harley in die Arme. Sie seufzte erneut.

„Die Tür … schließ ab …!"

Sam fasste hinter sich und schob den Riegel vor, ohne hinzuschauen. Er wollte den Blick nicht von Harleys Gesicht abwenden.

„Hiervon träume ich schon seit Tagen."

Unwillkürlich wurden Harley die Knie weich. „Ich habe ein bisschen Angst."

„Junikäfer, ich würde dir niemals wehtun."

„Junikäfer?"

„Ja. Von denen gibt es viele bei uns in Oklahoma. Das sind kleine hartnäckige Dinger. Sie kommen nachts raus und verbringen den größten Teil ihres Lebens damit, sich an den hellsten Lampen umzubringen, die sie finden können."

Harley musste beinah lächeln. „Willst du damit etwa sagen, dass ich auch einen Todeswunsch habe?"

Sam schüttelte den Kopf und umschloss ihr Gesicht mit beiden Händen.

„Nein, aber du bleibst verdammt hartnäckig bei der Behauptung, dass du dich an nichts erinnerst, was uns beide betrifft. Und das kann ich nicht akzeptieren. Ich will es nicht akzeptieren. Ich glaube, je länger wir zusammen sind, desto mehr wirst du dich erinnern."

Er streifte ihren Mund mit seinen Lippen, was ihr ein leises Stöhnen entlockte.

„Ich weiß, dass du dich an den Champagner und die Erdbeeren erinnern konntest. Ich habe es in deinen Augen gelesen."

Sam ließ die Hände unter ihren Blazer gleiten und knöpfte ihren Rock auf. Als er sie eng an sich zog, spürte Harley die harte

Wölbung seiner Männlichkeit an ihrem Unterleib, und ein erregendes Prickeln überlief sie.

„Ich habe dir ja gesagt, dass ich mich daran erinnere."

Er zog ihr die Kleider aus, Stück für Stück, und seine Berührung löste sehnsüchtiges Verlangen in ihr aus.

„Dann lass uns noch mehr Erinnerungen schaffen! Und zwar jetzt gleich, ehe du vergisst, wie sehr es dir gefallen hat."

Harley öffnete seine Gürtelschnalle. „Die erste Tür rechts den Flur entlang."

Das war alles, was Sam wissen musste.

Die Bettfedern quietschten. Sam lag auf Harley, wobei er sich mit seinen langen Armen so abstützte, dass nur die Hälfte seines Körpergewichts auf ihr lastete. Was immer auch in ihrer Beziehung fehlen mochte, die sexuelle Chemie zwischen ihnen stimmte jedenfalls.

Harleys Herz hämmerte, und sie hatte die Augen geschlossen. Jede Faser ihres Seins war auf den Körperkontakt zwischen ihr und Sam konzentriert. Mit den Fingernägeln krallte sie sich in seine Oberarme, die Beine hatte sie um seine Hüften geschlungen und überließ sich vollkommen ihrer Lust mit diesem Fremden, der ihr Ehemann war. Ihre Erregung steigerte sich immer weiter und trieb sie an den Rand der Ekstase.

Das Ende kam unvermittelt. In der einen Sekunde war es lediglich ein schönes Gefühl, und in der nächsten war es dann da. Harley spürte, wie es ihren gesamten Körper durchzuckte, und ihrer Kehle entrang sich ein tiefes, heiseres Stöhnen.

In diesem Moment verlor Sam die Kontrolle. Ein Herzschlag, und er war völlig hilflos. Der Höhepunkt überschwemmte ihn wellenförmig. Ein Stoß, noch einer und noch einer – und auf einmal war sein Kopf absolut leer. Erst danach dachte Sam daran, Harley wieder mehr Bewegungsfreiheit zu verschaffen. Er schloss die Arme um sie und rollte sich herum, sodass sie oben lag. Er vergrub die Finger in ihren langen Haaren.

„Wow!", flüsterte er und gab Harley einen Kuss auf die Stirn.

Sie war still, viel zu still. Stumm lag sie in seinen Armen.

Sam hob den Kopf. „Junie, bist du okay?“
„Nein“, wisperte sie kaum hörbar.
Ihm wurde schwer ums Herz. Er schob sie von seiner Brust auf die Seite und stützte sich auf einen Ellbogen, um sie anzusehen. Selbst in dem dunklen Schlafzimmer konnte er erkennen, wie ihr dir Tränen übers Gesicht liefen.
„Liebes … was ist los? Bitte sag, dass ich dir nicht wehgetan habe!“
Harley schüttelte den Kopf und schlug die Hände vors Gesicht.
Sam musste sich anstrengen, um sie zu hören.
„Nein, du hast mir nicht wehgetan“, sagte sie.
„Aber was ist es dann? Warum weinst du?“
Sie schaute ihn verwirrt an. „Mir war nicht klar, dass ich solche Gefühle empfinden kann, dass ich so … sein kann. Ich weiß nicht mehr, wer ich bin.“
Er legte ihr den Arm um die Schultern und zog sie an sich.
„Ich schon“, meinte er leise. „Ich weiß, wer du bist. Du bist meine Ehefrau.“
Harley stieß einen tiefen Seufzer aus. „Aber das ist es ja gerade. Verstehst du das nicht? Wie kann ich eine Ehefrau sein, wenn ich meinen Ehemann gar nicht kenne?“
Sam konnte ihre Verwirrung nachvollziehen. Wenn er ehrlich war, machte auch er sich so seine Gedanken. Aber die größte Hürde hatte er bereits überwunden, als er sie wiedergefunden hatte.
„Sieh es doch mal so, Darling! Wir harmonieren wunderbar im Bett, und wir haben den Rest unseres Lebens, um uns richtig kennenzulernen.“
„Du bist verrückt, weißt du das?“, flüsterte sie.
Er schmunzelte. „Ja, verrückt nach dir. Und jetzt komm her zu mir, Liebling, und mach deine hübschen Augen zu! Wir haben morgen einen anstrengenden Tag vor uns und sollten etwas Schlaf bekommen.“
Harley versteifte sich unwillkürlich. „Wieso? Was ist denn morgen?“

„Erst mal müssen wir alles packen, was du mitnehmen willst, wenn wir nach Hause fliegen. Den Rest können wir uns schicken lassen."

„Nach Hause?"

„Ja, Süße. Nach Hause, nach Oklahoma City. In zwei Tagen habe ich wieder Dienst."

„Dienst."

Lächelnd meinte Sam: „Wenn du alles wiederholst, was ich sage, kriegen wir nie unseren Schlaf."

„Du meinst, als Feuerwehrmann."

Er lachte leise. „Das ist mein Beruf, schon vergessen?"

„Du bekämpfst Feuer."

Er merkte, worauf sie hinauswollte. „Ja, und das mache ich schon seit vierzehn Jahren."

„Bist du jemals ... ich meine ... warst du ...?"

„Junikäfer, in Las Vegas, als ich dich von dem Pokertisch heruntergeholt habe, war ich in größerer Gefahr als bei irgendeinem Feuer. In dem Moment, als du die Arme um meinen Hals geschlungen hast, wusste ich, dass ich rettungslos verloren war."

„Wirklich?"

„Ja, wirklich."

Harley seufzte. „Ich wünschte, ich könnte mich daran erinnern."

Bedauern schwang in Sams Stimme mit. „Ja, ich auch, Junikäfer. Ich auch."

Der Flug nach Oklahoma war harmlos im Vergleich zu dem Theater, das Harleys Mutter am Flughafen von Savannah veranstaltete. Sie schrie, bettelte und versuchte es schließlich mit Drohungen. Doch da riss Sam der Geduldsfaden. Er wusste, dass Harley ohnehin schon nervös genug war, und das Verhalten ihrer Mutter verstärkte ihre Schuldgefühle. Auch wenn er sich nicht den Zorn seiner Schwiegereltern zuziehen wollte, hatte er zu große Angst davor, Harley doch noch zu verlieren, als dass er länger schweigen konnte. Als Marcie Harley am Arm packte und drohte, sie zu enterben, schaltete sich Sam ein.

Er trat zwischen die beiden Frauen.

Leise, aber mit höchst verärgerter Stimme sagte er: „Mrs Beaumont, ich möchte nicht, dass Sie meiner Frau drohen."

„Sie ist meine Tochter!", rief Marcie.

„Dann hören Sie auf, sich wie eine Furie zu benehmen!"

Marcie schnappte empört nach Luft und hätte noch mehr gesagt, doch Dewey brachte sie zum Schweigen.

Entnervt fuhr sich Sam mit der Hand durchs Haar und blickte zu Harley, die mit den Tränen kämpfte.

„Hören Sie, ich kann verstehen, dass Sie Ihre Tochter nur ungern gehen lassen. Aber niemand zwingt sie dazu. Wollen Sie denn nicht, dass sie glücklich wird?"

„Ja, aber …"

Harley holte tief Atem und unterbrach ihre Mutter. „Dann musst du mir auch zugestehen, dass ich meine eigenen Entscheidungen treffe, Mama."

Marcie, die noch immer böse dreinschaute, wollte offensichtlich nicht nachgeben.

„Ich habe immer davon geträumt, dich im Hochzeitskleid deiner Urgroßmutter den Mittelgang in unserer Kirche hinunterschreiten zu sehen. Der Altarraum wäre mit Lilien und Forsythien geschmückt, und ich hätte ein rosa Kleid an. Die Farbe steht mir am besten, wie du weißt."

Harley seufzte. „Mama, das ist dein Traum, nicht meiner. Außerdem sind Lilien für Beerdigungen, und ich bin viel größer und schwerer als Urgroßmutter. Ich könnte ihr Hochzeitskleid niemals tragen."

„Sei still, Marcie!", erklärte Dewey. „Es ist Harley Junes Leben, nichts unseres." Dann wandte er sich an Sam: „Ich habe diese Anrufe getätigt. Ihrem Boss zufolge sind Sie einer seiner besten Männer. Ihr Pastor hält große Stücke auf Ihre gesamte Familie, und die Auskunft Ihrer Bank war ebenfalls sehr beruhigend. Ich vertraue Ihnen, dass Sie gut für meine Tochter sorgen werden." Er sah zu Harley June hin. „Und ich bin davon überzeugt, dass meine Tochter klug genug ist, auf sich selbst aufzupassen. Falls es nicht gut gehen sollte, weiß sie, wie sie nach Hause kommt."

Sam seufzte. „Natürlich." Ein letztes Mal schaute er Marcie an. „Mrs Beaumont, ich freue mich, Sie kennengelernt zu haben, und ich habe Junie versprochen, dass wir zu Weihnachten wieder nach Savannah kommen. Einverstanden?"

Marcies Zorn legte sich ein wenig. „Wirklich?"

Harley nickte lächelnd. „Ja, Mama, ganz bestimmt."

„Na ja!", sagte Marcie. „Ich nehme an, das war's dann."

Kurz darauf wurde ihr Flug aufgerufen. Erleichtert nahm Sam Harley bei der Hand und führte sie den Gang zum Flugzeug hinunter.

Nur wenige Stunden später landeten sie bereits am Will-Rogers-Flughafen in Oklahoma City – für Sams Geschmack keine Minute zu früh.

„Das ist es", erklärte Sam, als er in die Einfahrt einbog.

Harley beugte sich auf dem Beifahrersitz vor und betrachtete den weitläufigen Klinker-Bungalow.

„Das sieht wirklich hübsch aus", meinte sie.

Sam lächelte. „Das klingt, als wärst du überrascht."

Sie wurde rot. „Ich wollte damit nicht sagen, dass …"

„Ich habe dich nur ein bisschen geneckt", erwiderte Sam, der den Motor abstellte und auf die Vorderveranda deutete. „Ich habe es von meinem Großvater geerbt. Es ist eine nette Gegend. Hier brauchst du keine Angst zu haben. Das verspreche ich dir."

„Vor dem Haus habe ich keine Angst."

„Aber ich hoffe, auch nicht vor mir."

Sams Stimme klang erschrocken und verletzt zugleich, was Harley nicht entging. Sie sah ihn an, da sie sich noch immer nicht daran gewöhnt hatte, dass dieser große, attraktive Mann tatsächlich ihr Ehemann war.

„Nur vor der Situation ganz allgemein", sagte sie.

Sam nickte zögernd. „Das verstehe ich." Er lehnte sich zu ihr herüber und streifte ihre Lippen mit einem Kuss. „Es wird alles gut, Junikäfer."

Harley zwang sich zu einem Lächeln. „Dann musst du mir jetzt das Haus zeigen, okay?"

Sie stiegen aus und gingen auf die Veranda zu, als jemand Sams Namen rief. Sie wandten sich um und erblickten eine ältere Frau auf der anderen Straßenseite, die ihnen zuwinkte.

Sam winkte zurück.

Ehe er sie davon abhalten konnte, kam die Frau von ihrer Veranda herunter und ging über die Straße.

„Entschuldige bitte“, sagte er zu Harley. „Das ist Mrs Matthews. Sie ist ziemlich neugierig, aber nett.“

„Ich habe die Erziehung meiner Mutter überlebt. Ich schaffe alles.“

Sam lachte leise in sich hinein. „Deine Mutter ist schon in Ordnung.“

„Sie ist verwöhnt, will alles bestimmen und lebt in der Vergangenheit. Abgesehen davon ist sie vermutlich nicht viel anders als jede andere Mutter auch.“

Sam drückte warnend ihre Hand, sobald Edna Matthews den Gehweg überquert hatte und den Weg zum Haus heraufkam.

„Stell dich darauf ein, dass du gleich ausgequetscht wirst!“

„Nun ja, da du noch immer glasige Augen davon hast, was meine Mutter mit dir gemacht hat, werde ich das sicher überstehen.“

Sam grinste. Harleys Kommentar, den sie in dem langsamen, gedehnten Georgia-Tonfall von sich gegeben hatte, war köstlich.

„Sammy, ich bin ja so froh, dass ich dich erwischt habe“, verkündete Edna, die schwer atmend auf sie zukam, und überreichte ihm eine kleine Schachtel. „Der Paketbote hat das vorgestern vor deine Tür gelegt, aber Henrys Hund hat es erwischt, bevor ich ihn zurückhalten konnte. Es ist ein bisschen angeknabbert. Hoffentlich ist nichts kaputtgegangen.“

Sam nahm die Schachtel. „Vielen Dank, Mrs Matthews! Das ist ein Ersatzteil für meinen Rasenmäher, da dürfte also nicht viel passiert sein. Ich bin froh, dass Sie so aufmerksam gewesen sind.“

Sie strahlte. „Dazu sind gute Nachbarn ja da.“ Dann warf sie einen betonten Blick auf Harley.

Sam zwinkerte Harley zu.

„Mrs Matthews, ich möchte Ihnen gerne meine Ehefrau vorstellen. Sie heißt Harley June und stammt aus Savannah in Georgia. Ich verlasse mich darauf, dass Sie ihr dabei helfen werden, dass sie sich hier in der Nachbarschaft willkommen fühlt."

Edna Matthews blieb der Mund offen stehen. Sam Clay galt allgemein als hervorragender Fang. Zu hören, dass er dem Heiratsmarkt nicht mehr zur Verfügung stand, war eine echte Sensation. Edna konnte es kaum erwarten, die Neuigkeit zu verbreiten. Sie musterte Harley von oben bis unten und streckte ihr dann lächelnd die Hand entgegen.

„Harley June? Das ist jedenfalls ein ungewöhnlicher Name."

„Es ist der Mädchenname meiner Mutter", antwortete Harley. „Dort, wo ich herkomme, ist das durchaus üblich."

„Ich verstehe", meinte Edna. „Savannah, sagten Sie?"

„Ja, Ma'am. Es ist eine schöne Stadt. Waren Sie schon einmal dort?"

„Nein. Mein verstorbener Mann und ich bevorzugten eher die westlichen Bundesstaaten. Besonders gern war er in Las Vegas und Reno. Kennen Sie diese Städte?"

Harley vermied es, Sam anzusehen, und widerstand der Versuchung, die Augen zu verdrehen.

„Ja, Ma'am, ich kenne Las Vegas."

Edna strahlte übers ganze Gesicht. „Na, dann haben wir ja schon eine Gemeinsamkeit. Und was unseren Sammy hier angeht, kann man Ihnen nur gratulieren. Er gilt als ein guter Fang."

„Ich bin aber der Glückspilz", sagte Sam und ergriff die Gelegenheit, das Gespräch zu beenden, bevor Edna sich selbst einlud, wofür sie bekannt war. „Noch einmal herzlichen Dank dafür, dass Sie mein Päckchen gerettet haben. Zu meinem nächsten Kochfest sind Sie eingeladen, okay?"

„Oh, vielen Dank, Sammy! Es wäre mir eine Ehre. Dann bringe ich meine italienische Cremetorte mit." Sie schaute zu Harley. „Alle lieben meine italienische Torte."

„Hört sich gut an", erwiderte diese.

„Oh, sie ist wunderbar!", bestätigte Edna. „Kochen Sie gerne, meine Liebe?"

„Ja, Ma'am. Alle Südstaaten-Frauen werden dazu erzogen, sich um ihre Männer zu kümmern. Und Sie wissen ja, wie es heißt: Liebe geht durch den Magen."

Harley warf Sam einen Blick zu, denn sie war sich nur allzu bewusst, dass der Weg zu seinem Herzen nicht das Geringste mit dem Essen zu tun hatte.

„Wir sind jetzt ziemlich müde", erklärte Sam daraufhin rasch. „Nochmals vielen Dank, Mrs Matthews! Ich melde mich bei Ihnen."

Er lotste Harley zur Haustür, in der Hoffnung, dass Edna Matthews die entgegengesetzte Richtung einschlagen würde. Als er aufschloss, schaute er über die Schulter und stellte erfreut fest, dass sie in ihrem eigenen Haus verschwand. Dann öffnete er die Tür, hob Harley auf die Arme und trug sie über die Schwelle.

Harley, die auf diesen symbolischen Moment nicht vorbereitet war, ertappte sich dabei, wie sie mit den Tränen kämpfte.

„Willkommen zu Hause, Harley June!", meinte Sam sanft, setzte sie im Flur ab und küsste sie.

Harleys Herz pochte wie wild, als er den Kopf wieder hob, doch Sam war noch nicht fertig. Er griff in seine Hosentasche und holte einen schmalen, goldenen Trauring heraus, den er ihr an den Finger steckte.

„Das habe ich mir für den richtigen Zeitpunkt aufgehoben. Ist das in Ordnung?"

Sie starrte auf ihre Hand und erinnerte sich daran, mit welch gemischten Gefühlen sie ihn in dem Motel abgenommen hatte. Dann blickte sie wieder zu Sam auf, ohne zu merken, dass sich ihre Gedanken in ihrem Gesicht widerspiegelten.

„Ja, das ist in Ordnung."

Sam hob ihre Hand an die Lippen, drückte einen Kuss auf den Ring und umarmte Harley dann.

„Das Gästebadezimmer ist den Flur entlang, die zweite Tür links. Sobald ich unser Gepäck aus dem Wagen geholt habe, führe ich dich durch dein neues Heim."

Er war fort, ehe Harley noch etwas sagen konnte. Doch anstatt sich umzuschauen, starrte sie erneut auf den Goldring an ihrem Finger und fragte sich, weshalb sie sich durch etwas so Kleines und Zerbrechliches derartig gebunden fühlte.

Vierundzwanzig Stunden Dienst, vierundzwanzig frei, vierundzwanzig Dienst, vierundzwanzig frei, vierundzwanzig Dienst, vierundzwanzig frei und dann vier Tage zu Hause.

Nach dreiwöchiger Ehe kannte Harley Sams Dienstplan bei der Feuerwehr von Oklahoma im Schlaf. An den Tagen, an denen er fort war, kochte und putzte sie und arbeitete im Garten wie eine Besessene. An den Tagen, an denen er zu Hause war, fühlte sie sich ein wenig unbehaglich. Noch immer konnte sie nicht recht glauben, dass sie mit einem Mann zusammenlebte, den sie kaum kannte. Sie wusste, dass Sam alles tat, damit sie sich wohlfühlte, aber es war dennoch schwierig.

Seine Geschwister waren alle mit ihren Familien vorbeigekommen, um sie in Augenschein zu nehmen. Sie äußerten sich anerkennend darüber, dass sie nach dem Vater aller Motorräder benannt worden war, neckten sie damit, dass sie in Las Vegas geheiratet hatte, und hinderten ihre Kinder nicht daran, Limonadeflecken auf dem Wohnzimmerteppich zu hinterlassen. Auch als Harley zu erklären versuchte, dass ihr Name der Mädchenname ihrer Mutter sei, hörten sie gar nicht richtig zu.

Sam hatte sie scherzhaft getadelt und gesagt, dass sie aufhören sollten, die große Liebe seines Lebens zu ärgern. Dann hatte er sie allesamt zu Grillrippchen in einem Lokal in der Nähe eingeladen. Harley fühlte sich von der ungestümen Art seiner Familie etwas eingeschüchtert, und die riesigen Platten voller Rippchen und die Mengen an Bier, die bei dem Mahl flossen, erschreckten sie ein wenig.

Sams Bruder hatte ihr ein Glas Bier angeboten, was sie jedoch schnell abgelehnt hatte.

„Hey, Sam!“, meinte sein Bruder. „Hast du etwa eine kleine Südstaaten-Abstinenzlerin geheiratet?“

Sofort hatte sich Harley umgedreht und Sam einen Blick zugeworfen, der besagte: „Ich bringe dich um, wenn du's ihnen sagst“, was ihn zu einem Grinsen veranlasste.

Zu ihrer Erleichterung gab er mit seiner Antwort gar nichts preis.

„Kümmere du dich mal schön um deine eigene Frau, und überlass Harley mir!“, sagte er gedehnt. Dann lehnte er sich zu ihr herüber und gab ihr einen Kuss auf den Mund.

Er schmeckte nach Barbecue und Bier. Und das heftige Verlangen, das sie in diesem Moment durchzuckte, traf sie bis ins Innerste.

Sam bemerkte ihren Ausdruck und flüsterte ihr ins Ohr: „Halt den Gedanken fest!“

Das tat sie dann auch.

Als am Abend schließlich alle gegangen waren, folgten den Gedanken auch die entsprechenden Taten.

Es gab immer noch gelegentlich Tage, an denen Harley davon überzeugt war, einen großen Fehler begangen zu haben, indem sie mit Sam nach Oklahoma gegangen war. Aber diese Tage wurden immer seltener.

Meistens beschäftigte sie sich mit ihrer Hausarbeit, bis er in die Einfahrt fuhr, mit langen Schritten zur Haustür hereinkam und rief: „Hey, Junie, ich bin wieder da!“

Das Leben war gut, und Sex mit Sam war fantastisch. Doch gerade, als sie sich an das Eheleben zu gewöhnen begann, versuchte sie die Heldin zu spielen, was sie allerdings lieber Sam überlassen hätte.

Eine Katze saß in dem Baum im Vorgarten.

Harley hatte sie miauen gehört, als sie hinausgegangen war, um die Zeitung hereinzuholen. Ohne weiter darauf zu achten, war sie wieder ins Haus zurückgekehrt. Später, als sie wieder hinausging, um einige Briefe zum Postkasten zu bringen, hörte sie wieder das Miauen und blieb unter dem Baum stehen.

Sie spähte in das Laub hinein und konnte zunächst nichts erkennen. Doch dann erblickte die Katze Harley, und das Miauen wurde zu einem lauten, kläglichen Geschrei.

„Armes Kätzchen!“, murmelte Harley und stellte sich so hin, dass sie ein wuscheliges orangefarbenes Katzengesicht sehen konnte, das durch die Blätter und Äste zu ihr hinunterblickte.

Wieder miaute die Katze jammervoll.

„Du bist sicher hungrig, stimmt's, Schätzchen? Wenn du jetzt von da oben runterkommst, kriegst du von mir ein großes Schälchen Milch. Komm her, Kätzchen! Komm! Komm runter! Komm doch!"

„Miiaauuu!"

Harley stürzte zurück ins Haus und kam gleich darauf mit einem Stück Brot zurück, in der Hoffnung, dass der Geruch von etwas Essbarem die Katze vom Baum herunterlocken könnte. Doch alles, was sie für ihre Mühe erntete, war ein weiteres klägliches Kreischen.

Fünf Minuten später und trotz einem Schüsselchen voll Milch auf der Erde saß die Katze immer noch oben im Baum, und Harleys Mitleid kannte keine Grenzen mehr. Anstatt ins Haus zurückzugehen und es der Katze zu überlassen, wann diese vom Baum herunter und zum Futter kommen wollte, glaubte sie fest, dass die Katze nicht in der Lage war, von selbst herunterzukommen. Harley wollte dem Kätzchen helfen, und sie hatte auch schon eine Idee, wie sie das anstellen könnte.

An der Wand in der Garage hing eine Leiter. Harley holte sie herbei und lehnte sie an den Baum.

Vorsichtig stieg sie die Sprossen empor, und als sie ungefähr die Hälfte erreicht hatte, konnte sie bereits die untersten Zweige erfassen. Es fiel ihr auch nicht weiter auf, dass die Katze, sobald sie Harley erblickt hatte, noch höher geklettert war, anstatt zu ihr herunterzukommen.

Harley schaute auf, um ihre Position abzuschätzen. Dabei stellte sie fest, dass die Katze noch immer mehrere Zweige oberhalb von ihr hockte. Stirnrunzelnd dachte sie, dass das Tier wohl doch höher in den Baum gestiegen sei, als sie angenommen hatte. Sie hielt sich an den Zweigen fest, die ihr am nächsten waren, streckte ein Bein aus und stellte sich auf einen dicken Ast. Innerhalb von Sekunden hatte sie die Leiter verlassen und befand sich im Baum.

„Hierher, Kätzchen!", rief sie schmeichelnd. „Komm her, mein Kätzchen!"

„Miiiaaauuu!“

Harley kletterte auf einen höheren Ast, woraufhin die Katze zu fauchen begann.

„Hey, Kätzchen, willst du denn nicht runterkommen und ein bisschen schöne warme Milch trinken? Komm her ... komm, Kätzchen! Komm doch zu mir!“

Sie streckte ihre Hand aus. Die Katze reckte den Hals und schnüffelte in Richtung ihrer Finger.

„Braves Kätzchen. Komm her, kleine Katze!“

Ihr fehlten nur noch etwa fünfzehn Zentimeter, dann könnte sie die Katze am Nacken packen. Zuversichtlich, dass ihr das gelingen würde, kletterte Harley noch ein klein wenig höher. Das Geräusch eines großen Pick-ups, der unter ihr am Bordstein hielt, nahm sie nur flüchtig wahr.

Die Wagentür ging auf, und der Fahrer stieg aus, wobei in ohrenbetäubender Lautstärke Countrymusic aus der Fahrerkabine dröhnte. Harley blickte hinunter und sah einen dicken Mann mit einer Baseballkappe auf dem Kopf. Und dann beobachtete sie zu ihrem Schrecken, wie ihre Leiter plötzlich vom Baum fortgeschleppt und auf die Ladefläche des Pick-ups geladen wurde.

„Hey!“, schrie sie. „Das ist meine Leiter! Sie können doch nicht einfach meine Leiter nehmen!“

Wegen der lauten Musik hörte der Mann sie ganz offensichtlich nicht, sondern fuhr in aller Seelenruhe fort, die Leiter mit Stricken zu befestigen. Entsetzt musste Harley mit ansehen, wie er dann in sein Fahrzeug stieg und davonfuhr.

„Stopp! Dieb!“, brüllte Harley ihm nach.

Doch der Fahrer hielt nicht an, und die Katze kletterte noch zwei Äste höher, sodass sie nun gänzlich außer Sichtweite war.

„Na, das ist ja toll!“, brummte Harley vor sich hin. Plötzlich wurde sie von einem Schwindelanfall erfasst und hielt sich krampfhaft an den Zweigen fest, während unter ihr die Erde zu schwanken schien.

Minutenlang hing sie an dem Baum, stumm und ohne sich zu bewegen. Währenddessen beschloss die Katze, die keine Lust darauf hatte, ihr Revier mit jemand anderem zu teilen, auf der gegenüberliegenden Seite des Baumes hinunterzuklettern. Unten angekommen tat sie sich an dem Brot und der Milch gütlich, die Harley dort hingestellt hatte, und lief dann die Straße entlang, um sich ein ruhigeres Plätzchen zu suchen.

Ungläubig starrte Harley der Katze hinterher, musste dann jedoch erneut die Augen schließen, weil sie von einem weiteren Schwindelanfall überfallen wurde.

„Undankbares Wesen!“, murmelte sie und schniefte ein wenig, als ihr unwillkürlich Tränen in die Augen schossen und ihr die Sicht verschleierten.

Sam würde erst morgen wieder nach Hause kommen, und der Abstand zum Erdboden war zu weit, als dass sie einfach bis zum untersten Ast hinabklettern und sich dann fallen lassen konnte. Harley wollte nicht riskieren, sich dadurch womöglich ein Bein oder einen Knöchel zu brechen. Leider kannte sie außer Edna Matthews niemanden in der Nachbarschaft, sodass auch kaum jemand sie vermissen würde. Der Gedanke, auf dem Baum festzusitzen, war ebenso unerfreulich wie die Tatsache, dass sie sich bei ihrer Aktion die Shorts zerrissen hatte. Obwohl sie zu ängstlich war, um den Schaden genauer zu begutachten, hegte sie den Verdacht, dass er nicht unbeträchtlich war. Denn sie konnte den Wind an ihrem Po spüren, an der Stelle, wo normalerweise ihre Gesäßtasche hätte sein sollen.

Die Zeit verging.

Nicht nur, dass Harley allmählich einen Krampf in den Beinen bekam und ihre Finger sich betäubt anfühlten. Hinzu kam, dass sie dringend auf die Toilette musste. Also fing sie an, nach Leibeskräften zu rufen, auch wenn ihr ihre Lage äußerst peinlich war.

„Hilfe! Hilfe! Ich brauche Hilfe!“

Beim siebten Mal hörte sie zu ihrer großen Erleichterung, dass jemand zurückrief.

„Wer ruft denn da um Hilfe?“

„Ich“, antwortete Harley mit erhobener Stimme und wagte einen Blick nach unten.

Edna Matthews stand auf dem Rasen vor Sams Haus und schaute sich verwundert um.

Sie drehte sich um. „Harley, meine Liebe, sind Sie das?"
„Ja", schrie Harley.
„Wo sind Sie?", schrie Edna zurück.
„Oben im Baum", erwiderte Harley.
Ungläubig blickte Edna auf. „Du liebe Güte, wie sind Sie denn da raufgekommen?"
„Ich bin eine Leiter raufgestiegen, und dann hat sie jemand geklaut."
„Oh je!", meinte Edna. „Ist mit Ihnen alles in Ordnung?"
„Nein", entgegnete Harley, die sich bemühte, nicht in Tränen auszubrechen. „Ich kann nicht mehr runter."
„Ja, das sehe ich", gab Edna zurück. „Aber machen Sie sich keine Sorgen! Ich rufe sofort um Hilfe. Warten Sie so lange!"
Schon war sie verschwunden. Harley legte ihre Wange an ihren Arm und hätte beinahe gelacht. Was zum Teufel glaubt Edna, wohin ich wohl gehen könnte?
Nach wenigen Minuten kehrte Edna zurück. „Ich habe die Feuerwehr angerufen, Schätzchen. Sie sind gleich da."
Harley stöhnte. Sam. Oh nein! Das wird er mir bis in alle Ewigkeit vorhalten ...
„Schätzchen?"
„Ja?", brummte Harley unwirsch.
„Nicht dass es mich etwas anginge, aber warum sind Sie überhaupt auf den Baum gestiegen?"
„Eine Katze saß in dem Baum, und ich dachte, sie könne nicht allein wieder runter."
„Aber, Schätzchen ... Wie ist sie denn eigentlich da hochgekommen?"
Harley unterdrückte ein Schimpfwort. „Tja, sieht aus, als hätte ich gar nicht nachgedacht, nicht wahr? Sonst wäre ich ja nicht in einer solch misslichen Lage."
„Ich glaube, ich höre die Sirene", sagte Edna da.
„Super", murmelte Harley und schloss entnervt die Augen.

4. KAPITEL

Als der Notruf kam, zog Sam seine Kluft an, ohne darüber nachzudenken. Erst als er auf den Leitwagen aufsprang, kam der Einsatzleiter herausgelaufen und rief ihm zu, dass der Notruf von seinem Haus her gekommen sei. Innerhalb von Sekunden wussten alle Feuerwehrmänner, wohin die Fahrt ging. Gelegentlich warfen sie Sam nervöse Blicke zu, während der große rote Wagen durch Oklahoma City raste, doch niemand sprach. Jeder Einzelne von ihnen konnte Sams Schrecken und Angst nachempfinden.

Sam erlebte die Fahrt wie betäubt. Alles, woran er denken konnte, war, dass Harley in Gefahr war. Besorgt hatte er den Horizont nach Rauchwolken abgesucht, aber je mehr sie sich seinem Haus näherten, desto überzeugter war er, dass, was immer Harley zugestoßen sein mochte, es sich jedenfalls nicht um ein Feuer handelte.

Als sie in seine Straße einbogen, sah er Edna Matthews heftig winkend in seinem Vorgarten stehen. Sam sprang bereits ab und lief auf sie zu, ehe der Wagen angehalten hatte.

„Was ist passiert?", brüllte er und packte Edna bei den Schultern. „Wo ist Harley? Wo ist meine Frau?"

„Oben im Baum", erklärte Edna und zeigte über Sams Kopf.

„Wie bitte?"

„Im Baum! Da oben!", rief Edna. „Jemand hat deine Leiter gestohlen, und jetzt kann sie nicht wieder runter."

Inzwischen war allen Feuerwehrleuten klar, dass hier niemand in Todesgefahr war. Erleichtert umringten sie Sam und schauten in den Baum hinauf.

Sam kniff die Augen zusammen. Er konnte zwar ein vertrautes Bein und einen Schuh erkennen, aber nicht Harleys Gesicht.

„Junie, bist du okay?"

Sie verdrehte die Augen. Du lieber Himmel, wie demütigend das alles war!

„Jemand hat deine Leiter geklaut. Ich kann den Mann nicht

genau beschreiben, aber er fährt einen großen schwarzen Pick-up."

„Warum bist du auf den Baum geklettert?"

Harley hätte am liebsten laut geschrien. „Das ist eine lange Geschichte. Zunächst möchte ich gerne hier runter. Kannst du das bitte veranlassen?"

Einer seiner Kollegen schlug Sam auf den Rücken, während ein anderer eine Leiter an den Baum stellte.

„Klingt, als würde sie allmählich die Geduld verlieren, Kumpel. An deiner Stelle würde ich mir die Fragen für nachher aufheben."

„Ja … klar", meinte Sam und fing an, seine Kluft auszuziehen.

Er ließ Jacke, Hut und Handschuhe auf den Boden fallen. Je weniger Zeug er mit auf die Leiter nahm, desto leichter würde es sein, Harley wieder herunterzuhelfen.

Ein weiterer Kollege stand neben Sam und gab sich keine Mühe, seine Belustigung zu verbergen.

„Ich wollte deine neue Frau schon längst mal kennenlernen", sagte er. „Ich schätze, dann kann es genauso gut auch heute sein."

Sam warf ihm einen bösen Blick zu. „Wenn du schlau bist, solltest du sie nicht ärgern."

Der andere Feuerwehrmann schmunzelte. „Sie ist also sehr temperamentvoll, ja?"

„Halt einfach die Leiter fest und halt die Klappe!", brummte Sam und begann, hinaufzusteigen. „Halt durch, Schatz! Ich bin gleich bei dir."

„Meinetwegen brauchst du dich nicht zu beeilen. Ich hänge hier schon seit fast einer Stunde fest und habe nicht die Absicht, demnächst abzuhauen."

Ihre spitze Bemerkung löste unten allgemeines Gelächter aus. Sam stieg ein wenig schneller empor. Als er schließlich ihre Arme und dann ihr Gesicht erkennen konnte, setzte sein Herzschlag einen Moment lang aus. Er sah die Tränenspuren auf ihren Wangen.

„Ich bin da, Liebling. Kannst du ein kleines Stückchen rückwärts auf mich zukommen?"

„Ja“, antwortete Harley und folgte seiner Aufforderung.

Als sie spürte, wie er erst ihren Knöchel umfasste, und dann ihr Bein, um ihr Halt zu geben, war sie heilfroh. Also gut, dann habe ich mich eben vor einem Dutzend Männer zum Trottel gemacht, dachte sie bei sich. Na und? Hauptsache, ich komme endlich von diesem Baum runter.

„Vorsichtig“, meinte Sam. „Und jetzt stell deinen Fuß hierhin!“ Er ließ ihren Fuß auf die oberste Leitersprosse gleiten. „Okay … gut … gut! Jetzt den andern Fuß. Es ist alles in Ordnung. Ich habe dich. Du wirst nicht fallen.“

Schließlich stand Harley aufrecht zwischen Sam und der Leiter, die an dem dicken Baumstamm lehnte.

„Dem Himmel und Edna Matthews sei Dank!“, meinte sie und ließ die Stirn an einer Sprosse ruhen.

Sam hielt die Arme um sie geschlungen. Seine Nase war auf gleicher Höhe mit ihrem Hinterkopf. Harleys Haare dufteten, als hätte sie sie heute Morgen frisch gewaschen, auch wenn einige Blätter sich in ihren Locken verfangen hatten. Er küsste sie hinterm Ohr und drückte sie rasch an sich.

„Bist du bereit runterzugehen?“

„Ja, du zuerst“, erwiderte sie. „Ich folge dir.“

„Wir gehen zusammen“, erklärte Sam.

Harley seufzte. „Sam, bitte! Ich bin nicht verletzt, bloß bescheuert. Geh du zuerst, und ich komme hinter dir her!“

Er merkte ihr an, dass es ihr peinlich war. Mit ihr zu argumentieren half jetzt sowieso auch nicht weiter.

„Na schön! Bist du dir sicher?“

„Ganz sicher.“

Er kletterte die Leiter ebenso schnell herunter, wie er hinaufgestiegen war. Erst als er wieder auf dem Boden war und aufschaute, stellte er fest, dass Harley einen großen Riss im Hosenboden ihrer Shorts hatte.

„Äh, Schatz, vielleicht sollte ich …“

„Sam! Ich bitte dich. Gestatte mir wenigstens die Würde, allein von diesem vermaledeiten Baum herunterzusteigen!“

„Aber deine …“

Zu spät. Sie war bereits halb unten, ehe er imstande war, sie zu warnen, dass jeder einen freien Blick in der Größe einer Hosentasche auf ihren Po bekommen würde.

Auf einmal hörte Harley den ersten leisen Pfiff, und danach amüsiertes Lachen von mehreren Seiten. Sam zischte den Männern irgendetwas zu, und das Lachen hörte auf, allerdings nur vorübergehend. Als sie endlich wieder festen Boden unter den Füßen hatte, hatte jeder der anwesenden Männer bis auf Sam ein breites Grinsen im Gesicht.

„Tja!“, sagte Harley und zwang sich zu einem Lächeln. „Ich wollte schon lange mal Sams Kollegen kennenlernen, wenn auch nicht unbedingt auf diese Art und Weise.“

„Ja, freut uns auch, Sie kennenzulernen, Junie“, antworteten sie im Chor.

„Harley“, meinte sie. „Mir ist es lieber, wenn man mich Harley nennt. Und wenn Sie mich jetzt bitte entschuldigen würden, dann gehe ich rein und melde der Polizei unsere gestohlene Leiter.“ Ihre Wangen waren hochrot vor Verlegenheit, doch sie hielt die Schultern gerade und hatte das Kinn erhoben. „Sam, wir müssen die Männer und ihre Familien mal zu einem Gartenpicknick einladen. Dann grillen wir, und wer möchte, kann im Pool schwimmen. Mach einen Termin mit ihnen aus und sag mir Bescheid!“

„Hey, danke, Junie ... ich meine, Harley. Wir freuen uns drauf“, meinte einer von ihnen.

Harley sah Sam an und lächelte ein wenig steif. „Jetzt, da der Notfall vorbei ist, nehme ich an, dass du wieder zur Feuerwache zurückmusst. Ich gebe dir dann Bescheid, was die Polizei wegen der Leiter zu sagen hat.“

Damit drehte sie sich abrupt um und ging rasch auf das Haus zu. Sie musste sich zurückhalten, um nicht zu laufen.

Nach fünf Schritten hörte sie einen langen, gedehnten Pfiff hinter sich, und jemand rief ihr in dem langsamen Oklahoma-Akzent etwas zu.

„Hey, Harley ... hübsches Tattoo!“

Sie erstarrte und fasste an die Rückseite ihrer Shorts. Sie ertastete die herabhängenden Überreste ihrer Gesäßtasche und schnappte erschrocken nach Luft. Sofort zog sie das Stück Stoff über die entblößte Stelle, setzte ein erzwungenes Lächeln auf und wandte sich um.

„Danke!", sagte sie und ging dann ins Haus, als machte es ihr nicht das Geringste aus, dass ein Haufen Männer, die sie nicht kannte, gerade ihren entblößten Po zu Gesicht bekommen hatten.

„Verdammt, Jungs, ihr seid wirklich keine große Hilfe!", beschwerte sich Sam.

Lachend schleppten die Männer ihre Ausrüstung zum Feuerwehrwagen zurück und banden die Leiter fest, die sie benutzt hatten. Gerade als sie losfahren wollten, kam ein großer schwarzer Pick-up um die Ecke und kam mit kreischenden Bremsen vor dem Haus zum Stehen.

Der Fahrer sprang aus seiner Kabine und zog eine Leiter von der Ladefläche herunter.

Sam runzelte die Stirn. Die Leiter kam ihm bekannt vor. Bei dem Gedanken, was Harley hatte erdulden müssen, sprang er vom Feuerwehrwagen herunter und ging erbost auf den Mann zu.

„Was zum Teufel haben Sie …"

„Hören Sie, es tut mir wirklich leid!", entschuldigte sich der Mann, der noch die Leiter hinter sich herzog. „Mein Boss hat mich losgeschickt, um eine Leiter abzuholen, die sie gestern beim Streichen vergessen hatten. Aber er hat mir die falsche Adresse gegeben. Als ich wieder im Betrieb war, hat man mir gehörig den Kopf gewaschen, dass ich zur Carolyn Lane 904 anstatt 409 gefahren bin. Hoffentlich habe ich niemandem Schwierigkeiten gemacht. Wissen Sie, wo der Besitzer ist? Ich würde mich gerne bei ihm entschuldigen."

„Ich bin der Besitzer", erklärte Sam und nahm dem Mann die Leiter aus den Händen. „Sie haben meine Frau dort oben im Baum sitzen lassen. An Ihrer Stelle würde ich den Truck nehmen und so schnell wie möglich von hier verschwinden."

Der Fahrer stöhnte. „Oh Mann, das tut mir wirklich entsetzlich leid! Jetzt ist sie wahrscheinlich ziemlich sauer, oder?"

„Das beschreibt ihre Stimmung noch nicht einmal annähernd."

Da hörten sie die Haustür zuschlagen und drehten sich um. Harley kam aus dem Haus gelaufen.

„Ist sie das?", fragte der Mann.

„Allerdings", sagte Sam.

„Sagen Sie ihr, dass es mir leidtut!", meinte der Mann und stürzte zu seinem Wagen.

Als Harley am Straßenrand ankam, war er bereits fast außer Sichtweite.

„Warum hast du ihn nicht aufgehalten?", rief sie empört.

„Er hat sie zurückgebracht", erwiderte Sam. „Es war alles nur ein Missverständnis."

Sie starrte ihn an, als ob er den Verstand verloren hätte. Dann stemmte sie die Arme in die Hüften und sah ihn kalt und böse an.

„Gut, dann kannst du jetzt die Polizei anrufen und erklären, dass die Leiter wieder da ist. Ich habe für heute schon genug Peinlichkeiten hinter mir."

Dann bedachte sie die grinsenden Männer mit einem Blick, dass ihnen das Grinsen verging.

„Habt ihr Jungs nichts zu tun?"

„Steigt ein!", sagte Sam zu ihnen. „Ich bringe nur schnell die Leiter in die Garage zurück und bin gleich wieder da."

Froh, Harleys Zorn entkommen zu können, strebten die Männer dem Feuerwehrwagen zu.

„Mach dir keine Mühe!", sagte Harley zu Sam und zerrte an der Leiter. „Ich habe sie runtergeholt, also kann ich sie auch wieder aufhängen."

Doch Sam hielt die Leiter fest.

„Ich hänge sie wieder auf, und du hältst lieber erst mal die Luft an, bevor du noch ein Wort zu mir sagst", brummte er, ehe er sich umdrehte und auf die Garage zuging.

Das war das erste Mal, dass Harley bei Sam ein Anzeichen von Zorn erlebte, und sie war verblüfft. Sie lief ihm hinterher. Als sie die Garage erreichte, hing die Leiter bereits an der Wand, und er wandte sich um.

„Hast du deinen Wutanfall überwunden?“, fragte er.

„Ich habe keine Wutanfälle. Das ist undamenhaft“, gab sie zurück.

Sam schnaubte, packte sie bei den Schultern und zog sie in seine Arme.

„Süße, mein erster Eindruck von dir war alles andere als damenhaft, und trotzdem wollte ich den Rest meines Lebens mit dir verbringen. Also komm wieder herunter von deinem hohen Ross! Du warst das Opfer einer Verkettung unglücklicher Umstände, und dir geht es gut. Wenn das Schlimmste, was dir passiert ist, darin besteht, dass es dir peinlich war, sei's drum! Du hast ja keine Ahnung, welche Angst ich ausgestanden habe, als wir zu dieser Adresse gerufen wurden. Nie wieder möchte ich eine solche Angst und Leere spüren, hast du mich verstanden?“

Vor lauter Beschämung war Harley kaum imstande, seinem Blick zu begegnen. Sie hatte überhaupt nicht darüber nachgedacht, welche Wirkung dieser Notruf auf ihn haben könnte.

„Entschuldige“, sagte sie leise.

Kopfschüttelnd presste Sam sie so eng an sich, dass sie kaum atmen konnte.

„Lieber Himmel, ich dachte, du wüsstest inzwischen, dass ich dich so sehr liebe, dass es wehtut.“

Er küsste sie.

„Ich muss jetzt gehen“, sagte er dann schnell und küsste sie noch einmal, wobei es ihm offensichtlich schwerfiel, sie wieder loszulassen. „Morgen um diese Zeit bin ich zu Hause, dann sind wir vier Tage zusammen. Und klettere keine Bäume mehr hinauf, bevor ich nicht da bin, um dich aufzufangen, okay?“

Sie nickte stumm und schaute ihm nach, als er zu dem Feuerwagen lief, und beobachtete, wie sie davonfuhren.

Erst als der große rote Wagen verschwunden war, kehrte Harley ins Haus zurück.

Die Räume waren kühl, still und leer. Es erschien Harley, als ob das Haus ohne Sam kein richtiges Zuhause sei. Er war derjenige, der es zum Leben erweckte – und vor allem auch sie selbst.

Sie berührte ihren Mund dort, wo sie seine Lippen gespürt hatte.

Ich liebe dich so sehr, dass es wehtut.

Das Zimmer verschwamm vor ihren Augen. Keiner von beiden hatte diese Worte bisher gesagt. Nun war es ausgesprochen, und Harley musste darüber nachdenken, welche Gefühle sie ihm gegenüber hegte. War es möglich, dass auch sie nach dieser kurzen Zeit im Begriff war, sich in ihn zu verlieben?

Sie fühlte sich sexuell von ihm angezogen. Das war eine Tatsache. Und mit der Zeit hatte sie gemerkt, dass Sam ein Mann war, dem andere Leute Vertrauen entgegenbrachten und den sie bewunderten. Doch Harley war so sehr damit beschäftigt gewesen, mit dieser ungeplanten Ehe zurechtzukommen, dass sie sich keine Gefühle gestattet hatte.

Nun atmete sie tief ein, schloss die Augen und erinnerte sich daran, wie erleichtert sie gewesen war, als sie Sams Stimme unter dem Baum gehört hatte. Danach, als er ihr auf die Leiter herunterhalf, wusste sie, dass er sie niemals fallen lassen würde. Sie vertraute ihm. Aber liebte sie ihn auch, so wie eine Frau ihren Mann lieben sollte? Dessen war sie sich nicht sicher. Einer Sache jedoch war sie sich sicher, nämlich dass Sam Licht und Lachen brachte und sie bei ihm geborgen war.

Wieder ertönte die Türklingel, so wie ständig in der letzten halben Stunde. Harley eilte zur Haustür, wobei sie an zwei Ehefrauen von Feuerwehrmännern und einem halben Dutzend Kindern vorbeimusste.

Was in aller Welt ist bloß in mich gefahren, dass ich all diese Leute zu einer Party zu uns nach Hause eingeladen habe? fragte sie sich.

Sie öffnete und erkannte den Mann, der auf der Schwelle stand und einen Kuchen in der Hand hielt, als denjenigen, der ihr das Kompliment über ihr Tattoo gemacht hatte. Sie bemühte sich, nicht zu erröten.

„Ich bin Charlie Sterling“, stellte er sich rasch vor. „Und das hier ist meine Frau Tisha.“

„Kommen Sie rein!“, sagte Harley. „Sam ist hinten im Garten und grillt Hamburger, und falls Sie Ihr Schwimmzeug mitgebracht haben, können Sie gerne in den Pool springen.“

„Ich liebe Ihren Akzent“, meinte Tisha und nahm Charlie ihren Kuchen ab. „Du kannst rausgehen und spielen, aber sei brav, ja?“

„Wie großzügig von dir, Schatz!“, erwiderte Charlie und gab seiner Frau einen Klaps auf den Po, ehe er durch die Küche hinaus in den Garten ging.

Tisha verdrehte die Augen und grinste Harley scherzhaft zu.

„Er ist leider noch nicht ganz stubenrein“, erklärte sie. „Man kann ihn eigentlich nirgendwohin mitnehmen!“

Harley lachte. Zum ersten Mal an diesem Tag hatte sie das Gefühl, vielleicht eine Freundin gefunden zu haben.

„Meiner Mama zufolge sind die Besten immer so“, sagte sie. „Ich habe Bohnen im Ofen, also folgen Sie mir!“

„Oh, Sie können auch kochen!“, rief Tisha anerkennend.

Doch dann erblickte sie die übrigen Ehefrauen und blieb stehen, um diese zu begrüßen. Es dauerte ein paar Minuten, bis sie in die Küche nachkam, wo Harley bereits eine große Auflaufform mit Baked Beans aus dem Backofen holte.

„Die duften ja ganz köstlich“, meinte Tisha.

Harley lächelte. „Ein Rezept meiner Großmutter. Aber es ist immer so viel, dass ich es nur dann mache, wenn ich Gäste habe.“

Tisha ließ ihre Blicke durch die Küche schweifen und bemerkte die Veränderungen, die seit Harleys Ankunft stattgefunden hatten.

„Vor drei Jahren waren wir alle zu einer Party hier, als Sam seinen Pool hat einbauen lassen. Seitdem bin ich nicht mehr hier gewesen, aber es scheint, als hätten Sie eine Menge an dem Haus getan.“

„Das Meiste sind bloß neue Vorhänge und etwas Farbe. Ich muss mich schließlich irgendwie beschäftigen, wenn Sam weg ist. Ich habe schon überlegt, mir einen Job zu suchen, aber ich weiß noch nicht recht, was ich machen möchte.“

„Haben Sie vor Ihrer Heirat mit Sam gearbeitet?“, erkundigte sich Tisha.

„Ja, für eine Versicherungsagentur. Ausgesprochen langweilig. So etwas will ich auf keinen Fall wieder machen.“

Tisha nahm sich eine Handvoll Kartoffelchips aus einer großen Plastikschüssel und beobachtete Harley, die geschäftig hin und her eilte. Eigentlich war es Tishas große Stärke, jemanden nach dem ersten Eindruck zu beurteilen, doch bei Harley schien ihr dies nicht so recht zu gelingen.

„Da haben Sie wirklich einen guten Coup gelandet“, sagte sie.

Harley, die hart gekochte Eier pellte, schaute auf. „Was meinen Sie?“

„Sich Sam zu schnappen. Ihn sozusagen vom Heiratsmarkt wegzuholen.“

„Ach das!“ Harley griff nach dem nächsten Ei. Sie musste sie noch füllen, bevor die Hamburger gar waren.

Tisha zog die Augenbrauen zusammen. Das war nicht gerade die Antwort, die sie von einer frisch verheirateten Frau erwartet hatte.

„Sagen Sie nicht, dass die Rose schon verblüht ist!“, meinte sie.

Harley hielt inne und blickte schmunzelnd auf. „Sprechen Sie immer in Bildern?“

„Wieso? Ich weiß nicht, was Sie meinen.“

Harley lachte. „Nun ja, erst sagen Sie mir, ich hätte einen guten Coup gelandet, und jetzt fragen Sie, ob die Rose schon verblüht sei. Warum sagen Sie nicht einfach direkt, was Sie meinen?“

Tisha schluckte den letzten Kartoffelchip hinunter und wischte sich die Hände ab.

„Na gut, wenn Sie wollen! Wie lange kennen Sie und Sam sich schon? Er hat Sie nie erwähnt, bis er aus Las Vegas zurückkam, und Charlie sagt, danach habe er nur noch von Ihnen gesprochen. Und was die Rose betrifft, Sie haben nicht den verklärten Blick, den ich bei einer frisch verheirateten Frau erwartet hätte.“

„Ach das!“, sagte Harley noch einmal und fing an, die Eier in Hälften zu schneiden und sammelte das Eigelb in einer Schüssel.

Sie merkte nicht, dass Sam in die Küche gekommen war, bis er die Arme um ihre Hüften schlang und sie auf den Nacken küsste.

„Tisha, horchst du mein liebendes Eheweib über unser Liebesleben aus? Denn wenn ja, dann wird es dir gleich leidtun."

„Warum?", fragte Tisha.

„Weil unsere Ehe so gut ist, dass du deshalb sauer auf Charlie wärst. Und erzähl mir nicht, dass es nicht so ist! Ich kenne ihn. Er hat sein Bett auf der Feuerwache neben mir. Zehn Minuten nach dem Essen schläft er ein."

Tisha lachte. „Da hast du recht. Die Romantik ist bei uns schon lange raus." Sie seufzte. „Aber ich muss ihn behalten. Der Himmel weiß, dass ihn keine andere haben will!"

Harley lachte, erstaunt über sich selbst, dass Sams öffentliche Zuneigungsbekundung sie so wenig in Verlegenheit brachte.

„Was machst du da?", erkundigte er sich, während er zuschaute, wie Harley das Eigelb in der Schüssel mit einer Gabel zerdrückte.

„Gefüllte Eier", antwortete sie. „Magst du die?"

In seinen Augen glitzerte es, als er ihr vernehmlich ins Ohr flüsterte: „Junikäfer, ich mag alles, was du tust."

Tisha grinste belustigt. „Offensichtlich kennen Sie noch nicht all seine Vorlieben und Abneigungen. Aber das kommt noch."

Sam knabberte an Harleys Ohrläppchen und spürte, dass sie sich alle Mühe gab, nicht einfach in seinen Armen dahinzuschmelzen.

„Unsinn, Tisha! Wir wissen noch fast gar nichts voneinander. Aber wir sind dabei, es zu lernen, nicht wahr, Liebling?"

Harley errötete, blieb ihm jedoch nichts schuldig.

„Oh ja, und wie gut, dass ich so schnell von Begriff bin!"

Verblüfft sah er sie an und brach dann in Gelächter aus. „Und auch eine verdammt gute Tänzerin", ergänzte er.

„Sie waren Tänzerin?", fragte Tisha interessiert. „Ich dachte, Sie hätten in einer Versicherungsagentur gearbeitet."

Harley warf Sam einen bösen Blick zu. „Ich bin keine Tänzerin, und ich *habe* in einer Versicherungsagentur gearbeitet."

Tisha lehnte sich über die Frühstückstheke, und ihre Augen funkelten interessiert.

„Wie lange genau habt ihr beiden euch eigentlich gekannt, bevor Sam seinen Antrag gemacht hat?"

Harley sah Sam an, dass er die Geschichte erzählen würde, und beschloss daher, ihm zuvorzukommen.

„Keine Ahnung", sagte sie. „Da war ich betrunken."

Sams Miene war unbezahlbar, doch dann grinste er breit. „Mal sehen. Wenn ich mich recht entsinne, war das ungefähr zwei Stunden, nachdem ich dich von dem Pokertisch geholt habe, auf dem du getanzt hast, und kurz bevor du nackt im Wasserfall vor dem Mirage gebadet hast."

Harley blieb der Mund offen stehen. „Das habe ich nicht getan."

„Oh doch, das hast du!", bestätigte er. „Aber ich habe dich rausgezogen, bevor die Polizei gekommen ist, und dich dann im Gebüsch versteckt. Dort habe ich dir den Heiratsantrag gemacht."

Tisha lachte schallend, was prompt auch die anderen Frauen in die Küche lockte.

„Was ist hier los?", wollten sie wissen, doch Harley war viel zu entsetzt über das, was Sam ihr gerade erzählt hatte, als dass sie darauf achtete.

„Ich war nackt im Gebüsch?", murmelte sie.

„Nein, da hatte ich dir dein Höschen und den BH schon wieder angezogen."

Stöhnend senkte sie den Blick auf die Eigelbmasse, ohne sich ihres entzückten Publikums bewusst zu sein.

„Ich kann nie wieder nach Las Vegas fahren", erklärte sie.

Sam drückte sie rasch an sich. „Nein, das ist schon okay. Ich versichere dir, dass die paar Leute, die dich im Wasser gesehen haben, dir garantiert nicht ins Gesicht geschaut haben."

„Warum hast du mir das nicht erzählt?", stöhnte sie.

Er zuckte mit den Schultern. „Das Thema hat sich einfach nicht ergeben." Er steckte einen Finger in die Eigelbmasse und leckte ihn ab. „Ich glaube, da muss noch Salz dran."

„Finger weg vom Essen!", tadelte Harley ihn und griff nach dem Salzstreuer. „War das eigentlich bevor oder nachdem ich mir das Tattoo habe machen lassen?"

„Sie haben ein Tattoo?", rief Tisha begeistert. „Wo? Können wir es sehen? Ich wollte auch schon immer eins, aber in Oklahoma kann man sie nicht machen lassen. Charlie sagt ständig, dass er mich über die Grenze nach Dallas mitnähme, hat es aber bis jetzt noch nicht getan. Wie sieht es aus, Harley?"

Harley, der erst jetzt klar wurde, dass sie Zuhörer hatten, blickte auf.

„Ihr denkt bestimmt, dass ich schrecklich bin", sagte sie und biss sich auf die Unterlippe, um ihre Tränen zurückzuhalten.

„Oh nein!", beschwichtigte Sam sie. „Du bist nicht schrecklich, Darling. Du bist die Beste … ich meine, das Beste, was mir je passiert ist."

„Na dann!", sagte Tisha und kam um die Frühstückstheke herum zu Harley und umarmte sie schnell. „Schätzchen, das Einzige, woran ich momentan denke, ist, wie ich den Rest des Tages überstehe, ohne mich daneben zu benehmen. Ich bin so neidisch auf Sie, dass ich mich selbst nicht mehr leiden kann."

„Ja, ich auch", pflichtete ihr eine andere Frau bei, und einige andere stimmten mit ein.

„Neidisch? Ich habe mich doch komplett zum Idioten gemacht."

Zwinkernd warf Tisha Sam eine Kusshand zu. „Schon, aber schauen Sie mal, was dabei herausgekommen ist!"

Als Harley merkte, dass die Frauen sie nicht wie eine Aussätzige behandelten, entspannte sie sich allmählich.

Tisha drängte sich neben Sam und kitzelte ihn unterm Kinn. „Sam, Schätzchen, hast du auch ein Tattoo?"

Dunkelrote Flecken erschienen auf einmal auf seinen Wangen, und er schob sanft ihre Hand zurück.

„Du bist eine Bedrohung für die Gesellschaft", brummte er. „Und ich muss die Burger umdrehen. Wir können in fünf Minuten essen, Junie. Bist du bereit?"

„Bin ich das nicht immer?", entgegnete Harley zuckersüß, während sie nach der Mayonnaise und dem Senf griff und ein paar Löffel voll von jedem in die Füllung für die Eier mischte.

Dann schenkte sie ihm ein strahlendes Lächeln.

Unter dem allgemeinen Gelächter der Frauen trat Sam eilig den Rückzug aus dem Haus an. Er war bereits wieder beim Grill, als ihm einfiel, weshalb er überhaupt hineingegangen war.

„Hast du den Ketchup mitgebracht?", rief Charlie ihm zu.

„Der ist schon unterwegs", antwortete Sam.

Auch wenn dies nicht der Wahrheit entsprach, war es immer noch besser, als zuzugeben, dass er ein Opfer seiner eigenen Neckerei geworden war.

5. KAPITEL

Nach dem Barbecue begann sich zwischen Sam und Harley etwas zu ändern. Für Harley war es ihre Feuertaufe gewesen, die sie gut überstanden hatte. Da Sams Kollegen und Freunde sie nicht für die Art und Weise verurteilten, wie Sam und sie sich kennengelernt und geheiratet hatten, hörte sie auch auf, sich selbst dafür zu verurteilen.

Sie fing an, Sam nicht mehr als einen Fehler, sondern als ihren Freund und Ehemann zu betrachten. An den Tagen, an denen er zu Hause war, gab es Momente, in denen sie vollkommen vergaß, dass sie ihn noch nicht ihr ganzes Leben lang kannte. Gelegentlich erinnerte sie sich noch an ihre eigenartige Lage, aber selbst dann war sie geneigt zu glauben, dass Sam der beste Fehler war, den sie jemals begangen hatte. Er war ein zärtlicher Liebhaber und ein aufmerksamer Ehemann. Doch erst an dem Tag, an dem sie nach einem Anruf ihrer Mutter in Tränen ausgebrochen war, erfuhr Harley, dass Sam sich auch als ihren Beschützer betrachtete.

Sie war im Badezimmer, um sich das Gesicht zu waschen und die Nase zu schnauben, als Sam sie fand.

„Junie! Was ist los, Schatz? Bist du krank?"

Kaum hatte Harley seine mitfühlende Miene gesehen, brach sie erneut in Tränen aus.

„Nein", schluchzte sie und drückte ihre Nase an seine Brust, als er sie in die Arme schloss.

Wenn Harley weinte, wurde Sam geradezu körperlich übel. Das war ein Phänomen, an das er sich noch gewöhnen musste. Ihm drehte sich der Magen um, während sie die Arme um seine Hüften schlang.

„Dann sprich mit mir, Liebling! Warum weinst du?"

„Mama", murmelte Harley.

Stirnrunzelnd sah Sam sie an. „Du vermisst deine Mama?"

Energisch schüttelte sie den Kopf und löste sich von ihm.

„Nein! Nichts dergleichen", wehrte sie ab. „Sie hat angerufen und …"

Ihr Kinn begann wieder zu beben, und sie schüttelte den Kopf, außerstande, ihren Satz zu beenden. Doch Sam hatte schon verstanden.

„Deine Mutter hat dich zum Weinen gebracht?"

Harley nickte seufzend.

„Was zum Teufel hat sie gesagt?"

Sie hob die Schultern. „Dass ich sie bis in alle Ewigkeit blamiert hätte ... und dass ihr guter Ruf ruiniert sei."

„Was für ein Blödsinn!" Er fluchte.

Harleys Tränen versiegten. In all der Zeit, die sie Sam kannte, hatte sie ihn niemals fluchen hören. Und als er ihr einen Waschlappen reichte und ihr sagte, sie solle sich das Gesicht noch einmal waschen, war sie so verblüfft über den Zorn in seiner Stimme, dass sie anstandslos gehorchte. Während sie sich das Gesicht abwusch, verließ Sam mit steifen Schritten das Bad und ging ins Wohnzimmer.

Mit vor Wut zitternden Händen kramte er in der Schreibtischschublade nach der Nummer von Dewey Beaumont. Sobald er sie gefunden hatte, wählte er, wobei er die Zahlen abrupt und heftig drückte. Er merkte nicht, dass Harley ihm gefolgt war. Nach zweimaligem Klingeln meldete sich Harleys Vater.

„Hallo, Dewey, hier ist Sam! Ist Marcie da?"

Dewey war ganz offensichtlich erfreut. „Sam! Schön, von Ihnen zu hören, mein Sohn! Wie stehen die Dinge in Oklahoma?"

„Gut danke! Zumindest bis vor Kurzem, als Ihre Frau angerufen und Ihre Tochter zum Weinen gebracht hat."

Es entstand ein kurzes Schweigen, und Dewey stieß einen unterdrückten Fluch aus.

„Ich möchte gerne mit Marcie sprechen, wenn sie zu Hause ist", sagte Sam.

„Sie ist gleich da", erklärte Dewey. „Und wenn Sie mit ihr fertig sind, werde ich den Rest erledigen, wenn Sie wissen, was ich meine."

„Danke, Sir! Das weiß ich zu schätzen."

„Sagen Sie Harley, dass ihr Daddy sie liebt und stolz auf sie ist, ja?"

„Ja, Sir! Wenn ich jetzt bitte mit Marcie sprechen könnte?"
„Sofort."
Nach einem Moment der Stille hörte Sam energische Schritte, und danach brüllte Dewey Marcies Namen. Wenn Sam nicht so böse gewesen wäre, hätte er gegrinst bei der Vorstellung, wie schockiert Marcie wohl war, dass ihr Ehemann einen solchen Ton anschlug.

In Savannah war Marcie derart bestürzt über das Verhalten ihres Mannes, dass sie aus der Bibliothek gelaufen kam, überzeugt, dass eine Katastrophe geschehen sein musste.

„Was in aller Welt …!", keuchte sie, als Dewey sie am Arm packte.

„Sam ist am Telefon", antwortete er. „Er möchte mit dir sprechen."

Missbilligend kniff Marcie wegen des festen Griffs ihres Mannes die Lippen zusammen.

„Du tust mir weh", sagte sie vorwurfsvoll. „Und es wäre nicht nötig gewesen, so zu brüllen. Das ist ungehobelt."

„Oh, ich denke doch, dass es nötig war!", entgegnete Dewey ungehalten. „Und nach deinem Gespräch mit Sam kommst du in die Bibliothek. Du und ich, wir müssen uns ernsthaft unterhalten."

„Dewey, ich lasse mich doch nicht in meinem eigenen …"

„Sam wartet", schnitt er ihr das Wort ab, „aber ich werde nicht so viel Geduld haben."

Damit wandte er sich ab und ging auf die Bibliothek zu, ohne Marcies Reaktion abzuwarten.

Marcie ihrerseits war dermaßen überrascht von Deweys ungewöhnlichem Verhalten, dass sie zum Telefon eilte.

„Hallo? Sam? Ist mit Harley June irgendetwas nicht in Ordnung?"

„Ja, Ma'am, das könnte man so sagen."

„Ich wusste es", rief sie aus. „Ich habe es gleich gewusst. Jetzt ist sie so weit weg von all ihren Lieben und …"

„Marcie … Ma'am … verzeihen Sie mir meine Direktheit, aber ich möchte, dass Sie jetzt den Mund halten!"

Marcie schnappte nach Luft. „Sie können doch nicht so mit mir …“

„Doch, Ma'am, ich kann! Besonders, wenn es darum geht, meine Frau zu schützen.“

„Schützen? Was soll das …?“

„Sie haben sie zum Weinen gebracht.“

Diese wenigen Worte hatten die Wirkung, als habe man einen Eimer eiskalten Wassers über Marcie ausgeschüttet.

„Ich weiß nicht, wovon Sie sprechen“, erklärte sie.

„Doch, Ma'am, ich denke, das wissen Sie sogar sehr genau! Ich weiß zwar nicht, was Sie zu Ihrer Tochter gesagt haben, aber ich empfehle Ihnen, es nicht wieder zu tun. Harley ist eine wunderbare Frau und eine verdammt gute Ehefrau. Also gehe ich davon aus, dass sie auch eine gute Tochter ist. Deshalb kann ich nicht nachvollziehen, warum eine Mutter absichtlich verletzende Dinge zu ihrem Kind sagt, das sie ja eigentlich lieben sollte. Verstehen Sie das etwa?“

Marcie stiegen die Tränen in die Augen. Sie konnte hübsch weinen und war sich dessen auch bewusst. Doch als die ersten Tränen ihr über die Wangen liefen, wurde ihr klar, dass ihr dies jetzt nichts nutzen würde, da niemand da war, um sie zu sehen.

„Ich hatte nicht die Absicht …“

„Aber das ist es ja gerade“, unterbrach Sam sie heftig. „Ich glaube, dass Sie sehr wohl die Absicht hatten. Und ich sage Ihnen jetzt, dass Sie damit sofort aufhören sollen. Harley ist Ihre Tochter und kein Mittel für Ihren gesellschaftlichen Status. Wenn unsere Heirat Sie um ein großes gesellschaftliches Ereignis gebracht hat, von dem Sie schon immer geträumt haben, dann würde ich Ihnen vorschlagen, dass Sie alle Ihre Freunde zu einem kleinen Empfang einladen. Dann können Sie ihnen das Video vorspielen, das wir Ihnen letzte Woche geschickt haben, zusammen essen, trinken und feiern, und allen zeigen, dass Ihre Tochter glücklich ist. Jedenfalls war sie es, bis Sie angerufen haben. Habe ich mich deutlich genug ausgedrückt?“

Trotz ihres Eigensinns und ihrer Borniertheit war Marcie in der Lage zu erkennen, wann sie ihren Meister gefunden hatte.

Und nach dem Tonfall ihres Schwiegersohns zu schließen, hatte sie ihre Grenzen bei Weitem überschritten.

„Ja, mein Lieber, das haben Sie. Bitte nehmen Sie meine Entschuldigung an und holen Sie dann Harley ans Telefon! Ich möchte ihr das auch persönlich sagen."

„Nein, Ma'am, ich glaube nicht. Zumindest nicht heute. Harley hat die liebevolle Stimme ihrer Mutter heute schon einmal zu oft gehört. Rufen Sie nächste Woche wieder an, wenn wir alle wieder in besserer Stimmung sind, okay?"

Marcie schniefte leise und schnaubte sich dann dezent die Nase, um Sam wissen zu lassen, dass sie weinte.

„Ja, das mache ich. Aber richten Sie Harley bitte aus, dass es mir leidtut! Würden Sie das für mich tun?"

Entnervt legte sie den Hörer auf. Dieses Gespräch war gar nicht gut verlaufen. Nun erinnerte sie sich daran, dass Dewey in der Bibliothek auf sie wartete, und steckte das Taschentuch wieder in ihre Tasche. Irgendwie hatte sie das Gefühl, wenn mehr Tränen auf ihren Wangen zu sehen waren, das sie dann einen besseren Stand bei ihm haben würde, wenn sie ihm gegenübertrat.

Sam war noch immer zornig, als er auflegte. Er wandte sich um und sah Harley an der Tür stehen. Da er den Ausdruck in ihrem Gesicht nicht zu deuten vermochte, hielt er unwillkürlich den Atem an. Würde sie ihm böse sein, dass er auf diese Weise mit ihrer Mutter gesprochen hatte?

„Junikäfer, ich …"

„Sam."

„Ja?"

„Du bist mein Held!"

Seine Anspannung wich sofort. „Du bist mir nicht böse?"

„Wohl kaum."

Sie durchquerte den Raum, schlang die Arme um seinen Hals und gab ihm einen liebevollen Kuss.

In seinen Augen lag ein aufflammendes Verlangen.

„Ja", sagte Harley.

Schmunzelnd hob Sam den Kopf. „Noch habe ich nichts gesagt."

Sie senkte die Augenlider, als sie sich gegen die harte Wölbung unter seinem Reißverschluss lehnte.

„Oh doch, das hast du sehr wohl!“ Verführerisch wiegte sie die Hüften hin und her, da sie wusste, wie schnell sie einander Lust bereiten konnten.

Sam stöhnte. „Verdammt … Harley …! Warte, bis wir im Bett sind!“

„Zu weit“, flüsterte sie heiser und ließ ihre Hand zwischen ihren und seinen Körper gleiten.

Sekunden später rissen sie sich gegenseitig die Kleider vom Leib und sanken auf den Fußboden …

Harley lag ausgestreckt auf einer Liege am Pool und beobachtete ein Rotkehlchen-Pärchen in dem ausladenden Baum über ihr. Das Kondenswasser der eiskalten Limonade an ihrem Glas lief ihr zwischen den Fingern hindurch, was sie jedoch kaum bemerkte. Einzelne Strahlen von Sonnenlicht fielen durch den Blätter-Baldachin und glitzerten wie Diamanten vor dem satten Grün. Harley rückte die Sonnenbrille auf ihrer Nase zurecht und seufzte.

Heute war der erste September, das Labour-Day-Wochenende. Heute vor genau drei Monaten war sie in einem Motel in Las Vegas aufgewacht und hatte festgestellt, dass sie verheiratet war. Wer hätte damals geahnt, welche großen Veränderungen die nachfolgenden zweiundneunzig Tage in ihrem Leben bringen würden?

Heute Abend kam Sam nach Hause und hatte dann vier Tage hintereinander frei. Harley konnte es kaum erwarten. Es gab so vieles, was sie ihm sagen musste. Sie schloss die Augen und stellte sich sein Gesicht vor – die Art, wie sich kleine Fältchen um seine Augen bildeten, wenn er lächelte; das Spiel seiner Muskeln beim Gehen; wie sein Mund sich auf ihren Lippen anfühlte, wenn er ihr einen Gutenachtkuss gab.

Erneut stieß sie einen Seufzer aus. Ja, sie hatte sich verliebt, und zwar bis über beide Ohren. Das wurde auch allmählich Zeit.

Schließlich sollte eine Frau den Mann lieben, der der Vater ihres Kindes sein würde.

Eine leichte Brise wehte ihr ein paar Haarsträhnen in die Stirn. Das erinnerte Harley an Sams Atem auf ihrem Gesicht, wenn sie sich liebten.

Grundgütiger Himmel, der Sex! Wenn ich auch nur ein bisschen Verstand gehabt hätte, dann hätte ich wissen müssen, dass hinter einer solchen Anziehungskraft mehr steckt als bloße Lust, dachte sie. Wir sind füreinander geschaffen. Sam hatte dies von vornherein erkannt. Harley hatte einfach nur länger gebraucht, um über den Schock darüber, was sie getan hatte, hinwegzukommen und den Mann richtig zu sehen, mit dem sie es getan hatte.

Und jetzt bekamen sie ein Baby.

Sams Familie würde sich sicher freuen, und Harleys Eltern würden vor Glück außer sich sein. Nach der Standpauke, die Sam ihrer Mutter vor einem Monat gehalten hatte, war alles wunderbar.

Marcie und Dewey riefen regelmäßig einmal pro Woche an, hatten aber ausschließlich positive Dinge zu erzählen. Ohne die genauen Einzelheiten zu kennen, merkte Harley, dass sich die Machtverhältnisse in ihrem Elternhaus verschoben hatten. Doch es war ihr egal, wie dies geschehen war. Sie spürte lediglich, dass ihre Eltern glücklicher miteinander zu sein schienen.

Während sie auf ihrer Liege lag und über die bevorstehenden Veränderungen in ihrem Körper und in ihrem Leben nachdachte, hörte sie den leisen, aber unverwechselbaren Klang von Sirenen in der Ferne. Ein beklemmendes Gefühl überkam sie, und sie setzte sich auf.

Feuersirenen.

Sie hatte längst gelernt, diese von denen der Polizei oder der Krankenwagen zu unterscheiden. Obwohl Harley klar war, dass es ein Teil von Sams Leben war, den er wirklich liebte, kostete es sie ungeheuer viel Mühe, sich nicht anmerken zu lassen, wie sehr sie den von ihm gewählten Beruf fürchtete.

„Hallo, meine Liebe! Sie machen sich einen schönen Vormittag, wie ich sehe?"

Harley drehte sich um und nahm die Sonnenbrille ab. Edna Matthews winkte ihr über den hinteren Gartenzaun zu.

„Ich habe bei Ihnen geklingelt", sagte Edna. „Ich hoffe, es stört Sie nicht, dass ich einfach hinten herumgekommen bin, aber ich habe Ihnen das Rezept mitgebracht, um das Sie mich gebeten hatten."

Dankbar für einen Grund, an etwas anderes denken zu können als an Brände, eilte Harley an das Gartentor, um Edna hereinzulassen.

„Sie wissen doch, dass Ihr Besuch uns immer willkommen ist", antwortete Harley und hielt ihr halb leeres Glas empor. „Möchten Sie auch etwas Limonade?"

„Danke, meine Liebe, aber diesmal nicht! Meine Schwester kommt gleich, um mich abzuholen. Wir wollen zum Einkaufszentrum. Da ist heute ein riesiger Flohmarkt. Wollen Sie mitkommen?"

Harley, die an die Menschenmenge und die Hitze dachte, lehnte schnell ab.

„Nein, aber trotzdem vielen Dank! Vielleicht ein andermal."

„Ich kann Sie verstehen. Es wird bestimmt ein großes Gedränge, aber ich liebe Flohmärkte nun mal. Jedenfalls, hier ist das Rezept. Es ist recht einfach, obwohl Sie sich über solche Kleinigkeiten keine Gedanken machen müssen. Sie sind eine so hervorragende Köchin."

Lächelnd nahm Harley das Rezept entgegen. „Aber nur, was die nützlichen Dinge angeht, die meine Mutter mir beigebracht hat. Das ist alles hier oben drin gespeichert, zusammen mit dem Wissen, wie man reife Wassermelonen pflückt und wie ich auch an Regentagen meine Locken behalten kann."

Edna hörte nicht zum ersten Mal, wie Harley über ihre Mutter und deren einzigartige Vorstellungen darüber sprach, welche Erfordernisse eine anständige Südstaatlerin erfüllen sollte. Sie lachte.

„Ich würde Ihre Mutter gerne einmal kennenlernen. Sie scheint etwas ganz Besonderes zu sein."

„Das ist sie", bestätigte Harley. „Ich wünsche Ihnen viel Spaß mit Ihrer Schwester, und vergessen Sie die Sonnencreme nicht!

Es ist heute sehr heiß draußen."

„Schon aufgetragen", erwiderte Edna und klopfte sich auf die Linien und Falten in ihrem rundlichen Gesicht. „Na gut, dann gehe ich mal! Bis bald, meine Liebe!"

Noch immer lächelnd, ging Harley ins Haus, legte die Rezeptkarte auf den Küchenschrank und stellte ihr beschlagenes Limonadenglas in die Spüle. Erstaunt, dass es schon fast Mittag war, machte sie sich etwas zu essen. Während sie aß, überlegte sie, was sie an diesem Abend kochen sollte. Es musste ein besonderes Essen werden. Wenn Sam sah, was es gab, würde er wissen, dass irgendetwas im Busch war. Aber sie würde es ihm erst nach dem Essen sagen.

Harley wusste genau, was sie ihm sagen wollte. *Ich liebe dich, Sam Clay, mehr als ich es jemals für möglich gehalten hätte. Und wir werden ein Baby bekommen.* Da durchzuckte sie auf einmal ein Gefühl, das sie frösteln ließ.

Sie sprang vom Tisch auf und fuhr herum, als habe ihr jemand von hinten auf die Schulter getippt. Doch da war niemand. Die Arme vor der Brust verschränkt, um sich gegen die plötzliche Furcht in ihrem Herzen zu wappnen, lief sie zur Hintertür. Der Garten wirkte noch genauso friedlich wie zuvor. Das klare, kristallblaue Wasser im Pool funkelte hell in der gleißenden Mittagssonne. Die beiden Rotkehlchen von vorhin hüpften nun auf dem Rasen umher, und im Blumenbeet tummelten sich ein paar bunte Schmetterlinge. Nichts hatte sich geändert, und dennoch spürte Harley, dass irgendetwas nicht stimmte.

Dann schweifte ihr Blick über die Bäume, und sie sah eine hohe schwarze Rauchsäule, die sich rasch über dem Himmel ausbreitete. Harleys Herzschlag setzte einen Moment lang aus. Das war ein großer Brandherd. Ihr fielen die Sirenen ein, die sie vor Kurzem gehört hatte. Erschrocken presste sie die Hände vor ihren Bauch, schloss die Augen und schickte ein Stoßgebet gen Himmel. Wenige Sekunden später klingelte das Telefon.

„Ja, hallo?"

„Harley, ich bin's, Tisha. Stell deinen Fernseher an!" Mittlerweile duzten sie sich.

„Warum?“
„Tu’s einfach!“
„Welchen Kanal?“
„Irgendeinen Lokalsender. Das ist egal. Sie sind alle dort.“
Mit dem Telefon in der Hand lief Harley ins Wohnzimmer und drückte auf die Fernbedienung. Gleich darauf kamen die Bilder. Es war furchtbar. Riesige Flammen schlugen durch das Dach eines weitläufigen Gebäudes. Feuerwehrleute befanden sich zwischen der Kamera und dem Feuer, und lange Wassersäulen zischten kreuz und quer durch die Luft, in dem aussichtslos erscheinenden Versuch, den Brand zu löschen.
„Oh, mein Gott!“, flüsterte Harley. „Ist das Sams Mannschaft?“
„Ja, aber auch noch einige andere“, antwortete Tisha. „Das ist ein Alarm der Stufe vier, aber mach dir nicht allzu viele Sorgen! Die Jungs arbeiten schon seit Jahren zusammen, ohne je zu Schaden gekommen zu sein. Ich weiß, dass dies dein erster großer Brand ist, – deshalb dachte ich, ich rufe dich an, damit du nicht in Panik gerätst, okay?“
Auf einmal fingen Harleys Hände heftig an zu zittern.
„Ich fühle mich nicht besonders gut“, sagte sie. „Ich kann nicht mehr sprechen.“
Sie hängte auf, ehe Tisha noch etwas sagen konnte, und setzte sich. Wie gebannt starrte sie auf den Fernseher. Das Feuer war während der Geschäftszeit in einem sehr großen Supermarkt ausgebrochen. Wegen des Feiertages mussten zahlreiche Kunden aus dem Gebäude evakuiert werden, und der Parkplatz war voll. Alle hatten für das Wochenende eingekauft. Das Feuer hätte zu keinem ungünstigeren Zeitpunkt ausbrechen können.
Harley war zum Weinen zumute. Immer wieder sagte sie sich, dass ein solches Ereignis zu Sams Leben gehörte. Daran musste sie sich gewöhnen. Schließlich, nach über einer Stunde, wurde das normale Programm wieder aufgenommen und nur noch gelegentliche Zusammenfassungen über das Unglück gesendet. Harley versuchte sich davon zu überzeugen, dass dies bedeutete, dass alles gut verlief. Doch die Angst schnürte ihr fast die

Kehle zu, da sie sich dessen bewusst war, dass jemand, den sie liebte, in Gefahr war.

Auf dem Parkplatz herrschte ein heilloses Durcheinander. Die Polizei hatte zwar das Gebiet direkt um das Gebäude abgesperrt, aber die Leute, die in dem Supermarkt gewesen waren, steckten noch immer entlang der Absperrung fest und konnten ihre Fahrzeuge nicht erreichen. Einige von ihnen hatten eine Rauchvergiftung erlitten oder standen noch unter Schock. Die Tagestemperatur lag bei über fünfunddreißig Grad. In Verbindung mit der intensiven Hitze des Feuers mussten daher auch viele Feuerwehrmänner wegen Erschöpfung behandelt werden.

Sam und Charlie waren im Evakuierungsteam mit dabei gewesen und konnten vor Hitze und Erschöpfung kaum mehr etwas sehen. Sam hatte sich seiner Löschkleidung entledigt und stand keuchend vornüber gebeugt, während Charlie eine Flasche eines Mineraldrinks hinunterstürzte. Es herrschte starker Wind, der die bereits außer Kontrolle geratenen Flammen noch weiter anfachte. Allerdings schickte er auch einen willkommenen Sprühnebel von den Löschschläuchen in der Nähe zu ihnen herüber.

Stöhnend richtete sich Sam auf und griff nach der Trinkflasche, die ihm jemand reichte. Er musste dringend Flüssigkeit zu sich nehmen, ebenso wie darin vorhandene Mineralien und Elektrolyte. Als er sich umwandte, sah er, dass zwei weitere Mannschaften aus nahe gelegenen Feuerwachen eintrafen. Er stieß einen erleichterten Seufzer aus, denn sie konnten jede Hilfe gebrauchen.

Plötzlich drängte sich eine Frau durch die Absperrung und rannte schreiend auf die Feuerwehrleute zu.

„Mein Sohn! Mein Sohn! Ich kann meinen Sohn nicht finden!"

Sam blieb das Herz stehen. Ein Opfer, das in dem Feuer gefangen war, war das Schlimmste, was einem Feuerwehrmann passieren konnte. Der Einsatzleiter fing die Frau ab, ehe sie sich zu sehr in Gefahr begab. Sam sah, wie sie heftig gestikulierend auf das brennende Gebäude wies. Dann fiel sie verzweifelnd schreiend auf die Knie.

Sam warf seine Flasche beiseite, griff nach seinem Löschanzug und lief zu seinem Chef hinüber. Charlie folgte dicht hinter ihm.

„Sir?"

Captain Reed wandte sich mit grimmiger Miene um.

„Sie sagt, ihr Sohn sei auf der Toilette gewesen, als der Supermarkt evakuiert worden sei. Als sie zu ihm gehen wollte, hat man sie davon abgehalten und ihr versichert, dass das Geschäftspersonal alle Büroräume und Toiletten überprüfen würde und dass sie ihn draußen wieder finden werde."

„Aber sie hat ihn nicht gefunden, nicht wahr, Sir?"

Reed warf einen Blick auf die am Boden kauernde Frau und sah dann Sam wieder an.

„Nein."

„Wie alt ist er?"

„Zwölf."

Sam wurde schwer ums Herz, als er über die Schulter auf das Flammenmeer blickte.

„Wo sind die Toiletten?", erkundigte er sich.

Captain Reed schüttelte den Kopf. „Oh nein, auf keinen Fall! Die Vorderseite des Gebäudes ist bereits völlig von den Flammen eingeschlossen."

„Ja, aber vielleicht können wir von hinten rein", meinte Charlie. „Ich war grade dort. Da ist zwar viel Rauch, aber ich habe noch keine Flammen gesehen."

Die Mutter des Jungen hörte, was sie sagten, und packte in äußerster Verzweiflung Sams Hosenbeine.

„Bitte! Lassen Sie sie es versuchen! Er ist mein einziges Kind."

„Captain?"

Captain Reed zögerte kurz und rief nach dem Leiter des Supermarktes, der in der Nähe stand. Sobald dieser seinen Namen hörte, kam er herbeigelaufen.

„Wo liegen die Toiletten?", wollte Reed wissen.

Der Filialleiter wirkte panisch. „Im hinteren Gebäudeteil. Wieso?"

„Wir glauben, dass dort jemand in der Falle sitzt."

„Oh, das bezweifle ich! Mein Assistent hat mir versichert, dass alle Räume leer waren."

„Wo ist er?", fragte Reed.

Der Filialleiter schaute sich um und schrie einen Namen, woraufhin ein untersetzter Mann um die vierzig herbeigelaufen kam.

„Henry, hast du alle Büros und Toiletten überprüft, bevor du den Supermarkt verlassen hast?"

An dem Gesichtsausdruck des Mannes erkannte Sam bereits, dass er es nicht getan hatte.

„Ich hab's versucht", sagte Henry. „Aber der Rauch war so dicht, dass ich ..."

„Grundgütiger", murmelte der Filialleiter und sah Captain Reed entsetzt an. „Das wusste ich nicht! Ich schwöre Ihnen, das habe ich wirklich nicht gewusst!"

„Ma'am, wie heißt Ihr Sohn?", fragte Sam.

„Johnny. Er heißt Johnny."

Sam blickte Charlie an und packte dann den Filialleiter am Arm.

„Kommen Sie mit!", erklärte er. „Zeigen Sie uns die Hintertür, die den Toiletten am nächsten liegt, und sagen Sie uns genau, was wir vorfinden, wenn wir reingehen!"

Der Mann musste sich beeilen, um mit Sam und Charlie Schritt zu halten.

„Zwei gehen rein! Zwei bleiben draußen!", rief Captain Reed, und zwei weitere Feuerwehrleute rannten mit, wobei sie Wasserschläuche mitschleppten.

Innerhalb von Sekunden waren sie an der Rückseite des Gebäudes und schlossen ihre Schläuche an dem Hydranten dort an, während Sam und Charlie ihre Löschanzüge wieder anzogen. Sam überprüfte sein Atemgerät, um sich zu vergewissern, dass es die vollen dreißig Minuten Druckluft enthielt. Dann setzte er sich den Visierhelm auf.

„Nehmt die hier mit!", sagte Captain Reed und drückte Sam und Charlie jeweils ein Funkgerät in die Hand. „Ich will über jeden eurer Schritte informiert sein."

Sam nickte und steckte das Gerät in eine seiner weiten Taschen. Er wusste, wie er gehen musste, um die Toiletten zu erreichen. Mit Gottes Hilfe, und wenn der Junge immer noch drin war …

Er zwang sich, die Ruhe zu bewahren. Weiter wollte er nicht denken. Er durfte auch nicht an Harley denken oder sich selbst durch die Vorstellung in Panik versetzen, dass er sie vielleicht nie wiedersehen würde. Seine gesamte Aufmerksamkeit musste auf die vor ihm liegende Aufgabe gerichtet sein.

„Fertig!“, schrie er, und dann rannten er und Charlie auf die Hintertür zu, während gleichzeitig das Wasser aus den Schläuchen auf sie herabregnete.

Als sie die Tür öffneten, schlugen ihnen dichte schwarze Rauchwolken und eine glühende Hitze aus der Öffnung entgegen. Sobald er drinnen war, schaute sich Sam um. Charlie war neben ihm, und die beiden anderen Feuerwehrmänner standen mit ihren Schläuchen direkt vor der Tür.

Diese beiden würden ihnen mit dem Wasserstrahl folgen, so weit die Schläuche reichten. Danach waren Sam und Charlie auf sich allein gestellt.

Entschlossen blendete Sam alles andere aus, schickte ein schnelles Stoßgebet gen Himmel und tastete sich an der Wand entlang.

6. KAPITEL

Im Vertrauen auf das, was der Filialleiter ihm gesagt hatte, sowie darauf, dass der kontinuierliche Wasserstrahl in ihrem Rücken war, legte Sam seine Hand flach an die Wand. Indem er diese als Leitlinie benutzte, zählte er im Geiste die Länge der Strecke, die sie zurücklegen mussten.

Charlie tippte ihm auf die Schulter, um ihm zu zeigen, dass er genau hinter ihm war. Sam stellte das Funkgerät an.

„Wir sind drin", sagte er.

Sofort hörten sie Reeds Stimme, die ihnen den Eindruck vermittelte, dass sie nicht allein waren.

„Gut, aber geht kein Risiko ein! Ihr dürft keine Zeit verlieren. Schaut euch einmal gründlich dort um, wo es noch nicht brennt, und dann kommt so schnell wie möglich wieder raus!"

„Ja, Sir", sagte Sam.

Dann ließen er und Charlie sich auf die Knie nieder und begannen, durch den Rauch zu kriechen, den Lageplan der Räume fest in ihrem Gedächtnis verankert. Währenddessen standen die beiden anderen Feuerwehrmänner kurz hinter der Tür und versorgten sie mit Wasser.

Dem Filialeiter zufolge handelte es sich bei den ersten beiden Räumen, an denen sie vorbeikamen, um Büros, die abgeschlossen waren. Danach kam eine kleine offene Nische mit einem Aktenvernichter. Diese Öffnung sollte etwa drei Meter breit sein. An ihr mussten sie vorbei, um den nächsten Teil der Wand zu erreichen. Dann würden sie auf den Kühlraum des Supermarktes stoßen, und die nächste Tür rechts wäre schließlich die Herrentoilette. Falls der Junge an der Stelle war, wo seine Mutter ihn vermutete, dann musste er entweder dort drin sein oder irgendwo in der Nähe.

Sam kroch weiter, mit der Taschenlampe in einer Hand, während er mit der anderen immer in Kontakt mit der Wand blieb. Das Wasser aus den Schläuchen, das auf ihren Rücken gerichtet war, strömte um sie herab, half jedoch wenig dabei, den Rauch zu lichten. Sam war klar, dass die Rückseite des Gebäudes jeden

Moment explodieren könnte, so wie es an der Vorderseite bereits geschehen war. Und dann stünden ihre Chancen, dem Inferno zu entkommen, wesentlich schlechter. Charlie hielt sich dicht hinter Sam.

Wieder rief Sam den Namen des Jungen, und wieder wurde sein Rufen einerseits durch die Sauerstoffmaske und andererseits durch das Tosen des Feuers erstickt. Er hatte wenig Hoffnung, dass er gehört werden konnte. Wenige Sekunden später traf er auf einen Türknopf und versuchte ihn zu drehen, doch er gab nicht nach.

Das erste verschlossene Büro.

Ein gutes Zeichen, denn das bedeutete, dass sie auf dem richtigen Weg waren. Sam hielt kurz inne, tippte Charlie an und zeigte auf die Tür. Charlie nickte, und sie bewegten sich weiter voran.

Einige Meter weiter ertastete Sam den zweiten Türknopf, der ebenfalls verschlossen war. Doch inzwischen waren sie außerhalb der Reichweite der Wasserstrahlen, sodass sich die Hitze verstärkte. Plötzlich war keine Wand mehr da. Das musste die offene Nische sein. Sam kroch weiter, wobei ihm durchaus bewusst war, dass sie mit jedem Meter der Flammenhölle immer näher kamen.

Noch ein Stück, und dann spürte er wieder eine Wand rechts von sich. Durch eine Berührung an seinem Bein bedeutete Charlie ihm, dass auch er die Wand gefunden hatte. Sam blieb in Bewegung, doch seine Taschenlampe war nur wenig mehr als ein heller Fleck in dem dichten, beißenden Qualm.

Sam bemühte sich, seine Atmung zu verlangsamen, sonst würde die Druckluft in seinem Atemgerät nur noch für fünfzehn Minuten reichen. Ihr Ziel konnte nicht mehr allzu weit entfernt sein. Doch der Abstand bis zu ihrem nächsten Orientierungspunkt war länger, als er vermutet hatte. Gerade als Sam befürchtete, sie wären vom Weg abgekommen, spürte er einen langen Hebel aus Metall unter seiner Hand. Dies versetzte ihm einen heftigen Adrenalinstoß.

Das musste der Kühlraum sein. Nur noch ein paar Schritte, und dann sollte die Tür zur Herrentoilette kommen. Lieber

Gott, bitte lass das Kind noch da drin sein, flehte Sam im Stillen.

„Johnny! Johnny! Hier ist die Feuerwehr! Kannst du mich hören?"

Schon als er rief, war ihm jedoch klar, dass eine Antwort unmöglich war. Das Zischen und Krachen des Feuers ähnelte dem eines aufziehenden Sturms, und die ständigen Explosionen von Spraydosen und Putzmitteln vorne im Supermarkt klangen wie Geschosse bei einem Bodengefecht. Rasch ließ Sam seine Hand an der Wand entlanggleiten, in der Annahme, gleich auf die Tür zur Herrentoilette zu stoßen. Aber unter seinem Handschuh war nichts zu spüren außer der glatten Mauer. Seine Wadenmuskeln fingen allmählich an, vom Kriechen zu schmerzen, und Sam schnürte es den Magen ab. Wenn wir noch immer auf der richtigen Spur sind, wo zum Teufel ist dann diese verdammte Tür? dachte er.

Kaum war ihm dieser Gedanke durch den Kopf geschossen, ertastete er auch schon einen Türknopf. Das musste die Herrentoilette sein! Sam hockte sich hin, packte Charlie bei der Schulter und schlug auf die Wand. Charlie nickte, um zu zeigen, dass er die Tür ebenfalls gesehen hatte.

Sam machte eine Handbewegung und richtete sich zusammen mit Charlie abrupt auf. Sie rissen die Tür auf, gingen hinein und leuchteten rasch mit ihren Taschenlampen in jede Ecke. Fast sofort füllte sich der Raum mit Rauch, doch sie hatten genug Zeit, um zu wissen, dass die beiden Kabinen leer waren.

Oh nein!

Charlie deutete auf die Tür. Sam nickte, sie kehrten sofort um und verließen die Toilette. Vermutlich hatte der Junge einen Fluchtversuch unternommen und war dabei gescheitert.

Wieder ließen die beiden Männer sich auf die Knie nieder, um dem beißenden dichten Qualm so gut es ging auszuweichen. Die mittlerweile sehr intensive Hitze drang allmählich durch ihre Feueranzüge hindurch. Eine innere Stimme sagte Sam, dass er sich beeilen und hier so schnell wie möglich verschwinden sollte, solange noch Zeit dazu war. Seine Handschuhe waren so heiß, dass er das Gefühl hatte, sie würden mit seiner Haut verschmelzen. Noch länger hier zu bleiben war wie Selbstmord, aber er wollte unbedingt das Kind finden.

Er dachte an die Mutter, die draußen wartete, und stellte sich ihr Gesicht vor, wenn sie allein herauskommen würden. Nur noch ein Versuch, sagte er sich. Wir gehen denselben Weg zurück, den wir gekommen sind, aber an der gegenüberliegenden Wand entlang. Vielleicht haben wir ja Glück.

„Wir müssen raus hier!“, schrie Charlie.

Sam nickte, nahm ihn jedoch beim Arm und streckte den Finger aus.

„Wir nehmen die andere Seite!“

„Alles klar!“, schrie Charlie zurück.

Sam griff nach dem Funkgerät, um den Einsatzleiter zu informieren.

„Captain! Hier ist Sam! Wir können den Jungen nicht finden. Wir kommen an der anderen Wandseite entlang raus.“

Durch den ihn umgebenden Lärm hörte er ein statisches Rauschen. Sam wusste, dass Captain Reed antwortete, konnte jedoch nichts verstehen außer „jetzt“. Dann hörte er noch, wie Reed schrie: „… kommt durch“, und das Blut stockte ihm in den Adern. Das Feuer musste nun auch im hinteren Teil durchs Dach geschlagen sein.

Sam steckte das Funkgerät wieder ein und schrie Charlie zu: „Wir müssen sofort raus!“

Charlie nickte, und gemeinsam bewegten sie sich vorwärts. Nur wenige Sekunden später spürte Sam, dass er keinen Beton mehr unter sich hatte. Selbst durch seine dicken Handschuhe hindurch konnte er den Umriss eines Körpers auf dem Fußboden spüren.

„Charlie! Wir haben ihn!“, schrie er.

Charlie kam zu ihm.

„Nimm du die Beine, ich nehme die Schultern!“, rief er.

Doch genau in diesem Augenblick explodierte ein Feuerball. Sam schaute auf, gerade als eine Feuerwand sich auf sie zubewegte. Er schlug Charlie auf den Helm und schrie laut.

„Feuerball! Runter!“

Dann warf er sich selbst auf den ungeschützten Jungen und zog ihn unter sich, gerade als der Feuerball über sie hinwegbrauste.

Sam hatte Angst um das reglose Kind unter sich. Seine Gedanken überstürzten sich. Ob der Junge schon tot war? Und wenn nicht, wie könnte er jetzt noch überleben? Sie konnten nicht auf demselben Weg hinaus, wie sie hereingekommen waren, und es gab keinen anderen Ausgang als direkt durchs Feuer, was in dieser Situation vollkommen unmöglich war.

Auf einmal kam ihm die Antwort auf seine Fragen so klar und deutlich, als ob sie ihm jemand ins Ohr gesprochen hätte.

Der Kühlraum. Geht in den Kühlraum!

Sam blickte auf und berührte dabei gleichzeitig Charlie, aber da blieb ihm beinahe das Herz stehen. Auf dem Fußboden lag ein großes Stück qualmendes Metall, das eben noch nicht da gewesen war – und Charlie bewegte sich nicht.

„Charlie! Charlie!", schrie Sam, doch Charlie antwortete nicht. Nun musste sich Sam um zwei Opfer und um sich selbst kümmern.

Fieberhaft suchte er seine Umgebung mit den Augen ab, während um sie herum brennende Teile von der Decke fielen. Der Kühlraum konnte nicht mehr als zwei Meter entfernt hinter ihnen sein. Sam zerrte sein Funkgerät heraus.

„SOS! SOS! Wir sitzen in der Falle, ungefähr in der Mitte. Ich habe den Jungen gefunden, aber Charlie ist bewusstlos. Ich wiederhole! Habe den Jungen gefunden, und Charlie ist bewusstlos!"

Eine weitere ohrenbetäubende Explosion erschütterte das Gebäude. An der Decke züngelten die Flammen, wunderschöne, tödliche Spiralen in Gelb und Orange, die an der Decke entlangliefen, wie Wellen am Meeresufer, und die gierig alles Brennbare auf ihrem Weg fraßen.

Noch einmal betätigte Sam das Funkgerät.

„Captain, wir gehen in den Kühlraum!", schrie er. „In den Lagerkühlraum."

Dann stopfte er das Gerät in die Tasche zurück, packte Charlies Jacke und ein Bein des Jungen und begann, rückwärts zu rutschen, wobei er die beiden leblosen Körper mitschleppte.

Sams Rückenmuskeln brannten wie Feuer, und er wusste nicht, ob wegen der ungeheuren Anstrengung oder wegen der glühenden Hitze. Mit seiner Last kam er nur langsam vorwärts, und er hatte das Gefühl, dass schon zu viel Zeit vergangen war. Überzeugt, dass er vom Weg abgekommen war, stieß er einen Ausruf der Erleichterung aus, als er plötzlich eine Tür ertastete. Er ließ Charlie und den Jungen gerade lange genug los, um hinter sich zu greifen. Und als seine Finger sich um den Metallhebel des Kühlraums schlossen, schickte er ein kurzes Dankgebet gen Himmel. Irgendeine höhere Macht schien ihn zu führen.

Der Kühlraum ließ sich problemlos öffnen. Zuerst schob Sam den Jungen hinein, dessen lebloser Körper leicht über die glatte, kalte Fußbodenoberfläche glitt. Danach zog er Charlie ebenfalls herein und schlug dann hastig die Tür hinter sich zu.

Noch immer auf Händen und Knien nahm er den Helm ab und fiel vornüber zu Boden, wobei ihm das Herz wie wild in der Brust hämmerte.

Die Kälte an seiner Wange tat ihm wohl. Seine Erleichterung, der Hitze des Feuers entkommen zu sein, war andererseits auch verbunden mit dem Bewusstsein, dass der Kühlraum ohne Strom war, was bedeutete, dass es keine Luftzufuhr gab. Wenn die Dinge schlecht liefen, würden sie ersticken, bevor man sie fände.

Mühsam rappelte sich Sam auf. Er musste wissen, ob der Junge noch atmete. Außerdem musste er sich Charlies Verletzung ansehen. Doch die Stille im Kühlraum war geradezu hypnotisch. Nur ganz gedämpft drangen Geräusche durch die dicken Wände.

Schließlich stand Sam auf, tastete über den Boden und wünschte, er hätte seine Taschenlampe nicht verloren. Zuerst fand er Charlie, zog die Handschuhe aus und fühlte dessen Puls an der Halsschlagader. Der Puls war da, stark und gleichmäßig. Obwohl Sam Charlies gesamten Körper abtastete, bemerkte er kein Blut. Allerdings fühlte er eine deutliche Delle in Charlies Helm, die vorher nicht da gewesen war. Hoffentlich war Charlie nur bewusstlos.

Danach suchte Sam den Jungen, den er rasch fand und bei dem er ebenfalls nach dem Puls fühlte. Anders als bei Charlie war dieser kaum zu spüren, und Sam konnte kaum Anzeichen dafür feststellen, dass der Junge atmete. Deshalb setzte er ihm schnell sein Atemgerät auf, um ihm Luft zuzuführen. Mit einem erschöpften Stöhnen ließ sich Sam dann auf den Fußboden fallen. Jetzt konnte er nur noch warten.

Innerhalb kürzester Zeit spürte Sam die Kälte. Zuversichtlich, dass Charlie durch seinen Anzug geschützt war, öffnete er seine Jacke, nahm den Jungen in seine Arme und drückte ihn eng an seine Brust.

„Johnny kannst du mich hören? Du bist jetzt in Sicherheit, aber du musst bei mir bleiben. Deine Mutter ist draußen und macht sich große Sorgen. Du musst jetzt stark sein, Junge. Stärker als je zuvor."

Da er wusste, dass er nichts weiter tun konnte, hielt Sam den Jungen dicht an sich gedrückt. Und während er dasaß, dachte er an Harley, an das Lachen in ihren Augen und daran, wie sie sich liebten. Ihr Leben würde weitergehen, wenn er stürbe, und es machte ihn wütend, dass seines vielleicht zu Ende wäre, ohne dass sie die Chance gehabt hätten, aus ihrer Ehe etwas Richtiges zu machen.

Draußen hatte Captain Reed genug von Sams letztem Funkspruch verstanden, um zu wissen, dass sie in Schwierigkeiten waren. Er rannte los und schrie dabei seine Befehle.

„Ich will die schnelle Eingreifgruppe hier haben, und zwar sofort."

Die Feuerwehrmänner liefen herbei, legten neue Schläuche und packten ihre Atemgeräte auf dem Weg zur Rückseite des Gebäudes.

„Was ist los?", schrie die Mutter des Jungen. „Haben sie meinen Jungen gefunden?"

Captain Reed schrie einen Polizisten an, der in der Nähe stand. „Bringen Sie sofort die Frau hier weg! Für Zivilisten ist es hier viel zu gefährlich."

Die Frau packte Reed am Arm, ihre Augen dunkel vor Angst und Schrecken.

„Ich gehe nicht, bevor Sie mir nicht sagen, was Sie wissen“, beharrte sie. „Es geht um meinen Sohn. Ich habe ein Recht darauf.“

Reed zögerte, dann legte er seine Hand auf ihre.

„Ma'am, es sieht nicht gut aus. Alles, was ich von meinen Männern gehört habe, ist, dass sie ihn zwar gefunden haben, aber sie sitzen in der Falle. Ich weiß nicht, in welchem Zustand er ist. Ich weiß nicht, ob er tot ist oder noch lebt, aber wenn ich meine Männer nicht dort rausholen kann, dann werden sie alle sterben. Bitte gehen Sie mit dem Polizeibeamten mit! Er wird Sie an einen sichereren Platz bringen, und ich schwöre Ihnen, sobald ich etwas Bestimmtes weiß, werde ich es Ihnen zuerst sagen.“

„Lieber Gott!“, flüsterte sie und ließ sich mit gesenktem Kopf von dem Polizisten wegführen.

Reed überlief unwillkürlich ein Schauder, doch er hatte keine Zeit, sich seinen eigenen Gefühlen hinzugeben. Mehrere Leben hingen von rationalen Entscheidungen ab. Er rannte wieder auf das Feuer zu und gab noch im Laufen seine Anweisungen.

Seit ungefähr einer Stunde war Harley klar, dass mit Sam irgendetwas nicht stimmte. Jeder Atemzug schmerzte sie, während die Sekunden verrannen. Regungslos saß sie da und starrte das Telefon an, das nicht klingelte.

Sam durfte nicht sterben, weil sie ihm noch nicht gesagt hatte, dass sie ihn liebte. So ungerecht konnte das Leben doch nicht sein.

Einige Zeit später läutete es an der Tür, doch sie schaffte es nicht zu öffnen. Dann hörte sie ein lautes Klopfen und die vertraute Stimme von Tisha Sterling.

„Harley! Harley! Hier ist Tisha. Bist du da drin?“

Harley schauderte. Ihr war schwach vor Angst, aber sie musste es wissen. Langsam schleppte sie sich zur Haustür und machte auf.

Tisha packte Harley bei den Schultern.

„Wir müssen hin! Ich habe einen Anruf bekommen“, erklärte sie. „Es ist ...“

„Sam ist in Schwierigkeiten", sagte Harley dumpf.

Tisha runzelte die Stirn. „Wer hat dich angerufen?"

„Niemand", erwiderte Harley, die an Tishas Schulter vorbei starr ins Leere blickte.

„Woher weißt du es dann?", fragte Tisha.

Harley fasste sich ans Herz. „Ich fühle es."

„Nimm deine Handtasche und komm mit! Ich werde nicht darauf warten, dass Captain Reed anruft. Charlie ist auch in Gefahr, und ich muss wissen, was los ist."

Harley schauderte erneut, drehte sich um und blieb wie gelähmt stehen. Tisha stieß einen frustrierten Ausruf aus und stürzte zu dem Tischchen im Flur, wo Harley ihre Handtasche aufbewahrte. Tisha griff danach und rannte wieder zur Tür, wobei sie Harley hinter sich herzog.

Die schnelle Eingreifgruppe kämpfte vergeblich. Die Mauern an der Nordseite des Gebäudes waren bereits eingestürzt, und die Stahlträger des langen Metalldachs hatten schon längst nachgegeben.

In Franklin Reed stieg Übelkeit auf. Er war siebenundvierzig Jahre alt und hätte dennoch am liebsten geweint. Seit dem Einsturz machte er sich Vorwürfe, dass er Sam und Charlie hatte hineingehen lassen. Wenn nicht, dann wären sie jetzt noch am Leben. Und sie waren sicher tot, daran hegte er keinen Zweifel. Die Druckluft in ihren Atemgeräten wäre längst aufgebraucht.

Reed versuchte sich zu sagen, dass sie wahrscheinlich am Rauch erstickt wären, ehe das Feuer sie erreicht hätte, aber wissen konnte er das natürlich nicht. Obwohl die Übertragungswagen mehrerer lokaler Fernsehstationen etwa vier Häuserblocks entfernt standen, spürte er, dass die Kamera-Zooms auf ihn gerichtet waren. Deshalb ließ er sich seine Gefühle nicht anmerken. Wenn er trauerte, dann auf keinen Fall vor einer Kamera.

Als er wegschaute, nahm er aus den Augenwinkeln eine Bewegung wahr und zog die Brauen zusammen. Die Polizisten hatten zwei Frauen durch die Absperrung gelassen, und sie rannten jetzt auf ihn zu. Reed erkannte Charlie Sterlings Frau, doch nicht die andere in ihrer Begleitung.

„Verdammt!", fluchte er vor sich hin. Er wollte Patricia Sterling nicht sagen müssen, dass ihr Mann aller Wahrscheinlichkeit nach tot sei.

Die Luft war voller Rauch und Lärm, und sobald Tisha und Harley die Absperrung hinter sich hatten, liefen sie durch Wasser.

Harley ließ sich von Tisha mitziehen, blickte jedoch nicht zu dem hochgewachsenen, uniformierten Mann, der mit strenger Miene am Ende des Gebäudes auf sie wartete. Sie hatte nur Augen für die Flammen, die hinter ihm zum Himmel emporloderten.

„Mein Gott!", flüsterte sie und stolperte.

Tisha hielt sie am Ellbogen fest.

„Bleib nicht stehen, und schau nicht zum Feuer!", sagte sie, ihre Augen glänzend vor ungeweinten Tränen. „Captain Reed wird uns sagen, was wir wissen müssen."

Reed kam ihnen entgegen.

„Patricia, nicht wahr?", fragte er und berührte Tisha am Arm.

Ihr Kinn zitterte, aber sie rang sich ein Lächeln ab.

„Ja, Sir, und dies hier ist Sams Frau Harley."

„Sie sollten nicht hier sein, wissen Sie."

„Wo sollten wir denn wohl sonst sein?", gab Tisha zurück.

Reed zuckte mit den Schultern und warf einen Blick auf Harley. Er ergriff ihre Hand und merkte sofort, dass sie sich dessen nicht einmal bewusst war. Ihre Augen waren weit aufgerissen und ihre Pupillen vergrößert, während sie ungläubig auf das Feuer starrte.

„Mrs Clay, es tut mir leid, dass wir uns unter diesen Umständen begegnen. Ich wollte zu Sams Barbecue letzten Monat kommen, aber mein jüngster Sohn hat sich an dem Tag beim Baseball-Spiel den Knöchel gebrochen. Meine Frau und ich haben den Nachmittag und den größten Teil des Abends in der Notaufnahme verbracht."

Harley blinzelte. „Verzeihung!", murmelte sie. „Was sagten Sie?"

Seufzend sah Reed zu Tisha hinüber. „Ich nehme an, jemand hat Sie angerufen. Sonst wären Sie nicht hier."

„Was können Sie uns sagen?", fragte Tisha.

Unwillkürlich zuckte ein Muskel in Reeds Unterkiefer, und unbewusst verstärkte sich sein Griff um ihren Arm.

„Sam und Charlie sind reingegangen, um ein Kind zu suchen, das noch drin war."

Tisha stöhnte und presste sich dann die Hand vor den Mund, um nicht zu schreien.

„Und?"

„Sie haben den Jungen gefunden, haben es aber nicht mehr geschafft rauszukommen", berichtete Reed. „Der letzte Funkspruch war ein SOS von Sam. Er sagte etwas davon, dass sie eingeschlossen seien, aber der Rest war nicht mehr zu verstehen. Wir haben sofort eine schnelle Eingreifgruppe reingeschickt, aber sie hatten kein Glück." Er schöpfte tief Atem. „Es tut mir so leid."

Tisha schlug die Hände vors Gesicht und fiel auf die Knie. Harley legte ihr die Hand auf den Kopf.

Reed sah, wie Harley die Augenlider senkte und schwankte. Da er glaubte, sie würde gleich ohnmächtig, hielt er sie an den Schultern fest, doch sie starrte nur durch ihn hindurch.

„Sie frieren", sagte Harley.

„Ma'am … Harley, nicht wahr?"

Sie nickte und lächelte. „Aber Sam nennt mich lieber Junie."

Reed seufzte.

„Harley, ich bringe Sie jetzt am besten …"

„Nein, ich warte auf Sam", widersprach sie. „Er friert bloß. Jemand muss ihm eine Decke bringen."

Reed stiegen die Tränen in die Augen. „Mrs Clay, bitte! Sie und Patricia müssen jetzt mit mir kommen."

Abrupt und mit gerunzelter Stirn entzog sie sich seinem Griff.

„Sie hören mir nicht zu", sagte sie mit erhobener Stimme. „Sie sind nicht tot. Sie frieren."

Der Filialleiter, der in der Nähe stand, hatte das Gespräch mit angehört, und auf einmal fiel ihm etwas ein.

„Captain Reed. Captain Reed!"

Reed drehte sich zu ihm um. „Was ist denn?“

„Was ist, wenn sie recht hat? Wir konnten den letzten Teil des Funkspruchs nicht verstehen, aber erinnern Sie sich daran, dass Sie dachten, er wolle, dass jemand sie raushole. Vielleicht hat er ja Kühlraum gesagt? Der Lagerkühlraum ist genau neben den Toiletten. Vielleicht haben sie ja dort Schutz gesucht?“

Zum ersten Mal, seit das Dach eingestürzt war, glomm ein Fünkchen Hoffnung in Captain Reed auf. Es war nicht viel, aber er hatte schon früher Wunder miterlebt. Er deutete auf Tisha und Harley.

„Sie bleiben bei den Frauen“, befahl er und lief auf das Feuer zu.

Sie saßen im Wasser, worüber Sam nicht erstaunt war, denn er hatte das Gefühl, die ganze Welt sei von der glühenden Hitze geschmolzen. Einmal glaubte er, Charlie stöhnen zu hören, und rief ihm etwas zu, um ihn wissen zu lassen, dass er da sei. Aber Charlie antwortete nicht, deshalb zog Sam es vor, sparsam mit seiner Atemluft umzugehen.

Der Junge atmete. Sam konnte das leichte Heben und Senken seiner mageren Brust spüren. Es war klar, dass der Junge eine Rauchvergiftung erlitten hatte und dringend medizinische Hilfe benötigte. Und dennoch, ihn auf dem Schoß zu halten war alles, was er für ihn tun konnte. Sie waren so nah dran gewesen. Es war verdammt unfair, dass es so enden würde.

Sam atmete langsam und gleichmäßig ein, wobei er den Geruch nach auftauendem Fleisch und nassem Papier wahrnahm. Der Sauerstoff im Kühlraum nahm rapide ab. Sam wurde schläfrig … so schläfrig. Einmal dachte er daran, aufzustehen und an der Tür nachzusehen, ob das Feuer vorbei war. Aber das Risiko war zu groß.

Also blieb er in dem Kühlraum, den Jungen in seinen Armen, und wartete darauf, dass das Atmen aufhören würde. Ob ich wohl der Erste sein werde? fragte er sich.

Vergiss mich nicht, Junie! Ich werde dich ganz bestimmt nicht vergessen.

Der Junge war so schwer, und Sam wurde müde … so schrecklich müde. Er ließ den Kopf gegen die Wand sinken und schloss die Augen. Sie brannten ein wenig, aber noch mehr juckten sie. Ach ja, das war der Rauch!

Ich muss mich ausruhen … nur für eine Minute.

Die Sekunden vergingen, und langsam glitt der Junge aus Sams kraftlosen Armen in seinen Schoß hinunter.

Abgesehen von dem stetigen Tropfen des schmelzenden Eises war es still – totenstill.

Captain Reeds Funkgerät knisterte, dann hörte er einen seiner Männer rufen:

„Wir haben sie gefunden!"

„Im Kühlraum?"

„Ja, Captain. Wir bringen sie jetzt raus."

„Leben sie noch?"

„Sie haben einen Puls."

Reeds Knie wurden weich.

„Gott, ich danke dir!" Als er sich umwandte, stand dort Harley Clay. „Sie haben sie gefunden, Mrs Clay. Sie leben."

„Ja", sagte sie nur.

Reed sah sie einen Moment lang schweigend an, dann ergriff er ihre Hand.

„Harley?"

„Ja?"

„Woher haben Sie es gewusst?"

„Dass Sam noch lebt?", fragte sie benommen.

Er nickte.

„Ich konnte es fühlen … hier drin", erwiderte sie und legte die Hand auf ihr Herz.

Reed schüttelte den Kopf. „Ich denke, das ist ein Zeichen für eine verdammt gute Ehe. Sie beide sind zu beglückwünschen, dass Sie eine so gute Wahl getroffen haben."

Harley nickte, und ihr Kinn bebte, als Captain Reed davonging. Je länger sie darauf wartete, dass die Männer evakuiert wurden, desto leichter wurde ihr ums Herz.

Eine Wahl?

Vielleicht. Aber es war weder ihr gesunder Menschenverstand noch eine Wahl gewesen, die sie zu Sam geführt hatte, sondern der Champagner. Nach jener irrwitzigen Trauzeremonie, an die sie sich nicht mehr erinnerte, ja, danach war es um eine Wahl gegangen. Sie hatte sich dazu entschieden, bei ihm zu bleiben, auch gegen ihre Vernunft. Nun standen sie am Anfang einer wunderbaren Ehe, und es war ein Baby unterwegs. Gott sei Dank war Sam am Leben, um diese gute Neuigkeit zu hören!

Auf einmal entstand Unruhe in der Gruppe an der Tür, und Harley wusste, dass sie die Verunglückten herausbringen würden. Sie ging auf die Rettungswagen zu, voller Sehnsucht danach, Sams Gesicht zu sehen. Es ging ihm gut. Das wusste sie ebenso sicher, wie sie gewusst hatte, dass er noch lebte.

Tisha war auch dort. Sie weinte zwar immer noch, aber jetzt waren es Tränen der Erleichterung. Harley ging an ihr vorbei zur ersten Trage.

Es war der Junge. Sie schaute auf ihn hinunter, vorbei an der Sauerstoffmaske in das schmale, rauchverschmierte Gesicht eines Jungen an der Schwelle zum Mannsein. Tränen stiegen ihr in die Augen vor Stolz über das, was Sam und Charlie vollbracht hatten. Gleichgültig, was das Schicksal dem Jungen zugedacht hatte, sie hatten ihm jedenfalls eine zweite Chance auf das Leben geschenkt.

Die nächste Trage wurde gebracht, und Harley lief ihr entgegen. Es war Charlie, dessen Kopf bandagiert war.

„Wird er in Ordnung kommen?“, fragte sie.

„Ja, Ma’am“, antwortete einer der Sanitäter.

Die Arme vor den Bauch gepresst, wandte sie sich dem Gebäude zu, aus dem noch immer der Rauch aufstieg, und wartete darauf, dass sie den Mann herausholten, dem ihr Herz gehörte.

Sekunden vergingen. Quälend lange, endlose Sekunden, bis Harley endlich sah, wie die Sanitäter mit der letzten Trage herauskamen. Sie begann zu laufen.

„Sam.“

Er hörte ihre Stimme und schlug die Augen auf. Harley lief neben ihm her, um mit den Rettungskräften Schritt zu halten.

„Junie?"

„Ich liebe dich, Sam. Ich habe beinahe zu lange gewartet, um es dir zu sagen. Aber jetzt sage ich es dir."

Ein innerer Frieden erfüllte Sam, den er bisher nicht gekannt hatte. Er streckte die Hand nach ihr aus, und Harley ergriff sie, noch immer im Laufen.

„Danke, Junikäfer!"

Sie fing an zu weinen und bekam einen Schluckauf vom Schluchzen, weil sie neben der Trage herlaufen musste, um mit den langen Schritten der Feuerwehrmänner mitzuhalten.

„Nicht weinen, Schatz!", sagte Sam. „Ich bin nicht verletzt. Ich habe nur ein bisschen Rauch abgekriegt."

„Ich weine ja gar nicht", antwortete Harley.

Sam hätte am liebsten gelacht, doch seine Lungen schmerzten ihn.

Gleich darauf ließen ihn die Männer neben einem Rettungswagen auf die Erde hinab. Einer von ihnen klopfte ihm aufmunternd auf die Schulter.

„Ich muss nur noch einen anderen Gurt besorgen, dann laden wir dich gleich ein, Sam."

„Lasst euch Zeit!", erwiderte dieser. „Alles, was ich brauche, habe ich hier direkt neben mir."

Harley sank auf die Knie. Ohne auf die Ruß- und Rauchspuren zu achten, legte sie ihre Wange an Sams schmutziges Gesicht.

Es kostete Sam zwar all seine Kraft, aber es gelang ihm, seine Arme um Harley zu legen. Seine Stimme war leise, aber durch seinen Tonfall erfuhr sie viel mehr von dem, was er durchgestanden hatte, als ihr lieb war.

„Ich war mir nicht sicher, ob ich das hier jemals wieder tun könnte", sagte er.

Harley fing wieder an zu weinen.

„Ach, Junie, nun wein doch nicht! Sonst fange ich gleich auch noch an zu heulen."

Sie küsste ihn, wobei sie nicht nur Feuer und Rauch schmeckte, sondern auch ihren Ehemann.

„Sam?"

„Ja, Liebling?"

„Ich bekomme ein Kind von dir."

Ein Schock durchfuhr Sam, als er so dalag. Ungläubig starrte er Harley an – die vertrauten Züge ihres Mundes, die beiden winzigen Sommersprossen auf ihrem Nasenrücken, und erinnerte sich daran, wie sie stöhnte, wenn er in sie hineinglitt.

Fast hätte ich diese Neuigkeit nicht erfahren, dachte er. Ihr Gesicht verschwamm vor seinen Augen, doch rasch blinzelte er die Tränen fort.

„Sam?"

Er griff nach ihrer Hand und presste sie an die Lippen, beinahe zu überwältigt, um zu sprechen.

„Danke, Harley, dass du uns eine Chance gibst!"

„Du bedankst dich bei mir? Ich sollte mich bei dir bedanken", erklärte sie. „Du bist mir nachgefahren, als ich Angst bekommen habe und davongelaufen bin. Du hast mich geliebt, als ich Angst hatte, mich selbst zu lieben. Du bist mein Held, Sam Clay, jetzt und für immer."

Er schüttelte den Kopf. „Ich bin kein Held. Ich bin bloß ein Mann, und der Himmel allein weiß, wie sehr ich dich liebe."

Harley wollte ihn umarmen, fürchtete jedoch, einen Teil seines Körpers dabei zu drücken, der womöglich doch verletzt war. Deshalb begnügte sie sich lediglich mit einem weiteren Kuss.

„Ich mache dich ja ganz schmutzig", meinte Sam und zeigte auf einen schwarzen Streifen an ihrem Kinn.

Harley fröstelte. Sie hätte ihn am liebsten vollständig ausgezogen, nur um sich davon zu überzeugen, dass er tatsächlich unverletzt war. Und er ist beunruhigt darüber, dass er mich schmutzig macht? dachte sie. Wenn er wüsste …

Da sie ihm nicht verraten wollte, wie kurz davor sie gewesen war, die Fassung zu verlieren, zwang sie sich zu einem Lächeln.

„Ich bin schon öfter schmutzig gewesen. Ich meine mich

daran zu erinnern, dass du mir irgendetwas von unserer Hochzeitsnacht und von Erdbeeren mit Champagner erzählt hast."

„Das war kein Schmutz. Das war guter, fantasievoller Sex."

Harley war zum Lachen zumute. Die Angst, die sie den ganzen Nachmittag über beherrscht hatte, war fast verschwunden. Aber es war immer noch alles zu frisch, um Raum für Fröhlichkeit zu lassen.

„Sam?"

„Ja, mein Schatz?"

„Wenn es dir wieder gut geht, möchte ich etwas tun."

„Alles, was du willst", antwortete er.

„Ich möchte dich noch einmal heiraten. Ich will nicht durchs Leben gehen, ohne mich an unser Eheversprechen zu erinnern."

Sams Augen wurden feucht. Mit diesen wenigen Worten hatte sie auch noch den letzten Rest seiner Selbstkontrolle erschüttert.

„Es wäre mir ein Vergnügen", sagte er.

Harley grinste verschmitzt.

„Oh ja, Sam! Das wird es allerdings, das verspreche ich dir."

EPILOG

„Harley June bist du dir sicher, dass du das hier wirklich machen willst?“

Harley lächelte ihre Mutter an und tätschelte ihr die Wange, während sie auf das Erscheinen des Pastors warteten.

„Ja, Mama, ganz sicher.“

Marcie zwang sich zu einem Lächeln, obwohl ihr eigentlich eher nach Schreien zumute war.

„Es ist bloß so … so …“

„Kitschig. Das Wort heißt kitschig, Mama.“

Marcie stieß einen Seufzer aus. „Ja. Nun ja, du weißt bestimmt, was das Beste ist.“

Harley schmunzelte. Ihre Mutter war in den vergangenen Monaten einen weiten Weg gegangen, wie sie alle. Charlie hatte durch den Brand eine Gehirnerschütterung erlitten, sich aber schnell wieder davon erholt. Der Junge, den er und Sam gerettet hatten, lebte und war auf dem Weg zu vollständiger Genesung. Das Baby in Harleys Bauch war gesund und sollte einen Tag vor dem Valentinstag zur Welt kommen. So wie Harley die Sache sah, konnte sie es sich ohne Weiteres leisten, ihrer Mutter gegenüber ein wenig nachsichtig zu sein.

Und sie musste zugeben, die Love-me-Tender-Hochzeitskapelle ließ eine Menge zu wünschen übrig. Sie war ein Mischmasch unterschiedlichster architektonischer Albträume – irgendwo zwischen *Little House on the Prairie* und *The Best Little Whorehouse in Texas.* Künstliche Plastikblumen hingen von den rustikalen Dachbalken in der kleinen Kapelle, und neben der Kanzel standen zwei künstliche Säulen, umwunden mit bunt blinkenden Lichterketten. Über der Kanzel hing ein grell leuchtendes Neonkreuz, während die Kanzel selbst in purpurfarbenen Satin eingehüllt war, an der Vorderseite bestickt mit einem Bild von Elvis.

Sam stand vorne, die Hände in den Hosentaschen, und war in ein Gespräch mit Harleys Vater vertieft. Die beiden Männer hatten sich von Anfang gleich gemocht, und dass ein Enkelkind unterwegs war, hatte ihre Verbindung noch mehr verstärkt. Seit jenem Tag, als Sam seiner Schwiegermutter eine Standpauke gehalten hatte, weil sie Harley zum Weinen gebracht hatte, umschmeichelte Marcie ihn mit selbst gebackenem Kuchen.

Das Baby strampelte, und Harley legte die Hand auf ihren Bauch.

„Geduld, mein Kleines!", sagte sie sanft. „Wir warten noch auf den Prediger."

Kaum hatte sie zu Ende gesprochen, begann die Musik. Die wohlbekannten Klänge von *Love me Tender* durchdrangen jeden Winkel im Raum.

„Es geht los", meinte Harley und klopfte ihrer Mutter auf den Rücken.

Mitten im Refrain gab es einen lauten Knall am Altar, gefolgt von einer Rauchwolke, durch die der Prediger erschien – vollständig gestylt mit schwarzem Haar, Koteletten und in einem weißen Satin-Overall. Mit einer schwungvollen Gebärde ließ er seinen bestickten Talar theatralisch flattern, einem ausrangierten Vampir nicht unähnlich, und stimmte aus voller Kehle in den Song mit ein.

„Du liebe Güte!", murmelte Marcie und warf ihrer Tochter einen nervösen Blick zu.

„Mutter!", sagte Harley warnend.

„Ich bin nur verblüfft, das ist alles", gab Marcie zurück, die es Mühe kostete, sich zusammenzureißen.

Sam fing Harleys Blick auf und zwinkerte ihr zu. Sie verkniff sich ein Lachen und zwinkerte zurück. Das war es also, woran sie sich nicht mehr erinnern konnte. Kein Wunder.

„Mutter, es ist so weit", erklärte Harley.

Marcie hielt ihren Brautjungfern-Strauß fest an sich gepresst und reckte das Kinn.

In diesem Augenblick sah Harley im Geiste vor sich, wie ihre Ururgroßmutter Devane auf den Stufen ihres Plantagengutshauses stand und General Sherman dafür ohrfeigte, dass er über ihren Hof ritt. Die Südstaatlerinnen hatten schon etwas für sich, abgesehen von ihrer gepflegten Sprache und den untadeligen Manieren. Sie besaßen ein stählernes Rückgrat.

Marcie schritt den Mittelgang entlang, auf den hüftschwingenden Pastor zu. Anstatt einer Handvoll Margeriten hätte sie in diesem Augenblick lieber eine Pistole bei sich gehabt. Zu ihrer Erleichterung endete der Song, und der Pastor stand still, als sie den Altar erreichte. Sie schaute erst zu Sam, dann zu Dewey, und seufzte. Die beiden lächelten doch tatsächlich. Männer hatten einfach keinen Sinn für Schicklichkeit.

Nun wurde der Hochzeitsmarsch gespielt, und zwar in einer Lautstärke, dass die Wände wackelten. Alle wandten sich um und blickten zum Mittelgang.

Harley, die einen Strauß aus weißen Rosen vor ihrem gewölbten Bauch trug, kam auf sie zu. Der Saum ihres rosa Umstandskleides umspielte sanft ihre Knie, und Sam schien das Herz zu bersten. In diesem Moment zählte nichts anderes mehr. Er hatte alles, was er sich wünschte.

Und dann hielt Harley seine Hand und lächelte ihn an, während sie sich dem Prediger zuwandten.

Die Worte kamen und gingen, genau wie schon einmal zuvor, und später merkte Harley, dass sie sich auch diesmal nicht daran erinnerte, Sam ihr Eheversprechen gegeben zu haben. Alles, was sie sehen konnte, war die Liebe in seinen Augen, und alles, was sie hörte, war das Pochen ihres Herzens.

Plötzlich warf der Prediger die Bibel auf die Kanzel und erhob beide Arme zur Decke.

„Hiermit erkläre ich Sie zu Mann und Frau!“, rief er. „Ich danke Ihnen vielmals.“

Dann ertönte auf einmal *You Ain't Nothin' but a Hound Dog* aus den Lautsprechern. Mit einem wilden Blick sah sich der Prediger um und stürmte nach hinten, wo sich die Musikanlage befand.

Dewey schnaubte.

Marcie schnappte nach Luft und ließ ihren Strauß fallen.

Harley brach in schallendes Gelächter aus.

Sam nahm sie in die Arme und küsste ihren lachenden Mund, wobei er sich bemühen musste, nicht zu weinen.

Heute war der verdammt beste Tag seines Lebens.

– ENDE –

Debbie Macomber

Der erste beste Mann

Roman

Aus dem Amerikanischen von
Wolfgang Thon

MIRA®

1. KAPITEL

Es war einer dieser ganz bestimmten Tage, an denen nichts, aber auch gar nichts richtig lief. Shelly Hansen sagte sich, dass sie heute Morgen die Zeichen hätte beachten sollen. Sie war über das Schuhband ihrer hohen, dunkelblauen Basketballschuhe gestolpert, als sie vom Parkplatz in ihr kleines Büro gehastet war. Dabei hatte sie sich ein Loch in das Knie ihrer brandneuen Hose gerissen und war nicht besonders würdevoll in das Gebäude gehumpelt. Von da an war der Tag immer schlechter verlaufen.

Als sie am Abend in ihr Apartment zurückkehrte, war sie in einer üblen Stimmung. Und es hätte ihr zu ihrem Glück gerade noch gefehlt, dass ihre Mutter unangemeldet hereingeplatzt käme, einen Mann im Schlepptau und strahlend verkündend, endlich den geeigneten Partner für sie gefunden zu haben.

Das war genau das, was sie von ihrer lieben, süßen und verzweifelten Mutter hätte erwarten können. Sie, Shelly, war achtundzwanzig, und ihre Mutter hielt die Tatsache, dass sie immer noch ledig war, für außerordentlich besorgniserregend.

Dabei spielte es keine Rolle, dass ihre Tochter mit ihrem Leben, so wie es war, zufrieden war. Sie beachtete auch nicht, dass die Tochter weder an einer Ehe noch an Kindern interessiert war, wenigstens noch nicht. Nicht in absehbarer Zeit.

Im Moment war Shelly vollkommen mit ihrem Beruf beschäftigt. Sie war sehr stolz auf ihre Arbeit als Videoproduzentin. Ihre Videos, die der Entspannung dienten, zeigten Bilder vom Meer, von Bergen, einem Feuer im Kamin, im Hintergrund spielte klassische Musik. Und sie verkauften sich gut. Ihr Video, das dazu diente, Katzen in Abwesenheit ihrer Herrchen oder Frauchen zu entspannen, hatte kürzlich sogar die Aufmerksamkeit eines der größeren Händler erregt, und sie fing langsam an zu glauben, entdeckt zu werden.

Das waren die guten Nachrichten. Dass ihre Mutter versuchte, sie zu verheiraten, war die schlechte.

Shelly warf ihren mexikanischen Tragebeutel und ihr gestreiftes Jackett auf das Sofa, ging in die Küche und stöberte suchend in ihrem Gefrierschrank. Sie hatte das Schnellgericht gerade in die Mikrowelle gestellt, als es an der Tür klingelte.

Ihre Mutter! So, wie der Tag gelaufen war, musste es einfach ihre Mutter sein. Shelly unterdrückte ein Stöhnen und beschloss, höflich, aber nachdrücklich zu sein, freundlich und entschlossen. Und wenn ihre Mutter das Gespräch wieder auf einen Ehemann brächte, würde sie einfach das Thema wechseln.

Aber nicht Faith Hansen stand vor der Tür, sondern Elvira Livingstone, die Verwalterin des Apartmenthauses. Elvira war eine warmherzige, liebenswerte, aber leider auch unersättlich neugierige, ältere Lady.

„Guten Abend, Dear." Elvira trug schwere goldene Ohrringe und ein weites, strahlend gelbes Hauskleid. Die Hände hatte sie schützend um ein großes Paket gelegt. „Der Postbote hat das vorbeigebracht und mich gebeten, es Ihnen zu geben."

„Das ist für mich?" Vielleicht war der Tag ja doch noch nicht ganz verdorben.

Elvira nickte, hielt das Paket aber immer noch fest, als wolle sie es nicht hergeben, bis sie alle wichtigen Informationen erhalten hatte. „Der Absender ist aus Kalifornien. Kennen Sie jemanden mit Namen Millicent Bannister?"

„Tante Milly?" Shelly hatte schon seit Jahren nichts mehr von der Großtante ihrer Mutter gehört.

„Das Paket ist sogar versichert." Elvira spreizte die Finger, gerade weit genug, dass sie den Aufkleber noch einmal prüfen konnte.

Shelly hielt ihr die Arme ausgestreckt hin, um das Paket in Empfang zu nehmen, ohne Erfolg.

„Ich musste dafür unterschreiben. Und es ist ein Brief beigefügt."

Shelly hatte den Eindruck, dass sie nur dann ihr Paket bekommen würde, wenn sie es Elvira zuerst öffnen ließ. „Ich weiß die Mühe zu schätzen, die Sie meinetwegen auf sich genommen haben", sagte sie, packte mit festem Griff das Paket und entriss es Elvira förmlich. „Vielen Dank."

Die Miene der älteren Lady verriet deren Enttäuschung, als Shelly langsam die Tür schloss. Aber nach einem derart frustrierenden Tag war Shelly nicht in der Stimmung auf Gesellschaft, schon gar nicht auf die der sicherlich gut meinenden, aber nervtötenden Elvira Livingstone.

Shelly seufzte. Das hatte sie nun davon, eine Wohnung mit „Charakter" gemietet zu haben. Nach den ersten Startschwierigkeiten hätte sie es sich leisten können, in einem modernen Hochhaus mit Sauna und Swimmingpool in einer vermögenden Yuppiegegend zu leben. Stattdessen hatte sie sich für diesen zweistöckigen Ziegelbau im Herzen von Seattle entschieden. Die Heizungen zischten in perfekter Abstimmung mit den Wasserrohren, die quietschten und ächzten. Aber Shelly liebte die Böden aus Holz, die hohen Decken und die eleganten Kristallleuchter und die Fenster, von denen man einen wundervollen Blick auf die Elliott Bay hatte. Sie konnte gut ohne Sauna und die anderen Annehmlichkeiten leben, selbst wenn sie dafür in Kauf nehmen musste, sich gelegentlich mit einer Lady wie Elvira Livingstone auseinandersetzen zu müssen.

Shelly trug das Paket in die Küche und legte es auf den Tisch. Vorsichtig begann sie, das braune Packpapier zu entwickeln.

Die Schachtel darunter war ziemlich alt, und die Pappe schwerer und fester als die, die gewöhnlich von Geschäften benutzt wurde. Behutsam entfernte Shelly den Deckel. Sie sah auf eine dicke Schicht von weichem Papier, das um ein Kleid gewickelt war. Sie schob das Papier beiseite und hob das Kleid sorgfältig aus der Schachtel. Überrascht stieß sie die Luft aus.

Es war nicht irgendein Kleid. Es war ein langes weißes Hochzeitskleid, ein wundervoll genähtes Hochzeitskleid aus Satin und Spitze. Sicherlich ist es Tante Millys Hochzeitskleid gewesen, dachte Shelly. Aber das konnte doch nicht möglich sein … nein, es war unmöglich.

Beunruhigt legte sie das Kleid wieder zusammen und in die Schachtel zurück. Sie griff nach dem beigefügten Brief, und ihre Hände zitterten, während sie den Umschlag öffnete.

Meine liebste Shelly, ich hoffe, dass Du diesen Brief bei bester Gesundheit erhältst. Ich habe in den letzten Tagen häufig an Dich gedacht. Bestimmt ist Mr Donahue daran schuld. Aber es könnte auch Ophra gewesen sein. Wie Du sicher schon vermutet hast, sehe ich mir sehr häufig diese Talkshows im Fernsehen an. John würde das zwar missbilligt haben, aber er ist ja nun schon seit acht Jahren tot. Natürlich würde ich sie mir auch ansehen, wenn er noch am Leben wäre. John hat missbilligen können, was er wollte, es hat ihm kein bisschen genützt. Das hat es nie getan. Aber er wusste das und hat mich trotzdem geliebt.
Ich kann mir vorstellen, dass Du Dich fragst, warum ich Dir mein Hochzeitskleid schicke. Ja, es ist tatsächlich mein berühmtes Brautkleid. Vermutlich hat Dich sein Anblick in Angst und Schrecken versetzt, und Du fragst Dich, warum ich es Dir geschickt habe. Ich zweifle nicht daran, dass Dir seine Geschichte vertraut ist. Jeder in unserer Familie kennt sie seit Jahren. Bestimmt ist Dein erster Impuls, es zu verbrennen.
Wenn ich es richtig bedenke, trägt wohl doch Donahue die Schuld. Er hatte neulich eine Show, in der er Haustiere als liebevolle Begleiter von älteren Menschen vorgestellt hat. Der Mann, den er interviewt hat, hatte einen niedlichen Scotchterrierwelpen mitgebracht, und in diesem Moment habe ich mich wieder an die alte schottische Schneiderin erinnert. Ich muss eingeschlafen sein, denn als ich wieder aufwachte, liefen im Fernsehen gerade die Sechs-Uhr-Nachrichten.
Im Schlaf habe ich jedenfalls von Dir geträumt. Und es war kein gewöhnlicher Traum. Ich habe Dich ganz klar vor mir gesehen. Du standest neben einem großen jungen Mann, und Deine blauen Augen schienen zu strahlen. Du wirktest sehr glücklich und sehr verliebt. Aber was mich verblüfft hat, war das Hochzeitskleid, das Du getragen hast. Es war meins.
Es war das gleiche Kleid, das diese alte Schottin vor so langer

Zeit für mich genäht hat. Ich hatte das Gefühl, mir habe jemand eine Botschaft geschickt, und dass es besser wäre, wenn ich sie nicht einfach ignorieren würde. Und Du solltest das auch nicht tun! Du bist dabei, das größte Abenteuer Deines Lebens zu erleben, Darling. Halt mich auf dem Laufenden!
Glaub mir, Shelly, ich weiß, was Du jetzt denkst. Ich erinnere mich noch genau an meine eigenen Gedanken, als mir die schottische Schneiderin damals das fertige Hochzeitskleid gegeben hat. Eine Ehe war das Letzte, an das ich damals dachte! Ich hatte einen Beruf, und damals war es selten, dass Frauen das College besuchten, ganz zu schweigen davon, dass sie ihr Jurastudium abschlossen.
Wir beide sind uns sehr ähnlich, Shelly. Wir schätzen unsere Unabhängigkeit. Und der Mann, der uns heiraten soll, muss schon etwas Besonderes sein. Und Du, meine süße, liebe Nichte, wirst diesem besonderen Mann ebenso begegnen, wie ich ihn getroffen habe.
Mit ganzer Liebe
Deine Tante Milly
P.S. Du bist erst der zweite Mensch, der dieses Hochzeitskleid trägt.

Mit immer noch zitternden Händen faltete Shelly den Brief zusammen und schob ihn wieder in den Umschlag. Ihr Herz schlug heftig, und sie hatte Schweißperlen auf der Stirn.

In diesem Moment klingelte das Telefon, und Shelly griff mechanisch nach dem Hörer. Dabei hatte sie gar keine Lust, mit irgendjemandem zu reden.

„Hallo." Erst als sie sich meldete, kam ihr in den Sinn, dass der Anrufer möglicherweise ihre Mutter sein könnte mit dem bewussten Mann im Schlepptau. Doch jeder Mann, den ihre Mutter ihr vorstellen würde, würde diesen Albtraum nur noch drückender machen.

„Shelly, hier ist Jill. Geht es dir gut? Du klingst ein wenig seltsam."

„Jill!“ Shelly war so erleichtert, dass ihr die Knie zitterten. „Gut, dass du es bist!“

„Was ist los?“

Womit sollte sie anfangen? „Meine Tante Milly hat mir ein Hochzeitskleid geschickt, und es ist gerade angekommen. Ich weiß, dass das nichts Ungewöhnliches zu sein scheint, es sei denn, du würdest die Familiensaga über meine Tante und meinen Onkel John kennen.“

„Die kenne ich nicht.“

„Natürlich nicht, sonst wüsstest du, was ich gerade durchmache“, erwiderte Shelly scharf. Sofort tat es ihr leid, ihre beste Freundin so gereizt behandelt zu haben. Mühsam versuchte sie sich zusammenzunehmen und begann zu erklären. „Das Hochzeitskleid, das mir gerade per Post zugestellt worden ist, ist das, das sich seit vierzig Jahren im Besitz meiner Familie befindet. Der Grund dafür ist, dass es so gut wie sicher ist, dass ich es irgendwann einmal tragen werde.“

„Ich wusste nicht einmal, dass du dich mit irgendjemand Bestimmtem triffst“, warf Jill leicht gekränkt ein.

„Ich werde ja auch nicht heiraten, noch lange nicht. Wenn jemand das wissen müsste, dann du.“

„Dann will deine Tante einfach nur, dass du es trägst, wenn es so weit ist.“

„Es gibt noch eine Tatsache, die du nicht weißt!“ Shelly schrie fast. „Meine Tante Milly ist eigentlich die Tante meiner Mutter und nur ein paar Jahre jünger als meine Großmutter. Sie ist kurz nach dem Zweiten Weltkrieg Anwältin geworden und hat hart dafür kämpfen müssen ihren Abschluss zu bekommen. Dann hat sie sich entschieden, Karriere zu machen.“

„Mit anderen Worten, sie hat vorgehabt, niemals zu heiraten.“

„Genau das.“

„Aber offenbar hat sie es dann doch getan.“

„Ja, und die Geschichte, wie es passiert ist, ist seit Jahren Familiengeschichte. Tante Milly hat all ihre Kleider anfertigen lassen. Und irgendwann hat sie einen besonders schönen weißen Stoff zu einer schottischen Frau gebracht, die den Ruf hatte, die beste

Schneiderin im Umkreis zu sein. Milly brauchte ein Abendkleid für einen formellen Anlass, der natürlich mit ihrem Beruf zusammenhing. Die Frau nahm Millys Maße und versicherte ihr, das Kleid würde in einer Woche fertig sein."

„Und?", drängte Jill sie, als Shelly stockte.

Der Teil der Geschichte, der jetzt kam, missfiel Shelly am meisten. „Und ... als Milly zurückkehrte, um das Kleid abzuholen, war es nicht das Kleid, das sie bestellt hatte. Die schottische Schneiderin erklärte daraufhin, sie habe das ‚zweite Gesicht'."

„Die Frau war Hellseherin?"

„Jedenfalls hat sie das behauptet." Shelly holte tief Luft.

„Sie erzählte meiner Tante, eine Vision gehabt zu haben, als sie anfing, das Kleid zu nähen. Und zwar eine ganz klare Vision, die meine Tante beträfe. Und anscheinend hatte dieses Bild ihr gezeigt, dass Milly heiraten würde. Die Frau war so sehr davon überzeugt, dass sie ihr statt eines einfachen Abendkleides ein elegantes Hochzeitskleid genäht hatte, mit weißem Satin, Spitze und bestickten Perlen."

„Die Geschichte klingt wundervoll, Shelly", sagte Jill und seufzte auf.

„Das Kleid ist ja auch wundervoll, aber verstehst du denn nicht ...?"

„Was soll ich verstehen?"

Shelly hätte vor Frustration beinahe aufgestöhnt. „Die Frau hat darauf beharrt, dass meine Tante Milly, die sich nur ihrem Beruf hingegeben hatte, innerhalb eines Jahres heiraten würde. Und bis ins kleinste Detail ist es genau so eingetroffen, wie die Schneiderin es vorausgesagt hatte."

Jill seufzte erneut. „Das ist die romantischste Geschichte, die ich jemals gehört habe."

„Das ist keine romantische Geschichte", erklärte Shelly streitlustig. „Das ist das Schicksal, das in das Leben eines Menschen eingreift. Das Leben ist manchmal eben seltsam. Ich weiß, dass es komisch klingt, aber ich bin mit dieser Geschichte aufgewachsen. Es scheint so, als habe meine Tante in dieser Angelegenheit überhaupt keine Wahl gehabt."

„Und nun hat sie dir das Hochzeitskleid geschickt?"

„Ja", erwiderte Shelly elend. „Verstehst du nun, warum ich aufgeregt bin?"

„Ehrlich gesagt, nein. Nun komm schon, Shelly, es ist nichts weiter als ein altes Kleid. Du übertreibst. Du klingst so, als wäre es dir bestimmt, den nächsten Mann zu heiraten, dem du begegnest."

„Woher wusstest du das?", fragte Shelly erstickt.

„Was wusste ich?"

„Das ist genau das, was Tante Milly passiert ist. Es ist ein Teil der Geschichte. Sie hat versucht, das Kleid zurückzuweisen, aber die Schneiderin wollte es nicht nehmen. Sie wollte auch keine Bezahlung dafür. Und als meine Tante das Geschäft verlassen hat, hatte sie Probleme mit dem Wagen und brauchte einen Mechaniker. Dieser Mechaniker war mein Onkel John. Und Tante Milly hat ihn geheiratet. Sie hat den ersten Mann geheiratet, den sie getroffen hat, genau, wie die Schneiderin es vorausgesagt hatte."

„Shelly, das heißt nicht, dass auch du den nächsten Mann heiraten wirst, den du triffst", stellte Jill ruhig fest. Viel zu ruhig, wie Shelly fand. Vielleicht erkannte Jill ja eine Krise nicht, selbst wenn sie direkt davor stand. Sie redeten hier über ihre, Shelly Hansens, Bestimmung. Über Vorherbestimmung. Über Schicksal. Gut, möglicherweise war sie ein bisschen, aber nur ein kleines bisschen melodramatisch, aber wer würde ihr das vorwerfen können, wo sie doch einen so furchtbaren Tag gehabt hatte.

„Tante Milly hat ganz geradeheraus gesagt, dass ich bald heiraten werde. Und der Familienlegende nach müsste ich den ersten Mann heiraten, den ich treffe, nachdem ich das Kleid erhalten habe."

„Das mit dem Kleid ist nur ein Zufall", versicherte Jill ihr. „Deine Tante hätte deinen Onkel sicher auch dann geheiratet, wenn sie das Kleid nicht gehabt hätte. Es wäre auch so passiert.

Und vergiss nicht, dass deine Tante mittlerweile eine ältere Lady ist", fuhr Jill beruhigend fort. „Ich kenne eine wundervolle ältere Lady, die alle paar Wochen in die Apotheke kommt und mir versichert, dass ich bald heiraten werde. Ich lächele dann nur, nicke und führe ihr Rezept aus. Sie meint es ja nur gut, und ich bin sicher, dass deine Tante Milly ebenfalls die besten Absichten hat. Sie will nur, dass du ebenso glücklich wirst, wie sie es mit deinem Onkel gewesen ist. Aber ich glaube, es ist ein Fehler, irgendeine ihrer Vorhersagen ernst zu nehmen."

Shelly atmete laut aus. Jill hatte recht. Tante Milly war ein Schatz, der das Glück ihrer Großnichte am Herzen lag. Sie hatte selbst eine lange, glückliche Ehe erlebt und wollte dasselbe für sie. Aber sie, Shelly, hatte einen Beruf und ganz bestimmte Ziele, und keines von ihnen schloss ein, einen Fremden zu treffen und ihn zu heiraten.

Die Geschichte von Tante Millys Hochzeitskleid gehörte sozusagen zum Familienschatz, und sie hatte sie zum ersten Mal als Kind gehört und sie geliebt. In ihrer kindlichen Romantik hatte sie einen festen Platz neben den Märchen von Aschenputtel und Dornröschen eingenommen. Damals hatte sie Wahrheit und Fantasie kaum voneinander trennen können. Doch jetzt war sie erwachsen, und sie würde weder ihr Herz noch ihr Leben von so etwas Seltsamem, wie einem magischen Kleid oder einer Legende bestimmen lassen.

„Du hast vollkommen recht", verkündete sie mit Nachdruck. „Die ganze Sache ist einfach lächerlich. Nur weil das Hochzeitskleid Tante Milly vor fünfzig Jahren mit einem Mann zusammengebracht hat, muss es das nicht auch bei mir bewirken, gleichgültig, was sie behauptet."

„Ein Glück, dass du endlich vernünftig wirst."

„Sie hat sich noch nicht einmal die Mühe gemacht, mich nach meiner Meinung zu fragen, bevor sie mir dieses sogenannte magische Hochzeitskleid geschickt hat. Ich will jetzt noch nicht heiraten, also werde ich das Kleid nicht brauchen. Es ist zwar eine nette Geste, aber vollkommen überflüssig."

„Genau."

„Ich bin nicht daran interessiert, eine Vision abzugeben. Ich glaube nicht an diese Art Magie."

„Ich auch nicht", unterstützte Jill sie.

Shelly fühlte sich sehr erleichtert und seufzte auf. Die Verspannung in ihrem Nacken löste sich langsam. Jill war wie immer eine große Hilfe mit ihrer praktischen Sicht der Dinge, und Tante Milly war und blieb eine wundervolle ältere Lady. Aber die Geschichte war nichts weiter als eine schöne Familiensage, und es wäre lächerlich, sie ernst zu nehmen.

„Wollen wir uns morgen treffen?", schlug Jill vor. „Wir haben uns schon so lange nicht mehr gesehen."

„Das würde mir gut passen", meinte Shelly sofort. Obwohl sie seit dem College gute Freundinnen waren, war es im Moment schwierig für sie, sich bei der Hektik in ihrem Berufsleben zu verabreden. „Wann und wo?"

„Wie wäre es mit dem Einkaufszentrum? Das wäre das Einfachste für mich, weil ich morgen dort arbeiten muss. Ich könnte kurz vor zwölf Uhr mittags eine Pause machen."

„Gut. Dann treffen wir uns um zwölf bei ‚Patrick's'." Lunch mit Jill war genau das Gegenmittel, was sie nach diesem schrecklichen Tag brauchte. Aber was hatte sie auch von einem Freitag, dem Dreizehnten erwarten können?

Am nächsten Tag verschlief Shelly und blieb dann auch noch auf dem Weg zum Einkaufszentrum in einem Verkehrsstau stecken. Sie hasste es, sich zu verspäten, aber es passierte ihr immer wieder.

Auf dem überfüllten Parkplatz, der das Einkaufszentrum umgab, war kaum noch eine Lücke zu finden, und nachdem sie endlich eine entdeckt hatte und aus dem Auto war, ging sie hastig zum nächsten Eingang. ‚Patrick's' war ein gemütliches, angenehmes Restaurant im oberen Stockwerk und zur Lunchzeit gewöhnlich sehr gut besucht, denn das Essen dort schmeckte ausgezeichnet. Shelly hatte schon oft dort gegessen. Sie liebte vor allem die Shrimps mit Salat.

Ein Blick auf die Armbanduhr zeigte ihr, dass es bereits nach zwölf war. Jill wartete bestimmt schon auf sie, und sie eilte zur

Rolltreppe. Es war Wochenende und das Einkaufszentrum gedrängt voll. Nur mühsam gelang es Shelly, sich einen Weg durch die Menge der Menschen zu bahnen.

Sie wusste nicht genau, ob die Vorfreude auf die Shrimps mit Salat sie abgelenkt hatte, jedenfalls verlor sie in dem Moment, da sie ihren Fuß auf die unterste Stufe der Rolltreppe setzte, das Gleichgewicht.

Sie schrie erschrocken auf und ruderte mit den Armen, um nicht hinzufallen. Doch vergeblich. Sie fand keinen Halt und fiel nach hinten.

Shelly landete in den Armen eines Mannes, und das überrumpelte sie ebenso, wie überhaupt das Gleichgewicht verloren zu haben. Ungläubig drehte sie sich herum, um ihrem Retter zu danken. Doch das erwies sich als Fehler. Ihre Aktion überraschte den Mann, und bevor er es verhindern konnte, fielen sie beide zu Boden. Erneut erwartete Shelly, sich wehzutun. Doch stattdessen fühlte sie den kräftigen, aber dennoch behutsamen Griff von zwei Armen um ihre Taille, die sie schützten. Er hatte es geschafft, den Sturz – zumindest für sie – abzufangen. Shelly lag ausgestreckt über ihm und schaute in das Gesicht des attraktivsten Mannes, den sie jemals gesehen hatte. Ihr Herz schlug heftig, sie hielt den Atem an und versteifte sich.

Einen Moment lang sprach keiner von ihnen ein Wort. Bevor Shelly etwas sagen konnte, hatte sich rings um sie bereits eine Menge Schaulustiger gebildet. „Ist alles in Ordnung mit Ihnen?“, sagte sie schließlich mit schwacher und atemloser Stimme. „Es tut mir so leid …“

„Mir geht es gut. Was ist mit Ihnen?“

„Gut, glaube ich.“

Ihre Brüste drückten sich an einen muskulösen Oberkörper, ihre Gesichter waren nur Zentimeter voneinander entfernt. Shellys langes Haar war vornübergefallen und umrahmte sein Gesicht. Er duftete nach Minze und irgendeiner frischen Seife. Neugierig betrachtete Shelly seine Gesichtszüge. Sie konnte deutlich die kleinen Lachfalten in den Winkeln seiner saphirblauen Augen sehen, und ebenso klar bemerkte sie die feinen

Kerben um seinen Mund. Er hatte eine klassische gerade Nase, und seine Lippen waren voll und sinnlich. Zumindest die Unterlippe. Shelly brauchte nicht lange, um zu erkennen, dass dieser Mann sehr männlich war. Ohne zu zögern, erwiderte er ihren Blick, als stünde er wie sie unter dem Bann dieses Momentes.

Weder der Mann noch Shelly bewegten sich, und obwohl Shelly davon überzeugt war, dass dieses atemberaubende Gefühl in ihr von dem Sturz herrührte, gelang es ihr einfach nicht, wieder normal zu atmen. „Sind Sie verletzt, Miss?"

Zögernd schaute Shelly zu dem Kaufhauswächter hoch, der neben ihr stand. „Nein, ich … ich glaube nicht."

„Sir?"

„Alles in Ordnung."

Der Griff seiner Arme, die sie so sicher gehalten hatten, lockerte sich.

„Würden Sie sich einen Moment hierhersetzen?" Der Wächter deutete auf eine Bank. „Der Krankenwagen ist unterwegs."

„Ein Krankenwagen? Aber ich habe Ihnen doch gerade gesagt, dass ich nicht verletzt bin", bemerkte Shelly. Der Wächter half ihr auf die Füße. Ihre Beine zitterten und sie atmete ein wenig hastig, aber ansonsten war sie unverletzt.

„Es ist wirklich nicht nötig, Officer", stimmte der Mann, der mit ihr gefallen war, ihrem Protest zu.

„Das ist unser Kundendienst." Der Wächter hakte die Daumen in seinen breiten Ledergürtel und wippte auf den Fußballen vor und zurück. „Wir lassen jeden unserer Kunden, der hier einen Unfall hatte, sofort auf unsere Kosten untersuchen."

„Wenn Sie befürchten, dass wir eine Anzeige machen könnten …"

„Ich habe diese Regeln nicht aufgestellt", unterbrach der Wächter Shellys Retter. „Ich sorge nur dafür, dass sie befolgt werden. Wenn Sie sich nun bitte hierhersetzen würden?" Er zeigte auf eine kleine Bank. „Die Sanitäter müssen jede Sekunde eintreffen."

„Ich habe aber keine Zeit, darauf zu warten!", rief Shelly. „Ich bin verabredet.“ Himmel, wie sollte sie Jill diese Verspätung nur erklären? Dass oben an dem Geländer der Rolltreppe eine Traube von Menschen stand und neugierig heruntersah, würde es ihr auch nicht erleichtern, möglichst schnell zu ihr zu kommen.

„Ich habe ebenfalls eine Verabredung“, meinte der Mann und sah auf seine Uhr.

Der Wächter beachtete ihre Proteste nicht, holte ein kleines Notizheft aus seiner Hemdtasche und öffnete es. „Ihre Namen, bitte.“

„Shelly Hansen.“

„Mark Brady.“

Er notierte die Namen und eine kurze Beschreibung des Zwischenfalls.

„Ich muss doch wohl nicht auch noch mit ins Krankenhaus, oder?“, wollte Shelly wissen. „Das kommt darauf an.“

Die ganze Sache war einfach lächerlich. Es ging ihr gut. Sie war zwar ein wenig zittrig, zugegeben, aber nicht verletzt. Plötzlich fiel ihr ein, dass sie ihrem Retter noch gar nicht gedankt hatte. Sein Name war Mark Brady, wenn sie das eben richtig gehört hatte.

„Das alles tut mir schrecklich leid“, sagte sie. „Ich kann Ihnen gar nicht genug dafür danken, dass Sie mich gerettet haben.“

„Vielleicht passen Sie das nächste Mal jetzt ja besser auf.“ Mark sah erneut auf seine Uhr.

„Das werde ich. Aber ich schlage vor, dass Sie mich einfach fallen lassen, sollte es noch einmal passieren.“ Die Verzögerung war auch für sie unangenehm, aber das war kein Grund, derart gereizt zu sein. Sie schaute auf ihren Retter und schüttelte leicht den Kopf. Der Mann sah aus, als sei er direkt vom Fließband für leitende Angestellte gekommen. Er trug einen dunkelblauen Anzug mit Krawatte und ein blütenweißes Hemd mit goldenen Manschettenknöpfen. Er war so originell wie gekochter Brei. Und hatte genauso viel Charme.

Während Shelly ihn musterte, bemerkte sie, dass er sie ebenfalls prüfend betrachtete. Offensichtlich war auch er nicht gerade beeindruckt von ihr. Dabei war ihr Sweatshirt leuchtend orange, und die Jeans saßen hauteng. Ihre Basketballschuhe waren schwarz, und die Socken, die man noch ein wenig sah, hatten haargenau den Ton ihres Sweatshirts. Shelly reckte das Kinn und warf ihr Haar zurück. Eine Flut von Locken fiel um ihre Schultern. Mark Bradys Miene verriet deutlich sein Missfallen.

Die breiten Eingangstüren der Halle öffneten sich, und die Sanitäter des Hauses kamen herein. Sekunden später war auch die Ambulanz mit zwei weiteren Sanitätern da. Shelly war irritiert, dass ein derart unbedeutender Anlass eine derart große Aufmerksamkeit bewirkte.

Ein Sanitäter kniete sich vor sie hin, während der andere sich um Mark kümmerte. Bevor sie verstand, was vorging, hatte der Mann ihr den Schuh ausgezogen und prüfte ihren Knöchel. Mark wurde ebenfalls untersucht. Der Sanitäter presste ein Stethoskop auf sein Herz. Mark schien diese Prozedur kein bisschen mehr zu schätzen als sie.

Erst als er aufstand, bemerkte sie, wie groß er war. Bestimmt weit über eins achtzig. Das passt gut zu meinen fast eins siebzig, dachte Shelly spontan.

Doch dann traf dieser Gedanke sie wie ein Schlag in den Magen. Was für ein Blödsinn! Tante Milly hatte zwar geschrieben, dass sie sie neben einem großen, jungen Mann hatte stehen sehen, und sicher, Mark Brady war groß, sehr groß sogar, größer als alle Männer, die sie jemals kennengelernt hatte. Aber Tante Milly hatte auch etwas über ihre, Shellys, blauen Augen geschrieben, und sie hatte keine blauen Augen! Ihre Augen waren braun, haselnussbraun! Dafür hatte Mark allerdings blaue Augen, und zwar von genau dem lebhaften Blau, das nahezu alle Frauen einfach hinreißend fanden. Blödsinn? Shelly konnte ihre erste Reaktion auf ihn nicht vergessen. Sie hatte sich von ihm angezogen gefühlt, und zwar sehr angezogen. Und es war schon lange her, dass ein Mann sie dermaßen interessiert hatte. Jedenfalls, bis er aufgestanden war. Da hatte ein kurzer Blick genügt, um ihr klarzumachen, dass sie nichts gemeinsam hatten. Mark Brady hatte sicherlich nicht ein einziges Kleidungsstück, das nicht schwarz, blau oder braun war. Offensichtlich hatte der Mann keinerlei Fantasie. Plötzlich kam ihr ein schrecklicher Gedanke, und sie schaute beunruhigt auf seine Hand. Aber sie konnte keinen Ehering entdecken. Sie schloss die Augen und sank mit einem Stöhnen gegen die Lehne der Bank.

„Miss?" Der Sanitäter betrachtete sie aufmerksam.

„Entschuldigen Sie." Sie richtete sich schnell wieder auf und zog dann ungeduldig an Marks Anzugjackett. Aber er unterhielt sich gerade mit dem anderen Sanitäter und drehte sich nicht einmal zu ihr um. „Verzeihen Sie!", sprach sie ihn laut an.

„Ja?" Er drehte sich um und sah sie unwillig an.

Sie hatte jetzt zwar seine Aufmerksamkeit erregt, wusste aber nun nicht mehr, wie sie weiterreden sollte. „Vielleicht kommt Ihnen diese Frage albern vor, aber ... ähm, sind Sie verheiratet?"

„Nein." Marks Miene verriet sein Befremden.

„Oh nein!" Shelly stöhnte auf. „Das hatte ich befürchtet."

„Wie bitte?"

„Aber Sie haben doch bestimmt eine feste Freundin, nicht wahr? Ich meine, Sie sind schließlich ein großer, gut aussehender Mann. Es muss doch jemand Wichtigen in Ihrem Leben geben. Irgendjemand? Bitte denken Sie nach. Es gibt sicher jemanden." Sie merkte, dass sie immer verzweifelter gesprochen hatte, aber sie konnte nichts dagegen tun. Tante Millys Brief ging ihr nicht aus dem Sinn. Da nützte auch die ganze Logik nichts, mit der sie und Jill gestern Abend geredet hatten.

Sowohl der Sanitäter als auch Mark schauten sie unverwandt an.

„Sind Sie sicher, dass Sie nicht doch mit ins Krankenhaus kommen und mit dem Arzt reden wollen?", fragte der Sanitäter freundlich.

Shelly nickte. „Das bin ich", sagte sie abwesend. „Wovon leben Sie, Mr Brady?"

„Ich bin Wirtschaftsprüfer", gab er zurück und sah sie missmutig an.

„Ein Buchhalter!", flüsterte sie. Das hätte sie sich denken

können, so seriös und würdevoll, wie er aussah. Und genauso langweilig. Er war der Typ Mann, der gewiss noch nie etwas von Entspannungsvideos für Hauskatzen gehört hatte. Und vermutlich würde er auch nicht daran interessiert sein, mit ihnen zu handeln.

Tante Milly konnte einfach nicht Mark und sie in ihrem Traum gesehen haben. Nicht Mark Brady. Sie und er passten unmöglich zusammen. Eine Beziehung zwischen ihnen würde keine fünf Minuten dauern! Sie musste verrückt sein, auch nur daran zu denken. Aber Jill hatte sie ja gewarnt, Tante Millys Vorhersagen ernst zu nehmen.

„Kann ich gehen?“, fragte sie den Sanitäter. „Ich habe nicht einmal eine Schramme.“

„Ja, aber Sie müssen hier unterzeichnen.“

Shelly tat es, ohne den Zettel durchzulesen. Doch Mark las prüfend jeden einzelnen Satz. Natürlich tat er das! „Ähm, Mr Brady …“ Sie zögerte, und Mark schaute sie an. „Vielen Dank“, sagte sie einfach. „Keine Ursache.“

Sie zögerte immer noch wegzugehen. „Möchten Sie noch etwas?“

Wie sollte sie es ihm nur sagen? Doch gleichgültig, wie, sie musste es tun. „Fühlen Sie sich bitte jetzt nicht angegriffen. Sie sind … wirklich ein toller Mann, aber … Ich möchte nur, dass Sie wissen, dass ich im Moment nicht an einer Hochzeit interessiert bin.“

2. KAPITEL

Jill kannte die Speisekarte bereits auswendig, als Shelly endlich kam.

„Was hat dich aufgehalten? Ich bin schon seit über einer halben Stunde hier."

„Ich ... ich bin auf der Rolltreppe gestürzt."

Jill schaute sie alarmiert an. „Um Himmels willen! Bist du okay?"

Shelly nickte ein wenig verlegen. „Mir geht es gut ... danke."

„Solltest du nicht lieber zum Arzt gehen?"

„Das bin ich schon." Shelly vermied es, sie anzusehen. „Jedenfalls so ähnlich. Der Kaufhauswächter hat die Sanitäter gerufen. Es waren eine ganze Reihe."

„Kein Wunder, dass du dich verspätet hast."

„Ich wäre sowieso zu spät gekommen", gab Shelly zu und griff nach der Karte, obwohl sie längst wusste, was sie nehmen wollte.

„Dieser Vorfall hat dich ziemlich verwirrt, nicht wahr?"

„Es ist nicht der Sturz, der mich beunruhigt", Shelly ließ die Karte sinken, „es ist der Mann, der mich aufgefangen hat."

Jill warf ihr einen amüsierten Blick zu. „Natürlich! Ich hätte mir denken können, dass da ein Mann mit im Spiel war."

„Vielleicht kannst du dir versuchen vorzustellen, wie ich mich gefühlt habe", sagte Shelly vorwurfsvoll. „Vor allen Dingen, weil ich mich immer noch nicht von Tante Millys Hochzeitskleid erholt habe."

„Erzähl mir nicht, dass du dir immer noch Gedanken über diesen Unsinn machst, den deine Tante dir geschrieben hat, dass du den ersten Mann heiraten wirst, den du triffst."

„Natürlich nicht, das wäre zu albern. Es ist nur ... ich werde das komische Gefühl nicht los, dass dieses blöde Hochzeitskleid irgendetwas an sich hat."

„Dann schick es doch zurück."

„Das kann ich nicht." Shelly schlug mit der Karte auf den Tisch. „Tante Milly hat mich gewarnt, so etwas zu tun, wenn auch nicht ausdrücklich. Sie hat geschrieben, ich solle das Kleid nicht ignorieren. Aber wie sollte ich das auch? Das Ding hängt wie ein Damoklesschwert über meinem Haupt."

„Ich glaube, du übertreibst die ganze Sache."

„Das ist ja das Verrückte! Ich weiß das ja selbst! Aber ich scheine nicht damit aufhören zu können. Ich bin mit dieser Legende von dem Kleid aufgewachsen, und nun ist es in meine Hände übergegangen. Ich habe ein Stück Familiengeschichte hinten in meinem Kleiderschrank hängen. Der Himmel möge verhüten, dass meine Mutter davon erfährt." Ein schmerzlicher Gedanke!

„Du hast das Kleid also in deinem Schrank hängen?"

„Ich konnte es ja wohl kaum unter meinem Bett verstecken. Das habe ich übrigens versucht, aber ich konnte nicht einschlafen. Also bin ich aufgestanden und habe es ganz hinten in den Schrank getan." Shelly schob die Speisekarte hin und her. „Das hat mich aber auch beunruhigt. Ich habe mich die halbe Nacht herumgewälzt und mich daran erinnert, dass Tante Milly damals das Gleiche gemacht hat."

„Sie hat das Kleid unter ihr Bett gestopft?"

Shelly nickte langsam. „Ich glaube, so war es. Sie hat versucht, es nicht anzunehmen, aber die Schneiderin bestand darauf, und als Milly in ihrer Wohnung ankam, hatte sie bereits meinen Onkel getroffen, obwohl sie damals noch nicht ahnte, dass sie ihn heiraten würde."

Jill sah sie skeptisch an. „Und was weiter? Ich meine, nachdem sie das Kleid unter das Bett gelegt hatte und nicht einschlafen konnte."

„Nun, sie hat es wie ich gemacht." Shelly stockte. „Sie hat es auf den Boden ihres Schranks geschoben." Sie fühlte sich, als habe sie ein Verbrechen zuzugeben. „Ich will nicht, dass ich ständig auf das Kleid sehen muss, also habe ich es so weit nach hinten gehängt, wie es ging."

„Natürlich." Jill versuchte vergeblich, ein Lächeln zu verbergen.

Shelly konnte zwar verstehen, dass jemand anders ihre Situation komisch finden konnte, aber sie selbst hielt sie keineswegs für amüsant. Nicht, wenn es ihre Zukunft war, die von irgendeiner kosmischen Macht herumgewirbelt wurde. Wenn das so weiterging, dann würde sie noch bis heute Nacht verheiratet sein und Kinder haben!

„Aber das ist nicht das Schlimmste!“, fuhr sie fort und stieß langsam die Luft aus. Warum nur schlug ihr Herz immer noch so schnell?

„Du meinst, es gibt noch etwas?“

Shelly nickte. Die Kellnerin erschien, nahm die Bestellung auf und kam im nächsten Moment mit einem Glas Eistee zurück. Shelly holte tief Luft, bevor sie weiterredete. „Ich bin diesem Mann, Mark Brady heißt er, buchstäblich in die Arme gefallen.“

„Wie angenehm.“

„Es war zwar ganz nett, dass er meinen Sturz aufgehalten hat“, erklärte Shelly ernst, „aber ich wünschte, er hätte es nicht getan.“

„Shelly!“

„Ich meine es so“, beharrte sie laut und vernehmlich. Sie schaute sich um, um sicherzugehen, dass niemand ihr zuhörte. „Der Mann ist Buchhalter“, fügte sie dann leise hinzu.

Jill reagierte mit spöttischem Entsetzen und schlug die Hand vor den Mund. „Ein Buchhalter?“

Genaugenommen ein Wirtschaftsprüfer. Aber kannst du dir ehrlich vorstellen, dass ich so jemanden heiraten würde?“

Jill dachte angestrengt nach. „Ein Wirtschaftsprüfer, ja?“, wiederholte sie schließlich gedehnt. „Du hast doch deine Umsatztabellen noch nicht ausgerechnet, wenn ich mich recht erinnere, nicht wahr? Du erstarrst doch immer, wenn du dich mit Zahlen beschäftigen sollst. Nein, wirklich, ich kann mir dich nicht zusammen mit so einem Mann vorstellen.“

In einer schwungvoll dramatischen Geste hob Shelly die Arme. „Damit ist die Beweisaufnahme abgeschlossen.“

Jill griff nach dem Brotkorb und suchte sich umständlich ein Brötchen aus. „Nur weil du ihm in die Arme gefallen bist, bedeutet das doch noch lange nicht, dass du ihn auch heiraten musst“, sagte sie sachlich.

„Das weiß ich.“

„Wo liegt dann das Problem?“

„Das eben weiß ich nicht. Aber ich habe das Gefühl, als würde ich wie eine kleine Nadel von einem starken Magneten angezogen werden.“

„Das ist Unsinn.“

„Sicher“, stimmte Shelly ihr bereitwillig zu. „Ich wünschte nur, ich hätte Mark nichts gesagt.“

Jill legte mit übertriebener Sorgfalt das Brötchen auf ihren Teller. „Hast du ihm die Geschichte von dem Hochzeitskleid deiner Tante etwa erzählt?“

„Natürlich nicht!“ Wie konnte Jill nur so etwas von ihr annehmen! „Ich habe ihm nur gesagt, dass ich ihn nicht heiraten könnte.“

„Bitte? Das ist nicht dein Ernst! Hast du das wirklich getan?“

Shelly nickte zögernd. „Ich weiß nicht, warum ich etwas so Albernes gesagt habe. Ich kann es ehrlich nicht erklären. Und ich will lieber gar nicht wissen, was er von mir hält. Nicht, dass ich die Absicht hätte, ihn wiederzusehen. Es sei denn …“

„Es sei denn, was?“

Die Kellnerin unterbrach das Gespräch und servierte den Lunch. Jill hatte heißen Spinatsalat mit Hühnerfleisch und Sesamsamen bestellt, und Shelly bekam endlich ihre Shrimps mit Salat.

„Nun red' schon weiter!“, drängte Jill sie, nachdem die Kellnerin gegangen war. „Du hast nicht vor, Mark wiederzusehen, es sei denn …“

„Unvermeidlich.“

„Du meinst, dass die erste Begegnung deiner Tante Milly mit deinem Onkel John nicht auch ihre Letzte gewesen ist?“ Jill musste lachen. „Wie dumm von mir. Natürlich war sie das nicht.“

„Nein. Sie sind sich beim ersten Mal nur zufällig begegnet, und Tante Milly hat genauso viel Widerwillen verspürt wie ich. Versteh mich nicht falsch. Onkel John ist ein wundervoller Mann gewesen, und wie sich herausgestellt hat, war er genau der Richtige für meine Tante: Aber die beiden waren so unterschiedlich wie Tag und Nacht. Tante Milly hatte ein Diplom, während

Onkel John noch nicht einmal die Highschool besucht hat." Shelly seufzte wehmütig. Früher einmal hatte sie selbst sich in diese Liebesgeschichte ihrer Tante hineingeträumt, doch mittlerweile erschien sie ihr überhaupt nicht mehr so aufregend zu sein. „Er hat Milly damals geholfen, als ihr Wagen liegen geblieben ist. Am nächsten Tag hatte Milly einen Fall vor Gericht, wo sie einen Klienten verteidigte ..."

„Und dein Onkel war der Prozessgegner ihres Klienten."

Shelly nickte. „Ja, aber das war erst der Anfang. Jedes Mal, wenn sie sich umdrehte, sind sie aufeinandergestoßen."

„Wie lange, nachdem sie sich das erste Mal getroffen haben, haben sie denn geheiratet?", fragte Jill ahnungsvoll.

Diese Frage hatte Shelly am meisten gefürchtet. Sie schloss die Augen. „Zehn Tage", flüsterte sie.

„Zehn Tage!"

„Ich weiß, dass es unwahrscheinlich klingt. Aber anscheinend haben sie nach dem ersten Kuss gemerkt, dass es keinen Sinn hatte, dagegen anzukämpfen."

„Hat deine Tante ihrem John denn erzählt, was die Schneiderin über das Hochzeitskleid gesagt hat?"

Shelly zuckte die Schultern. „Das weiß ich nicht. Aber ich vermute, nein, jedenfalls nicht sofort." Sie hatte bis jetzt ihren Salat noch nicht angerührt und machte eine Pause, um eine Gabelvoll ihrer liebsten Meerestiere zu genießen. „Sie sind durchgebrannt, ohne irgendjemandem etwas zu sagen", meinte sie dann unvermittelt.

„Hatten sie Kinder?", wollte Jill wissen.

„Drei Jungen. Die Cousins meiner Mutter."

„Und was ist mit Enkelinnen? Man könnte annehmen, dass deine Tante das Kleid eigentlich einer von ihnen hätte geben sollen."

„All ihre Söhne haben ebenfalls nur Jungen. Da komme ich einer Enkelin wohl noch am nächsten."

„Zehn Tage", wiederholte Jill. „Das ist schon was." Versonnen schaute sie Shelly an. „Erzähl mir, wie Mark Brady aussieht."

Shelly nahm die Aufforderung wie selbstverständlich an und

konzentrierte sich, um ihre Eindrücke von Mark in eine einigermaßen vernünftige Beschreibung zu fassen. Er hatte auf eine Art und Weise verlockend auf sie gewirkt, die sie sich nicht erklären konnte. Nicht, wo er doch so prinzipientreu und halsstarrig zu sein schien. „Er ist sehr groß", begann sie schließlich.

„Wie groß?"

„So groß wie ein Basketballspieler. Er muss weit über eins achtzig sein."

„Hat er braunes Haar?"

Shelly nickte. „Und strahlend blaue Augen. Wirklich blaue Augen. Ich kann mich nicht erinnern, wann ich das letzte Mal einen Mann mit einer derart klaren Augenfarbe getroffen habe. Sie scheinen zu ..." Verwirrt von der Empfindung, die die Erinnerung an Mark in ihr wachrief, brach sie ab. Obwohl ihre Begegnung nur kurz gewesen war, hatte sie das seltsame Gefühl, diesem Mann trauen zu können. Und zwar vollständig. Es war eine Erfahrung, die sie mit keiner vergleichen konnte, die sie jemals mit einem anderen Mann gemacht hatte. Sie mochte das Gefühl nicht, es ließ sie sich unbehaglich fühlen. Bis Jill angefangen hatte, sie nach Mark auszufragen, hatte sie gar nicht bemerkt, überhaupt Gefühle für ihn zu haben, außer natürlich Verlegenheit.

„Warum willst du das eigentlich wissen?", fragte sie Jill.

Jill schaute sie mit einem ziemlich albernen, wie Shelly fand, Lächeln an. „Wenn er wirklich so groß ist, wie du gesagt hast, dunkelbraunes Haar und tiefblaue Augen, hat, dann ist dieser Mann soeben ins Restaurant gekommen."

„Was?" Shelly hatte das Gefühl, keine Luft mehr zu bekommen. „Mark ist hier? Mark Brady?"

„Nun, daran ist nichts Ungewöhnliches, nicht wahr? Schließlich bist du ihm hier in diesem Einkaufszentrum in die Arme gefallen." Jill blickte vielsagend auf die Uhr. „Vor ... ungefähr einer Stunde."

„Er ist hier." Shelly musste sich selbst vergewissern, ob Jill recht hatte. Es mochte logisch sein, dass Mark sich entschieden hatte, ausgerechnet bei „Patrick's“ zu lunchen. Es war nur schade, dass sie ihr heftig klopfendes Herz nicht ebenfalls davon überzeugen konnte.

„Er sitzt am anderen Ende des Raumes“, flüsterte Jill. „Hat er mich schon gesehen?“

„Ich glaube nicht.“

Inständig hoffend, dass sie sich nicht zu auffällig benahm, drehte Shelly sich um und schaute verstohlen in seine Richtung. Im gleichen Moment schaute Mark zufällig hoch, und ihre Blicke trafen sich. Unwillkürlich hielt Shelly den Atem an. Ihre Hände zitterten, und sie spürte, dass ihr der kalte Schweiß ausbrach.

Marks Miene verfinsterte sich, und er schaute weg.

Er schien überrascht, sie hier zu sehen, und es schien eine unerfreuliche Überraschung zu sein. Sie konnte ihm keinen Vorwurf machen.

„Nun, ist er es?“, wollte Jill wissen.

Shelly traute ihrer Stimme nicht und nickte nur rasch.

„Und? Wie fühlst du dich? Was denkst du jetzt?“

„Dass ich meinen Appetit verloren habe.“ Shelly bezweifelte, dass sie in der Lage sein würde, ihren Lunch aufzuessen. Sie fühlte sich schwach.

„Willst du meinen Rat?“ Jill lächelte schelmisch und wartete Shellys Antwort gar nicht erst ab. „Ich habe zwar nicht gerade eine Menge Erfahrung auf dem Gebiet von verzauberten Brautkleidern, aber ich habe neulich ein faszinierendes Buch über alte Hausmittel gelesen.“

„Oh, ja“, Shelly war derart verzweifelt, im Augenblick hätte sie alles ausprobiert.

„Knoblauch!“ Jills Augen glitzerten, aber ihre Stimme klang ernst. „Trag eine Knoblauchkette um den Hals. Sie schreckt nicht nur Vampire ab, sondern könnte vielleicht auch gegen mögliche Ehemänner helfen, die von verzauberten Brautkleidern heraufbeschworen worden sind.“

Shelly versuchte mit aller Kraft, Mark Brady nicht zu beachten, und tat es doch. Er saß steif und unerreichbar am anderen Ende des Restaurants. Sie selbst fühlte sich allerdings auch so, als habe sie einen Besenstiel verschluckt. Jill ließ sich mit ihrem Kaffee viel Zeit. Sie schien ja eine endlose Mittagspause zu haben. Aber sie, Shelly, hatte es eilig, wegzukommen. Je eher sie ging, desto eher konnte sie diese beunruhigende Erfahrung vergessen.

„Vergiss nicht, am Dienstag sind wir zu Morgans Baby-Party eingeladen", sagte Jill, als Shelly entschlossen nach ihrer Handtasche griff.

Shelly hatte die Party völlig vergessen, verständlich, wenn sie an ihre momentane geistige Verfassung dachte. Viele ihrer Freundinnen waren verheiratet, und einige hatten auch bereits Babys. „Wollen wir gemeinsam hinfahren?", fragte sie Jill und überspielte so ihre Geistesabwesenheit.

„Sicher. Ich muss direkt von der Arbeit losfahren, also werde ich dich zu Hause abholen."

„Das passt mir gut." Shelly versuchte, sich ihre blonde, zerstreute Schulfreundin Morgan als Ehefrau und Mutter vorzustellen. Morgan hatte alle Mitschüler dazu gebracht, sich jede Familienserie anzuschauen. Und bevor sie sich versahen, waren alle damit beschäftigt gewesen, sich mit den Serienfiguren zu identifizieren. Es wurde so wichtig wie die tägliche Mahlzeit, zu erfahren, ob Jesse, der Held einer der beliebtesten Serien, jemals seine wahre Liebe finden würde. Soweit Shelly sich erinnern konnte, hatte Jesse sie nicht gefunden.

Aber Jesse hat auch keine Tante Milly gehabt, schoss es ihr durch den Kopf. Wütend über diesen blödsinnigen Gedanken, legte Shelly ihren Anteil an der Rechnung auf den Tisch und stand auf. „Wir sehen uns Dienstag."

„Ja. Und ... Shelly? Schau nicht so besorgt drein. Kein auch noch so berühmtes Hochzeitskleid kann dein Leben verändern, wenn du es nicht selbst zulässt."

Jill hatte leicht reden. Es war schließlich nicht ihr Leben und nicht das Brautkleid ihrer Tante. Dennoch tat ihr der Rat gut. Tante Milly mochte ja einen verrückten Traum gehabt haben, in dem sie, Shelly, einen großen Mann geheiratet hatte und in dem blaue Augen vorgekommen waren, aber das bedeutete nicht, dass das auch in Wirklichkeit passieren würde. Vor allem dann nicht, wenn sie entschlossen war, es zu verhindern.

„Du hast völlig recht“, erklärte sie entschieden. „Ich weiß zwar, dass ich das schon häufiger gesagt habe, aber ich … nun, ich muss einfach immer wieder daran erinnert werden. Also, nochmals danke, Jill.“

Mit einem kurzen Winken verließ Shelly das Restaurant. Sie achtete kaum auf die bunten Schaufenster, an denen sie vorbeiging. Wie Jill schon erklärt hatte, hatte Tante Milly es gut gemeint, aber sie, Shelly, sollte den Brief und auch das Brautkleid nicht so ernst nehmen. Sie war mit ihrem Leben zufrieden, und das Letzte, was sie jetzt brauchen konnte, war ein Ehemann. Vor allem nicht so einen seriösen, üblichen wie Mark Brady.

Shelly wusste genau, in was für einen Mann sie sich verlieben würde. Er würde humorvoll sein, lebenshungrig und ebenso leidenschaftlich wie sie. Natürlich würde er ihre Arbeit zu schätzen wissen und auf seine eigene ebenfalls stolz sein. Er musste ebenso freiheitsliebend sein wie sie. Eben unkonventionell. Außerdem schätzte sie es, wenn ein Mann clever war und Initiative zeigte. Es wäre zwar nett, wenn er etwas mehr Organisationstalent hätte als sie, aber das war nicht unbedingt nötig. Gedankenverloren ging Shelly weiter, bis sie bemerkte, dass sie vor einem Juweliergeschäft stehen geblieben war. Ein großes Sortiment von Eheringen zog ihre Aufmerksamkeit auf sich. Sie betrachtete prüfend die Auswahl. Ihr Blick blieb an einem Ring hängen, der sich von den übrigen deutlich abhob. Er hatte drei Reihen von Diamantsplittern, die an beiden Seiten von einem dünnen, goldenen Band gehalten wurden. Der Ring überzeugte durch seine Schlichtheit und Schönheit und war gleichzeitig besonders.

Sie schaute ihn lange an und begann, wunderschöne Träume von einer glücklichen Braut und einem großen Bräutigam zu spinnen. Ein großer Bräutigam? Sofort brach sie ihren Tagtraum ab.

Was um alles in der Welt hatte sie denn da überkommen? Sie konnte sich diese Frage nicht beantworten. Aber was es auch war, sie mochte es nicht. Unruhig schaute sie umher, weil sie fürchtete, jemand könnte sie vielleicht beobachtet haben. Wenn sie ehrlich war, fürchtete sie, von jemand ganz Bestimmtem beobachtet worden zu sein. Jemand, der ganz bestimmt nicht mitbekommen sollte, dass sie mit ganz offensichtlicher Sehnsucht eine Kollektion viel zu teurer Trauringe anschaute. Mark Brady.

Wie von Furien gehetzt, eilte Shelly zum Ausgang des Einkaufszentrums. Sie konnte gar nicht so schnell gehen, wie sie sich getrieben fühlte. Aber sie verbot sich zu rennen. Doch wie schnell sie auch ging, das Gefühl, dass er da war und sie beobachtete, konnte sie nicht abschütteln. Sie schaute sich ein paarmal hastig um, sicher, dass irgendwo hinter ihr Mark Brady gehen und verächtliche Bemerkungen machen würde. Aber er war nirgendwo zu sehen.

Erst als sie wieder im Auto saß und dann endlich in ihrer Straße war, entspannte sie sich ein wenig. Sie parkte ihren Wagen und ging dann ins Foyer, um ihre Post zu holen. Kaum öffnete sie den Briefkasten, da steckte auch schon Elvira Livingstone ihren Kopf durch die Tür.

„Guten Tag, Shelly“, flötete sie und schaute sie erwartungsvoll an.

Shelly brauchte einen Moment, bis ihr klar wurde, dass Elvira darauf wartete, zu erfahren, was denn nun der Inhalt des Paketes gewesen sei.

„Es ist ein wirklich schöner Tag heute“, sagte Shelly unverbindlich und fuhr fort, ihre Post durchzusehen. Zwei Rechnungen, ein Reklamezettel und etwas vom Finanzamt. Bei ihrem augenblicklichen Glück war das vermutlich eine Nachricht über eine Buchprüfung. Ein kurzer Blick in den Umschlag gab ihr recht. Sie schloss die Augen und unterdrückte im letzten Moment ein Stöhnen.

„Es ist tatsächlich ein wundervoller Tag“, ließ Elvira sich wieder vernehmen.

Shelly stieß eine lautlose Verwünschung aus und stopfte das Formblatt des Finanzamtes in den Umschlag zurück. Als sie aufschaute, sah sie, dass Elvira mittlerweile in den Hausflur getreten war. Sie trug wieder eines ihrer farbenfrohen Hauskleider. Türkis und Purpurrot.

„Vermutlich fragen Sie sich, was in dem Paket war", gab Shelly ihr schließlich nach und legte die Post in ihre Handtasche. „Es war ein Geschenk meiner Großtante Millicent."

„Wahrscheinlich etwas von früher, nicht wahr?"

„Nun … woher wissen Sie das?"

„Ich würde es sehr ernst nehmen, was auch immer es ist", fuhr Elvira eindringlich fort, als habe sie die Frage nicht gehört. „Wizard hat einen großen Bogen um das Paket gemacht. Sie können davon halten, was Sie wollen, aber Wizard hatte immer schon ein feines Gespür, wenn es um solche Sachen geht."

„Es ist nur ein Kleid, Elvira", erklärte Shelly mit einem gekünstelten Lächeln, hinter dem sie ihr plötzlich aufkeimendes Unbehagen verbarg. „Wie soll ich denn bitte ein Kleid ernst nehmen?"

Elvira öffnete ihre Apartmenttür und hob eine große, schwarze Katze auf ihre Arme. „Das weiß ich nicht. Aber ich kann Ihnen sagen, dass Wizard Angst vor dem Paket hatte. Und das zeigt mir, dass irgendein Zauber auf dem Kleid liegt."

Shelly murmelte etwas von „es schrecklich eilig haben" und eilte dann die Treppe hoch, zwei Stufen gleichzeitig nehmend. Als sie endlich in ihrer Wohnung war, lehnte sie sich schwer atmend gegen die Tür. Sogar Elvira Livingstones Kater spürte, dass irgendetwas mit Tante Millys Hochzeitskleid nicht stimmte!

Als Jill sie am späten Dienstagnachmittag zu Morgans Baby-Party abholte, war Shelly bereits fertig und öffnete ihr ungeduldig die Tür. Sie konnte es kaum erwarten, endlich loszugehen, um einem erneuten Anruf ihrer Mutter zu entgehen. Die hatte nämlich vor Kurzem mit Tante Milly telefoniert und rief nun täglich an, um sich über die Fortschritte ihrer Tochter in deren Liebesangelegenheiten zu erkundigen.

„Wirst du es mir nun zeigen?", wollte Jill wissen und trat fröhlich ein.

„Was soll ich dir zeigen?"

Jill warf Shelly einen Blick zu, als stellte sie deren geistige Gesundheit infrage. „Das Brautkleid natürlich!"

Shelly hatte es geschafft, das Kleid ein paar Stunden zu vergessen und war heilfroh darüber. „Nein", erwiderte sie nachdrücklich. „Ich will von dem verdammten Ding nichts mehr wissen."

„Hast du kürzlich zufällig einen großen, blauäugigen Mann getroffen?" Jill konnte der Versuchung, ihre Freundin aufzuziehen, nicht widerstehen.

„Nein", entgegnete Shelly knapp. „Lass uns gehen!"

„Wir haben noch viel Zeit", konterte Jill, was stimmte, und ging zum Schlafzimmer. „Komm, es wird dir schon nicht wehtun, wenn du mich mal einen Blick drauf werfen lässt."

„Na gut", gab Shelly missmutig nach, folgte ihr und öffnete den Schlafzimmerschrank. Sie griff weit nach hinten, und als sie die Hand wieder herauszog, hielt sie das Kleid aus Satin und Spitzen hoch, damit Jill es sich ansehen konnte. Sie selbst hatte das Kleid an dem Tag, an dem sie es bekommen hatte, kaum betrachtet, und ihr stockte fast der Atem, als sie jetzt erkannte, wie wunderschön es doch war.

Hingerissen schaute Jill auf das Kleid. „Oh, Shelly, es ist … einfach wundervoll." Sie berührte behutsam den hohen schmalen Elisabethanischen Kragen und strich mit dem Finger über die Perlen, die ihn verzierten und auf der Brust zu einem wundervollen Perlenmuster ausliefen. „Ich kann dir nicht sagen, was ich erwartet habe", flüsterte Jill, „aber nicht etwas derart Schönes."

Shelly nickte nur. Das Kleid war viel exquisiter, als sie es bemerkt hatte. Es nun in seiner ganzen Schönheit zu sehen, berührte sie unerwartet tief, und zu ihrem Missfallen traten ihr Tränen in die Augen, als sie an die alte Schottin dachte, die das Kleid so liebevoll angefertigt hatte. Jede einzelne Perle war mit der Hand aufgenäht. Shelly sah ihre Tante vor sich, die ebenso groß und schlank wie sie gewesen war und das Kleid getragen hatte. Sie erinnerte sich an ihren Onkel John, der ein sehr entschlossener Mann gewesen war, und stellte ihn sich vor, wie er groß und stark neben Milly stand. Sie konnte nachempfinden, dass diese beiden, die so unterschiedlich gewesen waren, sich dennoch so sehr geliebt hatten.

Einen langen Moment sprachen weder Shelly noch Jill ein Wort. „Hast du das Kleid schon einmal angezogen?", fragte Jill schließlich.

Shelly schüttelte heftig den Kopf. Sie wollte nicht, dass Jill ihr ihre plötzliche sentimentale Anwandlung anmerkte. „Himmel, nein, aber du kannst es gern tun, wenn du magst."

„Ich glaube nicht, dass ich an deiner Stelle hätte widerstehen können. Allein es zu sehen, lässt mich schon wünschen, selbst eine Braut zu sein."

„Es gibt doch Ralph", meinte Shelly spöttisch. Jill traf sich schon seit einigen Monaten mit Ralph, einem Computerprogrammierer, aber Shelly konnte beim besten Willen nicht verstehen, was ihre Freundin an diesem Mann fand.

Jill blickte sie verwirrt an. „Das Kleid ist für dich, nicht für mich."

„Aber ich will es nicht." Jedenfalls nicht, seit sie das Kleid genauer betrachtet und sich eingestanden hatte, dass es ein Traum war. Ein Traum, der sie bewegte, der aber nichts mit ihr zu tun hatte. „Vielleicht war das Kleid ja ursprünglich für dich bestimmt", versuchte sie zu scherzen. Vielleicht war Tante Milly ja ein wenig verwirrt gewesen, und es war Jill, die sie in ihrem Traum gesehen hatte. Letztendlich waren Tante Millys Augen auch nicht mehr das, was sie mal waren. „Weiß deine Mutter von dem Kleid?"

„Das steht auf einem anderen Blatt." Shelly stöhnte. „Mom ruft mich jeden Tag an, seit das Kleid angekommen ist. Sie will wissen, ob ich schon jemand Bestimmten getroffen habe."

„Und was hast du ihr gesagt?", fragte Jill und warf Shelly einen skeptischen Blick zu. Shellys Spott machte sie stutzig.

„Was gibt es denn schon zu erzählen?", erwiderte Shelly gereizt.

„Nun, du hättest Mark erwähnen können."

„Mark?", wiederholte Shelly und zuckte dann gleichgültig die Schultern. „Ich habe in diesen Tagen nicht viel an ihn gedacht." Die Wahrheit war, sie hatte versucht, nicht an ihn zu denken. Denn selbst wenn er an ihr interessiert gewesen wäre, und er hatte deutlich genug gemacht, dass er das nicht war, konnte sie sich keine zwei Menschen vorstellen, die weniger zusammengepasst hätten als er und sie. „Ich habe ihn seit Samstag nicht mehr gesehen, und ich bezweifle, dass ich ihn jemals wiedersehen werde."

„Bist du dir dessen sicher?"

„Absolut."

„Nun, dann dürfte es dir ja nichts ausmachen, das Kleid einmal anzuziehen", erklärte Jill entschieden.

„Ich ... ich weiß nicht." Shelly biss sich auf die Lippen. Sie hatte den Drang, das Kleid anzuziehen, als würde sie sich damit etwas beweisen wollen. Doch was? Dass ihr das Kleid etwas sehr Wichtiges bedeutete, oder dass es ihr unwichtig war? Obwohl sie noch zögerte, begann sie unwillkürlich, sich auszuziehen. Sie konnte sich ihren plötzlichen Eifer, das Kleid auf der Haut zu spüren, ebenso wenig erklären, wie die ständig wachsende Anziehungskraft, die es auf sie ausübte.

Das Kleid rutschte leicht über ihre Hüften. Sie wandte sich um, damit Jill es zuknöpfen konnte, und trat dann vor den Spiegel.

„Shelly", flüsterte Jill, und fast ehrfürchtig trat sie einen Schritt zurück. „Mein Gott, du siehst ... du siehst hinreißend aus, absolut umwerfend."

Das gleiche Gefühl hatte Shelly auch, während sie ihr Spiegelbild betrachtete ... und trotzdem. „Irgendetwas fehlt", sagte sie. „Irgendetwas macht es nicht vollkommen."

„Oh nein", widersprach Jill. „Es ist genau richtig. Es ist so, als wäre das Kleid für dich gemacht worden."

Shellys Stimme war nur ein Flüstern. „Mag sein, aber mir fehlt etwas."

3. KAPITEL

Shelly versuchte, die Tür zum Finanzamt zu öffnen, und kämpfte dabei mit der großen Schachtel auf ihren Armen, in die sie alle Rechnungen und Belege gestopft hatte, die sie für die Buchprüfung zu brauchen glaubte. Sie drückte die Schachtel mit dem Knie gegen die Wand und hatte so eine Hand frei, um nach dem Türknauf zu greifen. Das hatte sie nun davon, ihre Steuererklärung so lange hinausgezögert zu haben. Sie hatte so lange gewartet, dass sie keinen Termin mehr bei einem Steuerfachmann bekommen und sich dann selbst an ihre Steuerklärung gemacht hatte.

Als sie es endlich geschafft hatte, den Knauf zu drehen, stieß sie die Tür mit dem Fuß auf, zog ihre Schachtel an sich und ging in den Warteflur. Fast wäre sie dabei gegen einen Tisch gestoßen. Sie wich schnell aus und war überzeugt, sich eine weitere Strumpfhose ruiniert zu haben. Mit einem tiefen Seufzer stellte sie die Schachtel auf den Boden und ließ sich auf den nächsten Stuhl fallen. Sie zog den Rock sorgfältig über die Knie und schaute sich dann um. In dem Flur war nur noch eine einzige Person.

Shellys Herz machte einen Satz, und dann hatte sie das Gefühl, als sei es mitten in ihrem Magen gelandet. Der Mann, der einige Stühle weiter saß, war niemand anders als Mark Brady. Der Mann, von dem sie gehofft hatte, dass sie ihm den Rest ihres Lebens aus dem Weg gehen könnte. Sie schloss unwillkürlich die Augen und riss sie dann wieder auf.

Mark blätterte gerade eine Illustrierte durch, als er zufällig in ihre Richtung schaute. Das automatische, grüßende Lächeln schwand aus seinem Gesicht, und sein Blick wurde skeptisch. Mark Brady vermutete doch wohl nicht, dass sie dieses Treffen absichtlich herbeigeführt hatte!

„Was machen Sie hier?“, wollte sie wissen.

„Das könnte ich Sie auch fragen“, gab er zurück.

„Ich bin Ihnen nicht gefolgt, wenn Sie das andeuten …“

„Hören Sie, Miss … Hansen, es interessiert mich überhaupt nicht, was Sie tun oder lassen.“ Mit diesen Worten vertiefte er sich wieder in sein Magazin, als würde er das Kleingedruckte eines Millionen-Dollar-Vertrages prüfen. „Schließlich war nicht ich derjenige, der für jeden Umstehenden unüberhörbar irgendeinen lächerlichen Unsinn darüber gesagt hat, nicht geheiratet werden zu wollen. Als wenn ich Sie darum gebeten hätte! Als wenn ich Sie überhaupt gekannt hätte!"

Shelly fühlte, wie ihr die Hitze über den Nacken ins Gesicht stieg. „Ich ... ich war abgelenkt", brachte sie die erste Entschuldigung vor, die ihr in der Eile einfiel.

„Offensichtlich."

Er hatte von seinem Magazin nicht aufgesehen. Die nächsten Minuten verstrichen in gespanntem Schweigen. Shelly rutschte unruhig auf ihrem Stuhl hin und her und sah alle Augenblicke auf die Uhr. Zum ersten Mal seit Langem war sie rechtzeitig zu einem Termin gekommen, aber wenn ihre Pünktlichkeit ihr das einbrachte, dann wollte sie lieber zu spät kommen.

„Gut, ich entschuldige mich", sagte sie schließlich, als sie das Schweigen nicht länger ertragen konnte. „Ich habe eingesehen, dass es vollkommen lächerlich und ... voreilig war."

„Voreilig?" Mark warf die Illustrierte auf den Tisch. „Ich wiederhole es gern, ich kenne Sie nicht einmal."

„Das weiß ich."

Er holte tief Luft, was ihre Aufmerksamkeit auf seine breite Brust lenkte. Wie schon bei ihrer ersten Begegnung war er wieder makellos gekleidet. Sein dunkler Anzug und die Seidenkrawatte waren zwar konventionell, aber sie fügten seinem ohnehin guten Aussehen dennoch einen Hauch von Esprit hinzu.

„Wenn jemand daran schuld ist, dann ist es Tante Milly."

„Tante Milly?" Er fuhr hoch.

Da sie nun schon so viel gesagt hatte, konnte sie genauso gut die ganze alberne Geschichte erzählen. „Genaugenommen liegt es mehr an dem Brautkleid als an meiner Tante, obwohl ich die beiden in meinen Gedanken nicht voneinander trennen kann. Ich lasse mich normalerweise nicht von solchen Dingen beeinflussen, aber langsam fange ich an zu glauben, dass dieses Kleid irgendetwas Übersinnliches an sich hat."

„Übersinnlich?"

„Einen Zauber, wenn Ihnen das lieber ist."

„Ein Zauber in einem Hochzeitskleid?" Mark schaute sehnsüchtig auf die Tür, die zu den Zimmern der Sachbearbeiter des Finanzamtes führte, als könnte er es kaum noch abwarten, endlich aufgerufen zu werden.

„Mir ist klar, dass es verrückt klingt, aber ich fürchte ehrlich, dass meine Tante Sie in ihrem Brief beschrieben hat." Shelly fand es nur fair, ihm das zu sagen.

Ein Anflug von Panik trat in seine blauen Augen. „Ihre Tante hat mich in einem Brief erwähnt?"

„Nicht namentlich, natürlich, aber sie hat eine sehr klare Vorstellung von mir, wie ich in dem Hochzeitskleid dagestanden habe. Und neben mir ein großer Mann. Ich habe zwar keine blauen Augen, wie sie geschrieben hat, aber Sie, und Sie sind groß. Und die Legende sagt, dass ich nach Erhalt des Kleides den Mann heiraten würde, den ich als Nächstes träfe."

„Und zufällig bin ich dieser Mann."

„Ja!" Shelly schrie es fast. „Verstehen Sie nun, warum ich so verwirrt war, als wir uns getroffen haben?"

„Noch nicht ganz", erwiderte Mark nach einem kurzen Moment.

Wie begriffsstutzig war dieser Mann eigentlich? „Sie sind doch groß, nicht wahr? Und Sie haben blaue Augen."

Er blätterte angelegentlich in dem Magazin und schaute sie nicht an, als er antwortete: „Ehrlich gesagt, kümmert es mich nicht, was in dem Brief steht, und genauso wenig interessiert mich das Brautkleid, das Sie erwähnt haben."

„Natürlich interessiert es Sie nicht!", gab Shelly verächtlich zurück. „Warum auch? Ich weiß selbst, dass das alles unglaubwürdig klingt. Und ich bin mir ebenso bewusst, dass ich überreizt reagiere. Aber auf diese Sache reagiere ich nun einmal irgendwie gefühlsmäßig. Wenn es Ihnen hilft, dann möchte ich Ihnen versichern, dass ich mit meinem Leben ganz zufrieden bin und keineswegs vorhabe, irgendjemanden zu heiraten." Als sie geendet hatte, holte sie tief Luft und begann nun ihrerseits, in einem Magazin zu blättern. Sie tat ihr Bestes, um Mark so gut wie möglich zu ignorieren.

Erneut legte sich Stille über den Raum, aber Schweigen hatte Shelly schon immer beunruhigt, und sie fühlte sich verpflichtet, es zu brechen. „Außerdem können Sie heilfroh sein und Ihrem Glück danken, dass ich meiner Mutter gegenüber nichts von Ihnen erwähnt habe."

„Ihre Mutter", sagte Mark ergeben und schaute kurz zu Shelly herüber. „Weiß sie denn, dass Ihre Tante Ihnen dieses … Kleid geschickt hat?"

„Natürlich weiß sie das!" Shelly schlug das Magazin zu. „Sie ruft mich seitdem jeden Tag an, weil sie denkt, dass ich jede Minute jemandem Speziellen begegnen müsste."

„Und Sie haben nicht von mir gesprochen?"

„Wie sollte ich das? Im selben Moment, in dem ich das täte, würde sie das Aufgebot bestellen."

„Verstehe." Anscheinend begann er die Situation langsam amüsant zu finden, denn seine Mundwinkel verzogen sich zu einem angedeuteten Lächeln. „Sie glaubt also auch an die Zauberkraft dieses Kleides?"

„Unglücklicherweise ja. Aber Sie werden gleich verstehen, warum meine Mutter so wild darauf ist, mich verheiratet zu sehen."

„Ich weiß nicht, ob ich Wert darauf lege, es zu erfahren", fiel Mark leise ein.

Aber Shelly beachtete seinen Kommentar nicht. „Mit achtundzwanzig, also in meinem Alter, war meine Mutter bereits acht Jahre verheiratet und hatte drei Kinder. Sie ist davon überzeugt, dass ich die besten Jahre meines Lebens vergeude, und ich kann ihr nicht erklären, dass es anders ist."

„Unter diesen Umständen bin ich tatsächlich dankbar, dass Sie mich ihr gegenüber nicht erwähnt haben."

Shelly nickte besänftigt und sah erneut auf ihre Armbanduhr. In zehn Minuten hatte sie ihren Termin, und sie war nervös.

Schließlich war es das erste Mal, dass sie ihre Steuererklärung selbst gemacht hatte, und ihr schwante nichts Gutes.

„Ich nehme an, Sie sind wegen einer Buchprüfung hier?“, fragte Mark.

Shelly nickte und schluckte.

„Entspannen Sie sich.“

„Wie sollte ich das?“

„Haben Sie wissentlich etwas vor dem Amt verborgen? Zum Beispiel bei der Höhe Ihres Einkommens gelogen, oder Ausgaben angeführt, die Sie niemals gemacht haben?“

„Nein!“

„Dann haben Sie auch keinen Grund, sich Sorgen zu machen.“

„Habe ich nicht?“ Shelly schaute ihn an und klammerte sich begierig an seine so überzeugend vorgebrachte Äußerung. Wenn sie nicht wegen des Brautkleides Albträume gehabt hatte, dann wegen dieser Buchprüfung.

„Und geben Sie nicht freiwillig Informationen preis, nach denen Sie nicht gefragt werden.“

„Gut.“

„Haben Sie Ihre Steuererklärung selbst ausgefüllt?“

„Ja“, sagte Shelly zögernd. „Es hat am Anfang nicht so kompliziert ausgesehen, und ich habe einen Termin bei einem Steuerberater so lange herausgezögert, bis es zu spät war. Jill, meine Freundin, kann nicht glauben, dass ich es überhaupt versucht habe. Normalerweise komme ich mit Zahlen nicht so zurecht.“ Ihr fiel auf, dass sie drauflosplapperte, was sie immer tat, wenn sie nervös war. Sie zwang sich zur Ruhe, kramte ihre Steuererklärung heraus und las sie zum hundertsten Mal durch.

„Wollen Sie, dass ich Ihre Steuererklärung kurz prüfe?“

Shelly war von seiner Großzügigkeit überrascht. „Wenn es Ihnen nichts ausmacht. Machen die bei Ihnen auch eine Buchprüfung?“

Mark lächelte und schüttelte den Kopf. „Bei einem Klienten von mir.“

„Ach so.“

Mark kam durch den Flur zu Shelly und setzte sich neben sie. Nachdem sie ihm die Kopie der Steuererklärung gereicht hatte, überflog er rasch die Zahlen.

„Ich habe alles hier bei mir", versicherte sie ihm und deutete auf ihren Karton. „Ich habe wirklich sorgfältig darauf geachtet, alle Belege aufzubewahren."

Er blickte auf den großen Karton. „Das ist alles von einem Jahr?"

„Nein", gab sie zu. „Ich habe alles mitgebracht, was ich seit sechs Jahren gesammelt habe. Ich hatte das für sinnvoll gehalten."

„Das wäre nicht nötig gewesen."

„Ich wollte lieber auf Nummer sicher gehen. Nicht, dass ich nachher zu wenig Belege mitgenommen habe." Sie lächelte zurückhaltend und schaute ihm zu, wie er noch einmal prüfend auf ihre Zahlen blickte. Seine Augen schienen noch blauer zu sein, als sie sie in Erinnerung hatte. So blau wie ein Sommerhimmel. Ihr Herz schlug heftig, und obwohl sie sich bemühte, konnte sie sich von seinem Anblick nicht lösen.

Schließlich gab Mark ihr die Steuererklärung zurück. „Es sieht gut aus. Ich glaube nicht, dass Sie ein Problem haben werden."

Shelly fühlte sich unglaublich erleichtert. Mark lächelte sie an, und bereitwillig erwiderte sie sein Lächeln. In ihrem Magen kribbelte es wieder, und obwohl sie wusste, dass sie Mark unverwandt anschaute, konnte sie sich nicht dazu bringen, wegzusehen.

Marks Miene veränderte sich plötzlich, so, als würde er sie das erste Mal ansehen, richtig ansehen. Er mag, was er sieht, dachte Shelly, als sie gebannt in seine Augen schaute. Langsam ließ er den Blick über ihr Gesicht gleiten, und ihr Puls schlug mit jeder Sekunde schneller. In ihren Gedanken tauchte wieder der Brief auf, den Tante Milly ihr geschrieben hatte, doch statt die Erinnerung an ihn wegzuschieben, fragte sie sich, ob nicht doch etwas Wahres in seinen Zeilen steckte.

Es war Mark, der den Augenkontakt abbrach. Unvermittelt stand er auf und ging zu seinem Platz zurück. „Ich glaube nicht, dass Sie sich viel Sorgen darüber machen müssen."

„Das haben Sie mir schon gesagt."
„Ich meinte das Brautkleid Ihrer Tante."
„Sie meinen, ich bräuchte nicht beunruhigt zu sein?" Wie, bitte, hatte sie das zu verstehen?
„Jedenfalls nicht meinetwegen."
„Ich kann Ihnen nicht genau folgen …" Wenn er auch nur ahnen würde, wie schnell ihr Herz geschlagen hatte, als sie sich in die Augen geschaut hatten, dann wäre er sicherlich nicht so zuversichtlich. „Ich bin verlobt."
„Verlobt?" Es kam Shelly vor, als habe ihr jemand einen Schlag in den Magen versetzt. Ihre höchste Empfindung war Wut. „Hätten Sie das nicht ein bisschen früher erwähnen können?", fuhr sie ihn an.
„Es ist noch nicht offiziell. Janice hat sich noch nicht einmal einen Verlobungsring ausgesucht. Und wir haben über unsere Pläne auch nicht mit ihrer Familie gesprochen."
Ihre Wut legte sich, und Shelly gab sich einen Ruck. Sie rief sich ins Gedächtnis, selbst ja auch keinerlei Interesse an einer Ehe zu haben. Was sie ja auch nicht zu haben brauchte. Denn wenn Mark mit dieser Janice zusammen war, dann war er ja auch nicht frei, um sie, Shelly, zu heiraten. Was bewies, dass es so etwas wie ein „magisches Hochzeitskleid" nicht gab. So einfach war das. Sie stand auf und begann, hin und her zu gehen.
„Geht es Ihnen gut?", fragte Mark. „Sie sehen bleich aus."
Sie nickte und legte die Hände an die Wangen, die sich plötzlich heiß anfühlten. „Ich bin so erleichtert", flüsterte sie heiser. „Sie haben ja keine Vorstellung davon, wie erleichtert. Sie sind verlobt … mein Gott, ich habe das Gefühl, wie neugeboren zu sein."
„Wie ich schon gesagt habe", erklärte Mark reserviert, „ist es noch nicht offiziell."
„Das macht nichts. Sie sind mit jemand anderem zusammen, und allein das zählt." Sie zwang sich zu einem Lächeln. „Allerdings hätten Sie es auch ein wenig früher sagen können. Damit hätten Sie mir eine Menge Angst erspart."
„Als Sie mich neulich im Einkaufszentrum danach gefragt haben, war ich mehr darum bemüht, eine Szene zu vermeiden, als

meine persönlichen Daten in aller Öffentlichkeit zu verkünden."

„Der Vorfall tut mir leid."

„Keine Ursache."

Shelly setzte sich wieder auf den Stuhl und schlug die Beine übereinander. Sie schaffte es sogar, ein Magazin durchzublättern, obwohl sie kaum wahrnahm, was sie da las. Endlich öffnete der Mann vom Empfang die Tür und rief ihren Namen. Sie hatte es eilig, aus dem Zimmer zu kommen und diese dumme Geschichte zu beenden, stand hastig auf und griff sich ihre Schachtel. Doch dann blieb sie einen Moment stehen und wandte sich zu Mark um.

„Ich wünsche Ihnen und Janice viel Glück", sagte sie förmlich.

„Danke", gab er mit einem Lächeln zurück. „Dasselbe wünsche ich Ihnen und demjenigen, den das Hochzeitskleid für Sie als Bräutigam findet, wer auch immer das sein mag."

Du hast allen Grund zur Freude, sagte Shelly sich am nächsten Morgen. Dann freu dich auch! Sie hatte nicht nur die Buchprüfung überstanden und durfte sogar eine Rückzahlung erwarten, sie hatte auch noch erfahren, dass Mark so gut wie verlobt war.

Eigentlich müsste sie auf der Straße einen Freudentanz aufführen und laut singen, stattdessen musste sie gegen eine seltsame Traurigkeit ankämpfen. Sie schien ihre übliche Lebenslustigkeit und Freude verloren zu haben. Dabei war heute Samstag, ihr erster freier Samstag seit Langem. Sie rief sich das belebende Gefühl und den Trost ins Gedächtnis, als sie ihren letzten Videofilm abgedreht hatte. Sie hatte einen Sturm auf dem Ozean gefilmt. Vielleicht gelang es ihr ja, etwas von diesen Eindrücken wiederzubeleben.

Shelly fuhr nach Long Beach, einem Erholungsort an der Küste Washingtons. Der Himmel war klar und fast wolkenlos, und die Sonne schien strahlend und angenehm warm. Es war ein perfekter Frühlingstag. Sie fuhr den Freeway entlang, und die Meilen vergingen wie im Flug. Ein paar Stunden später stand sie auf dem Sandstrand und ließ sich die Meeresbrise durch ihr langes Haar wehen.

Sie spazierte eine Weile herum und nahm das Meer und die

Geräusche ringsherum in sich auf. Sie hörte das Kreischen der Möwen, spürte die salzige Gischt des Pazifischen Ozeans auf der Haut und roch den Duft des Windes. Auch rückwirkend war sie sehr zufrieden mit ihrem letzten Video. Sie hatte die Atmosphäre gut getroffen und begann, Pläne über eine ganze Serie von Meeresfilmen zu schmieden. Sie wollte den Ozean in verschiedenen Stimmungen und zu unterschiedlichen Jahreszeiten festhalten. Das wird etwas ganz Besonderes sein, dachte sie, etwas Einzigartiges.

Ziellos und gedankenverloren schlenderte sie den Strand entlang, die Hände in den Taschen ihrer Jeans vergraben und trat ab und zu mit der Spitze ihres Basketballschuhs in den Sand. Nach etwa einer Stunde ging sie langsam zur Promenade zurück und kaufte sich dort einen Hotdog und ein kaltes Getränk. Sie mietete sich dann nur so aus Spaß ein Moped und fuhr am Strand entlang. Sie genoss das Gefühl von Freiheit, das ihr die schnelle Fahrt und die Weite und Leere des Strandes und das Rauschen der Brandung gaben.

Der Wind blies ihr immer wieder das Haar ins Gesicht, bis es ihr in wilden Locken um den Kopf hing. Shelly lachte laut auf und gab Gas. Hinter dem Moped zischte der Sand hoch, und sie fühlte sich verwegen und frei, als gäbe es nichts, was sie nicht zustande bringen könnte. Es war ein wundervoller Nachmittag und doch noch ein herrlicher Tag geworden.

Doch als sie es am wenigsten erwartet hatte, hörte sie einen anderen Mopedfahrer hinter sich. Bisher war sie keinem begegnet, und seine Anwesenheit überrumpelte sie. Sie schaute rasch über die Schulter und war verblüfft, wie weit sie schon gefahren war. Der einzige andere Mensch, den sie sehen konnte, war der Fahrer dieses Mopeds, der sie nun überholte.

Zu ihrer Überraschung wendete er plötzlich und fuhr in ihre Richtung zurück. Die Sonne blendete sie etwas, und der Wind blies ihr erneut eine Locke ins Gesicht. Deshalb fuhr sie langsamer, bis sie fast stand, und beschattete die Augen.

Doch sie konnte den Fahrer erst erkennen, als er fast unmittelbar neben ihr war. Es war Mark Brady.

Shelly war so geschockt, dass sie den Motor abwürgte. Sie stemmte die Füße in den Sand, um nicht die Balance zu verlieren. Mark bremste hart ab.

„Shelly?“ Er schien gleichermaßen verwirrt zu sein und nicht glauben zu können, dass sie es war.

Shelly kniff sich in den Arm, um sicherzugehen, dass sie nicht fantasierte. Mark Brady wäre die letzte Person gewesen, die sie auf einem Moped am Strand zwei Stunden von Seattle entfernt erwartet hätte. Dieser konservative Mensch auf einem Moped! Heute jedoch trug er keinen dunklen Anzug. Und seinen Aktenkoffer hatte er auch nicht dabei. Dafür sah er in Jeans und einem Sweatshirt der Universität Washington noch attraktiver aus.

„Mark?“ Sie konnte ihr Erstaunen nicht verbergen.

„Was machen Sie hier?“ Die Feindseligkeit in seiner Stimme war ebenso unüberhörbar.

„Das Gleiche wie Sie, vermutlich“, gab sie kühl zurück. Sie strich sich das Haar aus dem Gesicht, aber der Wind wehte es sofort wieder zurück.

„Sie sind mir nicht zufällig gefolgt, oder doch?“ Der Blick seiner blauen Augen war voller Misstrauen.

„Ihnen gefolgt?“, wiederholte sie abweisend. Sie war selten so beleidigt worden. „Ihnen gefolgt!“ Sie startete ihr Moped und ließ den Motor aufheulen. „Darf ich Sie darauf hinweisen, dass ich zuerst am Strand war? Wenn hier jemand jemandem gefolgt ist, dann Sie ja wohl mir.“ Sie musste kurz Luft holen. „Wenn ich an unsere erste Begegnung denke, dann sind Sie der Letzte, nach dem ich Ausschau halten würde.“

Mark blickte sie finster an. „Ganz meinerseits. Und ich bin auch nicht in der Stimmung für eine weitere Geschichte über das verdammte Hochzeitskleid Ihrer Tante Martha.“

Ärgerlicherweise versetzten seine Worte ihr einen Stich. „Ich habe diesen wundervollen Nachmittag sehr genossen, bis Sie aufgetaucht sind.“

„Ich ebenfalls“, konterte Mark missmutig.

„Dann schlage ich vor, dass wir unserer Wege gehen und vergessen, uns überhaupt getroffen zu haben.“

Es sah so aus, als wollte er noch etwas sagen, aber sie hatte keine Lust, ihm zuzuhören. Sie wendete, gab Gas und fuhr davon. Obwohl sie wusste, dass es völlig unvernünftig war, war sie wütend auf Mark. Es ärgerte sie, dass sie sich gefreut hatte, ihn zu sehen. Und sie war wütend, dass er sich nicht im Geringsten darüber gefreut zu haben schien, sie zu sehen. Sie biss sich auf die Unterlippe. Und über das „verdammte Hochzeitskleid" – wie er sich ausdrückte – hatte er auch nichts mehr hören wollen. Wie ruppig von ihm! Sie sollte sich einfach nicht für einen Mann interessieren, der derart unhöflich war.

Shelly hatte es plötzlich sehr eilig, zur Promenade zurückzukommen, und stemmte die Schultern gegen den Fahrtwind. Sie hatte sowieso nicht so weit fahren wollen.

Der nasse, feste Sand lud zum rasanten Fahren ein, und Shelly hielt sich dicht am Wasser, um schneller Abstand zu Mark zu gewinnen. Nicht, dass er sie verfolgt hätte, aber sie wollte jede Möglichkeit einer weiteren unerfreulichen Begegnung vermeiden.

Eine große Welle spülte an den Strand und hinterließ eine dünne, glänzende Schicht. Shelly bemerkte es nicht, bis ihr Vorderrad durchs Wasser lief und es zu beiden Seiten hochspritzte. Dann grub es sich in den nun aufgelockerten nassen und schweren Sand. War sie eben noch rasant über den Strand gefahren, so schoss sie jetzt kopfüber über die Lenkstange ihres Mopeds nach vorn.

Mit einem heftigen Rumms landete sie im Sand. Sie war zu geschockt, um zu merken, ob sie verletzt war oder nicht.

Bevor sie sich bewegen konnte, kauerte Mark schon an ihrer Seite. „Shelly, ist alles in Ordnung?"

„Ich … ich weiß nicht." Vorsichtig krümmte sie erst den einen Arm und dann den anderen. Sie setzte sich auf und prüfte die Beine. Auch dort spürte sie keine Schmerzen. Offensichtlich hatte sie diese Erfahrung unbeschadet überstanden.

„Sie verrückte Närrin!", brüllte Mark jetzt los und stand auf. „Wollten Sie sich umbringen?"

„Ah …“ Sein Ausbruch verschlug ihr die Sprache, und ihr fiel keine passende Antwort ein.

„Können Sie sich vorstellen, was ich gedacht habe, als ich Sie da kopfüber durch die Luft fliegen sah?“

„Endlich erlöst?“, schlug sie vor.

Mark schloss die Augen und schüttelte den Kopf. „Ich bin nicht zum Scherzen aufgelegt. Lassen Sie mich Ihnen helfen.“ Er bückte sich, legte ihr die Arme um Rücken und Schenkel und hob sie behutsam hoch.

„Mir geht es ausgezeichnet“, protestierte sie. Das Blut rauschte ihr in den Ohren, und sie wusste nicht, ob das von ihrem Sturz oder davon kam, dass Mark sie an sich gedrückt fest in den Armen hielt. Selbst als er sie nun hinunterließ und sie wieder auf den Füßen stand, hielt er sie unvermindert fest.

„Sind Sie sicher, dass Sie nicht verletzt sind?“

Shelly nickte. Sie traute ihrer Stimme nicht.

„Aber ich fürchte, mein Moped hat den Sturz nicht so gut überstanden“, murmelte sie schließlich und wies mit dem Kopf auf ihre Maschine, die umgekippt halb im Wasser lag.

„Das stimmt, es sieht wirklich nicht gut aus“, meinte Mark. Er ließ endlich seine Arme sinken und stellte das Moped wieder auf. Die Wellen hatten den Motor überspült, und das kalte Wasser war gegen den erhitzten Auspuff geschlagen. Vom Motor stieg Dampf auf.

Mark versuchte sein Bestes, um das Moped für Shelly wieder in Gang zu setzen, hatte aber keinen Erfolg. „Ich fürchte, es wird nicht mehr starten, bis der Motor nicht trocken geworden ist. Außerdem sollte ein Mechaniker überprüfen, ob nichts kaputt ist.“

Shelly strich sich das Haar aus dem Gesicht und nickte. Wohl oder übel würde sie das Moped nun schieben müssen. Nicht gerade eine kleine Leistung, wenn sie bedachte, dass sie ungefähr drei Meilen von dem Verleihgeschäft entfernt war.

„Vielen Dank, dass Sie angehalten haben“, sagte sie ein wenig steif. „Aber wie Sie sehen, bin ich nicht verletzt …“

„Was haben Sie denn jetzt vor?“, fragte Mark, als sie das

Moped zu schieben begann. Es ging nur langsam, und die bullige Maschine war mit Muskelkraft wesentlich schwieriger zu bewegen, als Shelly es erwartet hatte. Sie konnte von Glück reden, wenn sie den Laden bis heute Nacht erreicht haben würde.

„Ich bringe die Maschine dorthin zurück, wo ich sie ausgeliehen habe."

„Das ist lächerlich."

„Haben Sie eine bessere Idee?", fragte sie gelassen. „Ich verstehe sowieso nicht, was Sie hier überhaupt machen." Sie klang wesentlich ruhiger, als sie sich fühlte. „Sie sollten bei Janet sein."

„Bei wem?" Er versuchte, ihr das Moped wegzuziehen und es selbst zu schieben. Aber sie erlaubte es nicht.

„Ich meine die Frau, die Sie heiraten werden, erinnern Sie sich?"

„Ihr Name ist Janice, und wie ich schon sagte, ist die Verlobung noch nicht offiziell."

„Das beantwortet aber nicht meine Frage. Sie sollten mit ihr an einem so schönen Frühlingstag wie diesem hier zusammen sein."

Mark schaute sie finster an. „Janice konnte nicht mitkommen. Sie hatte ein wichtiges Treffen mit einem ihrer Klienten. Sie ist Anwältin. Hören Sie, seien Sie nicht so verflixt halsstarrig. Ich bin stärker als Sie. Lassen Sie mich das Moped schieben."

Shelly zögerte. Sein Angebot war mehr als verlockend. Sie war erst ein paar Schritte gegangen, und schon tat ihr die Seite weh. Sie presste die Hand gegen die Hüfte und richtete sich auf. „Danke nein, aber dennoch, vielen Dank", antwortete sie leise. „Außerdem heißt die Tante, die mir das Brautkleid geschickt hat, Milly, nicht Martha – wenn wir schon die Namen richtigstellen."

Marks Miene verriet deutlich, dass er mit seiner Geduld bald am Ende war. „Gut. Ich entschuldige mich für das, was ich da vorhin gesagt habe. Ich wollte Sie nicht beleidigen."

„Ich bin Ihnen nicht gefolgt."

„Ich weiß, ich Ihnen aber auch nicht."

Shelly nickte und wusste, dass sie ihm glauben konnte.

„Aber wie erklären Sie es sich dann, dass wir uns zweimal

innerhalb der letzten Woche unbeabsichtigt getroffen haben?", fragte Mark. „Dieser Zufall ist ja geradezu ein Phänomen."

„Ich weiß, dass es seltsam klingt, aber ich fürchte, es ist das Kleid", sagte Shelly leise. „Das Hochzeitskleid?"

„Es ist mir schrecklich peinlich. Ich benehme mich sonst wirklich nicht so, und es tut mir auch leid, vor allem, weil da ja anscheinend ein Durcheinander ist ..."

„Warum?"

„Nun ..., weil Sie ja mit Janice zusammen sind. Ich bin sicher, dass Sie beide ein perfektes Paar abgeben, und Sie werden sicher ein wundervolles Leben zusammen haben."

„Wieso kommen Sie darauf?"

Diese Frage überrumpelte sie. „Nun, weil ..., haben Sie mir nicht erzählt, dass Sie sich bald offiziell verloben wollen?"

„Ja", erwiderte Mark zurückhaltend. Shelly nickte und schob ihr Moped weiter.

Auch wenn Shelly es Mark gegenüber nicht zugeben wollte, fand sie es sehr anstrengend, das Moped zu schieben. Deshalb hielt sie wieder an, um einen Moment auszuruhen. „Hören Sie", sagte sie ein wenig atemlos, „es ist nicht nötig, dass Sie mich begleiten. Warum fahren Sie nicht los?"

„Es ist durchaus nötig", erwiderte Mark scharf. Ihm schien ihr Vorschlag keineswegs zu gefallen. „Ich werde Sie jetzt nicht im Stich lassen."

„Oh, Mark, ehrlich, Sie brauchen nicht so ritterlich zu sein."

„Mögen Sie ritterliche Männer nicht?"

„Sicher tue ich das. Aber gerade Ihre Ritterlichkeit ist einer der Gründe, warum Sie und ich niemals längere Zeit miteinander auskommen würden. Sie sind sehr nett, missverstehen Sie mich bitte nicht, aber ich brauche niemanden, der mich rettet."

„Entschuldigen Sie, wenn ich so direkt bin, aber Sie wirken sogar, als würden Sie dringend Hilfe brauchen." Und der Blick, den er ihr zuwarf, ließ darauf schließen, dass er auf wesentlich mehr anspielte als auf das Moped.

„Ich war dumm genug, den Motor nass werden zu lassen",

sagte sie leichthin, ohne auf seine Bemerkung einzugehen. „Also werde ich auch die Konsequenzen tragen."

Mark wartete einen Moment, als überlegte er, ob er weiter mit ihr streiten wolle. „Gut, wenn Sie so darüber denken", meinte er schließlich, setzte sich wieder auf sein Moped und startete. Der Motor sprang derart leicht an, dass Shelly fast wütend wurde. „Ich hoffe, dass Sie nicht zu schnell müde werden."

„Ich werde es schon schaffen", erklärte sie und konnte es kaum glauben, dass er sie tatsächlich allein lassen wollte.

„Hoffentlich haben Sie damit recht." Er ließ die Maschine aufheulen.

„Sie ... Sie könnten jemanden informieren", sagte Shelly zögernd. Sie hoffte, dass der Motorradverleih jemanden mit einem Lastwagen zu ihr schicken würde.

„Ich werde sehen, was ich machen kann." Mark lächelte breit und fuhr dann mit Höchstgeschwindigkeit den scheinbar endlosen Strand hinunter.

4. KAPITEL

Obwohl Shelly selbst Mark den Vorschlag gemacht hatte, ohne sie weiterzufahren, hatte sie angenommen, dass er sie nicht ernst nehmen würde. Sie hatte es nur gesagt, um ihren Stolz und ihre Würde aufrechtzuerhalten. In Wirklichkeit hatte sie seine Gegenwart ebenso sehr genossen, wie ihre gegenseitigen Neckereien.

Als Mark in der Ferne verschwand, straffte Shelly die Schultern. Sie war entschlossen, den Weg allein zu schaffen, vor allem, da sie ja ohnehin keine Wahl hatte. Sie hatte die Maschine einige Minuten lang geschoben, als sie ein anderes Moped auf sich zurasen sah. Sie brauchte nicht lange, um den muskulösen Fahrer zu erkennen. Es war Mark. Sie ging rascher, und eine unerklärliche Freude darüber, dass er zurückgekommen war, packte sie. Er wurde langsamer, als er näherkam.

„Sind Sie immer noch begierig, mich loszuwerden?"

„Nein." Halb entschuldigend, halb erleichtert lächelte sie ihn an. „Können Sie nicht erkennen, wann eine Frau etwas ernst meint und wann sie nur höflich ist?"

„Ich fürchte, nein." Er lächelte zurück. Anscheinend war er in ziemlich guter Stimmung. „Machen Sie eine Pause", forderte er sie auf, stieg vom Moped und nahm ihr ihres ab. „Jede Minute muss ein Lastwagen hier sein."

Shelly ließ sich dankbar in den weichen Sand sinken, und Mark setzte sich neben sie. Sie riss ein paar Grashalme aus und begann, sie konzentriert zusammenzuflechten. So musste sie Mark wenigstens nicht anschauen.

„Sind Sie immer so eigensinnig?", wollte er wissen.

„Ja." Sie schenkte ihm ein scheues Lächeln. Shelly konnte sich nicht erinnern, wann sie jemals in ihrem Leben einmal schüchtern gewesen war. Aber irgendetwas an Marks Nähe ließ sie innerlich erzittern und machte sie schwach. Ein ungewohntes Gefühl, und sie wagte nicht, ihm nachzugeben. Sie wandte den Kopf und schloss die Augen. Sie versuchte, sich Janice vorzustellen, die Frau, die Mark heiraten würde. Aber trotz ihrer sonst so hervorragenden Vorstellungskraft schaffte sie es nicht, sich ein Bild von ihr zu machen.

„Shelly, was ist los?"

„Was los ist?"

„Es passt nicht zu Ihnen, dass Sie schweigen."

Sie lächelte. Sie kannten sich nur flüchtig, und doch wusste er das von ihr. „Es ist nichts."

„Ich glaube schon, dass da etwas ist." Mit dem Finger drehte er ihren Kopf sanft zu sich, und zögernd öffnete sie die Augen. Sein Mund war nah über ihrem, und sie hielt unwillkürlich den Atem an. Wie gebannt sah sie in seine Augen. Augen von dem strahlendsten Blau, das sie jemals gesehen hatte.

Seine Stirn berührte ihre, dann bog er zärtlich ihren Kopf zur Seite und fuhr ihr mit den Lippen leicht über die Wange. Sie wusste, dass sie ihn hätte zurückweisen sollen, aber sie konnte es nicht. Liebevoll und dennoch entschlossen presste er seinen Mund auf ihren. Seine Lippen waren warm und feucht, und sie stöhnte unter dem Ansturm ihrer Empfindungen leise auf. Sein Kuss wurde tiefer, und sehnsüchtig schloss sie die Augen. Wie in einer einzigen Bewegung schlangen sie die Arme umeinander, und Mark zog Shelly an sich und Shelly Mark.

Lastwagenlärm ertönte, und Shelly und Mark fuhren auseinander. Marks Blick begegnete ihrem, und dann schaute Mark finster zur Seite. Aber Shelly hätte nicht sagen können, ob er über sich oder über sie wütend war, auch wenn sie vermutete, dass sie der Anlass für seinen unvermittelten Ärger war.

„Nun schauen Sie nicht so besorgt drein", versuchte sie Mark zu beruhigen. „Es war nichts weiter als ein gewöhnlicher Kuss im Vorbeigehen." Sie stand auf und klopfte den Sand von den Jeans. „Er muss doch nichts bedeuten."

Marks Miene wurde noch finsterer. „Er bedeutet nichts?"

„Natürlich nicht! Ich meine, wir waren doch beide neugierig darauf, wie es sein würde, nicht wahr? Mein Gott, wir laufen uns immer wieder zufällig über den Weg, und da ist es doch ganz normal, dass wir … ähm, Sie wissen, dass wir es herausfinden wollten.“

„Mit anderen Worten, Sie glauben, dass dieser Kuss nur bedeutet hat, dass wir unsere gegenseitige Neugier stillen wollten?“

„Sicher. All dieser Unsinn über das Hochzeitskleid hat unseren gesunden Menschenverstand einfach überwältigt, und da sind wir eben der Versuchung erlegen.“ Glücklicherweise schien Mark das ebenso zu sehen, denn er nickte vor sich hin. Dabei zitterten ihr dermaßen die Knie und sie war innerlich so aufgewühlt, dass es ein Wunder war, dass sie überhaupt aufrecht stehen und so viel reden konnte. Obwohl sie versuchte, die Auswirkungen des Kusses so gering wie möglich zu halten, hatte sie das Gefühl, niemals zuvor so geküsst worden zu sein. Ihr ganzer Körper schien von einem Gefühl erfüllt zu sein, das sich einfach richtig anfühlte. Aber das konnte nicht sein. Sie konnte so etwas nicht für Mark empfinden. Einem Zahlenmenschen! Einem fast verlobten Zahlenmenschen noch dazu!

„Und? Ist Ihre Neugier befriedigt worden?“, wollte er wissen. Der Blick seiner blauen Augen war herausfordernd und abwartend.

„Ähm … ja. Und Ihre?“

„Auch“, sagte Mark, doch dabei blickte er Shelly wieder finster an.

Der junge Mann von der Verleihfirma sprang aus dem Lastwagen und lud gemeinsam mit Mark Shellys Moped hinten auf. „Sie hätten den Motor nicht nass werden lassen sollen, Miss“, meinte er vorwurfsvoll. „Das steht im Mietvertrag. Ich fürchte, dass Sie eine Geldstrafe zahlen müssen.“

Shelly nickte. Sie hatte keine Entschuldigung. Die Verleihfirma würde es wohl kaum akzeptieren, dass sie nur Mark hatte entkommen wollen. Das war als Grund für den Schaden an dem Motorrad sicherlich nicht ausreichend.

Die beiden Männer hoben Marks eigenes Motorrad ebenfalls auf den Lastwagen, sie stiegen alle drei ein und fuhren schweigend zurück. Shelly ging in das Büro der Verleihfirma und bezahlte ihre Strafe. Als sie wieder herauskam, erwartete Mark sie.

„Sind Sie hungrig?“, fragte er.

Seine offensichtliche Einladung verwirrte sie. Sie hatte eigentlich gedacht, dass er sie gar nicht schnell genug würde loswerden können.

„Fein“, sagte er, bevor sie überhaupt die Chance auf eine Antwort hatte, fasste sie am Ellbogen und führte sie zu der Imbissbude.

Shelly konnte sich nicht erinnern, wann ein Mann das letzte Mal ihre Ellbogen genommen hatte. Ihr erster Impuls war es, sich dieser Geste, die sie für überholt hielt, zu widersetzen. Doch dann fand sie sie eigentlich sehr angenehm, überraschend angenehm. Sie bestellten von der ziemlich kargen Speisekarte Fish and Chips und setzten sich dann mit den Tüten an einen Picknicktisch.

„Ich hätte für mich selbst bezahlen sollen“, sagte Shelly plötzlich. Dass Mark sie eingeladen hatte, bereitete ihr irgendwie ein schlechtes Gewissen. Vielleicht war Janice ja eifersüchtig …

Mark schaute sie offen an. „Wenn ich Sie bitte, mich zu begleiten, dann übernehme ich auch die Rechnung.“

Shelly verzichtete auf eine Erwiderung und konzentrierte sich auf ihr Essen. Obwohl es einfach war, schmeckte es frisch und absolut köstlich. Mark schien ebenfalls mit seinem Essen beschäftigt zu sein, und ebenfalls mit Genuss.

„Warum sind Sie heute an den Strand gekommen?“, fragte sie ihn und schob sich die letzten Chips in den Mund. Vielleicht konnte sie ja herausfinden, warum sie sich immer wieder über den Weg liefen, wenn sie erst einmal wusste, was sie beide zu diesem einsamen Stück Strand zwei Autostunden weg von Seattle gebracht hatte.

„Ich habe hier ein Strandhaus. Wenn die Zeit für die Abgabe von Steuererklärungen vorbei ist, fahre ich meistens ein paar Tage hierher um mich auszuruhen.“

„Das wusste ich nicht“, erklärte sie knapp, obwohl ihm das eigentlich klar sein müsste. Aber sie musste sichergehen, dass er nicht glaubte, sie sei ihm durch den halben Staat gefolgt.

„Machen Sie sich keine Sorgen, Shelly. Sie können unmöglich von dem Haus gewusst haben. Genauso wenig konnten Sie ahnen, dass ich heute hier sein würde. Ich wusste es bis heute Morgen ja selbst noch nicht."

Ihr Treffen war also reiner Zufall. Sie wünschte sich plötzlich, dass Mark sie nicht geküsst hätte. Jetzt wurde alles viel komplizierter.

„Sie sind eine sehr begabte Künstlerin", sagte er unvermittelt. „Ich habe neulich eines Ihrer Videos gekauft. Ihre Steuererklärung hatte mich neugierig auf ihre Arbeit gemacht."

„Anscheinend bringt uns unsere Neugier in ziemliche Schwierigkeiten", sagte sie, obwohl sie sich über sein Lob freute. Warum nur bedeutete ihr seine Meinung so viel?

Mark lächelte. Es war ein unverschämt unwiderstehliches Lächeln, eines, das Frauen dazu brachte, alles andere zu vergessen. Zum Beispiel die Tatsache, dass er so gut wie verlobt war. Und dass er ein großer, blauäugiger Fremder war, der, wenn man Tante Millys Brief Glauben schenkte, bald schon ihr Ehemann sein würde …

Shelly sprang rasch auf die Füße und ging den Strand entlang. Mark folgte ihr.

„Sie sollten mich nicht so anlächeln", sagte sie leise.

„Sie sagten, es sei nur ein Kuss."

„Ja", log sie kühn. „Wie hätte es mehr sein können?"

„Das müssen Sie mir sagen."

Aber sie konnte ihm keine Antwort geben.

„Wenn wir schon dabei sind, erklären Sie mir doch einmal, warum wir uns immer wieder treffen, und warum ich nicht aufhören kann, an Sie zu denken."

„Das können Sie nicht?" Ihr erging es nicht anders, aber sie war keineswegs bereit, ihm das zu verraten.

„Nein." Er stand hinter ihr und hatte die Hände auf ihre Schultern gelegt. Zart strich er ihre Arme hinunter. Seine Berührung war so leicht, wie ein Hauch, und doch spürte sie sie bis in die Fingerspitzen. Und in ihre Erregung mischte sich Angst.

Mark drehte sie langsam zu sich und sah auf ihren Mund. „Wenn es nur ein ganz gewöhnlicher Kuss war, warum habe ich dann den unwiderstehlichen Drang, Sie erneut zu küssen?"

„Das ... das weiß ich nicht."

Seine Lippen berührten ihre kurz und leicht, als wollte er erst seine und ihre Reaktion abwarten. Sie schloss die Augen und stöhnte auf. Sie wollte diese Empfindungen nicht, die sie durchströmten. Keine davon. Sie waren so unterschiedlich und kamen aus vollkommen verschiedenen Schichten. Abgesehen davon war er mit einer anderen Frau zusammen, und sie war völlig mit ihrer Karriere beschäftigt.

Als der Kuss endete, ließ Mark sie langsam los. Sie schaffte es kaum, nicht in den Sand zu sinken.

„Ich ... ich muss nach Seattle zurück", sagte sie gepresst und trat von ihm weg. Sie wandte sich um und machte unsicher vier oder fünf Schritte.

„Shelly?"

„Ja?"

„Seattle ist in nördlicher Richtung. Wenn Sie in diese Richtung weitergehen, dann werden Sie allerhöchstens auf Hawaii landen."

Shelly hob benommen den Blick. Sie stand direkt vor dem Ozean. Und dann hatte sie es sehr eilig zu entkommen.

Zu Hause angekommen, stürzte Shelly ans Telefon und rief Jill an.

„Kannst du vorbeikommen?" Shelly konnte kaum ihre Panik verbergen.

„Sicher. Was ist denn los?"

„Ich habe Mark wiedergetroffen."

„Und?"

„Lass es mich so ausdrücken. Wir haben uns geküsst, und ich habe seitdem nicht aufgehört zu zittern."

Jill seufzte gefühlvoll auf. „Das muss ich genauer hören. Ich bin in zehn Minuten da."

Sie brauchte nur etwas mehr als sieben Minuten. Shelly war die ganze Zeit unruhig auf und ab gegangen und hatte ständig auf die Uhr geschaut. Sie wartete verzweifelt darauf, dass Jills gesunder Menschenverstand sie wieder auf den Boden der Tatsachen zurückholen würde.

„Shelly", rief Jill, als sie lächelnd die Wohnung betrat. „Was ist denn mit deinem Haar los?"

Shelly strich sich über die widerspenstigen Locken. „Es ist in Long Beach passiert."

„Dort hast du Mark getroffen? Was für ein unglaublicher Zufall, nicht wahr?"

„Ich habe ihn auch schon früher in der Woche einmal gesehen ... Ich habe dir doch erzählt, dass mir eine Buchprüfung beim Finanzamt bevorstand ... Und wer glaubst du, saß im Flur des Amtes, als ich dort ankam?"

„Ich brauche keine Hellseherin zu sein, um das herauszufinden. Mark Brady!"

„Genau."

„Und?"

Shelly stöhnte auf. „Verstehst du nicht, was hier vorgeht? Das ist das dritte Mal, dass wir uns in den letzten paar Tagen über den Weg gelaufen sind. Ich habe den Mann vorher noch nie gesehen und plötzlich taucht er an jeder Ecke auf!"

„Ich gebe zu, dass das alles ein wenig seltsam klingt, aber ich würde nicht zu viel hineininterpretieren, wenn ich du wäre."

„Zu viel darin sehen ...? Hör zu, Jill, ich bin noch nie einem Mann begegnet, der solche Gefühle in mir ausgelöst hat wie Mark. Ich werde innerlich völlig schwach, und irgendwie fühle ich mich gut dabei. Und um ganz ehrlich zu sein, ich mag es nicht, dass das so ist." Shelly schloss die Augen und hoffte, dass sie so endlich die Erinnerung an Marks Berührung vertreiben konnte, aber es nützte nichts. „Und willst du den wahren Knackpunkt hören?" Sie sah Jill fest ins Gesicht. „Er ist bereits verlobt."

„Verlobt?" Jill war verblüfft.

„Er besteht darauf, dass es noch nicht offiziell ist, aber er ist dennoch auf jeden Fall mit einer anderen Frau zusammen."

„Aber er hat dich doch geküsst."

„Erinnere mich nicht daran." Shelly schlug die Hände vors

Gesicht. „Ich kann dir nur sagen, dass ich diese ganze Sache sehr aufreibend finde."

„Offensichtlich. Komm mit." Jill führte sie in die Küche. „Jetzt setz dich erst einmal hin. Ich mache uns Tee, und dann können wir versuchen, vernünftig darüber zu reden. Ehrlich, Shelly, ich habe dich noch nie so aufgeregt gesehen."

„Ich bin nicht aufgeregt!", rief Shelly. „Ich bin verwirrt. Das ist ein großer Unterschied. Ich sitze in der Falle." Trotz aller Logik konnte sie das Gefühl nicht loswerden, dass sich ihr Leben vollkommen änderte. Und das nur, weil Tante Milly eines Tages vor dem Fernsehgerät eingeschlafen war und irgendetwas Verrücktes geträumt hatte.

„In der Falle?", wiederholte Jill. „Findest du nicht, dass du jetzt ein wenig zu sehr dramatisierst?"

„Ich weiß es nicht mehr." Shelly stützte die Ellbogen auf den Tisch, vergrub das Gesicht in den Händen und holte tief Luft. Sicher, sie war sehr gefühlsbetont, vor allem, was Familienangelegenheiten betraf, aber diese Sache hier war etwas anderes. Die war ernsthafter.

„Nun beruhige dich erst einmal", riet Jill ihr. „Wenn du das alles vernünftig durchdenkst, dann wirst du herausfinden, dass es für alles eine vollkommen normale Erklärung gibt."

Jills Ruhe verlieh Shelly Zuversicht. „Gut, dann erkläre es mir."

„Das kann ich nicht", gab Jill sachlich zu und goss kochendes Wasser in die Teekanne. „Ich versuche es auch gar nicht erst. Mein Rat an dich ist der, dass du aufhören solltest, das alles so schrecklich ernst zu nehmen. Wenn sich zwischen dir und Mark eine Beziehung entwickelt, dann genieße es einfach.

„Vorausgesetzt, er trennt sich zuerst von der anderen Frau! Und vergiss dieses Kleid!"

„Du hast leicht reden."

„Das stimmt", pflichtete Jill ihr sofort bei. „Aber du musst es ebenfalls so sehen, wenn du nicht verrückt werden willst."

„Du hast recht. Ich habe mich viel zu stark in diese Sache hineingestürzt."

„Ein Kleid kann nichts bewirken, was du nicht willst. Dasselbe gilt für Mark."

Shelly hatte auf Jills Vernunft gezählt. Und obwohl Jill ihr fast den gleichen Rat bereits vor ein paar Tagen gegeben hatte, hatte sie ihn einfach noch einmal hören müssen.

Jill schenkte ihnen Tee ein. „Geht es dir jetzt besser?"

Shelly nickte. „Ja. Ich brauchte einfach eine Freundin, die mich daran erinnert, dass ich viel zu stark reagiert habe." Sie trank einen Schluck Tee und wunderte sich, wie schnell das Getränk sie wiederbelebte. „Du hast doch immer noch Lust, morgen Nachmittag mit mir ins Theater zu gehen, nicht wahr?"

Der neueste Broadwayhit wurde bei einem Gastspiel in Seattle gezeigt, und Jill hatte vor einigen Wochen Karten besorgt.

„Das ist doch nicht etwa morgen, oder?"

„Jill ..."

„Ich habe versprochen, dass ich auf Morgans Baby aufpassen würde. Morgan war so verzweifelt, dass sie niemanden gefunden hat, da habe ich das Theaterstück völlig vergessen und zugesagt. Darling, ich fürchte, du musst ohne mich hingehen."

„Bist du sicher, dass du nicht absagen kannst?" Shelly versuchte vergeblich, ihre Enttäuschung zu unterdrücken.

„Das geht nicht. Es tut mir wirklich leid, Shelly."

Shelly hatte beschlossen auch ohne Jill ins Theater zu gehen, auch wenn sie das nicht so gern tat. Außerdem würde sie vermutlich erneut Mark Brady über den Weg laufen. Diesmal allerdings war sie fest davon überzeugt, dass es dann kein weiterer Versuch des Schicksals wäre, in ihr Leben einzugreifen, sondern wirklich reiner Zufall. Wenn sie dagegen zu Hause bleiben würde, dann würde sie ein wundervolles Theaterstück verpassen. Ganz abgesehen davon, dass sie einer diffusen und unvernünftigen Angst erlaubt hätte, ihr Leben zu bestimmen.

Shelly kleidete sich sehr sorgfältig an. Sie wählte eine dezente Garderobe, die ihre Mutter sicherlich sehr gemocht hätte. Mark würde ihr rosafarbenes Leinenkleid mit der dazu passenden Jacke bestimmt ebenfalls zu schätzen wissen. Als ihr dieser Gedanke durch den Kopf schoss, drängte sie ihn sofort und entschlossen zurück.

Sie war schon fast aus dem Haus, als das Telefon klingelte. Vielleicht kam Jill ja doch noch mit, und sie hob ab.

„Shelly." Marks Stimme kam aus dem Hörer. „Ich wollte gerade das Haus verlassen, um die Nachmittagsvorstellung des neuesten Broadwayhits zu besuchen. Da wir ja anscheinend die Angewohnheit haben, uns überall, wohin wir auch gehen, zu begegnen, dachte ich, dass ich es vielleicht vorher mit Ihnen klären sollte. Wenn Sie auch hinwollen, kann ich gern ein andermal gehen."

„Ich wollte mir heute das Stück ansehen", gab sie zögernd zu. „Jill hat leider in letzter Sekunde abgesagt."

„Nun, Janice kann ebenfalls nicht mitkommen."

Die Erwähnung des Namens der Frau, die Mark liebte, ließ ihre gute Laune plötzlich sinken. Shelly fühlte einen scharfen Stich der Enttäuschung. Aber sie kämpfte dagegen an. „Es gibt keinen Grund für Sie, das Stück zu verpassen. Ich rufe an der Kasse an und versuche, die Karte zu tauschen."

„Nein, das mache ich", bot Mark an.

„Aber das ist ja lächerlich. Jill möchte dieses Stück auch gern sehen, und ..."

„Wäre es denn tatsächlich so schrecklich, wenn wir uns entschlössen, beide dieselbe Vorstellung zu besuchen?"

Die Frage traf sie unvorbereitet. Schließlich war er derjenige gewesen, der vorgeschlagen hatte, dass sie sich aus dem Weg gehen sollten.

„Was könnte es schaden? Sie haben Ihr Ticket und ich meins. Es wäre absurd, sie möglicherweise verfallen zu lassen, nur weil wir Angst davor haben, uns wiederzusehen. Finden Sie nicht auch?"

Shelly war nicht mehr in der Lage, einen einzigen vernünftigen Gedanken zu fassen. Nach dem langen Gespräch mit Jill und der Aufmunterung, die sie sich selbst gegeben hatte, war sie so zuversichtlich gewesen. Doch nun war sie sich plötzlich gar nicht mehr sicher.

„Ich glaube nicht, dass es etwas ausmacht", sagte sie endlich, obwohl es eine ganze Menge ausmachte.

„Gut. Genießen Sie das Stück."

„Sie auch."

Das Theater war nicht weit von ihrer Wohnung, und Shelly ging zu Fuß. Mark hat recht, sagte sie sich. Nur weil sie beide Eintrittskarten für das Stück hatten, mussten sie sich noch lange nicht gegenseitig bestrafen.

Dass er sich ebenfalls für das Stück „Wütende Hausfrauen" interessierte, hätte sie allerdings nicht gedacht. Eigentlich war er nicht der Typ dafür. Aber Mark steckte ohnehin voller Überraschungen. Er fuhr Moped, küsste, als sei das seine Berufung, und jetzt auch noch das …

Das Theater war kaum in Sicht, da sah sie ihn schon. Ihr Puls begann zu rasen, und sie war nicht sicher, ob sie Mark anlächeln oder ihn einfach nicht beachten sollte.

Aber sie musste sich auch nicht entscheiden. Er blieb vor dem Eingang stehen und schien auf sie zu warten.

„Sie sind spät dran." Er schaute auf seine Armbanduhr. „Aber das passt zu Ihnen." Sein Lächeln war offen und herzlich. „Ich kann keinen Grund sehen, warum wir das Stück nicht gemeinsam anschauen sollten. Was halten Sie davon?"

„Sind Sie sicher?"

„Absolut." Er bot ihr seinen Arm, und es war genau diese Geste altmodischer Höflichkeit, die sie von ihm erwartet hatte. Der Platzanweiser führte sie zu zwei freien Plätzen und lächelte sie wohlwollend an, als wären sie ein besonders attraktives Paar. Shelly verspürte die ungeheure Versuchung, ihm zu erzählen, dass Mark mit jemand anderem verlobt war, aber glücklicherweise schaffte sie es, ihre Zunge im Zaum zu halten. Ein paar Minuten, nachdem sie Platz genommen hatte, hob sich dann auch schon der Vorhang.

Das Stück war eine intelligente Satire über das Leben in der Vorstadt, und Shelly genoss es sehr. Dennoch war sie sich während der ganzen Vorstellung Marks Nähe deutlich bewusst. Ob er ihre Nähe ebenso deutlich spürte?

Das Stück hatte Shellys Kreativität angeregt, und als sie und Mark das Theater verließen, erzählte sie ihm aufgeregt von ihrer Idee, die verschiedenen Stimmungen des Ozeans zu filmen. Mark war von ihrem Projekt begeistert und machte sogar Vorschläge. Und bevor sie es bemerkte, hatten sie sich schon ein paar Blocks in der entgegengesetzten Richtung von ihrer Wohnung von dem Theater entfernt. Shelly blieb stehen und schaute sich um.

„Es gibt ein hervorragendes chinesisches Restaurant hier in der Nähe", sagte Mark nur, und ohne ihr überhaupt die Möglichkeit zu geben, abzulehnen, führte er sie zuvorkommend dorthin.

Es war noch ziemlich früh für das Dinner, und sie fanden sofort einen Platz. Eben hatten sie noch so ungezwungen miteinander geredet, doch nun machte Marks Nähe Shelly wieder unruhig. Sie spielte mit der leinenen Serviette und strich sie fortwährend auf ihrem Schoß glatt.

„Ich hatte nicht erwartet, dass mir das Stück so gut gefallen würde", sagte Mark schließlich.

Shelly nickte abwesend. Sie hatte sich ja auch schon gewundert, wieso er sich für „Wütende Hausfrauen" interessierte. Aber das war nicht der Punkt.

„Finden Sie es nicht auch ein wenig erschreckend, dass wir uns immer wieder begegnen?"

„Ich kann verstehen, warum Sie das verwirrend finden."

„Sie tun das nicht?"

„Ich habe noch nicht besonders viel darüber nachgedacht", gab er gelassen zurück.

„Ich muss zugeben, dass mir all diese … Zufälle sehr zu schaffen machen", sagte sie und fuhr mit dem Zeigefinger über den Feuer speienden Drachen auf der Speisekarte. Sie warf Mark einen kurzen Blick zu. „Aber ich lerne langsam, damit umzugehen."

„Sie haben das Gefühl, dass Sie in etwas verstrickt sind, auf das sie keinen Einfluss haben?" Marks Frage überraschte sie. Sie schaute ihn offen an und war verwirrt von der Intensität seines Blickes. „Nein, nicht ganz. Das heißt, nun, vielleicht ein bisschen. Und Sie?"

„Es ist nicht meine Tante, die geträumt hat."

Shelly lächelte. „Nein, aber wie meine Freundin Jill mich kürzlich erinnerte, kann kein fünfzig Jahre altes Kleid mein Leben bestimmen. Oder Ihrs", fügte sie hinzu und auf einmal wurde ihr klar, warum er ihr eben die Frage gestellt hatte. „Sie selbst sind ja auch in all das verstrickt. Ich bin urplötzlich in ihrem Leben aufgetaucht, und nun scheinen Sie mir einfach nicht mehr entkommen zu können, nicht wahr? Jedes Mal, wenn Sie sich umdrehen, bin ich schon da."

„Wollen Sie nun wieder aufstehen und allen Leuten verkünden, dass Sie mich nicht heiraten werden?"

„Nein." Es schmerzte sie etwas, dass er sie an diese Verkündigung erinnerte.

„Fein. Wenn Sie darauf verzichten, dann kann ich den Druck wohl aushalten, glaube ich."

Shelly beachtete den leichten Sarkasmus in seinen Worten nicht. „Ich bin jetzt noch nicht an einer Ehe interessiert", sagte sie ernst, als habe er das vergessen, und fügte nachdrücklich hinzu: „Ich bin zufrieden mit meinem Leben, und ich habe zu viel zu tun, um einen Ehemann und eine Familie zu haben."

Einige Gäste sahen in ihre Richtung und sofort senkte sie die Stimme. „Entschuldigung, dass meine Abneigung dagegen verheiratet zu sein, so heftig ausfällt, aber ich werde weder meine Mutter noch meine Tante entscheiden lassen, wann ich mich niederlassen und heiraten werde."

„Ich persönlich kann mir überhaupt nicht vorstellen, dass Sie sich jemals niederlassen werden", sagte Mark mit einem unmerklichen Lächeln. „Aber Sie sollten sich darüber auch keine Gedanken machen. Sie werden es wissen, wenn es so weit ist."

„Wissen Sie es?" Eigentlich hatte sie das Thema Janice nicht aufbringen wollen, aber das schien eine gute Gelegenheit zu sein, seine Vorstellungen zu erfahren.

Er zuckte die Schultern. „Mehr oder weniger. Ich habe mir mein Leben gründlich betrachtet und entdeckte, dass ich verschiedene berufliche Ziele erreicht hatte. Ich hielt den Zeitpunkt für günstig, meine Energie in mein Privatleben zu stecken und es zu entwickeln. Ehe, Kinder und all das andere."

Mark redete von der Ehe als zitiere er aus einem Buch, das er gerade las. Sie runzelte die Stirn.

„Sie sind damit nicht einverstanden?", fragte er neugierig.

„Nicht direkt. Ich denke nur zufällig anders über die Ehe, das ist alles."

„Wie anders?"

Er schien wirklich interessiert zu sein, sonst hätte sie ihre Meinung auch für sich behalten. „Für mich hat die Ehe etwas mit Liebe zu tun", begann sie. „Ich glaube nicht, dass es nötig ist oder überhaupt möglich, das zu planen. Liebe ist etwas Unerwartetes, überfällt einen völlig überraschend und haut einen glatt um."

„Sie reden von der Liebe, als wäre es eine Art von schlimmer Erkältung."

Shelly lächelte. „Eher eine Art von Wolkenbruch. Die Ehe ist eine der schönsten Entscheidungen im Leben eines jeden Einzelnen. Schließlich vereinigt man hier zwei Leben, und da kann man nicht einfach auf die Uhr sehen und verkünden: ‚Jetzt ist es Zeit'." Plötzlich war sie ein wenig besorgt, zu weit gegangen zu sein und ihn beleidigt zu haben und hielt inne.

„Sie überraschen mich", sagte Mark und beugte sich vor. „Ich hätte das nie bei Ihnen vermutet."

„Was vermutet?" Sie hatte das Gefühl, als habe sie sich zum Narren gemacht.

„Dass eine Frau, die einen konfusen Eindruck macht, dennoch so klare Gedanken hat. Und noch etwas. Anscheinend liegt hinter Ihren knallbunten Sweatshirts ein sehr weiches Herz."

„Ich neige dazu, an bestimmte Dinge sehr emotional heranzugehen." Shelly vertiefte sich in die Speisekarte, um das Thema zu wechseln. „Ich habe gehört, dass süßsaure Suppe wundervoll sein soll. Haben Sie sie schon probiert?"

Das Gespräch während des Essens verlief locker und unverbindlich. Shelly bemerkte, dass Mark persönlichen Themen ebenso sorgfältig aus dem Weg ging wie sie selbst.

Nachdem sie gegessen und das Restaurant verlassen hatten,

schlenderten sie gemächlich zum Theater zurück. Mark bot ihr an, sie nach Hause zu fahren, als sie seinen Wagen erreichten, aber Shelly lehnte es dankend ab. Sie wollte zu Fuß gehen. Dabei würde sie nachdenken können. Und ihr gemeinsam verbrachter Abend bot ihr Einiges zum Nachdenken.

„Vielen Dank für die Einladung zum Dinner", sagte sie, nachdem Mark den Wagen aufgeschlossen hatte.

„Gute Nacht – für heute. Ich vermute, dass ich Sie bald wiedersehen werde", fügte er lächelnd hinzu.

Shelly erwiderte sein Lächeln. „Vermutlich innerhalb der nächsten zwei oder drei Tage. Vielleicht sollten wir unsere Terminkalender darauf abstimmen", scherzte sie.

„Eine weitere Begegnung würde Sie nicht stören, nicht wahr?"

„Nein. Und Sie?" Sie hasste es, dass ihre Stimme erwartungsvoll höher geworden war.

Mark blickte ihr in die Augen und steckte den Wagenschlüssel in die Tasche, dass sie unwillkürlich einen Schritt zurücktrat.

„Es war ein wundervoller Nachmittag und Abend, vielen Dank", sagte sie nervös. Er schwieg und sah sie nur an.

„Das Stück war großartig, nicht wahr? Und das Dinner ... war fantastisch." Ihre Stimme wollte ihr nicht mehr gehorchen, als Mark langsam immer näher kam.

Plötzlich schien die Zeit stillzustehen, und Shelly erkannte, was Mark tun wollte. Nicht schon wieder, dachte sie. Bitte tu es, flehte sie.

Ihr Herz schlug wild, als Mark nun vor ihr stand. Und trotz des heftigen Kampfes in ihrem Inneren wusste Shelly, wie sehr sie sich nach diesem Kuss gesehnt hatte. Sie musste einfach wissen, ob der erste Kuss, ob der zweite Kuss, Zufälle gewesen waren. Irrtümer.

Nein, sie waren es nicht gewesen. Nur dass dieser Kuss, der dritte Kuss, noch viel, viel erregender war, und sie ihn wie aufgelöst erwiderte.

Nur widerwillig löste Mark sich von ihrem Mund, und sein warmer Atem strich über ihre Wange. Sein Blick war fragend und überrascht. Und Shelly war nicht sicher, was ihr eigener Blick ihm verriet. Sie wollte es auch gar nicht wissen.

„Pass auf dich auf“, flüsterte Mark, während er sich abwendete …

Am Montag blieb Shelly zu Hause. Sie war nicht krank, nur völlig verwirrt und durcheinander. Nichts an ihrer Beziehung zu Mark schien irgendwie sinnvoll zu sein. Er verkörperte nichts, was sie an einem Mann mochte, und gleichzeitig alles.

Shelly war nicht klar gewesen, wie außer sich sie war, bis sie sich dabei ertappte, wie sie barfuß vor ihrem Schrank stand und mit Tante Millys Hochzeitskleid redete.

„Ich hatte ein großartiges Leben, bis du angekommen bist“, sagte sie verzweifelt. „Und nun scheint meine ganze Welt auf dem Kopf zu stehen.“ Sie schlug die Tür zu, riss sie aber im nächsten Moment wieder auf. „Kein Wunder, dass Elviras Katze nicht einmal deiner Verpackung zu nahe kommen wollte. Du bist gefährlich.“

5. KAPITEL

„Das Stück war großartig“, erzählte Shelly Jill, als sie Mittwoch zusammensaßen. Sie hatte Jill spontan besucht, und Jill hatte Zeit gefunden, gemeinsam mit ihr zum Lunch zu gehen. „Sogar Mark gefiel es.“

„Mark?“ Jill stellte geräuschvoll ihre Kaffeetasse ab. „Er war auch in dem Stück?“

Shelly nickte verlegen. „Ich habe vergessen zu erwähnen, dass ich ihm wieder begegnet bin, nicht wahr? Eigentlich hat er mich vorher angerufen, aber da wir beide vorgehabt hatten, dieselbe Vorstellung zu besuchen, haben wir entschieden, zusammen hinzugehen.“

„Gibt es noch etwas, was du mir nicht erzählt hast?“, wollte Jill misstrauisch wissen.

Shelly versuche, ihr Unbehagen hinter einem gelassenen Schulterzucken zu verbergen, aber sie sah, dass es ihr nicht gelang, Jill in die Irre zu führen. „Wir haben hinterher noch zusammen gegessen, als Freunde. Das bedeutet nichts. Schließlich ist er verlobt, nicht wahr?“

Jill sah sie an. „Shelly, mach mir nichts vor. Ich kenne dich, und irgendetwas macht dir Sorgen.“

Shelly nickte. Und weil sie Sorgen hatte, hatte sie ja auch das Bedürfnis nach einem liebevollen, verständnisvollen Menschen gehabt und war spontan zu Jill gefahren.

„Du wirst es mir nicht glauben.“ Sie fasste die Kaffeetasse fester und hielt den Blick gesenkt, während sie weitersprach. „Ich kann es selbst kaum fassen.“

„Du hast dich in Mark verliebt!“

Shelly schaute sie rasch an. „Sieht man das so deutlich?“

„Nein“, erwiderte Jill leise. „Aber du siehst aus, als würdest du gleich in Tränen ausbrechen.“

„Wenn ich nicht so verdammt wütend wäre, würde ich das auch tun. Kannst du dir zwei Menschen vorstellen, die weniger zusammenpassen? Mark ist so … verantwortungsbewusst …“

„Das bist du auch.“

„Aber nicht so wie er. Er ist so ernsthaft und ..."
„Shelly, das bist du auch."
„Vielleicht, aber ich bin auch ein wenig chaotisch. Ich kann nichts organisieren, komme immer zu spät, und ich mag es, wenn ich die Dinge auf meine Art machen kann."
„Ich würde das kreativ nennen."
Shelly warf Jill ein liebevolles Lächeln zu. „Siehst du, deshalb bist du meine beste Freundin. Ich gebe es offen zu, Jill, ich fange an, mir Sorgen zu machen. Mark Brady ist vielleicht der Felsen von Gibraltar, aber ich bezweifle ehrlich, dass er einen einzigen originellen Gedanken in seinem Kopf hat. Alles richtet sich bei ihm nach Büchern oder dem Terminkalender."
„Du brauchst aber jemanden wie Mark in deinem Leben", erwiderte Jill freundlich. „Nun sieh mich nicht so geschockt an. Es ist wahr. Ihr beiden balanciert euch aus. Er braucht dich, weil du Spaß magst, verrückt bist und viel Vorstellungsvermögen besitzt. Und du brauchst ihn, weil er seine Stundenpläne auswendig kann und dich erinnern wird, wann es Essenszeit ist."
„Das Problem ist nur, dass Mark die Art von Mann ist, die erwarten, dass ich das Essen koche."
Jill kicherte.
„Wenn das Schicksal schon entschieden hat, dass ich mit jemandem zusammen sein werde, könnte es dann nicht wenigstens jemand anders sein als ein Wirtschaftsprüfer?" Sie stöhnte auf.
„Anscheinend nicht."
„Was mich eigentlich am meisten ärgert, ist, dass ich zugelassen habe, dass es passiert. Das erste Mal hat er mich ja immerhin nur aus Neugier geküsst."
„Er hat dich schon wieder geküsst?"
„Ja, ein paarmal. Es ist nur natürlich. Unsere Neugier aufeinander war einfach zu groß. Denkst du das nicht auch?"
„Ich vermute schon", versicherte Jill ihr rasch. „Nun erzähl mir, was passiert ist."
„Ein Feuerwerk, das größer war als bei jeder Parade. Ich habe noch nie im Leben so empfunden wie bei Mark, und das nur wegen eines einfachen Kusses. Ich kann mir nicht einmal ansatz-

weise vorstellen, was passiert, wenn wir miteinander schlafen würden.“

„Fühlt Mark ähnlich?“

„Ich … ich kann nicht für ihn sprechen, aber ich glaube, er ist ebenfalls ziemlich verwirrt. Er hat so ausgesehen, als wäre er sehr überrascht gewesen.“

„Wie kommst du sonst mit ihm aus?“

„Gut, glaube ich.“ Shelly trank einen Schluck Kaffee. „Ich bin sicher, dass er mich spaßig findet. Aber Mark sucht keine Frau, die ihn unterhält, genauso wenig, wie ich einen Mann suche, der mein Girokonto ausgleicht.“

„Seine Meinung über dich ist etwas milder geworden, nicht wahr?“ Jill beantwortete sich die Frage selbst. „Früher hat er gedacht, dass du ein wenig seltsam wärst, erinnerst du dich noch?“

Die Erinnerung tat Shelly gut. „Zuerst habe ich gedacht, er wäre so aufregend wie ein Sack Kartoffeln, aber ich habe meine Meinung über ihn ja ebenfalls geändert.“

„Also, was ist das Problem?“

„Ich will mich einfach nicht verlieben“, sagte Shelly nachdrücklich. „Ich habe ganz andere Pläne für mein Leben, als mich jetzt in einer Beziehung zu binden.“

„Dann tu es nicht. Es sollte nicht so schwierig sein. Entscheide, was du willst, und beachte alles andere einfach nicht. Es gibt kein Gesetz, das dir vorschreibt, dich in dieser Minute zu verlieben. Und genauso wenig kann dir jemand vorschreiben, wann du heiraten sollst. Nicht einmal deine Tante Milly.“

Jill sagte genau das, was Shelly gern hören wollte und musste. Aber es machte keinen Unterschied, ob sie das hörte oder nicht. Ihr Herz sprach eine andere Sprache. Wenn sie vergessen könnte, dass sie Mark jemals getroffen hatte, dann würde sie das gern getan haben. Aber dafür war es zu spät. Sie liebte Mark, und Mark liebte eine andere Frau. Der Mark, für den Liebe und Ehe Ziele waren, die man nach einem Terminplan einrichtete. Vermutlich hatte er in seinem ganzen Leben noch nichts Spontanes getan.

Eine andauernde Beziehung zwischen ihnen konnte nicht

funktionieren. Wenn er nicht klug genug war, das herauszufinden, dann war sie es eben. Irgendetwas musste unternommen werden, und zwar schnell, und Shelly wusste, dass sie es machen würde.

Shelly musste nicht lange warten, bis sie Mark wiedersah. Sie trafen sich Mittwochabend an dem Schalter der öffentlichen Bücherei von Seattle. Shelly wollte längst fällige Bücher zurückgeben, seit sechs Monaten überfällige Bücher. Sie hatte drei Mahnungen der Bibliothek bekommen, eine unfreundlicher als die andere. Shelly befürchtete schon, dass die Alarmanlage der Bibliothek in dem Moment anschlagen würde, in dem sie durch die Flügeltüren hineinging, und dass uniformierte Polizisten sie dann jagen würden.

„Ich habe mich schon gefragt, wie lange es dauern wird, bis wir uns wiedersehen", sagte Mark und trat neben ihr an den Tresen. Sie hatte ihn sofort gesehen, aber so getan, als habe sie es nicht.

Shelly nickte ihm kurz zu und befahl ihrem Herzen, nicht so schnell zu schlagen. „Hallo." Sie zog das Scheckheft aus der Handtasche. Die Strafe für die Bücher war so hoch, dass es sicher billiger gewesen wäre, sie zu kaufen.

Mark stellte die beiden Bände, die er ausgeliehen hatte, auf den Tresen. Shelly bemerkte die Titel. „Ratschläge für Zeitplanung" und „Der Zustand der Sprache". Sie unterdrückte ein Stöhnen. Für einen Zahlenmenschen waren diese Bücher sicher einfach zu lesen. Aber ihr Geschmack ging eher in Richtung Liebesromane und Mysteries.

„Haben Sie Zeit für eine Tasse Kaffee?", fragte Mark, während sie den Scheck ausschrieb.

Shelly freute sich über diese Einladung, aber sie wusste, dass sie ablehnen musste, bevor er irgendetwas tun oder sagen konnte, was ihre Meinung ändern würde. Sie schüttelte den Kopf. „Nicht heute Abend, danke."

Sein Lächeln verschwand, als wäre er von ihrer Ablehnung überrascht. „Sind Sie sehr beschäftigt?"

Sie nickte und reichte der Bibliothekarin den Scheck. Trotz

der Länge ihrer Überziehung blieb die Frau freundlich, was Shelly gefiel und sie lächelte ihr erfreut zu.

„Haben Sie eine Verabredung?“

Shelly brauchte eine Sekunde, bis sie begriff, dass Mark nach dem Grund für ihre Weigerung fragte, mit ihm einen Kaffee zu trinken.

„Nicht ganz.“ Sie wandte sich um und ging zum Ausgang. Zu ihrer Überraschung folgte Mark ihr nach draußen.

„Irgendetwas stimmt nicht“, sagte er und blieb oben auf der Treppe stehen. Sie ging ebenfalls nicht weiter und schaute zu ihm hoch. „Mark, ich denke, Sie sind ein sehr netter Mann ...“ Sie war einfach zu ehrlich und konnte nicht lügen und ihre Gefühle verbergen.

„... aber Sie wollen mich nicht heiraten. Das haben wir doch schon einmal gehört, erinnern Sie sich noch? Das halbe Einkaufszentrum hat es ebenfalls gehört.“

„Ich habe mich bereits dafür entschuldigt. Es ist nur, okay, wenn Sie es unbedingt wissen müssen, ich fange an, Sie zu mögen ... und ehrlich gesagt, das erschreckt mich.“

Ihre aufrichtige Antwort schien ihm nicht zu gefallen. Seine Miene verfinsterte sich, und er rieb sich das Kinn. „Ich weiß, was Sie meinen. Ich fange auch an, Sie zu mögen.“

„Sehen Sie!“, rief sie und warf die Hände in die Luft. „Wenn wir das Problem nicht jetzt lösen, dann weiß nur der Himmel, was noch passiert. Es kann möglicherweise unser ganzes Leben ruinieren. Wir sind doch erwachsene Menschen, nicht wahr?“ Sie hoffte, dass er sie darin bestätigte, denn sie selbst fühlte sich keineswegs erwachsen.

Alle ihre Sinne rieten ihr, dieses kurze Zusammensein zu genießen und nicht auf die Konsequenzen zu achten. Ihr Gefühl wollte das, aber sie konnte es sich nicht erlauben, ihr Leben allein vom Gefühl regieren zu lassen. Jedenfalls nicht, wenn es um Mark ging.

„Jemanden zu mögen, muss noch kein Schwerverbrechen sein“, sagte er und trat eine Stufe näher an sie heran.

„Sie haben natürlich recht, aber ich kenne mich gut. Ich könnte mich leicht in Sie verlieben, Mark." Sie wagte nicht zuzugeben, dass sie bereits wesentlich mehr getan hatte. „Bevor wir wissen, was passiert, verbringen wir immer mehr Zeit miteinander, und dann könnten wir eines Tages eine ernsthafte Beziehung haben."

Mark blieb verdächtig ruhig.

„Sie sind ein wundervoller Mann. Wenn meine Mutter Sie getroffen hätte, dann hätte sie vom Dach heruntergeschrien, wie dankbar sie sei. Eine Zeit lang würde sogar ich mir vielleicht einreden können, dass aus unserer Beziehung etwas werden würde. Ich könnte mir sogar überlegen, einen Kochkurs zu belegen, weil Sie jemand sind, der erwartet, dass die Ehefrau weiß, wie man einen Braten und Kartoffelbrei macht."

„Irgendwann könnte es dazu kommen", gab er zu.

„Das habe ich mir gedacht", sagte sie leise. „Ich bin aber keine übliche Frau. Das werde ich niemals sein. Ein einziges Mal habe ich einen Kuchen gebacken, und den musste ich anschließend in den Müllschlucker werfen. Der übrigens dabei kaputtgegangen ist."

„Ein Kuchen hat Ihren Müllschlucker ruiniert?", wiederholte Mark und schüttelte den Kopf. „Macht nichts, Sie brauchen sich nicht die Mühe zu machen, mir zu erklären, wie es passiert ist. Es scheint so, als würden Sie hier im Moment vor sich selbst weglaufen. Sie reden übers gemeinsame Kaffeetrinken, als bedeute das eine lebenslange Beziehung."

Shelly wollte ihm nicht zuhören. „Was ist mit Janice?", wollte sie lieber wissen. „Die sollten Sie zum Kaffee einladen, nicht mich."

„Was hat denn Janice damit zu tun?", fragte er ungeduldig.

„Janice?", fuhr Shelly ihn erbost an. „Die Frau, die Sie heiraten wollen. Erinnern Sie sich an sie? Die Liebe Ihres Lebens. Die Frau, mit der Sie inoffiziell verlobt sind."

„Es ist nicht mehr inoffiziell", erklärte Mark schlicht.

„Großartig! Sie gehen mit mir essen, küssen mich und gleichzeitig suchen Sie zusammen mit einer anderen Frau die Verlobungsringe aus." Shelly musste zugeben, dass er sie mit Janice niemals belogen hatte. Von Anfang an war er diese Frau betreffend aufrichtig und ehrlich gewesen. Aber dennoch schmerzte es. Es schmerzte wirklich, zu erfahren, dass die Verlobung nun nicht mehr nur inoffiziell war.

Es war ein Schock. „Dann ..." Sie zwang sich vergeblich, etwas Begeisterung in ihre Stimme zu legen. „Herzlichen Glückwunsch. Ich wünsche Ihnen beiden das Beste." Damit drehte Shelly sich um und lief in einem halsbrecherischen Tempo die Straße hinunter.

„Shelly!"

Sie hörte, dass Mark hinter ihr herrief, aber sie beachtete ihn nicht. Sie war entschlossen, ihm zu entkommen, bevor ihr vor Schmerz die Luft wegblieb. Tränen standen ihr in den Augen, und sie verwünschte sich selbst dafür, so albern zu sein, sich von dieser Nachricht so treffen zu lassen. Sie konnte kaum noch etwas durch den Tränenschleier sehen und wischte sich die Augen, wütend, weil sie sich nicht besser unter Kontrolle hatte.

„Shelly, würden Sie jetzt endlich stehen bleiben?"

Sie rannte in die nächste Seitenstraße und hoffte, dass sie Mark in der Menge abhängen konnte. Sie flehte darum, dass er ihr nicht folgen würde.

Sie hatte schon gedacht, sie wäre entkommen, als sie seine Hand auf ihrer Schulter spürte.

„Shelly, bitte, hören Sie mir zu." Mark atmete schwer von dem Bemühen, sie einzuholen. „Die Verlobung ist nicht mehr inoffiziell, weil ich sie aufgelöst habe. „Wie hätte ich denn Janice heiraten können, nachdem ich Sie getroffen habe?"

„Sie haben die Verlobung mit Janice aufgelöst?", wollte Shelly aufgebracht wissen. Irgendein Gefühl in ihrem Innersten schien aufzubrechen. „Sie sind ein Narr!", rief sie. „Ein Idiot!" Ihre Augen füllten sich mit Tränen und tief in ihrem Innern stieg eine unbändige Freude auf. „Das war das Dümmste, was sie machen konnten!"

„Nein", erwiderte er. „Das war das Klügste, was ich jemals getan habe."

„Wie können Sie so etwas sagen?“, meinte sie anklagend. „Shelly?“

Er griff nach ihr, doch sie stieß seine Arme beiseite und trat zurück. „Janice war genau richtig für Sie.“

„Woher wissen Sie das?“, fragte er sie beunruhigend gelassen. „Sie haben sie doch noch nie gesehen.“

„Das brauche ich auch nicht. Ich weiß, dass sie richtig für Sie ist. Sie hätten sie nicht gefragt, ob sie Sie heiraten wolle, wenn sie es nicht gewesen wäre.“

„Janice ist eine wundervolle Frau, und sie wird sicherlich einen Mann sehr glücklich machen. Aber nicht mich.“

„Sie sind verrückt, dass Sie Ihre Verlobung aufgelöst haben.“

„Nein, das bin ich nicht“, erwiderte Mark zuversichtlich. „Ich bin absolut sicher, dass ich das Richtige getan habe. Wissen Sie auch, warum?“

Sie konnte nur den Kopf schütteln und sich die Tränen wegwischen. Sie war begeistert und gleichzeitig wütend. Sie liebte Mark, dessen war sie sich jetzt vollkommen sicher. Aber warum musste dann alles immer verwirrender und schwieriger werden?

„Das, was Sie neulich über Ehe und Liebe gesagt haben, hat meine Meinung geändert.“

„Sie haben auf mich gehört?“, rief sie in echtem Entsetzen. „Sehe ich so aus, als wäre ich eine Expertin, was Liebe betrifft? Ich habe noch nie in meinem Leben geliebt, ich meine richtig geliebt.“ Dabei zählte sie natürlich das Gefühl nicht mit, das sie für Mark empfand. Sie hatte immer angenommen, dass die Liebe ihr Leben klären und nicht komplizierter machen würde.

Doch Mark beachtete ihren Ausbruch nicht. „Sie haben mir geholfen, zu verstehen, dass ich Janice aus den falschen Gründen geheiratet hätte. Ich hatte mich entschieden, mich niederzulassen. Janice war zu dem gleichen Schluss gekommen. Sie ist dreißig und hatte sich auch entschieden, dass die Zeit gekommen war, zu heiraten und eine Familie zu gründen. Es war keine Liebe, und das wussten wir beide.“

„Das geht mich nichts an", sagte Shelly und schüttelte heftig den Kopf, als könnte sie seine Worte damit verjagen. „Ich will nichts davon hören."

„Sie werden es aber hören", erwiderte Mark beharrlich, packte sie an den Ellbogen und zog sie sanft dichter zu sich. „Sie haben behauptet, man sollte Liebe nicht planen, sondern sie sollte die Menschen überraschen. Sie hatten recht. Janice und ich sind sehr aufmerksam zueinander, aber …"

„An gegenseitiger Aufmerksamkeit ist nichts Falsches", warf sie ein.

„Natürlich nicht, aber Janice ist nun mal keine verrückte Videoproduzentin, und ich bin zu der Einsicht gekommen, dass es einen besonderen Reiz hat, das Unerwartete zu erwarten. Jede Minute mit Ihnen ist ein Abenteuer."

„Eine Beziehung zwischen uns würde niemals dauern", meinte Shelly. „Sie würde vielleicht eine Weile gut gehen, aber dann würden wir uns wieder trennen. Das müssen wir. Falls Sie es noch nicht bemerkt haben, wir haben nichts gemeinsam."

„Warum sollte die Beziehung nicht halten?", fragte Mark eindringlich.

„Aus all den Gründen, die ich vorher aufgezählt habe." Mark war so liebenswert, und er sagte all das, was sie im Geheimen gern hören wollte. Aber dennoch würde nichts ihre Unterschiede auslöschen.

„Sie fühlen sich also in der Küche nicht so passend wie andere Frauen. Nun, ich bin ein geschickter Koch."

„Es ist mehr als das."

„Natürlich ist es das. Aber es gibt nichts, was wir nicht schaffen können, wenn wir zusammenarbeiten wollen."

„Wissen Sie, was Sie meiner Meinung nach umgestimmt hat?", fragte sie verzweifelt. „Sie fangen an zu glauben, dass das Kleid von Tante Milly einen Zauber hat."

„Sie nicht?"

„Nein!", rief Shelly. „Nicht mehr. Ich habe daran geglaubt, als ich ein kleines Mädchen war. Ich habe die Geschichte, wie Tante Milly Onkel John getroffen hat, geliebt. Aber jetzt bin ich kein Kind mehr, und was damals so romantisch gewesen zu sein schien, setzt mich jetzt nur noch unter Druck."

„Shelly." Mark war verärgert. „Es gibt keinen Druck mehr, wir sind längst aufeinandergetroffen. Alles was ich vorschlage, ist, dass wir der Beziehung zwischen uns eine Chance geben."

„Es gibt nichts zwischen uns", stritt Shelly heftig ab. Mark schaute sie scharf an. „Das glauben Sie doch nicht im Ernst, oder?"

„Doch", log sie. „Sie sind ein netter Bursche, aber …"

„Wenn ich noch einmal höre, dass ich ein netter Bursche bin, dann werde ich Sie küssen, und wir werden sehen, was dann passiert." Er schaute auf ihren Mund, und Shelly befeuchtete unwillkürlich die Lippen.

„Das ändert für mich nichts."

„Nein?" Sein Blick dabei brachte sie dazu, ein paar Schritte zurückzugehen. Sie wusste, wenn Mark sie küsste, würde sie auf ihr Herz hören und nicht auf ihren Verstand. Und dann würde er es wissen.

„Das habe ich mir gedacht." Sein Lächeln war fast hintergründig.

„Ich glaube, wir sollten beide vergessen, dass wir uns überhaupt getroffen haben", schlug sie vor. Sie wusste, wie lächerlich das klang, noch während sie es sagte. Mark Brady hatte ihr Leben bereits verändert, und wie sehr sie es auch abstritt, es gab kein Zurück.

„Haben Sie schon vergessen, dass Sie es waren, die mir in die Arme gefallen sind? Sie können zwar versuchen, das Offensichtliche zu übersehen, aber ich kann das nicht mehr. Ich habe mich in Sie verliebt, Shelly."

Shelly wollte Mark widersprechen, ihm sagen, dass er unmöglich begonnen haben konnte, sie zu lieben. Nicht nach einer so kurzen Bekanntschaft. Doch Mark legte ihr den Finger auf den Mund, und sie musste schweigen.

„Zunächst war ich keineswegs erfreut darüber", gab er zu,

„aber seitdem habe ich viel gelernt. Ich kann mir vorstellen, wie wir in zehn Jahren sein werden, und wissen Sie was? Es ist ein sehr erfreuliches Bild. Wir werden immer noch ein glückliches Paar sein."

„Ich brauche Zeit, um nachzudenken." Das alles ging viel zu schnell. Sie fühlte sich seltsam benommen, als habe sie Fieber. „Wir überlassen es dem Schicksal ... wie klingt das?", schlug sie schließlich aufgeregt vor. Das war die perfekte Lösung. „Wenn wir das nächste Mal zufällig zusammentreffen, dann habe ich meine Gefühle besser im Griff. Dann werde ich wissen, was wir tun müssen." Sie könnte genauso gut einen Monat lang in ihrem Apartment überwintern, aber das wollte sie ihm nicht sagen.

„Nein", gab Mark zurück und schüttelte langsam den Kopf. „Das wird nicht funktionieren."

„Warum nicht?" Wir laufen uns beinah jeden Tag zufällig über den Weg."

„Nein, das tun wir nicht."

„Bitte?"

„Das Zusammentreffen bei dem Theaterstück war kein Zufall", erklärte er ihr. „Ich habe nachgeholfen."

„Wie? Wann?"

„Am Strand sah ich die Eintrittskarte in Ihrer Tasche. Unser Treffen im Theater war mein Einfall."

Mark hätte sie nicht mehr verwirren können, wenn er verkündet hätte, ein Marsmensch zu sein. Zum ersten Mal seit langer Zeit war sie sprachlos. „Und ... heute Abend?", stammelte sie. „Die Bibliothek?"

„Ich hatte mich entschieden, bei Ihnen vorbeizufahren. Ich hatte mir sogar schon eine Geschichte ausgedacht, dass ich das Hochzeitskleid sehen wolle, damit Sie mich hineinlassen würden. Aber als ich vorbeifuhr, sah ich, wie Sie die Vordertreppe hinunterkamen. Sie waren mit Büchern aus der Bibliothek beladen. Nun, es war nicht schwer zu erraten, wo Sie hingehen wollten. Ich habe dort dann auf Sie gewartet."

„Und was ist mit dem ... Finanzamt und dem Strand?"

Mark schüttelte den Kopf und lächelte. „Das war Zufall, es sei denn, Sie hatten etwas damit zu tun. Aber das haben Sie nicht, nicht wahr?“

„Natürlich nicht!“, erwiderte Shelly gereizt.

„Ich habe auch nicht wirklich angenommen, dass Sie es absichtlich herbeigeführt hätten.“

Shelly fühlte sich zu rastlos, um noch länger vor Mark stehen zu bleiben, und ging unruhig hin und her. Unglücklicherweise tat er das auch, und sie lief ihm genau in die Arme. Wieder standen sie voreinander.

„Es ist Tante Millys Brautkleid, ich weiß, dass es das ist.“ Sie hatte versucht, das Thema schon früher anzuschneiden, doch Mark hatte sich geweigert zuzuhören. „Sie haben Ihre Verlobung aufgelöst, weil Sie glauben, dass das Schicksal uns irgendwie zusammengeführt hat.“

„Nein, Shelly, das Kleid hat nichts mit meinen Gefühlen zu tun“, gab Mark ruhig zurück.

„Aber Sie hatten sich doch schon entschieden, jemand anderen zu heiraten!“

„Ich habe meine eigene Entscheidung getroffen, und die ist, dass ich den Rest meines Lebens mit Ihnen verbringen will.“

„Sie … hätten mich erst fragen müssen. Ich habe immer noch nicht die Absicht zu heiraten …“

„Ich werde warten.“

„Das können Sie nicht machen!“, rief sie. Er verstand einfach nicht, weil er seriös und bewundernswert und ein solcher Gentleman war. Das Einzige, was helfen würde, wäre, ihn hartherzig wegzuschicken, bevor er sein Leben damit verbrachte, auf sie zu warten.

Sie schaute Mark an, bemüht, genau den richtigen Ausdruck aus Ablehnung und Bedauern zu zeigen. „Das ist zwar alles sehr schmeichelhaft, aber ich liebe Sie nicht. Es tut mir leid, Mark, furchtbar leid. Sie sind der letzte Mensch, dem ich wehtun wollte.“

Einen Moment lang sagte Mark nichts, doch dann zuckte er langsam mit den Schultern und schaute weg. „Noch direkter können Sie wirklich nicht sein, nicht wahr? Gibt es keine Chance, dass Sie sich in mich verlieben könnten?"

„Keine. Sie sind ein sehr netter …" Sie atmete heftig aus. Es hätte ihr nicht so weh tun dürfen, wenn sie das Richtige tat. Es hätte nicht so weh tun sollen, wenn sie edel war.

„Das sagten Sie bereits."

Schwankend, als würde die Bewegung ihm Schmerz verursachen, hob er die Hand und strich ihr übers Gesicht. Seine Finger liebkosten zärtlich die geschwungene Kurve ihres Kinns.

Bis zu diesem Moment hatte Shelly nicht begriffen, wie stolz Mark war. Er hätte jeden Streit ausgehalten, aber wenn sie ihre Gefühle abstritt, dann gab es nichts mehr zu sagen.

„Sie meinen es ernst, nicht wahr?", fragte er heiser. Er stand so dicht vor ihr, dass sein Atem ihre Haut wärmte.

Shelly hatte ihre Miene so in der Gewalt, dass sie keinerlei Gefühle verriet. Doch seine Berührung schien ihr den Hals zuzuschnüren, und sie konnte nicht sprechen.

„Gut, wenn Sie es so wollen." Er ließ die Hand sinken und trat zurück. „Ich werde Sie nicht mehr beunruhigen." Mit diesen Worten ging er fort.

Bevor Shelly verstanden hatte, was da eigentlich passiert war, war Mark um eine Ecke verschwunden.

„Du lässt ihn einfach gehen! Du Idiot!", flüsterte sie sich zu. Eine Träne lief ihr über die Wange. Sie war sicher, dass Mark meinte, was er sagte. Er stand felsenfest zu seinem Wort. Er würde sie nie wieder ansehen, und wenn sie zufällig aufeinandertreffen würden, dann würde er so tun, als würde er sie nicht kennen.

Vielleicht würde er sich sogar entscheiden, doch noch Janice zu heiraten. Hatte er nicht zugegeben, dass sie sehr aufmerksam zueinander gewesen waren?

Shellys Herz schlug heftig gegen ihre Brust. Bevor sie sich daran hindern konnte, bevor sie sich überlegen konnte, ob sie klug handelte, rannte sie los.

Sie bog um die Ecke und war schon fast den ganzen Bürgersteig hinuntergelaufen, als sie sich umdrehte. Mark konnte unmöglich in so kurzer Zeit schon so weit gekommen sein.

Mark trat aus dem Seiteneingang eines Gebäudes. Er hatte die Hände auf die Hüften gestemmt und lächelte herausfordernd und froh. „Was hat dich so lange aufgehalten, Darling?", fragte er und breitete die Arme aus.

Shelly brauchte keine zweite Einladung, um sich in seine Arme zu werfen. Sie küssten sich, und dieser Kuss war hungrig und fordernd und feurig genug, um ein Leben lang zu glühen.

Shelly schlang die Arme um Marks Hals und stellte sich auf die Zehenspitzen. Sie gab sich vollkommen dem Kuss hin. Das Einzige, was zählte, war, dass sie in Marks Armen lag. Dort gehörte sie hin.

„Ich nehme an, dass das heißt, du liebst mich auch", flüsterte er dicht an ihrem Ohr. Seine Stimme klang rau vor Liebe.

Shelly nickte. „Aber das beunruhigt mich ja gerade."

„Das braucht es nicht. Ich habe genug Zuversicht für uns beide."

„Das ist verrückt", sagte sie, aber trotzdem hätte sie sich um keinen Preis aus seinen Armen bewegt. Sie holte tief Luft und verbarg ihr Gesicht an seiner Brust.

„Aber es ist eine gute Art Verrücktheit."

„Tante Milly hat uns in ihrem Traum zusammen gesehen. Sie hat mir alles über den großen Mann und die blauen Augen beschrieben."

„Wer weiß schon, ob ich es war oder nicht?", flüsterte Mark an ihrem Haar und fuhr mit dem Mund über ihre Schläfe. „Wen kümmert es schon? Ob das Schicksal etwas damit zu tun hat, dass ich dich gefunden habe, oder ob das Kleid deiner Tante dafür verantwortlich ist, kann ich nicht sagen. Außerdem kümmert es mich herzlich wenig. Ich liebe dich, Shelly, und ich glaube, dass du mich auch liebst."

Shelly schaute zu dem Mann hoch, der den Lauf ihres Lebens verändert hatte, und lächelte. Sie konnte vor lauter Liebe kaum sprechen. „Ich liebe dich auch", flüsterte sie endlich. „Ein Wirtschaftsprüfer! In einem Anzug! Das entspricht wahrhaftig nicht dem Ehemann, den ich mir vorgestellt habe."

Mark lachte leise. „Und ich habe mir nicht vorstellen können, dass ich mich Hals über Kopf in eine Frau verlieben könnte, die solche Kleider trägt wie du, aber das habe ich."

„Ich liebe dich, Mark."

Am Morgen ihrer Hochzeit mit Mark konnte Shelly vor lauter Nervosität kaum still sitzen. Ihre Mutter war noch schlimmer. Sie lief die ganze Zeit vor ihr auf und ab, rieb sich die Augen und schluchzte.

„Ich kann es nicht glauben, dass mein Baby endlich heiratet."

Shelly musste sich zurückhalten, um ihr nicht zu sagen, dass sie vor noch nicht ganz einem Monat nichts anderes versucht hatte, als ihre Tochter zu verheiraten.

Glücklicherweise war Jill da. Wenn ihre beste Freundin sie nicht beruhigt hätte, dann hätte sie nicht gewusst, was sie hätte tun sollen. Während ihre Mutter sich um die Speisen und Getränke kümmerte und sich über die Blumenhändler beschwerte, führte Jill Shelly nach oben in deren ehemaliges Kinderzimmer und half ihr, sich anzuziehen. Als Shelly endlich fertig war, trat Jill zurück und betrachtete sie prüfend.

„Was denn?", fragte Shelly. Sie strich mit der Hand über den alten Stoff und genoss das Gefühl von Satin und Spitze unter ihren Fingern. Vermutlich war es nur ihre Vorstellungskraft, aber nun, da sie das Kleid trug, wirklich trug, konnte sie fast seinen Zauber fühlen.

Jill standen die Tränen in den Augen.

„Sieht es so schlimm aus?", fragte Shelly neckend.

Jill presste die Fingerspitzen gegen den Mund. „Du bist wundervoll", flüsterte sie. „Mark wird seinen Augen nicht trauen, wenn er dich so sieht."

„Glaubst du wirklich?" Shelly hasste es, so unsicher zu klingen, aber sie wollte, dass an diesem Tag alles vollkommen war. Sie war schrecklich verliebt und verrückt genug gewesen, um ihrer Mutter freie Hand bei der Ausrichtung der Hochzeit zu lassen. Sie war sogar verrückt genug gewesen, um sich überhaupt auf diese Hochzeit einzulassen. Wenn es nach ihr gegangen wäre, dann wären sie schon vor Wochen durchgebrannt. Aber Mark hatte diese Hochzeit gewollt, und ihre Mutter wollte sich diesen Moment nicht entgehen lassen. Also hatte Shelly nachgegeben.

Mark und ihre Mutter hatten sich mit ihren Ideen durchgesetzt. Shelly hatte bei dem Empfang Clowns auftreten lassen wollen, aber ihre Mutter schien nicht zu glauben, dass das eine gute Idee sei.

Shelly hatte eine Hochzeitstorte mit einem Feuerwerk vorgeschwebt, aber Mark hatte befürchtet, dass etwas Feuer fangen könne. Sie hatte im Interesse der Sicherheit nachgegeben und einer normalen Torte mit rosa Rosen zugestimmt.

Es klopfte an ihrer Schlafzimmertür, und Jill öffnete. Tante Milly kam herein. Sie war offenbar sehr zufrieden mit sich. Sie stellte sich Jill vor und schaute dann Shelly prüfend an.

„Wie ich sehe, funktioniert das Kleid."

„Es funktioniert", stimmte Shelly ihr zu.

„Liebst du ihn?"

Shelly nickte. „Genug, um mit ihm weißen Hochzeitskuchen zu essen."

Milly lachte leise auf und setzte sich auf den Rand des Bettes. Sie nahm Shellys Hände. „Bist du nervös?" Shelly nickte erneut.

„Ich war auch nervös, obwohl ich tief in meinem Herzen wusste, dass ich die richtige Entscheidung getroffen hatte, als ich John geheiratet habe."

„Genau, wie ich es bei Mark weiß."

Tante Milly umarmte sie fest. „Du wirst sehr glücklich sein, Darling."

Eine Stunde später standen Shelly und Mark vorn in der überfüllten Kirche zusammen mit Pastor Johnson. Er kannte Shelly schon fast ihr ganzes Leben lang. Er lächelte sie herzlich an, sprach ein paar Worte und forderte Shelly auf, Mark ihre Liebe zu schwören.

Shelly stand Hand in Hand mit Mark da, und sie blickten sich in die Augen. Und in diesem Augenblick gab es keine Tante Milly, keine Jill, nicht ihre Mutter. Es gab nur noch sie beide und ihr gemeinsames Glück. Groß und stolz stand Mark neben ihr, und sie sah die Liebe in seinem Blick. Seine Liebe war für Shelly ohne Zweifel und ohne Frage, und sie wusste, dass ihr Blick es Mark sagte.

Später konnte Shelly sich nicht mehr erinnern, dass sie ihre Schwüre laut ausgesprochen hatte, obwohl sie sicher war, dass sie es getan hatte. Die Worte, mit denen sie ewige Treue schwor, waren ihr direkt aus dem Herzen geströmt.

– ENDE –

Heather Graham

Jeder Kuss entflammt mich neu

Roman

Aus dem Amerikanischen von
Wolfgang Thon

MIRA®

1. KAPITEL

Es war Kaitlin O'Herlihys Schuld, dass sie ihre Großmutter Lizzie Boyle missverstand. Sie waren frühstücken gegangen, so, wie sie es jeden Mittwochmorgen taten. Aber Kaitlin war nicht ganz bei der Sache. Am Nachmittag sollte den Vorstandsmitgliedern des Kosmetikkonzerns die Werbung für die neue Seashell-Sonnenschutzcreme präsentiert werden. Und obwohl Kaitlin sich gründlich vorbereitet hatte, war sie unruhig. Als Inhaberin der Werbeagentur war dieser Auftrag ihr sehr, sehr wichtig.

Außerdem war gerade das Urteil in einem besonders heimtückischen Mordfall gefällt worden, und Kaitlin konnte den Überschriften des „Miami Herald" nicht widerstehen. Sie las gerade aus den Augenwinkeln den Bericht, als ihre Großmutter etwas sagte.

„Kaitlin, ich werde wohl bald …"

Den Rest verstand Kaitlin nicht genau. Obwohl Lizzie Boyle seit fünfzig Jahren in den USA lebte, sprach sie immer noch mit einem derartig starken irischen Akzent, dass man hätte meinen können, sie wäre gerade erst aus Dublin angekommen.

Kaitlin wusste nicht, was Lizzie gesagt hatte, und schaute sie an. Aber ihre Großmutter blickte weg, und Kaitlin war sich plötzlich sicher, dass sie gesagt hatte: „Ich werde wohl auch bald ermordet werden."

Ermordet? Nun, es ist nur natürlich, dass Großmutter nervös ist, dachte Kaitlin. Immerhin ist sie fast siebzig und lebt allein. Sie hatte sich standhaft geweigert, zu Kaitlin zu ziehen, die ihr eine eigene Wohnung in ihrem Haus angeboten hatte. Aber Großmutter liebte das Haus, in dem sie wohnte. Es war ein Apartmenthaus, in dem noch viele andere Rentner lebten. Nur Kinder vermisste sie dort.

Lizzie liebte Kinder, und sie vermisste sie immer, wenn sie in Florida war. Aber sie verbrachte in jedem Winter die Ferien mit ihrer Familie im Norden. Sie hatte zehn großartige Urenkelkinder, die zwischen acht Monaten und zehn Jahren alt waren.

Jedes Mal, wenn sie zu Besuch kam, wurde sie mit großer Freude von ihnen begrüßt. Und Großmutter liebte jedes Einzelne von ihnen. Sie war für die Kinder die Verbindung zu dem Irland ihrer Vorfahren. Und sie konnte wundervolle Geschichten erzählen. Als Kaitlin noch ein Kind war, hatte sie ihrer Großmutter tatsächlich geglaubt, dass es Kobolde und Elfen gab, und dass jeder, der eine schlechte Tat beging, von den klagenden Todesgöttern des alten Irlands geholt werden würde.

Außerdem hatte Lizzies Deutscher Schäferhund irgendwann einmal mit ihrem Gebiss gespielt, und sie weigerte sich, das neue zu tragen, weil es angeblich nicht passte. So kam zu ihrem irischen Dialekt noch hinzu, dass sie nuschelte.

Das alles erklärte, warum Kaitlin annahm, ihre Großmutter habe gesagt, sie befürchte, ermordet zu werden. Nun, es hatte in letzter Zeit eine Menge Raubüberfälle gegeben, und es war ganz normal, dass Lizzie sich Sorgen machte.

„Oh Großmutter!“, sagte Kaitlin und nahm deren Hand in ihre eigene. „Hör mir zu. Du wirst schon nicht umgebracht werden. Wir leben zwar in einer üblen Welt, aber deshalb wirst du doch nicht gleich ermordet. Wenn du möchtest, und es dich beruhigt, kannst du gern zu mir ziehen und eine Weile bei mir leben …“

„Ich will verwünscht sein, wenn ich das mache!“, erwiderte ihre Großmutter. Ihr Ton klang überrascht und ihre Worte waren verblüffend klar. Sie war trotz ihres Alters immer noch eine wundervolle Frau mit strahlenden blauen Augen. Ihr Haar hatte sie graublau gefärbt, was ihr sehr gut stand und ihr fast das Aussehen einer Heiligen verlieh. Von ihr eine solch … spontane Bemerkung zu hören, wirkte fast grotesk.

„Aber wenn du doch Angst davor hast, ermordet zu werden …“

„Ich habe nichts von Ermorden gesagt, Kaitlin O’Herlihy. Gar nichts. Du hast mir nur einfach nicht zugehört.“

Sie war wieder in ihren irischen Akzent verfallen, und Kaitlin faltete geduldig die Hände auf der Tischplatte. Sie versuchte zu vermeiden, auf ihre Armbanduhr zu schauen. Es blieb ihr noch

Zeit genug, um an ihre Arbeit zu gehen, und dies hier, was auch immer es war, schien für Lizzie wichtig zu sein. Sie senkte den Kopf und lächelte erleichtert. „Entschuldige bitte, Großmutter. Was hast du dann gesagt?“

„Kaitlin, ich werde mich verheiraten. Das hat mit ermorden nichts zu tun. Was denkst du eigentlich von mir? Dass ich langsam eine alte, hysterische Einsiedlerin werde? Ich habe heiraten gesagt, Kaitlin. Heiraten!“

„Heiraten?“ Kaitlin hätte nicht erstaunter sein können, wenn Lizzie ihr mit vollem Ernst verkündet hätte, dass sie in den nächsten fünf Minuten überfallen und ermordet werden würde.

Heiraten? dachte sie verblüfft. Großmutter will heiraten? Lizzie Boyle war seit fast vierzig Jahren verwitwet und hatte ihre fünf Kinder allein in einem fremden Land großgezogen. In all dieser langen Zeit hatte sie sich mit einem Mann noch nicht einmal verabredet. Und jetzt wollte sie auf einmal heiraten? Kaitlin erholte sich nur sehr langsam von dieser Neuigkeit. Schließlich schaffte sie es wenigstens, das Wort zu wiederholen. „Heiraten?“

„Heiraten, junge Lady. Fein, nun scheinst du mich wenigstens richtig verstanden zu haben“, erwiderte Lizzie mit einem Seufzer. „Und ich wäre dir wirklich sehr verbunden, wenn du mich nicht so entsetzt anstarren würdest. Die Leute werden nämlich schon langsam auf uns aufmerksam.“

Kaitlin wusste nicht, ob sie lächeln, lachen oder sich Sorgen machen sollte. „Aber Großmutter“, brachte sie endlich heraus, „du hast dich seit Jahren mit niemandem mehr verabredet und …“

„Oh, natürlich habe ich das. Ich habe nur weder dir noch deiner Mutter oder einer deiner Cousinen etwas davon gesagt, weil ich nicht vorhatte, den Spott über mich ergehen zu lassen, mit dem ihr mich unweigerlich überschüttet hättet. Aber ich habe mich mit Mr Rosen jede Woche zum Bingospielen getroffen, und zwar seit über einem Jahr. Außerdem haben wir uns sonntags immer zum Dinner verabredet, oder sind ins Theater oder ins Kino gegangen, und …“

„Mr Rosen? Großmutter, ist er ein jüdischer Gentleman?“

„Das ist er allerdings. Und ich warne dich: Ich will darüber von dir keine Bemerkung hören, Kaitlin O'Herlihy. In meinem Alter spielt das mit den unterschiedlichen Religionen keine so große Rolle mehr. Er hat ein wunderschönes Haus am Wasser, und wir werden dort wohnen. Wir werden zum jüdischen Chanukkah-Fest ebenso Kerzen anzünden, wie wir Weihnachten unter einem festlich geschmückten Weihnachtsbaum feiern werden. Und wage es nicht, darüber auch nur ein einziges kritisches Wort mir gegenüber zu verlieren, Kaitlin." Kaitlin musste lachen. Sie konnte sich nicht zurückhalten. Sie erinnerte sich nämlich daran, wie sehr sich damals ihre ganze Familie davor gefürchtet hatte, zu Großmutter zu gehen und ihr zu sagen, dass Kaitlins Cousine Mary Elena ohne kirchliche Trauung heiraten würde. Dabei war deren Mann Lance Hendricks bloß ein Lutheraner gewesen. „Kaitlin ...!", warnte Lizzie sie.

Kaitlin ergriff erneut ihre Hand. „Großmutter, ich lache vor Freude."

Plötzlich verlor die Miene ihrer Großmutter den Ausdruck harter Entschlossenheit, die ihr durch die langen Jahre der Not geholfen hatte, und der Blick ihrer Augen wurde fast mädchenhaft unsicher. „Wirklich? Bist du sicher? Was meinst du, wird die Familie denken? Ich habe es bis jetzt noch nicht einmal meinen Töchtern und Söhnen erzählt."

„Sie werden begeistert sein", versicherte Kaitlin ihr. Und dann lachte sie erneut auf. „Du bist eine richtige Hexe, weißt du das? All diese heimlichen Aktivitäten, und wir wussten nicht das Geringste davon. Es ist wundervoll, absolut wundervoll. Wann steigt die tolle Sache denn? Und wann werde ich Mr Rosen kennenlernen?"

„Du wirst ihn an diesem Wochenende zum Dinner sehen, Kaitlin. Ich dachte, du hättest vielleicht nichts dagegen, wenn wir ein kleines Abendessen bei dir zu Hause geben. Nichts Großartiges."

Kaitlin lächelte. „Ich habe nicht das Geringste dagegen. Ich würde mich freuen. Und wann findet die Hochzeit statt?"

„In vierzehn Tagen. In den ‚Lotus Gärten'. Friedensrichter

Merkin hat zugesagt, uns zu trauen, und sowohl Rabbi Nathan als auch Vater Tangini werden bei der Zeremonie dabei sein und den Gottesdienst abhalten."

„Das ist ja großartig."

„Ja, Kaitlin. Und ich verlasse mich auf dich, Darling, das tue ich wirklich. Wirst du mir beistehen?"

„Du meinst... ich soll dein Trauzeuge sein?"

„Meine Brautjungfer."

„Aber natürlich, Großmutter! Und was ist mit deinen Töchtern und deinen Freundinnen ...?"

„Du gehörst zur Familie, Kaitlin. Meine Töchter werden das verstehen. Du bist diejenige gewesen, die sich hier unten während all der Jahre um mich gekümmert hat, du brauchst es gar nicht abzustreiten. Ich will dich bei mir haben, wenn ich Mr Rosen heirate. Wirst du mir helfen?"

„Natürlich. Ich fühle mich geehrt, Großmutter. Ich werde dabei sein. In den ‚Lotus Gärten'! Das wird wunderschön werden. Hast du schon ein Brautkleid ausgesucht?"

Das hatte Lizzie nicht, und den Rest des Frühstücks verbrachten sie damit, Pläne für den Kauf eines Kleides zu machen, die Blumenarrangements zusammenzustellen und zu überlegen, wo sie einen geeigneten Bäcker für die Hochzeitstorte finden könnten.

Kaitlin war begeistert, obwohl sie tief in ihrem Inneren wieder ein winziger Stich schmerzte, tief drinnen in ihrem Herzen. Er war immer da, trotz all der schönen Dinge, die sie erlebt hatte. Sie liebte zwar Hochzeiten, aber manchmal waren es eben... nun, manchmal schmerzte es sie einfach, es zu sehen. Während ihre Großmutter über die Gästeliste redete, wanderten Kaitlins Gedanken zurück zu dem, was vor zwölf Jahren passiert war.

Sie würde niemals den Tag vergessen, an dem Brendan O'Herlihy sie gebeten hatte, seine Frau zu werden. Eine Hochzeit, eine wundervolle Hochzeit ganz in Weiß, war immer schon ihr Traum gewesen ...

In den drei Jahren vor diesem entscheidenden Tag hatten all

ihre Träume von einer Hochzeit immer Brendan eingeschlossen. Und dann stellte er seine Frage mit demselben Stil, der sie schon von Anfang an ihm fasziniert und sie angezogen hatte. Sie war sicher, dass es keine Liebelei und keine erwachenden Hormone waren, wie ihre Mutter sie gewarnt hatte, sondern dass mehr zwischen ihnen war, viel mehr. Sie liebte ihn. Und er liebte sie.

Es war die Art Liebe, die dauern würde „bis der Tod euch scheidet", dessen war Kaitlin sich absolut sicher.

Sie würde sich immer an die Nacht vor dem Standesamt erinnern können und daran, wie sie ausgesehen hatten. Brendan war einen Meter neunzig groß, kräftig und hatte breite Schultern. Er wirkte schlank, erwachsen und dennoch jugendlich.

Die widerspenstigen Locken seines schwarzen Haares und seine grünen goldgesprenkelten Augen machten ihn so attraktiv, dass er die Aufmerksamkeit aller Frauen, gleich welchen Alters, erregte. Und seine sinnliche Ausstrahlung war nicht minder beeindruckend als sein Selbstbewusstsein.

Als sie sich das erste Mal auf dem Flur zu den Umkleidekabinen der Highschool-Baseballspieler begegnet waren, hatten sich ihre Blicke getroffen, und sie hatten sich gegenseitig von Kopf bis Fuß gemustert. Lange und gründlich, und von diesem Augenblick an war ihre Beziehung besiegelt gewesen.

Sie waren sich beim Eröffnungsball wiederbegegnet, und Kaitlin, die die strahlend blauen Augen ihrer Großmutter, das rötlich-blonde, lange dichte Haar ihrer Mutter und ihren irischen Teint geerbt hatte, erwies sich als der Star des Abends. Sie flirtete ausgelassen und trieb die jungen Männer fast zum Wahnsinn, ließ dabei aber Brendan die ganze Zeit nicht aus den Augen. Bis sie endlich in seinen Armen lag.

Er sagte ihr auf den Kopf zu, dass sie ihn begehrte, und Kaitlin, die seinem ungeheuren Selbstbewusstsein ihr eigenes entgegensetzen wollte, wurde durch einen leidenschaftlichen, glühenden Kuss belehrt, dass es besser war, nicht gegen Brendan anzukämpfen. Und sie wollte es auch gar nicht. Sie wusste danach noch nicht einmal mehr, was sie eigentlich hatte sagen wollen.

Von dieser Nacht an waren sie zusammen, waren sie eins.

Und sie stritten sich, und wie! Kaitlin liebte es, zu flirten, und Brendan liebte die Mädchen. Doch trotz all dieser Eskapaden trennten sie sich nie, nicht für ein Wochenende, ja, noch nicht einmal für einen Tag. Und dann kam die Nacht, in der sie sich zum ersten Mal liebten ...

Kaitlin seufzte, als sie sich daran erinnerte, und lächelte versonnen. Der Schmerz hatte nachgelassen, und sie freute sich darauf, ihrer Großmutter bei den Hochzeitsvorbereitungen zu helfen. Nichts in der Welt erschien ihr schöner als das.

Sie hatte ihren Werbespot vollkommen vergessen, bis sie zufällig auf ihre Armbanduhr schaute. Sie schrak hoch. „Großmutter", sagte sie unvermittelt, „wohin kann ich dich mitnehmen? Ich muss zur Arbeit." Sie bedauerte es, dass sie schon gehen musste, aber es war höchste Zeit.

Doch ihre Großmutter wollte nirgendwo anders hin. Sie wollte hier im Einkaufszentrum bleiben, sich ein bisschen umsehen und „vielleicht etwas Neues zum Unterziehen kaufen", wie sie mit mädchenhaft verlegenem Charme sagte.

Kaitlin lachte, küsste sie zum Abschied und sah ihr nach, wie sie in dem Gedränge der übrigen Kauflustigen verschwand. Sie sieht großartig aus, sagte Kaitlin sich. Wirklich strahlend wie eine Braut. Lizzie Boyle war eine wundervolle Frau mit diesen alterslos wirkenden Augen und ihrer herrlichen Haut, die immer noch aussah wie ein Pfirsich. Und dann, nach all diesen Jahren, entscheidet sie sich zu heiraten... dachte sie, bevor sie sich endgültig abwandte.

Kaitlin schien von der Euphorie ihrer Großmutter angesteckt worden zu sein, als sie ihr Büro betrat. Janis Epstein, ihre Assistentin, wartete schon in ihrem Büro und stellte gerade die Mappe für die Präsentation zusammen.

„Hallo, Chefin", sagte sie und lächelte. „Ich hatte eigentlich erwartet, dass du früher kommen und vor lauter Sorge das reinste Nervenbündel sein würdest."

Kaitlin machte eine gleichgültige Miene und stellte ihre Handtasche unter ihren Schreibtisch. „Janis, rate mal, was passiert ist!"

„Was?"

„Meine Großmutter heiratet."

Janis schaute sie erstaunt an, dann lachte sie auf. „Sie heiratet? Ich wusste noch nicht einmal, dass sie überhaupt Verabredungen gehabt hat."

„Ich auch nicht", gab Kaitlin zu. Janis reichte ihr eine Tasse Kaffee, und Kaitlin setzte sich einen Augenblick auf ihren Schreibtischstuhl, während sie Janis alles über die Pläne ihrer Großmutter erzählte.

Janis schnalzte mit der Zunge, nachdem Kaitlin geendet hatte. „Kann man sich so etwas vorstellen? Wir sind alle in der Blüte unserer Jahre, oder zumindest fast in der Blüte, und sind dabei, nach dem ‚Richtigen' zu suchen, und da kommt Lizzie Boyle und holt ihn sich geradewegs von einem Bingotisch weg. Ist das zu fassen?"

Kaitlin lächelte und gab zu, dass es wie ein Märchen klang.

Plötzlich sprang Janis auf. „Wir haben nur noch zehn Minuten Zeit. Dann müssen wir im Konferenzzimmer sein."

„Und Mr Harley ins Auge blicken", fügte Kaitlin wenig begeistert hinzu. „Ich brauche nur noch zwei Sekunden, um mich frisch zu machen."

Sie ging in eine Ecke des Büros, wo sie ein kleines Waschbecken installiert hatte, das nur sie benutzte. Auf dem Weg dorthin nahm sie die Haarbürste aus ihrer Tasche mit. In dem Spiegel über dem Waschbecken prüfte sie ihr Spiegelbild. Nicht schlecht, dachte sie. Sie konnte mit sich zufrieden sein, auch wenn sie gerade vor einem Monat ihren dreißigsten Geburtstag gefeiert hatte.

Plötzlich musste sie lächeln und fragte sich, ob sie wohl so werden würde wie ihre Großmutter. Vielleicht, wenn du Glück hast, sagte sie sich. Sie hatte volles rötlich-blondes und ungebändigtes Haar. Es war dicht und lockig und fiel über ihre Schultern bis auf ihren Rücken herab. Heute hatte sie diese Fülle allerdings zu einem ordentlichen Zopf geflochten. So passte es besser zu ihrem dunkelbraunen Rock und der lockersitzenden Bluse. Diese Kleidung war sowohl geschäftsmäßig seriös als auch weiblich. Meine Augen sind ohnehin mein bestes Kapital, sagte sie sich – groß und hellblau. Und Kaitlin hatte auch die Haut ihrer Großmutter. Vielleicht werde ich wirklich in Schönheit alt werden, dachte sie. Bis jetzt jedenfalls hatte sie sich für eine Dreißigjährige nicht schlecht gehalten. Die Firma gehörte ihr, und sie würde vielleicht Janis beteiligen, damit sie, Kaitlin, mehr Zeit hätte. Sie liebte ihren Job und genoss in der Branche einen guten Ruf, für den sie auch sehr hart gearbeitet hatte.

Das Einzige, was sie mit ihren dreißig Jahren nicht hatte, das wirklich Einzige…

Gibt es irgendetwas bei mir, was einem Privatleben ähnelt? fragte Kaitlin sich trocken. Nun, rief sie sich sofort ins Gedächtnis, du wolltest doch auch keins, nicht wahr?

Sie strich ein paar Strähnen aus der Stirn zurück und legte ein wenig Lippenstift auf. Danach richtete sie sich auf, betrachtete sich kritisch und entschied, dass sie so repräsentativ aussah wie nur möglich. Kaitlin löschte das Licht und ging zur Tür.

Sie hatte den Raum fast verlassen, als das Telefon auf ihrer Privatleitung summte. Sie nahm den Hörer ab und wollte Samantha, ihrer Sekretärin, sagen, dass sie den Anrufer zurückrufen würde, ganz gleich, wer es war, aber Samantha war schneller und redete, bevor Kaitlin zu Wort kam.

„Es ist Ihre Cousine Donna aus Massachusetts. Sie sagt, sie würde nur zwei Sekunden brauchen. Geht das in Ordnung?"

„Ja, danke, Samantha." Kaitlin drückte den Freigabeknopf auf dem Telefon. Donna wusste, dass sie wenig Zeit hatte, und wenn sie dennoch mit ihr reden wollte, musste es wichtig sein.

„Donna, hallo. Ich bin's, Kaitlin. Ich habe es eilig, aber…"

„Ich weiß, ich weiß. Die Sonnenschutzcreme-Kampagne, nicht wahr?" Donna wartete nicht auf eine Antwort, sondern redete sofort weiter. „Kaitlin, ich werde heiraten."

„Heiraten?" Kaitlin holte tief Luft. Heiraten. Dasselbe hatte ihr auch ihre Großmutter erzählt. Und Donna hatte noch all ihre Zähne, also war ein Verhören wegen Nuscheln ausgeschlossen, und sie hatte keineswegs irgendetwas anderes gemeint.

Kaitlin fing sich diesmal schneller als das erste Mal. Wie oft habe ich diese Worte heute schon gesagt? fragte sie sich. Und wie albern muss ich dabei gewirkt haben? „Oh Donna, das ist wundervoll. Herzlichen Glückwunsch."

„Danke."

„Ist es Bill?", fragte Kaitlin zögernd. Das letzte Mal, als sie mit Donna geredet hatte, hatten die beiden gerade einen heftigen Streit miteinander gehabt, obwohl sie beide großartige Menschen waren. Kaitlin kannte Bill schon ihr ganzes Leben lang, und sie mochte ihn sehr. Er wäre bei ihrer eigenen Hochzeit ebenfalls dabei gewesen. Wenn ich jemals eine wirkliche Hochzeit gehabt hätte, dachte Kaitlin.

Der scharfe Stich war diesmal schmerzhafter als am Morgen. Sie atmete tief aus und zwang sich dazu, ihn zu unterdrücken. Was ihr aber kaum gelang.

„Natürlich ist es Bill, wer sonst?", erklärte Donna. Dann redete sie eilig weiter. „Ich wollte es dir nur jetzt schon sagen, weil ich das Warten nicht ertragen könnte. Ich lasse dich jetzt gehen und rufe lieber heute Abend noch einmal an. Kaitlin, ich möchte, dass du meine Brautjungfer wirst. Überlegst du es dir bitte?"

„Aber natürlich, das ist doch Ehrensache. Darüber brauche ich nicht nachzudenken", versicherte Kaitlin ihr. „Aber wann ist die Trauung? Du wirst es nicht glauben, aber ich bin schon für jemand anderen eingeplant."

„Für wen?", wollte Donna wissen.

„Für Großmutter."

„Großmutter?" Donnas Stimme dröhnte durch den Draht. „Großmutter!"

„Ja, Großmutter. Aber sag es noch niemandem. Sie hat es mir gerade heute Morgen erzählt, und ich bin sicher, dass sie es unserer Familie selbst beibringen will."

„Na, was für eine kleine Hexe."

„Das ist genau das, was ich ihr auch ins Gesicht gesagt habe", stimmte Kaitlin zu. „Sie heiratet zwar ziemlich überstürzt, aber sie hat gesagt, sie will in ihrem Alter keine Zeit verschwenden, oder so etwas Ähnliches. Wie auch immer, sie kann es dir ja selbst erzählen, was sie sicherlich auch machen wird."

„Sie wird es ihren Enkeln erst erzählen, wenn sie es überstanden hat, es ihren eigenen Kindern beizubringen", meinte Donna lachend. „Nun, wir heiraten nicht so rasch. Wir haben eine Menge zu organisieren. Vielen Dank, dass du meine Brautjungfer wirst. Nun beeil dich aber, und zeig's deinen Kunden. Ich rufe später noch mal an. Oh Kaitlin, ich bin so schrecklich aufgeregt!"

„Gut, wir sprechen uns bald", versprach Kaitlin und legte den Hörer wieder auf.

Aber sie verließ den Raum nicht sofort. Stattdessen blieb sie unbeweglich stehen und schaute auf den Hörer. Erst Großmutter und jetzt Donna. Sie liebte beide sehr und konnte ihnen auch nicht den Vorwurf machen, dass sie sich abgesprochen hätten. Schließlich wollten sie Kaitlin nur an ihrer eigenen Freude teilhaben lassen und lebten ja noch nicht einmal in derselben Stadt.

Aber dennoch stiegen jetzt die Erinnerungen stärker als je zuvor in Kaitlin hoch. Hochzeit…

Brendan und sie hatten sich geliebt wie in einem Rausch. Und danach, bei einem Dinner mit ihrer Familie in Petersham, hatte er sie auf die Veranda des Hauses geführt, wo sie allein waren, sich vor sie hingekniet, ihre Hand in seine genommen und sie gefragt. Mit diesen Worten, die so einfach und so traditionell waren.

„Kaitlin, ich liebe dich. Und ich will, dass du meine Frau wirst. Ich will, dass wir zusammenleben. Willst du mich heiraten?"

Er hatte ihr einen Diamantring über den Finger gestreift, und dann erst hatte sich ihre Erstarrung gelöst. Sie hatte mit einem Aufschrei die Arme um ihn geschlungen und ihn geküsst. Noch in derselben Nacht hatten sie ihre Verlobung bekannt gegeben. Und dann hatte das Warten begonnen. Das College lag vor ihnen, aber Brendan hatte keine Angst davor. Sie würden beide arbeiten, und außerdem war er Nutznießer eines Treuhandvermögens, das sein Großvater für ihn angelegt hatte. Sie würden es schaffen. Auch Kaitlin hatte sich darüber keine Gedanken gemacht. Sie kümmerte sich eher um die nahe Zukunft. Ihre Gedanken kreisten nur um ihre Hochzeit.

Sie wollte eine große Hochzeit, und Brendan war mit allem einverstanden gewesen, was sie wollte. Und das hatte er auch so gemeint. Alles, was er ihr versprochen hatte, war ernst gemeint gewesen, aber dennoch war Kaitlin niemals mit ihm vor den Altar getreten. Das Schicksal hatte es nicht zugelassen, dass ihre Träume wahr wurden.

Nun, wenigstens hatte sie die Erinnerung an diesen einen Tag, als er sie gefragt hatte. Und es war seltsam und erschreckend schmerzhaft, dass sie zugeben musste, dass sie Brendan O'Herlihy noch immer liebte und ihn wohl immer lieben würde.

Die Sonnenschutzlotion, erinnerte Kaitlin sich. Sie schüttelte die traurigen Gedanken ab, straffte sich und verließ das Büro. Sie ging durch den Flur in den Konferenzraum.

Dort saß bereits Mr Garrett Harley, der Präsident und Vorsitzende des Seashell-Kosmetikkonzerns, an dem langen Mahagonitisch. Neben ihm saßen Tom Pinchon, sein Werbemanager, und seine Schwester, Netty Green, die Vizepräsidentin.

„Guten Morgen", begrüßte Kaitlin die Anwesenden, während sie den Raum mit einem gewinnenden Lächeln betrat. Die Schautafeln waren bereits vor dem Tisch im vorderen Teil des Zimmers aufgebaut worden, und Janis hatte Kaffee und Aschenbecher bereitgestellt.

Garrett Harley war ungefähr fünfundfünfzig Jahre alt und sehr korpulent. Aber er war clever, sehr clever, und er hatte den Seashell-Kosmetikkonzern zu dem gemacht, was er heute war. Er erwiderte ihren Gruß mit einem undeutlichen Laut. Netty, die älter und sehr viel dünner war als ihr Bruder, murmelte eine knappe Begrüßung, und Tom Pinchon nickte nur.

Das ist nicht gerade eine fröhliche Truppe, erinnerte Kaitlin sich. Sie waren es niemals gewesen. Da es also ohnehin kein besonders nettes, angenehmes Gespräch geben würde, konnte sie auch gleich alles auf eine Karte setzen. Janis stand im Hintergrund bereit, um ihr, wenn nötig, Hilfe zu leisten. Kaitlin ging geradewegs auf die Schautafeln zu, um die Schlacht zu eröffnen.

„Mr Harley, Sie haben mir gesagt, dass Ihre neue Sonnenschutzlotion die jungen Leute ansprechen soll, die die Strände bevölkern. Da mittlerweile in der Öffentlichkeit die Gefahren von zu großer Sonnenbestrahlung hinlänglich bekannt sind, wollen wir nicht die bräunende Wirkung Ihres Produktes besonders herausstellen, sondern mehr auf seine schützende Eigenschaft hinweisen."

„Ich habe Ihnen gesagt, dass Sie es mit Sex verkaufen sollen", sagte Harley. Er schaute seine Schwester an. „Sex verkauft alles", fügte er leise hinzu.

„Garrett, ich werde nichts Unanständiges dulden", begann Netty irritiert, doch Kaitlin unterbrach sie sofort.

„Ich glaube, wir haben einen Werbespot entwickelt, der Ihnen beiden gefallen wird. Er ist sexy, aber nicht schmutzig, das verspreche ich Ihnen." Sie warf Netty ein Lächeln zu, aber in deren Gesicht verzog sich kein Muskel.

Harley dagegen grinste breit. „Lassen Sie es sehen." Kaitlin zeigte ihnen das erste Bild. „Wir haben hier ein Pärchen am Strand. Ein sehr attraktives Paar."

„Keine Kinder", protestierte Netty.

„Natürlich nicht", sagte Kaitlin. „Yuppies, junge Karrieremenschen." Sie amüsierte sich insgeheim über diesen Ausdruck. „Sie sind Ende zwanzig, Anfang dreißig. Sie trägt einen zweiteiligen Badeanzug, wie Sie hier sehen können ..."

„Aber keinen dieser winzigen Stofffetzen mit Bändern", warf Netty ein.

„Nein, nur einen hübschen, sehr dezenten Bikini, das verspreche ich Ihnen. Mein Zeichner hat Ihnen hier den Bikini aufgemalt, den ich dafür ausgesucht habe. Sehen Sie, hier." Sie deutete auf das Bild. „Nun, Mr Harley, das Pärchen ist vielleicht ein klein bisschen älter, als Sie es sich vorgestellt haben, aber die beiden sehen sehr gut aus und sind sexy. Außerdem wirken sie erwachsen und auch wohlhabend genug, um in der Karibik, den Bermudas und auf Cozumel Urlaub machen zu können. Hier sehen Sie sie gemeinsam am Strand. Und im Hintergrund des Spots sagt der Erzähler: ‚Wenn Sie sie heute Nachmittag berühren ...'" Kaitlin ging rasch zum nächsten Bild über, auf dem der Mann den Rücken der Frau mit Sonnenschutzlotion einstrich. „‚… berühren Sie sie mit Seashell-Sonnenschutz …‘“ Sie drehte die nächste Seite um, auf dem das gleiche Paar zu sehen war, das nun bei Mondlicht auf einer Terrasse tanzte. „‚… und Sie können sicher sein, dass Sie sie auch heute Nacht berühren können‘“, fuhr sie fort.

Es gab noch ein letztes Bild. Kaitlin wandte die Seite um. Man sah, wie der Mann die Frau auf den Armen trug und sie in ein hübsches Hotelzimmer brachte. Das war zwar sexy, aber keineswegs zu direkt. Kaitlin hatte eine Idee nach der anderen verworfen, bis Janis und sie endlich auf diese gekommen waren. Und sie war sicher, dass sie es damit geschafft hatten.

Aber Harley schwieg. Endlos lang, wie es schien. Netty saß nur da und hatte die Lippen fest zusammengepresst, und Tom Pinchon wirkte so, als wage er es nicht, ein Wort zu sagen, bevor einer der beiden anderen geredet hatte.

Dann schlug Harley mit der flachen Hand auf den Tisch und holte eine dicke Zigarre aus seiner Jackentasche hervor. „Ich mag es! Wirklich, ich liebe es.“ Er fuhr zu Netty herum. „Nun, Netty?“

Kaitlin hielt den Atem an. Dann nickte Netty langsam. „Abgesehen davon, natürlich, dass ich erst die Schauspieler sehen will, bevor Sie den Film drehen. Ich werde es nicht dulden, dass Teenager in meinem Werbespot auftreten, das sage ich Ihnen gleich.“

„Netty, ich verspreche Ihnen, dass beide um die dreißig sein werden“, versicherte Kaitlin ihr ernsthaft.

„Und ich will den Badeanzug vorher sehen.“

„Ich habe ein Foto davon in meinem Büro.“ Kaitlin schaute zu Janis hinüber, die keine weitere Aufforderung brauchte. Sie verließ eilig den Konferenzraum und kam einige Zeit später mit dem Bild wieder. Die anderen waren gerade dabei, darüber zu diskutieren, in welchen Medien die Kampagne noch erscheinen sollte und wie sie sie dann verändern müssten.

Netty schien wirklich sehr zufrieden zu sein. Garrett Harley war ebenfalls zufrieden. Es war also kein Wunder, dass auch Tom einen zufriedenen Eindruck machte. Sie schüttelten sich alle gegenseitig die Hände.

Samantha brachte die Verträge herein, die sofort unterzeichnet wurden, und noch einmal schüttelten sich alle die Hände. Und dann endlich verschwanden Harley und seine Leute.

„Gott sei Dank!“, stieß Kaitlin hervor und ließ sich erleichtert auf ihren Drehstuhl am Kopf des Konferenztisches zurückfallen. Im nächsten Moment sprang sie auf und umarmte Samantha und Janis. „Wir haben es geschafft! Und ohne die geringsten Schwierigkeiten. Wir haben tatsächlich den Auftrag für den Seashell-Fernsehspot. Samantha, hol Danny her! Das muss gefeiert werden. Ich habe für alle Fälle eine Flasche Champagner kaltgestellt, sie liegt in meinem Kühlschrank. Hol Danny, damit wir anstoßen können.“

Samantha lief lächelnd hinaus. Danny war Kaitlins Grafiker. Er war ein begabter junger Mann, der wundervolle Bilder machen konnte, aber das war noch nicht alles. Er schien Kaitlins Gedanken erraten zu können und war in der Lage, ihre Vorstellungen genau so, wie sie sie sich ausdachte, zu Papier zu bringen.

Janis schüttelte den Kopf. „Ich kann immer noch nicht glauben, dass wir es wirklich geschafft haben!“ Sie drohte Kaitlin mit dem Finger. „Und du hättest die ganze Sache fast zum Platzen gebracht. Mein lieber Mann, Harley war vielleicht mies gelaunt, weil du nicht pünktlich auf die Minute hier aufgetaucht bist. Was ist passiert? Nichts Schlimmes, hoffe ich?“

„Nein. Meine Cousine Donna heiratet ebenfalls. In Massachusetts. Und ich soll ihre Brautjungfer sein.“

Janis sah sie erstaunt an. „Deine Großmutter und deine Cousine heiraten? Am selben Tag? Das muss am Wasser da oben liegen“, sagte sie und sprach damit Kaitlins eigene Gedanken aus. Dann seufzte sie wehmütig. „Ich wünschte, ich könnte auch einen Schluck davon nehmen.“

„Untersteh dich. Ich brauche dich hier dringend. Ich werde einige Male zwischen Massachusetts und Miami hin- und herfliegen müssen.“

„Nur keine Angst, ich halte die Stellung schon", meinte Janis leichthin, doch dann schaute sie Kaitlin erschrocken an. „Sag mal, Spaß beiseite: Du wirst doch wohl den Werbefilm abdrehen, bevor du fährst, oder nicht?" Ihre Stimme klang fast panisch. „Nun sag schon, dass du es tust."

„Nun, wir haben Harley um den Finger gewickelt, und ich habe eigentlich vor, Ende der Woche zu drehen. Ich will, dass wir am Strand filmen, und wir werden ‚Addison's Resort' als Hotel benutzen. Ich habe bereits einige unverbindliche Vorbereitungen getroffen. Es ist ein sehr elegantes Hotel, und es hat wundervolle Zimmer. Noch heute Nachmittag werde ich alle Termine festmachen. Und ich werde die Agentur anrufen und mir die Modelle reservieren lassen, die ich haben will. Ich habe bereits nach Mark Ford und Cissy Grissom gefragt. Sie sind für die Rolle eigentlich wie geschaffen. Der Spot wird mit Sicherheit perfekt. Perfekt! Ich kann absolut kein Problem dabei sehen."

Kaitlin glaubte fest an das, was sie da sagte. Als Danny hereinkam, umarmte sie ihn impulsiv und hielt dann aus dem Stegreif eine Rede, in der sie sagte, dass sie soeben einen fantastischen Coup gelandet hätten, indem sie die Seashell-Produktwerbung gegen eine sehr mächtige Konkurrenz für sich gewonnen hätten.

Es gelang Kaitlin, bereits am Nachmittag alle Arrangements zu treffen, und abends lud sie ihre ganze Mannschaft zum Essen ein. Sie trank noch mehr Champagner, und sie vergaß vollkommen, dass ihr dieses Getränk regelmäßig üble Kopfschmerzen bereitete. Erst als sie zu Hause ankam, wurde sie wieder daran erinnert. Sie nahm eine Tablette und legte sich sofort ins Bett.

2. *KAPITEL*

Als Kaitlin am nächsten Morgen aufwachte, gingen ihr sofort viele Erinnerungen durch den Kopf. Großmutter heiratet also, dachte sie, während sie in ihrem Bett liegen blieb und die Arme hinter dem Kopf verschränkte. Wenigstens hat sie den Anstand, eine kleine und einfache Zeremonie zu veranstalten. Während Donna …

Donnas Hochzeit würde mit Sicherheit pompös werden. Kaitlins dunkelhaarige Cousine würde eine hinreißende Braut abgeben. Sie würde einen langen weißen Schleier tragen, genau so einen, wie Kaitlin ihn sich immer in ihren Träumen vorgestellt hatte.

Nun, der Traum ist vorbei, sagte Kaitlin sich. Sie würde niemals mehr in Weiß gehen, das stand fest. Und sie hatte kein Recht, eifersüchtig auf Donna zu sein. Schließlich war sie ja bereits einmal eine Braut gewesen. Sie hatte zwar niemals ihre Traumhochzeit gehabt, aber sie war immerhin verheiratet gewesen.

Und außerdem, was sind schon Träume? fragte Kaitlin sich bitter. Sie waren nichts weiter als Illusionen, die so leicht wie Seifenblasen zerplatzten. Die Hochzeit, die Brendan und sie sich versprochen hatten, war niemals zustande gekommen. Brendans Cousin war bei einem Autounfall gestorben, und die Hochzeit war abgesagt worden. Doch das hatte damals niemanden gekümmert. Sie alle waren von Seans Tod erschüttert gewesen.

Kaitlin würde niemals vergessen, wie sie Brendan an dem Tag nach Seans Unfall gesehen hatte, und auch das Begräbnis würde ihr ewig im Gedächtnis bleiben. Sean hatte Brendans Hochzeit ausrichten sollen, und die beiden waren schon immer die besten Freunde gewesen. Brendan hatte nicht geweint, er hatte nur einfach dagestanden, mitten im strömenden Regen, und hatte in den Sarg gestarrt, in dem Sean gelegen hatte. Und sie, Kaitlin, war ebenfalls da gewesen, an Brendans Seite. Sie hatte um Sean geweint, und als sie in der Nacht erneut geweint hatte, hatte ihr Vater sie festgehalten und ihr erklärt, dass das das Schlimmste am Erwachsenwerden sei – der Verlust von Liebe, Freunden und von seinen Träumen. Erwachsenwerden bedeutete, das Leben so kennenzulernen, wie es wirklich war.

Kaitlin seufzte und richtete sich in ihrem Bett auf. Sie ging in die Küche und trank einen Schluck Saft. Aber die Erinnerungen ließen sie nicht los.

Für Brendan war Seans Tod tatsächlich ein furchtbarer Verlust gewesen. Und er hatte Kaitlin danach nicht sehen wollen. Sie hatte ihn trösten und bei ihm sein wollen, aber niemand konnte ihn erreichen.

Schließlich war sie weiter aufs College gegangen, während Brendan zu Hause geblieben war. Zwar hatte sie nie aufgehört, ihn zu lieben, aber dennoch war er unerreichbar für sie geblieben. Als er sich dann endlich doch an der Universität eingeschrieben hatte, war er anders geworden. Ruhiger, in sich gekehrt und wütend. Er war fast immer wütend gewesen.

Sie hatten sich gegenseitig verletzt, sie lebten zusammen und liebten sich auch. Und obwohl Kaitlin niemals aufhörte, Brendan zu lieben, konnte sie ihn nie mehr erreichen.

Kaitlin presste die Lippen zusammen, als sie sich an die unglückselige Nacht erinnerte, in der Brendan nicht zum verabredeten Zeitpunkt erschienen war. Statt seiner war James Brager gekommen, einer von Brendans besten Freunden, und er war so lieb und verständnisvoll zu Kaitlin gewesen, dass sie ihm ihr Herz ausgeschüttet hatte. Und dann hatte er sie geküsst. Es war kein leidenschaftlicher Kuss gewesen, nur ein freundschaftlicher, aber Brendan, der genau in diesem Augenblick aufgetaucht war, hatte das ganz anders gesehen.

Kaitlin würde seinen Blick niemals vergessen. Etwas in seinem Gesicht hatte sie an die Art erinnert, wie er vor Seans offenem Grab geschaut hatte. Erneut war etwas in Brendan gestorben, und sie hatten sich furchtbar gestritten. Zum Schluss hatte Brendan sie wie verrückt geliebt, und Kaitlin, die sich am Anfang dagegen gewehrt hatte, hatte schließlich gehofft, dass sie so vielleicht etwas von ihrer alten Liebe wieder zurückgewinnen könnten.

Nun, es war nicht so gekommen. Kaitlin trank den letzten Rest Saft aus. Brendan war gegangen und am nächsten Tag in die Marine eingetreten. Sie stellte das Glas ab, ging ins Badezimmer und nahm zwei Tabletten, weil ihr der Kopf immer noch wehtat. Aber der Schmerz der Erinnerung war viel schlimmer als das. Sie schaute in den Spiegel. Heute sieht man dir jedes deiner dreißig Jahre an, sagte sie sich. Nein, verbesserte sie sich sofort. Du siehst viel, viel älter aus.

Sie rief im Büro an und sagte, dass sie später kommen würde. Samantha klang etwas unglücklich, so, als wäre sie auch gern später gekommen. Nun, es hat durchaus einige Vorteile, die Chefin zu sein, dachte Kaitlin. Sie setzte Kaffee auf, der sie munter machen würde, und plante gerade den Film in ihrem Kopf, als das Telefon klingelte. Kaitlin ging an den Apparat.

Es war Barbara, eine andere ihrer Cousinen, die auch hier in Miami wohnte. Kurz nachdem Kaitlin ihr Examen bestanden hatte, war Barbara in den Süden gekommen und hatte mit ihr einige Jahre lang zusammengelebt, bis sie sich verliebt hatte. Schließlich war sie zu dem Mann, der ein paar Häuser von Kaitlins Wohnung entfernt wohnte, gezogen. Joe stammte ebenfalls aus Massachusetts und war hier zur Universität gegangen. Er liebte die Sonne und den Süden und war nach seinem Studium in Miami geblieben. Er war Musiker und hatte bereits eine schlimme Ehe hinter sich. Aber Barbara blieb bei ihm, felsenfest überzeugt davon, dass er eines Tages erkennen würde, dass sie ganz anders war als seine Exfrau. Dann würde er sie heiraten und mit ihr eine Familie gründen.

Sie lebten seit sechs Jahren zusammen, und Kaitlin musste Barbaras Hartnäckigkeit bewundern. Es hatte zwei Jahre gedauert, bis Joe ihr erlaubt hatte, mit ihm zusammenzuziehen. Weitere zwei Jahre hatte er gebraucht, bis er akzeptiert hatte, dass sie ein paar Möbel von sich aufstellte. Und nun schienen sie fast verheiratet zu sein. Jedenfalls wirkten sie wie ein ganz normales Pärchen. Sie waren glücklich zusammen, und Kaitlin wusste, dass Joe ihre Cousine wirklich liebte. Aber er hatte einfach Schwierigkeiten, sich an den Gedanken einer Ehe zu gewöhnen.

„Barbara, woher wusstest du, dass ich zu Hause bin?", fragte Kaitlin.

„Ich habe in deinem Büro angerufen", erklärte Barbara. Ihre Stimme klang eine Spur aufgeregt, aber in Kaitlins Kopf pochte es, und außerdem war sie mit der Kaffeekanne beschäftigt, deswegen bemerkte sie es nicht. „Du versäumst deine Pflichten", beschuldigte Barbara sie. „Was hast du gemacht? Warst du aus und hast Champagner getrunken?"

„Ganz richtig."

„Du hast den Auftrag von Garrett Harley bekommen, nicht wahr? Herzlichen Glückwunsch. Und nun rate mal, was passiert ist."

Kaitlin lehnte sich gegen die Küchentheke. „Ich weiß es nicht, aber erzähl mir nicht, dass du heiraten willst."

Am anderen Ende der Leitung herrschte Stille.

„Barbara?" Kaitlin hörte ihre Cousine atmen.

„Aber Kaitlin", antwortete sie, und ihre Stimme klang verletzt, „ich werde heiraten." Mit einmal kehrte all die Aufregung in ihre Stimme zurück. „Kaitlin, auch wenn du es nicht glaubst, endlich, endlich will er mich heiraten. Ich dachte, du würdest meinetwegen völlig begeistert davon sein. Ich weiß, dass du mit mir diesbezüglich durch dick und dünn gegangen bist. Kaitlin ..."

„Halt!", rief Kaitlin. „Halt, warte! Ist das dein Ernst? Joe hat dich gefragt?"

„Er hat um meine Hand angehalten, mir einen wunderschönen Diamantring an den Finger gesteckt und sogar einen Termin bei der Kirche ausgemacht."

„Oh Barbara, das ist ja wundervoll! Ich freue mich wirklich für dich. Das ist eine ... eine solche Überraschung."

Barbara lachte. „Das denke ich auch. Nach dieser Woche wirst du sicher von allen Leuten damit aufgezogen werden."

„Du hast also von Großmutter gehört?"

„Allerdings."

„Hat sie dich schon angerufen?"

„Nein, Donna hat mich angerufen. Deshalb weiß ich das über

Großmutter. Und über Donna. Und Donna weiß von meiner Hochzeit. Und ich weiß, dass du ihre Brautjungfer werden sollst, aber ich will, dass du auch meine wirst. Du müsstest eigentlich meine werden, schließlich leben wir so dicht beieinander. Mir scheint es fast, als hätten wir unser ganzes Leben miteinander verbracht."

„Ich ... ich würde sehr gern auch deine Brautjungfer werden. Wann ist die Hochzeit?"

Dieser verrückte, unangenehme kleine Stich schmerzte sie erneut. Aber diesmal noch mehr. Es war fast wie ein Messerstich ins Herz. Sie presste die Lippen zusammen und beachtete ihn einfach nicht. Niemand hatte dieses Glück mehr verdient als Barbara. Es war nur so, dass Joe und Brendan Freunde waren, und wenn sie an den einen dachte, fiel ihr automatisch auch der andere ein. Die Vergangenheit schien sie einzuholen.

Verschwinde! Kaitlins Schrei war lautlos, aber er wirkte. Der Schmerz ließ nach, und sie konnte sich aufrichtig für ihre Cousine freuen. Sie hörte Barbara zu und versuchte nachzudenken. Wenn Donnas Hochzeit im Oktober war und Barbaras im November, konnte es klappen. Sie würde zwar viel hin- und herreisen müssen, aber sie liebte ihre beiden Cousinen. Wie sollte sie es fertigbringen, eine von beiden zu enttäuschen?

Und dann ist da ja noch Großmutter ... Aber Kaitlin erinnerte sich, dass deren Hochzeit ja sehr bald sein würde. Während sie Barbara weiter zuhörte, machte sie sich eine Notiz auf ihrem Wandkalender, um daran zu denken, etwas Schönes fürs Wochenende zum Essen einzukaufen. Wenn Großmutter diesen netten Mr Rosen wirklich liebte, dann würde Kaitlin ihr Bestes tun, damit er sich zufrieden, bequem und satt fühlte.

„Also?", fragte Barbara drängend.

„Es sieht gut aus", erklärte Kaitlin ihr. „Oh Barbara, endlich! Nach all der langen Zeit! Und er will wirklich eine richtig große Hochzeit mit allem, was dazugehört?"

„Er hat gesagt, dass er mit allem einverstanden sei, was ich wolle." Sie lachte plötzlich auf. „Und vergiss nicht, dass meine Eltern immer noch annehmen, ich würde mit dir zusammenwohnen."

Kaitlin war sicher, dass Barbaras Eltern das nicht wirklich glaubten, sondern es sich nur einredeten. Aber sie sah keinen Grund dafür, sie gerade jetzt daran zu erinnern, wo Barbara dabei war, sich rechtmäßig zu verheiraten und ihre Beziehung mit Joe zu legitimieren.

„Es gibt noch etwas, was ich dir unbedingt erzählen muss", sagte Barbara. Doch mit einmal schien sie es eilig zu haben. „Aber ich werde dich zurückrufen. Versprich mir jetzt nur, dass du es machen wirst. Du wirst doch keinen Rückzieher machen, wenn die Sache ein wenig … heikel wird?"

„Heikel? Was sollte daran heikel werden?"

„Das erkläre ich dir später. Aber wenn du es bei Donna schaffst, wirst du es auch für mich fertigbringen."

„Fertigbringen? Was …?"

„Oh! Donna hat es dir nicht gesagt? Wir teilen uns mehr als die Brautjungfer. Ich kann jetzt aber nicht weiter darauf eingehen. Versprich mir nur, dass du es tun wirst. Sei meine Brautjungfer. Versprich es mir! Ich habe gerade gemerkt, dass ich reichlich verspätet zur Arbeit komme, und ich bin nicht mein eigener Chef. Ich rufe dich an, sobald ich kann."

„Fein", sagte Kaitlin. „Du hast mein Wort." Dann legte sie den Hörer auf und schaute aus dem Fenster. Sie stieß eine laute Verwünschung aus. „Es muss einfach irgendetwas im Wasser sein."

Kaitlin ging erst am späten Nachmittag zur Arbeit. Als sie durch das repräsentative Empfangsbüro kam, blieb sie an Samanthas Schreibtisch stehen. „Halt mir bitte meine Verwandten vom Leib, Samantha. Tust du mir den Gefallen?"

„Ihre Familie?", fragte Samantha aufgeregt.

Kaitlin nickte. „Wenn Sie hier anrufen und mich zu einer Hochzeit einladen wollen, sag ihnen einfach, ich hätte mich in Luft aufgelöst", meinte sie trocken. „Selbst wenn sie mich nur nach irgendeiner Hochzeit fragen wollen, kannst du ihnen dasselbe sagen." Sie ging in ihr Büro und schaffte es, einen Zeitplan aufzustellen. Sie erreichte Lenny, den Regisseur, den sie für den Seashell-Werbefilm haben wollte, und sie konnte auch bei der Künstleragentur die Schauspieler verpflichten, die sie schon vorher ausgesucht hatte.

Später, als sie wieder zu Hause war, rief sie bei Barbara an, erreichte aber nur deren Anrufbeantworter. Sie hinterließ auf dem Band ihre Gratulation für Joe und eine Nachricht, in der sie Barbara bat, sie zurückzurufen. Da sie wusste, dass sie voraussichtlich den ganzen nächsten Tag am Strand zubringen und filmen würde, hinterließ sie auch die Nummer des Hotels.

Der Tag, an dem der Spot aufgenommen werden sollte, begann wundervoll. Als Kaitlin in „Addison's Resort" ankam, stellte sie fest, dass der Regisseur und die Schauspieler bereits da waren. Netty trank in einem kleinen Café ein Tasse Kaffee, und Janis kam zur gleichen Zeit an wie Kaitlin. Sie hatte die Badeanzüge, die restlichen Kleinigkeiten und natürlich das Produkt dabei: Seashell-Sonnenschutzlotion.

Kaitlin begegnete Janis in der Suite, die sie für den Film gemietet hatte, und lächelte. „So weit, so gut", sagte sie. Dann überprüfte sie noch einmal ihre Liste. Danny war dabei, die Szene aufzubauen. Er würde zur Stelle sein, wenn Mark und Cissy angezogen und fertig geschminkt waren.

„Wir sollten Mark und Cissy die Suite überlassen, damit sie sich fertigmachen können", sagte Kaitlin. „Wir beginnen mit der Szene am Strand. Und jetzt gehen wir hinunter zu Lenny an den Pool und sehen zu, ob wir einen Kaffee für uns ergattern können. Wie hört sich das an?"

„Großartig", erwiderte Janis. „Ich frage mich nur, warum ich so ein seltsames Gefühl habe. So, als braue sich irgendetwas gegen uns zusammen."

„Es kann nichts schiefgehen", versicherte Kaitlin ihr. Sie selbst fühlte sich großartig. Die Dinge schienen sich perfekt zu entwickeln.

Lenny saß bereits unten auf der Terrasse an einem der Tische, die mit großen Sonnenschirmen geschützt waren. Der Pool lag direkt davor, und von dort aus konnte man den wunderschönen weißen Sand des privaten Strandes überblicken. Lenny wies auf seine Kameraleute, die am Wasser standen und eifrig das Licht und ihre Ausrüstung überprüften.

„Ich hoffe, dass wir heute fertig werden", sagte Lenny zu Kaitlin. Er war dreiunddreißig, blond und wurde bereits kahl. Außerdem war er von der Idee besessen, Kunst zu machen, aber er konnte über sich lachen und war in der Lage, genau nach Kaitlins Ideen zu arbeiten. Sie nahm ihn immer, wenn sie ihn buchen konnte.

„Warum sollten wir das nicht schaffen?", fragte sie erstaunt. Der Wind frischte vom Meer her auf. Kaitlin trug eine Sonnenbrille, einen großen Strohhut mit herunterhängender Krempe und ein ärmelloses bonbonfarben gestreiftes Kleid, das in der Taille lose von einem roten Gürtel zusammengehalten wurde. Das war ein Fehler gewesen. Der Wind wehte ihren Rock sogar noch hoch, nachdem sie sich an den Tisch gesetzt hatte.

„Mark hat Probleme", erklärte Lenny knapp.

Kaitlin fragte sich, ob es um seine Freundin ging. Mark Ford war ein großartiger Mann. Er war schlank, dunkelhaarig und ein guter Kollege. Außerdem war er sehr zuverlässig, und man konnte fantastisch mit ihm arbeiten. Kaitlin hatte sich ganz bewusst für ihn entschieden. Sie mochte ihn und wusste, dass er sie auch mochte. Sie konnte sich nicht vorstellen, dass er so einen wichtigen Job einfach hinschmiss.

„Seiner Lieblingstante geht es nicht gut", sagte Lenny. „Sie liegt im Krankenhaus, und es scheint um Leben und Tod zu gehen. Er hat gerade von der Halle aus telefoniert."

„Oh", sagte Kaitlin leise. „Das tut mir leid." Es tat ihr wirklich leid, und sie hoffte, dass sie nicht dafür bestraft wurde, wenn sie darum betete, dass seine Tante bis nach der Aufnahme am Leben bleiben würde.

Als Kaitlin bewusst wurde, wie schrecklich dieser Gedanke war, sagte sie sich, dass sie einfach einen neuen Zeitplan machen musste. Gerade, als sie sich das überlegte, kam der Kellner und reichte ihr das Telefon. „Ein Anruf für Sie, Mrs O'Herlihy."

Sie bedankte sich und nahm den Hörer. Es war Barbara.

„Barbara!“ Kaitlin hatte unbedingt mit ihrer Cousine reden wollen und gedacht, dass sie während der Filmaufnahmen genug Zeit haben würde.

„Ich schau mal nach, wie's läuft. Cissy kommt gerade“, flüsterte Lenny ihr zu.

„Danke“, gab sie zurück und schaute ihm zu, wie er auf das Modell zuging. „Barbara, ich möchte auf etwas zurückkommen, was du gesagt hast“, begann sie. Dann bemerkte sie, dass Cissy mit etwas, was Lenny zu ihr sagte, nicht einverstanden war und mit dem Fuß aufstampfte.

„Kaitlin? Bist du okay? Hast du eine Sekunde Zeit für mich? Ich wollte dir nämlich noch etwas zu dem erklären, was ich dir neulich gesagt habe.“

„Ja. Ja, natürlich. Diese geheimnisvolle Andeutung“, erwiderte Kaitlin zerstreut. Was ist da los? dachte sie. Cissy schrie Lenny wegen irgendetwas an.

Im Gegensatz zu Mark war es nicht einfach, mit Cissy zusammenzuarbeiten. Sie war eine unglaubliche Schönheit, und das wusste sie auch. Und sie war der Meinung, dass man sie schon längst für eine Rolle in einem Spielfilm hätte entdecken müssen.

Kaitlin verfolgte den Streit zwischen Lenny und Cissy und hörte nicht genau hin, was Barbara ihr erzählte.

„Donna und ich teilen uns auch den Organisator der Hochzeit.“

„Wirklich?“, erwiderte Kaitlin höflich.

„Und ich will nicht, dass du dich aufregst.“

„Nein, nein, natürlich nicht.“ Ich mich aufregen? dachte Kaitlin. Sie war nahe daran, einen hysterischen Anfall zu bekommen. Cissy hatte gerade wütend aufgeschrien und Lenny einen Schlag versetzt. Dann hatte sie sich herumgedreht und ging jetzt weg.

„Oh, verdammt und zugenäht!“, entfuhr es Kaitlin. „Barbara, ich muss dich zurückrufen.“

„Gut. Aber lass mich dir erst sagen, wer es ist…“

Mittlerweile war Lenny erbost zurückgekommen. „Cissy sagt, sie will nicht wiederkommen. Mark ist fort, mit Ziel New York. Cissy meint, dazu hätte er kein Recht gehabt. Und dass

Mark und seine Tante sie nicht im Geringsten interessieren. Sie will in dieser Stadt nie wieder für mich arbeiten. Eins kann ich dir sagen, Kaitlin, wenn du jemals wieder auf die Idee kommen solltest, mit Cissy zu arbeiten, brauchst du mich erst gar nicht anzurufen."

Aber Kaitlin hörte mit einmal sowohl Lenny als auch Barbara nur undeutlich. Sehr undeutlich sogar. Sie war wie in Trance, und es rauschte in ihren Ohren. Sie hatte plötzlich das Gefühl, dass die Erde sich um sie drehte.

Der Mann, der über den Strand auf sie zukam, war groß, dunkelhaarig und trug eine Badehose. Es war ein sehr attraktiver, sonnengebräunter Mann mit einem anziehend markanten Gesicht und erregend grünen Augen, die golden gesprenkelt waren.

Es war Brendan.

Kaitlin wusste, dass er hier ein Haus besaß. Und sie wusste auch, dass er ein paar Boote hier liegen hatte. Während der letzten Jahre hatte sie gelegentlich einiges über ihn in den Zeitungen gelesen. Und sie war ihm sogar auf den Keys vor Florida begegnet. Das war noch gar nicht lange her. Zumindest noch nicht lange genug.

Aber sie waren sich hier noch nie direkt begegnet, und Kaitlin hatte nicht damit gerechnet, dass es einmal passieren würde. In Dade und Broward, den Bezirken von Ostflorida, lebten schließlich fast drei Millionen Menschen.

Und von all denen kam jetzt ausgerechnet Brendan auf sie zu.

„Barbara, ich muss jetzt wirklich auflegen", sagte sie in die Muschel des Hörers.

„Warte!", schrie Barbara. „Ich muss es dir sagen. Er will mit dir reden. Er hat sich in einem Hotel eingemietet, und ich bin sicher, dass er heute noch bei dir vorbeischaut."

„Er? Barbara, wovon redest du eigentlich?" Kaitlin bemerkte, dass Brendan immer näher kam. Und plötzlich fühlte sie sich keinen Tag älter als achtzehn. Wenn sie nicht gesessen hätte, wäre sie sicher vor Aufregung umgefallen.

Brendans Brust war behaart, es war dichtes dunkles Haar,

und es wirkte sehr männlich. Ein goldener St. Christophorus-Anhänger baumelte von seinem Hals herunter, was seinen Sex-Appeal irgendwie noch verstärkte. Er war älter geworden, ein kleines bisschen jedenfalls. An seinen Schläfen zeigte sich eine Spur silbernes Haar.

Plötzlich begriff Kaitlin. „Er?“, flüsterte sie gequält in den Hörer.

„Brendan, Kaitlin. Brendan richtet unsere Hochzeit aus. Und das macht er auch für Bill. Egal, jedenfalls hat er zunächst Bill und Donna gebeten, dich zu fragen, aber als Joe ihn ebenfalls angesprochen hat, nun, da meinte er, er müsse erst mit dir reden. Du seist schließlich eine Verwandte, während er nur ein guter Freund sei, und dass er nur dann einwilligen würde, wenn du nicht irgendwelche Probleme damit hättest. Und, nun, ich hatte mir etwas Zeit ausgebeten, um in Ruhe mit dir darüber reden zu können, aber du kennst Brendan. Er wollte sich selbst Klarheit darüber verschaffen, ob es in Ordnung gehen würde und … Kaitlin? Bist du noch da?“

Kaitlin war noch da, aber von irgendwoher war plötzlich Netty ebenfalls aufgetaucht. Sie stand da, schaute auf Brendan und lächelte. Sie lächelte tatsächlich.

„Oh Mrs O’Herlihy, er ist perfekt! Absolut vollkommen!“

„Aber das ist nicht Mark Ford!“, flüsterte Janis besorgt.

„Kaitlin, bist du noch dran?“, wollte Barbara wissen.

Und dann hatte Brendan sie erreicht und stand direkt vor ihr. Er war geschmeidig, muskulös und schlank und … halb nackt. Neben ihm schien alles andere zu verblassen. Und als er jetzt anfing zu reden, klang seine Stimme weich und dunkel und volltönend und klangvoll.

„Kaitlin, es tut mir leid, dass ich dich unterbrochen habe, ich hoffe wirklich, du entschuldigst mich, aber ich wollte nur sehen, ob wir uns vielleicht später treffen können. Barbara hat mir versprochen, dass sie dir die Dinge mittlerweile erklärt haben würde, und …“

„Vollkommen!“, rief Netty erneut aus und klatschte in die

Hände. Dann legte sie sie Brendan auf die Schultern, um ihn herumzudrehen, damit sie ihn betrachten konnte.

Kaitlin traute ihren Augen nicht. Netty fasste ihn tatsächlich an und drehte ihn zu sich herum. Sie sah, wie seine Muskeln sich versteiften, wie er die Lippen zusammenpresste. Er mochte vielleicht mehr Haare auf der Brust haben als früher, aber sein Temperament hatte sich kein bisschen verändert.

„Warte!", rief Kaitlin und sprang auf die Füße. Der Telefonapparat fiel auf den Kachelboden. Sie konnte undeutlich Barbaras Stimme verstehen und wünschte sich, dass Barbara in diesem Moment da sein würde, weil sie sie am liebsten erwürgt hätte. „Mrs Green, das ist nicht mein Modell. Ich fürchte, es handelt sich hier um eine Verwechslung ..."

„Unsinn", beharrte Netty. „Er ist perfekt."

Kaitlin bemerkte, dass Brendans Zorn anscheinend verraucht war. Er war immer noch verwirrt, aber er schien nichts ungeheuerlich Rüdes tun zu wollen.

„Perfekt?", fragte er höflich. „Nun, vielen Dank für das Kompliment. Aber ich glaube kaum, dass Mrs O'Herlihy Ihnen in diesem Punkt zustimmen dürfte."

„Oh Kaitlin, nun kommen Sie schon! Seashell-Sonnenschutzlotion ist mein Erzeugnis, und ich denke, er ist wie geschaffen dafür."

„Aber er ist kein Modell", meinte Kaitlin beharrlich.

„Nein, das ist er nicht", bekräftigte Brendan mit fester Stimme. „Kaitlin, solltest du in den nächsten Minuten Zeit haben, ich warte unten am Wasser." Er schaute Netty an. „Tut mir leid, Madam. War mir ein Vergnügen."

„Warten Sie! Bitte warten Sie!", rief Netty. „Wenn Sie nicht das Fotomodell sind, wer sind Sie dann?"

Brendan blieb stehen, gerade aufgerichtet. Dann drehte er sich herum, und der Blick, den er Kaitlin zuwarf, schien all die Jahre, die seit ihrem letzten Zusammentreffen verstrichen waren, auszulöschen. Es war, als wären die Träume, die sie gemeinsam geträumt hatten, niemals zerstört worden. Doch plötzlich wurde sein Blick kalt und abweisend, und das Lächeln, das er Netty zuwarf, war sarkastisch und amüsiert.

„Ich bin Mr O'Herlihy. Brendan O'Herlihy, Mrs …?"

„Green", sagte Netty schnell. „Netty Green."

„Ja. Angenehm. Sie kennengelernt zu haben, Mrs Green." Danach wandte Brendan sich erneut ab, und seine Muskeln spielten in dem Sonnenlicht, als er wegging.

Janis sprang auf, als sie endlich begriff, was er da eben gesagt hatte. Sie stieß heftig die Luft aus und starrte Brendan nach. Sie war fassungslos. „Das ist er? Dein Exmann?", fragte sie ungläubig.

Kaitlin ließ sich wieder auf den Stuhl fallen. Sie war nicht fähig zu antworten.

Aber das brauchte sie auch nicht. Brendan blieb erneut stehen und drehte sich herum. „Ja", sagte er, während er die Leute musterte. „Das bin ich. Ihr Exmann." Schließlich blieb sein Blick an Kaitlin hängen, und er musterte sie noch einmal neugierig. Dann ging er endgültig.

Ja, es ist Brendan, dachte Kaitlin, genauso ist er. Aber er verschwindet nicht, jedenfalls nicht wirklich. Im Gegenteil, fügte sie in Gedanken hinzu. Er ist soeben in mein Leben zurückgekehrt.

„Der Mann ist perfekt für den Spot!", wiederholte Netty Green eigensinnig.

Kaitlin, die Brendan nachschaute, der sich langsam entfernte, musste sich beherrschen, um nicht zu voreilig zu antworten. Sie schaffte es sogar, trotz ihrer zusammengepressten Lippen, zu lächeln. Nachdem sie ein paarmal tief Luft geholt hatte, antwortete sie mit kühler Stimme und überraschend höflich: „Netty, es tut mir wirklich sehr leid, aber ich kann keinen Mann dazu zwingen, ein Modell zu werden, wenn er es ausdrücklich ablehnt. Und trotz all unserer ganzen Mühe bin ich wohl gezwungen, umzudisponieren."

Nettys Lippen wurden zu einem schmalen Strich, und sie hob trotzig das Kinn. „Mrs O'Herlihy, ich habe nicht vor umzudisponieren. Meine Zeit ist kostbar. Ich fürchte, ich kann Ihnen nur dreißig Minuten geben, um das Problem zu lösen. Das ist mein letztes Wort."

Sie straffte die schmalen Schultern, wandte sich um und verschwand im Inneren des Hotels.

Kaitlin schlug mit der flachen Hand auf den Tisch und stöhnte. „Was habe ich nur falsch gemacht?", fragte sie sich laut. „Ich weiß, es war das College. Ich hätte Medizin studieren sollen. Großmutter hatte immer schon gewollt, dass irgendjemand in der Familie Arzt wird." Sie ließ den Kopf auf den Tisch sinken.

„Kaitlin!", sagte Janis. Ihre Stimme klang dunkel, aber es war eine Spur Aufregung darin. „Das Schiff ist zwar gesunken, aber wir können es immer noch bergen."

„Erwähne bloß dieses Wort nicht. Das ist nämlich das, wovon er lebt", sagte sie dumpf.

„Dein Exxie?"

„Nenn ihn nicht so!"

„Entschuldige. Mr O'Herlihy?"

Kaitlin nickte nur. Ihr Kopf lag immer noch auf dem Tisch.

„Nun, das ist nicht wichtig", sagte Janis. „Jetzt hör mir mal genau zu. Hörst du zu? Er ist hierhergekommen, um dich zu sehen. Er will anscheinend Frieden schließen. Er hat dir sozusagen einen Olivenzweig angeboten..."

„Wenn er ihn mir anbietet, kannst du mit Sicherheit davon ausgehen, dass er vergiftet ist, glaub mir", erwiderte Kaitlin seufzend. Aber immerhin richtete sie sich auf.

„Kaitlin, wie schlimm kann es schon sein? Du bist nun schon so lange von ihm getrennt ..."

„Nein. Oh nein, so lange auch wieder nicht." Na schön, sie lebten eine lange Zeit getrennt. Es waren acht Jahre seit ihrer Scheidung vergangen. Aber Kaitlin hatte ihn vor weniger als vier Jahren gesehen. Damals hatte sie ihn aufgesucht, um ihn zu bitten, die Ehe annullieren zu lassen. Sowohl ihre als auch seine Eltern wären darüber froh gewesen. Sie waren alle streng katholisch. Kaitlin hatte seine Einwilligung nicht bekommen, aber das, was sie stattdessen erhalten hatte, hatte genügt, um sie jetzt sehr, sehr vorsichtig zu machen.

„Kaitlin", fuhr Janis drängend fort, „du musst ihn fragen, ob er bei diesem Werbespot mitmacht."

„Nein!“

„Wo liegt denn eigentlich das Problem? Er scheint doch ganz nett und vernünftig zu sein, und er ist einer der bestaussehenden und männlichsten Männer, die ich je gesehen habe. Er ist perfekt. Er wäre ein wundervolles Modell…“

„Er will aber gar keins sein.“

„Sag ihm, dass er schauspielern kann.“

„Janis, ich kann nicht!“, wiederholte Kaitlin beharrlich.

„Du musst! Wir werden diesen Auftrag verlieren, wenn du es nicht machst.“

„Wir haben sowieso kein weibliches Modell mehr“, erinnerte Kaitlin sie.

„Wir werden eins finden. Nun geh und überzeuge diesen Mann!“

„Janis, wir werden den Auftrag verlieren …“

„Und ich bekomme kein Gehalt“, beklagte Janis sich. „Kaitlin, das ist wichtig. Wir könnten den Seashell-Konzern für Jahre an uns binden. Bitte!“

„Janis…“

„Er will etwas von dir, nicht wahr? Nun geh zu ihm und fordere dafür etwas von ihm.“

„Ich brauche einen Drink“, meinte Kaitlin resigniert. „Du hast noch nicht gefrühstückt.“

„Irischer Whisky, pur.“

„Überrede ihn, Kaitlin. Denk an deinen Ruf. Denk an das Geschäft.“

„Ich denke an meinen gesunden Verstand“, erwiderte Kaitlin missmutig. Sie nippte an ihrem kalten Kaffee. Er war gut. Sie brauchte irgendetwas, um ihre trockene Kehle anzufeuchten. Was habe ich Schlechtes getan, dachte sie, dass Gott mich mit einem Tag wie diesem hier bestrafen zu wollen scheint? Es fehlt nur noch, dass Großmutter Brendan ebenfalls zu ihrer Hochzeit eingeladen hat. Wenn das so war, nun, dann würde Kaitlin wahrscheinlich vor Wut in die Luft gehen, und das wär’s dann gewesen. Dann wäre alles vorbei.

„Kaitlin“, jammerte Janis, „die Zeit läuft uns davon.“

Kaitlin stand auf. Janis hat recht, dachte sie. Ich muss uns irgendwie aus dieser Lage retten. Nur war es gefährlich, Brendan zu nahe zu kommen. Sie musste es wissen. Nach dem, was passiert war, als sie ihn wegen der Annullierung besucht hatte …

Der Grund dafür war der, dass sich nichts geändert hatte. Zwischen ihnen hatte sich überhaupt nichts geändert. Die Gefühle arbeiteten dicht unter der Oberfläche. Ärger, Schmerz, sogar Lachen waren da, und auch diese tieferen Gefühle, die es möglich gemacht hatten, dass die Zeit nichts zwischen ihnen hatte auslöschen können.

Aber sie würde ihm sowieso begegnen. Es gab keinen Weg daran vorbei. Sie würde ihren Cousinen nicht sagen können, dass sie mit deren Hochzeiten nichts zu tun haben wollte, wenn Brendan da wäre. Das brachte sie einfach nicht fertig.

„Los, Tiger, schnapp ihn dir!“, feuerte Janis sie an.

„Janis!“

„Was…?“

Kaitlin holte tief Luft und begann, zum Strand hinunterzugehen. Sie kam an Lennys Kameraleuten vorbei, die neben ihrer Ausrüstung standen, und lächelte, als ob alles in Ordnung wäre.

„Sind wir noch dabei, Mrs O’Herlihy?“, rief einer ihr zu.

„Ich … vielleicht“, gab sie zurück. Sie konnte Brendan wieder sehen. Er saß ein Stück weiter den Strand hinunter im Sand, hatte die Ellbogen auf die Knie gelegt, einen Grashalm im Mund und schaute aufs Meer hinaus.

Tief in Kaitlins Magen begann es zu kribbeln. Was war damals zwischen ihnen so schiefgelaufen? Hatte es daran gelegen, dass sie noch zu jung gewesen waren, zu naiv? Dass sie zu viel vom Leben erwartet hatten, zu viel erhofft und noch an Ideale geglaubt hatten?

Und dann hatte das Leben so grausam zugeschlagen. Trotzdem hatten sie zusammen gelacht, als sie sich damals wiedersahen. Und danach hatten sie entdeckt, dass noch etwas anderes geblieben war, nämlich die Leidenschaft zwischen ihnen.

3. KAPITEL

Brendan drehte sich herum, als ob er Kaitlins Nähe gespürt hätte. Sie ging weiter auf ihn zu trotz des Kloßes in ihrem Hals. Da frischte der Wind plötzlich auf, und ihr bonbonfarben gestreiftes Kleid bauschte sich um ihre Schenkel hoch. Kaitlin stieß eine Verwünschung aus und hielt es mit den Händen nieder.

Brendan trug zwar eine Sonnenbrille, aber Kaitlin entging sein Lächeln nicht. Er hatte ihre missliche Lage offensichtlich wahrgenommen.

Kaitlin hielt den Rock mit der einen Hand fest und drückte mit der anderen ihren Hut fest auf den Kopf, damit der Wind ihn nicht auch noch wegwehte. Je näher sie Brendan kam, desto schwerer fiel es ihr, doch sie ging weiter, und nach einigen Sekunden stand sie vor ihm.

„Hallo", sagte er und klopfte auf den Sand neben sich. „Nimm Platz."

Kaitlin zögerte einen Augenblick und biss sich auf die Unterlippe, setzte sich dann aber hin. Einen Moment lang schaute auch sie aufs Meer hinaus.

„Ich nehme an, dass Barbara dir absolut nichts erzählt hat?", fragte er schließlich und wandte sich zu ihr um.

Trotz seiner dunklen Gläser konnte sie den Blick seiner grünen Augen fast körperlich fühlen. Sie schaute Brendan nicht an. Wenn ich mich nur nicht so dicht neben ihn gesetzt hätte, dachte sie. Brendan hatte anscheinend gerade erst geduscht und roch angenehm nach Seife, deren Duft sich mit seinem eigenen Geruch und dem salzigen des Meeres vermischte.

Brendan ist wirklich vollkommen, stellte sie nach einem kurzen Seitenblick fest.

Seine nackten Schultern waren kräftig und gebräunt. Er ist mit den Jahren noch attraktiver geworden, musste Kaitlin sich eingestehen. Seine Brust war breit und muskulös. Und so verdammt nackt, fügte sie in Gedanken hinzu.

Selbst wenn sie Brendan nicht schon vorher gekannt hätte,

wäre sie in Versuchung gekommen, ihn anzufassen und das dichte, dunkle und beunruhigende Haar zu durchforschen, das sich über seinen Muskeln kräuselte, die sich spielerisch bewegten.

„Kaitlin?“

„Ehm ... ja. Barbara hat es mir erzählt. Ungefähr vor fünf Minuten, gerade während du in Erscheinung getreten bist.“ Sie musste sich zum Reden zwingen.

„Du warst also nicht vorgewarnt? Das tut mir leid.“

Kaitlin zuckte mit den Schultern. „Nun, du kennst ja Barbara.“

„Und Joe“, meinte er zustimmend. Obwohl er wieder auf das Meer hinausschaute, konnte sie aus den Augenwinkeln das leichte Lächeln sehen, das um seine Lippen spielte. „Kannst du glauben, dass sie endlich heiraten?“ Er lachte leise.

„Ja, das kann ich“, erwiderte sie mit einer Spur Missbilligung in der Stimme. „Ich glaube immer noch an Magie“, fügte sie hinzu. Im gleichen Moment bedauerte sie es. Es war so verräterisch gewesen.

Brendan sah sie an. „Ja, vielleicht gibt es sie irgendwo da draußen“, sagte er dann gleichgültig. Dann kam er schnell zur Sache. „Macht es dir etwas aus?“

„Dass sie heiraten? Natürlich nicht. Ich finde es wundervoll.“

Brendan stöhnte. „Ich meinte, ob es dir etwas ausmacht, dass ich ebenfalls bei dieser Hochzeit bin? Wenn es dir irgendetwas ausmacht, lasse ich dir natürlich den Vortritt.“

Kaitlin senkte den Kopf und schaute in den Sand. „Das ist wirklich nicht meine Sache. Bill hat das Recht auf freie Wahl und Joe ebenfalls. Und wenn sie beide wollen, dass du ihre Hochzeit organisierst ...“

„Kaitlin, ich habe gefragt, ob es dir etwas ausmacht.“

„Und ich habe gesagt ...“

„Kaitlin?“

„Verdammt, natürlich macht es mir etwas aus!“, fuhr sie auf. Sie sprang im gleichen Moment auf die Füße. In nur fünf Minuten hatte er es geschafft, ihre gefühlsmäßige Kontrolle völlig über den Haufen zu werfen. „Natürlich macht es mir etwas aus!", wiederholte sie.

„Kaitlin, ich habe schon gesagt, dass ..."

„Nein! Nein, du wirst die Hochzeit für Bill und auch für Joe ausrichten. Du wirst nur nicht auch noch meinen Segen dafür bekommen, das ist alles. Ich glaube kaum, dass ich immer nett sein kann und jedes Mal lächeln werde, wenn ich dir begegne."

„Dann ..."

„Aber ich werde dich treffen. Und wir werden es überstehen." Plötzlich bemerkte sie, dass Brendan lächelte. Und dass er ihr kaum zuhörte.

„Dein Rock, Kaitlin. Du siehst besser aus als damals Marilyn Monroe auf dem U-Bahn-Abluftschacht."

Kaitlin holte tief Luft und versuchte, ihr wehendes Kleid wieder unter Kontrolle zu bekommen. Nachdem sie es endlich geschafft hatte, fühlte sie Brendans Hand um ihr Handgelenk. Er zog sie wieder zu sich herunter.

„Es ist schon komisch, Kaitlin, nicht wahr? Obwohl mich alles, was dich betrifft, nicht im Geringsten etwas angeht, Mrs O'Herlihy, bin ich sehr beeindruckt von diesen sexy roten Strapsen und den glatten Strümpfen. Ich komme mit dem Gedanken einfach nicht klar, dass ein anderer Mann diese Show ebenfalls genießen könnte."

„Brendan ..."

„Ich werde dich nicht verführen, Kaitlin."

„Oh nein!", flüsterte sie gedemütigt und versuchte verzweifelt, ihr Handgelenk aus seinem Griff zu befreien.

„Als ich dich das letzte Mal gesehen habe, konnte ich einfach nicht anders. Du wolltest etwas von mir. Du wolltest so tun, als wären wir niemals verheiratet gewesen. Und das, nachdem du in all den Jahren meinen Namen getragen hast. Und ihn immer noch tragen wolltest! Genauso, wie die Annullierung der Ehe. Und es sah so aus, als wärest du bereit gewesen, jeden Preis dafür zu zahlen. Ich konnte einfach nichts dagegen tun."

„Brendan, lass sofort mein Handgelenk los!", flüsterte sie und fuhr zu ihm herum, als er ihrer Bitte nicht nachkam. „Dein

Selbstwertgefühl ist wirklich unglaublich! Niemand kann mich verführen, und du schon gar nicht, wenn ich es nicht zulassen würde. Also bilde dir bloß nicht ein, du bräuchtest nur mit den Fingern zu schnippen, und schon würde ich angelaufen kommen!"

„Das habe ich auch niemals angenommen, Kaitlin", sagte er kalt. „Es gab Zeiten, da hätte ich betteln können, und es hätte mich dir doch nicht nähergebracht."

Kaitlin holte tief Luft, und ihre Lippen begannen zu beben. In ihrem Inneren tobten die Gefühle derart stark, dass sie anfing, am ganzen Körper zu zittern. „Du hast mich verlassen, Brendan O'Herlihy! Du hast mich unmittelbar nach unserer Hochzeit verlassen, oder vielmehr nach dem, was angeblich eine Hochzeit hätte sein sollen. Und dann hast du das Land verlassen. Du hast mich sogar schon vorher allein gelassen. Du warst unerreichbar für mich, nachdem Sean gestorben war. Du warst noch nicht einmal wirklich da, wenn du direkt neben mir gestanden hast."

„Verdammt, Kaitlin ...!"

„Es tut immer noch weh, nicht wahr? Es schmerzt immer noch, dass Sean tot ist. Nun, das, was zwischen uns passiert ist, schmerzt ebenfalls."

Kaitlin verstummte plötzlich, als sie merkte, dass ihre Augen feucht waren und sie Dinge sagte, die sie niemals hatte aussprechen wollen. Nur, wenn Brendan da war, schienen Zeit und Abstand zu verschwinden. Sie erinnerte sich an ihren Besuch bei ihm vor ein paar Jahren. Damals war es dasselbe gewesen.

Sie hatten angefangen zu reden, und Kaitlin war gelassen gewesen. Sie hatte versucht sich vorzumachen, dass die Zeit all den Schmerz und auch die Sehnsucht weggefegt hatte. Vernünftig und distanziert hatte sie ihm erklärt, was sie wollte und warum es das Beste für sie beide wäre...

Brendan hatte ihr zugehört. Dann war er ein Stück näher an sie herangerückt, und Kaitlin hatte all dieselben Dinge gefühlt, die sein Anblick auch jetzt in ihr hervorrief. Den Drang, ihm über die Wange zu streicheln, mit den Fingern über seinen Rücken zu fahren, seine gebräunte Haut zu berühren. Sie hatten Wein getrunken, und er hatte sich so ernsthaft all das angehört, was sie ihm gesagt hatte …

Kaitlin konnte nicht bereuen, was dann zwischen ihnen passiert war. Aber sie war fuchsteufelswild geworden über das, was er am nächsten Morgen gesagt hatte. Über seine barsche Erinnerung daran, dass sie seinen Namen die ganzen Jahre benutzt hatte, und dass sie nun mal verheiratet waren und er niemals etwas anderes behaupten würde. Dann hatte er es plötzlich eilig gehabt wegzukommen und sie eingeladen, ihn zu besuchen, so oft sie wolle. Aber nur, um ihn zu sehen, nicht, wenn sie irgendetwas anderes von ihm erwarten würde.

Kaitlin war nicht zurückgegangen. Sie hatte sich wie eine Närrin gefühlt. Und nun …

„Tut es dir immer noch weh?“, fragte er leise.

„Ja“, erwiderte sie aufrichtig. „Nicht jeden Tag“, fügte sie lächelnd hinzu. „Ich bin stolz auf mich, dass oft endlos viele Tage verstreichen, ohne dass ich auch nur ein einziges Mal an dich denke. Aber es ist noch da. Irgendwo in einem Winkel meines Herzens.“

„Ist das so?“, fragte er sehr ruhig. Dann bemerkte Kaitlin, dass er über ihre Schulter hinter sie sah und erstaunt die Brauen hob. Er lächelte. „Deine Freundin hüpft da hinten herum und winkt wie verrückt. Und sie klopft dauernd auf ihre Uhr.“

„Oh!“ Kaitlin stieß erschreckt die Luft aus. Elend schaute sie auf den Sand. Sie konnte Brendan einfach nicht fragen. Er hatte ihr damals gesagt, dass sie nicht zurückzukommen brauchte, bis sie käme, weil sie ihn wollte und nichts von ihm. Aber er hatte einen derartigen Narren aus ihr gemacht, sie so sehr verletzt, dass sie niemals fähig gewesen war, zurückzukommen. Und jetzt…

„Sie scheint etwas von dir zu wollen“, stellte er fest.

„Ja.“ Kaitlin wandte sich um und sah ebenfalls, wie Janis nervös hin und her lief. Sie winkte ihr beruhigend zu und schaute wieder auf den Sand.

„Wenn du wieder an die Arbeit musst …“, begann Brendan.

„Das muss ich nicht. Die Aufnahme fällt flach, und Netty wird den Spot fallen lassen."

„Warum?", fragte er scharf.

Kaitlin sah ihn an. „Sie will dich."

„Wer will mich? Und wofür?", fragte er verärgert.

Kaitlin atmete aus und kam auf die Füße. Sie schaute ihn an, ohne ihm zu antworten, und presste ihr Kleid gegen die Oberschenkel. „Brendan, ich würde um nichts in der Welt meine Cousinen verletzen oder ihre Hochzeiten verderben. Ich bin sicher, dass wir die kurze Zeit, die wir miteinander verbringen müssen, schon überstehen werden."

Brendans Miene war sehr skeptisch, als er jetzt ebenfalls aufstand. „Sicher", sagte er knapp. Dann packte er ihre Hand. Sie fühlte, wie seine Finger sich gegen ihre Handfläche drückten, und hätte am liebsten aufgeschrien. „Und nun sag mir, was mit diesem Film los ist."

„Das ist nicht dein Problem, Brendan."

„Erzähl es mir."

„Nein."

„Warum nicht?"

„Weil es absolut nichts mit dir zu tun hat. Weil..." Sie zögerte. „Red weiter."

„Weil du mir gesagt hast, ich soll dich nicht wieder um etwas bitten."

Er versteifte sich. „Oh. Du bist also nur hierhergekommen, um etwas von mir zu verlangen."

„Ja. Nein! Ich bin hier, weil ich mit dir reden musste. Wir mussten das hier klarstellen. Und weil..."

„Weil was?", fuhr er sie an.

Kaitlin hatte vergessen, wie hart sein Griff sein konnte. Seine Finger umschlossen ihr Handgelenk wie Handschellen. „Du hast sie doch auch gehört!", erwiderte sie scharf. „Sie will dich als Darsteller."

„Ich habe in meinem ganzen Leben noch nie vor einer Kamera gestanden! Ich fahre Bootsrennen und tauche nach Wracks."

„Ich weiß, Brendan, aber..."

„Du meinst, diese Frau will die ganze Kampagne abblasen, wenn sie mich nicht für diesen Werbespot gewinnt?“, fragte er ungläubig.

„Ja. Sie … sie denkt, du wärst perfekt dafür“, antwortete Kaitlin aufgebracht.

Brendan lächelte, als er Kaitlin unvermittelt losließ. „Nun“, sagte er leise und rieb sich nachdenklich das Kinn.

„Ich werde dich nicht darum bitten, Brendan. Ich kann mir deinen Preis nicht leisten.“

Sein Lächeln erlosch. Kaitlin konnte seine Gedanken hinter seiner undurchsichtigen Miene nicht lesen, und seine dunkle Brille verdeckte seine Augen. „Ich sagte schon, dass ich dich nicht noch einmal verführen würde, Kaitlin“, erwiderte er grob. „Wenn es das sein sollte, wovor du Angst hast.“

„Ich fürchte mich nicht vor dir, Brendan. Ich habe dir bereits erklärt, dass es genauso mein Fehler wie deiner war.“

„Wie interessant. Und wie großmütig.“

„Oh, gern geschehen.“

„Wir werden uns noch häufiger sehen“, erinnerte er sie.

„Ja, wir haben es so eingerichtet…“

„Und ich werde dich nicht aufhalten, wenn du versuchen solltest, mich zu verführen“, sagte er leise. Seine Stimme klang heiser, und die Worte schienen in der Luft zu schweben. Sie erreichten Kaitlin und berührten sie mehr als irgendeine Liebkosung.

„Das dürfte kaum einen von uns beunruhigen“, gab sie kühl zurück.

„Wir werden sehen.“ Plötzlich wechselte er das Thema. „Was ist mit deinem Modell passiert?“

„Was?“

„Dein Modell. Warum muss diese Lady einen Männerkörper haben, um anzufangen?“

„Oh.“ Kaitlin brauchte einen Moment, um den Wechsel von ihrem Privatleben zu ihrem Geschäftsleben zu vollziehen. „Ein Krankheitsfall in der Familie. Und es ist auch nicht wichtig. Mein weibliches Modell ist ebenfalls verschwunden. Ich …“

„Einverstanden“, sagte Brendan plötzlich.

„Einverstanden womit?", fragte sie nervös.
„Okay, ich mach's."
„Du machst was?"
„Ich werde in diesem Werbespot spielen. Du solltest mich doch dazu überreden, nicht wahr? Deshalb ist deine Freundin die ganze Zeit so aufgeregt herumgehüpft und hat auf ihre Uhr gewiesen. Ich mache es. Unter einer Bedingung."
„Und was wäre das?", fragte Kaitlin sanft und misstrauisch.

Brendan schwieg eine Minute, während er Kaitlin beobachtete. Die Sonne brannte heiß auf sie herunter, und Kaitlin bemerkte, dass sie ihn musterte. Sie sah den Mann, den sie schon immer gekannt hatte, aber auch den Fremden, zu dem er für sie geworden war. Die Spuren von grauem Haar an seinen Schläfen verstärkten nur seine geheimnisvolle Ausstrahlung. Die dunklen Gläser verdeckten seine Augen und schützten ihn davor, ungewollt irgendwelche Wahrheiten zu verraten. Sein Kinn war so energisch wie immer, und auch seine breiten Schultern waren unverändert kräftig und ausladend. Eine Bedingung … Vielleicht bittet er mich um eine letzte Nacht, dachte Kaitlin. Eine letzte Chance zusammen zu sein, an die Magie zu glauben. Zeit und alles andere zu vergessen, und sich im Mondlicht und dem Nachtwind zu aalen. Die Zärtlichkeit der Brise und die des anderen auf der Haut zu fühlen. Ihre Körper und ihre Leidenschaft zu erleben und zu genießen …

Kaitlins Wangen wurden rot, und sie senkte schnell die Augenlider, weil sie fürchtete, dass ihr Blick ihre Gedanken verraten könnte. Sie ballte die Hände zu Fäusten und hielt sie hinter den Rücken. Das Verlangen ihn zu berühren, war plötzlich so stark, dass sie ihm kaum widerstehen konnte. Ihn berühren, ihn streicheln. Sie würde der dunklen Linie seines Haares folgen, bis zu der Stelle, wo es herausfordernd über dem Bund der Hose eng zusammenlief. Sie würde dichter an ihn herangehen, ihre Lippen gegen seine pressen, den Hunger seines Kusses spüren …

„Eine Bedingung", wiederholte er.

„Ja?" Sie schloss die Augen. Lass es verdorben sein, unverschämt, dachte sie. Sie würde protestieren, natürlich, und unangenehm berührt sein, aber dann …

„Du spielst ebenfalls mit."

Kaitlin öffnete überrascht die Augen. „Was?"

„Nun, wenn ich schon den Tag damit verbringen soll, ein Stück Fleisch darzustellen, will ich, dass du dabei bist. Ich werde spielen, wenn du es auch tust."

Kaitlins geheimste Wünsche durchfuhren sie plötzlich mit erschreckender Klarheit, und sie sah Brendan ungläubig an. Er wollte nicht mit ihr ins Bett gehen. Er wollte keine letzte Nacht mit ihr. Nicht einmal eine Stunde!

Er wollte nur sichergehen, dass sie nichts umsonst bekam.

Kaitlin schüttelte den Kopf und trat zurück. Sie kam sich vor wie eine Närrin, und sie wünschte, sie könnte ihn im Meer ersäufen.

„Ich kann nicht. Das steht außer Diskussion."

„Warum nicht? Bist du zu dick geworden?"

„Nein!"

„Nun, was ist dann der Grund?"

„Ich bin kein Modell!"

„Genauso wenig bin ich eins. Aber ich bin bereit, es zu versuchen, um dein Geschäft zu retten, warum bist du es nicht?"

„Nun, mein Geschäft wird nicht gleich zusammenbrechen, wenn ich diesen Auftrag nicht bekomme."

„Aber es wird angeschlagen werden", erwiderte er selbstgefällig. „Wieso bist du dir dessen so sicher?"

„Wegen dieser Frau da oben, die wie ein Gummiball herumhüpft."

„Oh!" Kaitlin fuhr herum und sah, dass Janis verzweifelt versuchte, ihre Aufmerksamkeit zu erregen. Und Netty Green kam auf den Tisch zu. Jetzt oder nie war die Devise. Kaitlins Gedanken überschlugen sich.

Der Werbevertrag für die Seashell-Sonnenschutzlotion war tatsächlich wichtig. Sie würde zwar nicht gleich ihr Geschäft verlieren, aber … andere Klienten würden erfahren, dass der Seashell-Konzern ausgestiegen war. Und sie würden sich natürlich fragen, warum. Und kaum jemand würde sich die Mühe machen zu überlegen, dass Netty Green ein richtiges …

„Hey, Honey, du bist am Zug“, erinnerte Brendan sie leise.

Kaitlin fuhr herum und schaute ihn an. „Okay, okay!“

„Nun spring mir nicht gleich an den Hals. Es ist dein Geschäft, nicht meins.“

„Das stimmt. Du lebst davon, dass du ein Pirat bist.“

„Ein Pirat?“ Er sah sie erstaunt an. „Weil ich nach Schiffen suche, die vor Hunderten von Jahren gesunken sind?“ Er erwartete offensichtlich keine Antwort. „Da ist noch etwas“, sagte er.

„Was meinst du mit da ist noch etwas?“, fragte Kaitlin misstrauisch. Ein heißer Schauer lief ihr langsam den Rücken herunter.

„Dinner.“

„Was für ein Dinner?“

„Irgendein Dinner. Du und ich allein. Nur deshalb, um die wichtigsten Dinge …“

„Welche verdammten wichtigen Dinge?“

Brendan schaute sie erneut verblüfft an, dann lächelte er zögernd. „Die Hochzeiten, Kaitlin. Es geht nur um einige der Sachen, von denen ich weiß, dass deine Cousinen und Bill und Joe sie mögen. Und das, was wir meiner Meinung nach für sie tun könnten.“

„Was wir deiner Meinung nach …!“

„Kaitlin, ich will nur deine Meinung ebenfalls hören! Deshalb möchte ich gern mit dir zu Abend essen. Es soll ein angenehmes Dinner werden. Um Dinge zu besprechen. Sieh mal, diese Ladys sind deine Cousinen, und ich habe schon gesagt, ich würde zurücktreten …“

„Nein! Ich habe dir doch klargemacht, dass ich das nicht will!“

Brendan schwieg einen Moment. Während Kaitlin ihn beobachtete, fragte sie sich, warum er nicht wenigstens alle seine Haare hatte verlieren können.

Nein … wahrscheinlich würde er sogar kahl noch attraktiv

aussehen, sagte sie sich dann. Er müsste seinen ganzen Kopf verlieren. Oder rosa werden. Oder aufhören, zu lächeln und zu reden …

„Kaitlin, ich weiß, dass du dir wünschst, dass ich den Hochzeiten fernbleibe. Ich vermute sogar, dass es dir am liebsten wäre, wenn ich völlig von dieser Erde verschwinden würde. Aber du willst nicht für mein Verschwinden verantwortlich sein."

Sie lächelte zuckersüß. „Brendan, du irrst dich. Ich hoffe stattdessen, dass du ewig leben wirst."

„Nur nicht in deiner Nähe, richtig?"

Sie zuckte mit den Schultern, und Brendan lachte. Dann erlosch sein Lächeln, und er fragte unvermittelt: „Haben wir nun einen Handel geschlossen?"

„Was?"

„Ein Abkommen, Kaitlin. Ich mache den Spot mit, wenn du mitmachst, und ich habe deine Zusage für das Dinner. Übernächstes Wochenende. Ich muss dieses Wochenende arbeiten, und es sollte schon nach meiner Bequemlichkeit gehen."

„Aber wenn ich spiele …"

„Es ist dein Geschäft, erinnerst du dich?"

Am übernächsten Wochenende findet Großmutters Hochzeit statt, sagte Kaitlin sich. „Am Mittwoch? Ich habe am Wochenende keine Zeit."

„Ich hole dich um acht Uhr ab."

Kaitlin zögerte immer noch. Dinner mit Brendan? Allein? Nun, er wollte sie immerhin nicht verführen, aber konnte sie ihm trauen?

Sie verwünschte sich innerlich. Kann ich mir trauen? fragte sie sich.

Brendan zeigte erneut zum Hotel hoch. „Deine Freundin wird langsam sehr nervös."

„Ja!"

„Du spielst, und wir gehen zusammen essen?"

„Okay, einverstanden. Ich spiele und … und gehe mit dir essen. Und ich werde mein Wort halten."

„Gut", sagte Brendan nur.

Janis klopfte mit den Fingern auf ihre Uhr. Netty konnte jeden Moment verschwinden.

„Gut, Brendan, dann komm." Kaitlin drehte sich um. „Bitte, lass uns nur einfach den Spot machen und es hinter uns bringen."

„Oh, wenn du jemanden so charmant aufforderst, ist es wirklich schwer, dir zu widerstehen", sagte er sarkastisch.

Was ist mit dir los? fragte Kaitlin sich.

„Ich will es nicht nur schnell hinter mich bringen", erinnerte er sie. „Richtig, das Dinner", sagte sie.

Brendan lachte heiser auf, blieb aber den ganzen Weg über hinter ihr. Und nur das war wichtig. Sie gingen an den Kameraleuten vorbei zur Terrasse, wo Netty Green ihnen strahlend entgegenschaute.

„Ich bin wirklich erfreut, Mr O'Herlihy. Ich weiß, es ist nicht Ihr Beruf, und ich bin Ihnen aufrichtig dankbar. Ich versichere Ihnen, dass mein Produkt gut ist."

„Ich kenne Ihr Produkt, Mrs Green", begann Brendan.

Aber Kaitlin unterbrach ihn rasch. Sie fürchtete sich vor dem, was er vielleicht sagen würde. „Ist Lenny hier, Janis?"

Janis nickte. Sie schaute zwischen Brendan und Kaitlin hin und her. „Ja, er ist in der Suite und wartet. Er sagte, dass …"

„Nun, Mr O'Herlihy, was halten Sie von der Seashell-Sonnenschutzlotion?", wollte Netty wissen.

Kaitlin hielt den Atem an. Brendan würde die Wahrheit sagen, ganz gleich, was es war.

„Es ist ein gutes Produkt. Es ist mit den bereits auf dem Markt befindlichen Erzeugnissen vergleichbar, und der Preis ist niedrig genug, sodass auch junge Mütter mit vielen Kindern es sich leisten können. Ich hätte dem hier nicht zugestimmt, wenn ich etwas hätte verkaufen sollen, was ich nicht ernsthaft vertreten könnte."

Netty strahlte wie ein Honigkuchenpferd, und Kaitlin ertrug es einfach nicht länger.

„Weißt du, ob Cissy die Suite freigemacht hat, Janis?"

Janis schaute sie einen Moment lang nur an. „Oh ja. Ja, das

hat sie. Aber ich habe noch kein neues Modell bestellt, weil ich nicht wusste, ob …"

„Das ist nicht so schlimm. Ich mache es selbst."

„Du willst anrufen?"

„Nein, ich werde mitspielen."

Janis war fassungslos. Netty hob erstaunt den Kopf, und Kaitlin ahnte, ohne hinzusehen, dass Brendan lächelte.

„Du machst den Spot selbst?", brachte Janis endlich heraus.

„Ja!", fuhr Kaitlin sie an. Dann drehte sie sich herum. „Ich ziehe mich um und bin gleich fertig. Dann schicke ich Lenny herunter, und du sagst dem Kameramann Bescheid."

Janis war immer noch verblüfft und schaute ständig von Brendan zu Kaitlin, die sie nicht beachtete.

„Brendan", sagte Kaitlin, „Lenny wird dir vielleicht Make-up auflegen wollen. Ich weiß, dass …"

„Fein."

Kaitlin stellte überrascht fest, dass er nicht die Absicht hatte, mit ihr zu streiten. Er trug immer noch die Sonnenbrille, aber seine Miene war ruhig und gelassen, und er sprühte geradezu vor Charme, kurz, er war der unproblematischste Mann auf der ganzen Welt.

Kaitlin hätte ihn am liebsten dafür geschlagen. Stattdessen lächelte sie. „Na gut, ich gehe mich umziehen." Sie wandte sich ab und ging schnell zur Suite hinauf. Lenny saß dort auf dem Sofa und sah sich eine Talkshow im Fernsehen an. Als Kaitlin hereinstürmte, schaute er überrascht hoch. „Sind wir noch dabei oder draußen?"

„Wir machen es!", erwiderte Kaitlin gereizt und marschierte an ihm vorbei ins Schlafzimmer. Der Bikini lag auf dem Bett, und auf der Frisierkommode standen eine Menge Kosmetika herum.

„Ich bin froh, dass du offensichtlich so erfreut und aufgeregt bist!", rief Lenny ihr zu.

Kaitlin schlug die Tür zu. In ein paar Sekunden hatte sie sich ausgezogen, wobei sie die Kleider achtlos fallen ließ, und sich den Bikini angezogen. Sie setzte sich vor den Spiegel und legte sorgfältig das Make-up auf. In diesem Moment klopfte es an der Tür.

„Kaitlin, was ist los?"

„Komm herein!", rief sie.

Lenny öffnete die Tür und starrte Kaitlin an, dann lächelte er: „Ach so …", begann er.

„Spar dir deine Bemerkungen!"

„Ich finde, du bist einfach perfekt."

Kaitlin stöhnte leise auf. „Benutze dieses Wort nie wieder, bitte!"

„Okay, du wirst anschließend übel nach Seashell-Sonnenschutzlotion riechen, aber was soll's?"

„Lenny …"

„Ernsthaft, ich finde dich großartig. Es ist ein echter Verlust, dass du vorher noch niemals vor die Kamera getreten bist."

„Lenny, wie ist das Make-up?"

Lenny kam dichter und musterte sie sorgfältig. „Es sieht perfekt … entschuldige, es sieht sehr gut aus. Wo ist Mr Perf… aua! Tut mir leid, anscheinend kann ich das Wort einfach nicht vermeiden."

„Versuch's, ja?"

Lenny lächelte nur.

„Warum nimmt eigentlich niemand meinen Ärger ernst?", fragte sie missmutig.

„Dein irisches Temperament? Das nehme ich sehr ernst, Kaitlin, meine Liebe!" Er imitierte den irischen Akzent ihrer Großmutter. „Ich gehe runter und überprüfe deinen Mann."

„Er ist nicht mein Mann!"

„Heute ist er's", stellte Lenny fest. Er schloss die Tür, und Kaitlin schloss die Augen. Dann schaute sie erneut in den Spiegel und prüfte noch einmal ihr Make-up. So könnte es gehen, dachte sie. Nur ihr Haar war vielleicht etwas zu lang, aber sie hatte nicht vor, es für einen Sechzig-Sekunden-Spot aufzustecken. Sechzig Sekunden, die sie Stunden an Arbeit kosten würden. Stunden, in denen sie Sonnenschutzlotion auf Brendan streichen würde oder, noch schlimmer, in denen sie fühlen würde, wie er sie einrieb.

Kaitlin stöhnte auf und nahm den Kopf zwischen die Arme.

Nun, sie hatte sich verpflichtet, also konnte sie sich auch genauso gut der Sache stellen. Sie stand auf und verließ den Raum, um zum Aufzug zu gehen. Als sie einstieg, bemerkte sie, dass sie nichts mitgenommen hatte. Keine Schuhe, kein Handtuch und nichts zum Überziehen. Und im Aufzug war ein kahlköpfiger Mann, der bei ihrem Anblick offenbar nur noch an eins denken konnte. Sie fühlte sich nackt. Du bist ja auch so gut wie nackt, erinnerte sie sich. Jeder Mensch, der nur halbwegs bei Verstand war, hätte etwas übergezogen.

Nun, ganz offensichtlich war sie nicht bei Verstand.

4. KAPITEL

Kaitlin lief fast auf die Terrasse, nachdem sie den Aufzug verlassen hatte. Janis wartete an ihrem Tisch schon auf sie, während die anderen bereits am Strand waren.

„Du siehst aus wie reines Dynamit!", versicherte Janis ihr. „Aber wie ..."

„Stell bitte keine Fragen."

„Du bist einfach perf..."

„Nicht! Sag's nicht! Lass uns einfach nur gehen, okay?"

Janis musterte sie und nickte dann. Sie lächelte von einem Ohr zum anderen, obwohl sie sich sichtlich Mühe gab, es nicht zu tun. „Gut, du siehst aus wie ein Müllberg. Ist das besser?"

„Nein!"

„Ich wäre nicht so maulig, wenn ich diejenige wäre, die ihn mit der Lotion einreiben dürfte", bemerkte Janis.

„Du warst auch nicht mit ihm verheiratet."

„Nein", gab Janis mit einem wehmütigen Seufzer zurück. „Aber ich hätte ihn nicht gehen lassen."

„Ich habe ihn nicht ... ach, vergiss es! Bitte, lass es uns endlich hinter uns bringen."

Aber es sollte nicht so einfach werden. Darüber war Kaitlin sich schon vorher im Klaren gewesen, und sie sollte recht behalten.

Lenny hatte sich um Brendan gekümmert, der auf den Schultern, den Wangen und der Nase Make-up trug. Die Sonnenbrille hatte er abgenommen, und seine Augen hoben sich aufregend grün gegen seine gebräunte Haut ab. Sein dunkles Haar war ein perfekter Rahmen für sein markantes Gesicht. Er beobachtete, wie Kaitlin sich näherte, und sein Blick glitt langsam über sie. Er lächelte, und Kaitlin war nicht sicher, ob es wegen ihres Aufzugs war oder nicht. Sie wollte gerade etwas sagen, als Netty vorstürzte.

„Ich wusste es! Ich wusste es! Es ist genau das, was ich wollte. Älter, gebildeter – nun, nicht zu alt, natürlich, aber – oh Kaitlin, ich bin so froh. Ich kann es kaum abwarten, das Endprodukt zu sehen!“

„Dann sollten wir langsam anfangen“, riet Lenny. „Das Morgenlicht, wissen Sie?“

„Sicher“, erwiderte Kaitlin leise.

Auf dem Strand lag ein großes Badelaken vor den Kameras ausgebreitet, und eine große Flasche Seashell-Sonnenschutzlotion stand darauf. Auf einer Ecke des Tuchs stand eine Kühlbox, und auf einer anderen lagen Sandalen und ein paar Zeitschriften. Es sah aus wie ein gewöhnlicher Tag am Strand.

„Kaitlin, Brendan, denken Sie daran, dass der Ton nachträglich aufgenommen wird. Wir brauchen von Ihnen also nur Action. Ist das klar, Brendan? Haben Sie alles verstanden?“

„Ich denke, das Wesentliche hab ich kapiert“, sagte Brendan trocken.

„Großartig.“ Kaitlin schaute ihn nicht an.

„Brendan, die Stimme sagt: ‚Wenn Sie sie heute Nachmittag berühren, berühren Sie sie mit Seashell-Sonnenschutzlotion …‘ Dann gibt es einen Schnitt. Janis wird den Satz lesen.“ Lenny sah Kaitlin an. „Ich möchte, dass du auf die Knie gehst, und Sie“, er deutete auf Brendan, „direkt hinter ihr sind. Benutzen Sie ihr Haar, streichen Sie es zur Seite, und verteilen Sie die Lotion auf Hals, Schultern und ihren Rücken. Alles klar? Kaitlin, auf die Knie!“

Sie gehorchte. Es war ihr Werbefilm. Von ihr stammte die Idee. Allerdings hatte sie nicht geplant, dass sie diejenige sein würde, die auf den Knien lag … mit Brendan hinter ihr.

Mit Brendan, der sie berührte.

„Okay, Janis, gib Brendan den Satz.“ Lennys Stimme klang professionell. „Langsam.“

Und Janis las. Und Brendan berührte Kaitlin.

Er strich ihr Haar zur Seite, und seine Finger glitten langsam über ihre Haut. Sie waren feucht und eingehüllt von der Lotion. Warm und beruhigend glitten sie über ihre Schultern und ihren Rücken, berührten ihren Körper, massierten ihn und fuhren dann ihren Rücken herunter.

Kaitlin konnte nicht atmen. Sie spürte nur Brendans Hände, seine Berührung und seinen Körper dicht hinter ihr. Jeder Atemzug von ihm streifte ihre Haut da, wo sie feucht, weich und kühl von der Lotion war …

„Brendan, Sie machen das fantastisch. Kaitlin, was zum Teufel ist mit dir los?“

„Was?“

„Das hätte es sein können. Die Aufnahme hätte beim ersten Mal im Kasten sein können. Kaitlin, er ist dein Geliebter, dein bester Freund, der Mann, mit dem du um die Welt reist. Lächle! Du magst ihn, erinnerst du dich? Schau über die Schulter zu ihm herüber. Du genießt es. Kapiert?“

Sie biss die Zähne zusammen. „Verstanden.“

„Okay, Jerry“, rief Lenny dem Kameramann zu. „Action, bitte.“

Janis begann erneut, den Satz zu lesen.

Kaitlin wurde wieder mit der Lotion eingestrichen. Sie fühlte Brendans Fingerspitzen und das Beben, das diese Berührung tief in ihrem Inneren auslöste. Sie befeuchtete die Lippen mit der Zunge und schloss die Augen. Sie fühlte die Sonne und Brendan.

Während er sie streichelte, beugte er den Kopf nah zu ihrem herunter. „Magst du es, Kaitlin?“ Seine Stimme war kaum mehr als ein atemloses Flüstern.

Kaitlin fuhr nicht hoch und unterbrach auch nicht die Aufnahme. Sie drehte sich um und lächelte, wie ihr gesagt worden war. Ihre Augen funkelten und ihr Blick war genauso verführerisch wie die Berührung von Brendans Fingerspitzen.

Lenny stöhnte auf. Kaitlin war dieses Mal zwar großartig gewesen, aber ein Kind war an ihnen vorbeigelaufen und hatte Sand aufgewirbelt, den die Kamera sicher eingefangen hatte. „Also, das Ganze noch einmal von vorne.“

Sie wiederholten die Aufnahme insgesamt siebenmal.

Beim letzten Mal dachte Kaitlin, sie würde einen Schreikrampf bekommen, wenn sie es noch einmal machen müsste, wenn sie ein weiteres Mal Brendans Finger auf ihrer Haut und ihren Muskeln fühlen würde. Ihn hinter sich wahrnehmen und die Stärke und männliche Ausstrahlung seines Körpers spüren würde. Seinen Duft riechen und die Wärme seines Atems auf ihrer von der Lotion kühlen Haut fühlen würde. Sie würde es nicht länger ertragen können, dass er ihren Rücken hinunterstrich, ihre Schultern streichelte und ihren Nacken massierte …

Sie zitterte, als sie sich diesmal herumdrehte, brachte ein dunkles, heiseres „Danke" heraus und nahm die Flasche aus seinen Händen.

Dann war Kaitlin dran, ihn einzucremen. Sie strich über seinen Rücken, diesen breiten, muskulösen, gebräunten und sexy Rücken. Sie fuhr bis knapp über seine Pobacken hinunter und dann wieder hinauf. Sie bedeckte seinen ganzen Rücken mit der Lotion und berührte ihn dabei fast mit der ganzen Länge ihres Körpers.

Plötzlich drehte Brendan sich zu ihr um, und Kaitlins Finger fuhren durch das dichte Haar auf seiner Brust. Sie schaute ihm tief in die Augen, während sie die Lotion mechanisch überall auf ihm verteilte, oben, unten, rechts und links. Und die ganze Zeit schaute sie ihn dabei an.

„Schnitt!", rief Lenny und sprang begeistert hoch. „Das ist eine Aufnahme! Perfekt. Kaitlin, tut mir leid, aber es war perfekt. Du kannst dir gar nicht vorstellen, wie perfekt es war!"

Brendans Blick hielt ihren immer noch gefangen. Es war vorbei. Die Leute bewegten sich. Der Kameramann sammelte seine Ausrüstung zusammen, Lenny umarmte Janis, und Brendan schaute sie immer noch mit dem beinahe magnetischen Blick seiner grünen Augen an. Kaitlin schaffte es einfach nicht, ihren Blick abzuwenden, und sie zitterte immer noch.

Dann lächelte Brendan zögernd. „Perfekt", sagte er leise und wandte sich um, als Netty auf sie zukam.

Kaitlin war plötzlich kalt, und sie fröstelte, obwohl die Sonne vom Himmel brannte. Doch dann war auch schon Janis bei ihr und wirbelte sie herum.

„Kaitlin, ich habe noch nie, niemals gewusst, dass etwas so Alltägliches so sinnlich sein kann. Ich versichere dir, Kaitlin, dieser Werbefilm ist faszinierend. Ich konnte kaum richtig atmen, sondern musste immer nur hinschauen!"

„Janis! Hör bitte auf!" Kaitlins Wangen schienen zu glühen. Wie sinnlich musste es wohl gewirkt haben? Und das auch noch vor all den Leuten!

„Aber Kaitlin, es war einfach sexy. Seashell-Sonnenschutzlotion wird einen unglaublichen Siegeszug antreten, das garantiere ich dir. Stell dir nur vor …"

„Was soll ich mir vorstellen?", wollte Kaitlin wissen.

„Nun, wir haben gerade erst angefangen. Jetzt wird er mit dir tanzen und dich in die Suite tragen. Es ist ein reiner Glücksfall, dass es mit Cissy und Mark nicht geklappt hat. Ihr beide habt eine sehr sinnliche Wirkung!"

Wirkung. Verdammte Wirkung! dachte Kaitlin wütend. Aber dennoch hatte Janis recht. Sie war da. Und der Spot war noch lange nicht fertig.

Brendan verwünschte sich ausgiebig. Du bist selbst schuld, es war dein Fehler. Die ganze verdammte Sache war seine Schuld. Das war ihm klar. Er hatte niemals vorgehabt, ja zu ihr zu sagen. Und wenn er schon zugestimmt hatte, vor der Kamera einen Idioten aus sich machen zu lassen, warum hatte er dann auch noch fordern müssen, dass sie ebenfalls dabei sein sollte? Dadurch verbrachte er Stunden mit einer Tortur von Berührungen, Streicheln, Zärtlichkeiten, kurz: mit all dem, was er sich und ihr geschworen hatte, nie wieder zu erleben.

Was für ein Narr bist du gewesen! sagte er sich.

Seashell-Sonnenschutzlotion. Großartig! Wunderbar! Was um alles in der Welt war bloß in ihn gefahren? Nach all den Jahren hätte er eigentlich niemals in eine solche Situation geraten dürfen.

Er musste Kaitlin festhalten, mit ihr tanzen. Ihr in die Augen schauen, das sanfte Schwanken ihres Körpers fühlen, und das in einer derartig heißen Nacht wie dieser …

Am Strand war es schon schlimm genug gewesen. Er hatte sie angefasst und seine Finger über ihren Rücken und ihre Schultern gleiten lassen. Während er ihr Haar beiseitegeschoben hatte, hatte er ihren süßen Duft eingeatmet. Und obwohl so viele Leute dabei gewesen waren, war es auf erregende Art sinnlich gewesen. Viel zu sinnlich.

Nachdem die Leute verschwunden waren, hatte er kaum richtig hören können, so hatte das Blut in seinen Ohren gerauscht. Kaitlin hatte wundervoll in dem blauen Bikini ausgesehen. Braun gebrannt, schlank und unglaublich gut gebaut.

Warum konnte sie nicht fünfzig Pfund zugelegt haben? fragte er sich. Und vielleicht auch unter Haarausfall leiden? Aber er bezweifelte, dass das etwas geändert hätte. Er hatte Kaitlin immer schon begehrt, sein ganzes Leben lang, und warum hätte sich irgendetwas daran ändern sollen?

Nun, jetzt waren sie nicht mehr am Strand, aber die Lage war noch schlimmer. Es war dunkel, und sie standen auf der Terrasse. Der Mond schien, und sie hätten allein sein können, während sie sich in die Augen sahen. Er umfasste ihre Finger mit seinen, und die andere Hand legte er auf ihren schmalen Rücken.

Es sollte sich nicht so natürlich anfühlen, ihm nicht so leichtfallen, Kaitlin so zu halten.

Und es wäre besser gewesen, wenn du nicht so lange auf sie gewartet hättest, sagte er sich. Er hätte dafür sorgen sollen, dass er verheiratet oder wenigstens mit jemandem fest zusammen wäre, damit sie nicht wieder in sein Leben treten konnte.

Aber Kaitlin war in seinem Leben. Zumindest in seinen Armen. Sie trug ein trägerloses dunkelbraunes Cocktailkleid, dessen Rock aus einem seidenen Stoff bestand, der bei jedem Schritt weich um ihre Beine schwang. Und nachdem sie den ganzen Tag mit Sonnenschutzlotion eingerieben worden war, war die Haut ihrer Schultern unglaublich weich. So musste sich der Flügel eines Engels anfühlen. Und sie tanzten eng zusammen. So dicht, dass er spürte, wie die Spannung in seinem Körper wuchs, so, wie er jede Kurve von Kaitlins Körper fühlte.

Kurven, die er sehr gut kannte. Brendan hätte mit geschlossenen Augen jedes Detail ihres Körpers aufzählen können. Farben, Schatten, Düfte – an alles erinnerte er sich.

Du musst die Erinnerungen verdrängen! ermahnte er sich. Es war unangenehm, denn sie waren nicht allein.

Die Kameraleute standen keine drei Meter von ihnen entfernt neben Lenny. Ebenso Janis, die immer noch fasziniert war und ihn eindringlich anstarrte. Sie stotterte immer noch, wenn sie versuchte, mit ihm zu reden. Brendan mochte sie. Sie war ehrlich genug, um nicht so zu tun, als hätte sie nie von ihm gehört.

Aber was genau hat sie gehört? fragte Brendan sich. Er wusste es nicht.

Er schaute wieder in Kaitlins Augen. Ihr Blick war herausfordernd und alles andere als unschuldig. Niemals würde er den Schulball vergessen, an dem er das erste Mal mit ihr getanzt hatte. Sie hatte all die Jungen auf dem Schulfest verrückt gemacht, und sie waren mit hängender Zunge hinter ihr hergelaufen. Doch sie war an ihm interessiert gewesen. Brendan war sich nicht mehr sicher, wann er bemerkt hatte, dass er sich auch für sie interessierte: Bevor oder nachdem er mit ihr getanzt hatte. Und er hatte damals schon gewusst, dass er sie nie mehr würde gehen lassen können.

Er presste die Zähne zusammen, als er bemerkte, dass Kaitlin ihn ansah. Es war derselbe Blick, den sie ihm damals zugeworfen hatte, ein Blick, der Stahl zum Schmelzen gebracht hätte. Und ihr langes rotblondes Haar fiel wie damals weich über ihren Rücken, in Kaskaden von Feuer und Gold.

Brendan sagte sich, dass das hier ein Werbefilm war. Ein verdammter Werbespot und sonst nichts. Kaitlins Blick war nicht ehrlich, nicht die Spur ehrlich. Zwischen ihnen war alles vorbei, und das schon seit langer Zeit. Sie redete nur dann mit ihm, wenn sie etwas von ihm wollte.

Beim letzten Mal hatte er dafür gesorgt, dass sie es nicht bekommen hatte. Und dieses Mal … nun, diesmal hätten sie Frieden schließen müssen. Und das wäre ihnen auch gelungen, wenn er sie nicht hätte berühren müssen. Wenn er sich nicht wie ein Teenager fühlen würde. Diesmal hängt dir die Zunge heraus! dachte er. Die Zunge?

Nein. Es war nicht seine Zunge, um die er sich Sorgen machte. Brendan erinnerte sich an das Versprechen, das er Kaitlin gegeben hatte, sie nicht zu verführen. Sie hatte geantwortet, dass er nicht die Macht dazu habe. Nicht mehr. Und dass er sie damals nur haben verführen können, weil sie es gewollt hatte. Sie hatte ihn begehrt, und Brendan wünschte sich nichts sehnlicher, als dass sie ihn auch jetzt begehrte.

Toll, O'Herlihy! dachte er sarkastisch. Wirklich toll! Vielleicht versuchst du es einmal ohne diese Gier? Dann könnte es möglicherweise auch klappen.

Aber wenn er sie so hielt wie jetzt, war es schwer, zu glauben, dass es nicht doch noch etwas zwischen ihnen gab, ganz gleich, wie viel Zeit vergangen war. Er erinnerte sich an das letzte Mal, dass er sie so gehalten hatte, draußen, auf den Keys vor Miami …

Er hatte sie berührt, und als die Musik geendet hatte, hatte er sie davongetragen und seine Erinnerung an ihre Kurven aufgefrischt.

Und jene Szene ähnelte dieser hier so sehr. Sie sprachen nicht. Es gab nur die Terrasse, das Mondlicht und Kaitlin in seinen Armen. Sie war die einzige Frau, die ihn gleichzeitig wütend machen und sich als Ganzes fühlen lassen konnte. Er könnte sie in die Arme nehmen, davontragen und …

„Brendan! Es ist wundervoll!", rief Lenny. Die Leute im Hintergrund stürzten plötzlich nach vorn. „Ihr beide wirkt fantastisch! Janis wird jetzt gleich den Satz sagen. Hört einfach nur zu und macht so gut weiter. Die Kamera läuft."

Janis begann mit heiserer Stimme vorzulesen. „Wenn Sie sie heute Nachmittag berühren, berühren Sie sie mit Seashell-Sonnenschutzlotion, und Sie können sicher sein, dass Sie sie heute Nacht wieder berühren können."

Kaitlin schaute immer noch in Brendans Augen. Ihre Lippen waren weich und schimmerten. Sie schien für ihn niemals schöner gewesen zu sein.

Brendan hätte am liebsten schreien mögen. Es war mein Fehler! dachte er. Alles, was nach Seans Tod geschehen ist, war mein verdammter Fehler! Aber ich habe niemals aufgehört, dich zu lieben. Als ich dich mit dem anderen Mann sah, habe ich gemerkt, dass ich dich verloren hatte. Ich dachte, es wäre mein Stolz gewesen, aber ich hatte nicht den Mut zuzugeben, dass es mein Fehler gewesen ist. Und ich wollte dich verletzen.

„Schnitt! Die Aufnahme ist drin." Lenny klatschte in die Hände.

Kaitlin ließ die Hände sinken und trat einen kleinen Schritt von Brendan zurück. Es bedeutet ihr nichts, dachte er. Es ist nichts weiter als ein Werbefilm. Ein Spiel. Eine lästige Angelegenheit.

Plötzlich stand Lenny zwischen ihnen. „Kaitlin!", sagte er aufgeregt, „ich kann dir nicht beschreiben, wie großartig ihr beide zusammen ausseht!" Er schüttelte Brendan die Hand. „Sie sind wunderbar. Ein Naturtalent. Sie sollten das zu ihrem Beruf machen ..."

„Oh, ich habe einen Job, danke", erwiderte Brendan. „Ich bin ein Pirat." Er warf Kaitlin ein Lächeln zu, das sie nicht erwiderte.

Lenny schaute Kaitlin kurz an und lächelte dann Brendan zu. „Wir sind fast fertig. Jetzt drehen wir nur noch die Szene, in der Sie sie durch das Treppenhaus ins Zimmer tragen. Tun Sie so, als würden Sie Ihre Geliebte zu Bett bringen. Glauben Sie, dass Sie das auch so elegant hinbekommen werden?"

Brendans Blick begegnete dem vom Kaitlin. „Ich kann es kaum erwarten", sagte er trocken.

Kaitlin lächelte zuckersüß. Er bildete sich ein, er könnte hören, wie ihre Zähne knirschten. „Oh, ich auch nicht", versicherte sie Lenny.

„Okay!", rief Lenny. „Räumt alles zusammen, und lasst uns nach oben gehen."

Während alle ihre Sachen nahmen, legte Netty Green ihre Hand auf Brendans Arm. Sie war den ganzen Tag dabei gewesen und lächelte immer noch. „Ich muss mich noch einmal bei Ihnen bedanken. Sie sind genau das, was ich gewollt habe."

„Danken Sie nicht mir, Mrs Green", sagte er, ohne Kaitlin aus den Augen zu lassen. „Danken Sie Kaitlin. Sie weiß immer, wie sie bekommt, was sie will."

„Ich wollte nur wissen, wie ich Sie entschädigen kann", begann Netty.

„Bitte machen Sie sich darüber keine Gedanken. Kaitlin bezahlt gut. Sehr gut sogar."

Er fürchtete fast, dass Kaitlin ihr Gebiss ruinierte, so fest biss sie die Zähne zusammen, aber sie lächelte immer noch. „Er ist ein Dummkopf, der für minimalen Lohn alles tut, Netty. Aber es freut mich, dass Sie so zufrieden sind." Sie wandte sich Brendan zu. „Vielen Dank, dass du so hart gearbeitet hast. Übrigens, ich glaube, du brauchst frisches Make-up. Deine Nase glänzt."

„Meine Nase glänzt? Oh nein!", erwiderte Brendan mit gespielter Besorgnis.

„Das ist das Licht", sagte sie überaus freundlich. „Wir schwitzen alle ein bisschen."

Erneut fuhr sie sich mit der Zunge über die Lippen. Sie ist genauso erschüttert wie ich, stellte Brendan fest. Wenn nur nicht so viele Leute um uns herum wären.

„Ich finde es großartig, dass Sie trotz Ihrer Trennung noch so gute Freunde geblieben sind", sagte Netty. Sie rang die Hände, und ihre Augen glänzten.

„Oh ja, so gute Freunde", sagte Kaitlin leise. „Entschuldigen Sie mich, Netty. Ich muss kurz nach oben und einiges überprüfen."

Sie muss aus meiner Nähe, dachte Brendan, und wir wissen beide, dass es so ist. Vielleich war es gut so. Er schien im Moment nicht besonders viel Kontrolle über seine eigenen Reaktionen zu haben.

Wir haben niemals über alles geredet, sagte er sich, und jetzt frage ich mich, ob Kaitlin überhaupt wüsste, was unsere Probleme waren, wenn ich anfangen würde, darüber zu reden.

Nun, Kaitlin war weg, und er gab sich einen Ruck. „Ich nehme an, die Leute brauchen ein paar Minuten, um ihre Ausrüstung hochzubringen, richtig?", fragte er Netty.

Sie nickte und nahm lächelnd den Arm, den er ihr bot.

„Darf ich Sie zu einem Drink einladen, Mrs Green?"

„Lassen Sie mich bezahlen."

„Nein, danke. Ich bin im Grunde meines Herzens altmodisch. Was darf ich Ihnen bestellen?"

Netty entschied sich für einen Weißwein, und Brendan setzte sich mit ihr an die Bar. Brendan hörte ihr nur unkonzentriert zu, während sie über die Seashell-Produkte redete. Er erwartete die Aufnahmen, die kommen würden, und er fürchtete sie.

Brendan war heute hierhergekommen, um mit Kaitlin zu besprechen, wie sie eine besondere Party für Barbara und Joe arrangieren könnten. Stattdessen steckte er in einem Smoking und trank Whisky, in der Hoffnung, dass er seine Fingerspitzen betäuben würde.

Er hatte Kaitlin fast vier Jahre nicht gesehen, aber es machte nichts, nicht das kleinste bisschen. Es war so, als wäre es erst gestern gewesen. Vielleicht lag es daran, dass er zu viel von ihr gesehen hatte, als sie sich getroffen hatten.

Brendan trank sein Glas aus. „Man hat mir gesagt, ich würde mehr Make-up brauchen. Ich gehe wohl besser hinauf."

„Ja, natürlich", stimmte Netty zu.

Sie nahmen den Aufzug. Vor der Suite stand Lenny, der mit seinem Kameramann redete. Er wandte sich um, als er Brendan kommen hörte.

„Kaitlin wird uns zustimmen, Jerry. Brendan", sagte er dann und lächelte bedauernd. „Sie müssen Ihre Nase pudern."

„Habe ich schon gehört", sagte Brendan mit gequälter Miene. Er entschuldigte sich und ging in die Suite. Die Frau, die die Make-ups machte, arbeitete in einem der Schlafzimmer, und er zögerte. Er wusste, dass Kaitlin ebenfalls dort war.

Dann öffnete sich die Tür, und sie kam heraus. Für einen Moment waren sie allein. Wirklich allein.

Kaitlin schaute ihn scharf an, und ihr Lächeln war alles andere als süß. „Vielen Dank, O'Herlihy. Du hast es geschafft, dass ich mir da draußen ziemlich billig vorgekommen bin."

Brendan unterdrückte die Gefühle, die sich während des langen Tages in ihm aufgestaut hatten. „Tut mir leid, O'Herlihy. Aber andererseits, wem der Schuh passt …"

„Der Schuh wird dir gleich an den Kopf fliegen, Brendan. Ich sollte dir gar nichts bezahlen! Und ich sollte selber aus den Hochzeiten aussteigen. Und wage es nie wieder, mich so O'Herlihy zu nennen. Und ...!"

Er machte einen schnellen Schritt vorwärts und legte ihr die Hand über den Mund, bevor sie weiterreden konnte. Sie schoss ihm einen wütenden Blick zu.

„Kaitlin darf ich dich daran erinnern, dass du beschlossen hast, den Namen zu behalten? Wegen deines Geschäfts, wie du sagtest. Und dann wolltest du eine Annullierung von mir, nachdem du all diese Jahre meinen Namen getragen hast. Wenn ich dich bei ihm nennen will, werde ich es auch tun. Und lass mich dich auch noch an etwas anderes erinnern. Du warst letztes Mal bereit, verdammt viel dafür zu bezahlen, deinen Willen durchzusetzen."

Kaitlin versuchte, ihn zu beißen, aber er nahm seine Hand rasch weg und presste Kaitlin an sich. „Verdammt, Kaitlin!"

„Brendan, hör auf! Lass mich los. Da draußen sind Leute. Und wir müssen die Aufnahme fertigmachen."

„Oh, großartig. Du hättest mich fast gebissen, aber wenn ich zurückschlage, schreist du nach Anstand. Du kämpfst nicht fair, Lady, also kannst du auch keine Fairness von mir erwarten."

„Ich wusste nicht, dass wir kämpfen", gab sie erbost zurück. „Ich bin hereingekommen, und du hast mich angegriffen."

„Und du hast mich den ganzen Abend nicht angegriffen?"

Den ganzen Abend. Kaitlin hatte den ganzen Abend in seinen Armen gelegen. Und sie war auch jetzt in seinen Armen. Seine Anspannung wuchs, und von Minute zu Minute wurde ihm heißer. Es wurde immer schlimmer hier, und es wurde auch schlimmer, allein zu sein.

Langsam schüttelte Brendan den Kopf und ließ sie los. „Lass uns gehen und deinen Werbefilm zu Ende bringen." Kaitlin wurde sehr ruhig und wandte sich dann von ihm ab. Als er ihr gerade folgen wollte, drehte sie sich zu ihm herum. „Geh und puder dir die Nase!", stieß sie hervor.

Brendan blieb stehen und schaute sie an, als sie fortfuhr: „Wenn ich schon so gut bezahle, will ich wenigstens den Gegenwert für mein Geld."

Er hob die Augenbrauen. „Oh Darling, du hast bereits den

Gegenwert bekommen“, versicherte er ihr. Dennoch ging er ins Schlafzimmer, um sein Make-up erneuern zu lassen, und schlug laut die Tür hinter sich zu. Als er wieder herauskam, warf er die Tür erneut heftig ins Schloss. Im nächsten Moment tat es ihm leid. Janis hatte offensichtlich auf ihn gewartet und fuhr beim Knallen der Tür erschrocken hoch.

„Mr O'Herlihy, sie sind fertig für sie. Das heißt, wenn Sie fertig sind.“

„Nennen Sie mich Brendan. Und ich bin fertig, danke.“

Janis lächelte nervös und starrte ihn immer noch an, als er die Tür der Suite für sie öffnete. Sie errötete. „Wie konnte sie sich nur von Ihnen scheiden lassen?“, flüsterte sie.

„Das habe ich mich auch schon gefragt“, sagte er und lächelte. „Kommen Sie, es ist fast vorbei.“

Fast, aber nicht ganz. Lenny erklärte ihm die Szene. „Es ist spät, und Sie hatten einen langen Tag voller Sonne und Spaß. Und der Abend wird noch schöner, weil Sie den ganzen Tag in Sonnenschutzlotion gebadet haben. Keinen Sonnenbrand, keine Haut, die es nicht ertragen kann, angefasst zu werden. Sie tragen sie jetzt davon in eine Nacht voller Ekstase. Mehr brauchen Sie sich nicht zu merken. Haben Sie es verstanden?“

„Oh ja, das habe ich verstanden“, antwortete Brendan trocken.

Kaitlin stand da. Er machte einen Schritt auf sie zu und hob sie von den Füßen. Sie stieß die Luft aus, als er sie wie einen Sack Kartoffeln hielt. „Okay, Lenny, wo soll ich sein, wenn ich damit beginne, mich auf all die Ekstase zu freuen?“

„Genau da. Sehen Sie ihr in die Augen, und kommen Sie auf mich zu.“

Brendan ging auf das Ende des Flurs zu, Kaitlin auf den Armen. „Ekstase, Kaitlin“, sagte er sarkastisch. „Erinnere dich, wir erwarten Ekstase.“

„Ja, weil die Nacht wirklich fast vorbei ist“, gab sie zurück.

„Nicht sprechen, ihr zwei!“, rief Lenny. „Nur eure Augen sprechen, nur die Augen. Okay, Action!“

Brendan begann seinen Weg durch den Flur. Augen! Oh ja.

Kaitlins Augen hatten das schönste Blau, das er in seinem Leben gesehen hatte. Die Augen ... Er konnte ihre Fingerspitzen in seinem Nacken spüren. Der wundervolle Rock ließ ihre Knie frei, und ihre eleganten Strümpfe scheuerten gegen seine Hüfte. Er konnte die verzehrende Hitze ihres Körpers genauso fühlen wie das heftige Pochen seines Herzens.

„Schnitt! Tut mir leid, wir müssen es noch einmal machen. Da ist eine Schnur im Bild." Er befahl den Technikern, sie wegzuräumen.

Kaitlin schloss die Augen. „Oh nein! Ich dachte, wir hätten es geschafft."

„He, ich bin derjenige, der die ganze Arbeit macht", erinnerte Brendan sie kurz angebunden. „Und du bist nicht gerade ein Federgewicht."

Sie trat nach ihm, aber er hielt sie nur noch enger an sich gepresst. „Pass auf, Mrs O'Herlihy. Ich lasse dich auf den Boden fallen."

„Das würdest du nicht wagen", sagte sie scharf.

„Ich riskiere alles, und das weißt du auch", erinnerte er sie. Anscheinend musste sie ihm geglaubt haben, denn sie schlang die Arme um seinen Nacken. Brendan lächelte.

„Fertig?", fragte Lenny.

Wieder schaute Brendan Kaitlin in die Augen. „Ja." Brendan ging mit Kaitlin zu der Tür der Suite und öffnete sie mit dem Fuß, bevor er hineinging und die Tür hinter sich schloss. „Perfekt!", rief Lenny. „Absolut perfekt!"

Sie waren allein im Zimmer. Kaitlin war immer noch auf seinen Armen, und sie schauten sich immer noch an.

Langsam, ganz langsam, ließ er sie auf die Füße herab. Ihr Körper rutschte an seinem herunter. Es war die reinste Qual. Dann stand sie allein, und Brendan wusste, dass er gehen musste.

„Zum Dinner also nächsten Mittwoch. Ich hole dich um acht Uhr ab. Sei dann auch fertig."

Sie nickte.

„Ich schicke den Smoking an dein Büro", sagte er grob. Sie nickte erneut.

Fast blindlings fuhr er herum. Da fühlte er ihre Hand auf seiner Schulter, und er wandte sich um. „Was?"

„Wenn ich so gut darin bin, zu bekommen, was ich will", sagte sie leise und wehmütig, „woran liegt es dann, dass niemals etwas richtig für uns gelaufen ist?"

Brendan konnte ihr nicht antworten. Er war sich noch nicht einmal sicher, dass sie diese leise schmerzerfüllte Frage wirklich gestellt hatte.

„Du wirst mich nicht versetzen?", fragte er.

„Nein."

Er wandte sich um und öffnete die Tür. Dann ging er schnell den Flur entlang und schenkte Lennys Rufen keine Beachtung. Er achtete auf gar nichts.

Der Tag war vorüber, und er musste von hier weg.

5. KAPITEL

Freitagmorgen kam Kaitlin in das Büro und traf dort Danny, Samantha und Janis, die sich eine vorläufige Fassung des Werbespots im Konferenzzimmer ansahen.

Sie blieb im Hintergrund stehen und sah zu, wie dieser Tag erneut vor ihr ablief. Am liebsten hätte sie geschrien. Es war zu schmerzlich, es sich noch einmal anzusehen.

Sie wünschte sich, dass Brendan wirklich da wäre, damit sie zu der Leinwand gehen und ihm direkt ins Gesicht schlagen könnte. Seitdem er wieder in ihr Leben getreten war, hatten die Gedanken an ihn sie gequält.

Sie hatte einen Abend bei ihrer Großmutter verbracht und nach einem Kleid gesucht. Schließlich hatte Großmutter ein wundervolles Modell aus taubengrauer Seide und Spitze gefunden. Aber Kaitlin hatte es einfach nicht geschafft, so begeistert zu sein, wie sie eigentlich hätte sein sollen.

Ihre Gedanken waren woanders gewesen. Und dann waren da noch ihre Träume. Verfluchte Träume. Sie waren so realistisch gewesen, dass sie schweißgebadet aufgewacht war.

Kaitlin hatte immer alles, was sie getan hatte, mit ganzem Herzen getan. Solange sie mit Brendan zusammen gewesen war, war das Leben ein einziges Fest gewesen. Und seit sie sich getrennt hatten …

Seitdem hatte sie keine einzige echte Beziehung mehr gehabt, sondern sich stattdessen in ihre Arbeit gestürzt. Sie hatte sich zwar verabredet, aber sie hatte niemals jemanden an sich herankommen lassen. Nun wünschte sie, sie hätte es getan. Sie wünschte, sie hätte alle Arten von Erfahrungen gesammelt. Dann hätte sie jetzt sicherlich besser mit ihren Gefühlen für Brendan umgehen können.

Stattdessen war alles, was sie tat, von ihm zu träumen.

Manchmal waren die Träume wundervoll. Sie glaubte, das Lachen und die Seufzer immer noch zu hören.

Aber dann wieder waren sie schmerzhaft. Sehr schmerzhaft, und Brendan schien in ihnen ihr verzweifeltes Rufen nicht zu hören. Egal, wie laut sie auch rief, er schaute nicht hoch. Und wenn doch, schaute er einfach durch sie hindurch.

Dann wieder war sie allein und rief nach ihm, so laut sie nur konnte. Aber er kam nicht …

Das Licht flammte auf und holte Kaitlin wieder in die Wirklichkeit zurück. Die sechzig Sekunden waren um, und die Stimme des Erzählers war verstummt. Und alle im Raum schauten sie an.

Danny grinste über das ganze Gesicht. „Wow, Chefin! Ich habe in meinem ganzen Leben noch nie etwas so Heißes gesehen."

„Meine Finger kribbeln immer noch!" Samantha lachte.

„Schon gut, schon gut!", meinte Kaitlin aufstöhnend. „Nicht noch mehr."

„Mir ist überall der Schweiß ausgebrochen!", stellte Danny fest.

„Gut! Du wirst nämlich auf dem Weg ins Arbeitslosenbüro reichlich ins Schwitzen kommen", versicherte Kaitlin ihm. Sie wandte sich um und verließ das Zimmer, eilte in ihr Büro und schlug die Tür hinter sich zu. Es war ein großartiger Werbespot. Warum also war sie nicht im siebten Himmel?

„Verdammt sollst du sein, Brendan O'Herlihy!", stieß sie aus. Dann bemerkte sie, dass ihre Privatleitung summte. Sie nahm den Hörer ab. „Ja bitte, Samantha?"

„Ein privater Anruf", sagte Samantha rasch und legte auf.

„Hallo?", sagte Kaitlin. Vermutlich war es Großmutter, oder vielleicht Barbara.

„Hallo. Ich will nur überprüfen, ob es bei Mittwoch bleibt."

Es war Brendan. Kaitlin hielt den Atem an und zählte langsam. Dann erst antwortete sie. „Ich drücke mich nie vor dem Bezahlen", sagte sie.

„Daran erinnere ich mich. Wir sehen uns dann." Damit war er wieder weg.

Kaitlin legte auf. Warum habe ich den Namen O'Herlihy behalten? fragte sie sich. Brendan war schon so lange verschwunden. Sie hatten ihn in den Mittleren Osten geschickt. Sogar nachdem sie begriffen hatte, dass er nicht zurückkommen würde, um mit ihr zu leben, hatte sie es zuerst nicht fertiggebracht, die Scheidungspapiere auszufüllen. Sie hatte lange Nächte wach und einsam verbracht und erst langsam erkannt, dass er die standesamtliche Trauung, die sie zu Mann und Frau gemacht hatte, niemals akzeptiert hatte.

Und als er dann endlich zurückgekommen war, war er beides gewesen, distanziert und hungrig. So hungrig auf sie, wie sie ihn niemals gekannt hatte. Der Dienst bei der Marine hatte ihn verändert. Er schien sie zu brauchen, aber er hatte nie darüber geredet. Und er war auch nicht fähig gewesen, zuzuhören. Und dann war er erneut gegangen.

Alles, was ihr geblieben war, waren das College und ihr Teilzeitjob in einer Werbeagentur. Und mit einundzwanzig hatte sie als Kaitlin O'Herlihy bereits einen guten Ruf in ihrem Job erlangt, und sie hatte den Namen aus beruflichen Gründen beibehalten.

Wirklich? fragte sie sich. Hatte sie den Namen nicht vielleicht deshalb behalten, weil sie darum gebetet hatte, dass Brendan es nicht zulassen würde, dass sie ihn aufgab und damit auch ihn, Brendan selbst?

Sie seufzte und sprang auf die Füße. Sie hatte einen großartigen Werbespot gemacht und war dafür durch die Hölle gegangen. Sie hatte eine Pause verdient.

Kaitlin verließ das Büro, nachdem sie Janis die Leitung übertragen hatte, und verbrachte den Nachmittag damit, ziellos einzukaufen. Ihr fiel gerade noch rechtzeitig ein, dass Großmutter heute Mr Rosen zum Dinner mitbringen würde und dass Barbara und Joe ebenfalls kommen würden.

Und sie hatte nichts für das Essen im Haus. Auch nicht die Steaks, die sie ihrer Großmutter versprochen hatte. Sie kaufte sie, dazu Idaho-Kartoffeln und die Zutaten für einen Caesar-Salat, und beeilte sich, nach Hause zu kommen. Sie räumte rasch auf und begann dann eilig, die Kartoffeln und den Salat zuzubereiten. Die ganze Zeit über ließ sie die Uhr nicht aus den Augen.

Als es klingelte, trank sie rasch einen Schluck Wein und ging öffnen.

Es waren Barbara und Joe. Kaitlin bat sie herein, begrüßte ihre Cousine mit einer herzlichen Umarmung und drückte Joe ebenfalls fest. Sie schienen beide eine besondere Ausstrahlung zu haben. Barbara sah ohnehin mit ihren kupferfarbenen Locken und den grünen Augen wunderschön aus. Und Joe war groß und schlank, hatte braunes Haar, haselnussbraune Augen und war sehr attraktiv. Aber heute Abend sahen beide besonders hinreißend aus.

Das sagte Kaitlin ihnen auch.

Barbara wedelte mit der Hand vor Kaitlins Nase hin und her. „Das sind nicht wir, das ist der Diamant. Oh Kaitlin, ist er nicht wundervoll?"

Es war ein prachtvoller Stein. Er hatte die Form einer Birne und funkelte im Licht in allen möglichen Farben.

„Großartig", stimmte Kaitlin zu. „Aber die Ausstrahlung kommt von euch beiden. Joe, ich habe Champagner gekauft. Machst du ihn auf? Großmutter verspätet sich nie und müsste jeden Moment kommen."

„Ich würde gern den Champagner aufmachen", versicherte Joe ihr. Er und Barbara folgten Kaitlin in die Küche. „Kaitlin", sagte er leise, „hat Brendan dich getroffen?"

Kaitlin schaffte es, weiterzulächeln. „Ja, das hat er."

Joe atmete erleichtert aus. „Dann ist also alles okay für dich?"

„Natürlich", sagte sie. „Hier ist die Champagnerflasche." Sie hörte es erneut an der Tür klingeln. „Und da ist auch schon Großmutter. Ich wette, sie strahlt ebenfalls. Langsam fange ich an, mich wie das fünfte Rad am Wagen zu fühlen, weil ich die Einzige bin, die nicht strahlt." Sie lächelte und wollte zur Tür gehen. Doch sie blieb stehen, als sie sah, dass Joe und Barbara sich nervös anschauten.

„Was ist los?", wollte sie wissen.

Barbara schüttelte den Kopf. Das Klingeln wurde hartnäckiger.

„Barbara, nun sag schon, was los ist!"

„Ich mache auf", sagte Barbara.

„Nein, es ist mein Haus. Ich gehe", entschied Kaitlin.

Es war ihre Großmutter. Und sie war in Begleitung eines großen gut aussehenden älteren Mannes mit vollem weißem Haar und lebhaften blauen Augen, die gut zu Lizzies passten. Und er lächelte erfreut. Kaitlin begrüßte ihn herzlich und bat beide hinein.

„Kaitlin, das ist Allen Rosen. Allen, meine Enkelin Kaitlin O'Herlihy."

„Allen!" Kaitlin ergriff seine Hand. Sie mochte ihn auf Anhieb. Er hatte einen festen Händedruck und ein angenehmes Lächeln. Und er hatte es geschafft, dass ihre Großmutter strahlte.

„Barbara und Joe sind schon hier in der Küche. Joe öffnet gerade eine Flasche Champagner."

„Nur Barbara und Joe?", fragte Lizzie. Sie hatten den Flur mit seiner hohen Decke schon fast passiert und standen vor der Küche, als Kaitlins Großmutter ihre Frage gestellt hatte. Kaitlin blieb stehen und schaute Lizzie fragend an. „Wer kommt denn sonst noch?"

Joe tauchte hinter ihr auf. Er war sichtlich verlegen. „Ich habe gerade versucht, es dir zu erzählen, Kaitlin. Deine Großmutter ist Brendan heute Nachmittag bei uns in die Arme gelaufen."

Kaitlin wandte sich um und schaute ihn an. Er schnitt eine Grimasse und flüsterte: „Nun, wenigstens wirst du jetzt nicht das fünfte Rad am Wagen sein." Aber sie lächelte nicht. „Kaitlin, ich habe ihn nicht eingeladen", verteidigte er sich.

In diesem Moment klingelte es wieder, und Allen Rosen schaute sie mit einem Blick an, der sie fragte, ob er die Tür öffnen sollte.

Nein! dachte Kaitlin, Großmutter würde mir das nicht antun! Sie eilte zur Tür und riss sie förmlich auf.

Großmutter hatte es getan!

Brendan stand draußen. Er trug ein rotes Polohemd und enge Jeans. Und diese Sonnenbrille mit den dunklen Gläsern, die seine Augen und seine Gedanken verbarg.

„Nein!", flüsterte Kaitlin.

Plötzlich stand Barbara neben ihr und stieß ein nervöses Lachen aus. „Rate mal, wer noch zum Essen kommt? Brendan, hallo, komm rein."

„Brendan!" Ihre Großmutter trat heran. „Vielen Dank, dass du gekommen bist. Ich bin sehr froh, dass du es geschafft hast." Sie fiel in ihren irischen Dialekt, als sie sich an Kaitlin wandte. „Er hat mir gesagt, dass er nicht kommen könnte, und ich musste ihm ziemlich zusetzen, wirklich. Aber ich habe ihm versichert, dass du sehr erfreut sein würdest, Kaitlin."

„Ich freue mich königlich", brachte Kaitlin heraus.

Lizzie lächelte erfreut. „Komm, Allen, lass uns den Champagner probieren!" Sie verschwand mit ihm durch die Schwingtüren in die Küche, und Barbara war ihnen dicht auf den Fersen.

Wieder war Kaitlin allein mit Brendan. „Ich habe erwartet, dich Mittwoch zu sehen", sagte sie.

Er nahm die Brille ab und lehnte sich gegen den Türrahmen. „Das ist auch richtig. Ich bin heute Abend nur gekommen, weil ich offensichtlich deiner Großmutter nicht widerstehen konnte."

„Dieser Abend wird die reine Hölle!", stellte Kaitlin mit einem Stöhnen fest und trat zur Seite.

Er lächelte und folgte ihr lässig ins Innere des Hauses. „Oh, das glaube ich nicht. Ich hatte nie Schwierigkeiten mit deiner Kochkunst. Joe hat mir erzählt, es gibt Steaks? Klingt nach einem guten Essen." Er ging auf die Küche zu und blieb an der Schwingtür stehen. „Kommst du, Mrs O'Herlihy?"

Sie schloss die Außentür und lehnte sich dagegen. Er wartete, und sie stieß einen lauten Seufzer aus. „Ja, ich komme."

„Ich wusste, dass du dich meiner Meinung anschließen würdest."

Kaitlin ging so souverän, wie sie nur konnte, an ihm vorbei. Kurz vor der Küche blieb sie stehen. „Deine Meinung, Mr O'Herlihy? Das ist mein Haus und meine Party!", erklärte sie ihm erhitzt, und trat dann entschlossen durch die Tür.

Sie schaffte es, Joe gelassen anzusehen. „Ist die Champagnerflasche offen?"

„Ja. Möchtest du ein Glas?"

Sie schaute kurz zu Brendan hinüber. „Ich will eine ganze Flasche", sagte sie freundlich und nahm das Glas, das Joe ihr eingeschenkt hatte. Sie leerte es mit einem Zug. Sie musste sich auf eine weitere lange Nacht einstellen.

Als jeder ein Glas Champagner hatte, herrschte einen Moment lang eine aufgeregte Stimmung in der Küche. Brendan machte sich mit Allen bekannt, Joe begrüßte Brendan, und Barbara küsste ihn wie einen lange verschollenen Verwandten. Dann begann der Lärm sich langsam zu legen, und Barbara erklärte Kaitlin, dass der Tisch wundervoll aussah, und dass sie noch ein Gedeck für Brendan auflegen würde.

Kaitlin trank bereits ihr zweites Glas Champagner, dann ein drittes. Danach scheuchte sie Großmutter und Allen aus der Küche, um das Essen fertigzumachen. Joe, der sich in ihrem Haus so benahm, als wäre es sein eigenes, bot sich an, mit den anderen schon ins Wohnzimmer zu gehen.

Als Kaitlin sich umdrehte, stellte sie fest, dass sie alle losgeworden war, bis auf ihren unerwarteten Gast. Brendan stand am Kühlschrank und holte den Salat heraus. Am liebsten hätte sie ihn zum Teufel geschickt, doch stattdessen schenkte sie sich noch ein weiteres Glas Champagner ein und beobachtete ihn.

„Ist dieses Zeug nicht mehr gefährlich für dich?", fragte er höflich und wies auf das Glas in ihrer Hand.

„Ich bin älter geworden", sagte sie gleichgültig. Brendan nahm diese Bemerkung kommentarlos hin. Er stellte den Salat auf die Anrichte, neben die Zutaten für das Dressing und die Anchovis, die erst ganz zum Schluss hinzukamen.

Kaitlin schob sich an ihm vorbei und wünschte sich, dass ihre Küche etwas größer wäre. „Willst du nicht lieber zu den anderen Gästen hinausgehen? Zu den eingeladenen Gästen?"

Er lehnte sich gegen die Anrichte und lächelte. „Ich dachte, ich sollte vielleicht behilflich sein."

„Wenn du mir wirklich hättest helfen wollen", sagte sie impulsiv, „hättest du die Einladung abgelehnt."

„Wie hätte ich deiner Großmutter etwas abschlagen können?"

„Nun, man braucht sicherlich Stärke dazu, aber ich bin sicher, du hättest es geschafft."

Er trat hinter sie, griff in den Kühlschrank und bediente sich selbst. Er nahm ein Bier heraus und öffnete es, während Kaitlin ihn anschaute. „Ich vertrage nicht so viel Champagner, ganz gleich wie groß die Feierlichkeit ist", erklärte er lächelnd.

Kaitlin nahm die Steaks aus der Marinade und legte sie in die Bratpfanne. Dann stellte sie sie in den Ofen. Als sie sich wieder umdrehte, war Brendan dabei, den Salat fertigzumachen. Sie ließ ihn gewähren und verließ den Raum mit dem Brot und der Butter. Brendan folgte ihr mit dem Salat, und sie ging zurück, um die Steaks umzudrehen. Als sie sie aus dem Ofen herausnehmen konnte, war der Tisch bereits fertig gedeckt. Brendan nahm ihr das Tablett aus der Hand, um es hinauszutragen.

„Du hast ernstlich von mir verlangt, Steaks auszuschlagen?", fragte er leise. „Das muss ich dir lassen, du konntest immer schon großartige Steaks zubereiten."

„Und ich muss zugeben", erwiderte sie freundlich, „dass du immer schon gut darin warst, in der Küche zu helfen." Und das stimmte sogar.

„War das ein Kompliment?"

Sie zuckte mit den Schultern und lächelte dann. „Nein, das waren vermutlich vier Gläser Champagner." Sie ging hinaus, und er folgte ihr mit dem Tablett. Kaitlin rief die anderen, die sofort an den Tisch kamen.

Zehn Minuten später spürte Kaitlin erfreut, dass die Wirkung des Champagners einsetzte. Sie fühlte sich entspannt, etwas, was sie nicht für möglich gehalten hätte. Nicht mit Brendan neben ihr am Tisch.

Und sie bemerkte, dass er und Joe und Barbara sehr vertraut miteinander umgingen. So vertraut, wie sie selbst mit ihnen war. Ihr wurde klar, dass sie Brendan oft gesehen haben mussten und offenbar sehr darauf bedacht gewesen waren, es ihr gegenüber nicht zu erwähnen.

Und was ihre Großmutter betraf, Lizzie war schon immer in Brendan vernarrt gewesen. Sogar Allen Rosen schien ihn auf Anhieb zu mögen. Brendan konnte Menschen für sich gewinnen. Vermutlich ist es sein irischer Charme und sein weicher New-England-Akzent, dachte Kaitlin. Jedenfalls schien Allen Rosen sich leidenschaftlich für Boote zu interessieren, und kaum jemand kannte die östlichen Gewässer besser als Brendan.

Er erzählte Allen gerade von seiner letzten Unternehmung – der Suche nach einem spanischen Kriegsschiff, das vom Kurs abgekommen und wahrscheinlich Ende des fünfzehnten Jahrhunderts in der Nähe der nördlichen Keys vor Miami gesunken war. Als Allen mit sehnsüchtiger Stimme sagte, dass es sich wie die Verwirklichung eines Wunschtraums und nach einem großartigen Beruf anhöre, warf Brendan Kaitlin einen raschen Seitenblick zu.

„Manche betrachten das als eine moderne Art der Piraterie", erwiderte er höflich.

Sie lächelte ihn an. „Das tun einige."

Sie hatte guten Champagner gekauft. Und der Sektkühler stand direkt neben ihr. Es war einfach, mehr zu nehmen. Und es war nett. Sie fühlte sich nicht im Geringsten betrunken. Sie war angenehm angesäuselt und zufrieden. So war sie jedem Sturm gewachsen. Und auch ihrem Exmann.

„Aber nun erzähl uns mehr von deiner Hochzeit", forderte Brendan Lizzie auf und bezog so die anderen geschickt in das Gespräch mit ein.

Sie errötete. „Nun, Kaitlin und ich haben vor ein paar Tagen mein Kleid gekauft."

„Es ist hübsch, wirklich wunderschön", meinte Kaitlin lächelnd zu Allen.

„Und schlicht. So wie unsere Trauung werden wird. Nur unsere Angehörigen werden kommen und ein paar gute Freunde." Großmutter und Allen lächelten einander an, und Kaitlin fühlte, wie ein warmes Gefühl sie durchströmte.

„Das hört sich nach einem ziemlich heißen Tanz an", meinte Joe liebevoll spöttelnd.

„Eine Ehe ist immer ein wilder Tanz", sagte Allen und schaute Lizzie dabei an. „Aber was die Hochzeit betrifft …"

„Ich habe meine große Trauung gehabt", unterbrach sie ihn leise. „Als ich Großvater geheiratet habe. Wir hatten nichts, damals in Dublin, wirklich nichts. Aber dennoch war es eine großartige Hochzeit, so eine wie Barbara und Joe haben werden. Und das ist auch gut so. Aber für uns zählt die Ehe, Allen, nicht wahr?"

„Deine Hochzeit wird auch wunderschön werden, Großmutter", versicherte Barbara ihr.

Brendan griff nach dem Rotwein und füllte ein wenig in sein Glas. „Ich stimme Lizzie zu", sagte er. „Es ist nicht die Hochzeit, sondern die Ehe, auf die es ankommt."

Er schaute Kaitlin an, die ihn am liebsten geschlagen hätte. Sie hatte ebenfalls eine große Hochzeit gewollt. Aber sie hatte ihn geliebt. Sie hatte ihn wirklich von ganzem Herzen geliebt. Und als sie damals in dem ganzen Chaos geheiratet hatten, hatte sie gehofft, dass es ewig währen würde. Brendan war derjenige gewesen, der sie nicht gewollt hatte. Sie wandte sich kalt von ihm ab.

„Nun, ein Toast auf Großmutter und Allen. Auf dass ihr lange und glücklich zusammenlebt! Allen, wir sind froh, dass du bei uns bist."

Alle hoben ihre Gläser und toasteten den beiden gebührend zu. Dann erzählte Joe, welche Schwierigkeiten er gehabt hatte, den Termin für die kirchliche Hochzeit zu bekommen, den er hatte haben wollen. Barbara sah ihn lächend an. Kaitlin war immer noch beeindruckt davon, dass er die Absprachen mit der Kirche gemacht hatte.

„Wir müssen unbedingt nach einem Kleid suchen", erinnerte Kaitlin ihre Cousine.

„Ja! Wie wäre es in dieser Woche?"

„Gern."

„Mittwochabend?"

„Das passt mir gut …", begann Kaitlin, doch dann fühlte sie, dass Brendan sie beobachtete. Wie hatte sie es nur vergessen können? „Mittwoch ist ein schlechter Tag für mich", sagte sie zuckersüß. „Dienstag?"

„Dann lieber Donnerstag."

„Gut. Ich muss mir ohnehin etwas für Großmutter und Allens Hochzeit kaufen, dann können wir gleich beides auf einmal erledigen."

„Das hört sich gut an", sagte Barbara. „Ich werde wohl ziemlich suchen müssen. Ich brauche eins, das schon fertig ist."

„Warum bestellst du dir nicht einfach eins?", fragte Joe sie.

Barbara schaute Kaitlin an und schüttelte dann ungeduldig den Kopf. „Es kann ein volles Jahr dauern, bis ein bestelltes Kleid geliefert wird. Gewöhnlich dauert es aber mindestens drei bis vier Monate. Und ich will mir keine Sorgen machen müssen. Ich weiß, dass es irgendwo schon etwas wirklich Schönes geben wird, und ich kann es genauso gut ändern lassen. Richtig, Kaitlin?"

Kaitlin nickte. Barbara schenkte sich mehr Wein ein. „Natürlich muss man vorsichtig sein. Donna hat mir erzählt, dass es in Massachusetts eine Bande gibt, die sich auf den Diebstahl von Brautkleidern spezialisiert hat. Sie stehlen sie und verkaufen sie im Süden und Westen. Anscheinend gibt es genug Frauen, die nicht so lange auf die Anfertigung eines Kleides warten wollen."

„Nun, wenn wir ein Kleid kaufen und es ändern lassen", sagte Kaitlin, „dann brauchen wir uns darüber keine Sorgen zu machen. Wir werden eins finden, und wenn es die ganze Woche dauert. Dann geben wir es einer Schneiderin, die sofort die Änderungen machen soll."

Mittlerweile war auch Barbara fertig mit dem Essen, stand auf und nahm ihren Teller. Sie hauchte einen Kuss auf Lizzies Haar. „Es darf nicht die ganze Woche dauern", sagte sie mit einem leichten Lächeln. „Vergiss nicht, wir haben für Samstag schon Pläne."

„Samstag. Schon so bald", sagte Lizzie atemlos.

„Du bist doch nicht etwa nervös!", meinte Kaitlin.

„Ich hoffe jedenfalls, nicht zu nervös", fügte Allen hinzu.

Sie lachten alle und Kaitlin und Barbara räumten das Geschirr ab. Kaitlin bemerkte missmutig, dass sie ein bisschen schwankte, und hielt sich am Stuhl fest. Sie war sicher, dass niemand es bemerkt hatte, als sie Brendans Blick begegnete.

Er schaute sie an. Missbilligend, wie es ihr schien.

Nun, was und wie viel sie trank, ging ihn nichts an.

„Ich helfe beim Aufräumen", bot Großmutter an.

„Du wirst nichts dergleichen tun", widersprach Kaitlin ihr. „Du bleibst mit Allen sitzen, und wir bringen gleich Kaffee und Kuchen."

Sie trug vorsichtig den Stapel Teller in die Küche. Als sie sich umdrehte, erwartete sie Barbara hinter sich. Aber stattdessen stand Brendan da. Er stellte das Geschirr auf die Anrichte.

„Soll ich den Kuchen hinaustragen?"

„Das kann ich machen."

„Ich tue das gern für dich."

„Du denkst, dass ich …"

„… zu viel Champagner getrunken hast, ja. Aber es ist dein Haus und deine Party. Ich dachte nur, du möchtest vielleicht, dass jemand anders den Kuchen hinausträgt."

Kaitlin stellte die Kaffeemaschine an. „Dann nimm den Kuchen, wenn es dich glücklich macht."

Er ging damit hinaus, und Barbara erschien mit dem Rest des Geschirrs. Ihre Augen funkelten. „Na?", fragte sie gedehnt.

„Was ‚na'? Ach so, Mr Rosen! Ich finde ihn sehr charmant. Und er liebt Großmutter, was das Einzige ist, das zählt, nicht wahr?"

„Ich rede nicht von Allen! Natürlich ist er großartig. Joe und ich mochten ihn vom ersten Moment an. Aber wen sonst als einen tollen Mann hättest du bei Großmutter erwarten können?"

„Richtig", stimmte Kaitlin zu. Sie holte ihr bestes Kaffeegeschirr heraus. Dann hielt sie inne und schaute Barbara an. „Wovon hast du dann geredet?"

„Von dir und Brendan."

Kaitlin schaute auf die Tasse. „Brendan und ich? Wir sind erwachsen. Wir werden es schon schaffen."

„Ihr werdet es schaffen? Das ist alles?"

Kaitlin fuhr herum und sah ihre Cousine an. „Natürlich. Du wolltest mich als Brautjungfer, und das werde ich auch machen. Sogar wenn Brendan da sein wird. Joe und Brendan haben sich während der ganzen Jahre anscheinend öfter gesehen, als ich dachte. Vielleicht hätte ich es dennoch wissen sollen. Schließlich hat Joe ihn ja für mich ausfindig gemacht, als ich vor ein paar Jahren mit ihm reden wollte."

In ihrer Stimme musste eine Spur von Bitterkeit gelegen haben, denn Barbara seufzte, „Und er hatte nicht zugestimmt, dass die Ehe annulliert wurde. Tut mir leid, Kaitlin, wir dachten beide, dass du nur mit ihm reden müsstest ... nun, Joe hat seine Annullierung sehr einfach bekommen. Und ich wollte unbedingt kirchlich heiraten. Nicht dass es wirklich wichtig wäre. Verheiratet ist verheiratet, wie Allen sagt. Die Hochzeit geht so schnell vorbei. Aber du hast dein ganzes Leben eine Erinnerung daran. Kaitlin, ich habe so lange gewartet. Ich will eine große Hochzeit. Ich will eine Million Gäste, und ich will, dass es wundervoll wird!"

Kaitlin lachte und umarmte sie. „Joe will doch, dass du das alles haben sollst. Es hat zwar eine Weile gedauert, ihn dahin zu bringen, das gebe ich zu, aber nun scheint er es doch auch perfekt machen zu wollen."

Barbara nickte glücklich. „Ja, so wie du es ursprünglich geplant hattest, bevor Brendan und du diesen schrecklichen Streit wegen dieses Kerls hattet, den du getroffen hast." Sie hielt inne und stieß dann erschrocken die Luft aus. „Oh Kaitlin, entschuldige bitte, ich ..."

„Ich habe keinen anderen Mann getroffen", sagte Kaitlin verdrießlich. „Das habe ich dir doch schon gesagt ..."

„Ich weiß, ich weiß ja, es tut mir so leid! Aber das ist doch das, was Brendan gedacht hat, nicht wahr?"

„Das vermute ich auch. Barbara, es ist nicht mehr wichtig. Es ist alles Vergangenheit."

„Oh Kaitlin! Ich bin euch so dankbar! Es ist sehr wichtig für mich, dich zu haben, und ebenso für Joe, dass er Brendan hat.

Und ihr seid beide so wundervoll, dass ihr versucht, es schön für uns zu machen."

„Kein Problem", sagte Kaitlin und wandte sich ab. Der Kaffee war fertig.

„Ich nehme die Tassen", sagte Barbara. Als sie zur Tür ging, meinte sie: „Joe hat den Likör und Whisky herausgeholt. Hast du vielleicht Schlagsahne? Es ist eine großartige Nacht für Irish Coffee!"

„Das ist es sicher", stimmte Kaitlin zu. Sie öffnete den Kühlschrank und fand die Schlagsahne. Als sie sie wieder schloss und sich aufrichtete, stand Brendan vor ihr und musterte sie.

„Brauchst du Hilfe?", fragte er. Sein Blick war unergründlich und glitt über ihren ganzen Körper, bis er sich mit ihrem traf.

Sie lächelte zuckersüß und herausfordernd. „Gern. Nimm die Sahne, den Zucker und die Kaffeekanne."

Er tat es und schaute sie immer noch an, während sie mit der Schlagsahne hinter ihm herkam. Der Kuchen war großartig, und der Irish Coffee war genau das Richtige dazu. Kaitlin nahm zwei Gläser.

Großmutter redete von ihrem Hochzeitsempfang, und Barbara und Joe saßen mit verschränkten Händen am oberen Ende des Tischs, hörten zu und planten im Stillen ihre eigene Hochzeit. Kaitlin war überrascht und schuldbewusst, als sie erfuhr, dass ihre Eltern zu der Hochzeit kommen würden. Sie würden Freitagnachmittag am Flughafen eintreffen.

„Ich habe ihnen gesagt, dass du sie abholen würdest, Kaitlin. Deine Mutter wird die genaue Zeit irgendwann während der Woche noch mit dir abstimmen", sagte Lizzie.

„Natürlich", sagte Kaitlin leise. Erst Brendan und nun deine Eltern. Was willst du mehr? dachte sie sarkastisch. Oh, sie liebte ihre Eltern, aber sie war sich nicht sicher, ob sie mit ihnen und Brendan in einem Raum sein wollte. Und sie war sicher, dass ihre Großmutter Brendan bereits zu ihrer Hochzeit eingeladen hatte.

Es ist eigentlich nicht wichtig, entschied sie. Der Champagner umkreiste in ihrem Magen den Whisky vom Irish Coffee.

Vielleicht war es auch umgekehrt. Es würde schon alles in Ordnung gehen. Sogar, dass Brendan hier an ihrem Esszimmertisch saß und sie immer noch anschaute. Er hatte wirklich dieses wundervolle irische Aussehen mit seinen schwarzen Haaren und den schönen grünen Augen, die mit goldenen Sprenkeln durchsetzt waren. Sie fragte sich, ob das Leben nicht sehr viel einfacher wäre, wenn sie ihm damals nicht so sehr verfallen wäre. Es schien ihr immer noch unvorstellbar zu sein, dass er hier im Esszimmer war und dass sie so leicht lächeln konnte, während er ihr gegenübersaß.

Dann bemerkte Kaitlin, dass Barbara das meiste Geschirr schon abgewaschen hatte und Joe hinter ihr stand, um ihr zu sagen, dass sie gehen wollten.

Großmutter und Mr Rosen waren ebenso wie Brendan aufgestanden, und auch Kaitlin stand auf. Sie war sich nicht sicher, ob sie schwankte oder ob sie es sich nur einbildete. Wenigstens wusste sie, dass sie logisch und zusammenhängend redete.

Aber als sie ihre Lippen berührte, musste sie schon sehr fest drücken, um etwas zu spüren. Sie achtete nicht darauf, lächelte und küsste Großmutter und Barbara und Joe zum Abschied und schüttelte Allen Rosens Hand. Dann waren sie alle verschwunden, und sie drehte sich um. In diesem Moment bemerkte sie, dass Brendan noch im Haus war.

Kaitlin sagte kein Wort. Sie lehnte sich nur gegen die Tür und beobachtete ihn.

„Soll ich gehen?“, fragte er schließlich.

Sie lächelte. „Ich weiß nicht genau.“

„Hm.“ Seine Wimpern waren pechschwarz und umrahmten seine Augen. „Warum setzt du dich nicht ins Wohnzimmer? Ich räume das restliche Geschirr weg.“

„Ich habe einen Geschirrspülautomaten.“

„Ich weiß, ich habe ihn gesehen. Soll ich noch eine Kanne Kaffee machen?“

„Ich glaube, ich habe genug Kaffee getrunken.“

„Ich denke, du hast genug Irish Coffee getrunken. Du könntest etwas von dem anderen, starken und schwarzen gut gebrauchen."

Seine Hand lag auf ihrem Arm, während er sie ins Wohnzimmer zu der Couch führte. Sie setzte sich hin, und er zog ihr die Schuhe aus. Sie fühlte seine Finger auf dem Spann ihres Fußes und schaute Brendan in die Augen. Dann lächelte sie.

„Weißt du, Brendan, du siehst immer noch außerordentlich gut aus."

„Tatsächlich? Danke." Er schob sie zurück, bis sie die gepolsterte Lehne der Couch berührte. Ihre Augen waren groß, ihr Lächeln hinreißend, und ihr Haar fiel wie das von Rapunzel in langen weichen Locken und Wellen über ihre Schultern. Brendan begegnete ihrem Blick. „Du bist ebenfalls immer noch wunderschön, Kaitlin. Aber das weißt du ohnehin, nicht wahr?"

„Ich werde alt, Brendan."

„Du bist gerade dreißig."

Sie schüttelte den Kopf. „Das ist nur jung, wenn du etwas mit deinem Leben angefangen hast. Ich habe aus meinem nicht wirklich etwas gemacht."

„Du hast eine ganze Menge daraus gemacht. Du hast ein großartiges Geschäft. Du bist fantastisch kreativ und begabt. Und du hast Erfolg gehabt. Was bedeutet also ein schreckliches Schicksal zwischen zwanzig und zweiundzwanzig?"

Sie schaute ihn forschend an. „Ich habe nicht erwartet, dass du irgendetwas von dem, was ich in den ganzen Jahren empfunden habe, bemerkt hast", sagte sie leichthin.

Brendan seufzte. „Kaitlin … ach, vergiss es. Ich mache Kaffee und räume das restliche Geschirr weg."

„Das brauchst du nicht. Ich mache es morgen früh."

„Kaitlin, du wirst morgen früh schreckliche Kopfschmerzen haben. Du wirst dir nur noch wünschen, dass jemand vorbeikommt und dich erschießt."

Sie schloss dic Augen und spürte vage, dass er recht hatte. „Das ist alles deine Schuld."

„Was ist meine Schuld?"

„Der Champagner. Ich habe ihn getrunken, weil du hereingekommen bist."

Kaitlin konnte sein Lächeln nicht sehen, als er wegging. Sie zuckte leicht zusammen und wusste, dass er recht gehabt hatte. Sie vertrug einfach keinen Champagner. So war es schon immer gewesen. Und sie hatte schon einen üblen Tag in dieser Woche deswegen gehabt. Nun stand ihr noch ein zweiter bevor.

Der Raum schien sich zu bewegen. Kaitlin hatte die Augen geschlossen und fühlte, wie das Zimmer sich wie ein Ozean bewegte. Sie fühlte ihren Fuß da, wo Brendan ihn berührt hatte. Aber sie spürte nur ihren Fuß. Als sie den Werbefilm gedreht hatten, hatte er viel mehr von ihr berührt. Und das hatte sie auch gefühlt …

Und heute Nacht fühlte sie trotz ihres Zustands mehr. Und nahm viel mehr wahr. Sie hatte niemals vorher seine Stimme so deutlich gehört und ihre verführerische Wirkung so bewusst gespürt. Es war ihr heiß und kalt über den Rücken gelaufen.

Kaitlin liebte seine Stimme. Sie war wie eine Liebkosung gewesen und hatte sie aufgeregt. Sie erinnerte sich an den Tag am Strand. Sie hatte seine Brust berühren wollen, um sein dichtes dunkles Haar zu fühlen. Und sie wollte sich an ihn schmiegen und seinen Kuss spüren. Du willst viel mehr als das, sagte sie sich.

Etwas strich über Kaitlins Wange. Brendan saß neben ihr und streichelte ihr Gesicht sanft mit dem Handrücken. Sie lächelte. Sie hatte von ihm geträumt, und er war gekommen.

„Hallo", sagte sie leise.

„Hallo. Der Kaffee ist fertig."

„Großartig." Sie lächelte noch immer, während sie seine Hand ergriff und sie betrachtete. Sie liebte seinen Handrücken mit den wenigen Sommersprossen. Sie liebte auch seine Finger. Seine Hände waren rau, aber dennoch attraktiv. Sie waren männlich. Und wenn er sie berührte, genoss sie jede Sekunde.

„Ich glaube, ich sollte dich ins Bett bringen", sagte er rau. Sie lächelte. „Kommst du mit?"

Brendan fluchte leise. „Verdammt, Kaitlin, mach das nicht mit mir."

„Richtig“, bemerkte sie heiser. „Du sagtest, du würdest mich nicht verführen.“

„Genau.“

„Das ist so ehrenhaft von dir, Brendan.“

Er seufzte. „Kaitlin, auch wenn du es vielleicht nicht glaubst, ich versuche immer, ehrenhaft zu handeln. Ich habe dir nie erklären können, wie ich mich nach Seans Tod gefühlt habe. Ich weiß, dass es meine Schuld war, und ich habe dafür auch keine Entschuldigung. Ich kann mich nur rechtfertigen.“

Kaitlin traten die Tränen in die Augen, aber sie kämpfte dagegen an. Sie wollte nicht weinerlich werden. Sie fühlte sich so zufrieden und friedlich, so köstlich und …

Und so hungrig.

Sie legte seine Hand gegen ihre Wange und schloss die Augen. „Ich habe Sean auch geliebt, nicht so wie du, natürlich. Ich habe dich verstanden. Wirklich.“ Sie öffnete die Augen und lächelte. „Brendan, habe ich dir schon gesagt, dass du sehr gut gealtert bist?“

„Wie guter Wein“, gab er mit einem Lächeln zurück.

Sie setzte sich aufrecht hin, schlang die Arme um seinen Nacken und suchte seinen Blick. Forschend schaute sie ihm tief in die Augen. Sie konnte ihm nicht widerstehen und zog ihn an sich. Das hatte sie schon die ganze Zeit über tun wollen, als sie gefilmt hatten. Dann küsste sie ihn.

Zuerst versteifte Brendan sich und hielt den Mund geschlossen. Doch als Kaitlin seine Lippen mit der Spitze ihrer Zunge reizte und sanft dagegenstieß, gab er nach. Er öffnete ihn und schien sie plötzlich verschlingen zu wollen. Seine Zunge drang heiß und verzehrend tief in ihren Mund ein, wo sie mit ihrer ein köstliches Spiel begann. Er unterbrach den Kuss nur, um seine Lippen gegen ihr Ohr zu pressen, es zu liebkosen, und dann die pulsierende Stelle an ihrem Hals zu berühren, zu fühlen und zu schmecken. Danach verband sich sein Mund erneut mit ihren Lippen.

Diesen Kuss kannten sie beide von früher, er war nur tiefer und leidenschaftlicher. Er war fordernder und auch gebender.

Kaitlin erschauerte. Sie fuhr mit den Fingern durch sein Haar, berührte und erforschte es. Ihre Fingernägel hinterließen eine Spur auf seinem Rücken, dann zog sie sein Hemd aus dem Hosenbund, um seine erhitzte Haut zu fühlen. Sie strich mit den Händen von seinem Rücken über die Schultern zu seiner Brust und liebkoste das dunkle Haar, das sie neulich so fasziniert hatte.

Brendan nahm seinen Mund von ihren Lippen. „Kaitlin, ich warne dich …"

Doch sie kümmerte sich nicht darum. Sie presste erneut ihre Lippen auf seinen Mund und drückte ihn auf die Couch nieder. Der kleine Perlenknopf ihrer Bluse war schnell geöffnet, und Brendan strich mit den Händen über ihre Haut, umfasste ihre Brüste und streichelte sie durch den zarten Stoff des BHs. Dann befreite er sie von diesem Hindernis. Mit der Handfläche berührte er ihre Knospen, und er senkte den Kopf, um sie zu schmecken. Er nahm eine der aufgerichteten Spitzen in den Mund und fühlte die Weichheit und Festigkeit ihrer Brüste. Kaitlin klammerte sich an ihn und stieß leise Seufzer aus, während sie ihn fest umschlungen hielt.

Brendan hob den Kopf. Sein Haar war zerzaust und sein Blick sinnlich. Er hob Kaitlin einfach hoch, schob Bluse und BH einfach zur Seite und drängte sie behutsam zurück, während er sie mit leidenschaftlichen Blicken betrachtete. Sie begehrte ihn so sehr, und sie liebte die Art, wie er sie anschaute. Geradeso wie früher …

„Was du mit mir machst, sollte gesetzeswidrig sein", flüsterte er ihr erregt zu. „Und mit dem Tod bestraft werden."

Kaitlin lächelte und versuchte, ihn zu fassen. Ihre Finger liebkosten sein wirres Haar, und dann ließ sie die Arme neben sich herabsinken.

Brendan stand auf und hob Kaitlin auf die Arme. Er ging den Flur entlang zu ihrem Schlafzimmer, trug sie in die Dunkelheit hinein und ließ sie auf das Bett nieder, wobei er die Decke zurückschlug.

„Brendan", flüsterte Kaitlin.

Sie spürte seine Hand am Reißverschluss ihres Rocks und

fühlte, wie er ihre nackte Haut berührte. Es war köstlich. Trotz der Dunkelheit konnte sie seine Augen sehen und die Leidenschaft und Entschlossenheit in seinem Blick. Brendan war bei ihr und hielt sie fest.

„Wir hätten es machen sollen“, sagte sie undeutlich. „Wir hatten so viel gemeinsam, Brendan, und ich liebte dich so sehr. Was ist mit uns geschehen, Brendan?“

Sein Atem strich sanft über ihre Wange. Ihr Körper war geschmeidig, weich und wundervoll, und er bot ihm alle Qualen der Hölle und Verzückungen des Himmels.

Brendan stöhnte tief und rau auf, als er Kaitlin leicht auf die Stirn und dann auf die Lippen küsste. Sie spürte das weiche Haar auf seiner Brust und seine harten Muskeln unter ihren Fingern.

Dann fühlte sie seine Lippen auf ihren und seine Hände, die über ihren nackten Körper strichen.

Brendan richtete sich auf, schaute auf sie herab und verwünschte die Erregung, die ihn ergriffen hatte. Sie war so wunderschön, wie sie da auf dem Bett zusammengerollt lag. Er schluckte hart, stopfte sich das Hemd in die Hose und knöpfte es zu. Ihre Wimpern waren dicht und hoben sich glänzend gegen ihre Wangen ab, und ihr Haar war ein unordentliches Durcheinander. Eine Locke hing ihr über die Wange, und er streckte die Hand aus, um sie zärtlich wegzuschieben. Seine Hand bebte, und er streichelte sie noch einmal.

„Ja, wir hätten es machen sollen, Kaitlin. Wir hätten es wirklich machen sollen.“

Dann beugte er sich herab und küsste ihre Lippen erneut. Sie seufzte leise auf und lächelte, während sie einschlief.

Brendan lächelte ebenfalls, als er die Decke über sie zog. Sie würde einen höllischen Morgen haben. Er kannte Kaitlin gut. Sie würde ganz entschieden einen verdammt höllischen Morgen haben.

6. KAPITEL

In Kaitlins Kopf drehte sich alles, und ihre Zunge fühlte sich an wie Sandpapier. In den ersten Minuten, die sie fürs Aufwachen brauchte, fühlte sie nichts weiter als die unterschwelligen Schmerzen in ihrem Körper. Und von da an wurde es nur immer schlimmer.

Das Laken, unter dem sie lag, war bis an ihren Nacken hochgezogen, aber irgendwie fühlte sie sich darunter komisch an. Sie war ja nackt! Und Kaitlin ging normalerweise nicht nackt ins Bett. Sie stöhnte auf und versuchte, sich an den Abend zu erinnern. Brendan! Dieses eine Wort erklärte alles. Er war gekommen, und sie hatte sofort ein Glas Champagner hinuntergestürzt. Weitere waren gefolgt, und dann hatte es das Dinner gegeben, und Kuchen und Kaffee. Irish Coffee.

Sie stöhnte erneut laut auf. Du hättest als überzeugter Moslem geboren werden sollen, dachte sie. Moslems trinken ja wohl überhaupt keinen Alkohol, nicht wahr? Sie hätte also niemals Champagner probiert.

Nie, niemals wieder! sagte sie sich.

Kaitlin versuchte, sich aufzurichten, während es in ihrem Kopf hämmerte. Sie wünschte sich, dass jemand kommen und sie erschießen möge, um sie aus ihrem Elend zu be…

Sie erschießen? Irgendjemand hatte gestern darüber etwas zu ihr gesagt. Dass sie mit derartig schlimmen Kopfschmerzen aufwachen würde, dass sie sich wünschte, erschossen zu werden.

Brendan …

Oh nein! Sie erinnerte sich wieder an das Dinner, die Unterhaltung und an den Irish Coffee. An dieser Stelle hatte sie vorher aufgehört weiterzudenken, weil sie sich nicht hatte erinnern wollen.

Ich habe an der Tür gestanden und Barbara und Großmutter zum Abschied geküsst, fiel ihr ein. Joe habe ich umarmt und meinem zukünftigen Stiefgroßvater zugewinkt. Dann habe ich die Tür geschlossen und …

Brendan! Er war noch drinnen gewesen. Er hatte sie zur

Couch geführt, irgendetwas über Geschirr und Kaffee gesagt, und dann hatte sie die Augen geschlossen, und er war zurückgekommen.

Diesmal war es nicht mehr ein Stöhnen, es war mehr ein Schrei, den Kaitlin ausstieß. Du musstest ihm ja auch unbedingt erzählen, wie gut er noch aussieht und wie fantastisch er die Jahre überstanden hat! dachte sie. Er hatte zwar versprochen, sie nicht zu verführen, aber er hatte sie auch gewarnt, dass er keine Verantwortung übernehmen würde, falls sie ihn verführte.

Und ... oh! Jetzt erinnerte sie sich. Ihre Finger, die durch sein Haar strichen, sein Kuss, den sie sehnlichst begrüßt und den sie sogar provoziert hatte. Und auch das Gefühl, als er sie berührte.

Kaitlin konnte sich sogar daran erinnern, dass er sie hierher getragen hatte, schon fast halb nackt, und ihr dann noch den Rock ausgezogen hatte.

Aber was war sonst noch passiert? Von dem Moment an versagte ihr Gedächtnis. Es schien so, als hätte sie alles vergessen, was hier, in diesem dunklen Zimmer sonst noch geschehen war.

Nun, das ist ja ziemlich klar, oder, Kaitlin? fragte sie sich selbstquälerisch. Sie ließ sich nach hinten aufs Kissen fallen, was ihrem Kopf gar nicht gut bekam. Dann stand sie auf, obwohl sie wünschte, dass sie für immer im Bett bleiben könnte. Wenn mein Kopf wenigstens nicht so übel hämmern würde, dachte sie. Nein, vielleicht war es ganz gut so. Denn sie wollte eigentlich nicht weiter nachdenken. Ich muss etwas gegen den Kopfschmerz nehmen, entschied sie. Sie bemerkte, dass sie ja immer noch nackt war, und raffte die Decke um ihren Körper.

Sie fand ihre Kleider auf dem großen Schaukelstuhl in einer Ecke des Zimmers und darunter ihre Schuhe. Dann ging sie langsam in die Küche und entdeckte, dass sie blitzsauber war. Sogar die Kaffeekanne war ausgewaschen, und die Maschine vorbereitet, sodass sie nur noch einen Knopf drücken musste. Aber sie tat es nicht. Noch nicht. Sie wollte noch nicht aufwachen.

Im Schrank fand sie Kopfschmerztabletten, löste sie in Wasser auf und stürzte die Mixtur hastig hinunter. Als sie das Glas auf der Theke abstellte, waren ihre Gedanken plötzlich klar. Viel zu klar. Was bin ich nur für eine Närrin gewesen! dachte Kaitlin höhnisch. Ich treffe ihn alle vier Jahre und springe gleich mit ihm ins Bett. Und den Rest meines Lebens verbringe ich dann mit Träumereien. Wie konnte ich das nur tun? Ich bin dreißig. Erwachsen. Ich sollte fähig sein, damit umzugehen und so zu tun, als wäre es niemals passiert.

Aber das konnte sie nicht. Denn Mittwoch würde es ein Dinner geben. Und danach Großmutters Hochzeit. Und Partys. Und noch mehr Trauungen.

Sie konnte das Dinner absagen. Sie könnte ja vielleicht die ganze Woche todkrank sein. Sie fühlte sich auch bereits so, als wäre sie schon schwer krank.

Sie stöhnte noch einmal auf, ging ins Schlafzimmer zurück und verkroch sich ins Bett. Sie flehte darum, dass der Schlaf sie erneut einhüllen möge. Das tat er auch, aber er war alles andere als erholsam. Sie begann nämlich zu träumen.

Es war vor vier Jahren. Eine ihrer Cousinen hatte etwas von einer Annullierung gesagt, und Kaitlins Mutter fand die Idee auch für Brendan und sie gut. Ihr Blick war dabei verletzt und hoffnungsvoll gewesen.

Joe. Der gute alte Joe hatte Brendan ausfindig gemacht und ein Treffen verabredet. Sie hatte Brendan überrascht, und er war kühl gewesen. Aber dann hatte er sie zum Essen eingeladen und gekocht. Auf seinem stilvollen Hausboot mit Kerzenlicht und Wein …

Der Traum war so deutlich, als wäre alles erst gestern gewesen. Kaitlin erinnerte sich genau. Auch daran, dass sie wie verrückt angefangen hatte zu flirten. Sie hatte seine abweisende Reaktion auf ihre Bitte nach der Annullierung nicht bemerkt. Sie waren im Nebel spazieren gegangen, und dann irgendwann hatte er sie geküsst und ihre nackten Schultern liebkost.

Sie wusste, was geschah, als er sie in die Arme nahm, aber sie hatte nicht die geringste Lust gehabt, dem Einhalt zu gebieten. Brendan verführte sie, und es war eine süße Qual. Sie waren plötzlich wieder im Haus, und als er sie überall küsste, konnte sie ihre Lust nicht mehr zügeln.

Sie hatten sich in dieser Nacht immer und immer wieder geliebt. Aber am Morgen war sie allein aufgewacht. Er hatte nur einen Zettel dagelassen. Darauf stand, dass sie wiederkommen könnte, wenn sie nur seinetwegen käme. Er hatte ihr so übel mitgespielt, dass sie es nie mehr gewagt hatte, zurückzukommen.

Der Nebel verschwand plötzlich, und Kaitlin hörte eine Uhr ticken. Sie war also wach, aber der Traum war so realistisch gewesen, dass Reste davon noch da zu sein schienen. Nein, verbesserte sie sich. Der Traum konnte nur wegen dem, was letzte Nacht geschehen war, so real wirken.

Wenigstens pochte ihr Kopf nicht mehr so schlimm, und sie riskierte es, ein Auge zu öffnen. Sie lebte. Dann roch sie den Duft von frischem Kaffee. Und sie spürte, dass sie nicht allein war. Das Gefühl war so stark, dass sie aufschrie und sich herumrollte. Ein Mann stand in der Tür.

„Um Himmels willen, Kaitlin, ich bin es doch."

„Brendan!"

Das Laken war bis auf Kaitlins Hüfte heruntergeglitten, während sie atemlos auf Brendan schaute. Dann bemerkte sie es und griff hastig danach. Wozu? dachte sie. Offensichtlich hatte er sie ja ausgezogen, oder zumindest hatte sie selbst es seinetwegen getan.

Sie stieß eine Verwünschung aus, sprang aus dem Bett und versuchte, sich in das Laken zu hüllen. „Verdammt, Brendan, ich hätte große Lust, die Polizei zu rufen. Nach allem, was du getan hast …"

„Nach allem, was ich getan habe?", unterbrach er sie erstaunt.

„Oh!" Sie wirbelte herum, verschwand im Bad und verschloss die Tür hinter sich. Sie hätte ihn zum Teufel schicken und hinauswerfen sollen.

Alles, was Kaitlin jetzt wollte, war eine Dusche.

Nein, du musst dich wieder in den Griff bekommen! ermahnte sie sich. Er war in ihrem Haus. Vielleicht war er überhaupt nie weg gewesen. Dann fiel ihr ein, dass er ja nicht da gewesen war, als sie erwacht war. Außerdem hatte er Tennisshorts und ein Sweatshirt an und sah frisch gebadet und rasiert aus. Er war gegangen, aber er war zurückgekommen. Warum?

Das Wasser prasselte auf sie herab und löste ihre Anspannung. Doch dann ergriff sie wieder die Angst. Brendan hatte versprochen, dass er sie nicht verführen würde. Und das hat er auch nicht, erinnerte sie sich. Sie musste aufrichtig mit sich sein. Und auch mit ihm. Sie musste kalt und sicher und würdevoll wirken. Auch wenn sie zugeben musste, dass es ihr Fehler gewesen war, würde so etwas niemals wieder passieren.

Kaitlin stellte das Wasser ab, verließ die Duschkabine und trocknete sich entschlossen ab. Im Spiegel sah sie sich an. Ihre Augen waren groß und blutunterlaufen.

Sie griff nach ihrem Make-up und vertuschte es, so gut es ging. Ihre Hände zitterten, und sie hatte etwas Tusche auf ihrer Nase, aber das erschien ihr nicht so schlimm. Sie band den Bademantel fest zu und ging ins Schlafzimmer.

Brendan war nicht mehr da, und die Tür war geschlossen. Kaitlin zögerte einen Moment, dann zog sie sich rasch ihre Jeans und eine weiche Baumwollbluse an. Sie bürstete ihr Haar und redete sich ein, dass sie längst nicht so übel aussah, wie sie sich fühlte. Vor der Tür blieb sie einen Moment stehen, bevor sie den Griff hinunterdrückte. Sie würde sich hart, erwachsen und reserviert geben. Sie würde … ach, zur Hölle! dachte sie.

Schließlich verließ sie den Raum. Brendan saß am Esszimmertisch, trank Kaffee und las Zeitung. Er sah ausgesprochen wach und konzentriert aus. Und so männlich.

Kaitlin erwartete, dass er sie herablassend anschauen würde. Sie trat an den Tisch und legte ihre Finger um die hölzerne Lehne eines der Stühle.

„Warum bist du zurückgekommen?“, fragte sie scharf. „Warum bist du so wütend?“, fragte er zurück. Er lehnte sich auf dem Stuhl nach hinten und verschränkte die Arme vor der Brust. „Ich bin nicht wütend.“

Er schaute sie ungläubig an und nahm ihre Schlüssel vom Tisch. „Ich konnte deine Tür leider nur von draußen verschließen. Aber ich dachte, du wolltest dies hier zurückhaben.“

„Oh!“, sagte sie verunsichert. „Nun, ehm, danke.“

„Der Kaffee ist heiß.“

Sie nickte. Kaffee. Vielleicht konnte sie Brendan nach einer Tasse loswerden. Sie ging in die Küche und machte sich einen Kaffee mit viel Milch und Zucker zurecht. Dann trank sie ihn noch in der Küche aus und füllte einen zweiten ein. Sie straffte die Schultern und drehte sich um, um Brendan erneut gegenüberzutreten.

Aber dafür musste sie nicht erst ins Esszimmer zurückgehen. Er lehnte unter der Tür gegen den Rahmen und beobachtete sie lächelnd.

„Du schüttest das Zeug in dich hinein wie gestern den Champagner“, bemerkte er.

„Vielen Dank für deine Aufmerksamkeit.“

Er lächelte immer noch. „Du solltest wirklich nicht verrückt nach mir sein.“

Verrückt? Sie wurde bleich und wäre am liebsten im Boden versunken. Doch dann hob sie trotzig das Kinn. Erwachsen und würdevoll. „Ich bin nicht böse auf dich, Brendan. Wirklich nicht. Du … hast mir … du hast mir versprochen …“

„Ja?“

Kaitlin war nun nicht mehr weiß im Gesicht. Sie war flammend rot. Wenn ich es nur aussprechen könnte! flehte sie im Stillen. Sie würde niemals gelassen und würdevoll wirken, solange sie nicht darüber reden konnte.

„Du hast versprochen, mich nicht zu verführen.“

„Ja, das habe ich.“

„Ich weiß, aber …“

„Ja?“, fragte er gedehnt.

„Nun, ich, ehm, ich weiß, dass das, was passiert ist, meine Schuld war. Dass ich, ehm …“

Brendan lehnte sich bequem gegen den Türrahmen.

„Du machst es mir nicht gerade leicht, weißt du?“

„Nein, das fällt mir auch im Traum nicht ein. Ich genieße es viel zu sehr.“

„Es wird nie wieder passieren!“, schrie Kaitlin verzweifelt.

„Was wird nie wieder passieren? Ich habe nichts gemacht."

Kaitlin setzte ihre Tasse ab und hielt sich an der Platte der Anrichte hinter ihr fest. „Brendan, das habe ich bereits zugegeben. Und ich bin ja auch nicht wütend, ehrlich nicht."

„Das solltest du auch nicht. Du solltest dankbar sein."

„Dankbar?"

„Ich habe hier aufgeräumt. Ich habe die Tür für dich abgeschlossen, damit du unversehrt bleibst."

„Ja, ja, du hast die Tür verschlossen. Danke. Großartig. Aber ich rede von dem, was vorher passiert ist."

„Ja?"

Brendan amüsierte sich offenbar königlich auf ihre Kosten. „Ich war verantwortlich dafür, es war meine Schuld. Aber es wird nie wieder passieren."

„Was genau wird eigentlich nie wieder passieren?"

„Brendan, bitte!"

„Ernsthaft", meinte er unschuldig. „Ich würde es gern wissen."

Kaitlin stieß eine leise Verwünschung aus, griff nach ihrer Tasse und ging an Brendan vorbei, um sich im Esszimmer hinzusetzen. Brendan folgte ihr und stellte sich hinter sie, was ihr ein unbehagliches Gefühl bereitete.

„Lass uns mal sehen. Mein Gedächtnis ist vermutlich besser als deins."

„Brendan hör auf."

„Nicht für dein Leben. Also, ich habe dich zum Sofa gebracht, das Geschirr in die Maschine geräumt und die Kaffeemaschine angestellt. Dann habe ich mich neben dich gesetzt. Und dann …" Sein heiseres Flüstern reizte ihr Ohr, als er sich zu ihr herabbeugte und die Hände auf den Tisch legte. „Und dann, wow! Kaitlin, du küsst auf eine Art, dass es einem bis in die Haarspitzen geht."

„Brendan …"

„Und weißt du, was danach kam?"

„Ich will es gar nicht wissen!"

„Dann hast du mich überall berührt. Mein Haar, meine Schultern, du hast mich angefasst … und ich habe so sehr versucht, edel zu bleiben, aber dein Lächeln war einfach hinreißend. Und deine Augen. Und dein wirklich fantastischer …"

„Brendan!"

„Ich konnte einfach nicht widerstehen. Also, wir saßen auf der Couch, und das nächste, an das ich mich erinnere, ist, dass du auf einmal halb ausgezogen warst. Und du hast an meinem Hemd gezerrt."

„Das habe ich nicht!"

„Du hast es, das schwöre ich dir. Und deine Finger liebkosten meine Brust und meine Schultern, und dann sind sie meinen Rücken hinuntergeglitten. Es war die unglaublichste und exquisiteste Folter, die ich je erlitten habe!"

Brendan trat um Kaitlin herum und legte die Hand auf ihre. Sie versuchte, sie wegzuziehen, aber er nahm ihre Finger zwischen seine und rieb mit dem Daumen leicht über ihre Handfläche. „Allein wenn ich jetzt daran denke, in dieser Sekunde, bricht mir schon wieder der kalte Schweiß aus, und gleichzeitig wird mir überall heiß …"

„Hör auf!"

Aber Brendan beachtete sie nicht und redete weiter. „Ich habe dich schließlich ins Bett geschafft. Und ich habe mir die ganze Zeit ununterbrochen gesagt, dass ich versprochen habe, versprochen! dass ich dich nicht verführen würde. Aber du hast so geflirtet! Du warst heiß und sexy und – verführerisch süß. So, wie du da im Bett gelegen hast, nur halb bekleidet. Ich konnte dich so nicht allein lassen."

Kaitlin schaute ihn mit einem entsetzten Blick an, und ihre Miene spiegelte ihren Schrecken wider. Sie wollte ihre Hand wegnehmen, aber sie konnte es nicht. Sie wollte schreien, sich vor Scham unter dem Tisch verstecken, aber auch das schaffte sie nicht.

„Ich habe dich berührt, und … oh, Kaitlin, du hast dich so wundervoll bewegt. Dein Rock glitt förmlich durch meine Hand herunter. Danach habe ich deine Strümpfe ausgezogen und dann …"

Brendans Stimme versagte, als er erschauerte. Kaitlin sah ihn gebannt und wie betäubt an.

Dann ließ er die Hand sinken und lächelte Kaitlin entwaffnend an. „Dann habe ich die Decke über dich geworfen, abgeschlossen und bin gegangen."

„Was?" Sie holte tief Luft.

Brendan stand da und lächelte immer noch. „Es kostete mich wirklich alle Mühe, ehrenhaft zu bleiben. Aber mehr ist nicht geschehen, Kaitlin. Ich habe dich ausgezogen, dich ins Bett gebracht und bin gegangen. Du hast weder deine Seele noch irgendetwas anderes verkauft. Jedenfalls vorläufig nicht."

Sie schaute ihn sekundenlang nur an. Dann jedoch ergriff sie eine heiße Wut, und sie sprang auf, um ihm ins Gesicht zu sehen. Sie hatte ihre Finger so fest in die Handflächen gepresst, dass ihre Nägel sich in ihr Fleisch bohrten.

„Was?", wiederholte sie.

„Kaitlin, ich sagte, dass du nicht ..."

Sie war bei ihm und schwang ihre linke Faust. Brendan packte ihr Handgelenk und stieß eine Verwünschung aus, als er hart kämpfen musste, um Kaitlin an sich zu ziehen.

„Kaitlin, ich habe doch gesagt, dass du nicht ..."

„Du hast gesagt, du hast gesagt! Du lässt mich hier sitzen und reden und herumstottern und fast vor Erniedrigung und Scham sterben. Und die ganze Zeit wusstest du genau ..."

„Nun, natürlich wusste ich es! Ich war schließlich nicht betrunken. Und eigentlich", fuhr er mit einem gefährlich funkelnden Blick seiner grünen Augen fort, „habe ich mich ziemlich beleidigt gefühlt, dass du überhaupt auf die Idee gekommen bist, es könnte irgendetwas zwischen uns abgelaufen sein. Ich hätte jedenfalls keine einzige unserer erotischen Erfahrungen vergessen, ganz gleich, wie viel ich getrunken hätte."

Kaitlin presste die Lippen zusammen und versuchte, ihre Handgelenke freizubekommen. Als sie es nicht schaffte, versuchte sie es mit Treten, aber er wich schnell zurück, ohne seinen Griff zu lösen.

„Komm schon, Kaitlin, was soll das?"

„Du hast einfach nur dagesessen und mich in dem Glauben gelassen ..."

„Kaitlin, du hast eine Menge angenommen, was auch wahr war. Du hast sehr gekonnt versucht, mich zu verführen, und es erforderte eine Menge Kraft, dir zu widerstehen. Aber es ist mir gelungen."

„Glückwunsch!", fuhr sie ihn an.

Brendan lachte, hielt ihre Handgelenke zusammen und drückte Kaitlin auf einen Stuhl. „Willst du wissen, warum ich widerstanden habe?", fragte er.

„Ich sterbe fast vor Neugier!"

„Gut, das brauchst du nicht. Ich wollte nur nicht, dass du es auf den Champagner schieben konntest."

„Auf den Champagner?"

„Siehst du, Kaitlin, ich habe dir damals übel mitgespielt. Aber nachdem ich begriffen hatte, dass du nur gekommen warst, um mich zu einer Lüge zu überreden ..."

„Brendan, es wäre in unser beider Interesse gewesen!"

Brendan benutzte einen Ausdruck, der ihr unmissverständlich klarmachte, was er davon hielt. „Hör zu!", fuhr er hitzig fort. „Damals haben wir uns mies benommen. Ich habe dich verführt, weil du etwas von mir wolltest. Und jetzt hast du versucht, mich zu verführen, weil ich zufällig der einzige Mann im Haus war ..."

„Wie kannst du so etwas Schreckliches sagen!", unterbrach sie ihn empört.

Plötzlich schien Brendans Zorn verraucht. Er lachte und löste seinen Griff um ihre Handgelenke. Seine Augen glänzten. „Heißt das, dass du mich um meinetwillen verführen wolltest?"

Sie stöhnte leise auf und versuchte, seinem Griff zu entkommen. „Brendan, bitte!"

„Na gut, es ist im Moment auch nicht weiter wichtig. Was ich versuche, dir zu erklären, ist, warum ich mich letzte Nacht zurückgehalten habe, während du dein Bestes gegeben hast, um eine fast unwiderstehliche Versuchung zu sein. Wenn wir uns lieben, dann möchte ich es aus den richtigen Gründen. Ich will nicht, dass du auch nur im Geringsten angeheitert bist. Und ich will nicht, dass du denkst, du könntest auf diese Art irgendetwas von mir erpressen."

„Das habe ich nie getan", fuhr sie hoch.

„Stimmt", erwiderte er ruhig. „Aber du bist auch nie zurückgekommen."

„Du hast eine Närrin aus mir gemacht und mich dann verlassen."

„Wir haben beide dem anderen über die Jahre ein paar ganz schön traurige Dinge angetan. Aber ich will dich immer noch, Kaitlin. Mehr als je zuvor. Nur, wenn ich dich jemals erobern sollte, möchte ich, dass du bei Bewusstsein bist."

„Brendan, ich habe dir gesagt, dass es nie wieder ..."

„... dazu kommen kann. Aber es ist trotzdem möglich." Er stand auf und lächelte. „Und ich wette, dass es auch passieren wird."

Kaitlin funkelte ihn scharf an. „Denk dran, du darfst mich nicht verführen."

„Daran denke ich. Aber ich wette darauf, dass du dich irgendwann dafür entscheidest, mich wieder zu verführen, und zwar in stocknüchternem Zustand."

„Keine Chance", erwiderte sie lächelnd.

„Das werden wir ja sehen", meinte er. „Es war jedenfalls eine heiße Nacht. Ich hätte dir mehr erzählen können, aber ..."

„Du hast mir bereits genug erzählt!"

Brendan lachte und ging zur Tür. „Ich sehe dich Mittwochabend, Kaitlin. Um acht."

„Vielleicht."

„Sei pünktlich!", sagte er warnend und schlug die Tür laut hinter sich ins Schloss.

Kaitlins Nerven waren bis zum Zerreißen gespannt. Sie sprang auf und schlug mit der flachen Hand auf den Tisch. Sie verwünschte Brendan laut, aber das verursachte ihr sofort wieder Kopfschmerzen. Sie legte den Kopf auf den Tisch und genoss die Kühle des Holzes.

Nun, wenigstens haben wir nicht auch noch miteinander

geschlafen, dachte sie. Doch machte das wirklich irgendetwas besser? Nach allem, was sie getan hatte?

Sie hob den Kopf wieder. Brendan soll verdammt sein! dachte sie, denn sie wusste nicht, ob sie erleichtert oder beleidigt sein sollte, dass er es geschafft hatte, ihrer Einladung zu widerstehen. Sie jedenfalls hätte seiner Einladung nicht widerstanden.

Aber anscheinend glaubte Brendan, dass ihm das eine weitere Einladung einbringen würde. Nun, eher wird es in der Hölle kalt werden, schwor Kaitlin sich. Niemals. Zu viel stand zwischen ihnen, Dinge, die sie niemals würde vergessen können.

Sie erschauerte plötzlich, als sie sich an seine Worte erinnerte. Er hatte gesagt, dass er sie begehrte, mehr als je zuvor.

Du begehrst ihn doch auch, gestand sie sich ein. Und hast ihn immer begehrt. Und sie befürchtete, dass sie es auch in der Zukunft immer tun würde.

„Kaitlin, mein Mädchen, wir können nicht immer bekommen, was wir wollen!“, imitierte sie Worte und Tonfall ihrer Großmutter. „Und was wir wollen, bekommt uns auch nicht immer, was?“

Brendan war ganz entschieden nicht gut für sie. Und …

Kaitlin seufzte und stand auf. Er machte guten Kaffee, und in der Küche stand noch eine fast volle Kanne. Es gab keinen Grund, den Kaffee kalt werden zu lassen.

Am Sonntag fühlte Kaitlin sich wieder lebendig. Barbara rief an und lud sie ein, herüberzukommen. Kaitlin wollte schon zusagen, als sie plötzlich zögerte.

„Barbara, ist Brendan da?“

Barbara zögerte ebenfalls, und Kaitlin wusste, dass er da war. „Joe und er schauen sich das Footballspiel im Fernsehen an. Wir lassen sie einfach links liegen und schauen uns stattdessen am Pool die Brautmagazine an.“

Kaitlin wollte ablehnen, aber Barbara ließ nicht locker. „Kaitlin, bitte! Hilf mir bei den Vorbereitungen.“

„Okay, aber ich werde nicht lange bleiben.“ Etwas später war Kaitlin stolz auf diesen Sonntag. Alles lief wie geplant. Joe und

Brendan blieben im Arbeitszimmer und sahen sich das Spiel an, und sie und Barbara lagen am Pool und blätterten die Magazine durch.

Gegen sechs trafen sie sich alle in der Küche, um Hotdogs und Chili zu essen und Bier zu trinken. Zumindest die anderen tranken Bier. Kaitlin hatte ein Ginger-Ale genommen. Sie bemerkte, dass Brendans Augen hinter seinen Wimpern fast verschwanden, während er sie mit einem offensichtlich amüsierten Lächeln betrachtete, aber er sagte nichts, und sie schwieg ebenfalls.

Sie waren sehr höflich zueinander. Beinah schmerzhaft höflich. Und sie bemühte sich sorgfältig darum, einen weiten Abstand zwischen sich und Brendan zu lassen. Schließlich beschloss sie zu gehen, doch draußen wandte sie sich um und schaute zurück. Sie war sicher, dass Brendan ihr folgen würde. Aber er tat es nicht.

Sie ging ein Stück und erschrak heftig, als sich eine Hand auf ihre Schulter legte. Sie fuhr herum und schaute Brendan an. Er lächelte. „Tut mir leid", sagte er.

„Brendan, ich muss morgen früh aufstehen."

„Ich auch, Kaitlin. Ich wollte dir nur mitteilen, dass ich Donnas Lieblingsclub für den Samstag nach der Hochzeit deiner Großmutter gemietet habe."

„Was?"

„Ich habe ihn für die Party gebucht, auf der der Braut die Geschenke überreicht werden. Und ich habe es geschafft, dass alle ihre Freunde kommen können, nicht nur die Frauen. Ist das in Ordnung? Hast du dann Zeit?"

„Ich … ja, ich denke schon."

„Gut. Wir können über die Einzelheiten beim Dinner reden."

„Fein."

„Ich sage Donna Bescheid. Diese gemischte Party ist etwas, was Bill und sie wollten. Eine Party mit all ihren Freunden, Männern und Frauen."

Kaitlin hatte immer schon gewusst, dass Donna zum Anlass ihrer Hochzeit etwas mit allen zusammen machen wollte, und sie hätte selbst auf diese Idee kommen sollen. Also konnte sie sich wirklich nicht darüber beschweren, dass es Brendan eingefallen war.

Sie schaute ihn abwartend an. „Gibt es noch irgendetwas anderes?“, fragte sie dann zurückhaltend.

Er schüttelte den Kopf. „Nein, nichts. Solange unsere Verabredung noch steht.“

„Das tut sie.“

„Gut.“ Er wandte sich ab und verließ sie. Kaitlin schaute ihm nach und unterdrückte das Gefühl der Enttäuschung, das in ihr hochstieg. Er konnte einem so nah sein ... und dann wieder so unglaublich weit entfernt. Erst forderte er, und dann ging er einfach davon. Kaitlin seufzte und wandte sich ab. Sie musste ebenfalls nach Hause, denn morgen hatte sie eine Menge Arbeit zu erledigen.

7. KAPITEL

Kaitlin hatte eine grauenvolle Nacht verbracht und stand sehr früh auf. Sie musste einige Anzeigen in verschiedenen Zeitungen unterbringen und mit verschiedenen Sendern verhandeln, um die Sendung des Werbespots zu veranlassen. Sie hatte so viel zu tun, dass sie kaum noch an ihre Demütigung vom Freitag dachte.

Doch um die Mittagszeit herum kam Janis herein, setzte sich auf ihren Schreibtisch und ließ die Beine baumeln. „Ich habe ein paar private Nachrichten von Samantha für dich, die angerufen hat, als du mit den Sendern telefoniert hast."

„Großartig, vielen Dank. Leg los!"

„Deine Mutter. Sie will, dass du sie anrufst."

Kaitlin zuckte zusammen. „Mach ich."

„Und Donna hat aus Massachusetts angerufen. Sie sagte, sie wüsste, dass du sehr beschäftigt seist, deshalb habe sie für dich eine Fahrt nach Massachusetts gebucht. Da sie weiß, dass du nur fliegst, wenn es um Leben und Tod geht, hat sie für dich einen Platz im Morgenzug nächsten Dienstag reservieren lassen. Ein Bote wird das Ticket hier vorbeibringen. Du hast einen Schlafwagen bis New York, dann …"

„Muss ich umsteigen. Ich weiß, danke. Mach weiter." Donna war eine Braut und sollte eigentlich nicht für sie die Verabredungen treffen müssen, nur um sicherzustellen, dass sie wirklich kommen würde.

„Barbara wollte dich nur erinnern, dass du mit ihr am Donnerstag auf Kleidersuche gehen willst."

„Stimmt."

„Deine Großmutter lässt dich daran erinnern, dass sie Samstag heiratet."

„Daran erinnere ich mich", erwiderte Kaitlin missmutig. „Und …"

„Und?"

„Dein Exmann hat angerufen."

„Brendan?"

„Hast du noch einen?“, fragte Janis mit eindeutiger Missbilligung. „Nein. Was wollte er?“

Janis seufzte. „Was er auch von mir verlangen würde, ich würde es ihm geben. Kaitlin, er ist ein wunderbarer Mann. Und aus deiner Vergangenheit aufgestiegen. Das ist so wundervoll.“

„Das ist nicht im Geringsten wundervoll.“

Aber Janis hörte ihr nicht zu. Sie seufzte erneut. „Weißt du, wenn bei mir Männer aus meiner Vergangenheit auftauchen, frage ich mich hinterher immer, was ich eigentlich das erste Mal mit ihnen gemacht habe. Sie haben alle Bäuche und kämmen ihr Haar von rechts nach links über den Kopf, um ihre beginnende Glatze zu kaschieren. Sie sehen nie, niemals so aus wie dein Exmann.“

Kaitlin lächelte angestrengt. „Er sieht ganz nett aus“, sagte sie gewollt lässig.

„Er sieht nett aus?“

„Janis ...“

„Schon gut, schon gut. Aber ich verstehe jetzt, wieso du dich nie verabredet hast.“

„Ich habe mich doch verabredet!“

„Ja, einmal im Jahr.“

„Das ist lächerlich.“

„Macht nichts. Wenn du immer nur die erste Wahl gewohnt bist, ist es auch ziemlich schwer, Mittelmäßiges zu ertragen.“

„Ich bin an nichts gewöhnt.“

„Siehst du, du hast dich nicht verabredet!“, sagte Janis triumphierend.

Kaitlin stöhnte auf. „Ich werde mich nicht weiter mit dir unterhalten, Janis. Was hat Brendan gewollt, als er angerufen hat?“

„Oh, er wollte dich nur daran erinnern, dass ihr Mittwoch zum Dinner verabredet seid.“

„Stimmt.“

„Dinner, Kaitlin. Also triffst du ihn wieder. Das ist so romantisch!“

„Das ist überhaupt nicht romantisch. Es ist ... ein Dinner.“
Janis nickte wissend. „Erste Wahl“, stimmte sie zu. „Janis!“

Sie sprang vom Schreibtisch herunter. „Ich gehe. Wenn du mich brauchst, ruf nur."

„Das mach ich", versprach Kaitlin. Janis lächelte und verschwand.

Der Rest des Tages war mit einer Menge Arbeit ausgefüllt, und Kaitlin war froh darüber. Sie war froh, dass sie Entwürfe prüfen musste, und die Organisation und die Zeitplanung, die sie zu bewältigen hatte, kamen ihr gerade recht. Es war fast sieben Uhr abends, als sie fertig war, und bis auf Janis, die auf sie wartete, waren alle schon gegangen.

Sie beschlossen, zusammen eine Pizza zu essen, bevor sie nach Hause gingen. Nachdem Kaitlin dann endlich zu Hause angekommen war, duschte sie rasch, fiel dann müde ins Bett und schlief traumlos.

Der Dienstag verging ebenso schnell. Sie musste sich noch um sehr viel kümmern. Außerdem raffte sie sich endlich auf, Donna und ihre Mutter anzurufen, was ihr eine große Last von den Schultern nahm. Dienstagabend aß sie mit Netty Green und Garrett Harley zu Abend. Es war ziemlich unangenehm, weil Netty ständig den Film lobte. Kaitlin wusste zwar, dass sie sich eigentlich darüber hätte freuen sollen, doch Netty redete ununterbrochen begeistert von Brendan.

Am Mittwoch saß Kaitlin immer noch bis zu den Ellenbogen in ihrer Arbeit, und als sie um fünf auf die Uhr blickte, entschied sie, dass sie noch Zeit genug hätte. Sie rief Danny herein und begann mit ihm die Anzeige für einen ansässigen Textilausstatter noch einmal durchzuarbeiten. Schnell hatte sie jedes Gefühl für die Zeit verloren.

Plötzlich klopfte es an Kaitlins Bürotür, und sie schaute hoch. Janis stürmte herein und lehnte sich dramatisch gegen die Tür.

„Was ist?", fragte Kaitlin.

Janis schnitt eine Grimasse. „Kaitlin, es ist spät."

„Ja?"

„Dinner, Kaitlin! Die erste Wahl, erinnerst du dich? Nun, die erste Wahl ist hier, und sie scheint nicht besonders erfreut zu sein, dass du sie vergessen hast!"

„Oh!“, sagte Kaitlin leise.

Die Tür öffnete sich erneut, und Brendan trat ein. Er sah in seinem Anzug atemberaubend attraktiv aus. Seine Augen glänzten, und seine Lippen waren zusammengepresst.

„Entschuldigen Sie, Mrs O'Herlihy, wir haben eine Verabredung oder nicht?“

Kaitlin fühlte sich furchtbar. Ihr Haar war unordentlich, ihr Leinenkostüm zerknittert, und sie war sicher, dass sie Farbflecken an den Händen hatte. Wie hatte sie Brendan nur vergessen können? Und wieso machte es ihr etwas aus?

„Nun?“ Brendans Stimme klang ungeduldig.

Danny und Janis schauten beide Kaitlin an. Anscheinend genossen sie ihre missliche Lage. Sie versuchte zu lächeln.

„Tut mir leid, Brendan, ich habe wirklich die Zeit vergessen.“

Brendan sagte kein Wort, und Kaitlin nahm ihre Handtasche. „Wir machen es morgen zu Ende, einverstanden?“, sagte sie zu Danny.

„Sicher“, sagte er liebenswürdig. Er ging zu Brendan und schüttelte ihm die Hand. „Ich bin Dan Clover. Nett, Sie kennenzulernen, Mr O'Herlihy.“

Brendan nickte freundlich. Aber sein Mund war immer noch fest zusammengepresst.

Kaitlin beachtete seine Miene nicht und ging aus dem Büro. Brendan verabschiedete sich von Danny und Janis und folgte ihr. Plötzlich blieb er stehen.

„Was ist los?“, fragte Kaitlin ihn.

„Deine Freundin hat etwas zu dir gesagt“, meinte er.

Kaitlin ging zur Tür zurück.

„Du bist Spitzenklasse!“, flüsterte Janis.

„Erste Qualität!“ Danny lachte.

Kaitlin schlug die Tür vor den beiden zu und bemerkte irritiert, dass sie so schnell ging, wie sie nur konnte. Die „Spitzenklasse“ war wütend.

Kaitlin blieb erst stehen, nachdem sie das Bürogebäude verlassen hatten und draußen auf der Straße waren. Dann fuhr sie energisch herum. „Komm nie wieder so in mein Büro, Brendan O'Herlihy!"

„Versetz mich nicht noch einmal!"

„Ich habe dich nicht versetzt, ich habe nur ..."

„... auf den rechten Augenblick gewartet, stimmt's?"

„Ich hatte zu tun."

„Nun, Mrs O'Herlihy, ich habe auch einen Zeitplan, aber ich halte dennoch Termine ein."

Termine! Das Dinner war ein Termin? Kaitlin wandte sich ab und ging die Straße hinunter zu ihrem Wagen. Brendan war schnell hinter ihr und hielt sie am Arm fest. „Ich werde fahren."

Kaitlin riss sich wütend aus seinem Griff los. „Du willst fahren? Ich brauche meinen Wagen. Wir leben schließlich nicht zusammen, erinnerst du dich?"

Unvermittelt ließ er ihren Arm los. Dann bemerkte sie, dass sein Haar noch feucht vom Duschen war und sein Eau de Cologne frisch und anregend duftete. Er sah in seinem blauen Anzug mit einem pfirsichfarbenen Hemd darunter wundervoll aus. Es betonte die Bräune seines markanten Gesichts. Der Streit tat ihr sofort leid, obwohl sie sich nicht sicher war, warum. Es war seine Schuld gewesen.

„Ich glaube nicht, dass wir jemals zusammengelebt haben", sagte er leise und wandte sich ab, um wegzugehen.

Gut, dachte Kaitlin. Ich muss ihn endlich aus meinem Leben streichen. Und er hatte kein Recht dazu, sich in ihrem Büro derartig wütend aufzuführen. Sie hatte weder versucht, ihn nicht zu beachten, noch hatte sie von etwas zurücktreten wollen.

Ja, sie war im Recht ...

Aber dennoch wollte sie nicht, dass er ging. Sie biss sich auf die Lippe, schluckte ihren Stolz herunter und ging ihm nach. Sie verwünschte Brendan. Er hatte ziemlich lange Beine, und sie musste beinah rennen, um ihn einzuholen. Ihr Zorn stieg erneut hoch, als sie bemerkte, dass sie hinter ihm herlief. Sie war mittlerweile dreißig Jahre alt und lief immer noch hinter Brendan O'Herlihy her.

„Brendan!" Nun war es genug. Sie wollte nicht mehr hinter

ihm herlaufen. Sie blieb stehen und rief seinen Namen.

Er hielt ebenfalls an und drehte sich zu ihr um. Wie fast alle Leute, die gerade auf der Straße waren.

„Es tut mir leid, dass ich mich verspätet habe. Es war wirklich keine Absicht. Ich werde nächste Woche nur schwer Zeit freinehmen können, und ich bin mit einigen Sachen beschäftigt."

Brendan schaute Kaitlin einen Moment an. Sie biss die Zähne aufeinander und wollte sich herumdrehen, um wegzugehen. Natürlich machte er längere Schritte als sie. Wenn er sie einholen wollte, musste er nicht rennen. Fast schien es, als hätte er diesen Vorteil auch in anderen Bereichen gehabt.

Aber sie musste sich nicht abwenden. Brendan ging auf sie zu. „Lass uns jetzt meinen Wagen nehmen", sagte er. „Ich bringe dich später zu deinem zurück und folge dir bis nach Hause."

Kaitlin dachte über seinen Vorschlag nach. „Gut", willigte sie schließlich ein.

Brendan ergriff ihren Arm, und sie gingen die Straße hinunter. Sie wusste nicht, zu welchem Wagen sie gingen, aber es überraschte sie nicht, als sie ein schnittiges schwarzes Mercedes-Coupé mit brauner Innenausstattung erreichten. Es war ein sehr bequemer, unaufdringlich elegant ausgestatteter Wagen.

„Piraterie macht sich anscheinend sehr gut bezahlt", sagte sie, während sie in ihren Sitz sank.

Brendans Blick traf ihren im Spiegel. „Piraterie war schon immer ein gut bezahlter Beruf", gab er gelassen zurück.

Kaitlin schwieg, während er den Zündschlüssel ins Schloss steckte, den Motor startete und sich in den fließenden Verkehr einfädelte. Er sagte auch nichts. Doch dann bemerkte sie, dass sie sich ihrem Haus näherten. „Du fährst mich nach Hause? Dann hätte ich meinen eigenen Wagen mitnehmen sollen!"

Brendan reagierte nicht, bis sie angekommen waren und er den Motor abgestellt hatte. Dann lehnte er sich zurück und schaute sie an. „Tut mir leid", sagte er. „Ich habe nicht an dein Auto gedacht. Ich dachte nur, dass du vielleicht ganz gern duschen und dich umziehen würdest. Ich verspreche dir, dass wir dein Auto später holen."

Sie lächelte. „Ist schon gut. Weißt du, manchmal hast du eine schreckliche Laune."

„Schieb es auf das Irische in mir", sagte er leise.

„Nun, wir sitzen im selben Boot, was das betrifft, nicht?", meinte sie spöttisch.

Doch Brendan war überraschend ernst. „So etwas wie das hast du neulich schon gesagt."

„Wie was?"

Brendan schaute sie nicht mehr an, sondern blickte auf die verlassene Straße. „Dass wir so viel gemeinsam haben. Herkunft, Religion, Ideale … du … man kann so viele Leute sehen, die aus unterschiedlichen Kulturen kommen, sich bekämpfen, und es dennoch schaffen. Und wir hatten so viel, das für uns sprach."

„Vielleicht haben wir uns einfach nicht genug geliebt", sagte sie leise.

Brendan fuhr zu ihr herum. Der Blick seiner grünen Augen war sehr eindringlich. „Das glaube ich nicht, Kaitlin. Das glaube ich nicht eine Minute."

Kaitlin fühlte sich plötzlich eingeschlossen, so, als ob sie Luft brauchte, fliehen musste. „Ich weiß nicht, Brendan", sagte sie dennoch leichthin. „Alles, was ich weiß, ist, dass du dich von mir zurückgezogen hast."

„Ich habe dich niemals wirklich verlassen."

„Aber es war so, als hättest du es getan." Bevor er antworten konnte, hatte sie die Wagentür geöffnet, stieg aus und ging auf das Haus zu. Sie verspürte eine unerwartet starke Furcht davor, dass das Gespräch noch tiefer gehen könnte. Und sie wollte nicht, dass er damit fortfahren würde.

Sie hatte Tränen in den Augen, ohne zu wissen, warum. Es war nicht Mangel an Liebe! dachte sie. Jedenfalls nicht von meiner Seite aus.

Brendan war ihr langsam gefolgt. Kaitlin wollte es nicht gelingen, den Schlüssel richtig ins Schlüsselloch zu stecken. Erst als er sie erreicht hatte, ging es. Doch da fühlte sie seine Hände auf ihrer Taille und seinen warmen Atem an ihrem Ohr.

„Wollen wir den Abend noch einmal neu beginnen?“ Etwas in der Art, wie er die Worte aussprach, war wundervoll warm und dennoch ungeheuer provozierend. Ebenso erotisch wirkte sein warmer Atem beim Flüstern an ihrem Ohr. Sie spürte diese Berührung wie seine Hände auf ihrer Taille, und sie erschauerte innerlich.

Rasch drehte sie sich um. „Du sollst mich nicht verführen, Brendan.“

Mit gespieltem Erstaunen sah er sie an. „Bin ich so gut? Es war nichts weiter als eine harmlose Frage.“

„Nein, so gut bist du nicht“, log sie. „Ich will nur nicht, dass du auf irgendwelche Ideen kommst.“

„Darling, du bist hier diejenige, die Ideen hat, erinnerst du dich?“

Kaitlin stieß ein leises Stöhnen aus und lief rasch ins Haus. Brendan folgte ihr und knipste das Licht an. Sie ließ ihn im Wohnzimmer zurück und ging zu ihrem Schlafzimmer. Doch sie hielt inne und rief zu Brendan zurück: „Ja!“

„Ja was?“

„Ich will den Abend von vorn beginnen.“

„Gut, dann machen wir es auch. Ich werde versuchen, unsere Reservierung zu verlegen, denn wir werden es trotz aller Bemühungen kaum bis um halb neun Uhr schaffen.“

Sie zuckte zusammen. „Das ist nicht die richtige Art, neu anzufangen!“, rief sie. „Aber es ist die Wahrheit!“

„Aber da war ein gewisser Sarkasmus in deiner Stimme. Als wäre alles meine Schuld.“

„Nun …“

„… und als würdest du mir nicht vergeben wollen.“

Sie blieb an ihrer Schlafzimmertür stehen. Sie konnte Brendan nicht sehen, also wartete sie. Und dann hörte sie seine leise Stimme. „Na schön, ich vergebe dir deine Verspätung.“

Kaitlin lachte. „Und ich vergebe dir, dass du wie ein Racheengel in mein Büro gestürmt bist.“

Darauf erwiderte er nichts, und eine Sekunde später hörte sie, wie er mit dem Restaurant telefonierte, in dem er einen Tisch bestellt hatte.

Kaitlin duschte schnell und zog sich frische Wäsche an. Dann verwünschte sie sich, während sie ihren Schrank nach etwas Passendem durchstöberte. Schließlich fand sie eine elegante schwarze Bluse mit einer schlichten unauffälligen Stickerei und einen weiten schwingenden Rock und zog beides an. Zum Schluss entschied sie sich für ihre hochhackigen schwarzen Pumps und legte danach vor dem Spiegel Make-up auf. Sie hatte gerade begonnen, ihr Haar aufzustecken, als sie innehielt. Brendan hatte es immer geliebt, wenn sie es offen getragen hatte.

Hör auf damit! sagte sie sich warnend. Du benimmst dich, als würdest du wieder mit ihm ausgehen. Wieder? Wir haben uns niemals zum Rendezvous verabredet, verbesserte sie sich. Wir haben uns verliebt, uns voneinander entfernt, hatten Streit und dann haben wir uns scheiden lassen. Aber wir haben uns niemals richtig „verabredet". Oh, und einmal haben wir zusammen ein Dinner gehabt. Dinner und Sex! Ihr Spiegelbild schien sie bei dieser Erinnerung höhnisch anzustarren.

„Ich werde keinen Champagner anrühren!", schwor sie ihrem Spiegelbild. „Heute Abend trinke ich nur Eistee."

Sie nahm ein paar Dinge aus ihrer großen Handtasche, packte sie in eine kleine und schaute auf die Uhr. Dreißig Minuten, dachte sie. Er kann sich nicht beklagen.

Das tat Brendan auch nicht. Er saß auf der Couch und schaute sich die Nachrichten an, während er auf Kaitlin wartete. Als sie erschien, stand er schnell auf.

„Hat es zu lange gedauert?", fragte sie ihn.

Er lächelte, erst zögernd und dann herausfordernd. So, wie er sie damals an der Highschool angelächelt hatte. „Du bist es wirklich wert, dass man auf dich wartet", erklärte er. Er kam näher, bis er vor ihr stand, und ergriff ihren Arm. Seine Lippen berührten fast ihre Wange, als er sprach, und einen Moment lang dachte sie, er würde sie küssen. „Ohne jede Frage bist du es wert."

Dann wandte er sich ab und öffnete ihr die Tür. Er hielt ihr auch die Wagentür auf, und Kaitlin erinnerte sich, dass er eine Vorliebe für diese unaufdringliche Höflichkeit hatte. Sie musste zugeben, dass er immer zuvorkommend gewesen war, ohne sie zu bevormunden. Als sie sich in das bequeme Polster zurücksinken ließ, lächelte sie.

„Dies ist keine schlechte Verabredung", stellte sie fest, verbesserte sich dann aber. „Verzeihung, ich meine Termin."

Er warf ihr einen kurzen Blick zu. „Ist das hier ein Termin?"

„Das hast du gesagt."

„Ich habe Termine mit Professoren, Kongressabgeordneten, Studenten und meinen Tauchern. Ich glaube, ich möchte lieber, dass dies hier eine Verabredung ist."

„Weißt du eigentlich, dass wir uns nie richtig verabredet haben?"

Erneut schaute er sie kurz und amüsiert an. „Nun, wir haben so ziemlich alles miteinander gemacht, dann können wir genauso gut anfangen, uns zu verabreden, nicht?"

Kaitlin antwortete ihm nicht, aber sie wusste auch, dass er keine Antwort erwartete. Es war ein angenehmes Schweigen, das sich zwischen ihnen ausbreitete. Ein freundschaftliches Schweigen. Der Wagen hatte eine gute Hi-Fi-Anlage, und sanfte Rockmusik kam aus den Lautsprechern. Und der Wagen rollte elegant die Straße hinunter.

Das Restaurant, das Brendan ausgesucht hatte, befand sich in einem alten Hotel in Coral Gables. Es war eins, dass Kaitlin kannte und liebte. Nachdem sie an ihren Tisch geführt worden waren, kam der Empfangschef und überreichte Kaitlin eine rote Rose.

Brendan schaute Kaitlin skeptisch an, als er die Weinkarte bekam. „Such dir etwas aus, solange es kein Champagner ist", bot er ihr an.

„Ich möchte gern Tee", sagte sie steif. „Eistee."

Aber Brendan wies sie darauf hin, dass das Restaurant auch halbe Flaschen eines sehr bekömmlichen Weißweins führte, und Kaitlin entschied sich, während des Essens ein bisschen Wein zu trinken. Danach bestellten sie Escargot und Krabbencocktail, und Kaitlin merkte, dass sie anfing, den Abend zu genießen.

Brendan erzählte ihr von dem Platz, den er für Donnas Party gemietet hatte, dann zog er die Menükarte heraus und reichte sie ihr. Sie schaute darauf und seufzte. „Brendan, ich habe dazu nicht das geringste Recht. Du hast das alles geplant …"

„Ich habe nur den Ort für die Party ausgesucht, Kaitlin, das ist alles. Wir machen es zusammen."

Sie nahm die Karte. „Nur wenn ich auch die Hälfte bezahlen darf."

„Kaitlin, das ist wirklich keine große Sache."

„Doch, das ist es. Es ist ihre Party!"

Brendan schwieg einen Moment. „Als ich damals den Spot gemacht habe, hat deine Assistentin darauf bestanden, mich zu bezahlen", sagte er dann.

Kaitlin lächelte und schaute auf ihren Teller. „Brendan, ich musste dich bezahlen. Sonst wäre es ungesetzlich gewesen."

„Okay. Hast du dich selbst auch bezahlt?"

„Allerdings."

„Keiner von uns beiden hatte eigentlich die Absicht, diesen Werbefilm zu machen, nicht wahr? Also könnten wir das Geld benutzen, um die Party zu finanzieren." Er lehnte sich zurück und wartete auf ihre Antwort.

Kaitlins Lächeln war strahlend. „Perfekt", erklärte sie. Sie beugte sich über die Karte und prüfte die Menüs. „Das hier klingt wundervoll." Dann lachte sie. „Wirklich wundervoll. Wir würden für solch einen Preis hier nichts dergleichen finden. Ich bin froh, dass Barbara eine normale Mädchengeschichte will."

„Ich glaube nicht, dass das, was Joe möchte, normal ist", erklärte er ihr.

Kaitlin schaute auf. „Was will Joe denn?"

„Eine Vergnügungsfahrt. Eine von diesen Tagestouren."

„Eine Vergnügungsfahrt?", wiederholte sie missbilligend. Brendan lachte. „Er will keineswegs, dass eine Blondine aus seiner Torte springt. Joe möchte nur ein bisschen spielen." Kaitlin lachte und konzentrierte sich dann wieder auf das Menü. Sie las die Vorspeisen durch, und sie und Brendan entschieden sich für Donnas und Bills Lieblingsessen. Danach wählten sie einen Salat, das Hauptgericht und das Dessert. Kaitlin versprach, dass sie in der nächsten Zeit die Einladungen schreiben und verschicken würde, wenn Brendan ihr die Gästeliste geben würde.

Sie hatten den Krabbencocktail beendet und waren auch mit dem Escargot fertig. Dann schlug der Küchenchef als nächsten Gang Fisch in Backfolie vor. Obwohl Kaitlin diese Art der Zubereitung eigentlich nicht schätzte, fühlte sie sich mutig und stimmte dafür. Brendan schloss sich ihr begeistert an.

Der Fisch schmeckte köstlich, und der Wein passte hervorragend dazu. Kaitlin fühlte sich sowohl entspannt als auch völlig klar. Sie und Brendan besprachen, dass sie den verschiedenen Brautpaaren gemeinsam Geschenke machen wollten. Sie spielten mit allen möglichen Ideen und entschieden dann, dass sie noch Zeit hatten, um sich festzulegen.

Schließlich brachte der Kellner ihnen den Espresso, und sie saßen noch lange über den kleinen Tassen.

Kaitlin füllte Zucker in ihre und ertappte sich dabei, wie sie Brendan eindringlich musterte. Als er sie anschaute, widmete sie sich angelegentlich ihrer Tasse. Dann sah sie ihn erneut an. „Ja?"

„Ich war nur neugierig."

„Worauf?"

Manchmal erschien es ihr, als hätte er sich nicht verändert, als hätte sich nichts verändert. Kaum war er wieder in ihr Leben zurückgekehrt, schien es, als wäre er nie weg gewesen. Aber er war es. Es lagen Ewigkeiten zwischen ihnen, auch wenn es ihr nun so vorkam, als hätte er sie niemals verlassen.

„Du hast ein Haus auf den Keys?", fragte sie endlich.

„Ja", erwiderte er abwartend.

„Aber du musst oft nach Massachusetts gefahren sein. Du bist immer noch ein so guter Freund von Bill, dass er seine Hochzeit durch dich organisieren lässt."

„Ich habe auch ein Haus in Massachusetts", erklärte er ihr.

„Im Gebiet von Worchester?"

Brendan schüttelte den Kopf. „Auf dem Land. Draußen bei Orange, fast an der Grenze zu New Hampshire. Das Grundstück ist ungefähr zehn Hektar groß." Sie schaute ihn nur an.

„Ist alles in Ordnung mit dir?"

Kaitlin gab sich einen kleinen Ruck. Natürlich. Es ging ihr gut. Es war nur so, dass ihr niemand davon erzählt hatte. Nun, du hast einmal gesagt, dass du nichts mehr über Brendan O'Herlihy hören wolltest, fiel ihr ein. Und anscheinend hatte sich ihre ganze Familie ihre Worte zu Herzen genommen.

„Natürlich ist alles in Ordnung. Ich glaube, ich habe mich nur gefragt, was … was du während der ganzen Jahre gemacht hast."

„Piraterie getrieben, erinnerst du dich?"

Kaitlin nickte. „Ja, stimmt." Sie schwieg einen Moment. „Und offenbar hast du Joe und Barbara die ganze Zeit über auch gesehen."

„Offensichtlich. Du weißt es ja."

„Bist du oft von den Keys herübergekommen?"

Er zögerte einen Moment. „Sicher. Ich musste ab und zu die Forschungseinrichtungen der Universität nutzen. Und ich habe Studenten mit zum Tauchen hinausgenommen. Viele meiner Kollegen sind Professoren. Ich habe ein kleines Apartment in Brickell."

Brickell! Das war nur ein Stück weiter die Straße hinunter von ihrem Haus entfernt. Und Barbara hatte es die ganze Zeit gewusst und ihr nie ein Wort gesagt.

„Wie lange hast du das Apartment schon?"

„Ungefähr zwei Jahre."

„Und alle haben es gewusst …", sagte sie leise.

Brendan gab einen ungeduldigen Laut von sich. „Kaitlin, du hast gewusst, dass Joe und ich weiter befreundet waren. Und das bedeutete natürlich, dass Barbara und ich uns auch gesehen haben."

„Ich wusste nur nicht, wie oft. Mir war klar, dass Joe deinen Aufenthaltsort kannte, da er mir gesagt hatte, wo ich dich finden konnte, als …"

„Als du gekommen bist, um mir dein Geschäft vorzuschlagen."

„Ich war nicht gekommen, um mit dir zu feilschen."

„Was hast du dann gemacht?"

„Ich wollte einen Versuch unternehmen, uns beiden die Situation zu erleichtern."

„Wie die Hölle."

„Ich habe damals niemanden ernstlich getroffen."

„Nun", sagte er nachdenklich, während er sich zurücklehnte und sie mit einem forschenden Blick seiner grünen Augen sorgfältig musterte. „Ich bin froh, das zu hören."

„Was ...?"

„Ich bin froh, dass du nicht mit jemandem zusammen warst, als du mit mir den Handel abschließen wolltest."

„Brendan, wie kannst du das so ... verdorben klingen lassen?"

„Weil es das war", sagte er schlicht.

„Ich habe wie eine Nonne im Kloster gelebt", begann sie aufbrausend, brach dann aber sofort ab, als sie merkte, wie viel sie mit dieser Äußerung von ihrem Leben preisgab.

„Was?"

„Nichts. Ich habe jedenfalls nicht mit dir gefeilscht!"

„Nun, du bist jedenfalls sehr bereitwillig mit mir ins Bett gegangen. Ich bin froh, dass du nicht zur gleichen Zeit eine andere Ehe ins Auge gefasst hattest."

Kaitlin stieß wütend die Luft aus. „Verdammt, Brendan. Vielleicht bin ich schnell mit dir ins Bett gegangen, aber du warst auch sofort dazu bereit."

Er antwortete nicht gleich. Dann sagte er leise: „Aber ich habe dich auch nicht um eine Annullierung der Ehe gebeten." Plötzlich bemerkte sie, dass er mehr an ihr vorbei sah, als sie anzusehen. Sie fuhr herum. Der Kellner stand hinter ihr und versuchte, Brendan unauffällig die Rechnung zu geben. Das Gesicht des Mannes war dunkelrot vor Verlegenheit, und Kaitlin fühlte, wie ihr ebenfalls das Blut in die Wangen schoss, als sie sich die letzten Sätze ihrer Unterhaltung ins Gedächtnis zurückrief.

Am liebsten hätte sie sich in Luft aufgelöst oder wäre unter dem Tisch versunken ... oder hätte, noch besser, hätte Brendan jedes einzelne schwarze Haar vom Kopf gerissen. Und die grauen auch.

Sie stand auf und griff nach ihrer Handtasche. „Danke für das Dinner", sagte sie kalt, dann stürzte sie blindlings hinaus.

8. KAPITEL

Kaitlin war kaum aus der Eingangstür auf die Straße getreten, als Brendan bereits hinter ihr herkam, sie am Arm erwischte und zu sich herumdrehte.

„Was glaubst du, machst du da?“, wollte er wissen.

„Ich gehe nach Hause. Ich nehme ein Taxi …“

„Nichts dergleichen wirst du tun.“

„Ich werde …“

„Du bist mit mir gekommen, Kaitlin, und du wirst auch mit mir nach Hause fahren.“

Seine Hand lag auf ihrem Ellbogen, und sie schaute sich wütend um. Weit und breit war kein Taxi zu sehen, und es war nicht angenehm hier draußen. Nicht um diese Zeit in dieser ruhigen Gegend.

Brendan ging auf seinen Wagen zu, und Kaitlin folgte ihm langsam und widerwillig. Er öffnete ihr die Tür. „Steigst du bitte ein? Und hör bitte auf, mich dafür verantwortlich zu machen und böse auf mich zu sein, dass der Kellner gehört hat, was du über dein Sexualleben gesagt hast, vielmehr über sein Fehlen.“

Kaitlins Zorn wallte wieder auf. „Du …“

„Kaitlin, es ist schon spät. Steig ein!“

Sie gab nach, weil sie keine Chance hatte. Brendan ging um das Auto herum, setzte sich hinters Steuer und ließ den Motor an. Als sie auf der Straße waren, begegneten sich ihre Blicke.

„Wenn du mit niemandem zusammen warst, warum wolltest du dann die Annullierung?“

Kaitlin schüttelte nur den Kopf. Sie hatte keine Lust, es ihm zu erklären.

„Warum?“, fragte er beharrlich.

Kaitlin machte eine vage Handbewegung. „Meine Eltern hatten einen Cousin erwähnt, der wieder geheiratet hatte. Und zwar richtig. In …“

„Richtig!“, fuhr er hoch. Seine Augen waren dunkel vor Ärger. „Wie heiratet man richtig, Kaitlin? Ist es nur dann eine richtige Trauung, wenn man eine Million Gäste hat und ein Brautkleid für Tausende von Dollars? Ist es das?"

„Nein, das ist es nicht!", erwiderte sie aufgebracht. „Richtig ist das, was jeder Einzelne für richtig hält. Und für mich ist das eben eine kirchliche Trauung. Andere mögen das anders sehen. Und es ist nicht im Geringsten entscheidend, was man trägt oder wer dabei ist. Die Hauptsache spielt sich im Herzen ab, Brendan, es ist … ach, reden wir nicht mehr davon!"

„Du hast vollkommen recht, Kaitlin, ich werde nicht davon reden. Wie auch immer es vollzogen worden ist, wir waren verheiratet. Wir waren Mann und Frau. Und ich würde niemals so tun, als wäre es nicht so gewesen. Niemals werde ich ein Stück Papier unterzeichnen, das etwas anderes aussagt. Versteh das doch endlich!"

„Ich habe es schon verstanden!"

Er versuchte, sich zu zügeln. Kaitlin fürchtete sich plötzlich vor seiner Wut und fragte sich, was er vorhatte. Dann bemerkte sie, dass sie vor ihrem Haus standen. Brendan stieg aus, und sie wusste, dass er herumkommen und ihr die Tür öffnen würde. Hastig sprang sie aus dem Wagen, denn sie wollte nicht, dass er ihr zu nahe kam.

„Vielen Dank für das Dinner!", stieß sie knapp hervor.

„Wir sind noch nicht fertig."

„Doch, das sind wir. Ich denke nicht im Traum daran, dich hereinzubitten. Das könntest du ja wieder gegen mich auslegen!"

„Kaitlin …"

„Verschwinde, Brendan!"

Sie kochte vor Wut, während sie den Weg zu der Haustür hinaufging. Aber als sie davor stand, fiel ihr ein, dass ihr Wagen immer noch vor dem Büro parkte. Kaitlin drehte sich um.

Brendan hatte anscheinend darauf gewartet, dass sie sich erinnerte. Er stand gegen die Beifahrertür gelehnt und sah sehr überlegen aus.

Kaitlin ging den Weg wieder hinunter. „Du wusstest die ganze Zeit, dass mein Wagen noch vor dem Büro steht", fuhr sie ihn an. „Warum hast du mich nicht hingefahren?"

„Ich habe nicht daran gedacht. Es ist mir erst wieder eingefallen, nachdem du aus meinem Auto gestürmt bist."

„Ich bin nicht gestürmt, Brendan O'Herlihy. Und ich mag es nicht, wenn …"

„Kaitlin, lass uns lieber deinen Wagen holen."

„Ich nehme morgen früh ein Taxi, danke."

„Mach es, wie du willst." Brendans Stimme klang gleichgültig. „Wir brauchen nur zehn Minuten, um zurückzufahren. Und auch wenn du morgen früh ein Taxi nimmst, wird das nichts an der Tatsache ändern, dass du mich wiedersehen wirst."

„Stimmt, aber ich habe noch ein paar Tage Gnadenfrist", sagte sie unfreundlich.

„So viele auch nicht. Deine Großmutter hat mich zu ihrer Hochzeit eingeladen."

„Ja. Ich habe erwartet, dass sie das tun würde."

„Ich muss hingehen."

„Das kann ich mir vorstellen!"

„Und ich sollte eigentlich dein Begleiter sein."

„Was?", fragte Kaitlin verblüfft. „Hast du schon eine Verabredung für die Hochzeit?"

„Ich brauche keine Verabredung!"

Brendan lächelte. „Gut, dann hast du jetzt einen Begleiter."

„Wenn ich eine Begleitung haben wollte, Brendan, würde ich schon selbst für eine sorgen."

Sein Lächeln vertiefte sich. Einen Moment lang schaute er zu Boden, und seine dunklen Wimpern legten sich über seine Augen. „Du klingst immer noch wie diese sehr stolze junge Frau, die ich vor all den Jahren getroffen habe. Kaitlin, ich weiß, dass du leicht eine Verabredung treffen kannst. Du kannst fast alles von jedem Mann bekommen, wenn du ihn nur einfach mit diesen babyblauen Augen ansiehst und ein-, zweimal mit den Wimpern klimperst."

„Brendan …"

„Steig ein! Ich bringe dich zu deinem Wagen." Kaitlin zögerte. Brendan trat zur Seite und öffnete die Tür für sie. Dann stieg sie ein.

Brendan schwieg, während er durch die ruhigen, nächtlichen Straßen zu Kaitlins Büro fuhr. Als sie dort angekommen waren, parkte er hinter ihrem Wagen, stieg aus und kam an ihre Seite.

„Ich werde dir nach Hause folgen“, erklärte er. „Das ist nicht nötig“, meinte sie abweisend. „Das ist meine Sache.“

Kaitlin stieg in ihr Auto und ließ den Motor an. Während sie fuhr, bemerkte sie im Rückspiegel, dass Brendan ihr gefolgt war. Er folgte ihr den ganzen Weg zu ihrem Haus.

Sie parkte auf der Auffahrt und stieg aus. Brendan lehnte bereits an seinem Wagen und beobachtete sie, während sie den Weg hinaufging. Sie schloss auf und drehte sich herum, um zu winken.

„Ich bin zu Hause. Sicher“, sagte sie.

Brendan nickte. „Ruf mich an, wenn du deine Meinung wegen Samstag änderst. Wir könnten ein bisschen Übung gebrauchen.“

„Wofür?“

„Hochzeiten!“, rief er. „Wir werden an zwei zusammen teilnehmen.“

„Ich werde meine Meinung nicht ändern“, sagte sie.

Brendan lachte leise. „Ruf mich an, wenn du es doch tust. Aber nicht so spät. Vielleicht zaubere ich ja selbst eine Verabredung aus dem Hut.“

Kaitlin antwortete nicht und trat ins Haus. Dann schloss sie die Tür und verriegelte sie. Sie fühlte sich völlig erschöpft, zog sich rasch aus, schlüpfte in ein Nachthemd und ging ins Bett.

Aber sie konnte nicht schlafen. Sie fragte sich, was Brendan in der Zeit machte, in der er nicht arbeitete. Sie hatte ihm erzählt, dass sie nicht ernstlich gebunden war. Und sie hatte ihm erzählt, dass sie wie eine Nonne lebte!

Kaitlin seufzte, wälzte sich herum und versuchte erneut, zu schlafen. Als sie endlich eindöste, wurde sie von Träumen gequält. Träume von Brendan. Und in ihnen lag er an sie geschmiegt, waren sie nackt, und er hielt sie in den Armen. In ihren Träumen waren sie wieder verheiratet. Sie schliefen eng umschlungen, und sein Kinn ruhte auf ihrer Schulter, und sie selbst fühlte sich sicher und geborgen …

Erschreckt wachte sie auf. Es war mitten in der Nacht, aber sie stand auf, eilte in die Küche und machte sich dort eine Tasse Tee.

Während sie dasaß und ihn trank, wurde ihr klar, weswegen sie nie wieder geheiratet hatte: weil sie keinen Mann getroffen hatte, der sie so empfinden ließ wie Brendan.

Aber es war immer so schmerzhaft, wenn sie zusammen waren! Ihre Wut entflammte, und sie warfen sich bittere Worte an den Kopf. Aber da gab es noch mehr, so viel mehr, worüber sie nie sprachen. Nie würde sie die richtigen Worte finden, deshalb blieb die Bitterkeit.

Kaitlin blieb noch eine Weile wach, dann zwang sie sich endlich, wieder ins Bett zurückzugehen.

Der nächste Tag war von Anfang bis Ende total verrückt. Kaitlin musste arbeiten, und mehr noch: Sie musste nach der Arbeit die Dinnervorbereitungen mit ihrer Großmutter besprechen, und dann wollte sie noch nach der Hochzeitstorte sehen.

Danach musste Kaitlin Barbara treffen, und sie gingen von einem Geschäft ins nächste, um das perfekte Kleid zu finden. Im sechsten Geschäft fanden sie es endlich.

Es war wundervoll. Das Mieder aus Satin und der weit ausgeschnittene Rücken wurden von einem weichen Netz aus Gaze eingefasst, das Barbaras Rücken und das Schlüsselbein bedeckte und unter ihrem Hals in einer dünnen Kette mit Perlen endete. Und eine kleine Perle in Tränenform saß an der Stelle, wo Satin und Gaze an den Ansätzen von Barbaras Brüsten zusammenliefen. Auch der Schleier war exquisit. Lang und mit Perlen und Pailletten besetzt. Das Kleid passte Barbara wie angegossen.

„Es ist hinreißend!“, sagte Kaitlin zu ihr. Barbaras Anblick ließ ihr die Tränen in die Augen treten. Ihre Cousine sah so wunderschön aus, und sie selbst hatte so lange vergeblich darauf gewartet, eine Braut zu werden.

„Glaubst du, dass es Joe gefallen wird?“, fragte Barbara besorgt. „Er wird begeistert sein!“, versprach Kaitlin ihr. „Oh Barbara, es ist perfekt.“

Barbara hinterließ eine Anzahlung für das Kleid, danach schauten sie sich Kleider für die Brautjungfern an. Sie entschieden sich für schwarz-weiße Kleider. Sie waren ebenfalls sehr hübsch, mit schwarzen Samtoberteilen und wunderschönen weißen Röcken.

Nachdem sie das erledigt hatten, gingen sie essen und nahmen einen Drink. Barbara entschied sich für einen Champagnercocktail und Kaitlin, die vorsichtig war, für eine Weißweinschorle. Sie war erleichtert, dass Barbara Brendan mit keinem Wort erwähnte.

Als Kaitlin dann endlich nach Hause kam, war sie viel zu müde, um groß nachzudenken. Diesmal schlief sie sogar, ohne zu träumen.

Am nächsten Nachmittag kamen ihre Eltern an. Kaitlin holte sie vom Flughafen ab, und kaum sah sie sie, befiel sie das schlechte Gewissen. Sie waren großartig.

Ihre Mutter sah aus wie Großmutter, nur jünger, und wirkte wie Kaitlin, wenn sie älter werden würde. Sie hatte makellose Haut und schöne blaue Augen, und auch wenn man ihr die fünfzig Jahre ansah, war sie doch eine sehr liebenswerte Fünfzigjährige. Sie war flott gekleidet und hatte sich bei Kaitlins Vater eingehängt.

Ihr Vater sah ebenfalls fantastisch aus. Er war groß und grauhaarig, hatte stahlblaue Augen und harte, anziehende Gesichtszüge.

Sie waren verheiratet, seit sie zwanzig waren, und hatten nie aufgehört, sich zu lieben. Kaitlin war ein Einzelkind geblieben, obwohl ihre Mutter gern das ganze Haus voll Kinder gehabt hätte. Deshalb bekam sie auch ihre ganze Zuneigung. Sie waren sehr liebevolle Eltern und achteten sorgfältig darauf, sie niemals mit ihrer Liebe zu erdrücken.

Die beiden haben so viel mehr verdient, als ich ihnen gebe, dachte Kaitlin. Nachdem sie sie ausgemacht hatte, drängte sie sich durch die Menge, um sie zu erreichen.

„Mom! Dad!“ Sie umarmte die beiden begeistert, ohne genau zu wissen, warum sie plötzlich feuchte Augen hatte.

„Kaitlin!“ Ihre Mutter umarmte sie ebenfalls, dann nahm ihr Vater sie in die Arme. Er drückte sie fest an sich und ließ sie nur langsam los.

„Darling, es ist so schön, dich zu sehen!"

Kaitlin nickte. „Lass uns hier hinausgehen. Es ist der reinste Zoo!"

Sie ließ sich von beiden in die Mitte nehmen und führte sie hinaus zu ihrem Wagen. Unterwegs erzählte sie von den Plänen für die Hochzeit, und ihre Mutter sagte ihr, wer von ihren Verwandten und Bekannten die Reise nach Florida schaffen würde.

„Donna wollte kommen, und Patrick auch." Patrick war Donnas älterer Bruder. „Aber Patricks Frau erwartet ein Baby, und ihr geht es im Moment nicht besonders gut. Deshalb geht sie ständig ins Krankenhaus. Donna kümmert sich derweil um Brandy, und sie will lieber bleiben und auf das Baby warten."

Kaitlin fühlte sich einen Moment schuldig. Eigentlich hätte sie Donna helfen sollen, und dabei hatte sie noch nicht einmal gewusst, dass die sich um ihren Neffen kümmerte. „Vielleicht kann ich helfen, wenn ich nächste Woche hochkomme", sagte sie.

„Verpasse nur deinen Zug nicht, Darling", meinte ihr Vater warnend.

Kaitlin lächelte. „Das werde ich schon nicht, Daddy, das verspreche ich."

„Es ist zu schade, dass du nicht gern fliegst", sagte er. „Ich hasse es, zu fliegen, es sei denn, es führt kein Weg daran vorbei", gab sie zu.

„Vielleicht ist es ja sogar ganz gut, wenn du den Zug nimmst", stellte ihr Vater hintersinnig fest. „Wenigstens kannst du dich da ein bisschen entspannen."

Ihre Mutter sah ihn mit einem missbilligenden Blick an, der ihn davor warnen sollte, sich in Kaitlins Privatangelegenheiten zu mischen. „Erzähl mir etwas über Mr Rosen", forderte sie Kaitlin auf.

Kaitlin lachte und kam dem Wunsch nach, während sie zu ihrem Wagen gingen.

Auch auf der Heimfahrt riss das Gespräch nicht ab, und als sie Kaitlins Haus erreicht hatten, wärmte sie ihren Eltern eine Suppe auf, die sie schon vorbereitet hatte. Ihre Eltern richteten sich inzwischen im Gästezimmer ein. Ihr Vater kam als Erster in die Küche. Er probierte die Suppe, blinzelte Kaitlin zu und versicherte ihr, dass sie großartig schmecken würde.

„Und wie geht es dir so allgemein?", fragte er dann.

„Fantastisch, Dad. Die Agentur behauptet sich gut auf dem Markt."

„Ich bin stolz auf dich, weißt du das?"

Kaitlin umarmte ihn erneut, weil sie plötzlich von einem zärtlichen Gefühl ihm gegenüber gepackt wurde. Sie liebte ihn sehr und wusste, wie hart es für ihn war, dass sie über zweitausend Kilometer von zu Hause entfernt lebte.

„Ich bin mein ganzes Leben lang stolz auf dich gewesen, weißt du?", erklärte sie ihm.

„Danke", sagte er heiser und fragte sie dann nach ihrer Arbeit.

Kaitlin erzählte ihm, dass sie gerade einen wirklich großen Auftrag für ihre Agentur hereingeholt hatte. Sie verschwieg aber, dass sie in ihrem Werbespot selbst aufgetreten war. Mit Brendan.

Ihr Vater hörte zu und machte seine Bemerkungen zu den kleinen Schwierigkeiten, die sie schilderte. „Und was ist mit dir?", fragte er dann.

„Mit mir?"

„Bist du glücklich, Kaitlin?"

„Oh! Nun, natürlich bin ich glücklich."

„Triffst du dich mit jemandem?"

Kaitlin wandte sich zu dem Topf mit der Suppe um. „Ich bin in letzter Zeit sehr beschäftigt."

„Du triffst dich mit überhaupt niemandem?" Es war die missbilligende Stimme ihrer Mutter, die Kaitlin da hörte, und sie drehte sich lächelnd herum.

„Mom, natürlich treffe ich Leute. Wirklich."

„Werden wir jemanden davon bei Großmutters Hochzeit kennenlernen?", fragte ihre Mutter besorgt.

Das trug ihr einen warnenden Blick von Kaitlins Vater ein.

„Nun, nicht bei Großmutters Hochzeit." Beide schauten Kaitlin an. „Ich hatte so viel zu tun. Ich bin ihre Brautjungfer, weißt du, Mom." Sie schauten sie immer noch an. „Ich werde dort nicht allein sein. Ich konnte nur niemanden mitbringen, weil … nun, Großmutter hat auch Brendan eingeladen. Deshalb dachte ich, ich sollte ihn mich begleiten lassen."

Ihr Vater sah sie erstaunt an, während ihre Mutter strahlte. „Brendan? Ich wusste, dass er Bills Hochzeit organisieren würde, aber nicht, dass er hier ist. Ist er jetzt hier? Und wir sehen ihn auf Großmutters Hochzeit?"

Kaitlin fragte sich mit einer leichten Gereiztheit, ob ihre Eltern nicht mehr über die Tatsache aufgeregt waren, dass sie Brendan treffen würden, als darüber, dass sie ihre eigene Tochter wiedersahen. Doch im nächsten Moment hatte sie deswegen ein schlechtes Gewissen.

Sie widmete sich erneut der Suppe, während sie eine starke Wut auf Brendan verspürte. Dann wurde ihr klar, dass sie ihn jetzt anrufen und sich mit ihm verabreden musste. Dieser Gedanke versetzte sie fast in Panik.

Was hat dich dazu getrieben, deinen Eltern etwas davon zu erzählen? fragte sie sich. Vermutlich hatte sie es getan, weil sie sie so besorgt angesehen hatten.

Während des Essens schaffte Kaitlin es, das Gespräch von Brendan abzulenken. Und glücklicherweise gingen ihre Eltern früh schlafen.

Sobald sie im Bett waren, zog Kaitlin sich sofort in ihr eigenes Zimmer zurück. Sie rief die Auskunft an, aber dort erfuhr sie nur, dass Brendan eine Geheimnummer hatte. Sie schluckte, biss in den sprichwörtlichen sauren Apfel und wählte Joes Nummer.

Sie beachtete den neugierigen Ton seiner Stimme nicht, ließ sich Brendans Telefonnummer geben und rief ihn rasch an, bevor sie es sich anders überlegen und kneifen konnte.

Er brauchte ewig, um den Hörer abzunehmen. Kaitlin schloss die Augen und fragte sich, was er wohl gerade machte. Sein Apartment konnte gut eine beeindruckende Junggesellenwohnung sein, mit einem Whirlpool auf dem Balkon. Und vielleicht war er gerade mit einer Verabredung beschäftigt. Sie würde dunkelhaarig sein. Sehr dunkelhaarig und sehr sexy …

„Hallo?"

Kaitlin befeuchtete ihre Lippen. Sie brachte keinen Ton heraus.

„Hallo?", wiederholte er ungeduldig. Sie kannte Brendan. Er würde nicht lange warten.

Sie drehte die Telefonschnur in den Fingern. „Brendan, ich bin es. Kaitlin. O'Herlihy", fügte sie wenig geistreich hinzu. Sie zuckte zusammen.

„O'Herlihy, was?", fragte er hörbar belustigt. „Und was kann ich für Sie tun, Mrs O'Herlihy?"

„Ich brauche dich. Ich meine, ich selbst brauche dich nicht. Ich will dich … nein, nein, so meine ich das auch nicht!"

„Und was meinst du dann?"

„Ich habe meine Meinung geändert. Was die Hochzeit von Großmutter betrifft. Falls du nicht bereits eine andere Verabredung getroffen hast."

Brendan schwieg so lange, dass Kaitlin schon wünschte, sie hätte niemals angerufen. Sie war bereit, den Hörer auf die Gabel zurückzuwerfen, als sie ihn antworten hörte. Seine Stimme war tief und heiser.

„Nein, ich habe kein anderes Arrangement getroffen. Ich wäre sehr erfreut, dich begleiten zu können, Mrs O'Herlihy. Zu welcher Zeit wirst du meine Dienste benötigen?"

Es war wirklich eine wunderschöne Hochzeit, dachte Kaitlin. Ihre Großmutter und Allen Rosen wurden unter einem mit Blumen bedeckten Spalier in einem Hof getraut. Es war eine einfache Zeremonie, aber die beiden hatten sich ihre eigenen Schwüre aufgeschrieben. Sie waren sehr traditionell. Die beiden versprachen, sich zu lieben, zu ehren und für den anderen zu sorgen, solange sie lebten, und bis dass der Tod sie scheiden würde.

Kaitlin stand an der Seite ihrer Großmutter und hatte Tränen in den Augen. Sie dachte, dass Ehrlichkeit das Einzige war, was in einer Beziehung zwischen zwei Menschen wirklich zählte. Großmutter und Allen wirkten so sicher bei dem, was sie taten, und für jeden der Anwesenden war offensichtlich, dass sie sich wirklich liebten.

Für eine kleine Hochzeit war es ein überraschend großes Ereignis. Donna und ihr Bruder hatten es nicht geschafft zu kommen, aber die anderen Verwandten waren da. Alle vier Töchter von Großmutter: Maeve, Kaitlins Mutter, Margaret, Donnas Mutter, Bede, Barbaras Mutter und Siobthan, die jüngste der vier Schwestern. Ebenso waren Großmutters Söhne Galen und Michael mit ihren Frauen gekommen. Und außer Barbara und ihr gab es noch fünf andere Cousinen und Cousins. Michael, Jeremy, Joshua, Liam und Cathrine-Mary.

Allen Rosen hatte ebenfalls eine große Familie, von denen viele erschienen waren. Natürlich waren auch die Freunde von Lizzie und Allen eingeladen. Der älteste und lebhafteste Gentleman war ein alter Freund von Allen, Timothy Tyron.

Nachdem Braut und Bräutigam den Tanz eröffnet hatten, forderte Allens Sohn Jacob, der die Hochzeit seines Vaters organisiert hatte, Kaitlin auf. Danach begannen alle zu tanzen, und Brendan klatschte Jacob ab und nahm Kaitlin in die Arme.

„Wie hältst du dich?", fragte er sie.

„Fein danke."

„Deine Eltern sehen gut aus." Sie nickte.

„Sie strahlen uns an."

„Sie glauben an Wunder."

Brendan lächelte. „Es muss dir sehr schwergefallen sein, mich anzurufen, nicht wahr?"

„Es war nicht leicht", gab sie zu. Und es war immer noch nicht einfacher geworden. Kaitlins Eltern waren erfreut gewesen, Brendan zu sehen, und sie hatte entdeckt, dass sogar ihre Mutter und ihr Vater Brendan während der letzten Jahre ein paarmal getroffen haben mussten, ohne es ihr gegenüber zu erwähnen. Und Brendan sah großartig aus. Er trug einen blauen Anzug mit dünnen Nadelstreifen und einer Weste. Der vorzügliche Schnitt des Anzugs betonte seine männliche Figur, seine muskulösen Schultern und seine schmalen Hüften. Und er duftete auch fantastisch. Kaitlin hasste es, wenn er so attraktiv war. Es war schon hart genug für sie, überhaupt mit ihm zusammen zu sein.

„Es ist eine wundervolle Hochzeit“, sagte Brendan leise. „Deine Großmutter ist eine tolle Frau.“

Kaitlin musste lächeln. „Das ist sie.“

„Sie liebt ihn. Auch wenn sie flott gelebt hat, kann man aber sagen, dass die Musik und das ganze Drum und Dran sie nicht wirklich interessieren. Nur Allen ist ihr wichtig.“

Kaitlin schaute Brendan an. Wollte er damit schon wieder andeuten, dass sie sich nur für das Drumherum interessiert hätte?

„Brendan, du solltest nicht …“

„Weißt du, ich kann mich immer noch daran erinnern, wie wir uns getroffen haben. Wie ich in deine Augen geschaut und in ihnen Herausforderung und Entschlossenheit entdeckt habe. Niemals habe ich etwas so Wunderschönes und Fesselndes wie dein Gesicht gesehen.“

Brendans Blick hielt ihren fest, und sein Körper war nah und heiß an ihrem, er berührte sie, während sie sich bewegten. Kaitlin wünschte sich weit weg, sie war atemlos und ängstlich. Zu viel war zwischen ihnen geschehen. Er hatte nicht nur ihr Herz gebrochen, er war auch noch darauf herumgetrampelt. Und dann hatte er sie erniedrigt. Wenn er mich nur nicht so ansehen würde, dachte Kaitlin.

Die Band hatte aufgehört zu spielen, aber sie standen immer noch auf der Tanzfläche und hielten sich in den Armen. Dann begann die Band, ein anderes Stück zu spielen, und Brendan bewegte sich zu dem schnelleren Rhythmus. Als Kaitlin seiner Führung folgte, bemerkte sie, dass die meisten Mitglieder ihrer Familie sie beobachteten. Und sie wusste, sie alle dachten, dass sie eine Närrin gewesen war, sich jemals von Brendan O’Herlihy zu trennen.

„Erinnerst du dich an die gute alte Zeit, Kaitlin?“, fragte er leichthin.

„Ich erinnere mich daran, dass du mich verlassen hast“, erwiderte sie zurückhaltend.

Er schüttelte den Kopf. „Ich habe dich nie verlassen.“

„Du bist weggelaufen und in die Marine eingetreten. Das nenne ich mich verlassen.“

„Ich habe gedacht, du wolltest lieber mit jemand anderem zusammen sein."

In diesem Moment kam Kaitlins Vater auf sie zu und klatschte Brendan ab. Erneut wurde Kaitlin davongewirbelt. Sie versuchte zu lächeln, bemühte sich, erfreut auszusehen, zu plaudern und zu lachen. Aber sie wusste, dass sie kläglich versagte, und ihr Vater wusste es auch. Doch er ließ sich nichts anmerken.

„Brendan sieht gut aus", sagte er.

„Brendan sieht immer gut aus", erwiderte sie müde. „Und er ist charmant, erfolgreich, und ich war der größte Dummkopf auf der Welt, die Scheidungspapiere zu unterschreiben."

Ihr Vater sah sie erstaunt an. „Kaitlin, was …?"

„Ich kann es dir versichern. Ich sehe es an den Blicken der Leute. Ich habe Schlimmes durchgemacht."

„Honey, es gibt nichts Schlimmes in einer Situation wie dieser hier."

„Dad, das kann niemand verstehen. Niemand, der ihn nicht so kennt wie ich. Sean ist gestorben, und ein Stück von Brendan mit ihm. Er war zwar danach noch da, aber er war niemals wirklich bei mir."

„Kaitlin, niemand gibt dir die Schuld."

„Ich wünschte, er würde wenigstens hinfallen."

Ihr Vater lachte. „Das klingt wirklich sehr bitter, und es klingt gar nicht nach dir."

„Nun, ich bin verbittert." Sie schwieg eine Minute. „Ich will natürlich nicht wirklich, dass ihm irgendetwas Schlimmes passiert. Ich will nur, dass er Haarausfall bekommt und so dick wie ein Ballon wird. Vielleicht würden auch schon ein oder zwei schwarze Zähne helfen."

Ihr Vater lachte und schwang sie herum. „Das klingt für mich so, als würdest du ihn immer noch lieben."

Kaitlin schüttelte den Kopf. „Nein, Dad, nicht mehr. Es hat zu weh getan."

Er wurde ernst. „Erinnerst du dich an Sean, Honey? Ich tue es. Und das ist etwas gewesen, was er immer vor Augen hatte.

Ohne Streit gibt es keine Harmonie, ohne Schmerz keine Freude und ohne Leid kein Lachen."

„Ich erinnere mich an Sean", sagte sie leise. Sie wusste, dass ihr Vater recht hatte, aber er hatte sie nie davor gewarnt, dass der Schmerz Jahre und Jahre dauern könnte.

Dann tauchte Allen Rosen neben ihnen auf, und ihr Vater hatte keine andere Wahl, als sie loszulassen.

Danach wollte der Geschäftsführer des Restaurants Kaitlin wegen der Sitzordnung für die Überreichung der Geschenke sprechen. Es waren einfach zu viele Leute da. Kaitlin versuchte verzweifelt, alles neu zu arrangieren, und war dabei bemüht, weder die Familie von Allen Rosen noch ihre eigene vor den Kopf zu stoßen.

Als Kaitlin endlich fertig war, fühlte sie sich völlig erschöpft. Und als sie wieder heraus zu den anderen kam, fiel ihr auf, dass sie einen sehr wichtigen Gast vergessen hatte: Allen Rosens Rabbi. Sie eilte zurück und begann von vorn. Und sie war heilfroh, dass die Band ohne Pause spielte.

Endlich war alles fertig, und die Gäste konnten sich ihre Platznummern nehmen. Kaitlin tanzte mit ihren Onkeln und Cousins. Und mit ihrem neuen Stiefgroßvater. Sogar als das Essen serviert wurde, sah sie Brendan kaum.

Danach begann die Band wieder zu spielen, und Kaitlin konnte sich einen Moment ausruhen. Sie lehnte sich an die Wand und fächelte sich Luft zu. Sie lachte, als ihre Großmutter ihr Blumenbukett warf und Barbara es auffing. Dann zog Allen Rosen ihr Strumpfband ab und schaffte es, es Joe zuzuwerfen, der einen ziemlichen Aufwand davon machte, es Barbara anzulegen.

Danach wurde weitergetanzt. Von ihrem Aussichtspunkt aus konnte Kaitlin sehen, dass Timothy Tyron mit allen Aktivitäten Schritt hielt. Er war überall dabei. Ob die Band nun einen jüdischen oder irischen Tanz spielte, oder einen Walzer, das kümmerte ihn gar nicht, er war mittendrin.

Nach einer Weile wurde Kaitlin in den Raum der Braut gerufen, weil die Geschenke nicht mehr auf die Tische passten, die extra dafür aufgebaut worden waren. Während sie einen Pagen suchte, der ihr helfen sollte, die Geschenke zu den verschiedenen Wagen zu tragen, hörte sie plötzlich einen lauten Schrei und dann verschiedene Ausrufe durcheinander.

Kaitlin rannte hinaus und sah eine Traube von Leuten um die Tanzfläche herumstehen.

„Einen Krankenwagen!", rief jemand.

„Der ist schon unterwegs."

Dann ertönte eine andere Stimme, die ruhig und bestimmt den Leuten befahl zurückzutreten. Kaitlin wusste nicht, was vorging, aber das Herz schlug ihr bis zum Hals.

Großmutter! Wo ist Großmutter? fragte sie sich besorgt. Sie dachte noch nicht einmal an Allen Rosen, denn sie konnte die Tatsache nicht verleugnen, dass sie diese Frau dreißig Jahre lang geliebt hatte und dass Allen immer noch ein Fremder für sie war. „Was ist passiert?", rief sie.

Da hakte jemand plötzlich seinen Arm in ihren. Ihr Vater stand neben ihr, und Kaitlin schaute ihn erschrocken an. „Großmutter!"

Er schüttelte den Kopf. Die Sirene des Krankenwagens war zu hören. „Großmutter geht es gut", erklärte ihr Vater ihr. „Es ist der nette Timothy Tyron. Ich denke, er hat ein bisschen zu viel getanzt."

Kaitlin stieß erschrocken einen Ausruf aus, und in diesem Moment kam auch schon die Ambulanz. Die Sanitäter drängten sich mit einer Trage durch die Menge.

Gerade als sie kamen, öffnete Timothy Tyron die Augen. Und der Mann, der seine Hand hielt, war kein anderer als Brendan O'Herlihy. Die Leute drängten sich um die beiden und klatschten unter lauten Beifallsrufen, als man Timothy auf die Trage half. Er hielt immer noch Brendans Hand umklammert, und Allen ging an seiner anderen Seite. „Es muss der letzte Tanz gewesen sein", sagte Timothy.

„Du bist bestimmt bald wieder gesund", versprach Allen ihm.

Timothy lächelte und schloss die Augen, während die Sanitäter ihm eine Sauerstoffmaske anlegten.

Kaitlin sah der Trage und Allen, Brendan und den Helfern hinterher. „Was ist passiert?“, fragte sie flüsternd.

Ihr Cousin Michael war hinter ihr. „Ich glaube, er ist in Ohnmacht gefallen“, sagte er. „Ein Glück, dass Brendan da war, sonst hätte der alte Knabe vielleicht seinen letzten Atemzug getan.“

„Brendan!“, rief Kaitlin aus.

„Irgendwie hat Timothy wohl schon aufgehört zu atmen, aber Brendan hat ihn wiederbelebt.“

Kaitlin war froh, dass Timothy bald wieder gesund sein würde, aber sie wusste nicht, warum sie sich darüber ärgerte, dass Brendan der Held des Tages war.

9. KAPITEL

Als Allen wieder zurückkam und mitteilte, dass es Timothy besser zu gehen schien, wurden noch einmal Hochrufe laut, aber die Party ging langsam dem Ende zu. Lizzie fand Kaitlin und küsste sie liebevoll. Sie bedankte sich mit Tränen in den Augen bei ihrer Enkelin, küsste dann den Rest der Familie zum Abschied, und sie und Allen verschwanden, um ihre Hochzeitsreise anzutreten. Es wurde zwar noch getanzt, aber nach und nach verabschiedeten sich die Gäste.

Kaitlin hatte das Gefühl, dass sie dafür verantwortlich war, bis zum Schluss die Stellung zu halten. Also wartete sie, bis sie die letzten Gäste verabschiedet hatte, zog ihre Schuhe aus und fiel erschöpft in einen Stuhl an einem der Tische. Ihre Eltern waren bei ihr, und sie wusste, dass Brendan hinter ihr stand. Er wartete höflich, ein perfekter Begleiter. Der Held des Abends.

Warum bist du so verärgert? Oder liegt es daran, dass du so müde bist? fragte sie sich.

„Ich denke, das Fest ist zu Ende", sagte Brendan leise. „Ich hole den Wagen und treffe dich dann draußen vor der Tür."

Kaitlin nickte, ohne ihn anzusehen. Ihre Mutter bedankte sich bei Brendan. Kaitlin wusste nicht, ob sie froh sein sollte, dass ihre Eltern dabei waren, oder ob sie sich nur wünschte, mit ihm allein sein zu können, um ihm zu sagen …

Um ihm was zu sagen?

Sie hätte ihn gern angeschrien und mit den Fäusten gegen seine Brust geschlagen. Und sie wusste noch nicht einmal genau, warum. „Bist du müde?", fragte ihre Mutter sie leise. „Erschöpft."

„Und du hast noch zwei vor dir", erinnerte Maeve sie. „Aber es macht Spaß, es ist großartig …"

„Und erschöpfend", fiel ihr Vater lachend ein.

„Alles ist hervorragend gelaufen, nur für den armen Mister Tyron nicht", bemerkte Kaitlin.

„Ich warne dich, Kaitlin", sagte ihr Vater. „Auf jeder Hochzeit passiert irgendetwas Dramatisches."

„Ich werde nichts Dramatisches mehr erlauben", behauptete Kaitlin fest. Als sie bemerkte, dass ihre Eltern sich amüsiert Blicke zuwarfen, wiederholte sie: „Ich nicht."

Keiner widersprach ihr. Sie hatten die Tür erreicht und traten hinaus. Brendan stand da mit dem Wagen. Kaitlins Vater öffnete ihr und ihrer Mutter die Tür, und Kaitlin glitt auf den Sitz neben Brendan.

Kaitlin wachte auf, weil Brendan sie weckte. Sie blinzelte und fuhr heftig hoch, als sie bemerkte, dass sie mit dem Kopf auf seinem Schoß geschlafen hatten. Sie parkten vor ihrem Haus.

„Kaitlin, deine Eltern sind schon hineingegangen."

„Oh!" Kaitlins Hand lag auf seinem Oberschenkel, und sie fühlte seine Wärme und die leichten Bewegungen seiner Muskeln. Hastig richtete sie sich ganz auf.

„Lass mich dir helfen ..."

„Nein! Nein danke, ich bin wach. Ich werde hineingehen. Ich ... danke dir. Ich weiß es zu schätzen, dass du mich begleitet hast", fügte sie kühl hinzu.

Sie machte Anstalten auszusteigen, doch Brendan packte sie am Arm und zog sie wieder zurück. Trotz der Dunkelheit konnte sie das Funkeln seiner Augen erkennen. „Wenn du so dankbar bist, warum benimmst du dich dann so unhöflich?"

„Das tue ich nicht. Ich bin nur müde."

„Ich bringe dich zur Tür."

„Nein! Es geht schon so."

Aber Brendan war schon ausgestiegen und ging um den Wagen herum, um ihr die Tür zu öffnen. Kaitlin sprang schnell heraus, um ihm keinen Vorwand zu geben, sie berühren zu können.

„Was ist denn mit dir los?", wollte Brendan wissen.

„Nichts. Ich weiß nicht." Sie wich vor ihm zurück. „Ich ... ich finde nur, wir sollten etwas Abstand zwischen uns bringen."

„Kaitlin, wir haben jahrelang Abstand gehalten."

„Richtig. Nun, ich danke dir und gute Nacht."

Brendans Wangenmuskeln traten hervor. „Weißt du, Kaitlin,

einmal, ein einziges Mal möchte ich etwas von dir hören, wenn du nichts von mir willst.“

„Du sagtest, ich soll dich anrufen …“

„Du hast mich angerufen, weil deine Familie hier war. Und weil du keine Lust hattest, dich mit jemandem zu verabreden, der dir nichts bedeutete. Jemand, der erwartet hätte, genauso unterhalten zu werden wie alle anderen Gäste.“

„Was für einen Unterschied macht das?“, fragte sie.

Brendan kam näher, fuhr ihr mit der Hand durchs Haar und zog sie an sich, bevor sie protestieren konnte. „Eine Menge, Kaitlin. Das macht einen großen Unterschied für mich.“

„Wir sind nicht alle so vollkommen wie du“, erwiderte sie.

„Wie ich? Du denkst, ich wäre vollkommen?“

„Immer. Der perfekte Held.“

„Du bist wütend auf mich wegen Mr Tyron!“, stellte er ungläubig fest. „Das bin ich nicht!“, widersprach sie erschrocken. „Mein Gott, ich würde niemandem irgendetwas Böses wünschen …“

„Aber du wünschtest, jemand anders hätte ihm geholfen, richtig?“ Kaitlin schwieg eigensinnig.

„Kaitlin, es ist ein Teil meiner Arbeit! Ich muss mich mit medizinischer Notfallhilfe auskennen. Ich habe Taucher, die verletzt werden können. Und manchmal geht etwas schief.“

„Ich bin nicht wütend. Ich bin froh darüber, dass du helfen konntest. Ich bin nur …“

„Nur was?“

„Es macht mich krank, dass du so vollkommen bist“, wiederholte sie.

Sein Griff verstärkte sich, und Kaitlin dachte, dass Brendan sie jetzt küssen würde. Und obwohl sie verärgert und verwirrt war, wollte sie diesen Kuss. Sie sehnte sich nach der kraftvollen Hitze seiner Lippen. Sie wollte seine Wut und seine Leidenschaft spüren.

Aber Brendan küsste sie nicht, sondern ließ sie los. „Gute Nacht, Kaitlin. Ich denke, ich sehe dich in Massachusetts wieder.“

„Ja", erwiderte sie leise. „In Massachusetts."

Brendan öffnete ihr die Tür und wartete, bis sie hineingegangen war. Sie schloss die Tür hinter sich und verriegelte sie.

Anscheinend waren ihre Eltern schon ins Bett gegangen, denn im Haus war es dunkel.

Kaitlin ließ sich langsam auf die Couch sinken. Ihre Wangen waren feucht, und sie berührte sie. Verblüfft stellte sie fest, dass sie weinte. Sie wusste nicht einmal, weshalb.

Du hast Angst, stellte sie fest. Angst, eine Chance wahrzunehmen. Angst, danach zu greifen. Und du willst Brendan immer noch.

Sie wollte mit ihm reden, ihn lieben. Sie wünschte sich, den Kopf gegen seine Schulter zu lehnen.

Und vielleicht eine Zukunft zu finden.

Nachdem Brendan Kaitlin und ihre Eltern abgesetzt hatte, verspürte er keine Lust, in sein Apartment zurückzukehren. Es war zwar ein netter Platz, aber er fühlte sich dort im Moment eingeengt. Genau wie in der Großstadt. Es war schon spät, aber die Keys waren nicht weit entfernt. Von Kaitlin aus bis zu seinem Haus fuhr man etwa eine Stunde und fünfzig Minuten.

Doch als er dann dort ankam, merkte er, dass er auch hier nicht sein wollte. Er brauchte das Wasser. Rasch zog er sich um und ging in Jeans und T-Shirt hinunter an den Hafen. Seine Jacht, die „Queen of Eire", dümpelte sanft auf ihrem Liegeplatz.

Brendan sprang an Bord. Er hatte nicht vor, irgendwohin zu segeln, sondern wollte einfach nur ein bisschen auf dem Oberdeck sitzen und den Seewind riechen.

Die Jacht war ein gutes Stück handwerklicher Spitzenleistung. Das Holz war wundervoll, die beiden Einzelkabinen waren geräumig, und auch die Unterkünfte für die Crew waren nett. Die Jacht war mit den modernsten Apparaturen für Unterwasserforschung ausgerüstet und hatte Platz für Tauchgeräte und all die anderen Instrumente, die er brauchte. Wenn Brendan einen großen Fund gemacht hatte, musste er natürlich die großen Bergungsschiffe herbeirufen, aber die „Queen of Eire" war hervorragend zur Suche geeignet. Und es gab im Moment keinen Platz, wo er lieber gewesen wäre.

Brendan ging hinunter in die Hauptkabine und von dort in die Kombüse, um sich ein Bier zu holen. Danach ging er wieder an Deck, riss den Verschluss der Dose auf, setzte sich hin, lehnte sich zurück und schaute zu den Sternen hoch. Es war eine wundervolle Nacht. Und es war eine großartige Nacht für Lizzie Boyles Hochzeit gewesen.

„Auf dich, Lizzie", sagte er leise und hob die Dose hoch. Es gibt nur wenige Frauen, die so klug sind, dachte er. Sie ist eine ganz fantastische ältere Lady. Und sie ist das, was Kaitlin in vielen, vielen Jahren einmal sein wird.

Plötzlich wünschte Brendan sich, dass Kaitlin hier bei ihm wäre. Fast schien es, als würden sie immer streiten, wenn sie zusammen waren. Sie schienen der Wahrheit immer sehr nah zu kommen, dann gerieten sie in irgendeinen Streit, und die Dinge, die eigentlich hätten gesagt werden sollen, blieben ungesagt.

Wenn Kaitlin nur hier wäre, dachte Brendan.

Aber das war sie nicht.

Er schloss die Augen und fühlte, wie der Wind über ihn hinstrich. Er war beruhigend, aber nicht beruhigend genug, um die Vergangenheit zu verdrängen. Brendan hatte in vielerlei Hinsicht ein großartiges Leben geführt. Er hatte großartige Eltern gehabt, die ihn unterstützt hatten. Die Dinge schienen ihm nur so zuzufallen. Er war von Natur aus athletisch und ebenso gut in den wissenschaftlichen Disziplinen. Seine Großeltern waren wie die von Kaitlin irische Einwanderer gewesen. Sie hatten felsenfest an den amerikanischen Traum geglaubt und sich sehr bemüht, ihren Kindern all das zu bieten, was sie selbst niemals gehabt hatten. Sein Großvater hatte ihn in Geschichte und Geografie unterwiesen, und als Brendan etwas über die Weltmeere erfahren hatte, war sein Traum geboren worden.

Und, was das Beste von allem war, er hatte Kaitlin. Die schönste Frau, die er jemals gesehen hatte. Ihre blauen Augen, ihr glänzendes Haar, ihr Stolz, ihr Lachen und ihre Leidenschaft hatten ihn von Anfang an fasziniert. Niemand auf der Welt hätte mehr vom Schicksal verlangen können, doch Brendan hatte mehr gehabt. Seinen Cousin Sean. Die Erinnerungen an ihn versetzten Brendan in die Vergangenheit zurück.

Sean O'Herlihy war Schauspieler gewesen. Bereits vom Kindergarten an schien Sean seinen Traum gekannt zu haben. Schon in der zweiten Klasse konnte er die Familie schwindlig lesen. Er studierte Literatur und Theaterwissenschaften, und er liebte die großen irischen Dramatiker. Eines Tages wollte er am Abbey-Theater in Dublin und am Broadway in New York spielen.

Während ihres letzten Jahres an der Highschool war Sean der Held dort. Er spielte den Macbeth, den Romeo und überhaupt alles von Shakespeare. In einem Stück eines bekannten irischen Schriftstellers war Sean Produzent, führte Regie und spielte auch noch selbst die Hauptrolle. Man bot ihm einige Stipendien an, eine Rolle in einer TV-Familienserie und einige kleinere Filmrollen. Er konnte jeden Akzent sprechen, wobei ihm natürlich der irische am meisten lag.

Achtzehn Jahre lang waren Brendan und er mehr als Cousins gewesen. Sie waren die besten Freunde gewesen.

Brendan würde niemals das letzte Mal vergessen, an dem er Sean lebend gesehen hatte. Sie waren durch den Park von Rutland gegangen, einfach nur, um spazieren zu gehen. Die Schule war vorbei, und sie würden bald Lebewohl sagen müssen. Nicht für immer natürlich, aber ihrer alten Lebensweise.

Innerhalb eines Monats wollten Brendan und Kaitlin heiraten und in den Süden ziehen, und Sean würde seiner Wege gehen, in Richtung New York. Sean war begeistert von der Junggesellen-Abschiedsparty, die er für Brendan plante. Und als Brendan ihm versicherte, dass er weit darüber hinaus sei, eine Blondine, die aus einer Torte sprang, komisch zu finden, lachte Sean.

„Sicher, Brendan, zu Befehl!“ Er sprang auf einen Felsbrocken. Dann stützte er das Kinn in die Hand und seufzte. „Keine Mädchen, die aus Torten springen, Brendan. Ich könnte sowieso keine finden, die in irgendeiner Weise mit Kaitlin zu vergleichen wäre. Du bist ein Glückspilz, weißt du das? Sie ist das schönste Mädchen, das ich je gesehen habe. Ich kann die Hochzeit kaum noch erwarten. Sie wird feierlich, königlich und wundervoll werden, und dann werden wir feiern, feiern und nochmals feiern!"

Brendan lachte und setzte sich Sean gegenüber auf einen anderen Felsbrocken. „Feiern, einverstanden. Wir werden verheiratet sein, und das wünsche ich mir mehr als alles andere. Manchmal kann ich es einfach nicht fassen, dass es wirklich passieren wird."

„Glaub's einfach, mein Junge", meinte Sean. Dann wurde sein attraktives sommersprossiges Gesicht plötzlich ernst. „Brendan, ich bekomme schon eine Gänsehaut, wenn ich nur daran denke. Ich werde deine Hochzeit organisieren. Ich kann es kaum erwarten. Ich glaube, ich bin fast aufgeregter als ihr beide. Und ich liebe Kaitlin, das weißt du, Brendan. Ich habe das Gefühl, als wäre sie schon meine Verwandte. Du hast Glück. Du bekommst Liebe. Wenn du geliebt wirst, dann hast du alles."

„Ja, ich weiß."

Sie hatten auf diesen Felsen gesessen und dann flache Steine über den Bach geworfen, wie sie es als Kinder getan hatten. Sie hatten über ihre Pläne und Träume geredet. Und sie hatten sich versprochen, dass sie immer wieder nach Hause kommen würden.

„Ich denke, zu Hause sein bedeutet für dich irgendeine Pfütze mit Salzwasser", meinte Sean.

„Und für dich bedeutet es, auf irgendeiner Bühne im Scheinwerferlicht zu stehen", konterte Brendan.

„Die ganze Welt ist eine Bühne!", zitierte Sean. „Manchmal ist es eine Komödie und manchmal eine Tragödie. Aber du musst die Tragödien ebenfalls ertragen, weißt du? Sonst könnte es keine Höhepunkte von Gelächter und Erhabenem geben, richtig?"

„Stimmt."

Plötzlich fassten sie sich an den Händen. „Wir werden immer Blutsbrüder sein", schwor Sean lächelnd. „Und unsere Träume teilen."

„Immer Blutsbrüder", stimmte Brendan zu. „Und unsere Träume teilen."

Aber es hatte keine Träume mehr gegeben, die wir hätten teilen können, dachte Brendan bitter, während er auf das Meer hinausblickte. Und seine Gedanken kehrten in die Vergangenheit zurück.

In der Woche danach war seine Mutter zu ihm in das Geschäft für Taucherbedarf gekommen, in dem er während des Sommers arbeitete. Sie hatte Tränen in den Augen. Brendan hatte sofort gewusst, dass irgendetwas Schreckliches passiert sein musste.

Sean war gestorben. Er war von einem Lastwagen erfasst worden und auf der Stelle tot gewesen.

Noch niemals in seinen Leben hatte Brendan so geweint wie damals. Und damit war es noch nicht zu Ende gewesen. Da war noch die Beerdigung. Sean, der immer so lebenslustig gewesen war, hatte kalt und still im Sarg gelegen, und es war nicht mehr Sean gewesen.

Danach schien nichts mehr richtig zu sein. Wenn Sean tot war, sollte er, Brendan, auch nicht mehr leben. Er sollte nicht mehr den Wind und die Wärme der Sonne auf seiner Haut spüren und den Duft der Blumen riechen. Auch nicht den von Kaitlins Parfüm.

Es schien ihm sogar, als würde er sie eigentlich auch nicht mehr berühren oder die Weichheit ihres Haares spüren dürfen, das ihn umhüllte. Als der erste Schreck nachließ, füllte er sich dumpf, und niemand konnte ihn mehr erreichen. Und das wollte er auch gar nicht. Er war auf Seans Tod vollkommen unvorbereitet gewesen. Er versuchte zu verstehen, dass sein Onkel und seine Tante und seine anderen Cousins genau denselben Schmerz empfanden, und er versuchte auch zu verstehen, dass Kaitlin Sean ebenso geliebt hatte wie sein Cousin Kaitlin.

Und Brendan hatte auch gewusst, dass er niemals mit der Hochzeit weitermachen konnte. Es erwartete ohnehin niemand, dass sie heirateten wie geplant. Jedenfalls nicht so bald. Seans Tod war für beide Familien ein ungeheurer Verlust.

Brendan seufzte und holte sich noch eine Dose Bier aus der Kombüse. Danach nahm er seinen Platz auf dem Oberdeck wieder ein und überließ sich erneut seinen Erinnerungen.

Er war niemals über diesen Verlust hinweggekommen. Als er mit Kaitlin darüber geredet hatte, hatte er bei ihr Vergessen finden wollen. Er hatte sie lieben wollen, bis er nichts anderes mehr fühlte als die berauschende Ekstase, aber er konnte sich ihr einfach nicht nähern.

Der Grund war, dass er glaubte, nichts mehr fühlen zu dürfen. Sean war tot, und Sean würde niemals mehr etwas fühlen können.

Brendan hatte versucht, wieder zu Kaitlin zurückzukehren. Aber die Vorstellung einer Trauung war ihm unerträglich. Denn Sean hätte auf der Hochzeit dabei sein und neben ihm stehen sollen.

Letztlich hatte Brendan auch noch Kaitlin verloren. Sie war zwar bei ihm, aber er hatte sie dennoch verloren. Zwei Jahre nach Seans Tod waren sie immer noch zusammen. Sie studierten, lernten und ließen die Highschool weit hinter sich. Sie wurden erwachsen. Und erneut planten sie eine Hochzeit. Oder zumindest hatte Kaitlin seine stillschweigende Zustimmung, während sie sie plante.

Und dann fand er sie lachend in den Armen eines Freundes. Seines Freundes.

Brendan seufzte tief auf und schaute missmutig auf die Bierdose in seiner Hand. Dann lehnte er sich zurück und blickte hinauf zum Himmel.

Damals war er rasend gewesen vor Wut und verschwunden. Das nächste, woran er sich dann erinnerte, war, dass er bei der Marine unterschrieben hatte und in der Grundausbildung steckte. Und sich wünschte, er könnte zurückgehen. Seit er von Kaitlin getrennt war, wusste er erst, wie sehr er sie liebte. Doch der Kriegsdienst ließ einem Burschen nicht viel Zeit für irgendwelche Entschuldigungen. Außerdem hätte Brendan ohnehin nicht gewusst, was er hätte sagen sollen. Dann hatte er einen Brief von Joe erhalten, einen sehr förmlichen Brief, in dem er ihm geschrieben hatte, Kaitlin sei erkrankt und er brauche sich nicht verpflichtet zu fühlen, etwas für sie zu tun.

Damals war er fähig gewesen, zurückzukommen. Er fühlte sich schuldig und war von ihr begeistert. Er hatte Kaitlin wieder.

Sie heirateten. Und er bekam all die Liebe, die er fast zu spät entdeckt hatte und die er so dringend brauchte, die Liebe, die ihm Halt gab.

Dann hatte Kaitlins Gesundheitszustand sich wieder verschlechtert, aber er hatte es erst erfahren, als er schon im Persischen Golf war. Brendan hatte bei ihr sein wollen, so sehr, dass es ihn innerlich fast verzehrt hatte, aber als die Nachricht ihn erreichte, war Kaitlin schon längst geheilt aus dem Krankenhaus entlassen worden, und er hatte noch Monate auf See vor sich.

Als er zurückkehrte, war Kaitlin reserviert und unerreichbar. Und in seinem Inneren hatte er gewusst, dass sie sich von ihm zurückgezogen hatte, lange bevor er die Scheidungspapiere bekam.

Damals war Brendan zweiundzwanzig gewesen. Und ihm war nichts geblieben als sein Stolz.

„Hochmut kommt vor dem Fall“, erinnerte Brendan sich laut. Er trank sein Bier aus und schaute immer noch zu den Sternen hinauf. Er dachte an die Zeit danach und an die Frauen, die in seinem Leben aufgetaucht waren. Diejenigen, die ihn wirklich interessiert hatten, und diejenigen, die ihm eher zufällig begegnet waren.

Für ihn waren es nie mehr als flüchtige Bekanntschaften gewesen. Er hatte es niemals geschafft, aufzuhören Kaitlin zu lieben. „Und ich liebe dich immer noch, Kaitlin“, flüsterte er leise in die Dunkelheit. Aber wie, um Himmels willen, sollte man mit einer solchen Vergangenheit einen Neubeginn schaffen?

Er hatte Sean so sehr vermisst. Und es kam ihm vor wie eine Ironie des Schicksals, dass er all die Jahre gebraucht hatte, um zu begreifen, was Sean immer schon gewusst hatte. Das Leben bestand aus Lachen und Weinen. Und man konnte sich glücklich schätzen, wenn man während beider Phasen geliebt wurde.

Früher einmal hatte er eine Liebe gehabt, die so stark war.

Und jetzt wollte er sie zurückgewinnen.

Brendan saß ruhig da, plötzlich lächelte er und schloss die Augen, um sie vor dem auffrischenden Wind zu schützen.

Er dankte dem Zufall für all diese Hochzeiten. Denn sie bescherten ihm eine Chance, noch einmal zu versuchen, das zu erlangen, was er so sehr vermisste.

Mittlerweile war er älter und klüger, und er wusste nun, dass Liebe das alles Entscheidende war. Wenn sie einem angeboten wurde, musste man danach greifen, sie packen und festhalten.

Ja, dachte Brendan. Liebe ist alles ... Kaitlin ist alles. Und er würde eine Chance haben, nächste Woche noch viel mehr Zeit mit ihr zu verbringen. Mit diesem Gedanken stand er auf, warf die Bierdose in einen Mülleimer und wünschte der „Queen of Eire“, eine gute Nacht.

Brendan pfiff vor sich hin, während er auf sein Haus zuging.

10. KAPITEL

Kaitlin war immer noch verwirrt, als sie den Bahnhof erreichte.

Ihre Eltern waren am Morgen vorher abgefahren, und sie selbst hatte ein Treffen mit Harley und Netty vom Seashell-Konzern am Nachmittag überstanden. Heute Morgen hatte sie verschlafen, ihr Taxi war nicht gekommen, und sie hatte schon befürchtet, in dem üblichen dichten Morgenverkehr ihr Ziel niemals zu erreichen.

Sie hatte es doch noch rechtzeitig geschafft. Acht Minuten, bevor der Zug abfahren sollte.

Kaitlin konnte es kaum erwarten, einzusteigen. Sie hatte ein Schlafabteil für sich allein. Sie konnte lesen oder schlafen oder sich einfach nur entspannen. Tatsächlich hätte sie sogar arbeiten können, aber der Gedanke, sich auszuruhen, ihre Kräfte zu sammeln, schien zu verführerisch. Sie musste nicht arbeiten. Janis hielt die Stellung. Harley war über den fertigen Werbefilm ebenso erfreut wie seine Schwester, und die Planung für die Sendung des Spots war bereits fertig.

Die Türen der Wagen standen offen, und Kaitlin zog ihren Koffer, der Räder hatte, hinter sich her, während sie an den Waggons vorbeiging. Der Schaffner zeigte ihr ihren Wagen. Als sie ihn erreicht hatte, half ihr ein Zugbegleiter bei ihrem Gepäck und nahm dann ihr Ticket.

„O'Herlihy", sagte er leise. Er war jung, hatte braunes Haar und ein paar Sommersprossen. Er schaute kurz seine Reservierungsliste durch, wobei er den Namen erneut vor sich hinmurmelte.

„Reisen Sie allein?", fragte er dann.

„Ja", erwiderte Kaitlin.

„Gut … lassen Sie uns mal sehen. Mit welchem Buchstaben beginnt Ihr Vorname?"

„K wie Kaitlin."

Er schüttelte den Kopf. „Wie ungewöhnlich."

„Was ist los?"

„Nichts. Wirklich nichts." Er lächelte freundlich. „Gibt es ein Problem?"

„Problem? Nein! Nun, mal sehen, wir versuchen es mit Abteil A", erklärte er dann.

Er ging den schmalen Gang entlang und öffnete eine Tür. Das Abteil war leer, und der Schaffner lächelte breit. „Aha, das ist es!"

„Hat mit meiner Reservierung irgendetwas nicht gestimmt?", fragte Kaitlin ihn.

„Nein. Kommen Sie herein, damit ich Ihnen das Abteil zeigen kann. Dieser Schlafwagen ist unser modernstes Modell."

Er sagte es mit so viel Stolz, dass Kaitlin nicht wagte, eine Bemerkung über die winzige Größe des Raums zu machen.

„Das hier ist die obere Schlafkoje. Sie ist im Moment in die Wand geklappt. Und darüber ist eine Menge Stauraum für Gepäck. Die Sitze sind heruntergeklappt. Ich mache Ihnen heute Abend Ihr Bett. Und das Waschbecken ist da." Kaitlin konnte es sehen. Es war nur einen halben Meter von dem Sitz entfernt. Ihr war klar, dass sie sich auf die Matratze knien musste, wenn sie sich die Zähne putzen wollte und das Bett aufgeklappt war.

Sie zeigte auf eine Tür. „Ist da das Badezimmer?"

„Nein, diese Tür führt zu einem anderen Abteil. Diese Wagen sind wirklich fantastisch. In jedem können zwei Leute schlafen, und die Tür zwischen ihnen kann man öffnen, wenn zum Beispiel eine Familie zusammen verreist. Die Kinder können dann hin und her laufen."

Das müssen schon ziemlich kleine Kinder sein, dachte Kaitlin, wenn sie wirklich hier herumlaufen wollen. Nicht größer als Puppen.

„Das Badezimmer", erklärte der Zugbegleiter stolz, „liegt hier, neben dem Waschbecken."

Das Badezimmer …

Es war eine Kabine mit Fiberglas, die allerhöchstens sechzig mal sechzig Zentimeter maß. Der Duschknopf war in die Wand eingelassen. Um es zu benutzen, musste man die Tür schließen, und das Wasser konnte dann im ganzen Raum herumspritzen.

Nun sagte Kaitlin sich, du wolltest es doch klein und gemütlich. Das war es sicher. Sie lächelte.

„Danke. Ich glaube, ich weiß jetzt, wo sich alles befindet."

Der Beamte lächelte. „Großartig. Wenn Sie mich brauchen, rufen Sie laut. Ich bin hier, um Sie zu bedienen."

Kaitlin nickte und dankte ihm noch einmal. Während er ging, verließ der Zug den Bahnhof.

Kaitlin hörte aus dem Abteil neben ihrem ein Poltern. Anscheinend war ihr Nachbar noch später gekommen als sie selbst. Sie beschloss, sich einzurichten. Sie hatte eine Fahrt von mehreren Stunden vor sich, bis sie die Grenze von Georgia erreichen würde. Nachdem sie ihre Toilettenartikel ausgepackt hatte, warf sie noch einmal einen Blick ins Badezimmer. Es war so klein, dass sie erschauerte. Sie fragte sich, was eine größere Person, als sie es war, mit so wenig Platz anfangen würde.

Es sieht nicht gerade aus wie zu Hause, sagte Kaitlin sich ein paar Minuten später, aber alles war an seinem Platz, und ihre Koffer hatte sie ebenfalls verstaut. Sie zog ihre Schuhe aus, machte es sich auf dem Sitz am Fenster bequem und holte eine Fantasiegeschichte eines ihrer Lieblingsautoren heraus. Dieses Buch hatte sie extra für diese Gelegenheit gekauft.

Kaitlin versuchte zu lesen, aber die ersten Seiten schienen wenig Sinn zu ergeben. Sie überflog sie, und dann bemerkte sie, dass ihre Gedanken bei Brendan waren.

Sie lehnte sich zurück und schloss die Augen.

Sie würde Brendan sehr bald treffen, in zwei Tagen. Seine Sekretärin hatte Janis angerufen, um ein Treffen für ein Mittagessen in dem Saal zu verabreden, in dem auch die Hochzeitsparty stattfinden würde. Sie würden das Menü besprechen und die Sitzordnung durchgehen. Und natürlich würden sie auch während des Dinners zusammen sein.

Dann würde sie ihn aber wirklich eine Weile nicht mehr sehen müssen. Barbara würde eine normale Brautparty geben, und Joe hatte eine Junggesellen-Abschiedsparty nur für Männer geplant. Nach dieser Reise konnten Wochen vergehen, bevor sie ihm erneut begegnen würde. Kaitlin wusste nicht, ob sie darüber erleichtert sein oder sich davor fürchten sollte.

Sie ließ das Buch sinken und hielt die Augen geschlossen. Die Bewegung des Zuges war angenehm beruhigend, und sie schlief langsam ein.

Als Kaitlin aufwachte, stellte sie verblüfft fest, dass es draußen bereits dunkel war. Sie schaute auf ihre Uhr. Es war fast sechs. Sie hatte also fast acht Stunden in dieser lächerlichen Haltung auf dem kleinen Sitz geschlafen. Ihr Nacken war verkrampft, und sie fühlte sich steif und unbehaglich. Und hungrig.

Mit einem Seufzer stand Kaitlin auf und streckte sich. Dann trat sie den einen Schritt an das Waschbecken. Sie wusch sich das Gesicht und bürstete ihr Haar. Jetzt ein Dinner, entschied sie. Sie hatte bemerkt, dass der Speisewagen vorn im Zug war, als sie daran entlang gegangen war, also ging sie in diese Richtung. Dabei durchquerte sie einen Schlafwagen und einen mit normalen Abteilen.

Im Speisewagen standen die Leute Schlange vor dem Buffet und sie schloss sich an. Als sie an der Reihe war, konnte sie zwischen Hähnchen, Fisch und Rindfleisch wählen. Sie nahm gebratenes Hähnchen und Eistee und folgte dann dem Zugbegleiter, der ihr Tablett an einer Reihe von Tischen vorbeitrug.

Kaitlin sah nur den Kopf des Mannes an einem Tisch, aber selbst da fühlte sie ein Prickeln auf der Haut. Der Beamte ging weiter, aber sie blieb im Gang stehen.

Dann hob der Mann den Kopf. Kein Zweifel. Brendan war im Zug. Er saß in einer Nische, trank Kaffee und las ein Nachrichtenmagazin. Und jetzt …

Und jetzt schaute er sie an. Er lächelte nicht, und sein Blick verriet eindeutig Überraschung darüber, sie zu sehen.

Jemand stieß Kaitlin von hinten an, als der Zug plötzlich ruckte. Fast wäre sie vornüber gestürzt, aber Brendan war sofort aufgesprungen und in dem Gang. Er hielt sie fest, bevor sie fallen konnte.

Hinter Kaitlin stand ein anderer Zugbegleiter, der sich überschwänglich entschuldigte. Kaitlin versicherte ihm, dass es schon in Ordnung sei, ohne dabei den Blick eine Sekunde von Brendan abzuwenden.

„Lass uns hinsetzen, bevor es noch schlimmer wird, ja?", sagte er leise und führte sie zu der Nische, in der er gesessen hatte. Ihr Essen schien schon längst zusammen mit dem Beamten verschwunden zu sein.

„Was machst du hier im Zug?", fragte sie schärfer, als sie es beabsichtigt hatte. Sie bereute es sofort. Warum konnte sie nicht freundlich sein?

„Kaitlin, es gehen täglich zwei Züge von Miami nach Norden, einer morgens und einer nachts. Dieser Zug hier war der Einzige, den ich nehmen konnte."

„Du hättest das Flugzeug nehmen können", meinte sie anklagend.

„Das hättest du auch tun können", erinnerte er sie.

„Ich hasse fliegen."

„Du hast Angst davor?"

„Nein, ich hasse es einfach", log sie. „Aber gelegentlich fliege ich."

„Ja, ich habe gehört, wie du fliegst", bemerkte er missbilligend. „Du bist berauscht bis zur Stumpfheit. Kaum noch Herrin deiner Sinne."

„Deshalb hättest du fliegen sollen", stellte sie fest.

Brendan sah sie kühl an. „Ich mag Zugfahren, Kaitlin. Ich arbeite im Zug. Ich kann lesen, mir die Landschaft ansehen, und ich genieße die Aussicht. Und letzten Endes habe ich gehört, dass wir in einem freien Land leben, also warum sollte ich nicht den Zug nehmen, wenn ich es will? Hast du so viel Angst vor mir?"

„Ich habe keine Angst vor dir!"

„Du kannst dich nicht von mir fernhalten, was? Du fürchtest dich wohl davor, dass du irgendwann mit mir schlafen willst, weil du nirgendwohin flüchten kannst, seit du die Dinge in Gang gebracht hast?"

„Ich werde niemals mit dir schlafen!", rief Kaitlin weitaus lauter, als sie es gewollt hatte.

Hinter ihr ertönte ein lautes Scheppern. Sie schaute hin und sah, dass ihr Zugbegleiter und der Ober, der sie angerempelt hatte, neben dem Tisch standen. Der eine wollte ein zweites Glas Wein, und der andere, der sie endlich gefunden hatte, wollte ihr Tablett mit dem Essen bringen. Nur hatte er es fallen lassen, und sein Gesicht war rot angelaufen, während er ihre Unterhaltung mit angehört hatte.

Kaitlin fiel auf, dass sie sehr laut gesprochen haben musste, denn die Gäste um sie herum schauten sie ebenfalls an.

„Sieh dir an, was du gemacht hast", sagte Brendan zu ihr.

Kaitlin hätte ihn am liebsten erwürgt oder wenigstens das Glas Wein über seinem Kopf ausgegossen. Sie presste die Lippen zusammen, während ihr Begleiter ihr versicherte, dass er in einer Minute mit einem neuen Dinner zurück sein würde. „Ich … ich habe Sie aus den Augen verloren", erklärte er und sammelte die Reste des Hähnchens vom Gang auf.

Kaitlin lächelte gequält. Dann stellte der andere Mann das Weinglas ab, und beide verschwanden. Die übrigen Reisenden aber schauten sie immer noch ein paar Sekunden lang an.

Brendan lächelte. „Willst du gehen?"

„Mit eingekniffenem Schwanz? Nein danke", versicherte sie ihm. Nur eine schmalgesichtige Lady blickte immer noch zu ihnen herüber. Kaitlin konnte nicht anders, sie ergriff leidenschaftlich Brendans Hand und beugte sich zu ihm.

„Na gut", sagte sie laut. „Ich werde wieder mit dir schlafen."

„Gleich hier?"

„Haben wir genug Platz?"

„Ich fürchte, nein."

„Dann müssen wir noch warten."

Die Frau stand auf und schaute sie entsetzt an. Brendan zwinkerte ihr zu, und sie sah eingeschnappt weg. Dann lachte er, und Kaitlin stellte fest, dass sie lächelte. „Vermutlich denkt sie, dass die Züge heutzutage nur noch mit pflichtvergessenen Herumtreibern besetzt sind", vermutete er.

Kaitlin errötete. In diesem Moment brachte der Kellner ihr Dinnertablett, und sie stocherte lustlos darin herum. Sie fühlte

Brendans Blick auf sich ruhen. „Es war alles nur dein Fehler“, behauptete sie.

„Meiner?“

„Dass du im Zug bist, meine ich. Ich wäre niemals so plötzlich stehen geblieben, wenn ich dich nicht gesehen hätte. Und dann wäre der Mann nicht in mich hineingelaufen, und der andere Beamte hätte mich nicht aus den Augen verloren.“

„Verstehe. Ich fühle mich schuldig, dass ich überhaupt existiere.“

Kaitlin schnitt eine Grimasse und schob das Tablett weg. „Du hättest wirklich fliegen können.“

Brendans Wimpern verdeckten seine Augen, als er sich zurücklehnte und Kaitlin beobachtete. „Das hättest du auch tun sollen. Es spart Zeit.“ Zu ihrer Überraschung stand er plötzlich auf. „Ich werde dich in Ruhe essen lassen, Mrs O’Herlihy.“ Aber neben ihr blieb er stehen und flüsterte: „Weil du ja anscheinend nicht hier mit mir schlafen willst. Das ist übrigens zu schade. Du hast mich unglaublich erregt.“

Sie fuhr herum, aber Brendan ging bereits den Gang hinunter.

Kaitlin schaute einen Moment auf ihr Essen und entschied dann, dass sie nicht im Geringsten hungrig war. Sie stand auf und hinterließ dem Kellner ein Trinkgeld. Dann ging sie den Gang entlang, durchquerte die anderen Wagen auf dem Weg zu ihrem und schaute dabei auf die Namensschilder an den Abteiltüren. Der Zugbegleiter hatte die Kojen bereits heruntergelassen und auch schon die Vorhänge vor den Scheiben in den Türen zugezogen.

Sie erreichte die Kabine AA und öffnete die Tür. Dabei rammte sie irgendetwas und schob es weg. Kaitlin war sicher, dass ihr Gepäck im Weg lag.

„Hey!“, ertönte eine aggressive Stimme von innen. Die Tür wurde aufgerissen, und Kaitlin wäre beinah hineingestürzt.

Brendan stand vor ihr. Er hatte kein Hemd mehr an und nahm den ganzen Platz zwischen dem heruntergelassenen Bett und dem Waschbecken ein. Und er schaute sie an. „Was machst du da?“

„Das … das ist mein Abteil."

„Tut mir leid, es ist meins."

Sie wies auf den Zettel an der Tür. „Brendan, ich weiß, dass es meine Kabine ist."

„Nein, Kaitlin, es ist meine."

In diesem Moment kam eine Lady durch den schmalen Gang, und Kaitlin musste ihr Platz machen. Sie trat in das Abteil hinein und Brendan beinah auf die Füße. Er ging von der Tür weg, um ihr Platz zu machen. Dann seufzte er verärgert auf und zog Kaitlin ganz hinein. Er schob den Riegel der Verbindungstür zum Nachbarabteil zurück, öffnete sie und schob Kaitlin hindurch. Sie sah ihre Sachen.

„Du hast Abteil A, nicht AA", erklärte er ihr, dann drehte er sich um und ging zum Waschbecken zurück.

Er hatte die Tür nicht geschlossen, und Kaitlin folgte ihm die drei Schritte hinein. „Nun, es tut mir leid. Außerordentlich leid."

Brendan stieß sich den Kopf an dem kleinen Spiegelschrank, als er sich aufrichtete. Er war noch nicht in der Lage gewesen, sich so klein zu machen, dass er sich in dem schmalen Raum zwischen Bett und Waschbecken herunterbeugen konnte, um sich zu waschen. Und er sah so wütend aus, dass Kaitlin dachte, er würde im nächsten Moment anfangen zu toben.

Jetzt schlug er mit den Händen auf das Waschbecken. „Entschuldige? Wie nett. Weißt du, Kaitlin, ich habe noch nie gehört, dass du dich früher einmal für irgendetwas entschuldigt hättest."

„Ich hatte keinen Grund, mich für etwas zu entschuldigen", fuhr sie hoch, wandte sich um und knallte die Verbindungstür hinter sich zu. Dann machte sie zwei Schritte zu ihrem Waschbecken, fest entschlossen, sich die Zähne zu putzen, das Gesicht zu waschen und es sich dann mit ihrem Buch gemütlich zu machen. Sie wollte und konnte vergessen, dass Brendan im Abteil neben ihr war.

Aber die Verbindungstür wurde erneut aufgestoßen, und Brendan stand mitten im Raum. Er hatte die Beine gespreizt, seine Brust war nackt, sein Haar noch feucht und seine Augen glitzerten. „Weil alles mein Fehler gewesen ist, nicht wahr, Kaitlin?"

Sie wandte sich um. Er kam auf sie zu, und sie war in dem schmalen Spalt zwischen Bett und Waschbecken gefangen.

„Ja“, sagte sie schlicht.

„Ich habe dir niemals die Scheidungspapiere geschickt!“, stieß er wütend hervor.

Sie atmete tief ein und schwieg dann einen Moment. Er hatte gegen die Scheidung nie protestiert, war niemals mit ihr in Verbindung getreten und hatte nie ein Wort dazu gesagt.

„Du … du hast mich verlassen“, flüsterte sie.

„Ich bin in die Marine eingetreten“, bemerkte er, nun sehr viel ruhiger, „weil ich dachte, du wolltest mehr vom Leben haben, als ich dir geben konnte.“

„Ich wollte mehr. Aber ich wollte es von dir“, sagte sie.

Brendan stand kaum dreißig Zentimeter von ihr entfernt. Sie sah, wie seine Brust sich unter seinen Atemzügen hob und senkte, erkannte die feuchten Spuren des Wassers darauf und beobachtete das Spiel der Muskeln. Langsam hob er die Hand. „Wir hatten all das“, sagte er leise. „Wir hatten alles und konnten niemals miteinander reden.“

Kaitlin spürte, wie ihr die Tränen in die Augen schossen, und bemühte sich, sie zurückzuhalten.

Brendan drehte sich um und schickte sich an, in sein Abteil zurückzugehen. „Nun, es ist nun zu spät dafür, nicht wahr?“, sagte er leise. „Gute Nacht, Kaitlin.“

Er verschwand durch die Tür und schloss sie hinter sich. Kaitlin schaute einen Moment darauf, die Hände in die Hüften gestützt. Schließlich ging sie darauf zu und öffnete sie.

Brendan hatte sich gerade die Jeans ausgezogen und stand in Shorts neben dem Bett. Kaitlin hielt einen Moment inne und schaute ihn an, dann sog sie heftig die Luft ein und sah ihm ins Gesicht.

„Du bist nicht einmal nach Hause gekommen, als ich krank war“, brauste sie auf.

„Ich wusste es nicht“, erwiderte er scharf.

„Du hättest es wissen müssen. Ich habe dir geschrieben …“

„Und ich war schon längst auf dem Schiff. Kaitlin, das war die Marine, keine Vergnügungsfahrt!“ Er machte einen Schritt auf sie zu. Sie musste zurückweichen. Sie brauchte Zeit, um die Dinge zu verarbeiten, die sie sagten. Rasch drehte sie sich um, aber er packte ihren Arm und zog sie zurück. Mit der freien Hand fuhr er sich durchs Haar. „Kaitlin, du weißt, dass ich gekommen wäre, wenn ich es gewusst hätte!“

Kaitlin versuchte verzweifelt, sich aus seinem Griff zu befreien. Er ließ sie los, und sie stieß gegen die Tür des Badezimmers und stürzte hinein. Dabei riss sie Brendan mit sich. Die Tür fiel hinter ihnen zu und schloss sie in dem winzigen Raum ein. Wie Sardinen in der Büchse schoss es Kaitlin durch den Kopf.

Brendan fluchte. Es war zu wenig Platz, um sich auch nur herumzudrehen. Kaitlin, die unter ihm gefangen war, versuchte sich an etwas festzuhalten und aufzustehen.

Ihre Finger schlossen sich um den Hebel der Dusche, und plötzlich strömte das Wasser über sie hinweg.

„Verdammt, Kaitlin …!“ Brendan schaffte es, das Wasser abzustellen, und fand schließlich den Türgriff. Als er die Tür öffnete, drehte er sich zu Kaitlin um und zog sie, klatschnass und triefend, in seinen Armen über die Stufe.

Beide begannen zu lachen. Die Bluse klebte ihr am Körper und das Haar am Kopf. Kaitlin berührte Brendan und spürte die Nässe seiner kurzen Hose – und die Hitze, die er ausströmte.

Das Lachen erstarb. Plötzlich schauten sie sich an, und überwältigende Gefühle stiegen in ihnen hoch.

Kaitlin begann zu zittern und versuchte wegzukommen, aber Brendan hatte ihre Arme fest im Griff. Er presste sie gegen sich. Kaitlin verharrte regungslos, als er langsam, unendlich langsam den Kopf zu ihr herabneigte. Seine Lippen waren heiß und feucht, und er berührte ihre zuerst flüchtig und zart. Dann drang seine Zunge in ihren Mund ein.

Mit den Fingern der rechten Hand fuhr er ihr durch das nasse Haar, während er die linke auf ihren schmalen Rücken legte und sie noch enger an sich presste.

Als Brendan ungeniert ihren Mund erkundete, begann der

Widerstand in Kaitlin langsam zu schmelzen. Mit beiden Händen strich er ihren Rücken entlang, streichelte ihren Po und hob sie leicht gegen seine Hüften, sodass sie deutlich sein ungeheures Verlangen spüren konnte.

Er küsste sie, bis sie wusste, dass sie keine Kraft mehr hatte, sich zu wehren, bis sie schwach geworden war, von dem Gefühl seines aufregend männlichen Körpers an ihrem. Ihre Kleidung und ihre Wäsche schienen kein ernsthaftes Hindernis zwischen ihnen zu sein. Und Brendan küsste sie immer noch. Immer wieder fand er ihre Lippen, fuhr dann mit der Zunge über ihre Ohrläppchen, ihren Hals, ihre Wangen und wieder über ihre Lippen. Er reizte sie und kostete jeden einzelnen Winkel ihres Mundes aus.

Plötzlich trat er zurück, hielt ihr Gesicht zwischen beiden Händen und sah ihr forschend in die Augen. Kaitlin wusste, dass ihre Lippen von dem Kuss leicht geschwollen waren und dass sie benommen aussehen musste. Er lächelte zögernd und, wie es ihr schien, auch ein wenig schmerzlich.

„Ich darf dich nicht verführen“, flüsterte er.

„Nein“, stimmte sie ihm zu.

„Und du willst nicht mit mir hier im Zug schlafen.“

„Das ist genau das, was ich gesagt habe“, erwiderte sie leise.

„Doch dann wiederum wolltest du mit mir mitten auf dem Speisewagentisch schlafen.“

„Zwischen den Brötchen und dem Wein“, pflichtete sie ihm bei. Ihr Flüstern erstarb in dem zärtlichen Kuss, den er ihr schenkte.

„Ich kann mich nicht nur so mit dir verabreden, Kaitlin“, sagte er. Seine Stimme hatte jede Spur von Spott verloren. „Erst dachte ich, dass wir das vielleicht brauchen würden. Aber genauso wenig, wie ich etwas an dem Schmerz aus der Vergangenheit ändern kann, kann ich die Vertrautheit zwischen uns auslöschen. Ich kann nicht so tun, als ob wir niemals zusammen gewesen wären, und ich dich jetzt, in diesem Augenblick, nicht begehren würde. Ich erwarte nicht, dass du meinetwegen dein Leben änderst. Und ich will auch keine Versprechungen. Aber ich will, dass du ehrlich bist.“

Kaitlin verstand kaum, was er zu ihr sagte. Alles hätte so einfach sein können. Er hatte sie geküsst, und ihre Leidenschaft war geweckt. Sie hätte den Dingen ihren natürlichen Lauf lassen können, ohne auch nur ein Wort zu wechseln. Sie wusste, dass Brendan sie immer noch verzweifelt begehrte. Sie spürte die Hitze seiner Leidenschaft. Und dieses Gefühl ließ sie ihn ebenfalls begehren …

Sie schüttelte leicht den Kopf und befeuchtete ihre Lippen. „Was willst du von mir, Brendan? Ich kann die Jahre auch nicht ungeschehen machen. Du sagst, du willst keine Versprechungen. Aber was könnten wir uns auch schon groß versprechen? Ich kann den Schmerz nicht vergessen. Und ich …"

„Und was?", wollte er wissen, Mit seinen grünen Augen blickte er sie eindringlich an.

„Ich kann mich auch nicht nur so mit dir treffen. Ich weiß nicht, ich kann nicht …" Sie schüttelte den Kopf. „Was willst du von mir?", flüsterte sie.

Brendan beugte sich hinunter, und seine Lippen lagen an ihrem Ohr. Sein Flüstern erregte Kaitlin. Mit dem Daumen liebkoste er ihren Rücken und zog sie dabei dicht an sich.

„Ich will, dass du mich begehrst", sagte er rau. „Keine Konsequenzen, keine Flucht am nächsten Morgen. Ich will, dass du mich willst."

Kaitlins Blick begegnete seinem, und sie lächelte. Sie streckte die Arme nach oben, schlang sie ihm um den Nacken und zog ihn herunter, bis seine Lippen ihre berührten. Und sie küsste ihn mit einer Leidenschaft, die seiner in nichts nachstand. Das erotische Spiel ihrer Zunge schien den Liebesakt vorwegzunehmen. „Ich habe dich begehrt", flüsterte sie dicht an seinen Lippen und mit halbgeschlossenen Augen, „damals in meinem Haus in jener Nacht, in der du gegangen bist."

„Du meinst die Nacht, nach der du noch nicht einmal wusstest, dass wir nicht miteinander geschlafen hatten?", flüsterte Brendan, und Kaitlin errötete. Er schüttelte den Kopf. „Ich habe dir versprochen, dass du dich erinnern könntest, wenn wir miteinander geschlafen hätten“, sagte er leise. „Sag mir, dass du mich jetzt willst.“

Langsam begann er, die kleinen Knöpfe ihrer Bluse zu öffnen, während er sie zärtlich und fragend ansah.

Kaitlin atmete heftig ein, als er mit den Fingern sanft über die nackte Haut ihrer Brüste strich.

„Ich will dich jetzt“, erklärte sie.

Brendan streifte ihr die Bluse herunter und ließ sie achtlos auf den Boden fallen. Er küsste Kaitlins Schultern, hob ihre mit Spitzen besetzten Büstenhalterträger an und zog sie sinnlich über ihre Arme. Dann löste er den Verschluss am Rücken. Schließlich senkte er den Kopf und nahm eine Brustspitze in den Mund. Er umspielte die rosige Knospe mit der Zunge und sog dann heftig daran. Kaitlin presste sich gegen ihn, als eine Welle der Erregung sie plötzlich so heftig durchströmte, dass sie leise aufschrie.

Brendan kniete sich vor sie hin, fand den Reißverschluss und zog ihn langsam herab. Der Rock fiel zu Boden und Kaitlin stieg einfach heraus. Brendan liebkoste ihre Taille. Mit einer raschen Bewegung schob er ihre Seidenshorts herunter und schmiegte das Gesicht an das weiche lockige Dreieck.

Er umfasste mit einem festen Griff ihren Po und drückte sie an sich, während er ihren flachen Bauch und ihre Oberschenkel mit leichten Küssen übersäte. Kaitlin schloss die Augen und legte den Kopf in den Nacken. Sie erschauerte, als die lustvollsten Empfindungen sie durchströmten. Die Erwartung dessen, was nun kommen würde, erregte sie fast ebenso stark wie seine Berührungen jetzt.

Während Brendan sie so sinnlich liebkoste, war sie von den süßesten Empfindungen erfüllt und zu keinem klaren Gedanken mehr fähig. Sie konnte sich kaum aufrecht halten, als ein köstliches Gefühl sie durchdrang. Die Welt schien um sie herum zu versinken und ihre Beine gaben nach, als ein ekstatischer Sinnestaumel sie mitriss.

Kaitlin sank in Brendans Arme, und er fing sie auf, sodass sie auf dem unteren Bett landeten. Er küsste Kaitlin wieder, und sie streichelte seinen Rücken. Aufreizend langsam schob sie die Finger unter den Bund seiner Shorts, streifte sie herunter und begann ihn zu streicheln – erst seinen flachen Bauch und dann tiefer. Sie umfasste ihn und spürte die Stärke seines pulsierenden Verlangens.

Brendan stöhnte auf und erschauerte. Fordernd drängte er sich zwischen ihre Schenkel, ergriff ihre Hände und verschränkte ihre Finger mit seinen. Mit einer kraftvollen Bewegung drang er tief in sie ein.

Kaitlin schrie leise auf. Sie liebte das Gefühl, ihn ganz in sich zu spüren. Brendan begann sich in ihr zu bewegen, streichelte sie, berührte sie, liebkoste und reizte sie, dann drang er erneut tief in sie ein und barg sie dicht an sich. Er genoss es unsagbar, ihr so nah zu sein.

Seine Bewegungen waren zuerst langsam, dann wurden sie schneller, und Kaitlin passte sich seinem Rhythmus hingebungsvoll an. Verlangend bog sie sich ihm entgegen, wollte noch mehr von ihm und umschloss ihn ganz. Sie fühlte die Kraft seiner immer schneller werdenden Stöße, bis sie beide in einem berauschenden Höhepunkt die ersehnte Erfüllung fanden.

Und immer noch lag Brendan dicht an sie gedrängt und hielt sie fest. Dann stöhnte er an ihrem Hals leise auf und küsste sie, immer und immer wieder.

Lächelnd hob er den Kopf. In diesem Moment bemerkte Kaitlin, dass sie nur noch halb auf dem Klappbett lagen, und dass Brendan in einer sehr unangenehmen Lage verrenkt dalag. Sie zog ihn über sich und streckte sich an der Wand des Abteils aus.

„Weißt du, Mrs O'Herlihy", flüsterte Brendan leise und streichelte dabei zärtlich ihren Hals und ihre Brüste. „Es hat zahllose Gelegenheiten gegeben, in denen wir in der Nähe von herrlichen, gemütlichen breiten Betten gewesen sind. Und du musstest dir ausgerechnet diesen Schlafwagen aussuchen, der für zwei Personen eigentlich viel zu klein ist."

„Was?", wollte sie wissen. Dann bemühte sie sich, sich aufzurichten. „Ich werde vielleicht nie wieder gehen können", erklärte er ernsthaft. „Oh!"

Brendan lachte und zog sie wieder dicht an sich. „Das war die Sache wert", flüsterte er dicht an ihrem Ohr. „Welches Opfer sie auch kostet, sie war es wert."

„Opfer?"

„Mein Rückgrat ist ganz steif."

„Nun, wenn das so ist, dann gehe ich eben wieder in mein Abteil", erklärte Kaitlin.

Er schüttelte den Kopf. „Das kommt nicht infrage, Kaitlin O'Herlihy", meinte er. Er hielt vorsichtig sein Gleichgewicht und schaute sie zärtlich an. „Das hier ist eine Odyssee, eine Herausforderung ... und ein Abenteuer." Immer noch lächelnd beugte er sich langsam zu ihr hinunter.

Der Zug ratterte durch die Nacht, ein schriller Pfiff ertönte, aber keiner der beiden bemerkte es. Wieder begann Brendan, Kaitlin überall zu küssen, und fühlte, wie erneut das heiße Feuer der Leidenschaft in ihm aufloderte.

Kaitlin glitt an seinem Körper herunter und gab all den verborgenen und unterdrückten Wünschen nach, ließ all ihre geheimen Fantasien wahr werden. Sie berührte ihn, liebkoste ihn, quälte ihn mit kurzen aufreizenden Berührungen ihrer Zunge und rieb ihren Körper gegen seinen.

Kaitlin sog begierig den männlichen Duft ein, der sie jahrelang in ihren Träumen verfolgt hatte. Sie spielte mit seinem Haar, reizte seine Lippen, küsste und erregte ihn überall, bis sie endlich die Finger um ihn schloss und sein neu erwachtes Begehren spürte. Dort küsste und liebkoste sie ihn, während ihr eigenes Verlangen fast unerträglich wurde.

Das Spiel dauerte so lange, bis Brendan heiser aufstöhnte und versuchte, trotz der erdrückenden Enge in der Koje ganz auf Kaitlin zu liegen.

Die Nacht verstrich langsam, während Kaitlin eng an Brendan gekuschelt lag. Er hielt sie in den Armen und flüsterte mit einer Spur von Belustigung: „Kaitlin, Darling, ohne jeden Zweifel ist das die einzig richtige Art, Amerika zu erleben!"

11. KAPITEL

Kaitlin fand, dass dies eine der schönsten Zugfahrten war, die sie jemals gemacht hatte. Und das in mehr als einer Hinsicht.

Sie war froh, dass sie den ganzen Tag geschlafen hatte, denn in der Nacht kam sie nicht einen einzigen Moment dazu. Und da sie in New York sehr früh die Züge wechseln mussten, schlug Brendan seufzend vor, dass sie ungefähr um halb sechs Uhr aufstehen sollten, um zu duschen und sich anzuziehen.

Als Brendan versuchte, in die winzige Dusche hineinzukommen, stieß er lautstarke Verwünschungen aus. Kaitlin musste lachen wie seit Jahren nicht mehr. Er hörte sie und schoss aus der Kabine heraus, tropfnass und eingeseift, und er bestand darauf, dass Kaitlin mit hineinkommen und ihm helfen sollte.

Sie versicherte ihm zwar, dass sie nicht beide hineinpassen würden, aber irgendwie schafften sie es doch. Und dann begann Brendan sie zu kitzeln, bis sie lachte und gleichzeitig nach Luft schnappte. Sie liebten sich ein letztes Mal, bevor sie endlich duschten.

Kaitlin schaffte es gerade noch rechtzeitig, in ihr eigenes Abteil zurückzukommen, dann servierte der Schaffner auch schon das Frühstück. Es gab Kaffee und Croissants. Sie merkte plötzlich, wie hungrig sie war, und frühstückte, während sie ihr Make-up auflegte. Kaum war sie fertig, kam der Zugbegleiter erneut vorbei und teilte ihr mit, dass sie gerade New York erreichten.

Brendan half ihr, das Gepäck herauszuheben, und sie verließen gemeinsam den Zug. Sie hatten in New York etwas mehr als eine Stunde Aufenthalt, genug Zeit, um noch eine Tasse Kaffee zu trinken und Zeitung zu lesen.

Kaitlin war überrascht, wie gut es tat und wie wohl sie sich dabei fühlte, zusammen mit Brendan zum Zug zu gehen. Er half ihr wieder mit dem Gepäck, hielt ihre Hand und war bei ihr. Ihr war bis dahin nicht klar gewesen, wie allein sie gewesen war.

Diesmal fuhren sie mit einem Nahverkehrszug und saßen auf normalen Sitzen mit Dutzenden von Mitreisenden ringsherum.

Sie redeten kein Wort miteinander. Er las die Zeitung, und sie holte ihren Roman heraus. Irgendwie war sie jetzt, wo Brendan neben ihr saß, von dem Buch fasziniert, und sie las weiter, blätterte immer schneller eine Seite nach der anderen um, bis sie feststellte, dass sie in Boston angekommen waren.

Sie verließen erneut zusammen den Zug und traten auf die Straße. Der Augenblick der Trennung war gekommen. Sie hatten beide bei verschiedenen Autovermietungen einen Wagen bestellt.

„Brauchst du wirklich ein Auto?", fragte Brendan sie.

Kaitlin nickte. „Ich werde mit Donna und du mit Bill herumfahren. Und ich werde auch nicht bei meinen Eltern bleiben. Ich habe mich für ein Motel in Auburn entschieden, weil ich wirklich nicht weiß, wann ich ins Bett kommen werde."

„Ich werde auch nicht bei meinen Eltern übernachten."

„Ich nehme an, du wohnst in deinem Haus?"

Er schüttelte den Kopf. „Ich habe es dir schon gesagt, es ist zu weit draußen." Dann lächelte er anzüglich. „Aber da die Auswahl in Auburn beschränkt ist, könnte ich wetten, dass wir beide in demselben Hotel sein werden."

Kaitlin lächelte zurückhaltend. „Ich frage mich, ob ich nicht doch besser nach Hause gehen soll."

„Warum?"

„Mein Vater könnte mich beschützen."

Brendans Miene verfinsterte sich. „Kaitlin, ich habe dich nicht …"

„Das hast du auch nicht", unterbrach sie ihn hastig. „Vater soll mich nicht vor dir beschützen, sondern vor mir."

„Ich mache dir einen Vorschlag. Ich gebe meinen Wagen zurück, und wir nehmen deinen bis Worcester. Dort bestelle ich einen neuen für mich."

Kaitlin schaute schnell zu Boden. Ihr Herz schlug heftig, und sie war froh, dass sie noch ein bisschen mehr Zeit zusammen verbringen würden. Sie würden sicher auch dasselbe Hotel haben, aber sie würden viel mit Donna und Bill zu erledigen haben. Ihre Zeit zusammen war daher wahrscheinlich sehr begrenzt. Brendan stand schon auf der Straße und hielt ein Taxi an. Er hatte anscheinend den Dreh heraus, denn schon im nächsten Augenblick hielt eins an. Sie ließen sich von dem Fahrer zu der Autovermietung am Flughafen bringen. Dort holte Kaitlin ihren Wagen ab, während Brendan auf sie wartete. Nachdem sie alle Formulare ausgefüllt hatte, ging sie wieder zu ihm. Den Autoschlüssel hatte sie in der Hand. „Möchtest du fahren?“, fragte sie.

„Sicher.“ Er nahm den Schlüssel von ihr entgegen, und Kaitlin lächelte ihn erleichtert an.

„Ich hasse den Bostoner Verkehr“, sagte sie. „Ich bin nicht oft genug hier. Ich biege immer irgendwo falsch ab, und es endet damit, dass ich im Kreis fahre.“

„Nun, ich muss dir etwas beichten“, meinte er. „Mir passiert es auch ab und zu, dass ich mich verfahre.“

Aber diesmal machte Brendan keinen Fehler. Er fand die Schnellstraße und auch den Weg zu der gebührenpflichtigen Autobahn, und von da aus war es einfach.

In Worcester angekommen, fuhr er zu einer anderen Autovermietung, parkte dort und stieg aus. Dann beugte er sich durch das Fenster und küsste zärtlich Kaitlins Lippen. „Sehe ich dich später?“

Sie nickte. Er nahm sein Gepäck aus dem Kofferraum, trat zurück und winkte. Kaitlin ließ den Motor an und fuhr davon.

Ungefähr gegen sechs Uhr abends hatte sie sich bereits in ihrem Hotel angemeldet, war in eine Nachbarstadt gefahren, um ihre Eltern zu besuchen, und anschließend nach Auburn zurückgekommen, um Donna zu treffen und mit ihr zu essen.

Sie umarmten sich stürmisch, wie sich nicht nur Verwandte begrüßen, sondern Menschen, die schon ihr ganzes Leben lang befreundet waren. Donna sah Kaitlin ähnlich genug, um ihre Schwester sein zu können. Sie hatte dunkles Haar und hellblaue Augen. Die beiden hatten durch die Jahre alles miteinander geteilt, ihre Meinung über Jungen, Kleidung und Musik, dann, als sie älter geworden waren, ihre Vorstellungen von Moral und Ethik. Kaitlin freute sich für Donna, aber was eigentlich eine angenehme Angelegenheit hätte sein sollen, war plötzlich sehr schwer für sie geworden.

Seit letzter Nacht hatten die Dinge sich verändert. Es war unglaublich. Kaitlin wusste nicht, was sie denken oder fühlen sollte, und sie hätte am liebsten die ganze Geschichte vor ihrer Cousine ausgebreitet und sie um Rat gefragt. Sie hätte gern um Hilfe gebeten, aber sie war gleichzeitig verzweifelt bemüht, ihre Angelegenheiten für sich zu behalten. Kaitlin hatte mehr Angst als je zuvor. Verschwinde aus meinem Herzen und aus meinem Kopf! forderte sie im Stillen den abwesenden Brendan auf, während sie Donnas begeisterten Erzählungen zuhörte, sich das Bild von dem Kleid anschaute, dass ihre Cousine bestellt hatte, und die Ehrenjungfrauen lobte, die so gekleidet waren wie Donna.

Sie redeten über die Hochzeit, und Donna sprach über Bill. Kaitlin schaffte es einige Stunden lang, das Thema von ihrer Person fernzuhalten. Sie aßen zusammen zu Abend und gingen in das Geschäft für Brautkleider im Einkaufszentrum, in dem Kaitlin ihr eigenes Kleid anprobierte. Dann fuhren sie zu dem Saal, in dem der Hochzeitsempfang stattfinden sollte, und gingen noch in die Kirche, wo sie dem Organisten zuhörten und die Musik auswählten.

Endlich hielten sie für einen Drink bei einem Club in der Nähe von Kaitlins Motel. Als sie ihren Drink bestellt hatten, fragte Donna sie, wie die Zugfahrt gewesen sei.

„Die Zugfahrt?“, wiederholte Kaitlin ausweichend.

„Sicher, wie war sie? Langweilig?“

Langweilig! Kaitlin senkte den Blick und fuhr nervös mit den Händen über die Tischplatte. „Oh nein, sie war nicht langweilig.“

„Lang?“

„Sie … sie kam mir, ehm, auch nicht lang vor.“ Kaitlin schaute nicht hoch, und fast hätte sie gelacht. Sie wollte Donna von der Geschichte in der Dusche erzählen. Darüber müsste auch Donna lachen, so wie damals, als sie noch jung gewesen waren.

Aber Kaitlin brachte kein Wort heraus, obwohl ihr die Worte auf der Zunge lagen. Die Zukunft jagte ihr jetzt noch mehr Angst ein als vorher.

Endlich hob sie den Blick und schaute Donna an. „Brendan war im selben Zug."

„Oh! Das stimmt. Bill sagte mir, dass Brendan den Zug nehmen wollte, weil er die Zeit dort brauchte."

„Ja, irgend so etwas hat er gesagt."

„Und?" Donna schaute sie neugierig an, und ihre Stimme klang ein bisschen erregt. „Nun?"

„Nun was?", fragte Kaitlin ruhig zurück.

„Habt ihr beiden euch vertragen? Sind die Funken geflogen?"

„Wir sind beide auf deiner Hochzeitsparty eingeladen. Und wir wollen, dass die Hochzeit fantastisch wird. Dafür vertragen wir uns gut genug."

„Das ist alles?", wollte Donna wissen. „Das ist alles", log Kaitlin freundlich.

„Aber seine Gegenwart hat die Zugfahrt schneller vergehen lassen, nicht wahr? Ihr habt miteinander geredet. War er unterhaltsam?"

„Oh ja, sehr unterhaltsam."

Kaitlin bemerkte, dass Donna plötzlich lächelte und hinter sie schaute. Sie wirbelte herum und sah, dass Bill und Brendan in den Club gekommen waren und nun hinter ihr standen. Ihre Wangen röteten sich. Brendan warf sein Jackett über den Stuhl neben Kaitlin und setzte sich hin. Seine grünen Augen strahlten vor Belustigung.

„Kaitlin war ebenfalls verdammt unterhaltend, Donna", erklärte er. Er sagte es mit unbewegter Miene.

Kaitlin warf ihm rasch einen Blick zu, stand dann auf und küsste und drückte Bill. Dann setzte sie sich wieder hin, und die Männer bestellten Drinks.

Die Unterhaltung plätscherte ruhig vor sich hin. Zumindest hatte Kaitlin diesen Eindruck. Sie nahm nicht richtig daran teil, sondern hörte nur zu. Und sie spürte Brendan so dicht neben sich, dass ein Schauer der Erregung über ihren Rücken lief.

Dieses Gespräch hätte auch vor Jahren stattfinden können. Sie kannten sich alle so gut. Als Jugendliche hatten sie gemeinsam Tagesausflüge gemacht und auch längere Touren zum Kap. Sie waren durch Hampshire und Maine gefahren und hatten Nächte in New York durchgemacht. Es hätte seit ewigen Zeiten so sein können.

Aber das war es nicht. Kaitlin kannte Brendan nicht mehr wirklich. Sie musste sich das immer wieder selbst sagen. Er wollte sich nicht verabreden, aber trotz all dem, was in dem Zug passiert war, hatte sie Angst, zu schnell vorzugehen. Sie hatten sich gegenseitig in der Vergangenheit zu stark verletzt.

Unvermittelt stand Kaitlin auf, küsste alle zum Abschied, bis auf Brendan, und entschuldigte sich. Sie sagte, sie sei erschöpft, und versprach Brendan, ihn mittags in dem Restaurant zu treffen, in dem sie die Party feiern würden. Und sie sagte Donna und Bill, dass sie sich am nächsten Abend treffen würden. Dann verließ sie sie.

An der Tür drehte sie sich um, weil sie Brendans Blick in ihrem Rücken spürte. Er schaute ihr eindringlich nach, aber sie konnte den Ausdruck in seinem Gesicht genauso wenig erkennen, wie sie seine Gedanken erriet.

Kaitlin traf Brendan am Mittag des nächsten Tages, wie sie es versprochen hatte. Er war konzentriert und kühl, während sie das Menü besprachen, prüfte die Unterhaltungsmöglichkeiten und hörte sich die Kriegsgeschichten an, die der Geschäftsführer ihnen erzählte. Aber als sie dann allein saßen und ihre Sandwiches zum Lunch aßen, verschwendete Brendan keine Zeit.

„Was war letzte Nacht mit dir los?“, fragte er gespannt.

„Nichts.“

Er hätte fast gelächelt. „Das kann man wohl sagen“, stimmte er ihr zu. „Warum bist du weggegangen?“

„Ich war müde.“

„Das war doch nicht der einzige Grund.“

„Na gut“, erwiderte sie leise. „Du willst wissen, was letzte Nacht passiert ist? Ich hatte Angst.“

„Vor mir?“

Kaitlin beugte sich nach vom. „Ja, vor dir. Brendan, wir sind vor fast acht Jahren geschieden worden, und wir waren kaum zwei Jahre verheiratet. Als ich damals auf die Keys gekommen bin, um dich zu treffen, hat eine einzige Nacht mein seelisches Gleichgewicht für ein weiteres Jahr durcheinandergebracht. Ich will dir nicht noch einmal verfallen. Wir haben uns vorher nicht nur verletzt, es war die reinste Folter."

Brendan lehnte sich zurück und schaute sie eindringlich an. „Was willst du also tun?", fragte er leise. „Ich ... ich weiß es nicht."

„Willst du davor weglaufen?"

Kaitlin schwieg und fürchtete, dass er aufstehen und weggehen würde, dass sie nie wieder die Chance haben würden, miteinander zu reden. Was sie wollte, war eine Erklärung auf ewige Liebe und Treue. Ein Versprechen, dass sie es schaffen würden. Sie wollte von Brendan hören, dass er sie immer geliebt hatte und dass es nie eine andere Frau für ihn gab und geben würde.

Aber das konnte er ihr natürlich nicht ernsthaft sagen, das wusste sie. Zu viel Zeit war vergangen, und es gab zu viel Abstand zwischen ihnen.

„Ich weiß nicht, was ich will", sagte sie leise.

Brendan stand auf, und sie dachte, er würde davonstürmen. Doch das tat er nicht. Er berührte leicht ihre Wange. „Ich weiß, was ich will", sagte er ruhig. Dann erst ging er.

Als Kaitlin ihm kurz darauf folgte, war er nirgendwo mehr zu sehen.

Später, in ihrem Motel, saß Kaitlin neben dem Telefon und schaute es unverwandt an. Sie dachte daran, Brendan anzurufen und ihm vorzuschlagen, gemeinsam zu der Party zu fahren. Sie wohnten ja in dem gleichen Hotel. Aber sie schaffte es einfach nicht zu wählen. Noch nicht einmal den Hörer konnte sie abheben. Brendan hätte sie anrufen sollen.

Aber er würde es nicht machen. Nicht, nachdem er sie auf diese Art und Weise in dem Restaurant verlassen hatte.

Kaitlin duschte und zog sich frühzeitig an. Danach saß sie wieder vor dem Telefon. Sie hatte sich gerade dazu überwunden, den Hörer abzunehmen, als es an der Tür klopfte. Kaitlin eilte hinüber und öffnete.

Brendan stand draußen. „Ich habe mich gefragt, ob du fertig bist“, sagte er. Sie nickte nur, weil sie ihrer Stimme nicht traute. Brendan trug einen taubengrauen Anzug, ein weißes Hemd und eine kastanienbraune Weste. Sein Haar war frisch gewaschen und noch feucht. Es glänzte wie Ebenholz. Er sieht in eleganter Kleidung sehr gut aus, stellte Kaitlin fest.

Aber wenn er keine Kleidung trägt …

Ihre Gedanken schweiften ab. „Ich bin fertig“, sagte sie atemlos. „Aber es ist zu früh, um schon loszufahren …“

„Lass uns spazieren fahren“, schlug er vor.

Sie wusste nicht, wohin sie fahren würden, nickte aber zustimmend. Brendan nahm ihren Schal und legte ihn über ihre Schultern. Dann ergriff er ihre Hand und ging mit ihr den Flur entlang.

Sie sprachen nicht, bis sie in seinem Wagen saßen. Erst dann fragte Kaitlin Brendan leise: „Wohin fahren wir?“

Seine Lippen verzogen sich langsam zu einem Lächeln, während er nach vorn auf die Straße sah. „Ich weiß es nicht“, gab er zu.

Kaitlin erwiderte sein Lächeln.

Es ist fast so, als wäre der Wagen ein Pferd, dem man es überlässt, den Weg zu finden, dachte Kaitlin. Sie fuhren einfach los und waren plötzlich mitten in Worcester, in ihrer alten Nachbarschaft. Sie kamen an dem dreistöckigen Haus vorbei, wo die O’Herlihys zuerst gewohnt hatten, dann fuhren sie die Burncoatstraße hinunter, wo Brendans Vater sein erstes Haus gebaut hatte. Sie kamen an der Highschool vorbei, am Schwimmbad und am Park, und sie beschlossen nachzusehen, ob das beste italienische Restaurant der Stadt, das in Familienbesitz war, noch betrieben wurde. Es wurde.

„Zu schade, dass wir zu wenig Zeit haben“, sagte Brendan nachdenklich.

Kaitlin lachte. „Brendan, wir geben eine Dinner-Party. Eine übrigens sehr teure Dinner-Party. Und du möchtest wegen ein paar Vorspeisen anhalten?“

Brendan nickte. „Ja, aber wir haben keine Zeit dafür.“

Er fuhr weiter, und Kaitlin fühlte ein Prickeln auf dem Rücken. Sie fuhren gerade am Friedhof vorbei, auf dem Mitglieder ihrer beiden Familien begraben lagen. Einschließlich Sean.

„Glaubst du, dass die Tore noch offen sind?", fragte sie.

Brendan schaute sie scharf an. Es dämmerte bereits, und er warf einen Blick auf die Uhr am Armaturenbrett. „Er ist noch zehn Minuten geöffnet. Warum?"

„Lass uns hineingehen."

„Kaitlin ..."

„Bitte, Brendan, ich möchte es."

Er zuckte mit den Schultern, wendete den Wagen und fuhr auf den Friedhof. Als sie mit dem Wagen nicht mehr weiterkonnten, hielt Brendan am Straßenrand an.

Auf dem Friedhof herrschte Stille. Nirgendwo war eine Menschenseele zu entdecken. Auf der linken Seite gaben die alten Grabsteine aus Schiefer, die im Zwielicht aufragten, Auskunft über das Alter des Friedhofs. Hier, in dem neueren Teil, gab es eine Vielzahl moderner Grabsteine. Betende Engel, Heilige, Obelisken, kurz, alle Arten von Gedenksteinen erinnerten an geliebte Menschen, die diese Welt verlassen hatten.

Kaitlin hielt sich nicht mit dem Engel auf, der auf der Grabstätte ihrer Familie stand, sondern ging sofort auf die große Statue der heiligen Theresa zu, die über der erdigen Ruhestätte Sean O'Herlihys wachte.

In der Dämmerung schien die Statue fast lebendig zu sein und zu atmen. Und das freundliche, seltsame Lächeln des steinernen Gesichts erinnerte Kaitlin an das von Sean.

Brendan stand hinter ihr und kam keinen Schritt näher. Auf dem Grab lagen frische Blumen.

„Du warst schon hier", stellte Kaitlin fest.

„Ich war hier", bestätigte er. „Aber ich habe die Blumen nicht mitgebracht. Irgendjemand aus der Familie bringt jedes Jahr um diese Zeit Blumen."

Kaitlin nickte und schaute weiter auf das Grab. Plötzlich wünschte sie sich, so weinen zu können, wie sie es all die Jahre vorher gekonnt hatte. Was wäre passiert, wenn Sean noch am

Leben gewesen wäre? Würden Brendan und sie feiern, dass sie länger als zehn Jahre verheiratet waren? Würden sie Kinder haben? Nun, das war ein Geheimnis, das genauso tief verborgen lag wie Sean.

„Wir sollten gehen“, sagte Brendan, und Kaitlin nickte. Er führte sie von dem Grab weg zum Wagen und half ihr beim Einsteigen. Nachdem sie sich wieder in den Verkehr eingefädelt hatten, fragte Brendan sie: „Warum wolltest du anhalten?“

„Ich weiß es nicht.“

„Kaitlin, er ist seit über zwölf Jahren tot.“

Sie schaute ihn scharf an. „Ist er jemals wirklich für dich gestorben, Brendan?“

Seine Miene verfinsterte sich, und er drehte sich zu ihr um. „Ich werde ihn niemals vergessen, wenn du das meinst. Er war mein bester Freund. Jedes Mal, wenn du jemanden verlierst, bleibt eine gewisse Leere in dir zurück.“

Kaitlin antwortete darauf nicht, sondern schaute aus dem Fenster. Schließlich sagte sie leise: „Er hat uns verlassen, weil er keine Wahl hatte. Aber als du mich verlassen hast, war die Leere schlimmer, denn du hättest nicht gehen müssen.“

Brendan fuhr den Wagen auf den Seitenstreifen. „Wovon redest du?“, wollte er wissen.

„Brendan, du bist auf dem Seitenstreifen!“

„Das interessiert mich nicht. Antworte mir!“

„Ich war immer noch da, Brendan. Und du warst noch da. Aber du hast mich verlassen. Du bist verschwunden. Sean ist nicht absichtlich verschwunden, aber du. Du hattest eine Wahl.“

„Ich habe dich nicht verlassen.“

„Du warst nicht da.“

Brendan lehnte sich auf dem Sitz zurück und stieß eine Verwünschung aus. „Was um alles in der Welt willst du von mir, Kaitlin? Ich habe schon zugegeben, dass ich einen Fehler gemacht habe. Ich habe versucht, es zu erklären. Ich weiß, dass du es verstanden hast. Du warst wunderbar, und du hast gewartet. Und ich habe dich verletzt. Das tut mir leid.“ Er drehte sich um und sah sie an. „Vielleicht habe ich mich später auch geirrt, als ich dich mit diesem anderen Kerl erwischt habe ..."

„Das war nichts!", stieß sie empört aus.

„Ich habe doch gerade gesagt, dass ich mich geirrt habe", erwiderte er barsch. „Aber seit wir verheiratet waren, habe ich die Beziehung nicht mit einem Messerschnitt beendet. Was war es dann, verdammt noch mal? Du hattest nicht die Hochzeit bekommen, die du wolltest, also hast du gedacht, du müsstest es noch einmal versuchen. Ich bin überrascht, dass du nicht als Erstes um eine Annullierung gefeilscht hast. Dann hättest du alles bekommen können, was du wolltest."

Kaitlins Augen brannten, als sie sich Brendan zuwandte. Sie sagte ihm klipp und klar, was sie von ihm hielt, und sie holte unvermittelt mit der Hand aus. Sie traf seine Wange nur deswegen nicht, weil er ihr Handgelenk zu fassen bekam. Und dann lag sie erneut in seinen Armen. Sein Kuss schien ihre Lippen mit einer Leidenschaft, einer Wildheit zu verzehren, die lebendiger war als alles, was sich vorher zwischen ihnen abgespielt hatte. Der Kuss verriet Kaitlin viel von seinem Leiden und erschütterte sie bis ins Innerste.

Langsam ließ Brendan sie los und schaute ihr in die Augen. Sie fühlte, dass ihre Wangen feucht waren, und wusste, dass sie weinte.

„Oh Kaitlin", flüsterte er. Er küsste sie zärtlich, holte sein Taschentuch heraus und tupfte ihr die Tränen ab. „Es tut mir wirklich leid, Kaitlin."

Sie schüttelte den Kopf und nahm das Taschentuch, als er den Motor wieder anließ und sich in den Verkehr einordnete. Die Dunkelheit hüllte sie ein, und die Straßenlaternen warfen Licht und Schatten auf ihre Mienen. Kaitlin wischte sich die Wangen ab. Ihr Herz schmerzte plötzlich, als sie Brendan beobachtete. Sie fragte sich, ob sie sich ihm jemals näher gefühlt hatte, als in diesem Augenblick.

Sie vergaß ihren Stolz und den Schmerz, der sich während der langen Jahre in ihr aufgestaut hatte, rückte näher an Brendan heran und legte die Hand leicht auf seinen Schenkel. „Ich wollte eigentlich keine Scheidung", sagte sie hastig. „Aber als ich so krank war, fühlte ich mich so allein und verletzt, und ich habe mich so sehr nach dir gesehnt. Doch du bist nicht gekommen ..."

„Ich konnte nicht kommen! Ich wusste es doch zuerst gar nicht."

„Jetzt weiß ich das", erwiderte sie. „Aber auch dann, sogar als du bei mir warst, hast du in deiner eigenen Welt gelebt. Brendan, ich hatte mir so sehr gewünscht, dass du dich gegen mein Verhalten wehrst. Ich wollte, dass du um mich kämpfst und um Seans Tod trauerst. Ich wollte einfach nur, dass du bemerkst, dass wir beide ja noch am Leben waren!"

Eine Zeit lang sagte Brendan nichts. Dann hielt er das Steuerrad mit einer Hand fest, während er sie mit der anderen streichelte.

In diesem Moment kamen sie an dem Restaurant an. Brendan lenkte den Wagen in eine Parklücke, stellte den Motor ab und wandte sich zu Kaitlin um.

„Ich habe in die Scheidung eingewilligt, weil ich dachte, dass es das wäre, was du wolltest", sagte er. „Wie hätte ich protestieren können, wo sich alles so schlimm entwickelt hatte?"

Kaitlin schüttelte den Kopf.

„All die ganzen Jahre", sagte er leise. „Kaitlin, ich ..."

Aber Kaitlin sollte nie erfahren, was er ihr eben hatte sagen wollen, denn jemand klopfte ans Fenster. Sie erschraken beide und wandten die Köpfe herum. Kaitlins Cousin Patrick stand draußen und lächelte. „He, ihr beiden, kommt ihr nun rein oder nicht?" Er öffnete Kaitlin die Tür.

„Patrick!", sagte sie mit gezwungener Begeisterung. Ihr Cousin war großartig, und sie liebte ihn, aber sie fragte sich, warum er ausgerechnet in diesem Moment hatte auftauchen müssen. Dennoch umarmte sie ihn fest.

Brendan war ebenfalls ausgestiegen und begrüßte Patrick. Dann gingen die drei gemeinsam in das Restaurant.

Es war eine wundervolle Party. Mehr als nur das. Donna und Bill sahen glücklich aus. Brendan hielt eine großartige Rede auf den Bräutigam, und Donna bekam eine Fülle von herrlichen Geschenken. Beide Familien waren da, das Essen war fantastisch, und die Band, die Brendan engagiert hatte, spielte Songs, die jeder Altersgruppe gefielen.

Brendan und Kaitlin verließen die Party nicht vor zwei Uhr früh, und Donna und Bill, die bis zum Schluss blieben, bedankten sich anschließend überschwänglich bei beiden.

„Das war doch nicht der Rede wert", meinte Brendan zu Donna.

„Oh doch, das war es", widersprach sie. „Es war herrlich. Ich wünschte nur, ihr hättet nicht so viel dafür bezahlen müssen …"

„Ehrlich, es war nichts", wiederholte Brendan. „Kaitlin hat ein neues Geschäft", fügte er ernsthaft hinzu.

„Brendan macht dabei ebenfalls mit", sagte Kaitlin zuckersüß. Sie erklärte die Sache mit dem Werbefilm und wünschte danach, sie hätte es nicht getan. Nun würden nämlich alle darauf achten. Und ihre Verwandtschaft würde niemals ein Ende damit finden.

Donna redete weiter, aber endlich verschwanden sie und Bill, und Kaitlin und Brendan gingen zu seinem Leihwagen. Kaitlin lehnte sich zurück, sowie sie saß. Sie war erschöpft und fertig.

Brendan fuhr schweigend ins Motel und brachte Kaitlin in ihr Zimmer. Vor der Tür hielt er inne und küsste sie sanft. Sie wartete, müde zwar, aber mit wachsender Erregung. Er wird hierbleiben, dachte sie. Er wird mit hineinkommen, und sie würden sich lieben.

Aber er wünschte ihr nur liebevoll eine gute Nacht, drehte sich um und ging davon.

In ihrem Zimmer zog Kaitlin sich aus und hängte ihr Kleid auf einen Bügel. Dann schlüpfte sie in ein Flanellnachthemd, legte sich ins Bett und versuchte zu schlafen. Aber ihre Gedanken beschäftigten sich immer noch damit, was Brendan und sie alles geteilt und was sie verloren hatten.

Ihre Liebe war jedenfalls niemals erloschen. Vielleicht hatten sie ja nun endlich alles offen ausgesprochen. Aber konnte wirklich etwas von dem, was sie gesagt hatten, alles einrenken? Oder war schon zu viel Zeit vergangen?

Kaitlin lag lange wach, aber schließlich überwältigte sie ihre Erschöpfung.

Am nächsten Morgen wurde sie sehr früh von einem lauten Pochen an ihrer Tür geweckt. Sie sprang schlaftrunken aus ihrem Bett und riss die Tür auf.

Es war Brendan. Ein irritierter Brendan allerdings. „Sieh dich an, Kaitlin", sagte er statt einer Begrüßung. „Kaum bekleidet öffnest du die Tür. Verdammt, es hätte irgendjemand anders sein können! Ein Einbrecher oder noch etwas Schlimmeres."

„Es ist auch schön, dich zu sehen, Brendan", sagte sie nur.

„Kaitlin, ich will nur nicht, dass dir etwas geschieht."

Sie nickte. „Sicher." Dann schüttelte sie den Kopf. „Entschuldige mich bitte einen Moment, ja?"

„Aber nur kurz", meinte er.

Sie schloss sich im Badezimmer ein, hielt ihren Kopf unter kaltes Wasser und putzte sich die Zähne. Schon fühlte sie sich wieder frisch. Als sie das Badezimmer verließ, konnte sie Brendan nirgendwo sehen und dachte im ersten Moment, er sei gegangen.

Doch dann rief er leise ihren Namen. „Kaitlin!"

Sie fuhr herum, schaute ihn einen Moment erstaunt an, dann lächelte sie.

Brendan lag nackt auf ihrem Bett. In einer Pose wie für ein Kalenderblatt. Er sah einfach hinreißend aus. Eine schwarze Locke fiel ihm neckisch in die Stirn, und seine grünen Augen glänzten. Ihre goldenen Sprenkel schimmerten im Licht der Morgensonne. Er war muskulös und braun gebrannt, und das dunkle Haar auf seiner Brust wirkte ungeheuer sexy. Und weiter unten das ... Seine Absicht ist mehr als offensichtlich, dachte Kaitlin erregt.

„Komm her zu mir", sagte er, lächelte sie verführerisch an und klopfte einladend auf das Bett. „Was hast du vor?", flüsterte sie heiser.

„Du wirst etwas sehr Schönes erleben", versprach er ihr selbstbewusst. Da sie sich immer noch nicht bewegte, stand er auf und ging auf sie zu. Geschickt knöpfte er ihr Nachthemd auf, ohne dass Kaitlin sich rührte. Sie erlaubte ihm immerhin, sie auszuziehen, während sie sich sowohl benommen als auch erregt fühlte. Das Nachthemd fiel zu Boden. Er trat hinter sie, und Kaitlin fühlte, wie sein nackter Körper ihren Rücken und ihren Po streifte.

Brendan legte die Hände um ihre Brüste, und mit den Lippen berührte er heiß ihre Ohren, während seine Zunge feuchte Kreise auf ihrer erhitzten Haut zeichnete. Er schob ihr Haar beiseite und küsste ihren Rücken, immer tiefer herunter.

Kaitlin drehte sich in seinen Armen herum. Sie wurde von den Empfindungen, die seine Zärtlichkeiten in ihr hervorriefen, fast überwältigt. Brendan umkreiste mit der Zunge ihren Nabel und strich über ihr lockiges Dreieck. Sie hielt es nicht länger aus und kniete sich vor ihn hin. Ihre Lippen fanden sich zu einem heftigen und leidenschaftlichen Kuss.

Brendan wollte Kaitlin in die Arme nehmen, um sie auf das weiche breite Bett zu tragen und sie dort zu lieben. Aber ihre Lippen waren auf seinen, und mit den Fingern fuhr sie über seinen Rücken und streichelte ihn, während ihre Zungen sich umkreisten und liebkosten. Er drückte sanft ihre Beine auseinander und fuhr leicht mit den Fingern über die Stelle zwischen ihren Schenkeln, reizte die Quelle ihrer Lust und glitt schließlich tief hinein.

Kaitlins leise Schreie erregten ihn fast bis zum Verrücktwerden, und ihm schien, als wären ihre Hände auf wunderbare Weise überall gleichzeitig. Auf seinen Schultern, seinem Rücken, und sie brachten ihn vollkommen durcheinander. Sie berührte und streichelte ihn, bis er das Gefühl hatte zu vergehen, wenn er nicht bald eins mit ihr werden konnte.

Brendan drückte Kaitlin auf die schwere Decke herunter und drängte sich zwischen ihre Beine. Er hörte nicht auf, sie zu küssen. Er beachtete ihre Schreie und ihr Flehen nicht, sondern genoss es mit einer ungeheuren Lust, wie sie sich ungestüm unter ihm wand. Er genoss Kaitlins Reaktion auf seinen eigenen Hunger und sein Begehren.

Brendan schrie heiser auf, als er sich nicht länger beherrschen konnte und sich in ihr ergoss. Zärtlich und doch heftig gab er seiner Lust nach und fühlte, wie sie sich bewegte und die Beine um seine Hüften schlang. Er barg den Kopf an ihrem Hals und küsste dann erneut ihre Brüste. Plötzlich spürte er, wie Kaitlin sich versteifte. Sie schrie auf, erschauerte und fand in seinen Armen den erlösenden Höhepunkt.

Brendan schloss die Augen und hielt Kaitlin fest.

Nur allmählich drangen das Summen der Klimaanlage und die Geräusche vom Flur in ihr Bewusstsein. Die Welt draußen erwachte zu neuem Leben.

Brendan sah Kaitlin an und musterte ihre wunderschönen blauen Augen und ihre seidigen rotblonden Locken, die ihr über Gesicht und Brüste fielen. Er strich ihr das Haar aus der Stirn und lächelte. „Was hast du nur gegen Betten, Kaitlin?“

„Ich?“, protestierte sie.

Wieder küsste er sie. „Dich würde ich überall begehren“, erklärte er ihr. „Wirklich überall.“

Zu Kaitlins Überraschung stand er auf und reichte ihr die Hand. Er lächelte immer noch. „Dennoch wäre es nett, wenn wir das nächste Mal wieder ein Bett benutzen würden.“ Sein Lächeln verschwand, und sein Blick suchte ihren. „Wenn es ein nächstes Mal gibt“, fügte er leise hinzu.

Dann drehte er sich um und ging unter die Dusche. Verblüfft hörte Kaitlin, wie das Wasser zu rauschen begann. Sie folgte Brendan.

„Was, glaubst du, machst du da, Brendan?“, fragte sie und versuchte, die Badezimmertür zu öffnen. Sie war abgeschlossen.

Aber er beeilte sich und trocknete sich bereits ab. Kurz darauf kam er schon wieder heraus, küsste Kaitlin flüchtig und begann sich anzuziehen. „Ich muss nach Hause, Kaitlin. In ungefähr zwei Stunden geht mein Flugzeug. Ich muss nach Miami zurück.“

Kaitlin spürte die Wut in sich aufsteigen. „Nett, dass du vorbeigeschaut hast.“

Er griff nach der Tagesdecke und wickelte sie ihr um die Schultern. Kaitlin versuchte, ihm auszuweichen. Vergeblich. „Brendan …“

Er legte einen Finger auf ihre Lippen. „Ich habe dir gestern schon gesagt, Kaitlin, ich weiß, was ich will. Du nicht. Also denk darüber nach. Lass dir Zeit. Keiner von uns kann all die Dinge ungeschehen machen, die wir vorher getan haben. Lass uns die alten Fehler nicht noch einmal machen."

„Brendan, ich ..."

„Ich möchte nicht, dass du etwas darauf antwortest. Denk darüber nach. Ich fliege nach Hause und arbeite. Wir werden uns auf Donnas und Bills Hochzeit wiedersehen, und dann möchte ich eine Antwort von dir."

Mit diesen Worten war er verschwunden und ließ Kaitlin zurück, die ihm verblüfft hinterhersah.

„Eine Antwort worauf, Brendan?", rief sie ihm nach. Sie ließ sich aufs Bett fallen und wusste nicht, ob sie lachen oder weinen sollte. „Eine Antwort worauf?", flüsterte sie.

12. KAPITEL

Kaitlin war nach Hause gefahren, hatte gearbeitet und eine sehr traditionelle Frauen-Party für ihre Cousine Barbara organisiert. Sie hatten die Blumen bestellt, das Menü ausgesucht und verschiedene Bands angehört, bevor sie sich entschieden hatten. Sie waren herumgelaufen, um Scherzartikel und kleine Präsente für den Hochzeitstisch auf dem Empfang auszuwählen, und sie hatten eine sehr elegante Kassette gekauft, in der Geldgeschenke sicher aufbewahrt werden konnten.

Sie hatten einige schlimme Momente überstanden, zum Beispiel als sie gewarnt wurden, dass der Tresor im Standesamt vor Barbaras Hochzeit von Bankräubern geknackt werden könnte. Das Geld sollte ja so lange dort bleiben. Barbara hatte Kaitlin sofort aufgeregt angerufen, und sie waren zusammen zum Standesamt gefahren. Doch dort hatte man ihnen versichert, dass man bereits einiges geändert und Geld investiert habe, um alles sicher zu machen. Alles sei nun perfekt.

Kaitlin hatte Brendan seit der Party nicht mehr gesehen. Er hatte ihr am Telefon erzählt, dass Joe und einige andere Freunde eine Vergnügungsfahrt gebucht hatten. In einer Nacht nach Freeport und zurück. Später hatte sie gehört, dass sie zwar gefahren waren, aber dass das Hotel ausgebucht gewesen war, und sie bis zwei Uhr morgens hatten warten müssen, um endlich Zimmer zu bekommen. In einem Zimmer hatte es auch noch Wanzen gegeben.

Kaitlin hoffte, dass es Brendans Raum gewesen war. Er verdiente Wanzen.

Aber Joe lachte, als sie ihn danach fragte, und erzählte ihr, dass sie trotz aller Probleme die lustigste Zeit ihres Lebens verbracht hätten.

Und immer noch hatte Brendan sich nicht bei ihr gemeldet.

Ehe Kaitlin es sich versah, musste sie zu Donnas Hochzeit reisen. Nach fast vier Wochen war Kaitlin wieder in Massachusetts.

Und es gab viel zu tun, nachdem sie in Aubum angekommen war. Sie und Donna bereisten in ein paar Tagen halb Massachusetts, jedenfalls kam es Kaitlin so vor. Sie fuhren in eine Kleinstadt, in der es ganz besondere Bänder gab, die Donna für die Blumen wollte. Dann mussten sie in eine andere Stadt fahren, um die Bänder dort abzugeben. Sie holten die eleganten Partygeschenke ab, die Donna, Patrick und seine Frau in den letzten Wochen sorgfältig ausgesucht hatten, und brachten sie in die Halle, in der der Empfang stattfinden sollte. Schließlich gingen sie ein letztes Mal zur Anprobe der Kleider und stimmten zu, sie am Tag der Hochzeit um zehn Uhr abzuholen.

„Wir bringen sie alle in das Haus meiner Eltern und ziehen uns dort auch an“, schlug Donna vor. „Bill und die Männer können sich in seinem Haus fertigmachen.“

Schließlich kam der Tag der Generalprobe für die Trauung mit anschließendem Dinner.

Kaitlin zitterte vor Aufregung, als sie endlich die Gewissheit hatte, dass sie Brendan an diesem Abend sehen würde. Zu diesem Anlass hatte sie ihr Kleid sehr sorgfältig ausgewählt. Es bestand aus schwarzem Satin und bedeckte sie vom Hals bis zu den Knien. Aber es saß so eng, dass es eines der erotischsten Kleider war, die Kaitlin jemals gesehen hatte.

Sie fragte sich, ob Brendan wieder in dem Motel übernachten würde, aber sie bezweifelte es. Sie selbst übernachtete dort ja diesmal auch nicht. Da die Hochzeit so bald sein würde, hatte sie sich entschieden, in dem Haus von Donna und ihrer Mutter zu wohnen.

Sie fuhren um sechs Uhr dreißig zur Probe. Familienmitglieder und Freunde hatten sich bereits in der Kirche versammelt.

Und dann sah Kaitlin Brendan. Er war auf der anderen Seite des Gangs und sprach mit einem von Bills Helfern, als er sie bemerkte.

Sein Blick glitt über sie, von oben bis unten so begehrlich, dass Kaitlin errötete und sich abwandte. Ihr kleiner Neffe Brandy war gerade dabei, die Kerzen zu zerstören, und so eilte sie schnell hinter ihm her, dankbar für diese Gelegenheit, Brendans Blicken zu entkommen. Dann kam ihre Mutter auf sie zu und flüsterte: „Warum dauert es so lange?“

„Ich weiß es nicht“, erklärte Kaitlin, immer noch verwirrt.

In diesem Moment tauchte Donna auf. Sie war den Tränen nah. „Wir haben einen Helfer verloren.“

„Was soll das heißen, ihr habt einen Helfer verloren?“

„Terry Simmons ist nicht da. Er hat die Hochzeit bestimmt vergessen! Er ist außer Landes, ich bin mir ganz sicher!“

„Donna, weine nicht und beruhige dich. Er hat sich einfach nur verspätet. Er wird hier sein, wenn es anfängt“, versicherte Kaitlin ihr.

Aber als es so weit war, hatten sie noch niemand anderen gefunden. Brendan schaffte es schließlich, Terry in dessen Büro aufzuspüren. Er hatte bloß eine falsche Uhrzeit für die Generalprobe aufgeschrieben. Der Priester ging auf und ab, Donna jammerte, und Brandy versuchte die ganze Zeit, die Kerzen aufzuessen.

Endlich erschien Terry und entschuldigte sich überschwänglich bei Donna. Sie küsste und umarmte ihn und sagte ihm, dass sie sich nicht im Geringsten darum kümmern würde, Hauptsache, er sei endlich da.

Kaitlin fing Brendans Blick auf und sah, dass er ihr belustigt zulächelte. Sie erwiderte das Lächeln, und dann konnte die Generalprobe endlich beginnen.

Bills Mutter hatte ein Abendessen im Country Club arrangiert, und Kaitlin und Brendan würden bei Donna und Bill sitzen, zusammen mit einem anderen Paar von der Brautparty.

Brendan sah faszinierend aus. Ganz gleich, was er anhatte, seine markanten Gesichtszüge verliehen ihm eine männliche Ausstrahlung, die einfach anziehend war.

Er berührte Kaitlin nach der Probe nicht. Zwar hatte er sie den Gang durch das Kirchenschiff heruntergeführt, und sie hatten zusammen neben Donna und Bill gestanden, aber seit sie die Kirche verlassen hatten, hatte er Kaitlin nicht mehr berührt. Außer mit seinen herausfordernden Blicken.

Das Dinner war köstlich. Die Unterhaltung floss angenehm

dahin, und der Champagner schmeckte großartig. Kaitlin wusste, dass sie wieder zu viel Champagner trank, aber sie konnte nicht anders. Sie war erhitzt, und ihre Handflächen kribbelten. Am liebsten wäre sie mit Brendan allein gewesen.

Sie wollte, dass er sie berührte …

Und sie war sich nicht im Geringsten darüber klar, welche Frage sie ihm zu beantworten hatte. Anscheinend bist du auch nicht in der Lage, es herauszufinden, sagte sie sich. Als das Dinner vorbei war, half Brendan ihr aus dem Stuhl.

„Pass heute Abend auf den Champagner auf", riet er ihr warnend. „Wir sehen uns dann." Früh am nächsten Morgen entdeckte Kaitlin, dass sie gar nicht bis zur Hochzeit warten musste, um Brendan zu sehen.

Donna hatte ihn gebeten, ihnen zu folgen, wenn sie die Brautkleider abholen würden. Die Kartons, in denen sie verpackt waren, waren sperrig, und Donna brauchte den Platz in Brendans Wagen, um sie zu transportieren. Als sie in dem Brautausstattungsgeschäft ankamen, ging Donna an den Tresen, um mit dem Mann zu sprechen, der sie beraten hatte.

Brendan ging zu Kaitlin hinüber. „Hast du nachgedacht?", fragte er gespannt.

„Du Mistkerl! Ich habe die ganze Zeit nichts anderes getan, als nachzudenken, und dabei weiß ich noch nicht einmal, worüber ich überhaupt nachdenken soll!"

Bevor er antworten konnte, stieß Donna einen missbilligenden Schrei aus.

Brendan und Kaitlin sahen sich kurz an und liefen dann zu ihr. Donna hatte Tränen in den Augen. „Sie können es nicht finden! Mrs Taylor kann mein Kleid nicht finden!"

Mrs Taylor kam aus dem Raum mit den Bügelautomaten gelaufen, in dem man die Kleider bis zur Abholung normalerweise aufbewahrte. „Donna, machen Sie sich keine Sorgen. Sie müssen hier irgendwo sein. Entspannen Sie sich, ich suche weiter."

Donna warf sich verzweifelt in Brendans Arme. Sie meinte jammernd, dass ihre ganze Hochzeit verdorben sei. Kaitlin warf ihm über dem Kopf ihrer Cousine einen kurzen Blick zu und drehte sich herum. Sie war entschlossen, selbst nach den Kleidern zu suchen.

Sie ging in den hinteren Teil des Geschäfts und fand sich in einem langen Flur wieder, in dem endlose Reihen von Kleidern hingen. Sie folgte ihm nach hinten. Er führte zu der kleinen Straße, die hinter dem Geschäft lag.

Dann hörte sie ein Flüstern. „Los! Jetzt!"

Rasch drängte sie sich durch die letzten Kleider. Die Hintertür stand offen, und ein kleiner Lieferwagen parkte daneben. Auch die Schiebetür des Wagens war geöffnet.

Der Wagen war nicht beschriftet, wie Kaitlin feststellte. Er trug keine Werbung für das Brautausstattungsgeschäft.

Und der Mann, der ihn belud, hatte es anscheinend eilig. Sehr eilig sogar, fand Kaitlin. Dabei schaute er immer wieder über die Schulter.

Sie stieß überrascht die Luft aus, als sie sah, welche Fracht als Letztes obendrauf geworfen wurde. Es waren fünf Kleider in den Farben, die die Brautjungfern von Donnas Brautparty getragen hatten, und ein Hochzeitskleid.

Es war Donnas Hochzeitskleid!

„Hey!", rief sie protestierend aus und ging hastig auf den Wagen zu. Einer der beiden Männer, die ihn beladen hatten, schloss gerade die Schiebetür.

„Halt! Sie können diese Kleider nicht nehmen! Das sind unsere!", schrie sie.

Dann sah sie, wie die beiden Männer Blicke wechselten. Der eine war groß und dunkelhaarig, der andere war klein und blond.

„Was machen wir jetzt, Spike?", fragte der kleine den älteren, dunkelhaarigen.

Spike stieß eine Verwünschung aus.

Plötzlich wurde hinter Kaitlin das Geräusch von Schritten laut, und sie wandte sich um, in der Hoffnung, dass es Brendan wäre. Er würde hoffentlich dafür sorgen, dass die Männer die Kleider zurückgeben würden.

„Schnapp sie dir, Henry!", rief Spike schnell. „Was?", stieß Kaitlin hervor. Dann begriff sie endlich. Diese Männer arbeiteten nicht für das Geschäft. Sie stahlen die Hochzeitskleider! Und nun wollten sie sie, Kaitlin, auch noch entführen! „Nein!", rief sie und wandte sich zur Flucht.

In diesem Moment packte irgendwer Kaitlin bei den Haaren. Sie wollte schreien, aber jemand legte seine Hand hart über ihren Mund. Dann wurde sie hochgehoben und kopfüber auf den Stapel mit den Hochzeitskleidern geworfen.

Ihr Kopf schlug gegen irgendetwas, und einen Moment wurde Kaitlin schwarz vor Augen. Sie nahm nur verschwommen wahr, dass die Tür geschlossen wurde.

Kurze Zeit später bemerkte Kaitlin, dass Spike und der Mann, den sie Henry gerufen hatten, bei ihr im Laderaum saßen. Sie versuchte aufzustehen, zu schreien und sich gegen die Schiebetür zu werfen.

Spike machte einen großen Satz und landete auf ihren Beinen, während der Lieferwagen sich bereits in den Verkehr einfädelte. Kaitlin wurde wieder zu Boden geworfen und landete einigermaßen weich auf den Kleidern.

„Pack ihre Hände!", fuhr Spike Henry an. Der etwas dickliche Henry gehorchte, obwohl Kaitlin kämpfte und versuchte, ihn zu beißen. Aber da Spike auf ihren Beinen saß, konnte sie nichts Vernünftiges ausrichten.

Erst nachdem ihre Hände und Fußknöchel gefesselt waren, geriet Kaitlin langsam in Panik. Und zwar in furchtbare Panik. Sie hatte etwas über diese Bande gehört, die Brautkleider im Norden stahlen und sie im Süden verkauften. Donna hatte mit Barbara darüber gesprochen.

Und nun steckte sie, Kaitlin, mittendrin in der Geschichte. Sie befand sich in einem Lieferwagen, der wer-weiß-wohin fuhr, und man hatte sie an Händen und Füßen gefesselt.

Die Angst packte sie, und sie schauderte heftig. Sie konnten sie umbringen.

Sie öffnete den Mund, um Luft zu holen und um verzweifelt zu schreien.

„Knebel sie!", befahl Spike nur.

Ein schmutziges Taschentuch wurde ihr über den Mund gebunden, und zwar so fest, dass sie die Schmerzen kaum aushielt. Sie war kaum in der Lage zu atmen, und erneut wurde es dunkel um sie herum. Sie fiel in eine gnädige Ohnmacht.

Brendan erreichte die Rückseite des Geschäfts gerade noch rechtzeitig, um den flachen weißen Lieferwagen verschwinden zu sehen. Er hatte Kaitlin nirgendwo entdeckt und sie auch nicht gehört. Aber als er nach unten auf den Boden schaute, saß er einen der kleinen Perlenohrringe, die Kaitlin getragen hatte. Er stieß eine Verwünschung aus, merkte sich die Autonummer des Wagens und beobachtete, in welche Richtung er davonfuhr. Dann hastete er durch das Geschäft zurück.

„Ruf die Polizei!", befahl er Donna und kritzelte hastig die Autonummer auf ein Stück Papier.

„Die Diebe haben meine Kleider!", rief Donna.

„Sie haben mehr als nur deine Kleider", teilte Brendan ihr mit. „Sie haben auch deine Brautjungfer!"

Brendan wartete nicht auf ihre Fragen, sondern verließ eilig das Geschäft und lief zu seinem Wagen. Er wendete ihn und fuhr dann in die schmale Straße. Fast hätte er einen Mülleimer umgefahren und er biss hart die Zähne zusammen. Sein Herz klopfte heftig, als er langsam fahren musste, um einer älteren Lady das Überqueren der Straße zu ermöglichen.

Verdammt, Kaitlin! dachte er. Du denkst einfach nicht nach. Er war außer sich vor Wut.

Dann bemerkte er, dass er nicht wütend, sondern einfach nur sehr besorgt war. Die ganze Zeit hatte er darauf gewartet, sie zu sehen. All diese Wochen. Er hatte ihr ein bisschen Zeit geben wollen.

Und nun …

Wer konnte schon wissen, was passierte? Er fuhr mit quietschenden Reifen um eine Ecke. Und da sah er vor sich den Lieferwagen, der die Richtung zum Highway einschlug.

Brendan beschleunigte sein Tempo und folgte ihm. Er bemerkte schnell, dass sie in Richtung Außenbezirke fuhren. Sie ließen eine Stadt nach der anderen hinter sich.

Wo bleibt denn bloß die Polizei? fragte er sich. Es kam ihm vor, als wären sie schon eine Ewigkeit unterwegs. Nein, verbesserte er sich nach einem Blick auf die Uhr, erst seit ungefähr einer Viertelstunde.

Dann verließ der Lieferwagen den Highway und bog kurz darauf in einen Feldweg ein. Brendan zwang sich dazu, langsamer zu fahren, und folgte ihm.

Hinter einer Baumgruppe sah er eine lange Reihe von Lagerhäusern, und der Lieferwagen fuhr auf das erste zu.

Brendan stellte seinen Wagen unter den Bäumen ab und blieb einen Moment mit zusammengebissenen Zähnen sitzen. Er wünschte sich verzweifelt, dass er eine Waffe hätte. Am liebsten eine Pistole. Die Polizei war nirgendwo zu sehen, was ihn auch nicht wunderte. Da sie den Lieferwagen nicht schon in der Stadt abgefangen hatten, nützte ihnen die Autonummer, die Brendan Donna gegeben hatte, natürlich nichts mehr. Sie konnten nur überprüfen, wer der Halter des Fahrzeugs war. Aber Brendan wusste auch nicht, ob der Wagen hier gemeldet oder ob er gestohlen war. Plötzlich erinnerte er sich daran, dass er eben an einer Telefonzelle vorbeigefahren war. Er ließ den Motor an, fuhr zurück und ging in die Zelle. Nachdem er der Polizei die Lage der Halle durchgegeben hatte, fuhr er wieder zu der Baumgruppe, stellte den Motor ab und stieg aus.

Nun, dachte er, ich habe bei der Marine mehr gemacht, als nur gelernt, ein Schiff zu steuern.

Lautlos ging er auf das Gebäude zu und glitt um eine Ecke. Dann sah er das Fenster.

Sie streiten sich meinetwegen, stellte Kaitlin fest. Sie saß auf einem Stuhl, Hände und Füße immer noch gefesselt und den scheußlichen Knebel immer noch in ihrem Mund. Und Spike hatte eine Pistole. Er fuchtelte damit herum, während er mit Henry und einem anderen Mann, offenbar dem Fahrer, stritt.

Sam, so hieß der Mann, wollte sie nicht verletzen. „Ich lasse mich nicht wegen Mordes ins Gefängnis stecken!“, schrie er Spike an.

„Ich mich auch nicht, aber wenn wir sie nicht loswerden, können wir alle dort verrotten. Verdammt, wir müssen sie fesseln, erschießen und dann in Beton eingießen. Keiner wird uns jemals auf die Schliche kommen“, meinte Spike.

„Du bist geschmacklos!“, erklärte Henry.

Ich werde nicht in Tränen ausbrechen, dachte Kaitlin entschlossen. Sie würde einfach keine Angst mehr haben. Wofür sollte das gut sein? Sie konnte sich ja noch nicht einmal bewegen. Sie konnte nur darum beten, dass Henry und Sam sich gegen Spike durchsetzen würden. Mein Gott, wie konnte ich nur in so eine Situation hineingeraten? fragte sie sich.

Trotz ihrer Bemühungen traten ihr Tränen in die Augen.

Henry schaute sie mit einer gewissen Sympathie an. Und als Spike erneut davon redete, sie einfach umzubringen, geriet er in Wut.

„Nicht hier, Spike, hörst du? Hier nicht!“ Er packte Spike am Arm und zerrte ihn in den Flur hinaus, während Sam ihnen auf dem Fuß folgte.

Kaitlin schloss die Augen und versuchte, die Stricke zu lösen, mit denen sie gefesselt war. Verrückterweise dachte sie, es würde nichts ausmachen, dass sie an ihren Handgelenken scheuerten. Sie hatte für die Hochzeit Handschuhe übergezogen.

Sie können mich auch in Handschuhen beerdigen, dachte sie und glaubte verrückt zu werden … Nur nicht in Panik geraten, beruhigte sie sich, nur nicht aufregen …

Brendan, ich liebe dich, dachte sie plötzlich. Ich habe es dir niemals gesagt, aber ich werde auf alles, was du fragst, mit Ja antworten. Und es ist mir auch egal, ob wir noch einmal heiraten werden. Ich schere mich keinen Deut um eine Hochzeit. Ich möchte mit dir leben und dir überallhin folgen. Ich würde dir vergeben und dich lieben.

Plötzlich spürte Kaitlin, dass jemand hinter ihr war. Jemand, der ein Messer hatte. Ein kleines Klappmesser. Sie hörte, wie es aufschnappte, und unterdrückte ein Aufstöhnen.

„Leise, ich bin es“, sagte eine vertraute Stimme.

Im selben Moment spürte sie es. Sie roch den frischen Duft

seines Eau de Cologne und einen anderen, sehr männlichen, den des Mannes, den sie liebte. Man würde ihr also nicht in den Rücken stechen. Es war Brendan. Vor Erleichterung wäre sie fast ohnmächtig geworden.

Er hatte die Fesseln fast durchgeschnitten. Kaitlin bemerkte, dass es kein Klappmesser, sondern ein kleines Taschenmesser war. Endlich löste Brendan den Knebel.

„Oh Brendan!“, sagte sie leise. „Beeil dich“, fügte sie rasch hinzu. „Sie sind zu dritt. Spike, Henry und Sam. Spike ist der Kerl mit der Waffe. Und Henry ist der kleine Dicke. Mit ihm kannst du am leichtesten fertig werden, glaube ich. Und …“

Plötzlich hörten sie, wie Schritte sich näherten. Brendan stieß eine Verwünschung aus und streifte Kaitlin den Knebel über den Mund, als Henry im Zimmer auftauchte, gefolgt von Spike und Sam.

Brendan trat von Kaitlin weg und schlenderte mitten in den Raum. „Sie ist wirklich eine Nervensäge, nicht wahr?“, fragte er, bevor einer der drei etwas sagen konnte.

Spike hatte seine Pistole auf Brendans Brust gerichtet. „Wer, zum Teufel, bist du?“, wollte er wissen.

„Ich bin hier, um mit euch ein Geschäft zu machen“, erklärte Brendan kühl. Er hoffte, dass der andere Mann nicht dazu kam, sich zu fragen, woher Brendan wusste, wo „hier“ war.

„Was?“, fragte Henry.

„Ja, ich will einige von diesen Kleidern. Ich verkaufe sie auf meinem Weg Richtung San Antonio. Wir machen halbe-halbe. Ich sage euch, ich verkaufe sie alle, ohne dass irgendeiner Fragen stellt.“

Spike kam auf ihn zu und wedelte mit der Pistole vor Brendans Nase hin und her. Es war eine 38er, eine alte Polizeiwaffe, Vermutlich gestohlen, dachte Brendan.

Aber was macht das schon für einen Unterschied? sagte er sich dann. Es war egal, woher sie kam, sie war auf jeden Fall gefährlich.

Aber Spike schien sich mit der Waffe nicht wohlzufühlen. Er

fuchtelte zwar damit herum, aber Brendan war sich sicher, dass er noch nie damit auf einen Menschen geschossen hatte. Spike redete mehr, als dass er handelte.

„Ich will auch das Mädchen."

Spike schüttelte den Kopf. „Du kannst nicht ..."

„Ich bin froh, dass ihr sie gefesselt habt. Sie ist eine Irin, wisst ihr? Sie hat ein verdammt aufbrausendes Temperament. Und sie macht Schwierigkeiten. Eine Menge Ärger. Aber sie übt eine Art Macht über einen aus. Nun, ich gebe euch eine schöne Summe für die Kleider, aber ich will die Frau dazu haben."

Henry wandte sich zu Spike. „Die Sache hier wird verdammt heiß! Lasst uns ihm das Zeug und auch das Mädchen geben."

Spike schaute Brendan einen Moment nicht an, der erkannte, dass das seine Chance war. Er schlug mit aller Kraft seinen Arm auf den von Spike, und die 38er flog davon.

Dann verpasste Brendan Spike einen Kinnhaken, und der Mann ging zu Boden. Doch Sam war schon hinter Brendan, warf sich auf ihn und wollte ihn von den Füßen holen. Brendan trat zur Seite und schlug ihn auf den Nacken und die Schultern. Sam stürzte ebenfalls, aber Henry war bereits dabei, die Waffe zu holen.

Brendan hechtete sich auf ihn, bekam seine Knöchel zu fassen und schleuderte ihn zu Boden. Henry stieß einen tiefen Laut aus und war dann still. Brendan wusste, dass Spike mittlerweile wieder auf den Beinen war und hinter ihm herkam. Er griff selbst nach der Waffe. Aber das war nicht mehr nötig.

Kaitlin war aufgestanden, nachdem sie die Stricke ganz zerrissen und den Knebel abgestreift hatte. Sie hatte die Waffe schon erreicht, als Spike gerade auf sie zugehen wollte. Sie bückte sich, hob sie auf und fuhr herum. Dabei zielte sie auf Spikes Herz.

„Ich weiß nicht, wie man mit so einem Ding umgeht, und ich bin ziemlich nervös, aber ich glaube, man muss diesen Drücker hier betätigen. Du wolltest mich auspusten, nicht wahr? Also, wenn du noch einen Schritt mehr machst, dann schwöre ich dir, blase ich dich ins Jenseits!"

Spike schien ihr zu glauben, denn er blieb wie angewurzelt

stehen. Brendan stand auf, ging zu Kaitlin hinüber, griff nach der Pistole und lächelte. „Das war schon sehr gut", sagte er. „Aber ich kann damit umgehen. Möchtest du vielleicht, dass ich sie nehme?"

Kaitlin lächelte ihn strahlend an und gab ihm die Waffe. Und dann wurde sie ohnmächtig und sank langsam zu Boden.

Im selben Moment hörte Brendan die Sirenen der Polizeiwagen. Endlich, dachte er dankbar.

Alles in allem ist es eine wundervolle Hochzeit gewesen, sagte Kaitlin sich. Eine herrliche Hochzeit. Der Stoff, aus dem die Träume sind.

Als Erstes musste sie mit der Polizei verhandeln und flirtete hinreißend mit einem jungen Officer, damit er ihr Donnas Kleider herausgab, wenn sie gefunden werden sollten. Und natürlich war Brendan über ihren Flirt fuchsteufelswild geworden.

Dann hatten sie sich getrennt. Sie hatte Donna geholfen, sich anzuziehen, zusammen mit den anderen Brautjungfer. Anschließend wurde die Wagenkolonne gebildet, und auf dem Weg zur Kirche tranken sie Champagner.

Dann kam der nächste Knall.

Der Bräutigam war nicht da. Donnas Vater fand heraus, dass der Fahrer in der falschen Stadt gelandet war, sodass der Bräutigam und sein Organisator unmöglich rechtzeitig in der Kirche sein konnten.

Aber sie schafften es. Brendan und Bill kamen in einem alten Lieferwagen an, lächelnd und sehr stolz auf sich. Sie wurden mit lautem Beifall begrüßt, und die Hochzeitsfeierlichkeiten begannen. Und es war wundervoll, einfach wundervoll, als Brendan und Kaitlin einen unauffälligen, stillen Kampf ausfochten, wo denn nun Donnas Schleppe platziert werden sollte.

Dann wurde Kaitlins Cousine getraut, und sie verließen die Kirche im strahlenden Schein der Kerzen.

Jemand hatte vergessen, den Champagner für die Autofahrt zum Hochzeitsempfang bereitzustellen, aber das schien niemand ernstlich übel zu nehmen. Der aufgeregte Fahrer bot ihnen einen Sechser-Pack kanadisches Bier an, und alle lachten und fanden, dass sie sicher wie eine ganze Brauerei riechen würden, wenn sie in dem Saal ankamen.

Das Blumenmädchen schaffte es nicht ganz, den Boden mit Blumen zu bestreuen, als der Wagenzug angekündigt wurde. Ihr Vater spielte nämlich in der Band, deshalb blieb sie stehen und tanzte zu der Musik. Kaitlin lächelte, als ihr klar wurde, dass das zu all den wundervollen Erinnerungen gehören würde, die Donna ihr ganzes Leben lang haben würde.

Plötzlich hatte sie den Drang zu weinen.

Großmutter hat immer schon recht gehabt, dachte sie. Es ist nicht die Zeremonie, die wichtig ist. Es ist die Ehe. Und wie auch immer sie geleistet wurden, die Schwüre zählten, nicht das Lametta. Es war die Familie, und es war Liebe …

Dann wurde der erste Tanz angekündigt. Donna tanzte mit Bill, danach mit ihrem Vater. Und dann endlich war es so weit, dass Kaitlin mit Brendan tanzen konnte. Aber es waren zu viele Menschen hier. Sie konnten sich nicht unterhalten. Eine lange Zeit nicht.

So lange nicht, bis Donna ihr Blumenbukett geworfen hatte, genau in Kaitlins Richtung. Und sie hatte es aufgefangen.

Und Bill schaffte es irgendwie, Brendan Donnas Strumpfband genau an die Stirn zu werfen. Brendan musste es einfach auffangen, denn es fiel ihm direkt in die Hände.

Also kniete Brendan sich vor Kaitlin nieder, wie er es vor so vielen Jahren schon einmal getan hatte, und ließ die Finger zärtlich über ihren bestrumpften Schenkel gleiten. Sie wusste, dass er lächelte, und dass ihre Augen glitzerten, und sie wusste auch, dass er wahrscheinlich auf nichts mehr eine Antwort brauchte.

Er musste einfach spüren, dass sie ihn liebte und ihn schon immer geliebt hatte.

Schließlich war das Strumpfband an ihrem Bein, und alle jubelten und klatschten.

„Glaubst du, dass ich alles mit diesem einen Treffer hinter mich bringen kann?“, fragte Brendan sie, der immer noch kniete, und schaute ihr in die Augen. Er sah hinreißend aus in seinem schwarzen Smoking, aber sein schiefes Lächeln war es, das ihr Herz schneller schlagen ließ. Das und die Rauheit in seiner Stimme.

„Was willst du auf einmal hinter dich bringen?"

„Nun, weißt du, es sieht so aus, als würde ich immer vor dir auf den Knien liegen. Und dich fragen, ob du mich heiraten willst."

„Was?", flüsterte sie.

„Ich möchte, dass du mich noch einmal heiratest, Kaitlin. Ich habe niemals aufgehört, dich zu lieben. Und ich werde auch nie aufhören, das zu tun. Und ich glaube ganz sicher, dass wir zusammengehören. Ich möchte eine Familie, Kaitlin. Ich will mit dir segeln gehen, und ich möchte, dass du mit mir über all deine Probleme in deinem Job redest. Und am meisten möchte ich, dass ich neben dir schlafen und dich festhalten kann. Ich möchte deine blauen Augen jeden Morgen sehen, und ich möchte die Zeit schätzen können, die wir noch haben. Diesmal bekommst du von mir die Hochzeit deiner Träume. Ich verspreche, dass ich dich nie wieder von etwas in mir ausschließen werde. Vermutlich habe ich immer noch ein anstrengendes Temperament, aber immerhin ist deins auch nicht schlecht. Warum sollten wir nicht fähig sein, damit klarzukommen, solange wir immer miteinander reden? Ich will dich nie wieder verlieren, Kaitlin, also weiß ich, dass ich immer für dich da sein werde. Ich schenke dir den größten Diamanten, den du je gesehen …"

„Nein!", rief Kaitlin. Sie hatte vergessen, wo sie war. Sie glitt von ihrem Stuhl herunter auf ihre Knie, nahm seine Hand und verschränkte ihre Finger mit seinen. „Nein, ich will keinen anderen Diamanten. Ich will den alten …"

„Hast du ihn noch?"

„Ja."

„Und den Ehering?"

„Den auch."

„Ich habe meinen auch noch. Und ich habe bei deinem Vater erneut um deine Hand angehalten. Ich dachte, deine Eltern hätten ein Recht darauf, es zu erfahren, und …"

„Ich liebe dich, Brendan“, unterbrach sie ihn. Dann küsste sie ihn. Erst als ein lautes Raunen einsetzte, wurde Kaitlin sich bewusst, dass sie ein ziemlich großes Publikum hatten.

„Entschuldigt ihr uns bitte?“, sagte Brendan gelassen. Er stand auf und zog Kaitlin mit sich hoch, lächelte und zog sie einfach aus der Halle. Sie liefen durch einige Flure, bis sie endlich ein leeres Zimmer fanden.

Und als sie drinnen waren, küsste er sie. Mit offenem Mund, fordernd und leidenschaftlich. Es war die Art von Kuss, die sie als Achtzehnjährige hatte dahinschmelzen lassen. Und auch jetzt schmolz sie dahin. Sie lag glücklich in seinen Armen und versuchte ihm all das zu erklären, was sie ihm unbedingt sagen wollte.

„Ich brauche keine große Hochzeit. Eigentlich habe ich das nie gebraucht. Ich habe es nur nicht gewusst. Oh Brendan, es macht mir nichts aus, ich …“

„Aber mir macht es etwas aus“, meinte er hartnäckig. Seine Augen glänzten. „Das ist das letzte Mal, dass ich dich heiraten will, Kaitlin, und ich will, dass es perfekt wird. Ich habe herausgefunden, dass wir von der Kirche einen Erlass bekommen können und auch kirchlich heiraten können, weil wir das erste Mal nur von einem Friedensrichter getraut worden sind.“

„Brendan, es ist nicht …“

„Doch, es ist wichtig für mich. Und stell dir vor, wie gut wir auf Hochzeiten sein werden, bis wir zu unserer eigenen kommen. Wir müssen noch Barbaras und Joes Hochzeit mitmachen, und dann heiraten wir selbst.“

„Oh Brendan …“

„Du hast mir immer noch nicht geantwortet, Kaitlin.“

Sie lächelte und schlang ihm die Arme um den Nacken. Ihr Blick war strahlend, und ihre Augen funkelten. „Gut, also eine große Hochzeit. Unter einer Bedingung.“

„Welche?“

„Du bleibst mindestens einen Monat bei mir. Wir, ehm …“

„Wir was?“

„Wir können in der Zeit ein bisschen herumalbern. Wir könnten ja auch schon vor der Zeremonie anfangen, ein bisschen eine Familie zu planen, wie Großmutter sagen würde."

„Wenn sie ihre Zähne im Mund hat", stimmte Brendan zu.

Kaitlin lachte, und erneut nahm Brendan sie in die Arme.

In diesem Moment war sie sicher, dass ihre Schwüre besiegelt waren. Sie brauchte das Hochzeitsfest nicht mehr. Sie hatte es nie gebraucht. Sie brauchte Brendan, und sie liebte ihn.

Aber Hochzeitsfeiern sind wunderschön, dachte sie lange Zeit später. Auf dieser hatte sie ihren Weg nach Hause zurückgefunden.

Nun, es ist die Sache wert gewesen, dachte Brendan. Es war die schönste Hochzeitsfeier, die er je gesehen hatte, und es war seine eigene.

Die Kirche war ein einziges Blumenmeer in Rot und Weiß, und prächtige Kerzen brannten in eleganten Kerzenständern, die vor jeder Bankreihe standen. Kaitlins Mutter und seine eigene setzten sich zu den Klängen des „Ave Maria" hin, und als der Organist weiterspielte, fing langsam die Hochzeitsfeier an.

Als Erstes kam Kaitlins kleine Cousine. Sie trug ein schickes schwarz und cremefarbenes Kleid, das Kaitlin für sie ausgesucht hatte. In ihre roten Locken war ein Blumenkranz geflochten. Die junge Brautjungfer kam den Mittelgang entlang, zusammen mit dem Ringträger, der sehr hübsch in seinem traditionellen Smoking aussah. Die Helfer begleiteten ihre Ehrenjungfern und ihre beiden Anstandsdamen Donna und Barbara.

Und dann kam Kaitlin.

Sie wurde von ihrem Vater am Arm geführt, und sie war unglaublich hinreißend. Sie trug ein traditionelles Kleid, aber es war taubengrau, nicht weiß. Dennoch hatte Brendan noch nie etwas so Elegantes gesehen. Es hatte eine wunderschöne Stickerei mit Perlen und schimmernden Pailletten. Ein Schleier bedeckte ihr Gesicht, und ihre Schleppe floss förmlich hinter ihr her. Ihr Haar war offen und fiel bis auf ihren Rücken herunter. Der Schleier bedeckte es gerade noch. Das Oberteil des Kleides wirkte mittelalterlich, mit langen Ärmeln, die sich am Handgelenk verengten. Und ihr Schleier wurde auf dem Kopf von einer schmalen Krone aus Perlen und Blumen gehalten.

Dennoch waren das Schönste an Kaitlin ihre Augen. Sie strahlten an diesem Tag so blau wie Saphire und leuchteten durch den Stoff des Schleiers hindurch, als sie vor den Altar trat. Dann hob ihr Vater den Schleier, und Brendan und Kaitlin lächelten sich stolz und voller Liebe an.

Irgendjemand schluchzte laut, und Kaitlin war sicher, dass es entweder ihre oder Brendans Mutter gewesen war.

Dann übergab ihr Vater sie Brendan, und die Liebe in ihrem Blick berührte ihn. Tief in seinem Inneren fühlte er ein Erschauern, und er wusste, lange bevor die Zeremonie begann und sie ihre Schwüre ausgetauscht hatten, dass es diesmal für immer war.

Seine Stimme klang klar und fest, als sie die Formeln sprachen. Kaitlins Stimme war kristallklar, aber ihre Finger zitterten leicht, als Brendan ihr den Ehering überstreifte.

Es war derselbe Ring, den er ihr vor zwölf Jahren gegeben hatte. Sie hatte ihn behalten, so, wie er auch den Ring behalten hatte, den sie ihm gegeben hatte. Auch wenn der Diamant vielleicht nicht so groß war, kümmerte das keinen von ihnen. Was zählte, war, dass sie beide ihre Ringe behalten hatten. Und sie wussten beide, dass keine anderen Ringe möglich gewesen wären.

Sie schworen sich ewige Liebe, knieten nieder, standen wieder auf und Barbara richtete Kaitlins Schleppe.

Brendan hörte, wie noch jemand schluchzte. Und er erkannte auch die Person. Es war Großmutter. Lizzie Boyle Rosen. Er wusste, dass sie direkt hinter ihnen war, neben Kaitlins Mutter. Sie hatte sich bei ihrem geliebten Allen eingehakt. Brendan war ihr dankbar. Du hast immer zu mir gehalten, nicht wahr? dachte er.

Er hörte die Worte und die Musik. Aber am meisten war er sich Kaitlins Gegenwart bewusst. Er spürte ihre Hand und fühlte, wie sie zitterte. Er sog den Duft ihres neuen Parfüms ein und erkannte die Fröhlichkeit in ihrem strahlenden Blick.

Um dich zu lieben, zu ehren und zu respektieren … dachte er.

Er lächelte, und als der Priester, Vater Mulraney, ihm erlaubte, die Braut zu küssen, nahm er sie in die Arme und tat es unter ohrenbetäubendem Beifall.

Kaitlin war wieder seine Frau, mit ihrem Lachen, ihrem Witz, ihrer Schönheit, ihren himmelblauen Augen und den Wellen rotblonden Haars. Natürlich auch mit ihrem Temperament, ihrer Klugheit und dem Wichtigsten, ihrer Liebe.

Es ist wundervoll gewesen. Eine perfekte Hochzeit, dachte er, während er Kaitlin küsste. Das war die Hochzeit, die sie sich immer erträumt hat.

Und auch für ihn war sie vollkommen. Er hatte sich so etwas vorgestellt, als er viel jünger gewesen war. Wenn nur Sean dabei gewesen wäre!

Gerade als dieser Gedanke ihm durch den Kopf schoss, befreite Kaitlin sich aus seiner Umarmung und strahlte ihn an. Ihre Finger hatten sich immer noch mit seinen verschränkt.

Erneut spürte er dieses Erbeben in seinem Innersten. Ihre Gefühle waren deutlich aus dem Blick ihrer blauen Augen zu lesen. Ihre Lippen verzogen sich zu einem so warmen und liebevollen Lächeln, dass er sich sogar jetzt noch fragte, ob es wirklich ihm galt.

Er erinnerte sich an das, was Sean ihm damals gesagt hatte, als sie sich zuletzt gesehen hatten. „Du hast Glück, Cousin. Du wirst geliebt. Wenn du Liebe hast, hast du alles."

Erneut senkte Brendan seinen Mund auf Kaitlins Lippen, und wieder klatschten alle begeistert, als er sie endlos lange küsste.

Dann ließ er sie los, nahm ihre Hand, die Musik begann zu spielen, und er führte Kaitlin den Gang entlang aus der Kirche hinaus.

Bevor die anderen ihm folgen konnten, nahm er sie in die Arme und küsste sie zärtlich auf die Stirn.

„Ich liebe dich, Kaitlin O'Herlihy", sagte er.

„Ich liebe dich auch, Brendan. Du bist alles, was ich will."

Dann tauchten Barbara und Joe hinter ihnen auf. Joe verlangte einen Kuss von der Braut, während Barbara Brendan gratulierte und ihn herzlich umarmte. Dann drückten Barbara und Donna Kaitlin, während Joe und Bill Brendans Hand wie einen Pumpenschwengel schüttelten. Mittlerweile strömten auch die anderen aus der Kirche.

Es waren eine Menge guter Freunde und viele Verwandte da, die ihnen gratulieren wollten.

Natürlich zuerst Lizzie und Allen. Brendans Mutter hatte Tränen in den Augen. Und sein Vater war stolz und erfreut. Dann seine Cousins und ihre Cousins. Und seine Familie und ihre Familie.

Sie waren nun ihre ganze Familie.

Und dann kamen noch alle ihre Freunde.

Jeder versicherte ihnen, was für eine perfekte Hochzeit es gewesen sei. Und es war wirklich vollkommen, dachte Brendan. Er schloss einen Moment die Augen, als er lächeln musste. Sean hätte diese Hochzeit sicher genauso gemacht, dachte er.

Bevor irgendjemand sie wieder trennen konnte, nahm er die Hand der Braut und zog Kaitlin in die Arme.

„Ja“, sagte er plötzlich. „Du hast mir alles gegeben. Ich habe deine Liebe, Kaitlin, und Liebe ist alles.“

Er küsste sie noch einmal lang und heftig, ohne sich um all die Leute um sie herum zu kümmern.

Sie würden warten müssen, denn Liebe war eben alles.

– ENDE –

Lesen Sie auch:

Claire Garber

Die Liebe ist ein Dieb und der Pirat der Träume

Band-Nr. 25658
8,99 € (D)
ISBN: 978-3-86278-707-4

1. KAPITEL

„Hi, hier ist Gabriel, ich kann im Moment nicht ans Telefon kommen, aber wenn Sie eine Nachricht hinterlassen, rufe ich zurück."

1990 hat ein Mann namens Tim Berners-Lee das World Wide Web erfunden. Er war auf der Suche nach einem Weg gewesen, wie Teilchenphysiker, wo auch immer auf der Welt sie arbeiten, zeitgleich Zugang zu denselben Informationen bekommen könnten.

„Hi, hier ist Gabriel, ich kann im Moment nicht ans Telefon kommen, aber wenn Sie eine Nachricht hinterlassen, rufe ich zurück."

Wie bei so vielen Dingen im Leben kam letztlich etwas ganz anderes dabei heraus, als anfangs vorgesehen. Die Saat, die er gesät hatte, wuchs und gedieh, bis das Ganze so weitreichend war, dass es jeden Einzelnen von uns auf unbeschreibliche Art und Weise betraf.

„Hi, hier ist Gabriel, ich kann im Moment nicht ans Telefon kommen, aber wenn Sie eine Nachricht hinterlassen, rufe ich zurück."

Das Internet versorgt uns jetzt mit kostenloser und frei zugänglicher Bildung. Es kann einem beibringen, wie man eine Fremdsprache erlernt, wie man einen Schuh besohlt, wie man eine neue Küche einbaut oder einen Satelliten baut, der den Mond umkreist.

„Hi, hier ist Gabriel, ich kann im Moment nicht ans Telefon kommen, aber wenn Sie eine Nachricht hinterlassen, rufe ich zurück."

Man kann seine Firma darüber betreiben, die Liebe seines Lebens treffen, ein Rezept für ein Pilzrisotto finden, bevor man seinen eigenen Kessel flickt und sich anschließend über die Ursprünge des Wortes ‚kaputt' informiert.

„Hi, hier ist Gabriel, ich kann im Moment nicht ans Telefon kommen, aber wenn Sie eine Nachricht hinterlassen, rufe ich zurück."

Ich kann im Internet auch so gut wie alle Bilder sehen, die man sich nur vorstellen kann. Ich habe mir das Innere eines Atoms angeschaut, die Farbe der Marsoberfläche, was meine Cousine zweiten Grades kürzlich in Sydney auf ihrer Geburtstagsparty trug, und ich habe den Gesichtsausdruck von Mandela gesehen, an dem Tag, als er aus dem Gefängnis entlassen wurde. Aber das Neueste, was das Internet mir offenbart hat, das größte Geschenk von allen, ist der Tag, als ich die Fotos meines Verlobten im Urlaub sah – ein Urlaub, den er, wie ich vermute, mit seiner neuen Freundin verbracht hat. Und auf diesen Fotos kann man, auch wenn man kein Tim Berners-Lee ist, erkennen, dass er sein absolut funktionstüchtiges, internetfähiges Mobiltelefon dabei hat. Das gleiche Telefon, an das er zurzeit offenbar nicht rangehen kann.

„Hi, hier ist Gabriel, ich kann im Moment nicht ans Telefon kommen, aber wenn Sie eine Nachricht hinterlassen, rufe ich zurück."

„Wie es aussieht, kommt sie nicht wieder hoch", sagte Federico zu meiner Grandma. Alle hatten vor ungefähr fünfundvierzig Minuten aufgehört, direkt mit mir zu sprechen. Sie hatten über mich geredet, über meinen Kopf hinweg, um mich herum, aber nie direkt mit mir. Grandma bückte sich und versuchte, mir das Handy aus der Hand zu nehmen, doch meine Finger umklammerten es wie eine menschliche Klaue oder wie ein seltsames Gerät, das unkonventionelle Männer vielleicht in Soho erwarben.

„Schätzchen, du musst mir das Telefon geben", sagte sie und versuchte erneut, es mir zu entwenden. Ich klammerte mich daran fest, als wäre es mein einziges Portal zurück nach Hause. Ein kleiner Kreis von Leuten hatte sich um uns geschart. Anscheinend kommt es nicht so häufig vor, dass eine dreißigjährige Frau mitten auf dem Flughafen Heathrow auf den Boden sitzt, umgeben von ihrem Gepäck, und in Tränen ausbricht.

„Ein Versuch noch?", flehte ich Grandma an, während Federico von einem Neugieren zum anderen wanderte, um die Leute mit Geschichten über den Ursprung meiner Tränen zu unterhalten.

„Na ja, ich hab's ihr ja gesagt, jawohl, das habe ich", versicherte er seinem Publikum. „Ich habe ihr gesagt, als sie dorthin zog, ich sagte, *du kannst diesen Franzosen nicht trauen*, nicht wegen ihrer politischen Geschichte, von der ich übrigens ein großer Fan bin, vor allem von dieser bewundernswerten Marie Antoinette, haben Sie den Film gesehen? Tolle Kostüme, einfach toll, obwohl es die weiblichen Formen ja enorm eingeengt hat. Nein, ich meine wegen der Sprachbarrieren. Denn man kann doch echt nicht wissen, ob man den anderen *wirklich richtig* versteht, oder? Wer hat zum Beispiel festgelegt, dass ein *pomme* ein Apfel ist? Und was ist, wenn sie eigentlich auf einen Baum gezeigt haben, als sie ‚*pomme*' gesagt haben, während wir zur gleichen Zeit auf einen Apfel geguckt haben, weil wir gerade hungrig waren, also nennen wir einen Baum einen Apfel, und jetzt sind die Franzosen total verwirrt, weil's bei uns im Supermarkt so viele verschiedene essbare Bäume wie es genetisch modifizierbar nur geht gibt? Na, das ist doch ein totales Chaos, jawohl!"

„Wie kann es angehen, dass er mit einer anderen zusammen ist?", wollte ich von meinem Publikum wissen, das aus neunzehn Frauen unterschiedlichen Alters sowie einem Sicherheitsmenschen namens Albert bestand. Der andere Sicherheitsbeamte, Jim, war losgegangen, um mit den Leuten vom britischen Zoll zu sprechen, die Angst hatten, dass ich eine Selbstmordattentäterin war. „Wie kann das sein?", fragte ich erneut. „Wenn ein Mensch für einen anderen bestimmt ist, dann muss er sich doch total unvollkommen und eingeengt fühlen, so wie ein Puzzleteil, das man an den falschen Platz im Puzzle legt. Er ist im falschen Puzzle!", verkündete ich, wobei sich meine Stimme schon fast überschlug. Ich glaube nicht, dass irgendjemand in Terminal 5 auf dem Londoner Flughafen Heathrow glaubte, dass Gabriel am falschen Platz im einem Puzzle lag, es sei denn, ein Puzzle war eine schmutzige Metapher. „Also, was soll ich tun?"

„Vielleicht könnte sie versuchen, ihn noch ein letztes Mal anzurufen, ein allerletztes Mal?", meinte eine Dame nervös zu meiner Grandma.

Ich schaute in die Gesichter des menschlichen Zaunes, der um mich herum errichtet worden war, und sah, dass alle zustimmend nickten. Grandma seufzte. Also schaltete ich mein Handy auf laut und drückte zum letzten Mal die Wahlwiederholung. Ich hielt das Telefon in die Luft, damit alle mithören konnten. Ich sah die anderen an. Die anderen sahen mich an. Dann sahen wir alle auf das Telefon.

„Hi, hier ist Gabriel, ich kann im Moment nicht ans Telefon kommen, aber wenn Sie eine Nachricht hinterlassen, rufe ich zurück."

Daraufhin schwiegen alle ein bisschen. Genau genommen glaube ich nicht, dass man ein bisschen schweigen kann. Es ist eine Sache von entweder / oder. Wir schwiegen. Und niemand mochte mir in die Augen sehen.

Also schaltete ich mein französisches Handy endgültig aus und reichte es Grandma. Josephine warf es umgehend in den nächstgelegenen Mülleimer.

Dann saß ich einfach nur da, auf dem gut polierten Fußboden im Terminal 5 des Flughafens Heathrow, saß einfach da, umgeben von sämtlichen meiner irdischen Besitztümer und weinte und weinte, und weinte noch ein bisschen mehr. Wenn jede Träne ein Stück meiner Seele war, dann würden sie mich nie wieder zusammenflicken können.

SECHS MONATE SPÄTER …

Es ist das, was ich wirklich am meisten hasse, okay, abgesehen von den Geräuschen, die jemand beim Essen macht. Der erste Platz geht auf jeden Fall an die Geräusche, die die Leute machen, wenn sie essen, vor allem die Kau- und Schluckgeräusche hasse ich, aber auch alles, was vorher passiert: das Klirren von Messer und Gabel auf dem Teller, wenn es in einem Zimmer ganz ruhig ist; das Geräusch, wenn jemand seinen Mund voller Spucke öffnet; und am allerschlimmsten ist es, wenn jemand mit der Gabel gegen die Zähne stößt, während er sein Essen in sich hineinschaufelt. Zugegeben, man kann wohl sagen, dass ich ein *klitzekleines* Problem mit Essgeräuschen habe. Aber gleich danach, gleich hinter dieser Sache mit den Essgeräuschen, hasse ich Liebeskummer am meisten, und dabei muss ich mich täglich bei der Arbeit damit abplagen, denn nach dem ‚Vorfall' auf dem Flughafen Heathrow, Terminal 5, hat mein Freund Federico mich dazu überredet, mit ihm in der Redaktion der Zeitschrift *True Love* zu arbeiten.

Ursprünglich war es Grandma Josephines Idee gewesen. Sie hatte gemeint, es wäre wichtig, dass man sich beschäftigte, wenn man sich innerlich leer und zerbrochen fühlte. Dann hatte sie noch was davon gesagt, dass man seine eigene Miete zahlen müsste, bevor sie etwas über Inflation und steigende Milchpreise gemurmelt hatte. Also gehe ich jetzt jeden Tag, zusammen mit Federico, zur Arbeit, und dort werde ich mit einer Vielzahl von grässlichen Essgeräuschen und massenhaft Liebeskummer konfrontiert, obwohl unsere Leserinnen nie etwas von dem Liebeskummer erfuhren. Nein, bei *True Love* sah alles nach eitel Sonnenschein und Liebesglück aus, und ich hasste das, ich hasste diesen eitel Sonnenschein und das angebliche Liebesglück.

„Na, das ist ein pussymäßiges Rätsel, genau das ist es“, sagte Chad, während er um den riesigen herzförmigen Tisch herumging, der in der Mitte des riesigen herzförmigen Konferenzzimmers stand. „Wann, zur Pussy, haben wir das letzte Mal so viel

Post bekommen?", wollte er bei seiner zweiten Runde durchs Zimmer wissen.

Loosie, seine aufdringliche, vierundzwanzigjährige amerikanische Assistentin schritt hinter ihm her und blätterte wie ein unangenehmer Linienrichter in ihrem Notizblock.

„Zweitausendundeins, Chad", sagte sie und blätterte zur richtigen Seite. „Gleich nach dem Anschlag am 11. September."

„Was zum Teufel hab' ich denn dann verpasst?", fragte Chad und schaute jeden im Raum an. „Warum stehen hier siebenundzwanzig Säcke voll mit Post? Worüber, zum Teufel, haben wir im letzten Monat geschrieben?" Es war allgemein bekannt, dass Chad noch nie seine eigene Zeitschrift gelesen hatte. Er überprüfte nicht einmal den Inhalt, bevor er in den Druck ging. „Was hatten wir für Anzeigen drin?", fragte er in die Runde. „Hat die verdammte Post mal wieder alles versaut und vergessen, uns die Post für die letzten pussymäßigen elf Jahre zuzustellen? Was, zur Pussy, war in den letzten Ausgaben so aufregend?"

Sämtliche Kollegen drehten sich langsam zu mir herum, um mich anzustarren. Es war in etwa so wie die Pantomimen mit den weißen Gesichtern, nur sehr viel Angst einflößender. Ich sagte, sämtliche Kollegen drehten sich zu mir herum, doch das stimmte nicht ganz. Chad bildete die Ausnahme. Der hatte gerade seine dritte Runde durchs Zimmer angetreten, marschierte um seinen ganz besonderen Tisch, während er ziemlich geräuschvoll einen roten Apfel in sich hineinstopfte.

Besagter Konferenztisch war riesig, eine Maßanfertigung und das Geistesprodukt von oben erwähntem Chad. Er hatte einen herzförmigen Tisch mit einer rosa gefärbten Tischplatte haben wollen, auf dem die Worte *True Love* per Sandstrahl verewigt worden waren; und er hatte einen Platz haben wollen, um die Füße draufzulegen. Er hatte einem italienischem Tischler viel Geld dafür gezahlt, um dieses Teil herzustellen, den Tisch und einen dazu passenden herzförmigen Stuhl, der mit knallrotem Samtstoff bezogen war und auf beängstigende Weise aussah wie eine Muppetfigur von der Schattenseite der Sesamstraße. Seit ich bei *True Love* arbeitete, hatten sich schon achtzehn Mitarbeiter an dem riesigen Tisch verletzt. Allein sieben hatten sich an der scharfen Kante der Glasplatte gestoßen; die Herzspitze hatte bei zwei Kollegen zu Blutvergießen geführt; und Dave aus der Marketingabteilung hatte sich vor fünf Monaten sein Knie angeschlagen und humpelte immer noch. Der Tisch war extrem gefährlich, und das wusste Chad auch.

„Es ist ja nicht nur die Post, Chad", sagte Loosie und warf mir einen bösen Blick zu, während sie eine weitere Seite in ihrem Notizblock aufschlug. Federico gab ein merkwürdiges Quietschen von sich; wenn er gekonnt hätte, wäre er vermutlich in die Nespresso-Maschine geklettert und hätte sich dort ertränkt. Ich hatte mir ganz bewusst einen Platz in der Nähe der Tür gesucht, weil ich in dem Moment, als der Postbote aufgetaucht war, gewusst hatte, dass wir bis zu 27 Säcken tief in der Bredouille steckten, und ich gehöre nicht zu den Frauen, die sich davor schämen, davonzulaufen. Nachdem man mich nur mit Hilfe von Psychotherapeuten vom Flughafen Heathrow wegbekommen hat, ist mir *gar nichts* mehr peinlich.

Loosie öffnete den Mund, um etwas zu sagen, und Federico kauerte sich zusammen, als würde er im nächsten Moment eine Explosion erwarten. Ich beugte mich vor und legte meine Stirn auf die kühle Glasplatte des Konferenztisches. Wir würden nie im Leben damit durchkommen.

Die Sache war nämlich die, mein Job bei *True Love* sollte eigentlich total einfach sein, und damit meine ich, dass eigentlich keine Möglichkeit bestand, irgendetwas zu vermasseln. Das Einzige, was ich tun musste, war, die Briefe zu lesen, die unsere Leserinnen uns schickten, und sie dann umzuschreiben, damit sie interessanter klangen. Mehr nicht. Unsere Leserinnen schrieben uns (meistens zu Hunderten) und teilten ihre Liebesgeschichten mit uns. Sie schrieben uns, wie sie ihre wahre Liebe getroffen hatten; oder was sie alles aufgegeben hatten, um ihre wahre Liebe zu retten; oder wie sie vielleicht ihre wahre Liebe wieder entfacht hatten. Daraus suchte ich mir die besten aus, rief die Frauen an, führte ein Interview mit ihnen und fasste ihren ganz besonderen Moment dann zu einem 1000 Wörter umfassenden, herzzerreißenden, genialen Text zusammen – für ein winziges Gehalt und ohne dafür jemals auch nur ansatzweise Anerkennung als Autorin zu bekommen. In der Welt der Autoren gehöre ich zum Bodensatz. Ich werde Ghostwriter genannt. Ich bin tatsächlich ein Geist, im wahrsten Sinne des Wortes.

Ach, übrigens, bevor ich fortfahre, möchte ich noch kurz festhalten, dass ich eine hoffnungslose Romantikerin bin. Ich liebe die Liebe und warte wie Aschenputtel geduldig auf meinen Märchenprinzen, der auf einem Pferd, einem Esel, oder meinetwegen auch in einer der typischen schwarzen Londoner Taxen daherkommt. Oder zumindest war es so. Mein Märchenprinz sollte mich entführen, mich an einen tollen Ort bringen und mir sagen, dass ich mir weder Sorgen um die unglaublich hohen Immobilienpreise zu machen bräuchte noch um die Finanzierung meiner Rente. Natürlich sollte mein Prinz gut aussehen, humorvoll sein, meine innersten Gedanken lesen können und einen mittleren bis großen Penis haben. Aber die Leserinnen von *True Love* berichteten mir immer wieder, dass keine große Chance bestand, dass überhaupt ein Märchenprinz aufkreuzte, und wenn, dann wäre das erst der Anfang aller Sorgen, die man in Sachen Prinz haben könnte. Denn es war durchaus möglich, dass der Prinz nicht die oben genannten, *genau umrissenen* Charaktereigenschaften aufwies; genau genommen hatten einige Leserinnen verlauten lassen, dass ihr Märchenprinz nicht eine einzige davon besaß. Und trotzdem verliebten sie sich alle, nur um dann festzustellen, dass Liebe Aufmerksamkeit erfordert; Liebe erfordert Kompromisse; Liebe erfordert Zugeständnisse. Liebe ist schwierig am Leben zu erhalten, es ist schwierig, weil man sich ständig kümmern muss, und sie ist nicht kontrollierbar. Im Laufe der Zeit ist fast allen unseren Leserinnen die verdammte Liebe wieder abhandengekommen, und sie wurden wieder zu wartenden Prinzessinnen. Natürlich erfuhr unsere treue Leserschaft nichts darüber. Wir zeigten ihnen immer nur das Endergebnis, wenn alle Teile wieder perfekt zusammengefügt waren. Aber ich sah die Leere dazwischen. Ich erfuhr etwas über „die schreckliche Zeit, als ich ihn verloren habe“ oder „warum war ich nicht gut genug für ihn?" oder „Ich habe fünfzehn Jahre meines Lebens für ihn aufgegeben"; „Er wollte keine Kinder"; „Ich habe meinen Studienplatz für ihn aufgegeben"; habe seinetwegen etwas aufgeschoben; bin seinetwegen irgendwo nicht hingefahren; er isst kein scharfes Essen, also habe ich seit zwölf Jahren keine indischen Gerichte mehr gegessen; er mag mich lieber blond, dünn, dick, gebräunt, gewachst, haarig.

Frauen schienen sich durchgängig den Wünschen der Männer unterzuordnen, selbst wenn die Männer das gar nicht ausdrücklich forderten. Das habe ich nie gehört, sondern immer nur, dass die Frauen es von sich aus zu tun schienen. Meine Grandma sagt immer: „Unterwirf dich niemals einem Mann, Kate, unterwirf sie dir!", und ich denke, damit meint sie, dass man sich darüber klar werden soll, was man mit seinem Leben anfangen will und dass man dafür sorgen soll, dass der Mann in diese Pläne hineinpasst, statt sich darauf zu konzentrieren, was der Mann für Bedürfnisse hat, um sich dann daran anzupassen, um sich zu verbiegen, zu ändern oder auf faule Kompromisse einzugehen, um es ihm recht zu machen. Ich fand das immer ein wenig verwirrend, denn ich dachte, die Zeiten der Unterdrückung wären längst vorbei. Aber anscheinend war das Unterordnen eine universelle Kraft, so wie eine riesige Art von Peitsche oder ein unsichtbares Kraftfeld, das Menschen bei anderen anwenden können. Meine Grandma kennt sich mit solchen Sachen aus, denn sie ist eine bekannte Feministin und obendrein noch eine sehr produktive. Sie hat Bücher und Artikel über alles geschrieben, was mit Frauen und Männern zu tun hat und mit Kraftfeldern der Unterdrückung. Während meiner Kindheit, die ich bei ihr verbrachte, war ich ständig von Bergen von Manuskripten und Artikeln umgeben. Zusammen mit meinem besten Freund Peter bin ich um die Stapel herumgelaufen, und dabei haben wir so getan, als wären es Papierbäume in Papierwäldern; was eigentlich lustig ist, denn es *waren* ja Bäume gewesen, bevor sie von irgendwelchen Burgerketten abgeholzt wurden, damit dort auf dem frisch abgeholzten Land Kühe weiden lassen konnten, und dann zu Papier verarbeitet wurden, damit wir Papierbäume daraus bauen konnten.

Und das war es, worüber ich in *True Love* schreiben wollte, nicht über die Kühe und die Bäume und die globale Abholzung der Wälder, das gehört wohl eher ins *Time Magazine* als in *True Love*, nein, ich wollte, dass in *True Love* über die Dinge geschrieben wurde, die die Liebe stahl. Ich wollte Frauen helfen, loszuziehen, und sich diese Dinge zurückzuholen. Ich wollte ihnen helfen, sich all die Dinge zurückzuerobern, die ihnen die Liebe gestohlen hatte. Und ich wollte von ihnen hören, was ich tun sollte, eine dreißigjährige Frau, die sich beziehungstechnisch gesehen auf dem Ground Zero befand und ihr Loveboat, also ihr Traumschiff verpasst hatte. Besser gesagt war ich von meinem Co-Kapitän in einer herzlosen Meuterei von meinem Traumschiff über Bord geworfen worden, aber das ist reine Semantik, und ich will hier ja niemanden langweilen (aber es ist wahr).

Kommen Sie an Bord – Seeräuberin Kate erwartet Sie!

Band-Nr. 25658
8,99 € (D)
ISBN: 978-3-86278-707-4
416 Seiten

Claire Garber
Die Liebe ist ein Dieb und der Pirat der Träume

Im Namen der Liebe geben wir Lebensziele auf, vernachlässigen Freundinnen und nehmen zu – und was bleibt, wenn die Liebe dann gestorben ist? Dieser Frage geht Redakteurin Kate Winters alias Piratin Kate in ihrer vielbeachteten Rubrik der Zeitschrift „True Love“ nach. Aber bis Kate erkennt, dass man eigene Träume verfolgen und wahre Liebe finden kann, sind viele Anschläge auf ihrer Computer-Tastatur und noch mehr Küsse von ihrem Jugendfreund Peter Parker nötig …